# HERRIN VON TOD UND TREUE

## RITEN DER BESESSENHEIT

### BUCH VIER

## EVA CHASE

Herrin von Tod und Treue

Riten der Besessenheit Buch 4



Erste Digitale Ausgabe, 2024



Übersetzung: Stephanie Kotz

Lektorat: Nadja Uebach

Umschlaggestaltung: Maria Spada

Ebook ISBN: 978-1-998582-33-4

Paperback ISBN: 978-1-998582-34-1

 Erstellt mit Vellum

# Eins

*Ivy*

Das Zimmer, in dem ich gefangen gehalten werde, riecht nach abgestandenem Parfüm und Blut. Der Gestank von letzterem kommt vermutlich von den verkrusteten rotbraunen Streifen an der vergoldeten Tapete.

Diese Villa muss der Wohnsitz eines Adligen sein – oder war es früher, bevor meine Entführer sie übernahmen. Ein paar der Männer in Soldatenuniform durchwühlen einen Kleiderschrank aus edlem Marlholz, der zu dem kunstvollen Rahmen des Himmelbetts passt. Kristallsplitter, die früher möglicherweise teure Parfümflaschen waren, übersäen den dicken Teppich.

Neben dem verschmierten Blut und dem zerbrochenen Kristallglas hat jemand die Sitzpolster aufgeschlitzt, sodass deren Füllung wie flauschige Innereien herausquillt. In der Mitte der Bettlaken befindet sich ein dunkelroter Fleck, den ich mir nicht zu genau anschauen will.

Hinter dem breiten Panoramafenster kann ich bloß eine nahe gelegene Steinmauer und weitläufige, brachliegende Felder erkennen. Der Gebäudeschatten erstreckt sich im Licht des Spätnachmittags lang über die Wiese.

Ich schätze, dies ist einer der Landsitze, von denen ich gehört und gelesen habe. Ein Sommerhaus, in das sich eine hochrangige Familie zurückziehen konnte, wenn sie der Stadtpolitik überdrüssig war.

Es sieht nicht so aus, als hätte sich hier in letzter Zeit jemand entspannt.

Die Männer werfen mehrere Kleider auf den Boden, die sie aus dem Kleiderschrank geholt haben. Ihr Anführer betrachtet sie.

Lothar, der zweite magische Berater des Königs und anscheinend der Kopf der Mordverschwörung gegen besagten König, verlagert seine hochgewachsene, schiefe Gestalt nachdenklich. Ich habe mich noch immer nicht an die Asymmetrie seines Körpers gewöhnt. Ihm fehlt ein Arm bis zur Schulter, was eines der extremsten Weihopfer ist, die ich jemals gesehen habe.

Das heißt, abgesehen von den armen Opferkomplizen, die er und seine Unterstützer so zerstückelt haben, dass sie kaum noch lebensfähig sind. Großer Gott stehe uns allen bei, wie viel Macht kann dieser Mann beherrschen, wenn er seine Gabe mit der seiner Opfer vereint?

Ich weiß nicht einmal, was seine Gabe ist. Bisher habe ich sie nicht in Aktion gesehen und habe kein Kribbeln bei ihm wahrgenommen, das auf den Einsatz von Magie hinweisen würde.

Er deutet auf ein Kleid aus glatter, grauer Seide. „Dieses. Edel, aber nicht zu auffällig. Unser ‚Gast' soll es anziehen."

Sein kräftiger Bariton nimmt bei dem Wort ‚Gast' einen spöttischen Unterton an. Wir wissen beide, dass er mir keine Gastfreundschaft anbietet.

Dennoch bewegen sich meine Arme. Meine Hände heben sich und ziehen mir das schlichte Wollkleid aus, das ich heute Morgen trug, als er mich von meinen Kameraden wegholte.

Die Wunde an meiner Seite, wo mich einer von Lothars Untergebenen gestern Nacht erwischt hat, schmerzt unter ihrem Verband. Mit aller Kraft brülle ich meine Muskeln stumm an, sich zu widersetzen.

Ich kann nicht einmal meinen Kiefer anspannen, geschweige denn meinen Körper kontrollieren.

Die Frau neben Lothar hält mich mit ihrer Gabe in einem eisernen Griff fest, wobei sie teilweise von dem Opferkomplizen unterstützt wird, der unter einem Schleier zusammengebrochen an der Wand in der Nähe lehnt. Schweiß glänzt auf Zanetas Stirn unter ihren gescheitelten, dunkelbraunen Ponyfransen und ihre schlanken Finger zucken an ihren Seiten, doch ihre Kontrolle hat sich bisher als unerschütterlich erwiesen.

Auf ihren stummen Befehl hin ziehe ich auch die Hose aus, die ich als Unterrock benutzt habe. Anscheinend ist den Blutzauberern meine bescheidene Unterwäsche egal, denn sie lässt mich das Seidenkleid aufheben, ohne diese zurechtzurücken.

Ich muss mich vor einem Haufen feindseliger Fremder nicht splitterfasernackt ausziehen. Ein winziger Segen in diesem gewaltigen Misthaufen.

Lothar hält seine Hand hoch und Zaneta folgt seinem unausgesprochenen Befehl, mich innehalten zu lassen. Er schaut das graue Band finster an, das um meinen Oberarm gewickelt ist. „Wofür ist das?"

Meine Puppenspielerin zwingt mich zu einer Antwort. Ich sehe keinen Grund, diesbezüglich zu lügen, antworte jedoch bloß knapp: „Ein Andenken."

Der Anführer des Ordens der Wildheit gluckst. „Ich werde keine Nachsicht für deine Sentimentalitäten zeigen, Feind."

Er zieht mir den Stoffstreifen vom Arm – das letzte Erinnerungsstück an meine kleine Schwester. Ein Protest bleibt mir in der Kehle stecken, unfähig, herauszuplatzen.

Er beobachtet mich mit einem herausfordernden Blick, als wolle er, dass ich meine Magie auf ihn anwende, und hält das Band an eine Laterne, die auf einem Nachttisch brennt. Mein Protest kriecht durch meine Brust und bohrt seine Krallen in mein Inneres, doch ich kann mich keinen Zentimeter rühren. Ich kann nicht einmal einen kleinen Magiestoß hervorbringen.

In einer derart bedrohlichen Situation würde mir meine chaotische Magie normalerweise zusetzen, damit ich sie raus und diese Schurken vernichten lasse. In diesem speziellen Fall würde ich es ihr vermutlich ungeachtet der Konsequenzen erlauben.

Zaneta übt jedoch eine so starke Kontrolle auf mich aus, dass auch meine Magie in mir eingesperrt bleibt. Das zu bewerkstelligen, ist für sie vermutlich am anstrengendsten. Die rastlose Energie flackert um mein Herz herum, als würde sie langsam köcheln, doch ich kann sie nicht aus mir schleudern.

Flammen lecken über das Band und schwärzen es augenblicklich. Lothar lässt es in einen leeren Waschzuber fallen, kurz bevor das Feuer seine Finger erreicht. Rauch steigt auf, als der Stoff zu Asche zerfällt.

Meine Kehle fühlt sich an, als wäre sie zugeschnürt worden. Ich kann kaum atmen.

Es ist alles in Ordnung. Es war nur ein Stück Stoff.

Meinen Erinnerungen an Linzi kann er nichts anhaben. Er kann nicht zerstören, was sie mir bedeutet hat.

Es gibt allerdings noch viel mehr, was er zerstören kann.

Lothar gibt Zaneta ein Zeichen und sie zwingt mich, das Kleid anzuziehen. Ich kann der glatten Seide nichts abgewinnen, die über meine Haut gleitet. Sie erinnert mich nur an das letzte Mal, als ich derartige Kleider regelmäßig trug – als ich mich auf der königlichen Akademie als Adlige ausgab.

Als der Geist einer zukünftigen Adligen in meinem Kopf feststeckte und mich durch die heimtückische Welt der Adligen leitete. Als ich Männer bei mir hatte, die meine Verbündeten, dann Freunde und schließlich so viel mehr wurden, als ich jemals zu hoffen wagte.

All das ist jetzt fort und so verloren wie das Band meiner Schwester – dank Lothar und seiner sadistischen Pläne.

Mein Kopf bleibt stumm. Julitas Geist ist gestern Nacht aus mir gesprungen, um mich vor ihrem bösartigen Bruder zu beschützen.

Sie ist mittlerweile bestimmt in die Arme ihres Gottlen weitergegangen.

Ich habe keine Ahnung, ob der Gottlen, der über *mich* gewacht hat, meine aktuelle missliche Lage im Auge behält. Es wäre schrecklich nett von Kosmel, mir endlich einen Fluchtweg zu zeigen, falls er Lust dazu hat.

Und meine Männer … die vier Männer, die nicht nur meine Liebhaber, sondern eine Familie mit starkem Zusammenhalt geworden sind, wie ich sie mir immer gewünscht hatte …

Es ist mehrere Stunden her, seit ich sie zuletzt gesehen habe. Meine letzten Worte an sie wurden von der Magie dieser Blutzauberin aus meiner Kehle gezwungen und machten sich über sie lustig, weil sie mir vertraut hatten.

Nur die Götter wissen, was meine Männer von alldem halten. Ob sie nur noch einen Feind in mir sehen werden, wenn sie mich finden.

Frische Tränen brennen in meinen Augen. Ich zwinge sie zurück, während ich die Bänder des Kleids festziehe.

Lothar würde mich für meine Tränen bloß auslachen. Ich will ihm nicht die Befriedigung verschaffen, ganz gleich, wie viel Kummer in meiner Brust brennt.

Als meine Hände wieder an meine Seiten fallen, betrachtet Lothar mich mit einem harten Feixen. Abscheu kriecht über meine Haut, die nichts mit seiner schiefen Gestalt zu tun hat.

Dieser Mann muss ein schlimmerer Psychopath sein als alle anderen, denen wir auf unserer Mission gegen die Blutzauberer begegnet sind. Er hat eine landesweite Verschwörung aufgebaut und dabei so getan, als würde er der Familie dienen, die er töten will.

Eine landesweite Verschwörung, die ihre Macht von der Verstümmelung zwölfjähriger Waisen erhält.

Sein „Orden der Wildheit" behauptet, er würde die wahren Wünsche der Götter erfüllen. Die Leute, die er anstachelt, bestehen darauf, dass ihre verrückten, grausamen Taten den Allesgeber zurückbringen werden, obwohl er unsere Reiche schon vor Jahrhunderten im Stich gelassen hat.

Ich bin mir noch nicht sicher, ob dieser Mann tatsächlich die Geschichten glaubt, die er verbreitet, oder ob es nur eine Taktik ist, die einem anderen Zweck dient.

Der magische Berater deutet auf einen der Soldaten, welche die Kleider durchgehen. Der Fremde tritt näher, um mit einem Kamm durch meine zerzausten Haare zu fahren. Ich kann nicht zusammenzucken, geschweige denn vor seiner Berührung zurückschrecken.

Während ich das Kämmen über mich ergehen lasse, erscheint ein schlanker Mann mit einem bleichen Gesicht im Türrahmen. Er kann nicht viel älter als meine zwanzig Jahre sein und seine schmale Gestalt wird beinahe von den Schichten bestickter Seide und Samt verschluckt, in die er sich gekleidet hat. Man könnte meinen, er hätte sich für einen Ball herausgeputzt.

Er betrachtet mich, versteift sich und blickt kurz zu Lothar. „Ich habe gehört, dass du eine der *Zerrissenen* hierhergebracht hast."

Eine Mischung aus Entsetzen und Abscheu färbt seinen Ton. So reagieren die meisten Leute auf meine verfluchte Magie, dennoch schlingert mein Magen.

Lothar spricht mit derselben kühlen Autorität wie zuvor. „Du hast nichts zu befürchten. Sie untersteht unserer vollkommenen Kontrolle."

In diesem letzten Satz schwingt ein hämischer Unterton mit. Ich würde mit den Zähnen knirschen, wenn ich sie bewegen könnte.

Der geckenhafte Mann erschaudert und bewegt seine Hand hastig in der Geste der Gottheiten über seinen Oberkörper, als würde er die Götter anrufen, damit sie ihn vor mir beschützen. „Als du mich um die Benutzung des Anwesens gebeten hast, war mir nicht bewusst …"

Lothars Ton wird hart. „Du hast dich unserer Sache verpflichtet. Beginnst du etwa, an meinem Urteilsvermögen zu zweifeln?"

Irgendwie wird der andere Mann – der Erbe dieses Anwesens? – noch blasser. „Nein … nein, natürlich nicht. Alles, was ich dem Allesgeber und dem Orden der Wildheit anbieten kann, könnt ihr nutzen."

Er eilt davon, vielleicht in der Hoffnung, dass er weit genug weg sein wird, um dem Angriff zu entkommen, falls meine bösartige Magie doch aus mir herausexplodiert.

War er wirklich schon der Herr dieses Anwesens? Oder wandte er sich gegen seine Eltern, so wie es anscheinend andere adlige Erben mit Unterstützung des Ordens getan hatten?

Als sich der Mann mit dem Kamm zurückzieht, blickt Lothar zu einem zweiten Duo aus Blutzauberer und verhülltem Komplizen, die auf der anderen Zimmerseite warten. Der Zauberer lehnt an dem Schminktisch und mustert ein glänzendes Metallobjekt, das sie aus meiner Tasche gezogen haben, als sie mich nach Waffen absuchten.

Mit dem Medaillon kann man meinen Männern ein Signal schicken. Falls der Zauberer mit dem Daumen auf die Innenseite drückt, werden sie wissen, wo sie mich finden können.

Der korpulente Mann hat jedoch nur einen Blick hineingeworfen, ansonsten bloß das Äußere untersucht und Worte einer fremden Sprache gemurmelt, welche die Blutzauberer benutzen.

„Hast du die Magie entwirrt, mit der es belegt ist?", fragt Lothar.

Der Zauberer schüttelt den Kopf. „Es wurde definitiv gesegnet, gibt seinen Zweck jedoch nicht preis. Das muss bedeuten, dass es aktuell inaktiv ist. Momentan strahlt es keine Magie aus."

„Dann bewahre es in deinem Eindämmungskästchen auf. Wir wollen nicht Gefahr laufen, dass es eine Störung verursacht, wenn wir nicht darauf vorbereitet sind."

Der schiefe Mann wendet sich wieder mir zu. „Ich schätze, du würdest mir nicht die Wahrheit darüber erzählen, wofür das Medaillon ist, wenn ich dich sprechen lasse."

Ich schaue ihn bloß finster an und wünsche mir, mein Hass könnte ihn so verbrennen, wie es meine Magie aktuell nicht tun kann.

Lothar summt leise. „Bindet ihre Haare zurück. Die Frisur muss nicht kunstvoll sein. Wir werden sie ohnehin mit der Kapuze ihres Umhangs verdecken."

Zaneta befeuchtet ihre Lippen. „Gehen wir heute Nacht?"

„Je länger wir es aufschieben, desto mehr Gelegenheiten hat Konram, seine Pläne anzupassen. Nur die Götter wissen, welche Schlüsse er aus den jüngsten Ereignissen gezogen hat." Er blickt zu ihrem Komplizen. „Wir werden den Gesegneten nicht in den Palast bringen können. Er wäre zu auffällig. Ich nehme an, du kannst die Magie auch aus einer kleinen Entfernung kanalisieren."

Seine Zauberin nickt. „Ja, Meister Lothar. Allerdings wird es all meine Konzentration erfordern."

„Das ist vollkommen in Ordnung." Lothars Feixen breitet sich wieder auf seinem Gesicht aus, als sein Blick meinem begegnet. „Unsere zerrissene Zauberin wird endlich etwas Lohnenswertes mit ihrer wilden Magie tun. Sie kann sich um den Rest kümmern."

Kälte packt meinen Körper. Ich wehre mich mit neuer Energie gegen den unsichtbaren Griff, kann jedoch nach wie vor keinen einzigen Muskel bewegen.

Was wird er mit mir tun?

Was wird er mich zu tun *zwingen*?

Ich weiß nicht, ob Lothar mein Entsetzen an meiner steifen Miene ablesen kann oder ob meine Reaktion leicht zu erraten ist. Er tritt näher an mich heran und in seinen hellbraunen Augen funkelt ein manisches Licht.

„Das gefällt dir nicht? So ein Jammer. Du hast Glück, dass du so viele Jahre der Freiheit hattest. Deine Art ist eine Abscheulichkeit – eine Plage der Reiche. Geboren mit so viel Macht, für die du nicht einmal ein Haarbüschel opfern musstest … Du solltest dankbar sein, dass ich dir erlaube, ein derart wichtiger Teil unserer Revolution zu sein."

Stört es ihn, dass er so viel für die Gabe opfern musste, die er erhalten hat? Es ist nicht so, als hätte ihn jemand zu dieser Entscheidung gezwungen.

Außerdem macht er sich nicht einmal die Mühe, seine eigene Magie häufig zu benutzen, angesichts dessen, dass er seinen Untergebenen befiehlt, all die Zauberei zu übernehmen.

Weshalb ist er so verbittert?

Ich kann mir die ätzenden Bemerkungen nur ausmalen, die Julita über den königlichen Berater gemacht hätte – und bei dieser Vorstellung verkrampft sich mein Magen vor Kummer.

Irgendwie hat sie immer Worte gefunden, um meine Laune zu heben, ganz gleich, wie ausweglos unsere Lage zu sein schien.

Ich habe mich an diese Gesellschaft – diese Freundschaft – gewöhnt, obgleich von Anfang an feststand, dass sie nicht für immer bleiben würde.

Es ist besser für sie, dass sie weitergezogen ist. Sie verdient Frieden. Und ich habe genügend Übung darin, allein zu überleben.

Ich hätte nie gedacht, dass ich mich einmal in einer Situation wiederfinden würde, in der ich das nicht tun will.

Lothar gibt den Männern in den Soldatenuniformen mit einem Fingerschnipsen ein Zeichen. „Bereitet die Kutsche vor. Ich will innerhalb einer Stunde aufbrechen."

Zaneta atmet scharf ein. „Was soll ich mit ihr tun, wenn wir den Palast erreichen?"

Der magische Berater gluckst kühl. „Wenn alles gut geht, werde ich uns allein durch meine Autorität direkt zur Königsfamilie bringen können. Halte dich bereit, wenn nötig auf meinen Befehl einzugreifen. Wir werden sie alle im Audienzzimmer versammeln."

Sein Blick durchbohrt mich noch kälter als zuvor. „Sobald wir den Raum betreten und sie die Familie sehen kann, lass sie jeden ihrer hübschen königlichen Schädel brechen."

# ZWEI

*Ivy*

Lothar schließt die Vorhänge der Kutsche. Ich weiß, dass wir die Stadt Regica erreicht haben, weil er kurz aus dem Fahrzeug steigt und mit der Wache am Tor spricht.

Wir sitzen dicht an dicht auf den Polsterbänken in der Kutsche. Meine Zauberer-Puppenspielerin ist mir so nah, dass unsere Ellenbogen gegeneinanderstoßen, wenn die Räder über eine Bodenwelle holpern. Allerdings bin ich mir nicht sicher, ob es mir lieber wäre, wenn stattdessen ihr verhüllter Opferkomplize oder der Zerrissene-hassende, schiefe magische Berater an mich gepresst wäre.

Es ist schlimm genug, Lothars hochmütigen Blick auf mir zu spüren, der mich von der gegenüberliegenden Bank mustert, während die Kutsche weiterholpert.

Zaneta kann zwar meine Magie wegsperren, jedoch nicht jede automatische Reaktion meines Körpers kontrollieren. Mein Herz hämmert wie wild, seit Lothar seine Anweisungen für mich enthüllt hat, und mein Magen rumort mit jeder verstreichenden Minute heftiger.

Ich schätze, sie kann mich daran hindern, mich zu

übergeben. Ich hätte allerdings nichts dagegen, meinen Mageninhalt jetzt auf den Mann zu entleeren, der das Sagen hat.

Vielleicht könnte er dann nicht einfach in die königliche Residenz in Regica spazieren und seine mörderische Audienz mit dem König organisieren.

Das Ordensmitglied, das die Kutsche lenkt, fährt uns durch die Straßen der Stadt, wobei er gelegentlich abbiegt. Eine gefühlte Ewigkeit später hält das Fahrzeug an.

Mein Herz setzt einen Schlag aus, doch Lothar wendet sich an den Opferkomplizen anstatt an mich. „Du wirst in Sicherheit und außer Sichtweite bleiben und weiterhin helfen. Unsere Freunde werden auf dich aufpassen, während du Zaneta deine Gabe anbietest."

„Es ist mir eine Freude, dem Allesgeber zu dienen", murmelt der Komplize.

Nachdem er die Kutsche mit Lothar verlassen hat, versuche ich, meine Muskeln anzuspannen und eine Schwachstelle in Zanetas Kontrolle über meinen Körper zu finden.

Wie gut kann sie aus der Entfernung auf die Magie des Komplizen zugreifen, selbst wenn es nur eine geringe Distanz ist? Es ist bestimmt schwieriger für sie und sie sieht bereits aus, als würde ihr die Anstrengung zusetzen.

Fürs Erste strengt es sie noch nicht genug an, als dass ich mich ihrer Magie widersetzen könnte. Der einzige wahrnehmbare Unterschied ist ein schärferes Beben meiner Macht in meiner Brust, als würde sie eine winzige Lockerung an unserem unsichtbaren Gefängnis wahrnehmen, die ich noch nicht ausnutzen kann.

Ich muss es einfach weiterhin versuchen. Ich muss mich daran hindern, ihren Forderungen nachzugeben, bevor wir die Königsfamilie erreichen.

Ich habe Monate damit verbracht, mein Leben und meinen Verstand aufs Spiel zu setzen, um König Konram und die Herrschaft seiner Familie über Silana zu schützen. Ich habe gekämpft, um sicherzustellen, dass die Blutzauberer nicht die Oberhand gewinnen und dem ganzen Land ihre brutale Führung aufzwingen.

Er wollte mich begnadigen. Er glaubte endlich, dass ich kein Monster bin.

Götter straft mich, ich will keines sein. Ich will nicht in der Welt leben, die uns bleiben wird, wenn die Königsfamilie diesen Schurken zum Opfer fällt.

Wenn Lothar mit mir fertig ist, wird mein Verstand möglicherweise so verwirrt sein, dass es mich nicht mehr interessieren wird. Mein Realitätsgefühl bekam bereits jedes Mal Risse, wenn ich viel von meiner Magie einsetzte.

Allzu schnell klettert Lothar wieder in die Kutsche. Er sagt nichts, als die Pferde uns weiterziehen, doch wir sind wahrscheinlich schon in der Nähe des Palasts. Er will den Komplizen bestimmt so nah wie möglich wissen.

Meine Annahme wird bestätigt, als die Räder keine Minute später anhalten. Lothar nickt Zaneta zu. „Lass uns unser Vorhaben zu Ende bringen."

Bei der Tragweite dieser Worte breitet sich Gänsehaut auf meiner Haut aus.

Meine Glieder bewegen sich und drücken mich hoch. Entgegen meiner persönlichen Absichten steige ich aus dem Wagen.

Doch als ich mental an meinem Körper zerre und ihn zwinge, sich zu widersetzen, durchläuft meinen Arm ein schwaches Beben. Als die Zauberin meine Hand anleitet, an meine Seite zu fallen, zucken meine Finger zu meinem Schenkel und tippen ihn leicht an.

Hoffnung schießt durch meine Adern. Das habe ich bewirkt – dessen bin ich mir beinahe sicher.

Ich versuche, erneut mit den Fingern zu wackeln, allerdings gehorchen sie mir jetzt nicht mehr, da mein Arm reglos ist. Ich kann meinen Kopf nicht drehen und meinen Blick bloß nach vorne richten.

Es gab eine winzige Öffnung. Ich muss noch eine finden.

Wir stehen vor einer hohen Mauer aus poliertem Stein. Eine vergoldete, jedoch wuchtige Holztür füllt das Tor.

Lothar tritt an das Wappen der Melchioreks heran, das in den Türrahmen geschnitzt wurde. Zaneta tritt neben ihn und weist mich an, mir die Kapuze tiefer ins Gesicht zu ziehen.

Als ich meine Hand hebe, gelingt es mir erneut, meine Finger zu bewegen. Doch sowie sie meine Kapuze erreichen, schließen sie sich um den Stoff und ignorieren jeden Befehl, den ich ihnen gebe.

Ich kann mich nicht daran hindern, meinen Arm zu senken, weshalb ich all meine Willenskraft einsetze, um ihn etwas schneller zu bewegen. Könnte ich so mit meinem Ellenbogen ausschlagen?

Das Gelenk beugt sich leicht und zuckt kurz. Hmm.

Lothar hat einen Gegenstand an das Wappen gepresst und murmelt einige Worte, die ich nicht verstehe. Das Tor schwingt auf und lässt uns ein.

Mehrere Wachen in den königlichen saphirblauen Uniformen stehen auf der anderen Seite des Tors. König Konram hat die Sicherheitsmaßnahmen eindeutig erhöht, nachdem er den Beweis für die Pläne des Ordens der Wildheit gesehen hat.

Erst letzte Nacht marschierte eine Horde aus hunderten Ordensmitgliedern mit der Absicht, ihn zu töten, bis auf ein paar Stunden an die Stadt heran.

Nur wegen mir und meinen Männern – und eines riskanten Plans, für den die darischen Soldaten auf der anderen Seite des Hochmeerkanals manipuliert werden mussten – hat es die Armee der Blutzauberer nie hierhergeschafft. Ich kann diesen Sieg jedoch schlecht feicrn, wenn ich zulasse, dass ich in Folge dessen zur Mörderin des Königs gemacht werde.

Ich reiße an meinem Hals in dem Bemühen, meinen Kopf zu den Wachen zu drehen, und spanne mein Gesicht an, um eine warnende Miene aufzusetzen.

Keine meiner Anstrengungen erzielt ein Ergebnis. Ich gehe einfach geradeaus weiter und folge Lothar zusammen mit meiner Puppenspielerin.

Als ich es vorhin schaffte, mich aus eigenem Willen heraus zu bewegen, baute ich lediglich auf eine Bewegung auf, zu der die Blutzauberin mich bereits gezwungen hatte, anstatt mich gegen ihre Kontrolle aufzulehnen. Es würde Sinn ergeben, dass es einfacher ist, meine eigenen Absichten einfließen zu lassen, wenn ich mich ihren Befehlen hingebe.

Vorsichtig, da ich sie nicht darauf aufmerksam machen will, dass ich die Grenzen ihrer Kontrolle teste, konzentriere ich mich darauf, mit der Stiefelspitze gegen den Saum meines Kleides zu treten. Nach einigen Schritten schaffe ich es, ihn leicht anzutippen.

Das ist immerhin etwas. Ein kleines bisschen Kontrolle, das ich zurückgewinnen kann.

Wie kann ich diese Errungenschaft nutzen, um den Mordanschlag zu verhindern? Wenn ich es übertreibe und versage, wird Zaneta ihren Griff um mich noch mehr festigen.

Ich werde nur eine Gelegenheit erhalten.

Der Palast von Regica ragt über uns auf – nicht ganz so prächtig und beeindruckend wie der Palast, den ich aus der Hauptstadt Florian kenne, dennoch ein beeindruckendes Bauwerk. Die Marmorwände glänzen und geschnitzte Figuren von Creaden, dem Gottlen der Führung, spähen von beiden Seiten der Eingangstüren auf uns herab.

Vier Wachen stehen auf der obersten Stufe der Treppe, die zu diesen Türen führen. Eine hält bei unserem Anblick ihre Hand hoch.

„Berater Lothar", sagt sie. „Der König erwartet Sie … allerdings erlaubt er keine Personen im Palast, die nicht zuvor überprüft wurden. Sie werden ab hier allein weitergehen müssen."

Lothar runzelt die Stirn. „Sie sind meine Assistenten. Ich habe sie selbst überprüft. Sie besitzen Schlüsselinformationen, die sie bei dem Treffen preisgeben werden, das ich mit König Konram vereinbart habe."

Die Wache schüttelt den Kopf. „Es tut mir leid, Berater Lothar. Angesichts der jüngsten Ereignisse hat er eine Regel erlassen, dass nur Personen eintreten dürfen, die er speziell genehmigt hat. Ich bin mir sicher, Sie können das während Ihres Treffens mit ihm besprechen."

Der magische Berater seufzt, als sei das alles eine lächerliche Vorsichtsmaßnahme. Dabei könnte Konram seine Vorsicht heute Nacht das Leben retten.

Außer Lothar kann seine Gabe nutzen, um seine Wünsche zu erzwingen.

Bitte, mach, dass diese mörderische Mission hier endet. Ich bin zu angespannt, als dass echte Hoffnung meine Übelkeit durchbrechen kann, bete jedoch mit aller Kraft.

Der schiefe Mann schenkt der Anführerin der Wachen ein Lächeln, bei dem ich erschaudern will. „Sie können sie doch sicherlich wenigstens in die Empfangshalle lassen. Es ist ein ziemlich kalter Abend. Ich vermute, König Konram wird ihre Anwesenheit gutheißen, sobald ich mit ihm gesprochen habe."

Die Wache macht nicht den Eindruck, als würde sie einknicken. „Wenn ihnen kalt ist, können sie in der Kutsche auf die Genehmigung warten, Berater. Ich muss meine Befehle befolgen."

„Es tut mir leid, das zu hören", erwidert Lothar scharf und gibt Zaneta ein knappes Zeichen.

Ich habe nicht einmal Zeit, protestierend aufzuschreien, auch wenn der Schrei in meinem aktuellen Zustand stumm geblieben wäre. Die Magie der Blutzauberin reißt an meinem Körper – und zwingt mich, meine eigene Macht augenblicklich auszusenden.

Entgegen meinem Willen schleudere ich Speere meiner Magie auf alle vier Wachen gleichzeitig. Die übernatürliche Kraft kracht durch ihre Schädel.

Meine Magie zerschmettert ihren Verstand, bevor sie einen Protest erheben können.

Vier Körper brechen vor den Palasttüren zusammen. Mit einem weiteren Ruck von Zanetas Kontrolle lasse ich diese Körper zu Staub zerfallen, der von einer Windböe davongetragen wird.

Meine Magie vibriert eifrig in meiner Brust, der Rest von mir schreit vergeblich. Mir ist das Herz in die sprichwörtliche Hose gerutscht.

Ich habe gerade vier unschuldige Leute getötet – vier Leute, die nur versucht haben, den Anführer des Reichs zu beschützen. Ich habe ihre Leichen zerrissen, damit niemand erkennt, was ihnen widerfahren ist.

Nur die Götter wissen, welche Konsequenzen diese Taten nach sich gezogen haben.

Und das ist erst der Anfang dessen, was Lothar von mir will.

Er hat bereits die Palasttür aufgestoßen. „Sorg dafür, dass niemand genug sieht, um Alarm zu schlagen", befiehlt er Zaneta leise.

Er marschiert durch den Flur, der von Wandteppichen und goldgerahmten Gemälden gesäumt wird. Meine Füße stapfen hinter ihm her über den kunstvoll gewebten Teppich.

Meine Gedanken purzeln übereinander bei meinen panischen Versuchen, eine Möglichkeit zu finden, mich ihm zu widersetzen. Möglicherweise kann ich schneller laufen und ihn umwerfen.

Doch ich habe keine Waffen und Zaneta kontrolliert meine Magie. Was würde ein Zusammenstoß mit dem magischen Berater erreichen, außer ihn wütend und noch wachsamer zu machen?

Wenn Zaneta meine Magie erneut aus mir stößt, kann ich vielleicht wenigstens einen kleinen Teil davon auf meine Entführer schleudern.

Ich werde nicht viel Zeit haben, um es herauszufinden. Lothar möchte, dass ich die Königsfamilie vernichte, sobald wir sie erreichen.

Ich habe keine Ahnung, wie tief im Palast sich der Audienzsaal befindet. Lothar biegt in einen Nebengang, beschleunigt seine Schritte und Zaneta zwingt mich, mit diesen mitzuhalten.

Laternen flackern an den Wänden und tauchen den prächtigen Gang in ein goldenes Licht. Dann schallen irgendwo in der Ferne Stimmen von der Gewölbedecke – ein drängender Schrei.

Mein Herz macht einen Satz bei dem Gedanken, dass unser Eindringen bereits entdeckt wurde. Doch Lothar und seine Untergebene reagieren nicht.

Mein Magen verknotet sich noch fester und mir wird schlecht, als es mir dämmert.

Der Schrei war kein realer Laut. Mein Verstand hat ihn erzeugt und Halluzinationen erfunden. Er zerbricht immer stärker, während meine Magie an ihm reißt.

Und es gibt nichts, was ich dagegen unternehmen kann.

*Noch* nicht. Mit jedem Schritt entfernen wir uns weiter von dem Opferkomplizen, von dem Zaneta ihre Kraft erhält. Ich teste die Grenzen ihrer Kontrolle und stelle fest, dass ich meine Arme ein wenig im Takt mit meinen Schritten schwingen kann.

Allerdings bezweifle ich, dass ein Armwedeln mich oder König Konram retten wird.

Ich greife nach der Macht, die in mir rumort. Sie wirbelt erwartungsvoll in meiner Brust, da sie bereits einmal eingesetzt wurde.

Wenn ich Zanetas Kontrolle über meine Magie brechen kann … wenn ich ihre Konzentration lang genug stören kann, um mich zu befreien …

Zwei Wachen eilen uns entgegen. Eine zögert und mustert uns. „Berater Lothar, ich glaube nicht …"

Dieses Mal muss Lothar nicht einmal ein Zeichen geben. Zaneta weiß, wie ihre Befehle lauten – und mein Körper zuckt, als ich diesen angetrieben von ihrer Magie gehorche.

Zwei weitere Magiespeere entspringen meinen Händen. Beide Wachen brechen zusammen, ihre Augen rollen nach oben und ihre Körper erschlaffen.

Lothar deutet auf ein Nebenzimmer und Zaneta lässt mich die Leichen hineinwuchten. Ich ringe mit meiner Magie und zwinge sie gedanklich, weiter zur Seite zu schwingen und gegen die Zauberin zu krachen, doch sie hält sich an den Kurs, der ihr vorgegeben wurde.

Ich kann mich Zanetas Kontrolle nach wie vor kaum entziehen. Sie müsste in der Richtung stehen, in die sie meine Magie dirigiert, doch es ist unwahrscheinlich, dass sie so sorglos sein wird.

Lothar zischt leise durch seine Zähne. „Kommt. Bevor sich noch jemand einmischen kann."

Wir eilen um eine weitere Biegung und wenden uns einer Tür zu, in die Kronen und Pflanzenranken geschnitzt wurden. Zaneta lässt mich die zwei Wachen töten, die vor dieser stehen, bevor sie auch nur ein Wort hervorbringen können.

Noch ein Schrei baut sich am Ansatz meiner Kehle auf, aber ich kann nicht einmal den Blick von ihren leblosen Körpern abwenden.

Im Weitergehen zwingt mich Zaneta, das Türschloss mit

meiner Magie zu öffnen. Weitere Macht sammelt sich hinter meinem Brustbein, bereit, die Tür weit aufzustoßen, damit ich hineinspringen und jede Person töten kann, die dahinter wartet.

Nein. Ich kann das nicht zulassen. Ich kann *nicht*.

Mein Puls donnert in meinen Ohren. Meine Gedanken wirbeln wild durch meinen Kopf.

Und als wir die Tür erreichen, sehe ich meine Öffnung.

In dem Moment, in dem mein erster Magiestoß die Tür öffnet, schleudert Zaneta mich in den Raum. Sie will, dass ich das Zimmer stürme, bevor die Königsfamilie Zeit hat, zu reagieren.

Also werfe ich mich noch schneller in die Richtung, in die sie mich bereits geschubst hat.

Ich werfe mich gegen die Kante der sich öffnenden Tür und schaffe es, meinen Kopf im selben Augenblick minimal zu senken. Meine Stirn kracht mit aller Kraft, zu der ich fähig bin, gegen die Hartholzecke.

Schmerz explodiert eine flüchtige Sekunde lang in meinem Schädel. Dann versinkt mein Verstand in Dunkelheit.

# DREI

*Stavros*

Während wir durch die Straßen der Stadt schlendern, verberge ich den Stumpf meines linken Handgelenks in meiner Tasche. Das leere Gestell der Prothese fühlt sich immer noch enervierend leicht an.

Da mittlerweile fünfzehn Jahre vergangen sind, seit ich meine Hand bei meiner Weihe an Sabrelle geopfert habe, kann ich nicht behaupten, dass ich sie sonderlich vermisse. Nach all dieser Zeit sind mir die Metall- und Holzhände, die ihren Platz eingenommen haben, vertrauter als das Fleisch, das ich aufgegeben habe.

Vollkommen ohne Hand zu sein, ist jedoch ein offensichtlicher Nachteil.

Leider ist die Metallkampfprothese, die mir als Einzige zur Verfügung steht, viel zu leicht zu identifizieren, weshalb sie an und für sich einen Nachteil darstellt. Sie ist so groß, dass ich sie nicht einfach in einer Tasche verbergen kann, und zu unmenschlich, um unbemerkt zu bleiben.

Außerdem bin ich mir nicht sicher, ob ich als

zurückkehrender Held oder gesuchter Verbrecher durch Regica streife.

Die dunkler werdende Nacht wird stellenweise von dem Licht erhellt, das durch die Fenster verschiedener Kneipen und Restaurants scheint. Als eine Gruppe fröhlicher Kneipenbesucher aus einem der Etablissements kommt, bleiben wir vier unweit von ihnen stehen, als würden wir innehalten, um unser Ziel zu besprechen.

Rheave mustert sie kurz und murmelt leise, während sie in raues Gelächter ausbrechen: „Sie sehen nicht besonders wichtig aus.“

Der Daimon in Menschengestalt neigt dazu, die Wahrheit unverblümt auszusprechen – eine Eigenschaft, die ich in vielen Situationen zu schätzen gelernt habe.

Ich neige den Kopf, um seiner Aussage zuzustimmen. „Das sind sie nicht. Man weiß jedoch nie, wer etwas Merkwürdiges gesehen oder gehört hat und es später seinen Freunden erzählt.“

Alek tritt ruhelos von einem Fuß auf den anderen. Aufgrund des Schattens seiner Umhangkapuze und des dünnen Schals, den er sich über die untere Hälfte seines Gesichts gewickelt hat, um seine Narben zu verbergen, kann ich den Gesichtsausdruck des Gelehrten nicht erkennen, jedoch erraten, was er denkt.

Wir müssen jede noch so kleine Gelegenheit ergreifen, an Informationen zu gelangen, da wir den ganzen Tag lang rein gar nichts herausgefunden haben.

Mit jedem Glockenläuten hat sich das Grauen in meinem Magen ausgedehnt. Ich habe zuvor gegen unberechenbare Feinde gekämpft, allerdings noch nie gegen derart rätselhafte Feinde.

Die Kneipenbesucher machen einige ordinäre Bemerkungen über eine der Barfrauen, die sie mit entsprechenden Gesten untermalen, ehe sie mitfühlende Geräusche machen, während sich einer über seinen strengen Chef in der Badeanstalt beschwert. Sie schlendern davon und lassen uns so unwissend wie zuvor zurück.

Casimir verzieht das Gesicht und fährt sich mit den Fingern durch seine hellbraunen Haare, was eine ungewöhnlich angespannte Geste für den normalerweise gelassenen Kurtisan ist. „Was immer Ivy und Hessild zugestoßen ist, hat möglicherweise nichts mit Regica zu tun. Was, wenn wir zum falschen Ort gegangen sind?"

Alek meldet sich in seinem nüchternen, sachlichen Ton zu Wort. „Das Einzige, was wir mit Sicherheit über die Blutzauberer wissen, ist, dass sie die Königsfamilie töten wollen. Die Königsfamilie ist hier. Zumindest war sie das letzte Nacht noch."

Er sieht mich mit einer Frage in seinen braunen Augen an.

Ich spähe die Straße hinab zu den hohen Türmen des Palasts, die mehrere Blöcke entfernt sind. Einige Fenster leuchten im Laternenschein und verschwimmen nach einem Moment wegen meiner beschädigten Sicht.

Meine Gedanken widmen sich wieder der letzten Nacht. „Die Armee des Ordens der Wildheit stellte eine offenkundige Bedrohung dar, doch soweit ich das erkennen kann, hat keine ihrer Truppen die Stadtmauern überwunden. In einem derartigen Szenario wäre es unklug, wenn König Konram eine sichere Position verlassen und sich auf der Straße potenziell in Gefahr bringen würde."

„Vor allem, wenn seine Beraterin auf diesen Straßen durch Magie getötet wurde", bemerkt Rheave hilfreich. Seine dunkelbraunen Locken schwingen, als er den Kopf schieflegt.

Mein Magen verkrampft sich noch fester bei der Erinnerung.

Wir ließen Hessild Korinya, die erste magische Beraterin des Königs, und ihre zwei Soldaten auf der Straße liegen, wo sie gestorben waren. Es fühlte sich respektlos an, ihre Leichen alleinzulassen, doch jegliche Riten, die wir hätten durchführen können, hätten als Beweis betrachtet werden können, dass wir bei ihrem Tod die Hand im Spiel hatten.

Wir können bloß hoffen, dass, sie unberührt liegen zu lassen, die Wahrscheinlichkeit erhöht, dass die Leute des Königs feststellen, was — und wer — sie getötet hat. Und dass es nicht die Flüchtlinge waren, die sie für ihre Begnadigung abholen sollte.

Ich schob eine Nachricht unter ihren Arm, in der stand, dass die Blutzauberer zugeschlagen hätten und wir losgeritten wären, um sie zu verfolgen. Das ist natürlich nur ein Teil der Wahrheit.

Der innere Kampf, den ich seit heute Morgen ausfechte, entbrennt erneut.

Ich sollte zum König gehen und ihn selbst darüber informieren, was geschehen ist. Ich sollte ihn warnen, dass es eine noch größere Bedrohung gibt, als uns bewusst war – eine, die mit viel subtileren Methoden arbeitet, als wir hätten erahnen können.

Allerdings kann ich sogar ohne meine Gabe, Blicke in die Zukunft zu werfen, vorhersagen, was geschehen wird, wenn wir ohne Antworten und ohne die Frau zu ihm gehen, bei deren Begnadigung er am meisten zögerte.

Er wird annehmen, dass es Ivys Schuld ist, und erneut ihre Hinrichtung verlangen.

Bei meinem Schweigen erlischt die Neugier auf Rheaves glattem Gesicht. Seine Stirn runzelt sich, bevor er zaghafter als zuvor spricht. „Was, wenn nicht die Blutzauberer hinter dem Angriff steckten? Wir wissen, dass Ivy diesen Leuten niemals absichtlich schaden würde, doch ihre Magie hat sie nicht immer vernünftig denken lassen. Es wäre nicht ihre Schuld."

Casimir schüttelt energisch den Kopf. „Ivy hatte ihre Magie seit über einem Tag nicht benutzt. Es ergibt keinen Sinn, dass der Wahnsinn sie so plötzlich und viel stärker als zuvor gepackt hat. Außerdem hat sie in der Vergangenheit selbst zu den schlimmsten Zeiten nie höhnisch mit uns gesprochen."

Die Abschiedsworte unserer Liebhaberin steigen aus meinen Erinnerungen auf. *Ich habe erhalten, was ich brauchte, und jetzt sind wir fertig. Habt ihr wirklich gedacht, ihr wärt mir wichtig? Ihr seid allesamt lächerlich.*

Es klang nicht annähernd wie die Frau, mit der ich wochenlang beinahe jede wache Minute verbracht habe. Die Risse, die sich in ihrem Verstand ausgebreitet hatten, machten sie paranoid und schreckhaft, nicht spöttisch.

Jede Faser meines Körpers weist die Möglichkeit zurück, dass diese Behauptungen von Ivy kamen, ganz gleich, in welchem Zustand sie war. Sogar das Lachen, das sie ausstieß, klang erzwungen.

Eine Gruppe Blutzauberer, die nicht Teil des Marschs war, muss einen neuen Angriff gestartet haben – sie erschlugen Hessild und entrissen uns Ivy.

Leider verwischten sie ihre Spuren so gut, dass wir Ivy nicht folgen konnten. Ich rannte so schnell wie möglich zu meinem Reittier zurück, um sie zu verfolgen. Doch als ich den Hengst endlich in Bewegung setzte, war es, als wäre die Frau, die ich liebe, vom Erdboden verschluckt worden.

Meine Hand fällt zu der Tasche an meiner Hüfte. Das Medaillon, von dem wir alle mit Ausnahme von Rheave eine passende Kopie bei uns tragen, hat den ganzen Tag lang kein magisches Pulsieren ausgesandt.

Falls Ivy die Kontrolle über die Situation zurückerlangt hätte, würde sie zu uns zurückkehren oder uns ein Signal senden, damit wir zu ihr kommen, oder nicht? Das bedeutet, dass sie noch gefangen ist … oder nicht mehr in der Lage ist, uns zu kontaktieren.

Der Knoten in meinem Magen zieht sich fester zusammen, doch ich kann die Logik nicht von mir weisen. Trotz der Macht, welche die Blutzauberer mithilfe der Komplizen heraufbeschwören können, die sie verstümmelt haben, kann es nichts mit Ivys grenzenloser zerrissenen Magie aufnehmen.

Es ist gut möglich, dass sie Ivy töten wollten, um sicherzustellen, dass sie ihre Pläne nicht weiter stören kann. Vielleicht konnte ich sie nicht finden … weil sie bereits fort war.

Meine Hand ballt sich an meiner Seite zur Faust. Ich hebe sie, um die Geste der Gottheiten zu machen.

Wenn das der Fall ist, werde ich diese Schurken schlimmer bestrafen, als ich es mir bereits ausgemalt habe. Sabrelle gib mir Kraft und mach, dass es nicht wahr ist. Mach, dass sie noch am Leben ist.

Mach, dass wir sie finden.

Ich straffe die Schultern und wappne mich. „Lasst uns etwas näher an den Palast herangehen. Jetzt, da es dunkel ist, müssen wir uns keine so großen Sorgen mehr machen, dass wir erkannt werden.“

Alek nickt. „Hier scheint noch nichts schiefgegangen zu

sein. Wir sollten das als gutes Zeichen auffassen. Ivy ist möglicherweise bereits entkommen und wartet einfach, bis es sicher ist, sich mit uns in Verbindung zu setzen. Sie weiß, wie sie sich aus einer gefährlichen Situation manövrieren kann."

Als wir zum Palast gehen, marschiert Rheave mit frischer Energie weiter. „Ja. Unsere kleine Liane lässt sich von niemandem aufhalten. Wenn wir sie das nächste Mal sehen, hat sie womöglich schon ganz allein den Orden der Wildheit vernichtet."

Ich wünschte, ich könnte den gleichen Optimismus aufbringen. Mein Inneres bleibt weiterhin angespannt.

Es stimmt, dass es in der Stadt keine Störungen gegeben hat. Wenn irgendein Kampf ausgebrochen wäre, hätten wir das bemerkt …

Als es in der Ferne knallt, drehe ich blitzschnell den Kopf. Ein Kreischen erreicht meine Ohren gefolgt vom Donner trommelnder Schritte.

Mein Herz setzt einen Schlag aus. Ich gebe meinen Kameraden ein Zeichen und drehe mich bereits, um den Geräuschen zu folgen. „Hier entlang!"

Der Aufruhr kommt ungefähr aus der Richtung des Palasts, allerdings nicht direkt von dessen Haupteingang. Ich haste durch die Straße und biege rechts ab, wobei mir die anderen Männer dicht auf den Fersen sind.

Was immer los ist, hat möglicherweise nichts mit den Blutzauberern zu tun, doch wir müssen uns vergewissern.

Es erklingt noch ein Knall und ein so scharfes Keuchen, dass es trotz der nahegelegenen Gebäude zu hören ist. Ich renne schneller und mein Herz hämmert wie wild in meiner Brust.

Könnte das Ivy sein, die vor ihren Entführern flieht?

Wir weichen einem Karren aus und bleiben schlitternd am Rand einer der breiteren Straßen der Stadt stehen.

Sechs Gestalten rennen durch die Dunkelheit auf uns zu. Schwere Samtumhänge flattern um die drei Wesen, die verfolgt werden. Die Gestalt in der Mitte umklammert die Arme der anderen beiden, als würde sie sie weiterziehen.

Weniger als einen Block hinter ihnen sprinten drei

Palastwachen, die mit jedem Schritt die Lücke schließen. Ihre Mienen zeigen ernste Entschlossenheit.

Meine Beine erstarren vor Ungewissheit, wer hier die echten Opfer sind.

Rheave macht in seiner Kehle einen drängenden Laut. „Die Soldaten ... sie sind alle gefangene Daimon."

Im gleichen Moment weht der Wind über die Kapuze einer flüchtenden Gestalt. Als ich meinen Blick verlagere, um der Bewegung zu folgen, wird der Stoff weit genug zurückgeblasen, um dunkle Haare zu enthüllen, die ein blasses Gesicht rahmen, das ich sofort erkenne.

Es ist nicht die Frau, nach der ich gesucht habe, jedoch ein Mädchen, das meinen Schutz in diesem Moment scheinbar noch dringender nötig hat.

Ich weiß nicht, warum Prinzessin Klaudia vor den Wachen flieht, die sie normalerweise beschützen würden, oder mit wem sie zusammen ist, aber die gefangenen Daimon sind die Werkzeuge der Blutzauberer. Ich bezweifle, dass sie gute Absichten hegen.

„Wir schalten die Wachen aus", blaffe ich den anderen zu und springe auf die Straße.

Ich vermisse meine Handprothese mehr denn je, doch mein Schwert gleitet mit einem beruhigenden Zischen aus seiner Scheide. Ich stürme an König Konrams Tochter und ihren Begleitern vorbei auf ihre Verfolger zu.

Verwirrung huscht über die Gesichter der Wachen, kurz bevor ich mein Schwert in die Brust der ersten ramme. Sowie meine Klinge sein Herz durchbohrt, verhärtet sich sein Körper zu dem Ton, aus dem er geschaffen wurde.

Als er auf die Pflastersteine knallt und der gebrannte Ton zerbricht, saust ein Lichtblitz aus Energie durch die Luft und kracht in die Frau neben ihm. Sie taumelt rückwärts. Die Seite ihres Kopfes ist verkohlt von Rheaves übernatürlichem Angriff.

Bevor sie ihr Gleichgewicht finden kann, schlitze ich ihre Kehle auf und wirble zu dem dritten Verfolger herum.

Er versucht, mir auszuweichen, und springt der Prinzessin hinterher. In dem Moment, in dem ich ihm mein Schwert in die Seite treibe, schlägt ein Pfeil in seine Schläfe ein.

Ich bin mir nicht sicher, welche Waffe ihm den Garaus macht. Wie die anderen zwei wird er zu Ton und bricht zusammen.

Ich wirble in die Richtung herum, in welche die Prinzessin gerannt ist. Meine Freunde sind herbeigerannt, um mir bei dem Kampf zu helfen. Rheave hat seinen Bogen in einer Hand und einen Pfeil in der anderen, während die anderen beiden ihre Messer umklammern. Als der letzte Körper fällt, drehen wir uns zu den drei Gestalten in ihren edlen Umhängen um, die sich in den Türrahmen eines dunklen Ladens drängen.

Prinzessin Klaudias Stimme bebt unter ihrer Kapuze hervor. „General Stavros?"

Ich habe meine militärische Stellung wegen der Verletzung, die meine Sicht beschädigte, vor über einem Jahr verloren, mache mir jetzt jedoch nicht die Mühe, sie zu korrigieren. Dass sie *mich* erkannt hat, könnte der einzige Grund dafür sein, dass sie nicht weitergerannt ist.

Ich senke mein Schwert und halte den Stumpf meines Handgelenks zum Zeichen der Kapitulation hoch. „Ich wollte nur sicherstellen, dass sie Euch nicht verletzen. Was ist passiert, Prinzessin Klaudia?"

Zur Antwort erhalte ich bloß ein gedämpftes Schluchzen, als sie ihre Hand auf ihren Mund presst. Das Mädchen ist erst sechzehn Jahre alt – nur die Götter wissen, was sie bis jetzt durchgemacht hat.

Als ich näher trete, erkenne ich das Gesicht ihres Bruders unter einer der anderen Kapuzen. Prinz Jacos ist noch jünger und seine Haut ist trotz der roten Flecken von dem anstrengenden Sprint bleich geworden.

Die Gestalt in der Mitte, welche die beiden umklammert hat, hebt den Kopf und begegnet meinem Blick. In dem Augenblick, bevor sich mein Sichtfeld erneut trübt, stelle ich fest, dass ich in das Gesicht einer meiner ehemaligen Studentinnen blicke – sie heißt Petra.

Ihre dunklen Augen sehen mich so ernst an, dass mir ganz flau im Magen wird.

Sie ist eine entfernte Verwandte der Königin – sie entspringt nicht einmal der Melchiorek-Linie. Warum würde König

Konram sie zusammen mit seiner unmittelbaren Familie evakuieren?

Warum ist das Geschwisterpaar bei ihr und nicht beim König oder einem ihrer echten Beschützer?

Als sie spricht, bleibt ihre klare Stimme ruhig mit Ausnahme eines kleinen emotionalen Zitterns, das sie nicht komplett unterdrücken kann. „Ster. Stavros, wir brauchen Ihre Hilfe. König Konram und Königin Ishild sind tot.“

# VIER

*Ivy*

**M**ein Kopf pocht mit jedem taumelnden Schritt heftiger. Flüssigkeit rinnt über die Seite meines Gesichts – ein metallischer Geschmack sickert zwischen meine Lippen.

Blut. Es muss Blut sein.

Alles außer dem Schmerz fühlt sich so weit weg an.

Eine Hand schließt sich um meinen Oberarm und reißt mich schneller vorwärts. Ich will einfach stehen bleiben und mich hinlegen, damit das Hämmern in meinem Schädel aufhört, doch meine Beine torkeln weiter.

Eine Stimme krächzt neben mir. „Kannst du sie nicht zum Rennen bringen?"

Eine andere Stimme antwortet zittrig: „Es tut mir leid, Meister Lothar. Ich gebe mein Bestes. Es ist schwieriger, wenn sie verletzt ist."

Mein herabhängender Kopf schwingt hin und her. Die Oberfläche, über die ich stolpere, verschwimmt und schwankt vor meinen trüben Augen.

„Verfluchte zerrissene Zauberin", knurrt der Mann, der

mich mit sich schleift. „Nicht einmal gut genug, um eine so einfache Aufgabe zu erledigen. Du verdienst keinen verdammten Funken dieser Magie."

Wir platzen durch eine Tür in eine Wolke kühler Luft. Blutstropfen spritzen hinter mir auf die hellen Pflastersteine.

Mein Verstand schreckt vor dem Anblick zurück. Da war noch mehr Blut … Blut auf den Marmorfliesen … Blut auf einer goldenen Krone …

Mein Magen dreht sich um. War das ich? Habe ich trotz meiner besten Versuche, Widerstand zu leisten, jemanden in dem großen Audienzsaal getötet?

Lothar – ja, er ist es, der mich so kraftvoll mit sich zieht – ist wütend. Ich habe die Dinge schwieriger für ihn gemacht.

Das bedeutet allerdings nicht, dass er letztendlich nicht das Minimum dessen erhalten hat, was er wollte.

Schreie und Lärm erklingen und verblassen in wogenden Wellen. Ich kann nicht erkennen, ob sie real oder nur Halluzinationen sind.

Ich stolpere, woraufhin ein schärferer Stich meinen Schädel durchfährt und meine wenigen zusammenhängenden Gedanken zerstreut. Ich schwanke, als mir schwindlig wird.

Mein Gespür für meine Umgebung verblasst vollständig. Mein Bewusstsein kommt und geht.

Ich sacke gegen die Wand einer ruckelnden Kutsche …

Lothar erteilt seinen Begleitern irgendwelche Befehle …

Jemand drückt etwas an meine Schläfe, vielleicht in der Absicht, meine Wunde zu verbinden. Doch er tut das so grob, dass ich zusammenzucken würde, wenn es die Magie erlauben würde, die mich kontrolliert …

Dann stolpern wir in die dunkle Kälte der Nacht und unsere Füße poltern über einen festgetrampelten Weg. Lothar reißt mich zu einem Steinhaus, das vor uns aufragt.

Als wir hineinmarschieren, erhasche ich trotz meines verworrenen Zustands genug Blicke auf das Gebäude, um zu erkennen, dass es das gleiche Sommerhaus ist, zu dem er mich zuvor gebracht hat. Jemand stolpert hinter mir.

„Was ist jetzt los?", will Lothar wissen.

Zanetas Stimme klingt abgehackt. „Ich … ich gebe mein

Bestes, aber die Anstrengung … Sie so lange komplett zu kontrollieren, erschöpft mich …"

Der magische Berater spuckt einige Flüche aus und schubst mich durch eine Tür. „Na schön. Ich schätze, du kannst dich ein wenig erholen, bevor wir diesen Schlamassel beseitigen."

Er hebt seine Stimme. „Biani! Wo ist das Lossum, das du für uns besorgt hast?"

Das Wort durchdringt den Schmerz in meinem Kopf. Lossum – das ist ein geläufiges Sedativum.

Trotz meiner wirbelnden Gedanken werde ich mir einer Sache bewusst. Die Zerrissenen unter Drogen zu setzen, sorgt normalerweise dafür, dass sie ihre Kräfte nicht nutzen können.

Sie werden mich betäuben, damit Zaneta sich ausruhen kann, ohne sich Sorgen darum zu machen, was ich tun werde.

Ich werde von ihrer Blutzauberei frei … allerdings nicht bei Bewusstsein sein, um das auszunutzen.

Ihr Einfluss auf mich wird anscheinend schwächer. Wenn ich mich jetzt losreißen kann …

Doch ich bin ebenfalls zu erschöpft und kann mich wegen der Schmerzen nicht konzentrieren, die noch immer durch meine Stirn pochen. Ich schaffe es nur, tief Luft zu holen, ehe sich mein Körper mit dem Rücken auf ein niedriges Bett wirft.

Eine Phiole wird an mein Gesicht gehoben. Eine bittere Flüssigkeit überzieht meine Zunge.

Mein Kopf rollt zur Seite, als ich versuche, die Kraft aufzubringen, zu würgen und die Flüssigkeit auszuspucken. Doch ich drehe mich bloß auf die Seite.

Ein noch dichterer, dunklerer Nebel rollt über mich und ich weiß gar nichts mehr.

*Nun, meine eigensinnige Gaunerin, du hast ein Talent dafür, dich in die größten Schwierigkeiten zu bringen, nicht wahr?*

Die Stimme hallt durch den Nebel, in dem ich treibe, als käme sie von überall her.

Ich kenne sie. Ich habe sie schon einmal gehört.

Sie ist wichtig.

Ich öffne den Mund, kann jedoch nicht genug Gedanken zusammenkratzen, um zu antworten. Mein Verstand ist so verschwommen …

*Du musst aufwachen*, sagt die Stimme. *Jetzt!*

Das letzte Wort trifft mich wie ein Schlag und meine Augen, von denen ich nicht wusste, dass sie geschlossen waren, öffnen sich.

Das Zimmer, in dem ich bin, ist ebenfalls verschwommen und nur ein schwaches Licht der Dämmerung sickert durch ein Fenster hinter dem Fußende des Betts. Ich liege seitlich auf der Bettwäsche – niemand hat sich die Mühe gemacht, eine Decke über mich zu legen. Meine Glieder fühlen sich kalt und schmerzhaft an.

Mein Kopf pocht ebenfalls, allerdings dumpfer als zuvor.

Ich verspüre den Drang, mich zu bewegen und zu strecken, im gleichen Augenblick verändert jedoch eine große Gestalt an einem Beistelltisch in der Nähe der Tür ihre Position. Es ist ein gewaltiger Mann mit gelangweilter Miene.

Er wird erkennen, dass ich aufgewacht bin – er wird mir wehtun. Ich muss ihn zuerst ausschalten, bevor …

Ich reiße meinen Verstand von diesen verzweifelten Gedanken los. Deren bebende Panik ist mir schrecklich vertraut.

Gestern Nacht habe ich eine Menge Magie benutzt. Möglicherweise mehr, als mir bewusst ist.

Jetzt halluziniere ich wieder von Gefahren.

Natürlich *schwebe* ich in einer Menge Gefahr. Allerdings ist sie nicht so drohend, wie es mir mein zerstreuter Verstand glauben machen will.

Der Mann blickt zum Fenster, nicht zu mir. Ich senke meine Augenlider, sodass ich noch immer schlafend wirke, falls er zu mir schaut.

Ja, ich könnte ihn mit meiner Magie ausschalten. Sie entfaltet sich bereits um mein rasendes Herz herum, nun, da ich wieder bei Bewusstsein bin.

Mein Wachmann ist allerdings nicht die einzige Bedrohung, mit der ich es zu tun habe. Ich muss klug vorgehen.

Ich mustere den Mann einige Momente lang durch meine

Wimpern hindurch. Ich glaube, ich sah ihn im Haus, nachdem Lothar mich zum ersten Mal hierhergebracht hatte. Einer seiner Handlanger, vielleicht ein gefangener Daimon.

In meinem Mund krümme ich testend die Zunge. Die Bewegung fällt mir leicht und wird von keiner Macht gehindert.

Ich trage noch meine Stiefel. Ich wackle mit den Zehen, wo der Mann sie nicht sehen kann.

Hoffnung schießt durch meine Brust. Die Magie der Blutzauberin haftet nicht mehr an meinem Körper. Zaneta schläft anscheinend noch.

Ich kann mich aus eigenem Willen bewegen.

Weitere Erinnerungen steigen bruchstückhaft auf. Lothar hat mich hierhergebracht – er hat mich sediert, damit meine Puppenspielerin schlafen konnte.

Doch ich bin schneller aufgewacht, als er erwartet hat.

Wegen der Stimme aus meinem Traum.

Das war Kosmel. Der Trickster-Gottlen hat mich doch nicht komplett im Stich gelassen.

Wie viel Zeit habe ich, bevor ich den kleinen Vorteil verliere, den er mir verschafft hat?

Meine Magie schießt durch meinen Bauch und brennt mit jeder verstreichenden Sekunde heißer. Die Arschlöcher haben mich entführt, mich gezwungen, ihre Wünsche auszuführen ...

Großer Gott stehe mir bei, ich weiß nicht, was ich gestern Nacht getan habe. Die Tode, an die ich mich erinnere, sind schrecklich genug.

Ein Klumpen aus Schuldgefühlen und Kummer trifft mich direkt ins Brustbein. Ich verschließe die Augen fester vor den aufwallenden Emotionen und verkrampfe meinen Kiefer.

Ich darf mich jetzt nicht von Reue ablenken lassen. Am wichtigsten ist, dass ich von diesen Monstern wegkomme, damit sie *mich* nicht zu einem noch größeren Feind machen, um ihre kranken Zwecke zu erfüllen.

Danach ... kann ich mir Sorgen wegen der Verbrechen machen, die ich begangen habe.

Ich glaube nicht, dass das Sedativum bereits seine ganze Wirkung verloren hat. Wenn ich versuche, mich auf einen Plan zu konzentrieren, treiben meine Gedanken bloß träge durch meinen Kopf.

Ich muss mich mit der Wache auseinandersetzen … aus diesem Zimmer verschwinden … es mit dem aufnehmen, was immer auf der anderen Seite auf mich wartet.

Meine Magie windet sich durch meine Kehle. Ich könnte sie aus mir schleudern und das ganze Gebäude und alle darin zerschlagen …

Ein stärkeres Entsetzen zerstört das Bild, das sich in meinem Kopf gebildet hat. Ich schlucke schwer und zügle meine Macht so gut wie möglich, wozu ich mir eine Pflanze vorstelle, die sich fest um mich wickelt.

Ich darf nicht zulassen, dass mich die wahnhafte Panik überwältigt. Ich wurde bereits verrückt, bevor Lothar mich gefangen genommen hat. Nur die Götter wissen, wie stark die Magie meinen Verstand verwirrt hat, zu der er mich gestern Nacht gezwungen hat.

Wie viel Magie kann ich einsetzen, um mich zu befreien? Wenn der Zerrissenen-Wahnsinn komplett von mir Besitz ergreift, werde ich eine noch größere Bedrohung für das Land sein als die Verschwörer, von denen ich mich befreien will.

Alles, was ich tun kann, fühlt sich falsch an.

Das Gewicht der vor mir liegenden Entscheidungen erdrückt mich. Kurz kann ich nicht atmen.

Ich bin verletzt, habe keine Waffen, bin noch teilweise von einem Sedativum benommen und muss mich einer unbekannten Anzahl Feinde stellen.

Doch ich muss hier raus. Ich darf nicht zulassen, dass ich noch eine einzige Minute das Werkzeug der Blutzauberer bin.

Was immer danach geschieht … ich werde zusehen, dass ich darauf vorbereitet bin. Ich werde tun, was immer ich tun muss, um sicherzustellen, dass ich dem Königreich nicht mehr schade.

Ich sehe mich verstohlen im Zimmer um. Ich kann nichts außer dem Bett, dem Beistelltisch und einer niedrigen Kommode in der Nähe des Fensters entdecken. Kein einziges Objekt, mit dem ich die Wache erstechen oder niederschlagen könnte.

Ich schätze, ich könnte versuchen, meine Wache mit

meinem Kopfkissen zu ersticken, allerdings glaube ich nicht, dass er lang genug stillsitzen würde, damit das klappt.

Sobald ich mich bewege, wird er vermutlich Alarm schlagen. Und ich bezweifle, dass ich mich in meinem aktuellen Zustand besonders schnell bewegen kann.

Es hilft nichts. Ich muss mich dieses eine letzte Mal auf meine Magie verlassen.

Da ich die Kontrolle über mich und Zeit zum Nachdenken habe, kann ich wenigstens den Rückschlag selbst bestimmen.

Ich konzentriere mich auf seinen Hals und den Messinggriff der Schublade des Beistelltischs. Als ich mir meiner Konzentration sicher bin, lasse ich einen dünnen Magiestrom zu der Wache fließen.

Er kracht in seine Kehle und drückt seine Luftröhre so schnell zu, dass er keine Zeit hat, ein Geräusch zu machen, bevor ich ihm die Luftzufuhr abschneide. Der Griff der Schublade wölbt sich und dehnt sich aus, um auszugleichen, was ich eingeschnürt habe.

Der große Mann fällt gen Boden, wobei seine Augen vor Entsetzen und Sauerstoffmangel hervorquellen. Ich lasse noch einen Magiefaden vorschnellen, um das Geräusch des Aufpralls zu dämpfen – und projiziere es so weit weg, wie ich aus dem Fenster schauen kann.

Der Mann liegt ausgestreckt auf dem Boden und wird zu Ton. Der Daimon, der in dem geformten Körper gefangen war, kann nun frei fliegen.

Meine Schuldgefühle verringern sich ein wenig, als ich sehe, dass ich eigentlich kein Leben genommen habe. Dies ist nur der erste Schritt meiner Flucht.

Ich richte mich auf und zögere, da mir schwindlig wird. Als ich meine Schläfe berühre, finde ich dort einen hastig angelegten Verband aus einem dünnen Stoffstreifen.

Das Tuch ist blutverkrustet, doch ich kann keine Feuchtigkeit auf meinem Gesicht spüren. Die Blutung scheint aufgehört zu haben.

Ich gehe neben dem Tonmann in die Hocke, es sieht jedoch so aus, als hätte Lothar sich nicht einmal die Mühe gemacht, meine Wache zu bewaffnen. Vielleicht dachten die Blutzauberer, dass es zu gefährlich wäre, eine Waffe bei mir im Raum zu haben. Wahrscheinlich nahmen sie an, dass der gefangene Daimon den Rest von ihnen verteidigen würde, indem er einen Warnschrei ausstoßen und mich mit brutaler Gewalt niederschlagen würde.

Ein Eindruck von Schreien und donnernden Schritten schwappt über mich hinweg. Ich erstarre – und die Geräusche schwinden, anstatt lauter zu werden.

Noch ein kleiner Anflug von Wahnsinn. Wundervoll.

Und es könnte so viel schlimmer werden.

Ich starre auf die gebrannte Tongestalt hinab, doch mir fällt nicht ein, wie ich den nächsten Teil ohne Magie bewerkstelligen kann. Es wird allerdings nur eine winzige Anstrengung nötig sein.

Meine Magie wie eine Klinge schwingend schneide ich ein Tonstück in der Größe und Form eines Messers aus dem Oberkörper des Mannes. Die Spitze der Tonscherbe sollte scharf genug sein, um Fleisch zu durchschneiden.

Wenn ich dabei die Wunde an meinem Kopf teilweise schließe, um die Konsequenzen auszugleichen, ist das umso besser.

Ich umklammere meine provisorische Klinge, schleiche zur Tür und presse mein Ohr an die Spalte. Das einzige Geräusch, das mich erreicht, ist das leise Krächzen schlafenden Atems.

Ganz vorsichtig drücke ich die Tür auf.

Es ist, als hätten die Blutzauberer diese Szene so arrangiert, dass sie mir perfekt entgegenkommt. Zaneta liegt schlafend auf einer Matratze, die nur wenige Schritte von der Tür entfernt auf dem Boden des Außenraums platziert wurde.

Vermutlich hat Lothar sie dort positioniert für den Fall, dass Zaneta einspringen muss, um mich zu überwältigen. Das bedeutet jedoch, dass sie schnell erreichbar ist.

Meine Finger krümmen sich fester um die Tonscherbe. Meine Muskeln sträuben sich bei der Vorstellung, eine derart wehrlose Person zu ermorden, ganz gleich, was sie mir angetan hat.

Sie steht unter Lothars Einfluss. Wer weiß, wie er *sie* manipuliert hat?

Allerdings hat sie mich aus einer kilometerweiten Entfernung zu sich gerufen, als sie mich das erste Mal mit ihrer Magie belegt hat. Ich bin nicht sicher, solange sie am Leben ist, und das bedeutet, dass es auch niemand ist, der mir wichtig ist.

Das ferne Krähen eines Hahns auf einem benachbarten Bauernhof treibt mich zum Handeln. Ich werde es so schnell und schmerzlos wie möglich tun, aber Scheiße und Schweinereien, ich muss es tun.

Ich springe vor und treibe die Tonscherbe in ihren Hals.

Zanetas Körper erschaudert. Ihre Augen fliegen auf.

Blut sprudelt über ihre Lippen, ihr Gesicht erschlafft jedoch Sekunden später.

Ich presse meine Lippen fest zusammen, um den Brechreiz zu unterdrücken, und reiße mich von ihr los. Meine Magie tobt mit einem wilderen Schauder durch meine Brust, doch ich halte sie zurück.

Falls ich Lothar sehe, werde ich ihn ebenfalls töten. Meine Flucht hat allerdings höchste Priorität.

Mein Blick huscht durch den Raum und bleibt an dem Kästchen hängen, in das einer der anderen Blutzauberer mein Medaillon gelegt hat. Ein kleiner Segen.

Rasch renne ich dorthin, öffne den Verschluss und hole mein Medaillon heraus. Es mit einer Hand umklammernd und mit der Tonklinge in der anderen eile ich zur nächsten Tür.

Das Haus ist still. Erst, als ich fast bis zum Erdgeschoss geschlichen bin, höre ich Stimmen – ein Murmeln am Ende des Flurs.

„Wann hat Meister Lothar gesagt, dass er zurückkehren wird?"

„Ich glaube nicht, dass er es erwähnt hat."

Ich knirsche mit den Zähnen. Der Drahtzieher der Verschwörung ist nicht hier, sodass ich ihm nicht wie seinen zwei Untergebenen den Garaus machen kann.

Ich spitze die Ohren, um auf weitere Hinweise einer menschlichen Präsenz zu lauschen, und renne zur Eingangstür.

Als ich über den Hof sprinte, schießen erneut Schmerzen durch meinen Kopf.

In der Ferne ist ein Wald. Wenn ich dorthin gelangen kann,

besteht die Hoffnung, dass ich zwischen den Bäumen verschwinden kann.

Natürlich weiß ich nicht, zu welcher Art von Aufspürmagie Lothar und seine Anhänger fähig sind …

Ein leises, jedoch drängendes Wiehern erregt meine Aufmerksamkeit. Ich halte an der Mauer inne und entdecke mehrere Pferde, die durch ein Gehege neben einem Stall in der Nähe traben.

Eines kommt mir bekannt vor.

Erleichterung steigt so plötzlich in mir auf, dass ich beinahe daran ersticke. Ich renne zu dem Gehege, öffne das Tor weit und greife nach oben, um Krümels Hals zu umarmen, als er zu mir trottet.

Lothar ist offensichtlich niemand, der Ressourcen verschwendet. Er hat an dem Pferd festgehalten, mit dem er mich entführt hat, den Göttern sei Dank.

„Es ist Zeit, dass wir von hier verschwinden, Großer“, murmle ich und schiebe die Tonklinge unter den geschnürten Gürtel meines Kleides.

Mit der Hilfe des Holzzauns wuchte ich mich auf den Rücken des Hengsts. Ich packe seine Mähne und tippe ihn mit den Fersen an, um ihn zum Wald galoppieren zu lassen.

Wir fliehen durch den Wald, rasen über einige Felder und tauchen in einen dichteren Wald ein. Die Sonne steht hoch am Himmel, mein Hengst keucht und mein Kopf hämmert, als würde jemand versuchen, einen Meisel in meinen Schädel zu treiben, als ich schließlich beschließe, dass wir weit genug geflohen sind.

Ich weiß nicht, wohin ich von hier gehen soll. Ich weiß nicht, an wen ich mich wenden soll. Allerdings habe ich eigentlich nur eine Option.

Oder besser gesagt, zwei Optionen. Ich habe noch immer meine provisorische Klinge, falls mich der Wahnsinn überkommt und mir nichts anderes bleibt, als meinem Leben ein Ende zu setzen.

Bei diesem Gedanken muss ich ein Zusammenzucken unterdrücken, bevor ich von Krümels Rücken gleite und mich an einen Baum lehne. Ich lege die Klinge in Reichweite neben mich.

Mit zunehmender Angst klappe ich das Medaillon auf und drücke meinen Daumen auf die Oberfläche in dessen Innerem.

Anschließend neige ich meinen Kopf mit rumorendem Magen nach hinten an den Baumstamm und warte darauf, dass die Schrecken des vergangenen Tages entweder enden … oder noch schlimmer werden.

# FÜNF

*Ivy*

Ich habe zwar die Nacht durchgeschlafen, glaube allerdings nicht, dass mir das Sedativum einen besonders geruhsamen Schlaf beschert hat. Ich bin noch immer erschöpft.

Irgendwann falle ich beim Warten in einen unruhigen Schlaf, während Krümel friedlich in der Nähe grast, Sonnenstrahlen durch die kahlen Zweige fallen und die Luft ringsum wärmen.

Mir wird erst bewusst, dass ich eingeschlafen bin, als ich von einem Rascheln im nahen Unterholz aufgeweckt werde.

Als meine Augen auffliegen, tasten meine Hände bereits nach meiner Tonklinge. Meine Finger schließen sich um das griffähnliche Ende und ich gehe in die Hocke …

Da erreicht mich eine Stimme, die mir so vertraut ist, dass mir das Herz aufgeht. „Da ist unsere edle Diebin.“

Die erleichterte Zuneigung in seinem Ton ist unüberhörbar. Ich wirble zu der Stimme herum und Stavros stürmt durch den Wald, um mich in seine Arme zu ziehen.

Der ehemalige General drückt mich fest an seine gewaltige

Gestalt und ich kann nicht anders, als mich an ihn zu klammern. Tränen brennen in meinen Augen. Ich muss ein Schluchzen schlucken.

Ich bin wieder bei einem der Männer, die ich liebe. Er vertraut mir noch immer genug, um geradewegs zu mir zu rennen.

Natürlich könnte sich das ändern, sobald er erfährt, was ich gestern getan habe.

Der letzte Gedanke verdirbt mir die Freude und mein Magen verknotet sich. Dennoch halte ich Stavros' Arme fest, als er von mir zurückweicht. In seinen blau-braunen Augen schimmern unter seinen dunkelroten Haaren eine Menge Emotionen. Er zuckt leicht mit dem Kopf, was mir verrät, dass er seine Sicht eindringlicher auf mich heftet.

„Was ist passiert?", will er wissen und ein Versprechen von Rache verdüstert seine Stimme. Er hebt seine Hand an den Rand des blutverkrusteten Verbands an meiner Stirn. „Geht es dir gut? Wie bist du entkommen?"

Kein „Wer hat dich entführt?", aber vielleicht ist dieser Teil der Geschichte leicht zu erraten. Wer außer den Blutzauberern hätte eine der Zerrissenen kontrollieren können?

„Mir geht es jetzt gut", antworte ich. Bevor ich weitere Antworten formulieren kann, tritt eine andere Gestalt mit einem Lächeln auf ihrem umwerfenden Gesicht vor, das mich sogar in einem Schneesturm wärmen könnte.

Casimir legt seine Hand auf meine Schulter. „Bevor du mit der Befragung beginnst, erlaube mir, sie ebenfalls zu begrüßen, Stavros."

Der Kurtisan zieht mich in eine zärtliche Umarmung, die genauso leidenschaftlich ist wie Stavros'. Ich vergrabe meinen Kopf an seiner Halsbeuge, atme seinen Honig-Sandelholz-Duft ein und wünsche mir, ich könnte hierbleiben, ohne noch ein Wort sagen zu müssen.

Es gibt jedoch eine Frage, die *ich* stellen muss. Ich höre nicht, dass noch jemand kommt.

Ich hebe den Kopf und meine Kehle schnürt sich zu. „Wo sind Alek und Rheave? Ist etwas …"

Casimir schüttelt den Kopf, bevor ich meine besorgte

Spekulation weiter aussprechen kann. „Beiden geht es prima. Sie sind bloß außer sich vor Sorge um dich. Die wird sich jedoch legen, sobald wir dich zu ihnen zurückbringen."

Stavros grinst schief. „Zweifle nicht daran, dass sie uns begleiten wollten. Rheave sah aus, als würde er mich gerne mit einem Blitz niederschlagen, damit er meinen Platz einnehmen kann. Aber wir konnten die Königskinder nicht ungeschützt zurücklassen."

Mein Herz macht einen Satz. „Die Königskinder? Prinzessin Klaudia und Prinz Jacos geht es gut?"

Das bedeutet, dass ich nicht Lothars ganzen mörderischen Plan ausgeführt habe. Doch wenn der Prinz und die Prinzessin sich auf den Schutz meiner Männer verlassen, dann sind König Konram und Königin Ishild …

Die Hoffnung, die sich in mir entzündet hat, erlischt. Stavros erkennt anscheinend die Veränderung auf meinem Gesicht, denn er streicht mit den Fingern über meine Haare und spricht, bevor ich weitere Fragen stellen muss.

„Ihnen geht es so gut, wie es möglich ist, angesichts dessen, was Lothar ihren Eltern angetan hat."

Er weiß von Lothar. Nun, der Prinz und die Prinzessin waren im Audienzsaal – sie haben es ihm bestimmt erzählt.

Mein Mund öffnet sich, doch einige Sekunden lang kann ich die Worte nicht durch meine angespannte Kehle zwängen. „Er wollte, dass *ich* sie alle töte. Einer der Blutzauberer, eine Frau, die zumindest einige der Daimon kontrolliert hat, hatte mich zu Beginn mit ihrer Magie so komplett im Griff, dass ich nicht einmal einen Finger bewegen konnte, wenn sie es nicht befahl. Doch sie musste den Opferkomplizen zurücklassen, von dem sie ihre Macht erhielt, als wir den Palast erreichten … ihre Kontrolle wurde etwas schwächer … Ich versuchte, zu verhindern, dass sie mich benutzen konnten …"

Meine Hand hebt sich zu meinem Verband.

Casimir stößt einen rauen Laut aus, als wäre er derjenige, der verletzt wurde. „Ein Mediziner wird sich das anschauen, sobald wir es veranlassen können. Du hast alles in deiner Macht Stehende getan … du hättest diese schreckliche Tortur erst gar nicht durchmachen sollen."

Erneut sammelt sich Übelkeit in meinem Magen. Die Tortur war für andere Leute noch viel schlimmer als für mich.

„Aber ich habe es nicht geschafft … Lothar hat trotzdem den König angegriffen …?"

Stavros zieht mich näher und drückt einen Kuss auf meine unversehrte Schläfe. Dann beugt er sich tiefer und verschließt meine Lippen mit jedem bisschen Hitze und Zärtlichkeit, die er mir in der Vergangenheit geschenkt hat.

Als er zurückweicht, klingt seine Stimme belegt. „Das Königreich wurde ins Chaos gestürzt und uns steht viel Arbeit bevor, doch nichts davon ist deine Schuld. Ich glaube, du solltest dir anhören, was genau vorgefallen ist, und zwar von denjenigen, die es gesehen haben … von den Leuten, die du mit deinen Anstrengungen gerettet hast."

Ich schlucke schwer. Ja. Hätte ich mich nicht bewusstlos geschlagen, hätte Zaneta mich gezwungen, jedes Mitglied der Königsfamilie zu töten.

Sie und Lothar haben anscheinend den König und die Königin angegriffen, während ich bewusstlos war. Allerdings besaßen sie nicht die Macht, die gesamte Königsfamilie auf einmal zu töten.

Schuldgefühle liegen mir trotzdem wie ein Stein im Magen. „Die Blutzauberer wären gar nicht in den Palast gekommen, wäre ich nicht gewesen. Ich habe einige der Wachen getötet …"

„Weil Lothar dich dazu gezwungen hat", widerspricht Casimir und streichelt beruhigend über meinen Rücken. „Dafür bist du genauso wenig verantwortlich wie Rheave für den Schaden, den er auf ihren Befehl anrichten musste."

Und dennoch ist es viel einfacher, dem Daimon-Mann zu vergeben als mir selbst.

Stavros schüttelt mich sanft. „Du hast meine erste Frage noch nicht beantwortet. Wie bist du ihnen entkommen?"

Ich sammle mich und erzähle von dem Sedativum und Kosmels Stimme in meinem Traum, dass ich aufgewacht bin und die Daimon-Wache sowie Zaneta getötet habe.

Casimirs dunkelblaue Augen leuchten bei diesem Teil auf. „Dann kann sie dich nicht mehr unter ihre Kontrolle bringen."

Ich nicke. „Und es fiel ihr schwer, ihren Einfluss

aufrechtzuerhalten, weshalb ich mir nicht sicher bin, ob es einer der anderen Blutzauberer schaffen kann. Das bedeutet allerdings nicht … wir müssen trotzdem vorsichtig sein. Falls ich wieder anfange, mich seltsam zu benehmen …"

„Wir werden erkennen, was los ist, und viel schneller reagieren", beendet Stavros den Satz für mich.

Das ist nicht das, worauf ich hinauswollte, doch ich kann nicht viel Enthusiasmus für die Diskussion aufbringen, wann er mich töten sollte.

Ich sehe ihn an und ziehe eine Augenbraue hoch. „Du bist geradewegs zu mir gekommen, ohne zu wissen, ob ich bei Verstand bin oder das Ganze eine Falle ist."

Der ehemalige General schnaubt und deutet auf die Tonscherbe, die ich zu meinen Füßen fallen lassen habe. „Es schien unglaublich unwahrscheinlich zu sein, dass dich deine Entführer losgeschickt haben, um uns zu ermorden, ohne dir eine vernünftige Waffe zu geben."

Das ist typisch für Stavros, dass er darauf geachtet hat, was für eine Klinge ich in der Hand halte. Ich schätze, er hat recht.

Ich atme zittrig aus. „In Ordnung. Was machen wir jetzt?"

Stavros blickt zu Krümel, der unser Gespräch mit milder Abscheu beobachtet hat. „Steig auf dein Pferd und folge uns zu unseren Reittieren. Wir haben vorübergehend Schutz in einem der geheimen Vorratslager des Militärs gesucht. Es ist nur einen zweistündigen Ritt von hier entfernt."

Ich sehe mich mit meinen nicht-militärisch-geübten Augen um und realisiere, dass ich keine Ahnung gehabt hätte, dass es in dem Waldgebiet, das wir betreten haben, noch etwas anderes als Bäume, Vögel und die offensichtlichen Lebewesen eines Waldes gibt. Doch Stavros lenkt seinen Hengst, ohne zu zögern, durchs Unterholz.

Er hält an und sitzt an einer Stelle von seinem Pferd ab, wo die Blätter- und Erdschicht auf dem Boden etwas aufgewühlter aussieht als im restlichen Wald. Mit einer Armbewegung enthüllt er einen Stein, den er entfernt, um darunter eine runde Stahlluke zu offenbaren.

In die Metalloberfläche ist das Wappen der Melchiorek-Familie geritzt – das an den Rändern verbrannt ist.

Das letzte Mal, als wir in einen dieser Untergrundlagerräume einbrachen, musste Rheave die Magie, die den Raum versiegelte, mit seiner Daimon-Macht zerschlagen. Es sieht so aus, als hätte er hier eine ähnliche Taktik angewandt.

Das Siegel wirkt, als wäre es dauerhaft zerstört worden. Stavros klopft rasch in einer speziellen Abfolge auf die Luke, mit der er wahrscheinlich denen unten mitteilt, dass er kein unwillkommener Eindringling ist. Anschließend wuchtet er die Luke ohne Widerstand hoch.

„Wir haben …", beginnt er, nach unten zu rufen.

Bevor er noch ein Wort sagen kann, rast eine gut gebaute Gestalt mit schokoladenbraunen Locken die Leiter hinauf und stürzt sich auf mich.

Rheave zieht mich in seine muskulösen Arme und wirbelt mich herum, wobei er sein Gesicht in meine Haare presst. Freude fegt durch mich, während ich seine Umarmung erwidere.

„Meine kleine Liane", murmelt der Daimon-Mann mit einem Krächzen in seiner normalerweise klaren Stimme. „Sie haben dich mir entrissen."

Casimir gluckst leise. „Sei vorsichtig. Sie ist verletzt."

Rheave knurrt empört und weicht zurück, um mich zu mustern, wozu er meine Füße wieder auf den Boden stellt. Als er den Verband auf meiner Stirn entdeckt, ziehen sich seine Lippen zurück und er bleckt die Zähne. „Diese Schufte. Wenn ich sie in die Finger kriege …"

Eine Woge der Wärme füllt meine Brust. Ich habe erst vor kurzem akzeptiert, dass meine intensive Zuneigung für Rheave über Freundschaft hinausgeht. Seine Hingabe für mich ließ sich allerdings von Anfang an nicht leugnen.

Ich lege meine Hand an seine Wange. „Mir geht es gut, vor allem jetzt, da ich wieder bei euch allen bin. Es ist auch schön, dich zu sehen."

Der Daimon-Mann stößt einen Laut aus, der beinahe gequält klingt. Kurz glaube ich, er wird sich vorbeugen und mich küssen, doch dann flackert etwas in seinen übernatürlichen meeresgrünen Augen auf. Sein Gesicht spannt sich an und sein Griff um meine Arme lockert sich.

Vielleicht macht er sich nur Sorgen, dass er mich mit seinem Enthusiasmus verletzen wird. Ich habe nicht viel Zeit, ihn danach zu fragen, weil Alek gerade aus dem unterirdischen Raum geklettert ist.

Ich freue mich genauso sehr, wieder mit dem Gelehrten vereint zu sein wie mit meinen anderen Männern. Als ich mich zu ihm umdrehe, dehnt sich mein Mund zu einem eifrigen Lächeln und er zieht mich an seine schlanke Gestalt.

Er zögert nicht, mich so gründlich wie möglich zu küssen. „Ich wusste, dass sie dich nicht lange festhalten können."

Urplötzlich bin ich wieder sprachlos. „Ich wünschte, sie wären überhaupt nicht dazu in der Lage gewesen."

Rheave grunzt abweisend. „Die Blutzauberei kann tausende Daimon gleichzeitig kontrollieren. Wie könnte sich da eine Person gegen sie wehren?"

Wenn er es so darstellt, wirkt die Vorstellung tatsächlich lächerlich, dass ich Zanetas Einfluss auf mich irgendwie hätte brechen sollen. Das hindert mich allerdings nicht daran, zu hassen, was sie mir angetan hat.

Stavros winkt mich zur Luke. „Wir sollten den Rest dieses Gesprächs unten führen, wo wir von keiner Patrouille entdeckt werden können. Ich vermute, dass Lothar einige seiner verfügbaren Truppen ausgesandt hat, um nach dir und den verlorenen Königskindern zu suchen."

Er geht als Erster die Leiter hinab und ich folge ihm, wobei Angst durch meine Nerven kriecht. Ich werde mich gleich den zwei Teenagern stellen, die ich beinahe ermordet habe. Es spielt keine Rolle, ob ich zu diesem Zeitpunkt Herrin meiner Sinne war oder nicht.

Als meine Füße den festgetrampelten Erdboden berühren und ich mich umdrehe, um ins Laternenlicht zu blinzeln, setzt mein Herz vor Überraschung einen Schlag aus. Prinzessin Klaudia und Prinz Jacos sitzen dicht aneinandergedrängt auf einer der Truhen. Ihre dunkelbraunen Haare und tiefliegenden Augen erinnern mich so stark an die ihres Vaters, dass ich erneut von Schuldgefühlen durchbohrt werde.

Sie sind jedoch nicht allein. Neben ihnen steht Petra, die entfernte Nichte von Königin Ishild, bei der ich mir nicht sicher war, ob ich sie jemals wiedersehen würde, nachdem wir die Akademie verlassen hatten.

Die Königsgeschwister spannen sich bei meinem Anblick an und zucken sichtlich zusammen. Prinzessin Klaudia packt Petras Arm. „Bist du dir sicher …"

„Es ist alles in Ordnung", antwortet Petra mit sanfter Stimme. „Ich verspreche euch, Ivy wäre nicht hier, wenn wir ihr nicht vertrauen könnten."

Ich starre sie kurz mit offenem Mund an, bevor ich meine Worte finde. Sie purzeln unvermittelter aus mir heraus, als mir lieb ist. „Was machst *du* hier?"

Der König und die Königin haben bestimmt Dutzende entfernte Verwandte. Ich habe keine Ahnung, warum sie wollten, dass Petra ihnen nach Regica folgt.

Sie hat wiederholt das Gespräch mit mir gesucht, als wir beide auf der königlichen Akademie waren, weshalb ich mich fragte, ob sie für König Konram spionierte. Allerdings fand ich nie eine Bestätigung für diesen Verdacht.

Wenn ich es mir recht überlege, dann war sie auch während des Angriffs auf den königlichen Wohnsitz in Florian bei ihnen.

Ist sie mitgekommen, weil sie in der Nähe war und sie jedes Mitglied ihrer Familie beschützen wollten, das sie erreichen konnten?

Stavros tritt zur Seite, als die anderen Männer hinter uns nach unten kommen und deutet mit dem Kopf auf Petra. „Ich glaube, du solltest Ivy alles erzählen, was du uns anvertraut hast. Sie steht jetzt nicht mehr unter dem Einfluss der Blutzauberer. Sie hat diejenige getötet, die sie kontrolliert hat."

Petra verschränkt ihre olivenbraunen Hände vor sich. Ihre glatten schwarzen Haare sind zu einem lockeren Knoten in ihrem Nacken zusammengefasst, der nicht den aufwendigen Frisuren des Königshofs entspricht. Trotz ihres eleganten

Äußeren hat die entfernte Verwandte der Königsfamilie sich nicht einmal auf der Akademie an Modetrends gehalten.

„Ich habe dich getäuscht“, erklärt sie, wobei ihre melodische Stimme nicht so ruhig wie üblich ist, „so wie ich fast alle während der letzten sieben Jahre getäuscht habe … Es sollte uns in einer Situation wie dieser ein wenig Sicherheit verschaffen … Doch ich schätze, keiner von uns hätte sich wirklich auf einen derartigen Angriff vorbereiten können …“

Als ich verwirrt die Brauen zusammenziehe, schüttelt sie ihren kurvigen Körper leicht, als würde sie sich wieder auf Spur bringen wollen. Ihr Kinn reckt sich und in ihrer Haltung sowie ihrem Aussehen kann ich ein Echo von Königin Ishild entdecken.

„Du weißt von König Konrams ursprünglichem Erben“, fährt sie fort. „Prinz Dunstam.“

Es ist keine Frage, sie macht jedoch eine Pause, weshalb ich das Gefühl habe, dass ich trotzdem antworten sollte. „Ja. Er ist angeblich kurz vor seinem zwölften Geburtstag an einer überraschenden Krankheit gestorben.“

Meine Hände ballen sich an meinen Seiten zu Fäusten. „Hatte Lothar doch etwas damit zu tun? Ich habe König Konram gewarnt, dass die Blutzauberer möglicherweise …“

Petra hebt ihre Hand, um mich aufzuhalten. „Bei diesem speziellen Verbrechen hatten die Verräter an der Krone keine Hand im Spiel. Denn es gab kein Verbrechen. Es gab nicht einmal einen Tod.“

Sie hält inne und ihre Mundwinkel biegen sich leicht verschmitzt nach oben. „Vor etwas mehr als sieben Jahren hörte ich auf, Prinz Dunstam zu sein, und wurde Prinzessin Petra.“

Ich starre sie einen Augenblick lang an, bevor ich verstehe, was sie meint.

Sie sieht Königin Ishild für eine entfernte Nichte sehr ähnlich, oder nicht? Und etwas an ihrer Sprechweise hat mich immer an König Konram erinnert.

Ich versuche, mich an Prinz Dunstams Gesicht zu erinnern von den wenigen Malen, als ich ihn als Kind sah. Er war ein Jahr jünger als ich und gelegentlich bei Paraden und

Feierlichkeiten anwesend – und auf dem Palastbalkon während der Hinrichtungen der Zerrissenen.

Ich bin nicht überrascht, dass ich es nicht einmal vermutet habe, auch wenn es jetzt Sinn ergibt, da sie es mir erzählt hat.

„Das ist die Gabe, um die du deine Gottlen gebeten hast. Dein Geschlecht zu ändern." Mein Blick fällt auf die zwei fehlenden Finger ihrer rechten Hand – der kleine und der Ringfinger – bevor ich ihn wieder hebe. „Und mehr als das. Deine Haarfarbe … dein Gesicht …"

Petras Mund biegt sich zu einem echten Lächeln, allerdings sieht sie immer noch überwiegend traurig aus. „Genau. Gewisse Teile meines Körpers fühlten sich nie richtig an, als ich noch jünger war. Ich sollte eine Frau sein und Ardone hat mein Äußeres so verändert, dass es zu meinem Inneren passte. Ich … war möglicherweise auch ein wenig eitel. Ich bat sie, sich von meiner Mutter anstelle meines Vaters inspirieren zu lassen. Die Gesichtszüge, die ich ursprünglich von ihm geerbt hatte, waren nicht besonders hübsch."

Aufgrund der Offenbarung kann ich so viele Informationen zusammensetzen, dass mir ein Lachen entfährt. *Deswegen* stand sie König Konram und Königin Ishild so nah – sie sind ihre Eltern. Deswegen hat sie sich so stark für die Gerüchte interessiert, welche die Verschwörer streuten, um die Königsfamilie in Verruf zu bringen.

Aber …

„Warum hast du so getan, als wärst du jemand völlig anderes?", komme ich nicht umhin, zu fragen. „Du hättest die Änderung nach deiner Weihe verkünden können und alle hätten sich mit ein wenig Zeit daran gewöhnt."

Um ein Weihgeschenk zu bitten, das eine einmalige Angelegenheit ist, jedoch eine dauerhafte Veränderung mit sich bringt anstatt einer fortwährenden Gabe, geschieht nicht oft, ist allerdings auch nicht seltsam. Und wenn es doch einmal geschieht, passiert es aus den gleichen Gründen, die Petra genannt hat.

In der Zeit, in der ich dem Klatsch und Tratsch der Straßen Florians lauschte, habe ich von Kindern gehört, die eine ähnliche Veränderung vorgenommen haben. Die meiste Zeit war bei diesen Gesprächen eine Menge Zungenschnalzen involviert und die Leute sagten, dass es ein Jammer war, dass die Kinder so lange warten mussten, wenn doch schon lange offensichtlich war, dass sie die Veränderung wollten.

Petra blickt auf ihre Hände hinab. „Das war die Idee meines Vaters. Er hat sich stets große Sorgen um unsere Sicherheit gemacht."

Sie blickt zu ihren Geschwistern, bevor sie mir wieder in die Augen schaut. „Ich besprach meine Absicht vor der Weihe mit meinen Eltern. Vater schlug vor, dass wir eine Geschichte darüber spinnen könnten, dass ich gestorben sei. Wenn mein Erscheinungsbild verändert wurde, könnte ich mich mit einer anderen Identität unter die Adligen mischen. Ich könnte mehr über die Leute erfahren, über die ich später herrschen würde, weil sie in meiner Gegenwart nicht mehr auf ihre Worte achten würden. Außerdem wäre ich sicher vor Mordanschlägen und unsere Feinde würden nicht versuchen, mich zu benutzen, um ihm zu schaden. Dann, nachdem ich meine Ausbildung beendet hätte, und er bereit wäre, meine offizielle Ausbildung als seine Erbin zu beginnen, hätten wir die Wahrheit bei einer großen Feier enthüllt."

„Mir hat die Idee nicht gefallen", murrt Prinzessin Klaudia und wischt über ihre Augen. Sie sind verständlicherweise rot von einer Menge vergossener Tränen. „Immerhin war das der Grund dafür, dass wir dich kaum sehen und gar nicht mit dir reden konnten."

Petra verzieht das Gesicht, tritt zurück und legt einen Arm um die Schulter ihrer Schwester. „Ich weiß. Es tut mir so leid, dass ich nicht öfter da war, Klaudia. Es gab Zeiten, in denen ich mich fragte, ob die Täuschung es wirklich wert war, doch nachdem ich mich dem Pfad verpflichtet hatte …"

Sie seufzt, hebt den Kopf und sieht den Rest von uns an. „Es ist jetzt ohnehin vorbei. Meine Eltern herrschen nicht mehr, weshalb es an mir liegt, dafür zu sorgen, dass Silana nicht in die Hände der Blutzauberer fällt."

Stavros hat es mehr oder weniger gesagt, mein Körper versteift sich jedoch trotzdem. „Deine Eltern …"

„Sind tot." Ihre Stimme wird bei den Worten flach – vermutlich wegen der Emotionen, die sie unterdrückt.

Ihr Blick heftet sich auf meinen Verband. „Ich muss mich bei dir bedanken, dass du so angestrengt gegen unsere Feinde gekämpft hast. Wir wären in Florian vermutlich alle gestorben und hätten in Regica auf keinen Fall überlebt, wenn du nicht gewesen wärst. Lothar hat uns überrascht … sobald er sah, was du getan hattest, stürzte er sich auf meinen Vater …"

Ihr versiegt die Stimme und Prinz Jacos erschaudert unter seinem Umhang. Er betrachtet mich mit ängstlich verzogenem Mund – und zuckt leicht zusammen, als ich meine Hand hebe.

Ich erstarre und mein Herz schlingert schmerzhaft, als mir bewusst wird, woran *ihn* meine Anwesenheit vermutlich erinnert. Was meine bösartige Magie ermöglicht hat.

Ich werde Petra nicht zwingen, weiterzuerzählen. Ich kann mir die Szene gut genug vorstellen, da ich Lothars Pläne gehört habe und mich an kurze Eindrücke von Blut und schmerzerfülltes Keuchen erinnern kann.

„Es tut mir leid, dass ich sie nicht komplett aufhalten konnte", krächze ich.

Klaudia wendet den Kopf ab, als könne sie es nicht ertragen, mich anzuschauen.

Petra betrachtet ihre Schwester, bevor sie mich wieder ansieht. „Es ist nicht deine Schuld. Dieser schreckliche Mann …" Sie unterbricht sich mit einem Zischen. „Ich habe versucht, unserem Vater zu erklären, dass du keine Bedrohung bist, weißt du. Sogar auf der Akademie konnte ich erkennen, dass du ehrlich auf unserer Seite bist. Doch er war immer ein wenig zu vorsichtig."

Eine schwere Stille legt sich über den unterirdischen Raum. Ich atme die Luft tief ein, die von lehmigen Gerüchen geschwängert ist. „Wie machen wir nun weiter? Sobald wir dich als Melchiorek-Erbin vorstellen, werden alle Truppen des Ordens der Wildheit hinter dir her sein."

„Ich weiß." Petra hebt das Kinn. „Ich muss so schnell wie möglich so viele Unterstützer versammeln, wie ich kann. Für jegliche Hilfe, die du anbieten möchtest, bin ich außerordentlich dankbar. Doch unser erster Schritt ist offenkundig. Ich muss nach Florian zurückkehren, um die Beweise für meine Identität zu holen, damit mir diejenigen glauben, die mich unterstützen würden."

Der Trotz in ihrer Stimme stärkt meine eigene Entschlossenheit. Ich weiß genau, was ich der Familie schulde, die ich beinahe ausgelöscht habe.

Ich straffe die Schultern und halte ihren Blick. „Ich werde an deiner Seite stehen, ganz gleich, was uns die Blutzauberer in den Weg stellen."

# SECHS

*Rheave*

Die Pferdehufe klappern in einem gleichmäßigen Rhythmus über den Waldboden, an dem ich mich erfreuen würde, wenn es nicht so viel gäbe, was mich von dieser simplen Freude ablenkt.

Sogar, wenn ich sie nicht ansehe, spüre ich Ivys Präsenz mit jeder Faser meines Wesens. Ich schaue sie ziemlich oft an, da ein Teil von mir die zusätzliche Bestätigung braucht, dass sie wirklich hier ist.

Meine Hände spannen sich um die Zügel an, doch ich widerstehe dem Impuls, mein Pferd näher zu ihrem zu lenken. Ich reite bereits nur wenige Schritte hinter ihr, während wir uns einen Weg durch den Wald suchen. Es gibt Stellen, an denen zwei Pferde nicht nebeneinander durchpassen.

Wenn es uns nicht gelungen wäre, für die königlichen Erben ein paar Pferde von einem Bauernhof auszuleihen, an dem wir vorbeikamen, hätte ich Krümel möglicherweise wie bei früheren Abschnitten unserer Reise mit ihr geteilt. Ich hätte beim Reiten einen Arm um ihre Taille schlingen, ihren schlanken Körper an meinen pressen und mein Kinn auf ihre

Schulter legen können, damit ich sie nie wieder verlieren würde.

Natürlich hätte das Krümel viel schneller erschöpft.

Dennoch kann ich einen Anflug der Reue nicht unterdrücken.

Wir durchqueren eine Lichtung und ich treibe meinen Wallach an, mit Krümel Schritt zu halten. Ivys rotblonde Haare fangen einen Funken Mondlicht auf, was beinahe wie ein Magieblitz aussieht – und eine andere Art von Schmerz durchbohrt mich.

Kurz scheint sich mein Körper fest um mich herum zusammenzuziehen und so kalt und hart zu werden wie der kühle Ton, bevor die Blutzauberer mein Gefängnis zum Leben erweckten. Meine Lunge schmerzt bei meinem nächsten Atemzug.

Falls ihr noch etwas zustößt … falls ich sie erneut verliere …

Ich weiß nicht, wie ich weiterleben *werde*.

Ich wurde in diesem Körper bereits verletzt. Ich habe so starke Scham über die Taten verspürt, mit denen ich meinen Kameraden geschadet hatte, dass ich in Erwägung zog, die Gestalt aus heraufbeschworenem Fleisch zu zerstören, die mich beinahe menschlich macht.

Doch das war nichts im Vergleich zu den Qualen der vergangenen Tage, als ich nicht wusste, wo Ivy war oder was unsere Feinde ihr antaten. Nach der Geschichte, die wir von den Königskindern darüber gehört hatten, dass sie sich ihren Entführern widersetzt hatte, wusste ich nicht einmal, ob sie noch am Leben war …

Ist das die andere Seite der Freude, die mir das Zusammensein mit ihr schenkt? Muss meine Freude an ihr mit genauso viel Kummer einhergehen so wie bei dem Rückschlag, der ihre Magie ausgleicht?

Letzte Nacht konnte ich nichts tun, um die verzweifelten, sengenden Emotionen abzuschütteln. Sie strahlten durch meinen ganzen Körper von den wirbelnden Gedanken in meinem Kopf bis hin zu dem Engegefühl in meiner Kehle und meinem schlingernden Magen.

Zum ersten Mal, seit ich die Kontrolle über den Körper

erlangte, den die Blutzauberer geschaffen hatten, fühlte er sich wieder wie ein Gefängnis an. Allein bei der Erinnerung an die Empfindungen läuft es mir kalt über den Rücken.

Ich war noch nie zuvor mehr als einige Stunden von Ivy getrennt und in diesen Momenten hatten wir es stets selbst geplant. Mir war nicht bewusst, dass die beunruhigenden Gefühle, die in ihrer Abwesenheit für gewöhnlich aufsteigen, so viel intensiver werden konnten.

Warum sorgen sich Menschen so sehr umeinander, wenn die Empfindungen derart lähmend werden können?

Ich dachte, Ivy überallhin zu folgen, würde meine Freiheit garantieren. Ich dachte, sie wäre der Pfad, auf dem ich den Qualen entfliehen konnte, die mir die Blutzauberer antaten.

Doch irgendwie kann mich meine Bewunderung für Ivy in meinem Körper einsperren und einer schlimmeren Folter unterziehen, als ich sie unter dem Einfluss unserer Feinde erlebt habe.

Das ist allerdings nicht Ivys Schuld. Es liegt an etwas in mir.

Nur der Gedanke daran, diesen Kummer erneut durchleiden zu müssen, ist schlimmer als das Wissen, dass mich meine Herzensbande zu Ivy zu einem Gefangenen machen.

Also blicke ich immer wieder zu ihr und halte nach Problemen Ausschau. Obwohl es unangenehme Erinnerungen hervorruft, reite ich näher zu ihr, damit ich in der Nähe bin, um notfalls zu ihrer Verteidigung zu eilen.

Ich werde einfach *nicht* mehr zulassen, dass sie mir jemand wegnimmt, und dann können wir nichts als Freude genießen.

Ivy mustert Petra, die Frau, die jetzt anscheinend Königin sein soll. Sie ist die Einzige von uns, die nicht allein reitet, wie ich mehr als einmal mit einem Anflug von Neid bemerkt habe – ihr Bruder sitzt vor ihr auf dem Rücken eines großen Hengsts und lehnt mit hängendem Kopf wie eine welke Blume in ihren Armen.

Die Augen des Prinzen haben sich geschlossen und sein blasses Gesicht ist erschlafft. Die Königskinder haben während des vergangenen Tags selbst eine Menge Kummer durchgemacht.

Ivy ist wenigstens zu mir zurückgekehrt. Ihre Eltern sind für immer fort.

Ich wurde nicht geboren und empfinde nichts als Abscheu für die Leute, die mich gefangen genommen haben in der Absicht, mich zu ihrem Sklaven zu machen. Deshalb weiß ich nicht, was ein gewöhnlicher Mensch für eine Mutter oder einen Vater empfindet. Bei den wenigen Malen, als Ivy ihre Eltern erwähnte, machte es den Eindruck, als hätten sie keine gute Verbindung zueinander.

Das ist eindeutig nicht immer der Fall. Selbst wenn ich es nicht verstehe, tut es mir leid, dass diese drei einen derart dauerhaften Verlust erleiden mussten.

Ivy spricht mit leiser Stimme, vermutlich um den Prinzen nicht aufzuwecken. „Was genau müssen wir tun, wenn wir nach Florian kommen? Du hast gesagt, dass es Beweise für deinen Anspruch auf den Thron gibt?“

Petras Mund spannt sich an, aber sie nickt. „Wir rechneten damit, dass Vater mich ankündigen würde, und dann hätte es keine Fragen gegeben … In einem gesicherten Bereich seiner Privatquartiere bewahrte er jedoch einen auf Blut geschworenen Brief auf, in dem meine Identität bestätigt wird. Den müssen wir holen, falls es möglich ist. Ich bin mir nicht sicher, was momentan im Palast der Krone los ist.“

Prinzessin Klaudia erschaudert. „All unsere Dinge … Mutters und Vaters Habseligkeiten … sie können nicht einfach unser Zuhause *nehmen* …“

Sie verstummt mit unglücklicher Miene.

„Wir werden euch euer Zuhause so schnell wie möglich zurückholen“, versichert Casimir ihr leise. Sein besorgter Gesichtsausdruck verrät mir jedoch, dass *schnell* vermutlich alles andere als schnell sein wird.

Petras Ton wird entschlossener. „Lothar und seine Anhänger werden mit ihren Verbrechen nicht davonkommen.“ Sie wendet sich wieder an Ivy. „Wir können auch die Priesterin im Tempel der Krone kontaktieren, die meine Weihe geleitet hat. Sie kann bezeugen, dass ich den größten Anspruch auf den Thron habe.“

Ivy gluckst rau. „Das sollte einfacher sein, als in den Palast einzudringen.“

„Was ist mit all den Soldaten?", will Klaudia plötzlich wissen. „Sollten sie nicht uns treu ergeben sein anstatt den Verrätern? Sie kennen Jacos und mich, auch wenn sie zu Beginn wahrscheinlich nicht wissen, was sie von dir halten sollen Petra. Warum können wir nicht zu einer der Festungen reiten und sie dazu bringen, die Dinge zu regeln?"

Ich kenne die schreckliche Antwort auf diese Frage. „Unter den Soldaten befinden sich Daimon wie ich. Anders als ich werden sie noch von den Blutzauberern kontrolliert."

Stavros verzieht das Gesicht. „Ja. Euch zu einer Gruppe bewaffneter Männer und Frauen mit ungewisser Loyalität zu bringen, ist das Letzte, was ich tun will. Die Blutzauberer wollen euch töten und es würde sie nicht stören, einige ihrer gefangenen Daimon zu opfern, um das zu ermöglichen. Rheave kann seine geisterhaften Kollegen identifizieren, allerdings erst, wenn sie in der Nähe sind. Wir werden uns mit der Armee in der Nähe von Florian in Verbindung setzen, müssen jedoch sehr vorsichtig vorgehen."

Ivy schaut mich über ihre Schulter hinweg an und ihre Brauen ziehen sich zusammen. „Aber vielleicht müssen wir uns gar keine Sorgen mehr wegen der anderen Daimon machen. Lothar sagte, dass die Frau, die mich kontrollierte, ‚Übung' darin erhalten hatte, indem sie die Daimon gesteuert hat. Sie ist jetzt tot. Bedeutet das nicht, dass sie so frei sein werden wie du?"

Meine Laune hebt sich kurz bei der Vorstellung, dass ich mir möglicherweise keine Sorgen mehr um diese magischen Bande machen muss, die ab und zu an mir zerren. Sie sinkt jedoch genauso schnell. „Ich glaube nicht, dass ein einzelner Blutzauberer alle Daimon kontrolliert hat. Es gab so viele von uns. Und sie mussten uns nicht regelmäßig mit ihrer Magie beeinflussen. Die Befehle hielten tagelang, nachdem wir sie erhalten hatten."

Alek hat unser Gespräch schweigend verfolgt. Er wirft seine übliche gelehrte Präzision ein. „Es ist bestimmt einfacher für sie, Leute zu manipulieren, deren Körper erschaffen wurde und deren Geist bereits gefangen ist. Bei einer gewöhnlichen Person, die in ihrem eigenen Körper steckt, ist das vermutlich schwieriger. Und die Kontrolle von Ivys Magie hat bestimmt viel mehr Anstrengung erfordert. Diese eine Zauberin hätte hunderte Daimon unter ihrer Kontrolle haben können, die ihren Einfluss nun bereits seit ein paar Tagen nicht mehr gespürt haben."

Petra seufzt. „Aber wir wissen nicht, wie lange der vorherige Einfluss andauern wird oder ob andere Blutzauberer ihren Willen erneut durchsetzen werden. Ster. Stavros hat recht. Wir müssen mit größter Vorsicht fortfahren."

Sie blickt auf ihren schlafenden Bruder hinab. „Die Konsequenzen eines Fehlers wären viel zu groß."

Wir verfallen in Schweigen, das einige Minuten später von Casimirs zaghafter Frage gebrochen wird. „Hattet ihr irgendeine Ahnung von Lothars Absichten? Euer Vater hat ihm offensichtlich bis zum Schluss vertraut, doch jetzt, da er sich offenbart hat ... Gab es rückblickend betrachtet etwas an seinen Worten oder seinem Verhalten, was uns helfen könnte, seine nächsten Schritte vorauszuahnen oder seine Schwächen herauszufinden?"

„Ich habe ihn nie gemocht", brummt Klaudia. „Er hat immer gesprochen, als wüsste er mehr als alle anderen. Außerdem hat er versucht, die Feier für Signy abzusagen, weil er der Meinung war, dass wir keine Helden aus anderen Ländern feiern sollten. Aber sie hat dabei geholfen, uns alle vom darischen Kaiserreich zu befreien!"

Ivy summt leise. „Er scheint besessen davon zu sein, die Dinge auf die ‚richtige' Art zu tun ... sein Orden der Wildheit ist auf einer Vision aufgebaut, wie Silana sein soll und was den Allesgeber zurückbringen wird."

„Er will die Geschichte zu dem Zeitpunkt zurückspulen, bevor Darium in Silana einmarschiert ist", sagt Alek. „Als wäre das ein goldenes Zeitalter gewesen."

Petra runzelt die Stirn. „Es gab definitiv Dinge an ihm, die mich verstimmt haben, doch selbst jetzt fallen mir keine Warnzeichen ein, die uns entgangen sind. Er tat immer so, als wollte er Vater unterstützen. Andererseits habe ich mich nach meiner Weihe nur selten in seiner Gegenwart aufgehalten. Ich weiß nicht, wie viel ich verpasst habe."

Stavros verändert seinen Griff um die Zügel mit grimmiger Miene. „Er hatte Einblick in die innersten Abläufe der Landesherrschaft. Es wird nicht viel geben, was er nicht erfolgreich manipulieren kann. Es ist kein Wunder, dass es uns so schwergefallen ist, die Verschwörung aufzudecken."

Ivy schüttelt den Kopf. „Die Leute können doch nicht wirklich die Art von Welt wollen, auf deren Erschaffung er hinarbeitet ... nur Wildheit und Gewalt. Wir wissen jetzt, mit wem und was wir es wirklich zu tun haben. Wir werden ihn und seine Praktiken entblößen. Dann wird der Großteil von Silana auf unserer Seite sein. Es kommt nur darauf an, die Nachricht zu verbreiten."

Sie sieht so entschlossen aus, dass ich erneut den Drang niederkämpfen muss, näher zu ihr zu reiten und sie zu umarmen. Es spielt keine Rolle, wie beschwerlich unsere Reise wird – sie wird immer gewillt sein, weiterzukämpfen.

Als wir aus dem Wald auftauchen und mehrere Felder überqueren, lassen wir das Gespräch verstummen. Ivy hat es nicht riskiert, uns wie in der Vergangenheit mit ihrer Magie zu tarnen. Doch wir haben unsere Reise erst bei Einbruch der Dunkelheit begonnen und sind bisher keinen Patrouillen begegnet. Sich von den offiziellen Straßen fernzuhalten, ist dabei sicherlich hilfreich.

Der Gedanke ist mir gerade durch den Kopf gegangen, als meine Augen eine Gestalt auf einem Pferderücken ausmachen, die im Mondlicht vor uns eine kleine Landstraße entlanggaloppiert.

Wir lassen unsere Pferde anhalten, aber der Mann schaut nicht in unsere Richtung. Eine dünne Flagge flattert neben ihm im Wind.

Stavros macht einen empörten Laut. „Er trägt das Banner eines königlichen Boten ... und das sieht wie die Uniform eines offiziellen Boten aus. Was hecken die Blutzauberer jetzt aus?"

Ivy zögert nicht einmal. Sie lässt Krümel wieder lostraben. „Wir sollten es besser herausfinden. Er ist allein. Wir können uns notfalls verteidigen."

Ich treibe mein Reittier an und folge ihr. Wir sind noch zu

weit weg, als dass uns der Bote bemerkt haben könnte, da er so konzentriert auf seine Mission wirkt.

Er reitet anscheinend zu der nächsten Stadt, wo einige schwache Lichter in der Ferne funkeln. Auf dem Weg dorthin stehen mehrere Bauernhöfe in einiger Entfernung von der Straße.

Im Fenster eines Bauernhauses in der Nähe brennt eine Kerze, was darauf hindeutet, dass dort drin jemand wach ist. Als wir die Lücke zu dem Boten verringern, wird dieser bei dem Holzzaun an der Straße langsamer. Er sitzt von seinem Pferd ab, öffnet das Tor, führt das Pferd hindurch und geht zum Haus.

Ivy verlangsamt die Schritte ihres Pferdes zu einem Trab und beobachtet den Boten. Sie senkt ihre Stimme zu einem Flüstern. „Wir müssen herausfinden, welche Botschaft die Blutzauberer im Land verbreiten. Ich werde sie belauschen … zu Fuß kann ich dafür sorgen, dass mich der Bote nicht bemerkt."

Sie hat ihren Satz kaum beendet, als sie von Krümel springt. Stavros atmet scharf ein, als wolle er protestieren, doch ich gleite als Erster von meinem Pferd.

„Ich werde sicherstellen, dass ihr nichts zustößt", informiere ich ihn und eile ihr durch die Nacht hinterher.

Die anderen folgen uns nicht, da ihnen vermutlich bewusst ist, dass mehr Leute schwieriger zu verstecken sind. Ivy wirft mir einen frustrierten Blick zu, aber ich werde mich nicht zurückfallen und sie allein gehen lassen.

Ich muss in Reichweite sein für den Fall, dass erneut das Schlimmste geschieht.

Sie sprintet geduckt über die restlichen Felder. Ich ahme ihre Haltung nach.

Wir erreichen den Zaun, als der Bote an die Tür des Bauernhauses klopft. Ivy klettert geschickt über die Latten und landet beinahe geräuschlos auf der anderen Seite. Ich gebe mein Bestes, ihre Gewandtheit nachzumachen.

Wir schleichen durch die dichteren Schatten entlang des Zauns, bis wir uns einer Karre nähern, die im Hof steht. Ivy huscht dorthin, damit sie näher ans Haus kommt, wobei ich ihr dicht auf den Fersen folge. Sie presst die Finger an ihre Lippen, als würde ich nicht bereits verstehen, dass wir leise sein müssen.

Die Tür öffnet sich soeben quietschend. Ein misstrauisch aussehender Mann betrachtet den Boten und richtet sich auf, als er die königliche Uniform erkennt. „Was gibt's?"

Der Bote neigt den Kopf. Er hat diese Ankündigung bestimmt schon Dutzende Male überbracht, denn er spricht die einstudierten Worte in einem abgehackten Ton, schnell und ohne zu zögern.

„Wir durchqueren das Land, um das Volk von Silana zu informieren, dass ein neues Zeitalter angebrochen ist. Die Melchioreks, die uns ihre Herrschaft aufgezwungen und dem Willen der Götter getrotzt haben, wurden besiegt. König Konram ist tot. Ein neuer Herrscher wird sich erheben und dafür sorgen, dass die Götter uns wieder in ihre Gunst stellen und der Allesgeber erfährt, dass die Zeit für seine Rückkehr gekommen ist. Möge der Große Gott auf uns alle scheinen, die würdig sind!"

Der Bauer starrt den Boten an und sein Mund klappt auf. „Ich … der König ist tot?"

„Der falsche König", verbessert der Bote ihn mit einem Hauch Bösartigkeit, die sogar ich bemerke. „Wir müssen die Gelegenheit feiern, dass unser Land zu seiner ehemaligen Pracht zurückgeführt wird."

Ivy atmet erstickt ein. Wir wissen beide, dass seine Worte nicht der Wahrheit entsprechen.

Der Bauer scheint allerdings zu glauben, dass er nicht protestieren kann. Er versteift sich, nickt jedoch. „Ja. Ja, natürlich."

Der Bote macht eine brüske Abschiedsgeste und eilt zu seinem Pferd zurück. Als der Bauer fassungslos die Tür schließt, spannt Ivy sich neben mir an.

„Wir können ihn diese Behauptungen nicht aussprechen lassen", flüstert sie und ihre Hände ballen sich zu Fäusten. „Bei ihm klingt es so, als wäre König Konram verdientermaßen durch den Willen der Götter getötet und nicht kaltblütig von einem Verräter ermordet worden. Und sie verbreiten ihre Geschichte so schnell wie möglich, bevor jemand die Wahrheit herausfinden kann."

Ihr Ton ist so leidenschaftlich, dass Panik durch meine

Adern schießt. Ich kann mir mühelos vorstellen, dass sie sich auf den Mann stürzt – ihn körperlich angreift und sich für eine weitere Verletzung angreifbar macht – oder ihre Magie auf ihn schleudert und ihren Verstand verwirrt, nur um den Rest von Silana zu beschützen …

Jede Faser meiner Seele schreckt entsetzt zurück. Der Mann marschiert zum Tor, packt die Zügel seines Pferds und Ivy beugt sich vor.

Ohne noch einmal darüber nachzudenken, hebe ich einen Stock vom Boden auf und werfe ihn mit meiner Macht.

Meine Daimon-Energie knistert über das Geschoss. Es fliegt nicht so schnell oder weit wie ein Pfeil, den ich mit einem Bogen losgeschickt habe, doch das ist nicht nötig.

Der Stock kracht mit einem Knistern wie ein Blitz gegen den Rücken des Boten. Er zuckt zusammen und fällt vornüber. Sein Hemd und Fleisch sind verkohlt.

Ich springe vor und feuere noch einen Energieblitz auf ihn ab, sobald ich näher bin. Sein Körper zerfällt zu Asche.

Eine Windböe verteilt den Beweis für seinen Tod auf dem Hof.

Ivy joggt zu mir und packt meinen Arm. „Was tust du da?"

„Du hast gesagt, wir können ihn die Botschaft nicht verbreiten lassen. Ich habe sichergestellt, dass er es nicht mehr tut."

Ich blicke zu dem Pferd, das mit einem Schnauben zur Seite tritt, jedoch nicht wegrennt. Tiere scheinen mich die meiste Zeit zu mögen. „Und jetzt hat Prinz Jacos sein eigenes Reittier. Wir brauchten noch ein Pferd, oder?"

Ivy bricht in ein dunkles Gelächter aus, das sie mit ihrer Hand dämpft. „Dann komm, bevor uns der Bauer bemerkt."

Als sie die Zügel des Pferdes packt, ertappe ich mich dabei, wie ich zu der fernen Stadt blicke. Ein Gefühl der Melancholie überkommt mich.

Die Leute dieser Siedlung werden die Behauptungen der Blutzauberer nicht sofort hören, doch wie viele andere Boten haben unsere Feinde durch das Land geschickt?

Ich kann sie nicht alle verbrennen. Das Gift breitet sich viel zu schnell aus, um es aufzuhalten.

# SIEBEN

*Ivy*

„**E**s ist nicht mehr weit", verkündet Petra, als wir an einer Straßenecke der Stadt anhalten. Sie zieht ihren Umhang fester um sich. „Wir sind fast da."

Anhand ihres Tons ist schwer zu beurteilen, wie sehr sie mich und unsere anderen Begleiter beruhigen möchte und wie sehr sich selbst.

Wir vier rücken dichter zusammen und mustern die Straße vor uns. Der Atmosphäre in der Stadt haftet ein Unbehagen an, das ich nicht gewohnt bin, vor allem da wir von den eleganten Steingebäuden der Innenbezirke umgeben sind. Adlige und andere Bürger der Oberschicht eilen mit ängstlichen, hastigen Schritten und gesenkten Köpfen vorbei. Dieses Verhalten beobachtet man eigentlich viel häufiger in Florians Außenbezirken.

Obwohl erst früher Abend ist, sind viele der Laden- und Restaurantfenster entlang der Straße dunkel. Aus den Etablissements, deren Laternen leuchten, dringen weder Musik noch Lachen, als wäre sogar das Geplapper gedämpft worden, das zur Abendessenszeit normalerweise aufkommt.

Niemand wirft uns einen zweiten Blick zu, dennoch ziehe ich mir die Kapuze tiefer ins Gesicht. Zum Glück ist die Wunde auf meiner Stirn so weit geheilt, dass ich jetzt nur noch einen kleinen Verband brauche.

Was hätte Julita von der nervenaufreibenden Veränderung der Hauptstadt gehalten so kurz, nachdem wir sie verlassen haben? Es fällt mir schwer, mir nicht zu wünschen, ich könnte eine ihrer bissigen Bemerkungen hören, die meine Nervosität ein wenig beruhigen würde.

Vielleicht ist es besser, dass sie das hier nie sehen muss.

Nur Casimir und Rheave haben sich Petra und mir bei unserem Vorstoß nach Florian angeschlossen, da der Rest unserer Gruppe zu leicht erkannt werden kann. Außerdem möchte Petra ihre jüngeren Geschwister so weit wie möglich von den Gefahren fernhalten. Stavros und Alek sind mit Klaudia und Jacos zurückgeblieben und haben ein Lager in einem abgelegenen Gebiet aufgeschlagen, wozu sie die Vorräte benutzt haben, die wir aus dem Lagerraum des Militärs mitgenommen hatten.

Ich hätte eine noch kleinere Gruppe vorgezogen, um durch die Stadt zu schleichen, die vor einem Monat noch komplett abgeriegelt war in der Hoffnung, mich zum Galgen zu schleifen. Da wir die Thronerbin bei uns haben, sind jedoch andere Vorsichtsmaßnahmen notwendig. Rheave kann Angreifer mit seiner Magie abwehren, ohne sich Sorgen machen zu müssen, dass er verrückt wird oder es einen Rückschlag gibt. Casimir kann möglicherweise weniger feindselige Leute dazu überreden, uns zu helfen.

Der wichtigste Teil unserer Mission besteht darin, Petra – *Königin* Petra, daran muss ich mich immer wieder erinnern – am Leben zu halten.

Ich entdecke keine Soldaten oder Wachen des Ordens der Wildheit unter den Passanten. Als ich zu Rheave blicke, schüttelt er den Kopf, um anzudeuten, dass er keine anderen Daimon in der Nähe spürt.

Ich berühre Petras Ellenbogen. „Ich glaube, es ist sicher, weiterzugehen."

Als wir in einem gleichmäßigen, lässigen Tempo die Straße

entlanggehen, damit wir nicht so geheimniskrämerisch aussehen, wie ich mich fühle, schenkt Petra mir ein kurzes, angespanntes Lächeln. „Ich schätze, du bist es gewohnt, dich so durch die Stadt zu bewegen. Es kann nicht einfach gewesen sein ... dich all diese Jahre zu verstecken und deine Magie geheim zu halten."

Ein Kloß steigt in meiner Kehle auf bei dem Gedanken an all die Einsamkeit und Angst, die meine Vergangenheit beflecken. Es ist nicht so, dass ich momentan weniger Angst habe, doch ich muss mich der Herausforderung wenigstens nicht allein stellen.

Ich spreche in einem lockeren Ton, um zu verbergen, wie sehr mich die Frage tatsächlich belastet. „Ich hoffe, die Begnadigung, die mir dein Vater erteilen wollte, bleibt unter deiner Herrschaft bestehen?"

Etwas flackert in Petras Gesicht auf. Es kommt und geht so schnell, dass ich die Emotion nicht lesen kann. Sie streckt die Hand aus und drückt meinen Arm nachdrücklich. „Was mich betrifft, warst du nie eine echte Bedrohung. Mir tut es wirklich leid, wie er dich behandelt hat ... Dass er so stur daran festgehalten hat, dich als Feindin zu sehen."

Die aufrichtige Reue in ihrer Stimme wirft mich aus der Bahn.

Ich zwinge mich zu einem Achselzucken. „Ich schätze, es war verständlich. Leute mit meiner Art von Magie haben sich im Lauf der Jahrhunderte nicht unbedingt mit Ruhm bekleckert. Und du warst dir zuerst auch nicht sicher, was du von mir halten sollst, oder? Selbst als du noch nicht von meiner Magie wusstest. Du hast dich auf der Akademie nicht nur aus Freundlichkeit mit mir unterhalten."

Ich sage das nicht als Anschuldigung, nur als Tatsache, dennoch färbt eine leichte Röte Petras hellbraune Wangen. „Das tut mir auch leid. Du warst eine Unbekannte, die sich plötzlich Ster. Stavros bei seinen Ermittlungen angeschlossen hat. Mein Vater wollte wissen, was ich von dir halte und ob ich der Meinung bin, dass du Hintergedanken hegst."

„Das nehme ich dir nicht übel", versichere ich ihr. „Ich vermute, dass ich an deiner Stelle das Gleiche getan hätte."

„Dennoch … Danke für alles, was du für meine Familie getan hast. Du hast für uns mehr Qualen durchlitten, als ich jemals erleben musste. Wenn ich die Kontrolle über das Land zurückerlangen kann, kannst du dir sicher sein …“

Ihre Stimme stockt, als wir eine weitere Kreuzung erreichen. Hinter mir macht Casimir einen leisen gequälten Laut.

Was einst eine Statue in der Mitte der Kreuzung war, liegt nun in Marmorstücken auf den Pflastersteinen. Ein Unterarm, der ein zerbrochenes Schwert umklammert, liegt in der Nähe meiner Füße. Dahinter entdecke ich zwischen den kleineren Scherben Teile eines Beins, eines Kiefers und Halses … und die obere Hälfte eines Kopfes mit einer kaputten Krone.

Auf meinen Ausflügen in die Innenbezirke bin ich an dieser Statue mehr als einmal vorbeigekommen. Sie stellte König Konram dar und war kurz nach seiner Thronbesteigung errichtet worden.

Petra holt krächzend Luft. Doch noch während ich nach ihr greife, richtet sie sich etwas gerader auf und strafft die Schultern.

Ihre Stimme klingt angespannt. „Sie versuchen wirklich alles, um ihn und das Erbe unserer Familie zu zerstören.“

Ich verziehe das Gesicht. Ich war nicht König Konrams größter Fan, würde seine Herrschaft jedoch jederzeit der der Blutzauberer vorziehen. „Sie müssen alle davon überzeugen, dass die Melchioreks die Schurken waren, damit ihre Übernahme gerechtfertigt ist.“

„Statuen können neu gebaut werden“, sagt Casimir sanft. „Wir werden sie nicht gewinnen lassen.“

Petra nickt ruckartig und ihre Haltung spannt sich noch mehr an. „Ich bin nur froh, dass Klaudia und Jacos das nicht gesehen haben.“

Als wir um eine weitere Ecke auf eine Straße biegen, die uns zu dem großen Platz vor dem Tempel der Krone führen wird, verknotet sich mein Magen. Ich verbinde keine besonders angenehmen Erinnerungen mit dem größten Tempel des Landes.

Er ist der Ort, wo ich im Lauf der Jahre beobachtete, wie mehrere zerrissene Zauberer ihrem Tod am Galgen entgegentraten. Außerdem ist es der Ort, an dem *ich* beinahe starb bei dem Versuch, einen der Blutzauberer daran zu hindern, eine Welle der Zerstörung auf die Stadt loszulassen.

Doch keine meiner Sorgen hätte mich auf den Anblick vorbereiten können, der uns begrüßt, als wir den Rand des Platzes erreichen.

Petra bleibt wie angewurzelt stehen und klingt, als würde sie ein Keuchen unterdrücken. Ich packe ihre Schulter und drehe sie zu mir, sodass wir so tun können, als wären wir miteinander und nicht mit der Szene auf der anderen Seite der Pflastersteine beschäftigt.

Ich möchte lieber meine zukünftige Königin anschauen als das Massaker, das hier zu sehen ist. Flecken von bräunlichem Rot befinden sich am Rand meines Sichtfelds – Blut, das auf den Marmormauern des Tempels verspritzt wurde.

Rheave stößt ein gedämpftes Knurren aus. „Wer sind diese Leute? Warum hat jemand sie getötet?"

Das Blut, das ich auszublenden versuche, stammt von mehreren Leichen, durch deren Oberkörper Metallpfosten getrieben wurden, um sie an den Mauern zu fixieren. Ich wappne mich und lasse meinen Blick erneut zu dem grausamen Bild wandern.

Die Gestalten sehen aus, als wären sie von wilden Tieren angegriffen worden – Stücke wurden aus ihren Kleidern und ihrem Fleisch gerissen, Organe quellen aus ihren Körpern und ihre Hälse wurden zerfetzt. Als ich mich zwinge, mich auf sie zu konzentrieren, bemerke ich die Form und Farbe ihrer zerrissenen Kleider.

Roben der Anbetung.

Entsetzen füllt meine Kehle. „Sie waren alle Priester und Gläubige. Vielleicht diejenigen, die im Tempel gearbeitet haben?"

Ein Schauder durchläuft Casimirs Körper. „Höchstwahrscheinlich diejenigen, die sich geweigert haben, auf die Blutzauberer zu hören. Haben sie Jagdhunde auf sie losgelassen?"

Mein Magen rumort. „Ich wette, dass es ihre Anhänger waren."

Als ich vorgab, eine neue Rekrutin des Ordens der Wildheit zu sein, bestand eine meiner Prüfungen darin, auf allen vieren durch den Wald zu rennen und einen lebenden Hasen mit bloßen Händen zu zerreißen. Die Verräter verstehen den Namen ihrer Organisation sehr wörtlich.

Als wäre irgendetwas Heiliges daran, unschuldige Wesen … oder Menschen zu zerfleischen.

„Ja, schaut euch diejenigen an, die ihre Götter verraten haben!", brüllt jemand aus der Tür des Tempels. „So viele der gewählten Anführer unseres Glaubens interessierten sich mehr für ihre eigenen Bedürfnisse als die des Allesgebers und der Gottlen. Doch die Götter haben dafür gesorgt, dass sie und die falsche Monarchie, die unser Land so schlecht geleitet hat, gefallen sind und ein neues Zeitalter beginnen kann."

Noch mehr verdammte Propaganda der Blutzauberer. Das macht mich so wütend.

Wird irgendjemand in der Stadt ihren Müll glauben? Zweifellos. Sie haben immerhin eine Menge Rekruten für ihre Verschwörung gefunden.

Doch viel mehr Leute werden schweigen und sich aus dem Konflikt raushalten, nicht wegen ihres Glaubens, sondern aus Angst, dass sie als Nächste zerfetzt werden.

Petra dreht langsam den Kopf. Sie betrachtet die zerstörten Körper und ihr Kinn bebt ganz leicht.

Ihr Blick hält am Ende der Reihe inne und ihre Lippen schürzen sich vor Frust und Entsetzen. „Das ist … das ist Otyla. Die Priesterin, die meine Weihe geleitet hat und sich für mich hätte verbürgen können. Natürlich hat sie Widerstand geleistet … und jetzt ist sie tot."

Die Blutzauberer haben der Königsfamilie mehr geschadet, als sie wissen.

Ich schlucke einen Fluch und drücke ihren Arm, um ihre Aufmerksamkeit zu erregen. „Gab es irgendjemand anderen im Tempel, der bei der Weihe involviert war? Der bestätigen kann, dass Prinz Dunstam nicht gestorben, sondern Prinzessin Petra geworden ist?"

Sie schüttelt den Kopf. „Vater hat es so geheim wie möglich gehalten. Niemand außer ihm, Mutter, meinem Bruder, meiner

Schwester und Otyla wusste Bescheid. Lothar hat vielleicht etwas vermutet, nachdem er sah, dass ich mit der restlichen Familie nach Regica gebracht wurde."

Ihre Hände ballen sich zu Fäusten. „Ich hätte auf der Akademie bleiben können … ich hätte die Täuschung fortsetzen können … Dann wäre ich hier gewesen, als die Blutzauberer die Macht übernommen haben …"

Casimir tritt neben sie und legt tröstend eine Hand auf ihre Schulter. „Deine Eltern wollten dich beschützen. Und wenn du nicht bei ihnen gewesen wärst, wären Klaudia und Jacos möglicherweise nicht Lothars Angriff entkommen. Du kannst dir nicht die Schuld für das geben, was passiert ist."

Sie atmet scharf ein und sammelt sich. „Wenn wir nicht …"

Sie wird von einem Trompetenlaut unterbrochen, der von dem Balkon hoch über der Tür des Tempels erklingt. Der Balkon, auf dem ihre Eltern und Geschwister – und sie selbst, bevor sie Petra wurde – früher standen, um die Hinrichtungen der Zerrissenen zu beobachten.

Ein bläuliches Leuchten bildet sich um die Gestalt, die dort erschienen ist. Seine schiefe Gestalt verrät ihn augenblicklich.

Lothar ist hier. Er steht auf dem Balkon und blickt mit seiner typisch hochmütigen Miene auf uns herab. Seine formelle Robe ist über seinen hochgewachsenen, jedoch schiefen Körper drapiert.

Seine Stimme ist so laut, dass sie bestimmt durch alle Straßen des Innenbezirks schallt. Er verstärkt sie mithilfe von Magie.

„Gute Leute von Florian! Bitte haltet inne und hört zu, was ich zu sagen habe. Ich war einst der zweite magische Berater der Melchiorek-Familie und bin jetzt die höchste Autorität, die in diesem Land noch übrig ist."

„Wegen seines Verrats", schimpft Petra. Ihr Gesicht wird noch blasser, während sie zu ihm hochstarrt.

„Ich beanspruche kein Recht auf Herrschaft", fährt Lothar fort. „Doch während meiner Zeit als Berater habe ich so viel Falsches gesehen, dass ich das Gefühl habe, es sei meine Verantwortung, unser Land in seine neue Ära zu führen. Wir müssen zurückfinden zu dem wahren Willen der Götter und der Essenz dessen, was uns lebendig macht."

Indem er andere Lebewesen verstümmelt und tötet. Klasse Strategie.

Ich behalte die sarkastische Bemerkung für mich, doch ein Beben durchläuft Petras Körper. Ihre Hand sinkt zu dem Dolch, den sie am Gürtel ihres Kleides trägt.

Sie kann ihn auf keinen Fall von hier unten töten. Sogar ich hätte Probleme, über eine derart große Entfernung ohne die Hilfe meiner Magie zielsicher zu werfen.

Meine Magie.

Lothars nächste Worte werden blechern und rücken in weite Ferne, als Kälte durch mich fegt. Meine Macht windet sich in meiner Brust, da sie mein Interesse spürt.

Ich könnte einen Großteil dieser Katastrophe jetzt beenden. Lothar steht an der Spitze des Ordens der Wildheit. Er hat all ihren Wahnsinn und ihre Gewalt geleitet.

Ohne ihn fallen sie möglicherweise nicht sofort auseinander, doch sie wären zutiefst erschüttert. Dann wäre es so viel einfacher, den Orden zu zerschlagen und zu überwältigen.

Er zwang mich, Leute zu töten – an seinen Händen klebt literweise Blut. Wäre sein Tod wirklich ein Mord oder bloß Selbstverteidigung?

Die Kälte geht mit wachsender Gewissheit einher. Ich habe versucht, auf mein Gewissen und die Gesetze des Landes zu hören, und was hat uns das gebracht?

Der König ist tot. Der Mann dort oben würde die Frau neben mir töten, wenn ihm bewusst wäre, wer sie ist.

Und ich bin die Einzige, die ihn hier und jetzt aufhalten kann.

Das Surren meiner Magie dehnt sich zu einem Brüllen in meinem Schädel aus. Sie zittert durch meine Nerven, doch ich halte sie mit mahlendem Kiefer zurück.

Wenn ich das hier tun will, muss ich klug vorgehen. Die kleinste mögliche Wirkung, damit niemand etwas vermutet und ich nicht mehr Wahnsinn anlocke, als unbedingt notwendig ist.

Ich denke daran, wie ich meine Daimon-Wache getötet habe, richte meinen Blick auf Lothars Hals und lege meine

Hand an die Steine des Gebäudes, neben dem wir stehen. Ich stelle mir vor, wie seine Kehle nach innen bricht, während sich die Oberfläche des Steins gerade weit genug nach außen wölbt, um die Wirkung auszugleichen.

Mein Herz hämmert und ich schieße meine Macht ab wie Rheave einen seiner Pfeile.

Sie saust aus mir heraus, kracht gegen die Gestalt auf dem Turm und verpufft, als wäre sie auf nichts als Luft getroffen.

Ich zucke überrascht zusammen und Casimirs Kopf fährt zu mir herum. „Was ist los, Gütige?"

Scham fegt so schnell durch mich wie zuvor die Gewissheit. Wie kann ich ihm erzählen, was ich gerade versucht habe?

Würde der netteste Mann, dem ich jemals begegnet bin, dann noch immer denken, ich hätte den Spitznamen verdient, den er mir gegeben hat?

„Ich … ich habe ihn mit ein wenig Magie getestet", antworte ich und kämpfe darum, mit ruhiger Stimme zu sprechen. „Er ist nicht wirklich da. Es ist eine Illusion … eine Art magische Projektion, glaube ich."

Rheave summt leise und bleckt die Zähne bei einem wilden Lächeln. „Er weiß, dass du entkommen bist und deinen Verstand zurückhast. Er hat Angst vor dir."

Der Daimon-Mann hat wahrscheinlich recht. Natürlich würde Lothar nicht das Risiko eingehen, dass ich die Magie gegen ihn einsetze, die er unbedingt ausbeuten wollte. Das hätte mir von Anfang an klar sein sollen.

Die Anstrengung, die ich in den Magiestoß gelegt habe, wurde trotzdem aufgebracht – und hat ihren Preis von mir gefordert. Als ich den Kopf drehe, meine ich etwas Saphirblaues aufblitzen zu sehen – Soldaten, vielleicht Daimon, die kommen, um uns zu verhaften. Ich muss …

Ich blinzle heftig und schaue erneut mit hämmerndem Herzen in diese Richtung.

In dieser Ecke des Platzes trägt niemand etwas Blaues. Eine Frau in einem grünen Kleid, die zu Lothar starrt, ist uns am nächsten.

Ich habe meinen Verstand nicht komplett zurück, auch wenn Rheave das Gegenteil denkt.

Als einen Augenblick später ein magisches Kribbeln an mir vorbeisaust, besteht mein erster Instinkt daher darin, anzunehmen, dass es ebenfalls eine Halluzination ist. Doch ich warte und konzentriere mich auf die Empfindung. Sie bleibt bestehen.

Ich lasse meinen Blick über den Platz schweifen, verändere meine Position, mache einen kleinen Schritt vor und dann zur Seite, um die Richtung nachzuverfolgen, aus der die Magie kommt.

Als ich meinem Eindruck der Magie folge, kommt eine verschwommene Gestalt in Sicht, die auf der anderen Seite der Straße steht, aus der wir gekommen sind. Sein schmales Gesicht ist zu einer Maske der Abscheu verzogen.

Ich zerre an Petras Arm. „Der dritte magische Berater deines Vaters … Wie hieß er? Tinom irgendwas? Er ist hier!"

„Was?" Sie späht in die Richtung, in die ich schaue. „Wo?"

Sie kann ihn nicht sehen. Er benutzt anscheinend eine Art Ablenkungszauber, den ich durchschauen konnte, als ich wusste, wohin ich blicken musste.

Richtig. Seine Spezialität sind Illusionen, oder?

Er wirkt definitiv nicht zufrieden mit der Rede seines Kollegen. Ich zögere und beschließe, das Risiko einzugehen.

Es ist besser, die Anzahl unserer Verbündeten zu vergrößern, als erneut meine eigene Magie auszusenden.

Als ich schnurstracks zu dem magischen Berater marschiere, zuckt sein Blick mit einem Hauch von Überraschung zu mir. Ich bedenke ihn mit meinem entschlossensten Blick. „Bist du auf Lothars Seite oder bist du bereit, das Königreich zu retten?"

# Acht

*Ivy*

Tinom fährt mit seiner sehnigen Hand über den hölzernen Esszimmertisch. Sein Gesicht ist unter den dünnen Stirnfransen seiner grau-weißen Haare rot geworden. „Was immer wir noch unternehmen, wir *brauchen* diesen auf Blut geschworenen Brief."

Seine Stimme schallt mit so viel Kraft durch das spärlich dekorierte Zimmer, dass ich mich anstrengen muss, nicht zusammenzuzucken. Mein Blick huscht zu dem schmalen Fenster, das eine Straße der Stadt überblickt, wo ein weiterer Abend zur Nacht wird.

Eigentlich besteht kein Grund zur Sorge. Tinom gehört dieses Mietshaus in einem der wohlhabenderen Mittelklasse-Viertel Florians. Es zählt zu seinem Familienbesitz und die zwei Wohnungen der obersten Etage standen leer, als der Orden der Wildheit in die Hauptstadt fegte. Der magische Berater hat sich hier zusammen mit ein paar Gläubigen versteckt, die der Säuberungsaktion im Tempel der Krone entkommen sind. Mit seiner beachtlichen Gabe für Illusionen hat er sichergestellt, dass sein ehemaliger Kollege und Lothars neue Kameraden seine Zuflucht nicht entdeckten.

Allerdings haben wir zuvor schon Schutz in Wohnungen gesucht, die wir für sicher hielten, nur um dann um unser Leben rennen zu müssen. Seit der König mich und meine Männer zu Feinden des Königreichs erklärt hatte, mussten wir ständig in Bewegung bleiben.

Der einzige Ort, an dem wir ein gewisses Maß an Sicherheit hatten, war die versteckte Zuflucht der Zerrissenen. Dort hat mir die einzige andere geistig gesunde zerrissene Zauberin, der ich je begegnet bin, die Grundlagen meiner Macht beigebracht. Diese Sicherheit ging jedoch mit einer anderen Art von Preis einher. Wir konnten überhaupt nicht mit der Außenwelt interagieren – und als wir beschlossen, dass wir uns wieder den Blutzauberern stellen mussten, versuchte Sulla, die Zuflucht zu unserem Gefängnis zu machen.

Ich hätte nie gedacht, dass ich die Tage vermissen würde, an denen ich auf Stavros' Sofa in seinem Quartier auf der königlichen Akademie schlief. Im Licht meiner Erinnerungen wirkt diese Zeit nun eigenartig friedvoll.

Ein Blitz, der magischer Natur sein könnte, saust am Fenster vorbei – meine Haut streift jedoch kein Kribbeln von Energie und niemand reagiert. Ich reiße meinen Blick von der Halluzination los und hefte ihn wieder auf die realen Leute am Tisch.

Ungefähr zwanzig von uns haben sich in den nun überfüllten Raum gequetscht. Petra, ihre Geschwister, meine Männer und ich drängen uns um ein Ende des Tisches. Tinom sitzt am anderen Ende flankiert von zwei Gläubigen, mehreren Soldaten und ein paar Adligen, bei denen er sich sicher ist, dass sie der Melchiorek-Familie treu ergeben sind.

Wir haben den Großteil des vergangenen Tages damit verbracht, diese Gruppe aus Königstreuen zu versammeln. In dem Moment fühlte es sich an, als würden wir Fortschritte machen. Doch nun, da ich das Endergebnis sehe, komme ich nicht umhin, mich an die hunderte Mann starke Armee zu erinnern, die Lothar schickte, um den König zu töten.

Meine Männer und ich haben diese Armee ins Chaos

gestürzt und die Hingebungsvollsten von ihnen wurden in der Schlacht getötet. Allerdings haben wir das nur geschafft, indem wir die darischen Soldaten auf der anderen Seite des Kanals reinlegten, sodass sie den Großteil der Arbeit übernahmen.

Mit diesem Plan werden wir nicht zweimal davonkommen.

Petra beugt sich vor und platziert ihre Ellenbogen auf dem Tisch. Ich kann nicht anders, als von dem zunehmend königlichen Verhalten beeindruckt zu sein, das sie angenommen hat, seit sie mehr Unterstützer zu befehligen hat.

„Der Brief ist der beste Beweis meiner Identität, den wir haben", verkündet sie. „Aber Lothars Leute könnten über die Ergebnisse eines Tests lügen – sie könnten ihn zerstören. Wir bräuchten einen treuen Priester, dem die Leute vertrauen und der die Gültigkeit bestätigt."

Die Baronin neben Tinom hebt ihr Kinn in einem hochmütigen Winkel, der mich sofort ärgert. Ich glaube, Julita hätte Baronin Sibelle auch nicht gemocht. Die Frau hat sich die Mühe gemacht, ihre dunklen Haare zu modischen Locken zu frisieren und ihre Augenlider zu schminken, als würde es eine Rolle spielen, wie hübsch sie aussieht, während die Welt um sie herum zerbricht.

In ihren Augen funkelt ein Leuchten, das ein wenig verschlagen wirkt. „Wir müssen uns noch keine Sorgen um die Bestätigung machen. Den Brief mit seinem Siegel zu zeigen, wird reichen, um die meisten einfachen Bürger zu überzeugen. Schaut nur, wie leicht sie den Müll geglaubt haben, den Lothar und seinesgleichen ihnen verkaufen."

Der Gläubige zu ihrer Linken nickt eifrig. „Viele sind erpicht darauf, wieder festen Boden unter den Füßen zu haben nach der Nachricht vom Tod König Konrams und Königin Ishilds ... das heißt, Ihrer Eltern. Sie werden glauben wollen, dass die Melchiorek-Linie fortgesetzt werden kann."

Er errötet wegen seines kurzen Ausrutschers. Mir drängt sich die Frage auf, inwiefern unsere Verbündeten Petras Geschichte ohne eindeutige Beweise glauben.

Womöglich besteht Tinom deshalb so hartnäckig darauf, Petras jüngste Unterstützer sowie die Gesellschaft zu überzeugen. Vielleicht muss er sich selbst überzeugen.

„Sie hat auch die Zeugenaussagen ihrer Geschwister", bemerkt Stavros in einem leicht bedrohlichen Ton, wegen dem ich glaube, dass er die gleichen Zweifel wahrgenommen hat.

Petra schüttelt den Kopf. „Ich werde Klaudia und Jacos bei der ersten Ankündigung nicht mitnehmen. Das wäre zu gefährlich."

Ich runzle die Stirn und deute auf Tinom. „Du bist ein Meister der Illusionen. Können wir nicht einen ähnlichen Trick benutzen wie den, den Lothar gestern Abend beim Tempel angewandt hat? Könnten wir ein Bild von Petra an einem öffentlichen Ort projizieren, damit sie zu den Leuten sprechen kann, ohne körperlich in Gefahr zu sein?"

Meine Haut kribbelt, als sich mehrere Blicke zusammen mit seinem auf mich legen. Tinom mustert mich kühl. Er weiß, was ich bin – er ist gestern Nacht fast geflüchtet, bevor Petra herbeieilte und das Siegel ihrer Familie zeigte.

Ich vermute, er ist nach wie vor nicht besonders glücklich darüber, Pläne mit einer zerrissenen Zauberin zu schmieden.

Ich glaube, dass er es den anderen nicht erzählt hat. Vielleicht weil er sich nicht sicher ist, was sie von *ihm* halten werden, da er meine Anwesenheit erlaubt. Doch ich bin nicht in meine Rolle einer Adligen geschlüpft, wie ich es auf der Akademie tat. Sie haben vermutlich keine Ahnung, was sie von mir halten sollen.

Tinom hält inne, bevor er den Kopf langsam zu einem Nicken neigt. „Ja, natürlich, Illusionen zu projizieren wäre die offensichtliche Lösung. Da wir keine direkte Interaktion in dieser zaghaften frühen Phase erlauben wollen."

Petra zieht die Brauen zusammen, als wäre sie mit dieser Gesprächsentwicklung nicht zufrieden. Nachdem ich sie in den letzten Tagen besser kennengelernt habe, vermute ich, dass sie es vorziehen würde, ihre Untertanen bei einer derart wichtigen Ankündigung persönlich zu treffen.

Allerdings kann sie nicht leugnen, wie notwendig die Vorsichtsmaßnahme ist. „In Ordnung. Nichtsdestotrotz sollten wir nichts in Gang setzen, bis wir den Beweis haben, dass ich die Thronerbin bin. Wie sieht die aktuelle Situation im Palast der Hauptstadt aus?"

Sie schaut zu den stehenden Soldaten. Sie haben ihre blauen Uniformen abgelegt, damit sie sich unter die Leute mischen können, wenn wir uns nach draußen wagen. Ich kann ihre militärische Ausbildung jedoch an ihrer Haltung erkennen.

Neben mir huscht Rheaves Blick über die versammelten Gestalten. Er hat bereits bestätigt, dass keiner von ihnen ein gefangener Daimon ist, der das königliche Militär infiltriert hat. Dennoch erhalte ich den Eindruck, dass er ihnen als Menschen nicht traut.

Ich kann nicht behaupten, dass ich erpicht darauf bin, mein Leben in ihre Hände zu geben angesichts dessen, wie viele ihrer Kollegen in den letzten Monaten versucht haben, mich zur Strecke zu bringen.

Der Mann mit dem höchsten Rang von ihnen – ein Major – blickt zu Stavros, als könnte der ehemalige General für ihn antworten, bevor er sich räuspert. „Ich befürchte, der Palast wurde komplett überrannt. Der Orden der Wildheit hat die vollkommene Missachtung des Melchiorek-Erbes ermutigt. Die anfängliche Plünderung hat abgenommen, doch viele von Lothars Anhängern haben sich innerhalb der Palastmauern niedergelassen. Wir können nicht einfach hineingehen und holen, was wir wollen."

Alek meldet sich ein wenig zaghaft zu Wort. „Bist du dir sicher, dass der Brief überhaupt noch dort ist? Dass er nicht während der Plünderung gefunden wurde?"

„Mein Vater hatte ein sicheres Versteck in seinem Schlafzimmer", antwortet Petra. „Es kann nur von jemandem gefunden werden, der weiß, wo es ist, und das ist momentan nur unsere Familie."

Sie wendet sich an mich. „Ivy, ich hasse es, noch mehr von dir zu verlangen, aber Heimlichkeit scheint eine viel praktikablere Option für uns zu sein als Stärke. Das ist dein Fachgebiet. Ich bin mir sicher, Tinom könnte dir mit einem vorübergehenden Tarnzauber einen zusätzlichen Schutz geben."

Der magische Berater richtet sich auf und seine Schultern werden steif. „Das wäre ziemlich einfach. Aber sind Sie sich sicher ... Sie allein zu schicken ..."

Wollen Sie wirklich die Zerrissene sich selbst überlassen,

denkt er wahrscheinlich. Als hätte ich nicht schon genügend Gelegenheiten gehabt, Zerstörung anzurichten, wenn ich das gewollt hätte.

Petra bedenkt Tinom mit einem Blick, der jegliche Sorge unterbindet, die er zum Ausdruck bringen wollte, bevor die restlichen Worte seine Lippen verlassen. „Es gibt niemanden, dem ich diese Aufgabe lieber anvertrauen würde als Ivy." Ihre Aufmerksamkeit richtet sich wieder auf mich. „Wenn du sie annimmst."

Als ich in das Gesicht starre, das dem ihrer Mutter so sehr ähnelt, und sich Spuren des Auftretens ihres Vaters in ihrer ruhigen Haltung zeigen, schnürt sich meine Kehle zu.

König Konram verlangte viel von mir, bevor er wusste, was ich bin. Doch er hat mich nie richtig *gefragt*. Es waren entweder direkte Befehle oder Anordnungen, die wie eine Frage formuliert waren, jedoch keinen Raum für Proteste ließen.

Petra ist das Kind ihres Vaters, aber auch ihre eigene Person. Eine Person, die ich nicht im Stich lassen möchte.

Ich befeuchte meine Lippen und stelle mir vor, wie ich durch die Gänge des prächtigen Palasts schleiche, den ich erst einmal betreten habe – und das mitten in einer Daimon-Schlacht. Sogar mit der Hilfe einer Tarnillusion wäre es gefährlich.

In den vergangenen Monaten habe ich jedoch Dutzende genauso gefährliche Dinge getan. Was ist da eines mehr für die Geschichtsbücher?

Mein Verstand spielt noch immer verrückt, ja, aber ich war in der Lage, die Halluzinationen zu erkennen, bevor ich reagierte. Und je länger ich durchhalte, ohne meine Magie erneut zu benutzen, desto schwächer sollte die Wirkung werden.

Das hoffe ich zumindest.

Es ist nicht so, als hätten wir Zeit zu verschwenden. Je länger Lothar das Land im Griff hat, desto mehr Leute wird er in seinen Wahnsinn ziehen.

„Natürlich", erwidere ich. „Was immer ich tun kann, damit du auf den Thron kommst und Lothar in sein Grab."

Ich würde mir Sorgen machen, dass mein Todeswunsch für den ehemaligen magischen Berater etwas zu ehrlich war, wenn nicht ein paar der Soldaten belustigt schnauben und sich Sibilles Lippen zu einem scharfen Grinsen verziehen würden. Das ist eindeutig ein Wunsch, den wir alle teilen.

„Danke", sagt Petra, als meine sie es ernst, und steht auf. „Es waren mehrere lange, harte Tage für uns alle. Ich denke, wir sollten uns ein wenig ausruhen und unsere Planung mit klaren Köpfen beenden. Wir können darauf abzielen, Ivy morgen Abend auf ihre Mission zu schicken."

Sie neigt den Kopf, um uns zu entlassen.

Als ich aufstehe, schwanken meine Beine unter mir. Ich habe letzte Nacht nicht besonders gut geschlafen, obwohl ich von richtigen Wänden umgeben war.

Bilder von Lothar, der im Tempel stand, und von mir, wie ich einen mörderischen Magiespeer auf ihn abfeuerte, gingen mir immer wieder durch den Kopf. Das und die Art und Weise, wie Petras Geschwister zurückschreckten, als sie mich in dem unterirdischen Lagerraum sahen.

Casimir legt seine Hand um meinen Arm. „Komm, Gütige. Lass uns all diese Verantwortung eine kleine Weile beiseiteschieben."

Er führt mich durch den Flur zu dem Zimmer, das wir fünf beansprucht haben. Es ist unmöbliert, doch wir konnten genug Decken zusammentragen, um eine große Schlafmatte zu bauen, die ungefähr die Hälfte des Bodens bedeckt.

Meine anderen Männer folgen uns. Als ich mich zu ihnen umdrehe, schwellen Emotionen in meiner Brust an.

Ich wurde ihnen entrissen und habe seit unserer Wiedervereinigung nicht einmal Zeit gehabt, wirklich wertzuschätzen, dass ich wieder bei ihnen bin. Uns plagen so viele Probleme und es gibt andere Leute, für die ich eine starke Fassade aufsetzen muss.

Diese vier Männer akzeptieren meine Schwächen und meine Macht. Es gibt nichts, wonach ich mich momentan mehr sehne als ihre Zuneigung.

An der Tür trete ich meine Stiefel beiseite, bevor ich mich auf die Mitte des Deckenlagers sinken lasse. Anschließend strecke ich meine Hand aus und winke sie alle zu mir.

Ich glaube, sie können an meiner Haltung ablesen, dass ich

momentan auf Trost und nicht auf Leidenschaft aus bin. Sie lassen sich in einem Kreis um mich herum nieder. Casimir ist in meinem Rücken, Rheave und Stavros sind an meinen Seiten und Alek ist vor mir.

Rheave schlingt seinen Arm um meinen, während Stavros meine Hand nimmt und mit dem Daumen über meine Fingerknöchel streichelt. Casimir massiert meinen Rücken mit sanften Bewegungen, wobei er auf meine Narben achtet.

Alek gleitet mit den Fingern liebevoll über meine Wange und streicht einige verirrte Haarsträhnen hinter mein Ohr. „Wie geht es dir, Ivy? Ich dachte, wir hätten bereits viel durchgemacht, doch das hier …" Er schüttelt den Kopf. „Wenigstens scheinen wir endlich zum Kern der Verschwörung vorgedrungen zu sein."

„Ja", antworte ich. Wir wissen nur nicht, was wir deswegen unternehmen sollen. Allerdings will ich ausnahmsweise einmal ein wenig Zeit verbringen, in der ich *nicht* an Lothar denke. „Ich bin einfach froh, dass ich wieder bei euch allen bin. Was immer nun passiert, euch bei mir zu haben, ist das Licht, das mir durch die dunklen Zeiten hilft."

Stavros stößt ein leises Knurren aus. „Zweifle nie daran, dass du das Gleiche für uns tust."

Rheaves Stimme senkt sich. „Als du fort warst und wir nicht wussten, was dir zugestoßen war …" Seine Stimme verstummt zitternd, ehe er die Emotion zu meistern scheint, die ihn gepackt hat. „Aber unsere kleine Liane ist wieder bei uns und das ist das Einzige, was zählt."

Der Daimon-Mann beugt sich vor, um die Seite meines Halses zu küssen. Er hat gerade erst angefangen, die körperlichen Freuden zu erkunden, die zwei – oder mehr – Leute gemeinsam erschaffen können, doch er ist ein eifriger Schüler und lernt schnell.

Der Druck seiner Lippen sendet einen Blitz aus Hitze geradewegs in meine Mitte. Urplötzlich summen meine Nerven vor Verlangen nach den anderen Arten von Intimität, für die wir auf der Reise nach Florian weder die Privatsphäre noch Energie hatten.

Wie üblich bemerkt Casimir meinen Stimmungswechsel

sofort. Er lässt seine Hände über meine Taille gleiten, um meinen Gürtel zu öffnen, bevor er sich an den Schnüren meines Kleides zu schaffen macht. „Ich glaube, unsere Frau verdient den umfassenden Empfang, ohne den sie so viele Tage auskommen musste."

Stavros' begieriges Glucksen ist die pure Zustimmung. Alek schenkt mir bloß ein stilles, jedoch strahlendes Lächeln und gleitet mit den Fingern über meinen Schenkel.

Rheave weicht zurück, um Casimir dabei zu beobachten, wie er mir das Kleid auszieht. Die Augen des Daimon-Mannes weiten sich, als er meine partielle Nacktheit betrachtet. Mein Unterhemd und die Hose, die als Unterkleid dient, trage ich noch.

Wir hatten keine Gelegenheit, uns beim ersten Mal zu entkleiden, als wir intim miteinander waren.

Er summt nachdenklich. „Weniger Kleider machen es einfacher. Keine Kleider wären noch besser."

Ein unerwartetes Lachen entfährt mir. „Das stimmt, aber normalerweise lässt man das langsam geschehen. Ich hätte allerdings nichts dagegen, dich ohne dein Oberteil zu sehen."

Er gehorcht, ohne zu zögern, zieht die Wolltunika aus und wirft sie beiseite.

Die Erschaffer seines Körpers haben zwar eine böse Magie benutzt, um ihn zum Leben zu erwecken, doch sie haben ihm eine ziemlich hübsche Gestalt verliehen. Straffe Muskeln überziehen die Flächen seiner breiten Schultern und seiner im wahrsten Sinne des Wortes gemeißelten Brust.

Ich erwarte, dass er erneut nach mir greift, stattdessen blickt er jedoch zu den anderen Männern. „Ihr kennt Ivy alle und wisst besser als ich, was sie mag. Ich will sehen … was jeder von euch für sie tun würde, damit sie sich so gut wie möglich fühlt."

Stavros schnaubt leise. „Bist du darauf aus, uns alle zu ersetzen, wenn du dein Repertoire erweitert hast?"

Rheave scheint die Frage für bare Münze zu nehmen. „Oh nein", widerspricht er hastig. „Ich könnte nicht wie ihr sein, genauso wie ihr nicht wie die jeweils anderen sein könntet. Oder wie ich. Aber ich weiß nicht … Ich habe nie darauf geachtet … Ich glaube, wenn ich eine bessere Vorstellung von den Optionen hätte, könnte ich auf meine Art dafür sorgen, dass sie sich genauso gut fühlt."

Ich berühre seinen Kiefer und lenke seinen Blick wieder auf mich. „Du bist bereits sehr gut, Rheave. Ich war von nichts enttäuscht, was du mir angeboten hast."

Er schenkt mir sein sonniges Lächeln. „Dann kann ich mich darauf freuen, dir noch mehr Freude zu bereiten."

Casimir grinst. „Eine Einstellung, die ich aus ganzem Herzen gutheiße." Er knabbert an meiner Halsbeuge. „Wer möchte die erste Demonstration übernehmen?"

Ich vermute, der Kurtisan hält sich zurück, um die anderen nicht einzuschüchtern. Die sinnlichen Künste sind immerhin der Hauptfokus seiner Ausbildung. Nur die winzige Berührung seiner Zähne hat meine Haut in Flammen gesetzt.

Da Stavros niemand ist, der vor einer Herausforderung zurückschreckt, dreht er sich zu mir. Er schiebt seine Prothese unter den Saum meines Unterhemds, die gebogene Metallschlaufe streift meine Taille und sein Mund verzieht sich zu dem arroganten Feixen, das mich früher so wütend gemacht hat. „Ich weiß, welche speziellen Vorzüge ich im Schlafzimmer einsetzen kann."

Als er den dünnen Stoff mit seiner Prothese über meinen Kopf zieht, erschaudere ich vor Begehren. Dann durchfährt mich eine berauschendere Lust, als er mit der Metalloberfläche erst über einen entblößten Nippel und anschließend den anderen gleitet. Ein Wimmern entschlüpft meiner Kehle.

Eine schwache Röte ist beim Zuschauen in Rheaves blasses Gesicht gestiegen, er verlässt seinen Aussichtspunkt jedoch nicht.

Anschließend packt Stavros meinen Hosenbund und Alek hilft ihm, diesen über meine Beine zu ziehen. Als der ehemalige General daraufhin mit seiner Prothese über die Vorderseite meines Höschens gleitet, schlingt er seinen anderen Arm um mich und nimmt sich seinen ersten Kuss.

Wie immer ist es überwältigend, seinen gewaltigen Körper um meinen zu spüren, sogar ohne die zusätzliche Lust seiner künstlichen Hand. Unsere Münder verschmelzen miteinander und Wärme durchflutet mich.

Ohne den Kuss zu unterbrechen, hebt Stavros mich auf seinen Schoß. Die unglaubliche Kraft, die in seinem beeindruckenden Körper steckt, ist bereits wahnsinnig erregend.

Ich habe mein ganzes Gewicht lange Zeit allein getragen. Es ist eine Erleichterung, jemand anderem zuzutrauen, mich zu unterstützen.

Ich schlinge einen Arm um seinen Hals, um den Kuss zu vertiefen. Stavros verstärkt die Umarmung, damit er mit seinen Fingern mit einem Nippel spielen kann, während er seine Prothese wieder an die feuchte Stelle zwischen meinen Schenkeln führt.

Rheave hatte recht, als er sagte, dass er nie wie einer meiner anderen Männer sein könnte und die anderen nie sich gegenseitig ersetzen könnten. Das Gefühl, vollkommen umgeben zu sein und besessen zu werden, wie es mir der General bietet, lässt sich mit nichts vergleichen.

Während Stavros meinen Nippel zwickt und Lustblitze auslöst, schiebt er seine Prothese unter den Stoff meines Höschens. Als der Metallhaken über meinen Kitzler gleitet, bohren sich meine Finger in seine Tunika. Ich stöhne in seinen Mund.

Seit unseren ersten Erkundungen hat er an Zuversicht gewonnen und benutzt diesen Teil von sich viel selbstverständlicher. Er stimuliert meine Lustperle, bis ich vor Verlangen zittere, woraufhin er mit der Prothese in mich dringt.

Sein Atem versengt meine Wange. „Ja, das ist es, was du brauchst.“

Ich kann nur zustimmend wimmern.

Unsere Küsse werden wilder, als Stavros mit dem Metallhaken in mich pumpt. Dabei reibt er mit dem Ansatz der Prothese mit dem perfekten Druck über meinen Kitzler. Ich kann nichts anderes tun, als mich an ihn zu klammern, während die Wogen der Lust durch mich schwappen.

Er vergräbt seine Finger in meinen Haaren und verschlingt meinen Mund noch energischer. Seine Stöße werden schneller und stürzen mich in den Abgrund.

Mein Höhepunkt fegt mit einem weiteren Stöhnen durch mich hindurch, das ich an seinen Lippen dämpfe. Stavros hält mich, während ich zittere, und übersät meine Wange mit zärtlichen Küssen, als ich zur Erde zurückkehre. „Es ist immer eine Ehre, zu spüren, wie du loslässt … und dass du mir erlaubst, dich dorthin zu bringen."

Ein atemloses Kichern entfährt mir. „Du kannst diese Ehre haben, wann immer du willst."

„Sehr gut", murmelt Rheave. Als ich zu ihm schaue, sind seine Hände neben seinen verschränkten Beinen zu Fäusten geballt, doch er bleibt, wo er ist.

Zu meiner Überraschung macht Alek einen ungeduldigen Laut, bevor ich ihn ermutigen muss. „Du kannst sie nicht für dich behalten, Stav."

Mit einem süßen Lächeln zieht er mich von dem hochgewachsenen Mann weg. Mein Herz schmerzt vor Freude, als ich die Selbstsicherheit sehe, die so neu auf seinem fleckigen Gesicht ist.

Als ich meine Hand an die vernarbte Wange des Gelehrten lege, senkt er den Kopf, um sich ebenfalls einen Kuss zu nehmen. Er neigt sich mir entgegen, verändert den Winkel seines Mundes, variiert den Druck und gleitet mit der Zunge zwischen meine Lippen, sodass ich mich noch begieriger an ihn klammere.

Er weicht mit einem triumphierenden Funkeln in seinen hellbraunen Augen zurück und blickt zu Rheave. „Ich hatte zu Beginn auch keine Erfahrung, auf die ich mich berufen konnte. Das Wichtigste ist jedoch nicht, was du bei irgendeiner Frau tun würdest, sondern du musst lernen, was *dieser* Frau die größte Lust verschaffen wird."

Ich strahle ihn an. „Und ich war begeistert, dein jüngstes Forschungsprojekt zu sein."

Alek lacht und führt mich zu Boden, sodass mein Kopf auf Stavros' muskulösem Bein wie auf einem festen Kissen ruht und meine Wirbelsäule von den Decken gepolstert wird.

Während der Gelehrte einen Pfad zu den Stellen an meinem Hals und meinen Schultern zieht, wo seine Lippen und Zähne die größte Wirkung haben, summt der ehemalige General zustimmend und kämmt mit den Fingern durch meine Haare.

Die Berührung ihrer Spitzen an meiner Kopfhaut verstärkt jede Empfindung, die Alek auslöst.

Der Gelehrte saugt die Spitze eines Busens in seinen Mund und wirbelt mit der Zunge um sie. Als ich keuche und seine dichte Haarpracht packe, bläst er seinen heißen Atem auf die empfindliche Spitze. Daraufhin widmet er sich der anderen Seite, um den Vorgang zu wiederholen.

Er hält sich allerdings nicht lange mit meiner Brust auf, bevor er hinab zu meinem Bauch wandert. Dort zieht er mein Höschen nach unten.

„Die süßeste Stelle für meine Studien", raunt er und senkt den Kopf auf meine Mitte.

Seine Zunge gleitet über meinen Kitzler und ich bäume mich auf, um seinem Mund entgegenzukommen. Ich nehme einen leicht erstickten Laut aus Rheaves Richtung wahr, mein Verstand ist jedoch zu benebelt vor Verlangen, um mich damit auseinanderzusetzen.

Ich wiege meine Hüften im Takt mit Aleks geschickten Zuwendungen und eine weitere Woge der Ekstase baut sich in meiner Mitte auf. Er taucht seine Finger in mich und krümmt sie in meinem Kanal, bis er die berauschendste Stelle findet.

Als er an meinem Kitzler nuckelt und seine Finger gegen diese wundervolle Stelle stößt, fegen die Empfindungen noch schneller durch mich. Lust baut sich auf, entfaltet sich, schwillt an und entlockt mir einen Chor bedürftiger Geräusche.

„Fuck, Alek", murmle ich und packe seine Haare fester, als die Woge endlich über mir zusammenbricht.

Mein Kopf sackt wieder auf Stavros' Schoß. Alek verteilt zärtliche Küsse auf meinem Innenschenkel, bevor er sich mit zufriedener Miene aufsetzt, die den Wunsch in mir weckt, ihn erneut zu küssen.

Ehe ich das tun kann, drückt Casimir mich nach oben. Er dreht mich um und zieht mich an sich, sodass mein Rücken an seinen durchtrainierten Oberkörper geschmiegt ist.

Er knabbert an meinem Ohrläppchen, bevor er in einem seidigen Ton murmelt: „Und ich weiß, dass unsere Frau gerne verwöhnt wird *und* die Kontrolle verliert."

Seine Hände gleiten hauchzart über meinen Körper und

entlocken meinen Nerven jedes lustvolle Flattern, das er erzeugen kann. Ich lehne mich seufzend an ihn und gebe mich seiner süßen Verehrung hin.

Der Kurtisan hat recht, dass er andere Herangehensweisen entdeckt hat, die ich genauso aufregend finde. Als seine Hände meine Schenkel erreichen, reißt er meine Hüften mit einem Ruck an sich. Die Wucht der Bewegung und der Druck seiner steifen Erektion an meinem Hintern sorgen dafür, dass mein Herz einen schwindelerregenden Satz macht.

Seine Stimme kommt in einem geschnurrten Knurren heraus, das noch elektrisierender ist. „Du wirst dich jetzt für mich öffnen."

Meine Beine gleiten automatisch weiter auseinander. Ich hatte vergessen, wie befreiend es ist, Casimir die Kontrolle zu überlassen. Zu wissen, dass er sich um mich kümmern wird, wie nur er es kann, wenn ich es ihm erlaube.

Er bringt sich hinter mir in Position und dringt in meine bereits klatschnasse Mitte. Der Rausch, nach so viel Stimulation plötzlich gefüllt zu werden, entlockt meinen Lippen einen Schrei. Ich presse die Zähne zusammen, da ich nicht die ganze Wohnung darauf aufmerksam machen will, was wir treiben.

Casimir gleitet mit einigen gleichmäßigen Stößen von hinten tiefer in mich. Er hebt eine Hand, um meinen Busen zu massieren, während er über meine Schulter zu Rheave blickt.

Der Daimon-Mann ist jetzt komplett rot und seine Hände sind in den Falten der Decke vergraben, auf der er sitzt. In seinen übernatürlich blau-grünen Augen leuchtet ein noch intensiveres Licht als üblich.

Ich kann das Lächeln des Kurtisans in seiner Stimme hören. „Eines, was ich besser weiß als alles andere, ist, dass zwei oder mehr von uns, Ivy noch mehr Wonne bieten können als einer. Möchtest du einige deiner Beobachtungen des heutigen Abends sofort in die Tat umsetzen, mein Freund?"

Rheave zieht einen zittrigen Atemzug in seine Lunge, der in seiner Brust zu einem Grollen wird. Sein Körper schießt zu mir.

Der Daimon-Mann nimmt mein Gesicht zwischen seine Hände und küsst mich so heftig, dass ich in ihm ertrinken könnte. Ich schwanke zwischen meinen zwei Liebhabern, da ich mich beiden hingeben will.

Rheave sinkt tiefer und gleitet mit der Zunge über das empfindsame Fleisch unterhalb meines Bauchnabels, bevor er noch tiefer wandert.

Ohne sich an Casimirs Nähe zu stören, drückt er seinen Mund auf die Stelle, die sich direkt über der befindet, wo der Kurtisan und ich miteinander verbunden sind.

Casimir stößt erneut in mich und ich drücke mich Rheaves Mund entgegen. Seine Zunge schnellt über meinen Kitzler und ich packe seine dunklen Locken mit einem leicht erstickten Stöhnen.

„So gut", krächze ich. „Es fühlt sich so verdammt gut an."

Rheaves zufriedenes Summen vibriert durch meine Mitte. Ich klammere mich mit einer Hand an ihn und mit der anderen an Casimirs Arm.

Warum hat Aleks erotischer Gedichtband *diese* spezielle Kombination nie vorgeschlagen? Oder vielleicht hat er das getan und wir sind einfach noch nicht so weit gekommen.

Wie auch immer, ich bin auf die wundervollste Art zwischen den zwei Männern gefangen. Mit jedem Stoß von Casimirs Schwanz und jeder Liebkosung von Rheaves Mund schwebe ich höher.

Mein letzter Orgasmus beginnt mit einem Beben, das direkt aus meiner Mitte kommt. Ich zerfalle in einem Feuer der Lust, das mir den Atem raubt.

Casimir stöhnt und knabbert an meiner Schulter, als er mir folgt. Wir sacken gegeneinander, woraufhin Rheave sich aufsetzt und über die Lippen leckt.

„Ich freue mich darauf, so viel wie möglich zu lernen", verkündet er in staunendem Ton.

Ein atemloses Kichern entfährt mir. „Ich glaube, ich freue mich noch mehr darauf."

Wenigstens werden einige gute Dinge auf mich warten nach all den Herausforderungen, denen ich mich noch nicht gestellt habe. Vorausgesetzt, ich überlebe lang genug.

# NEUN

*Ivy*

Als ich das letzte Mal den Palast der Hauptstadt betrat, rannte ich Stavros hinterher und dachte an nichts anderes als daran, das bevorstehende Desaster abzuwenden. Ich bin mir nicht sicher, ob die Gewaltigkeit dieser Tat bis zu diesem Moment zu mir durchgedrungen war.

Ich hocke auf der breiten Steinmauer, die den Palast umgibt, und kann den gesamten vorderen Hof überblicken. Dunkle Spritzer und Brandmale verfärben die polierten Pflastersteine und quadratischen Gärten.

Ich kann nicht erkennen, wie viele der Flecken von dem Angriff stammen, den wir vor Wochen gestört haben, und wie viele vor kurzem entstanden sind. Ein saurer, leicht fauliger Geruch durchzieht die kühle Winterbrise.

Der Müll, der auf dem Gelände verstreut ist, ist definitiv neu. Eine dreckige Samtweste liegt zerknittert auf dem Boden genauso wie ein zerrissenes Seidengewand. Marlholzstücke und Porzellanscherben übersäen das Gelände, als hätten es sich einige der Plünderer anders überlegt, nachdem sie mit einem

Schatz aus dem Palast gestürmt waren, und sich dafür entschieden, diesen stattdessen zu zerstören.

Ich entdecke mindestens einen bräunlichen Haufen, wo sich ein besonders widerwärtiger Eindringling auf der Eingangstreppe des Palasts erleichtert hat. Entsetzen steigt in mir auf und ich rümpfe die Nase.

Ich kann Julitas schockierte Stimme beinahe hören. *Wirklich, schrecken sie denn vor gar nichts zurück?*

Ist den Plünderern nicht bewusst, dass selbst, wenn sie der Meinung sind, dass *dieser* König falsch war, der Sinn darin besteht, einen neuen Herrscher zu finden, der sie anführen will? Und dass es dieser Herrscher bestimmt vorziehen wird, in einen Palast zu ziehen, der nicht mit Scheiße beschmutzt wurde?

Sie sind noch nicht einmal fertig. Während ich zuschaue, eilen einige Gestalten aus dem Palast. Sie können mich nicht sehen, da ich von dem gesegneten Amulett verborgen werde, das Tinom mir zur Verfügung gestellt hat und an einer dünnen Kette um meinen Hals baumelt. Eine der Gestalten ist wie eine Adlige in ein aufwendig besticktes Kleid gehüllt, ihre Haare sind jedoch aus ihrer typischen Hoffrisur gefallen und nur wenige kleine Locken sind noch an ihrem Kopf fixiert. Die zwei Männer hinter ihr sind gut, allerdings schlicht gekleidet – vielleicht sind es Händler.

Sie tragen alle unrechtmäßig erworbene Schätze: die Frau ein Bündel aus Kleidung oder eingewickeltem Schmuck, ein Mann eine vergoldete Kiste, der andere einen Stapel edler Teller.

Ich mahle mit dem Kiefer. Leute wie sie haben am meisten von der Herrschaft des Königs profitiert und jetzt zerteilen sie sein Vermächtnis wie Geier, die sich auf einen Kadaver stürzen. Und sie betrachten sich als die Höchsten der Gesellschaft? Wie konnten sie sich so leicht gegen die Familie wenden, der sie ihre Treue geschworen hatten?

Das einzig Gute an der aktuellen Situation ist, dass jemand die Doppeltür geöffnet und am Schließen gehindert hat. Tinoms Amulett, das dem entspricht, das er neulich abends vor dem Tempel der Krone trug, verhindert, dass ich gesehen werde, solange niemand weiß, wo man nach mir Ausschau halten soll. Allerdings kann ich nicht durch Wände gehen. Wenn sich die

Leute fragen, warum Türen scheinbar von selbst hin und her schwingen, stecke ich in Schwierigkeiten.

Als die jüngsten Plünderer aus dem Tor geeilt sind und der Hof vorübergehend still daliegt, rutsche ich an der Mauer hinab und schleiche über das Gelände, wobei ich der schlimmsten Sauerei vorsichtig ausweiche. Das Amulett verschleiert nur leise Geräusche. Wenn ich gegen irgendetwas krache und jemand zu mir schaut, könnte mich derjenige trotz der Illusionsmagie entdecken.

Ich gehe an der lilafarbenen Leiche einer Wache vorbei, die eindeutig kein Daimon war und teilweise von einem Busch verdeckt wird. Mitgefühl kribbelt durch meine Brust.

Ich habe zwar die Kronenwache und ihre Art gefürchtet, diese Frau hat jedoch bloß ihre Arbeit gemacht. Sie hat ihr Leben gegeben in dem Versuch, das Zuhause des Königs zu beschützen, vielleicht sogar nachdem sie Grund zu der Annahme hatte, dass er nicht mehr zurückkehren würde.

Als ich durch die Tür schlüpfe und durch den Hauptsaal schleiche, muss ich weiteren Gestalten ausweichen, die in die Zimmer ein und aus gehen, in denen sie die übrig gebliebenen Möbelstücke durchwühlen und Gemälde von den Wänden reißen. Der schreckliche Gestank verstärkt sich. Wolken von verwestem Fleisch steigen mir in die Nase zusammen mit dem Geruch von Urin und Schweiß.

Die Quelle von letzterem wird innerhalb von wenigen Sekunden deutlich. In mehreren der Nebenzimmer ist das Mobiliar größtenteils noch intakt. Ganze Gruppen von Männern und Frauen mit fragwürdiger Körperhygiene schlafen auf den dicken Teppichen oder lehnen an den Tischen, während sie sich mit rauen Stimmen unterhalten.

Sie tragen eine Mischung aus Kleidung, die von billiger Baumwolle zu teurer Seide reicht und schmutzig und fleckig ist. Der Eifer, der in vielen Augen brennt, erinnert mich an den Marsch des Ordens der Wildheit.

Das hier müssen Blutzauberer und ihre Verbündeten sein, die Anhänger, die Lothar in der Hauptstadt untergebracht hat, um die Kontrolle zu wahren.

Meine Magie flattert gegen meine Rippen und fleht mich

an, sie die widerlichen Gerüche fortwaschen zu lassen. Sie will all diese Eindringlinge in einem Regen aus zerbrechendem Glas aus den Fenstern werfen.

Ich zügele den Drang und eile weiter.

Als sich eine Frau, die bereits ein paar goldene Kerzenständer unter dem Arm trägt, einem der Räume nähert, die mit neuen Bewohnern gefüllt sind, blafft ein Mann: „Diese Stelle gehört fürs Erste dem Orden der Wildheit. Hol dir von einem anderen Ort, was du willst."

Sie hastet ohne einen Protest davon. Was immer die Einheimischen von dem Orden gesehen haben, sie sind nicht erpicht darauf, sich mit diesem anzulegen.

Ich schlängle mich durch die Gänge, folge Petras Anweisungen und springe zur Seite, als ein paar Teenager aus einer der Türen vor mir rennen. Blutflecken sprenkeln die Böden, doch ich entdecke keine weiteren Leichen, bis ich an einem Raum vorbeigehe, aus dem der bisher schlimmste Gestank weht.

Diese Tür wurde geschlossen. Ich halte inne und schiebe sie nur einen Spaltbreit auf, bevor ich voller Abscheu zurückschrecke und abwehrende Magie in mir aufwallt.

Verwesende Leichen liegen aufgehäuft hinter der Tür. Es sind hauptsächlich Wachen und Adlige, soweit ich das anhand ihrer Kleider erkennen kann. Der Orden hatte wohl keine Lust, sie in dem harten Winterboden zu vergraben, weshalb sie die Leichen einfach aus dem Weg geschleift haben.

Vielleicht gefällt ihnen die Vorstellung, dass sich der Verwesungsgestank durch den Palast windet und alle, die hierherkommen, an das Schicksal erinnert, das sie hier ereilen könnte, wenn sie in Ungnade fallen. Als würden die Geister der Ermordeten hierbleiben, um den Ort mit ihrem Gestank heimzusuchen.

Julita hätte die Vorstellung auf düstere Art amüsant gefunden. Als ich eine Treppe zum ersten Stock erklimme, wobei ich um eine nasse Stelle im Teppich gehe, male ich mir die anderen bissigen Bemerkungen aus, die sie zweifelsohne zusammen mit einem empörten Schnauben gemacht hätte.

*Den Leuten ist es lieber, den Palast in einen Müllberg zu*

*verwandeln, als von den Melchioreks regiert zu werden? Ist ihr Verstand so beschränkt?*

Noch ein Kloß steigt in meiner Kehle auf. Es ist leichter, nicht an die Freundin zu denken, die ich verloren habe, und ihre ständige Präsenz in meinem Kopf nicht zu vermissen – die gelegentlich nervig, jedoch so häufig mitreißend und ermutigend war – wenn ich von meinen anderen Kameraden umgeben bin. Wenn ich allein bin, ist die Leere in meinem Kopf ohrenbetäubend.

Julita zögerte nie, sich dem Bösen zu stellen, das sie in Florian aufkeimen sah, obwohl sie mehr Gründe als der Rest von uns hatte, die Blutzauberei zu fürchten. Sie hat das, was von ihrem Leben übrig war, geopfert, um mich vor ihrem Bruder zu retten.

Sie wäre so entsetzt gewesen, die Zerstörung zu sehen, welche die Blutzauberer trotz unserer Anstrengungen angerichtet haben.

Ich blinzle hastig und schiebe die Trauer beiseite, bevor ich um eine Ecke biege und einen schmalen Gang entlanggehe. Noch einmal links, dann rechts und ganz am Ende …

Ich bleibe wie angewurzelt stehen und mein Magen verkrampft sich. Ein bulliger Mann mit kantigem Kiefer in einer Wachuniform steht vor der Tür, zu der mich Petra geschickt hat – die zu den privaten Quartieren der Königsfamilie führt.

Er muss zu den Blutzauberern gehören, andernfalls wäre er nicht mehr am Leben. Ich schätze, es ergibt Sinn, dass Lothar nicht möchte, dass jemand anderes als seine Speichellecker die persönlichen Gegenstände des Königs durchwühlt, den er ermordet hat.

Wohnt der ehemalige magische Berater in einem dieser Zimmer? Ich erschaudere bei dem Gedanken.

Es spielt allerdings keine Rolle, ob jemand hinter dieser Tür ist, wenn ich nicht durch sie hindurchkomme.

Ich schleiche auf leisen Sohlen näher, während ich die Wache mustere. Ohne Rheaves Daimon-Sinne kann ich es nicht mit Sicherheit sagen, doch ich vermute, dass dieser Kerl einer seiner Brüder in belebtem Ton ist. Seine Miene hat eine

Ausdruckslosigkeit an sich, die nicht wie reine menschliche Langweile aussieht.

Ich könnte ihn einfach erstechen und hoffen, dass er zu gebranntem Ton zerfällt. Doch dann würde derjenige, der ihm diesen Posten zugewiesen hat, erkennen, dass jemand eingebrochen ist.

Ich muss ihn lang genug von seinem Posten weglocken, damit ich durch die Tür schlüpfen kann.

Ich gehe in den vorherigen Gang zurück und sehe mich um. Es scheint kein anderer in der Nähe stationiert zu sein. Er wird vermutlich auf jede Störung in der Nähe reagieren.

Ich trete in eines der Zimmer, dessen Tür geöffnet ist. Die meisten der kleineren Gegenstände wurden geplündert, doch eine Vitrine mit gesprungenen Scheiben steht an der Wand.

Gleich wird sie eine viel schlimmere Behandlung erleben.

Zähneknirschend packe ich die Seite der Vitrine und reiße an ihr. Ich lehne mich gegen die Wand, um zusätzlichen Halt zu haben, und werfe sie zu Boden.

Meine Güte, das ist ein lauter Knall. Der Rahmen donnert so heftig auf den Boden, dass das Geräusch von den Wänden widerhallt. Das Glas zersplittert und das Holz bricht auf der Rückseite auf.

Ich husche in den Gang zurück und schlüpfe durch eine andere Tür, kurz bevor die Wache mit stampfenden Schritten um die Ecke donnert.

Sowie sie in den anderen Raum gestürmt ist, renne ich zu der Tür, die sie bewacht hat, und tauche meine Hand in meine Tasche. Ich ziehe den Ring mit dem Melchiorek-Wappen heraus, den Petra mir gegeben hat, und drücke ihn auf die Stelle unter dem Türgriff.

Das Schloss klickt nicht, die Tür öffnet sich jedoch, als ich dagegen drücke. Lothars Leute haben den magischen Schutz anscheinend gebrochen, mit dem sie belegt war.

Sowie ich den Raum dahinter betrete, ist eindeutig, dass jemand diese Räumlichkeiten ebenfalls durchsucht hat. Und das ziemlich aggressiv.

Beistelltische liegen auf dem Boden. Polster wurden aufgeschlitzt. Alle Gemälde wurden von den Wänden gerissen, manche lehnen an diesen, andere wurden beiseite geworfen.

Ich gehe um einen zerbrochenen Teller herum und eile tiefer in die Wohnbereiche, da ich erpicht darauf bin, diesen Palast so schnell wie möglich zu verlassen. Abgestandene Luft sickert mit dem Hauch eines Blumenparfüms in meine Lunge, das vielleicht Königin Ishild gerne trug.

Was, wenn es Lothar gelungen ist, das geheimste Versteck König Konrams zu finden? Dann bin ich möglicherweise umsonst das Risiko eingegangen, hierherzukommen.

Vielleicht weiß er bereits, dass Petra die größte Bedrohung für die Autorität seines Ordens ist.

Petra hat mich gewarnt, nichts aus den Zimmern ihrer Geschwister mitzunehmen, auch wenn sie sich über einige Erinnerungsstücke aus dem Leben freuen würden, das ihnen entrissen wurde. Wir wissen nicht, in welchem Ausmaß die Verschwörer den Inhalt dieser Quartiere katalogisiert haben und bemerken werden, wenn etwas verschwindet – oder wie leicht sie diese Gegenstände aufspüren können.

Dennoch schwenkt mein Blick zu einem Wohnzimmer, das früher bestimmt Prinz Jacos gehört hat, da auf einem der Schränke Modellschiffe stehen. Ich wünschte, ich könnte den königlichen Teenagern etwas mitbringen, was ihnen Trost spendet. Sie hatten keine Gelegenheit, aus dem Palast in Regica etwas anderes mitzunehmen als die Kleider an ihrem Leib, die mittlerweile schmutzig und abgetragen sind.

Doch was wäre ihnen wichtiger, als ihre Eltern zurückzuerhalten, was ich nicht einmal mit meiner unergründlichen Magie schaffen kann?

Also gehe ich weiter durch ein größeres Wohnzimmer mit waldgrünen Vorhängen und Goldblättern an der Tapete und betrete ein großes Schlafgemach, in dem die gesamte Wohnung Platz hätte, die Tinom für uns organisiert hat.

Ein mit waldgrünem Stoff geschmücktes Himmelbett steht in der Mitte des Raums. Ein tiefer Schlitz wurde in die Matratze geritzt, sodass Federn auf den Boden geflogen sind.

Lothar wusste, dass hier möglicherweise etwas versteckt ist.

Die Schranktüren und Kommodenschubladen sind geöffnet

und verschiedene königliche Kleider aus Samt, Seide und Wolle sind um sie herum verstreut. Der Spiegel des Kleiderschranks ist zerbrochen genauso wie das Waschbecken aus Porzellan in der Nähe.

Nichts davon spielt eine Rolle, solange der eine Gegenstand unberührt geblieben ist, wegen dem ich hergekommen bin.

Ich gehe in die Hocke und rutsche unter das Bett. Staub kitzelt meine Nase und ich reibe mir übers Gesicht, damit ich nicht niese.

Anschließend hole ich Petras Ring heraus und schiebe ihn über den Boden.

Die Bretter unter meinem ausgestreckten Körper fühlen sich vollkommen glatt an. Nichts deutet darauf hin, dass sich dort unten ein Geheimversteck befindet. Doch in der Nähe des Kopfbretts auf der linken Seite, genau dort, wo ich laut Petra suchen soll, schimmert eine kreisrunde Stelle, die zum Wappen des Rings passt.

Ich drücke den Ring auf diese Schnitzerei und eine kleine Holzluke öffnet sich, um ein Quadrat aus dichter Dunkelheit zu offenbaren.

Normalerweise würde ich zögern, meine Hand in einen magisch versteckten Raum mit unbekanntem Inhalt zu stecken. Heute vertraue ich darauf, dass Petra mich nicht in eine Falle geschickt hat.

Die Öffnung ist nur ungefähr doppelt so breit wie mein Arm. Ich greife hinein und taste die leere Vertiefung darunter ab.

Nun, sie ist nicht vollkommen leer. Das erste Objekt, auf das meine Finger stoßen, ist jedoch kein Brief, sondern trockenes Leder. Es fühlt sich wie ein Buch an.

Interessant. Das kann ich genauso gut ebenfalls mitnehmen, denn ich bezweifle, dass König Konram es hier versteckt hätte, wenn es nicht wichtig wäre.

Ich ziehe das Buch heraus und stecke es in die größte Tasche meiner Röcke. Dann taste ich das Versteck erneut ab.

Da. Meine Hand schließt sich um ein Stück gefaltetes Pergament.

Ich ziehe es heraus und starre es aus zusammengekniffenen

Augen lang genug an, um mich zu vergewissern, dass es von dem auf Blut geschworenen Siegel verschlossen ist. Nachdem ich auch den Brief eingesteckt habe, klappe ich die Luke zu.

Augenblicklich sieht der Boden wieder so nahtlos wie eh und je aus. König Konram hat Lothar wenigstens auf eine Weise überlistet.

Die Wache ist zweifellos zu der Tür zurückgekehrt, die zu diesem Teil des Palasts führt, doch das ist in Ordnung. Ich habe meinen Fluchtweg bereits entdeckt.

Ich kehre ins Wohnzimmer zurück und schiebe die schweren Vorhänge beiseite. Das Fenster ist geschlossen, um die Winterkälte auszusperren, ist jedoch so konstruiert, dass es im Sommer geöffnet werden kann.

Ich spähe auf das Gelände darunter, das auf der Rückseite des Palasts liegt und eine hübsche Aussicht auf die großen Gärten und den Jagdwald dahinter bietet. Als ich mir sicher bin, dass dort unten momentan niemand unterwegs ist, öffne ich das Fenster, klettere auf den Sims und ziehe es hinter mir zu.

Der Boden ist weiter entfernt, als ich eigentlich springen möchte, doch ich habe schon Schlimmeres überstanden. Das Nagen meiner Magie ignorierend, die mir ihre Hilfe anbietet, wappne ich mich, schlittere die Steinseite des Palasts teilweise hinab und stürze mich in eine Rolle, die den schlimmsten Aufprall abfedert.

Dann renne ich davon, um unserer wahren Königin den Schlüssel zu bringen, mit dem sie den Thron besteigen kann.

# Zehn

*Ivy*

Der Geruch von frittierten Klößen weht von einem Stand am Rand des Marktplatzes zu dem Dach, auf dem ich kauere. Mir läuft das Wasser im Mund zusammen und mein Magen zwickt, doch ich bleibe auf meinem Posten.

Meine Aufgabe besteht darin, die gewöhnlichen Bürger zu beobachten, die unter mir dahinschlendern, nicht darin, mich ihnen anzuschließen.

Wenigstens bin ich auf meiner aktuellen Mission nicht allein. Rheave hat sich neben mich auf die Dachziegel gehockt. Er trägt ebenfalls eines von Tinoms Tarnamuletten, doch solange wir uns berühren, kann ich ihn sehen und hören, ohne dass uns die Illusion stört.

Momentan hat er seine Finger locker um mein Handgelenk gelegt, während er den geschäftigen Platz beobachtet. „In der Stadt gibt es so viele Leute. Wie können wir es schaffen, mit allen zu sprechen?"

„Wir müssen nicht mit allen sprechen. Solange wir die Aufmerksamkeit einer großen Gruppe erregen, werden sie mit jedem, den sie kennen, darüber sprechen und die Nachricht auf diese Weise verbreiten."

Die Augenbrauen des Daimon-Mannes schnellen empor. „Das ist wie eine Form von Magie. Menschen sind so erpicht darauf, Dinge miteinander zu teilen."

Trotz der Anspannung in meinem Bauch zucken meine Lippen zu einem Lächeln. „Ich schätze, das Teilen hilft uns, die Welt zu verstehen … indem wir herausfinden, was alle anderen davon halten."

Lange Zeit hatte ich niemanden, mit dem *ich* auf diese Weise sprechen konnte. Ich konnte bloß von den Schatten aus zuhören.

Es ist leichter, das Gefühl zu haben, als hätte ich hier einen Platz, wenn ich Leute habe, die mich an ihrer Seite wollen.

Rheave verlagert den Köcher auf seinem Rücken. Er hat seinen Bogen und viele Pfeile mitgebracht, damit er jegliche gefangene Daimon erschießen kann, die wir in der zu erwartenden Menge entdecken.

Das wird sowohl sicherstellen, dass sie sich nicht einmischen, als auch die Geschichte beweisen, die Petra erzählen wird.

Ich werfe einen Blick auf die Turmuhr, die über den Dächern der Gebäude in der Nähe zu sehen ist. „Nur noch wenige Minuten."

Rheave rutscht hin und her. Seine Hand gleitet kurz von meinem Handgelenk, bevor er es wieder packt, als wir beide vor den Augen des anderen verschwimmen. Sein Blick zuckt zu mir und weg.

Es fühlt sich noch immer an, als sei etwas seltsam an seinem Verhalten mir gegenüber, seit ich Lothar entkommen bin. Das Unbehagen, das ich bis jetzt im Griff hatte, kriecht durch meine Brust.

„Ist alles in Ordnung?", frage ich ihn. „Ist in den letzten Tagen etwas vorgefallen, was dich bedrückt?"

Der Daimon-Mann schnaubt ablehnend. „Natürlich nicht. Du bist wieder bei uns und das ist am wichtigsten. Mit den restlichen Blutzauberern werden wir so verfahren wie mit ihrem Marsch."

Seine Finger spannen sich an meiner Haut an, doch er weicht nach wie vor meinen Blicken aus. Vielleicht ist es nur eine allgemeine Daimon-Merkwürdigkeit ... oder vielleicht gibt es etwas, was er mir nicht erzählen will.

Ich unterstand der Kontrolle der gleichen Blutzauberer – oder zumindest einer Blutzauberin mit der gleichen Gabe – wie die, die ihn manipuliert hatten. Bringt er mich jetzt mit dieser schrecklichen Magie in Verbindung?

„Weißt du", versuche ich es erneut, „sogar Leute, die einander sehr wichtig sind, haben manchmal Probleme, die sie besprechen müssen. Das gehört dazu, wenn man eine enge Beziehung mit jemandem führt – zumindest bei Menschen. Wenn du dir also jemals Sorgen wegen etwas machst, was mit mir oder meinen anderen Partnern oder jemandem zu tun hat, mit dem wir Zeit verbringen, würde ich wollen, dass du es sagst."

Rheave rutscht etwas näher und lehnt seinen Kopf kurz an meinen. „Das weiß ich, kleine Liane. Ihr Menschen redet so viel. Das Einzige, was ich mich momentan frage, ist jedoch, was die Leute dort unten sagen werden, wenn Petra spricht."

Seine Stimme ist so lässig geworden, dass ich mir nicht sicher bin, ob ich mir sein Unbehagen nur eingebildet habe. Es könnte der anhaltende Wahnsinn sein, der eine subtilere Paranoia auslöst.

Also lächle ich ihn an und lege meine Hand auf seine, um sie liebevoll zu drücken.

Bevor ich noch etwas sagen kann, blitzt auf der anderen Seite des Platzes ein Licht über einem Stapel Kisten auf.

Der kurze Blitz ist eine Illusion, die von Tinom heraufbeschworen wurde, um die Aufmerksamkeit der Leute auf die Show zu lenken. Er verblasst zu einem projizierten Bild von Petra, da ich weiß, dass sie in einem Gebäude irgendwo im Mittelbezirk steht.

Wir wählten die drei Marktplätze in diesem Bereich der Stadt, da wir der Meinung waren, dass hier die meiste Aktivität herrschen würde – dass die meisten Leute anwesend wären, um die Botschaft unserer wahren Königin zu hören. Die Adligen der Innenbezirke können Petra und Tinom direkt ansprechen.

Es sind die gewöhnlichen Leute, die den Großteil von Florians Bürgern ausmachen, die sie auf ihre Seite ziehen muss, um eine Chance gegen die Blutzauberer zu haben.

Rheave und ich sind hier, um Notizen zu den Reaktionen an diesem Standort zu machen. Alek und Casimir beobachten den zweiten Platz. Der dritte ist in Sichtweite der Stelle, wo Petra tatsächlich steht. Stavros hat ihr beigebracht, wie sie am besten an die Treue der Leute appellieren und sie daran erinnern kann, dass unser Land es wert ist, dass man darum kämpft.

Petra hat ihre königliche Krone nicht, fand jedoch ein violettfarbenes Kleid aus eleganter Seide, das einer Königin würdig ist. Ausnahmsweise hat sie ihre dunklen Haare zu der förmlichen, wirbelnden Frisur gesteckt, die bei Hof bevorzugt wird. Ihre Haltung ist absolut königlich.

Ihre klare Stimme schallt über den Platz und wird als Teil der Illusion verstärkt, so wie es Lothar neulich abends getan hat. „Volk von Florian! Ich habe wichtige Neuigkeiten für euch. Ihr wurdet hinsichtlich des Tods unseres Königs belogen."

Wie geplant erregen diese Worte ziemlich schnell die Aufmerksamkeit aller. Die meisten Köpfe auf dem Platz drehen sich zu der Illusion von Petra um. Verblüfftes Murmeln wird zwischen den Zuschauern ausgetauscht.

Petra spricht weiter, da sie die Reaktion nicht hören kann, die sie erhält. Sie hält den auf Blut geschworenen Brief so hoch, dass das Siegel zu sehen ist. „Ich war dabei, als König Konram ermordet wurde, weil er mein Vater ist. Ihr erkennt mich vielleicht nicht, solltet allerdings die Ähnlichkeit zu meiner Mutter Königin Ishild sehen. Als ich zwölf Jahre alt war, hörte ich bei meiner Weihe auf, Prinz Dunstam zu sein, und wurde Prinzessin Petra. Meine Eltern beschlossen, meine neue Identität zu meiner eigenen Sicherheit vor euch geheim zu halten, was dieses auf Blut geschworene Dokument bestätigt. Allerdings mache ich mir nun die größten Sorgen um eure Sicherheit."

Die Stimmen sind lauter geworden, während sie gesprochen hat. Manche Leute stottern ungläubig, andere stoßen ein schockiertes Lachen aus. Ich bemerke, dass weitere Gestalten aus den Straßen kommen, die zum Platz führen, und andere aus den Läden und Restaurants entlang seiner Ränder erscheinen.

„Prinz Dunstam ist *tot*!", brüllt jemand. „Dieses Weibsstück könnte jeder sein!"

„Sie sieht wie Königin Ishild aus", raunt eine Frau ihrem Begleiter unterhalb meiner Dachposition zu.

Petra reckt das Kinn und die Wut auf ihrem Gesicht ist sogar über diese Entfernung deutlich zu erkennen. „Mein Vater wurde *ermordet*. Einer seiner magischen Berater, Lothar Riosemek, erstach ihn mit einem Messer und ließ ihn auf dem Boden seines Palasts in Regica verbluten. Er hätte auch mich und meine jüngere Schwester und meinen Bruder getötet, wäre uns die Flucht nicht gelungen. Jetzt versucht derselbe Mann, euch weiszumachen, dass der Tod meines Vaters der Wille der Götter war. Das war er nicht. Es war Lothars Wille, damit er dieser Stadt und dem Rest des Landes seine Ideen aufzwingen kann."

„Alles Lügen!", ruft ein Mann in der Nähe der Illusion. „Sie ist nicht einmal real." Er hebt weggeworfenes Essen vom Boden auf und schleudert es durch das Bild.

Eine andere Stimme erhebt sich zu seiner Linken. „Das stimmt! Eine wahre Herrscherin würde sich zeigen und uns diesen Beweis sehen lassen. Wovor hat sie solche Angst, hm? Dass wir sie durchschauen? Das können wir bereits!"

Ich spanne mich in meiner geduckten Position an. Die Feindseligkeit in diesen Stimmen sorgt dafür, dass die zerrissene Macht in meiner Brust rumort.

Rheave legt einen Pfeil in seinen Bogen ein. „Keiner von denen, die sprechen, ist ein Daimon, aber ich kann ein paar durch die Menge kommen sehen. Soll ich sie jetzt erschießen?"

Ich schüttle den Kopf. „Erst, wenn sie anfangen, die Leute herumzuschubsen oder Petra die Blutzauberei erwähnt."

Was immer auf dem Platz in ihrer Nähe geschieht, Petra muss sich der Proteste der Leute bewusst sein. Sie hebt appellierend ihre Hand. „Ich wünschte, ich könnte in Fleisch und Blut bei euch allen sein, aber ich wollte zu so vielen wie möglich von euch gleichzeitig sprechen. Außerdem weiß ich, dass Lothar, sobald er von meinem Aufenthalt hier erfährt, seine Mission fortführen wird, mich und meine ganze Familie zu ermorden."

„Alles nur Ausreden", spottet jemand in der Menge und schleudert etwas, was wie ein abgelaufener Schuh aussieht, auf ihre projizierte Gestalt.

Ich kann nicht erkennen, ob die restlichen ruhelosen Stimmen unter uns, den skeptischen Kommentaren zustimmen oder an dem zweifeln, was Lothar ihnen erzählt hat.

Petra macht weiter, obwohl ihre angespannten Lippen verraten, dass sie nicht zufrieden ist mit dem, was sie von ihrem eigenen Standpunkt aus sehen kann. „Denkt darüber nach, was in dieser Stadt geschehen ist, seit Lothar und sein Orden der Wildheit einmarschiert sind. Wie viele Morde wurden vor euren Augen durchgeführt? Wie schlimm haben sie unsere heiligsten Gebäude entweiht? Ich kann nicht fassen, dass dies die Welt ist, in der ihr leben wollt ... eine Welt voller Gewalt und Grausamkeit.

Und es ist nicht bloß Grausamkeit. Lothar und seine Anhänger praktizieren Blutzauberei ... die gleiche Magie, die beinahe unsere Zivilisation beendet und den Allesgeber vor all den Jahrhunderten *vertrieben* hat. Das ist der Grund für ihre große Macht. Sie bekommen Hilfe von denen, die sie als Kinder überredet haben, jedes Körperteil zu opfern, das sie erübrigen konnten, ohne zu sterben. Diese sind jetzt bloß noch Hüllen menschlicher Wesen. Und sie werden von Daimon unterstützt, deren Geister die Blutzauberer in Körpern aus Ton eingesperrt haben, wodurch sie das Gleichgewicht des Lebens gestört haben."

Rheave wartet nicht auf mein Signal. Sowie die letzte Aussage Petras Lippen verlassen hat, lässt er meinen Arm los.

Da ich noch weiß, dass er da ist, erhalte ich einen kurzen Blick auf ein waberndes Bild von ihm, als er seine Bogensehne zurückzieht. Zwei Pfeile fliegen kurz hintereinander von unserem Dach aus durch die Luft und werden von dem Knistern seiner Daimonmagie beschleunigt.

Sie treffen ihre Ziele in schneller Folge. Schwarzer Rauch steigt auf, als die Körper zusammenbrechen.

Ich verliere die fallenden Gestalten in der dichten Menge aus den Augen, doch die schockierten Schreie verraten mir, dass sie sich wieder in Ton verwandelt haben.

Ich ducke mich tief hinter den Vorsprung eines Mansardenfensters, damit meine Stimme keine Blicke auf mich lenkt, und hebe sie, damit sie so weit wie möglich zu hören ist. „Sie spricht die Wahrheit! Unter uns bewegen sich falsche Leute."

Das Raunen schwillt auf dem gesamten Platz an. Manche klingen panisch, andere wütend. Sie beginnen, Petras Stimme trotz der Verstärkung zu übertönen.

„Es ist ein Trick!", brüllt jemand – vermutlich eines der Ordensmitglieder. „Diese falsche Prinzessin versucht, mit ihrer Lüge den Fortschritt rückgängig zu machen, den wir erreicht haben! Ihr seid ihr egal. Sie macht sich nicht einmal die Mühe, herzukommen und euch tatsächlich zuzuhören. Genauso wie alle Melchioreks!"

Unweit von meinem Dach rempeln mehrere Fußgänger einander an. Ich kann nicht erkennen, worüber sie streiten, doch sie stoßen einen Wagen mit Äpfeln um.

Als das Obst an den Füßen der Leute vorbeirollt, heben mehrere Zuschauer einen Apfel auf und schleudern ihn auf die Illusion von Petra.

„Komm und rede richtig mit uns!", kreischt eine Frau.

Eine Männerstimme schließt sich ihr an. „Zeig uns diesen Beweis!"

Immer mehr Schreie füllen die Luft.

„Wer bist du wirklich?"

„Warum ist der Große Gott nicht für König Konram zurückgekommen?"

„Alles läuft schief!"

So viele der Körper prallen nun gegeneinander. Die Illusion von Petra flackert. „Bitte, hört zu", meine ich, sie sagen zu hören, bevor ihre Worte komplett in dem Chaos untergehen.

Ich kann nicht einmal erkennen, wie viele der aufgebrachten Bürger, ihr glauben wollen und wie viele sauer auf sie sind – aber es sind definitiv zu viele von letzteren anwesend. Die Menge strömt zu den Kisten unter ihrer Illusion und weitere Objekte werden durch die Luft auf ihr Bild geworfen.

Ich weiß nicht, wie ich sie aufhalten oder dazu bringen kann, Vernunft anzunehmen. Meine Magie schlägt jetzt in meiner Brust um sich, da sie die Leute unter mir unbedingt zur Ordnung rufen möchte, doch ich kann mir nur ausmalen, welche desaströsen Folgen diese Anstrengung nach sich ziehen würde.

Als ich meine unberechenbare Macht tief in mich sperre, gleitet mein Blick über die aufgebrachten Gestalten. Er bleibt an einem Jungen von vielleicht sieben oder acht Jahren hängen, der taumelt, weil sich einer der aggressiveren Zuschauer an ihm vorbeigedrängt hat.

Der Junge stolpert und fällt auf die Knie. Kurz sehe ich vor meinem inneren Auge, wie sein kleiner Körper von den anderen Bürgern verschluckt und totgetrampelt wird. Mein Herz macht zusammen mit meiner Magie einen Satz.

Ich löse meine Halskette mit dem Tarnamulett von meinem Hals und schiebe sie in meine Tasche. „Ich muss jemandem helfen", keuche ich in Rheaves Richtung und springe hinab auf das hervorstehende Ladenschild unter mir, bevor er antworten kann.

Für diese Aufgabe brauche ich meine zerrissene Magie nicht. Mit einem weiteren Sprung landen meine Füße auf dem Boden. Ich dränge mich durch die wogende Menge und suche nach dem hellen Beige der Tunika des Jungen.

Da. Er reißt gerade seine Hand zurück, damit niemand auf sie tritt.

Ich überwinde die kurze Distanz, packe seinen Ellenbogen und zerre ihn hoch – und nach hinten in die Sicherheit zwischen zwei verlassenen Ständen.

Der Junge wirft mir einen verdutzten Blick zu, bevor er erneut vorschnellt und heiser brüllt: „Der König ist tot! Wir brauchen jemand Realen!"

Götter steht mir bei, hat Lothar es bereits geschafft, die Kinder der Stadt zu verwirren?

Ich packe erneut den Arm des Jungen, um ihn zurückzuhalten. „Warum sprichst du so? Sie ist echt, auch wenn du sie noch nicht richtig kennengelernt hast."

Er schaut mich mit derart feindseligen Augen an, dass ich mir ein Zusammenzucken verkneifen muss. „Wenn sie irgendetwas mit dem alten König zu tun hat, will ich sie nicht."

„Warum nicht?"

Der Junge schnaubt, als sollte die Antwort offensichtlich sein. „Was hat König Konram für einen von uns getan, die nicht wichtig genug waren, um schicke Kleider zu tragen und auf seine Partys zu gehen? Wo war er, als sich mein Vater letztes Jahr sein Bein brach und irgendein lausiger Mediziner ihn mit einem Humpeln zurückgelassen hat? Wenn uns die Königsfamilie nicht helfen kann, müssen wir für uns selbst eintreten!"

Er reißt seinen Arm los und rennt in die Menge. Ich starre ihm hinterher und mir wird schwer ums Herz.

# ELF

*Ivy*

Ich liege auf dem Ast der Eiche, wobei ich darauf achte, die Blätter nicht zu berühren, die rascheln würden, ganz gleich, wie gut mein Körper getarnt ist. Mein Kopf senkt sich, damit ich die Stimmen unter mir deutlicher hören kann.

Die raue Rinde streift meine Wange und bohrt sich in meine Hände. Es ist eine vertraute Empfindung und dennoch bleiben meine Nerven angespannt.

Ich weiß nicht, was mit mir nicht stimmt. An diesem Ort fühlte ich mich früher am meisten Zuhause und jetzt kann ich das Gefühl nicht abschütteln, dass ich ein Eindringling bin.

In dem winzigen Garten unter mir, in dem spärliches Gemüse wächst und ein Bienenstock steht, haben Ewalin und Frida in den letzten Minuten gewerkelt und sich leise miteinander unterhalten. Vielleicht ist es ihre Haltung, wegen der ich so wachsam bin. Die Tochter und Mutter, die ich so oft in den Außenbezirken besucht habe, haben eindeutig Angst, überhört zu werden, wie ich es bei ihnen noch nie erlebt habe.

Die Atmosphäre in ganz Schlachtquell hat sich auf ähnliche Art verändert. Das hier ist nur das letzte von ein paar Dutzend schäbiger Häuser, bei denen ich auf meiner Tour durch das Viertel vorbeigeschaut habe. Die üblichen scharfen Schreie und das dröhnende Lachen wurden von gedämpften Stimmen und zaghaftem Kichern ersetzt.

Die veränderte Atmosphäre ist allerdings nicht das Einzige, was sich auf meine Stimmung auswirkt. Die Tage, in denen ich Ewalin und Frida beobachtete und mich danach sehnte, Teil ihrer Familie zu werden, sind zu einer fernen Erinnerung verblasst.

Ich habe jetzt eine Familie, auch wenn diese zwei Frauen sie vermutlich seltsam finden würden. Außerdem bin ich mir nicht mehr sicher, ob ich noch besonders gut zu diesen beiden passen würde.

„Ich wünschte, ich hätte es selbst sehen können", sagt Ewalin, als sie sich bückt, um Unkraut auszurupfen. „Prinz Dunstam ... oder wie immer ihr neuer Name ist ... von den Toten zurückgekehrt?"

Ihre Mutter atmet rau aus. „Ich würde ja denken, dass etwas ins Ale in der örtlichen Kneipe gemischt wurde, wenn nicht so viele Leute darüber sprechen würden. Würde ein König eine falsche Beerdigung abhalten, nur um sein Kind zu schützen?"

Sie schüttelt den Kopf und legt liebevoll eine Hand auf Ewalins Haare. „Ich kann mir nicht vorstellen, mich jahrelang von meiner Tochter fernzuhalten. Aber wer weiß schon, was in den Köpfen der Könige vor sich geht?"

Ewalin schnaubt leise und richtet sich auf. „Es wäre besser gewesen, wenn er mehr Zeit damit verbracht hätte, sich Sorgen um die Sicherheit von uns anderen zu machen. Wie viele Kinder sind in Schlachtquell gestorben, während er und seine Kronenwache selten auch nur die Mittelbezirke verlassen haben?"

Frida lässt ihre Hand in der Geste der Gottheiten über ihren Körper wandern. Ihre Stimme senkt sich noch stärker. „Es gibt momentan überall viel zu viel Tod, wenn du mich fragst."

Ihre Tochter verzieht das Gesicht. „Ja. Aber wenigstens verteilt dieser Orden ihn etwas gerechter und lädt nicht nur alles auf uns und unseren Nachbarn ab. Wir müssen einfach die Köpfe gesenkt halten und schauen, was sich daraus ergibt."

Als sie zurück zum Haus gehen, füllt ein Kloß meine Kehle. Ich habe ähnliche Meinungen in ganz Schlachtquell aufgeschnappt, die Worte von den beiden zu hören, trifft mich jedoch schlimmer.

Vor dem Krawall auf dem Platz heute Nachmittag dachte ich, die meisten gewöhnlichen Leute Silanas wären glücklich, wenn wieder eine echte Ordnung hergestellt wird. Doch ich habe in den letzten Monaten offensichtlich zu viel Zeit unter Königen und Adligen verbracht, ihre Ideale übernommen und mein Wohlwollen für sie wachsen lassen.

Früher habe ich genauso über König Konram gedacht wie Ewalin. Ich wanderte durch diese Straßen, sah die Verzweiflung und das Leid und schimpfte stumm darüber, dass er die bedürftigsten Leute vernachlässigte.

Seine Polizeitruppe neigte stets dazu, schneller zu handeln, wenn die Opfer reich waren. Seine Gesetze begünstigten die Elite der Innenbezirke und stellten sie sogar über die Mittelklasse Florians.

Warum sollten die Leute, die in seinen Prioritäten stets viel niedriger rangierten, die Gelegenheit ergreifen, die Melchiorek-Herrschaft wiederherzustellen?

Warum sollte *ich* das tun?

Die Frage nagt an mir, als ich den Baum hinabrutsche und die Gasse entlang durch die kalte Abenddämmerung schleiche.

Ich kenne Petra nicht besonders gut. Ich weiß nicht, was für eine Herrscherin sie wäre.

Ich bin mir sicher, sie ist eine bessere Option, als das Land der Blutzauberei zu überlassen, doch reicht das, um sie aus ganzem Herzen zu unterstützen? Könnte es noch andere Optionen geben, die ich in meiner Panik, mich gegen Lothar und seine Anhänger zu wehren, nicht erwogen habe?

Seit Julita in meinem Kopf gelandet ist, wurde ich so oft von einem Ort zum nächsten getrieben und hatte so viele Stimmen in meinem Ohr, dass ich mir nicht sicher bin, was ich denken soll.

Ein paar Straßen weiter komme ich an Zuzannas Haus vorbei. Die flackernde Kerze hinter ihrem dreckigen Fenster sorgt dafür, dass die Schatten über die Sigillen von Elox beben, die in die Außenwände des Gebäudes geritzt wurden.

Das kehlige Husten, das durch die Wände dringt, verrät mir, dass ihr Sohn schon wieder krank ist und ihre Bitte an den Gottlen der Heilung nicht erhört wurde. Oder vielleicht kann er sich einfach nicht einmischen, so wie auch Kosmel zögerte, sich zu stark in mein Leben zu drängen.

Eines Tages hätte ich gerne die Gelegenheit, die Götter ein oder zwei Dinge darüber zu fragen, wie sie in unsere Existenz passen sollen.

Ich trete näher an das Fenster heran und Zuzannas erschöpfte Stimme dringt an meine Ohren. „Ich werde es weiterhin versuchen, Schatz. Wenn der Allesgeber zurückkehrt, kann ich den Großen Gott vielleicht bitten, dass er dich segnet."

Mein Herz zieht sich schmerzhaft zusammen und ich entferne mich von dem Gebäude.

Ich hatte zuvor nicht richtig darüber nachgedacht, aber in mancherlei Hinsicht sind Lothar und seine Anhänger bloß eine ehrgeizigere Version der Schwindler, die ich früher auf diesen Straßen bestahl. Sie wecken die Hoffnung auf unglaubliche Dinge in den Leuten, die so sehr nach jedem bisschen gieren, was sie kriegen können.

Wer von der ärmsten Seele bis zum reichsten Adligen kann sich nicht vorstellen, wie viel besser sein Leben wäre, wenn unser höchster Erschaffer zurückkehren würde? Wer hatte nie etwas an unserem letzten Herrscher auszusetzen oder dachte, dass wir einen besseren hätten haben können?

König Konram hat selbst den Präzedenzfall geschaffen, dass wir Bedrohungen beseitigen, indem wir sie töten. Wie viele zerrissene Zauberer hat er auf dem Weg zum Galgen an den Stadtbewohnern vorbeiführen lassen?

Ich bin in einer düsteren Stimmung, während ich mich auf den Rückweg zu dem Mietsgebäude mache. Als ich die Treppe erklimme, nehme ich mein Tarnamulett ab und stecke es in meine Tasche, damit ich für die Leute sichtbar bin, von denen ich gesehen werden möchte.

Niemand ist in dem Flur, der die zwei Wohnungen auf der

obersten Etage voneinander trennt. Ich gehe in die, in der meine Männer und ich untergekommen sind.

Alek sitzt auf einem der schlichten Sessel im vorderen Wohnzimmer. Ich erkenne das Buch, das geöffnet zwischen seinen Händen liegt. Es ist der alte Wälzer, den ich aus König Konrams Geheimversteck geholt habe.

Er lächelt, bevor er aufsieht und meine Miene entdeckt. Ein Schatten huscht über sein Gesicht. „Ist alles in Ordnung?"

„Ist es schlimmer als zuvor, meinst du?", frage ich mit erzwungenem Sarkasmus. „Nein, nicht besonders."

Ich schlendere zu ihm, verlange einen kurzen Kuss und lege meine Hand auf seine Schulter. „Hast du herausgefunden, was so besonders an dem Buch ist?"

Es ist einfacher, über Aleks Entdeckungen zu sprechen als über meine eigenen, vor allem, da sich sein Gesicht vor wissenschaftlichem Enthusiasmus für das Thema erhellt.

Er blättert durch das Buch. „Ich glaube, die Gerüchte, die in der Stadt umgingen, dass die Götter mit seiner Familie unzufrieden waren, haben König Konram belastet. Prinzessin Klaudia sagte, sie erinnert sich, dass er den Palastarchivar nach Büchern in der königlichen Sammlung gefragt hat, die bis zu der Zeit vor der Großen Vergeltung zurückreichen. Das hier ist eines von ihnen."

Ich betrachte das Buch gemeinsam mit ihm. „Und erzählt es davon, was die Götter von unseren Königen und Königinnen erwarten?"

„Nicht unbedingt. Allerdings gibt es mehrere mir bisher unbekannte Details über die Monarchen-Prüfungen. Ich frage mich, ob er sich lediglich auf das vorbereitet hat, was die Blutzauberer möglicherweise zu inszenieren versuchten, oder ob er eine Möglichkeit finden wollte, an seiner Version festzuhalten und seine Legitimität zu beweisen."

Ich schlucke schwer. Dazu wird König Konram jetzt keine Gelegenheit mehr erhalten. „Warum hat er es versteckt?"

Alek zuckt leicht mit den Achseln. „Das ist schwer zu sagen, ohne ihn fragen zu können. Es ist ein sehr seltenes und kostbares Buch … ich habe noch nie so etwas gesehen. Und er hat sich möglicherweise Sorgen gemacht, dass es Ideen auslöst, die er nicht in den Köpfen anderer Leute wissen wollte."

Stavros erscheint in der Tür, die zu den inneren Zimmern führt. Er tritt zu uns und legt seinen Arm in einer Umarmung um mich, die meinen inneren Aufruhr ein wenig beruhigt.

„Petra wollte mit dir sprechen, sobald du von deiner Erkundungstour zurückkehrst", verkündet er. „Ich würde auch gerne hören, was du beobachtet hast. Wir müssen unsere Strategie eindeutig anpassen."

Ich bin mir nicht sicher, ob ich für dieses Gespräch bereit bin – doch es muss stattfinden, und zwar bald. Ich straffe die Schultern und nicke. „In Ordnung. Wo ist sie?"

Stavros führt mich zu der gegenüberliegenden Wohnung. Tinom sitzt im Vorraum mit ein paar Adligen an einem Tisch, die sich unserer Sache angeschlossen haben. Er nickt uns zu, doch ich spüre seinen misstrauischen Blick auf mir, als wir auf dem Weg zu den Schlafzimmern an ihm vorbeigehen.

Er versuchte, darauf zu bestehen, dass die Königskinder zu Ehren ihres Status jeweils ein Zimmer für sich bekommen, aber Prinzessin Klaudia und Prinz Jacos zogen es vor, sich ein Zimmer zu teilen, damit sie nicht allein sein müssen. Petra hat das Zimmer gegenüber von ihrem bezogen, allerdings vermute ich, dass sie dennoch viel Zeit mit ihren Geschwistern verbringt.

Kurz nachdem wir angeklopft haben, entdecken wir die jüngere Prinzessin und den Prinzen bei Petra am Waschtisch. Sie hat eine Karte der Stadt und der umliegenden Gebiete ausgebreitet.

Bei unserem Eintreten schauen alle drei auf – und Prinz Jacos schafft es nicht ganz, sich ein Zusammenzucken zu verkneifen, als er mich erblickt. Prinzessin Klaudias Lippen pressen sich fester zusammen.

Mein Magen verkrampft sich. Sie haben sich in meiner Anwesenheit nie gegen mich ausgesprochen, es ist jedoch offenkundig, dass sie sich in meiner Gegenwart noch immer nicht wohlfühlen.

Und ich kann es ihnen nicht verübeln. Es ist eine eindrückliche Erinnerung daran, dass ich bei dieser

Widerstandsbewegung höchstwahrscheinlich nicht willkommen wäre, gäbe es Petra nicht.

Petra drückt liebevoll die Arme ihrer Geschwister und schiebt sie in Richtung Tür. „Warum geht ihr nicht zurück zu eurem Zimmer und denkt über das hier nach? Wir werden es noch einmal besprechen, nachdem ich mir Ivys Bericht angehört habe."

Klaudias Haltung versteift sich kurz, als wolle sie protestieren, doch jegliches Interesse, an dem Gespräch teilzunehmen, wird anscheinend von ihrem Verlangen überwältigt, mehr Distanz zu mir zu gewinnen. Sie und Jacos eilen aus dem Raum.

Petra setzt sich an den Waschtisch. Ihre dunklen Augen mustern mich ruhig, jedoch nachdenklich. „Welche Neuigkeiten hast du?"

Sie spricht noch immer in der königlichen Stimme, sie für ihre Ankündigung auf dem Platz verwendet hat. Sie wird mit jeder verstreichenden Stunde mehr eine Königin – und plötzlich bin ich mir nicht sicher, ob das etwas Gutes ist.

Ich hole tief Luft. Mein Körper spannt sich instinktiv an, doch wenn ich nicht ehrlich zu ihr sein kann, hat es keinen Sinn, sie zu unterstützen.

„Du hast vermutlich einen schweren Kampf vor dir, wenn du den Großteil von Florian für dich gewinnen willst. Ich bin mir nicht sicher, ob du realisierst ... du musst relativ isoliert vom gemeinen Volk gelebt haben, sogar als angeblich entfernte Verwandte der Königsfamilie ..."

Als ich verstumme und nach den richtigen Worten für das suche, was ich sagen muss, wird Petras Stimme sanft. „Was immer es ist, du kannst es mir verraten, Ivy. Ich muss es wissen."

Ich kann nicht anders, als schützend die Arme vor meiner Brust zu verschränken. „In vielerlei Hinsicht hat dein Vater ... die Leute vernachlässigt, deren Unterstützung er nicht besonders dringend brauchte. Ich sah das viele Male mit eigenen Augen. In den Außenbezirken war es besonders schlimm. Die Kronenwache schaute weg, wenn korrupte Händler die armen Familien dort ausbeuteten, denn es zählte nur, wer die meisten Steuern bezahlte. Die meisten Leute, die nicht reich oder von adliger Abstammung waren, hatten nicht das Gefühl, dass sie sich in einer Notzeit auf die Melchioreks verlassen können."

Ein Teil der Farbe unter Petras gebräunter Haut verblasst, doch sie neigt den Kopf. „Es tut mir leid, das zu hören. Ich weiß, die Verantwortung für manche dieser Dinge hat er einfach abgegeben und die Entscheidungen dem Ermessen von Leuten wie dem Anführer der Wache überlassen. Allerdings hätte er aufmerksamer sein sollen und er hätte da sein sollen, als ihn all seine Leute brauchten."

Stavros räuspert sich. „Es ist natürlich ein schwieriges Gleichgewicht. Könige müssen eine gewisse Distanz wahren, andernfalls werden sie von all den Forderungen zerrissen. Er hat viel Gutes getan und auch viele Fehler gemacht." Er wirft mir einen entschuldigenden Blick zu.

Ich wedle abweisend mit der Hand. „Ich behaupte nicht, dass er das nicht getan hat. Es gab offensichtlich schlimmere Herrscher. Aber Petra, du musst alle – oder zumindest eine Menge Leute – davon überzeugen, dass es besser für *sie* wäre, wenn du das Sagen hast, als abzuwarten, wie die Blutzauberer regieren werden."

Sie verzieht das Gesicht. „Sie lassen Kinder zerstückeln, um ihre Magie anzutreiben ... sie haben all die Priester und Gläubigen abgeschlachtet ..."

„Den ersten Teil haben sie gut geheim gehalten", unterbreche ich sie. „Und jeder Herrscher hat seine Feinde getötet. Sie machen den Leuten weis, dass sie nur diejenigen töten, die eine Gefahr für unser Land darstellen."

Petras Kiefer spannt sich an. „Ich wurde für das hier geboren. Ich weiß, dass ich tun kann, was für Silana am besten ist ... für alle Einwohner im Land. Ich kann aus den Fehlern meines Vaters lernen. Wenn sie mir eine Chance geben ..."

Sie hält inne und scheint sich erneut zu sammeln. „Ich schätze, das bedeutet, dass wir das Problem aus zwei Richtungen angehen müssen. Zum einen müssen wir die Wahrheit über die Blutzauberer verbreiten, damit sie Unterstützer verlieren. Zum anderen müssen wir beweisen, dass ich eine bessere Option bin, damit ich die Unterstützung gewinne. Ich glaube, du bist möglicherweise besser ausgestattet, um dich um Ersteres zu kümmern. Für Letzteres muss ich Zeit außerhalb der Innenbezirke verbringen und mir mit offenen Augen ansehen, was aus unserem Königreich geworden ist."

Stavros versteift sich. „Du kannst nicht allein durch die Straßen wandern. Lothar wird seine Leute …"

Petra hält ihre Hand hoch, um ihn zu unterbrechen. „Ich kann eines von Tinoms Amuletten benutzen, damit mich niemand entdeckt. Ich habe mein ganzes Leben damit verbracht, zu lernen, wie ich auf mich aufpassen kann, Stavros. Es wird Zeit, dass ich lerne, was der Rest meiner Bürger für ihr Wohlbefinden braucht."

Sie klingt so zuversichtlich, dass meine schlimmsten Zweifel verfliegen. Ich weiß nicht, wie gut sie daran festhalten wird, wenn sie sich allem stellen muss, was für die Regierung eines Landes nötig ist, doch wenigstens versteht sie das aktuelle Problem.

Das Volk ist ihr wichtig, ganz gleich, was die Leute von ihrer Familie halten.

Petra wendet sich an mich. „Was immer wir herausfinden, wie auch immer wir das Ganze angehen wollen, wir müssen mehr Leute auf unsere Seite ziehen, um die Nachricht zu verbreiten, bevor wir hoffen können, die ganze Stadt, geschweige denn das ganze Land zu überzeugen. Du hast dein ganzes Leben in Florian gelebt, Ivy, und dich in jeder Gesellschaftsschicht bewegt. Hast du Freunde, an die du dich wenden könntest und die gewillt wären, diesen ersten vertrauensvollen Schritt zu machen?"

Freunde? Ich verkneife mir ein Lachen und plötzlich habe ich eine Idee.

Ich zögere, bevor ich eine vorsichtige Antwort wage. „Keine Freunde, aber ich bin mit einigen einflussreichen Leuten bekannt, die sehr nützliche Verbündete wären … wenn ich sie überzeugen kann, dass es in ihrem Interesse ist, sich Lothar und seinem Orden zu widersetzen."

Falls sie mir nicht die Kehle aufschlitzen, nur weil ich es wage, zu fragen.

# ZWÖLF

*Ivy*

Kurz bevor wir um die Ecke biegen und in Sichtweite des Lustigen Theaters treten, halte ich Casimir mit einer Hand auf seinem Arm auf. Als sich der Kurtisan mit leicht fragender Miene zu mir umdreht, schlägt mein Herz etwas schneller.

Von all den Männern, die Teil meines Lebens geworden sind, war Casimir immer derjenige, bei dem ich am wenigsten Angst davor hatte, verurteilt zu werden. Wegen dieser Freundlichkeit zögere ich jedoch, ihn mit den zwielichtigen Bereichen der Welt bekannt zu machen, aus der ich komme.

„Die Leute im Krähennest sind … ziemlich ungeschliffen", erkläre ich. „Sie sind es gewohnt, zu lügen und zu kämpfen, um zu überleben."

Casimir mustert mein Gesicht. Wie üblich bemerkt er die unausgesprochene Botschaft. „Es wird kein Vergleich zu meinem verwöhnten Adligenleben sein. Ich weiß."

Ich suche nach den besten Worten, um ihm klarzumachen, was ich sagen will. „Sie sind nicht alle schlechte Leute. Ich meine, manche von ihnen sind es, aber für viele … ist es bloß eine andere Art, über die Runden zu kommen. Für Leute, die kaum Optionen hatten. Oder ein zwielichtiges Geschäft, das eigentlich nicht unmoralischer ist als viele der Dinge, mit denen Händler davonkommen, die angeblich auf der richtigen Seite des Gesetzes agieren. Du musst nur darauf vorbereitet sein, dass sie feindselig darauf reagieren werden, dass ich dich mitgebracht habe."

„Weil ich ein Fremder bin. Das ergibt Sinn." Casimir gleitet mit den Fingern von meiner Schläfe über meine Haare. „Es ist alles in Ordnung, Gütige. Ich weiß, dass dieser Ort ein Teil dessen ist, wer du warst … wer du bist. *Du* musstest das Gesetz umgehen. Aber du hast es aus guten Gründen getan. Nichts, was ich an diesem Ort sehen werde, wird ändern, wie ich für dich empfinde."

Meine Kehle schnürt sich zu. Ja, ich schätze, darum habe ich mir die größten Sorgen gemacht, selbst wenn ich mir das nicht eingestehen wollte, geschweige denn ihm.

Ich nehme einen fröhlicheren Ton an. „Es gibt einige Lichtblicke. Die größte Kneipe dort macht die besten Bernsteinspritzer, die ich jemals probiert habe. Nicht, dass wir auf diesem Besuch Zeit für einen Drink haben werden."

Casimir gluckst leise. „Vielleicht an einem anderen Tag."

Ich bin mir nicht sicher, ob ihm wirklich bewusst ist, worauf er sich einlässt, selbst nach allem, was ich gesagt habe. Allerdings will ich ihn auch nicht mit Horrorgeschichten in Panik versetzen. Er wird schnell genug ein Gespür für den Ort entwickeln, wenn wir erst einmal angekommen sind.

Und falls er es bereut, mich begleitet zu haben, tja, dann befassen wir uns damit, wenn es dazu kommt.

Ich führe den Weg durch die Straße von Wirrwarrdingen zum Theater an. Eine der Komödien läuft sogar trotz der Übernahme des Ordens der Wildheit.

Vielleicht bilde ich es mir ein, aber das Lachen, das durch die innere Tür dringt, hat eine leicht verzweifelte Note.

In Krisenzeiten brauchen die Leute eine Flucht aus dem Alltag dringender denn je.

Wir sind jedoch nicht hier, um uns die Unterhaltung anzusehen. Ich biege scharf ab und bringe Casimir die

Kellertreppe hinab, die zu dem Geheimgang führt, der das Theater mit Florians kleinstem und geheimstem Viertel verbindet.

Der Kurtisan kommentiert weder die kaltfeuchte Luft des Kellerzimmers noch die Dunkelheit des magischen Durchgangs. Er schweigt, während wir die identische Treppe auf der anderen Seite erklimmen und die geschlossene Straße betreten, welche die etabliertesten illegalen Geschäfte der Stadt beherbergt – möglicherweise sogar im ganzen Land.

Er betrachtet alles, saugt es in sich auf und macht sich sein eigenes Bild. Deswegen habe ich beschlossen, dass ich ihn bei dieser Verhandlung brauche, wenn er sich dazu bereit erklärt.

Er versteht Leute besser als jeder andere, den ich kenne. Außerdem kann uns seine Gabe verraten, was unsere potenziellen Verbündeten am dringendsten wollen.

Ich musste einen der Bosse der größten Gang des Krähennests dazu nötigen, mein letztes Angebot anzunehmen. Ich hoffe, dass ich diese Diskussion auf eine freundlichere Art führen kann. Allerdings gehört Charme nicht zu meinen Stärken.

Als wir die Straße zum größten Gebäude im Krähennest – Spielhalle, Tempel von Kosmel und Hauptquartier der Schwarzen Kralle – überqueren, lasse ich meinen Blick über die Straße schweifen. Casimir und ich haben uns ziemlich schlicht gekleidet und unsere Gesichter liegen im Schatten unserer Umhangkapuzen. So kleide ich mich normalerweise, wenn ich diese Höhle der Kriminellen besuche.

Auf den ersten Blick sollten wir nicht auffallen. Allerdings hege ich keinerlei Zweifel daran, dass die Leute, mit denen ich zu sprechen beabsichtige, den Kurtisan ziemlich schnell als Eindringling erkennen werden.

Wir betreten das Erdgeschoss der Spielhalle und eine würzige Wolke frittierter Goldrudwurzel schlägt uns zusammen mit dem Geruch von Dunstblütenrauch entgegen. Es ist Spätnachmittag, zu früh für die Nachtschwärmer, jedoch spät genug, dass einige eifrige Glücksspieler aus ihren Betten gekrochen sind. Ungefähr die Hälfte der Tische in dem weitläufigen Raum sind belegt und drängende Stimmen sowie hoffnungsvolle Schreie hallen von der Decke.

Ich schlängle mich zwischen diesen Tischen hindurch und gehe um den Fuß der gewaltigen Silberstatue von Kosmel herum, die in der Mitte des Gebäudes steht. Es dauert nur eine Minute, bis ich den Mann entdecke, nach dem ich suche.

Garom Rochimek sitzt in seiner üblichen heruntergekommenen Tarnung an einem der leeren Tische hinten im Raum. Mit einem Anflug von Belustigung und Kummer erinnere ich mich an Julitas skeptische Bemerkungen, als ich mich ihm vor Wochen näherte.

Was hätte meine geisterhafte, adlige Freundin zu dem Deal zu sagen gehabt, den wir heute zu schließen versuchen?

Als ich nah genug bin, dass Garom meine Gesichtszüge unter meiner Kapuze erkennen kann, heftet sich sein Blick auf mein Gesicht. Seine Augenbrauen wölben sich leicht unter den zerzausten blonden Haaren seiner Perücke.

Dann gleitet sein Blick zu Casimir und seine hellen Augen werden schmal.

Er stemmt sich aus seinem Stuhl, bevor ich ihn erreicht habe, und spricht mit leiser Stimme. „Bist du für ein weiteres Gespräch gekommen, Ivy, nach all den Mühen, die ich auf mich genommen habe, um dich aus der Stadt zu schaffen? Du hast deine Gefallen aufgebraucht."

Ich schenke ihm ein kleines Lächeln. „Ich hatte guten Grund, zurückzukehren. Und in diesem speziellen Fall kann ich möglicherweise *dir* einen Gefallen tun."

„Wer ist dieser Schönling? Sag mir nicht, dass dir jetzt ein Lustknabe auf Schritt und Tritt folgt."

Falls Casimir der Seitenhieb stört, lässt er es sich nicht anmerken. Ich verdrehe die Augen, da ich keinerlei Absichten hege, ihm zu verraten, dass ich momentan tatsächlich *vier* Liebhaber habe. „Er ist ein guter Freund und kann alles bestätigen, über das ich mit dir sprechen will. Allerdings glaube ich, dass du die Einzelheiten nicht in der Öffentlichkeit besprechen möchtest."

Garom grunzt, dreht sich jedoch um und schlurft zu der Tür, die zur hinteren Treppe des Gebäudes führt.

Während wir nach oben gehen, räuspere ich mich. „Das Angebot ist nicht nur für dich, sondern für alle drei Anführer der Schwarzen Kralle. Sind Sonia und Hellar in der Nähe oder soll ich zu einem anderen Zeitpunkt zurückkommen?"

Garom bedenkt mich mit einem weiteren bohrenden Blick. „Worum genau geht es, Mädel?"

Ich recke das Kinn und lächle etwas breiter trotz der Anspannung, die meinen Magen verknotet. „Wie würde es dir gefallen, das Gehör der zukünftigen Königin zu haben?"

Er ist zwar ein harter und taffer Ganganführer, doch ich habe ihn schockiert. Sein Gesicht zuckt, bevor er sich in den Griff kriegt. „Sehr witzig."

„Ich mache keine Witze. Ich habe erst vor ein paar Stunden mit der Erbin der Melchiorek-Linie gesprochen. Sie unterstützt nicht alle Gesetze ihres Vaters und ist gewillt, mit euch zusammenzuarbeiten, damit eure Arbeit glatter läuft."

Garoms Gabe besteht darin, Wahrheiten von Lügen unterscheiden zu können. Er wird erkennen können, dass ich die Wahrheit sage.

Ich habe es geschafft, ihm einige Sekunden lang die Sprache zu verschlagen. Seine Kehle arbeitet beim Schlucken, bevor er den Arm schwingt, damit wir ihm die Treppe hinauf folgen. „Dann komm. Ich sollte meine Kollegen zusammentrommeln können, wenn sie nicht in schrecklicher Eile sind."

Erleichterung rieselt durch meine Brust. Ich wollte wirklich nicht noch einen Tag in ungewissen Erwartungen schmoren – oder den Bossen der Schwarzen Kralle Zeit geben, Pläne zu schmieden.

Garom bringt uns nicht zu seinem persönlichen Büro, sondern zu einem größeren Raum, der wie ein Wohnzimmer eingerichtet ist. Mehrere Polstersessel stehen in einem lockeren Kreis, der den Großteil des Raums einnimmt. Zwischen den Sesseln stehen Beistelltische und ein niedriger Tisch befindet sich in der Mitte, der aussieht, als könnte die Länge der Beine verstellt werden, wenn man Karten darauf spielen möchte.

Ein leicht saurer Geruch weht aus der Richtung der gewaltigen Hausbar an einer Wand. Diese Wände sind dick genug, um den Lärm der Spielhalle auszusperren, der durch den Freiraum um die Gottlen-Statue herum aufsteigt.

„Setzt euch", trägt uns Garom auf und steckt seinen Kopf in den Gang. Nach einem kurzen leisen Gespräch mit einem Lakaien kehrt er zurück und lässt sich in einen der Sessel fallen, die gegenüber von den beiden stehen, die Casimir und ich gewählt haben.

Er beobachtet Casimir und nicht mich, während er seine Perücke ablegt. Ich nehme an, dass er die Reaktion des Unbekannten einschätzen will.

Denn unter dieser Perücke ist die Kopfhaut des Gangbosses rasiert und mit einem chaotischen Netz aus Narben übersät, wo er einen bedeutsamen Teil seiner Haut für seine Gabe geopfert hat – zusammen mit wer weiß was noch, was ich nicht sehen kann. Das ist eine Tradition unter den Familien der Schwarzen Kralle, obwohl sie nur in den Kreisen bekannt ist, in denen sie üblicherweise verkehren.

Für jemanden, der mit der Unterwelt der Stadt nicht vertraut ist, wird es einfach nur verstörend aussehen.

Casimirs milde Miene schwankt kein bisschen, andererseits habe ich ihm im Voraus erzählt, was er zu erwarten hat. Er neigt den Kopf zu dem anderen Mann. „Ich weiß es zu schätzen, dass du dir die Zeit nimmst, uns anzuhören."

Garoms Augenbrauen schnellen erneut empor. „Du hältst wohl viel von blumiger Sprache, hm? Und was ist das in deinem Mund?"

Ich spanne mich an, doch Casimir teilt zuvorkommend die Lippen, um ihm einen kurzen Blick auf die Edelsteinzähne zu gewähren, welche die acht Backenzähne ersetzen, die er geopfert hat.

Garom schaut mich an und in seine Stimme schleicht sich ein spöttischer Unterton. „Du hast einen Edelzahn für dein königliches Angebot mitgebracht? Was? Ist er der Lustknabe der *Prinzessin*?"

Ich sehe ihn mit hartem Blick an. „Er ist mit den inneren Vorgängen bei Hof vertraut und ein zuverlässiger Freund der zukünftigen Königin und auch von mir. Du kannst dich darauf verlassen, dass er mehr über eventuelle Möglichkeiten weiß als ich. Betrachte ihn als ihren Repräsentanten bei diesem Treffen."

Der Gangboss lacht nur bei meinen Worten, macht jedoch keine weiteren höhnischen Bemerkungen. Casimirs Verhalten bleibt so gelassen wie eh und je.

Die Tür öffnet sich quietschend und eine stattliche Frau stolziert herein. Sie stemmt die Hände in die Hüften und mustert uns drei mit einer leicht gereizten Miene.

Ich habe Sonia Alinnya bisher nur aus der Ferne gesehen, doch jeder im Krähennest weiß, dass sie die Matriarchin einer der drei Familien der Schwarzen Kralle ist. Ihre Kopfhaut ist so vernarbt wie Garoms, allerdings hat sie die schwarzen Haare wachsen lassen, die noch dazu in der Lage sind, sodass sie in unregelmäßigen Wellen bis auf ihre Schultern fallen und das Muster ihres Opfers teilweise verbergen.

Aufgrund der schlichten, jedoch dick aufgetragenen Kosmetika, die ihre Gesichtszüge schärfer erscheinen lassen, ist schwer zu sagen, wie alt sie ist, aber ich weiß, dass ihre Kinder älter sind als ich.

„Worum geht es hier?", will sie wissen.

Garom deutet auf die Sessel. „Ivy und ihr Freund werden es erklären. Ich glaube, es lohnt sich, sie anzuhören."

Sonia verzieht das Gesicht, vertraut ihrem Kollegen jedoch genug, um sich auf einen der Sessel fallen zu lassen. Sie betrachtet ihre Fingernägel, dann mich und Casimir mit gespannter Aufmerksamkeit, spricht allerdings nicht.

Es macht keinen Sinn, meinen Vorschlag zu unterbreiten, bevor die dritte Person ankommt, die ihn hören muss.

Was er einige Minuten später tut. Der jüngste der drei Bosse – der mindestens ein Jahrzehnt älter ist als ich – schlendert in den Raum und fährt mit der Hand durch den Streifen gebleichter Haare auf seinem Kopf.

Hellar hat vor ein paar Jahren den Teil der Witorek-Familie übernommen, nachdem seine Mutter und letzter überlebender Elternteil bei typisch unerklärlichen Umständen getötet wurde. Ich bin mir nicht sicher, ob rivalisierende Kriminelle oder die Kronenwache verantwortlich waren, vermute jedoch, dass er am schwierigsten für unseren Vorschlag zu gewinnen sein wird.

Seine Narben bilden ein geometrisches Muster, das seine rosa-braune Haut an den Seiten und hinten an seinem Schädel überzieht, wodurch ein schmaler Streifen Haare oben auf dem Kopf übriggeblieben ist. Die dünnen Strähnen fallen über die Ränder der Narben wie Weizen, das schlaff auf einem Feld steht.

Er hockt sich unaufgefordert auf einen der Sessel und mustert uns gelangweilt. „Was war so dringend, dass du mein Spiel stören musstest, Garom?"

Der ältere Mann deutet mit dem Kinn auf mich und Casimir. „Diese zwei sind gekommen, um im Namen der Frau mit uns zu sprechen, die Königin werden soll."

Die Neuankömmlinge wissen, dass er das nicht sagen würde, wenn er den Wahrheitsgehalt dieser Aussage nicht überprüft hätte. Das Interesse, das in den Augen der beiden aufleuchtet, ist nicht zu übersehen, obgleich Sonia besser darin ist, es zu verbergen.

Sie verändert ihre Position und spricht in skeptischem Ton: „Oh, wirklich?"

Hellar gluckst, richtet sich jedoch auf, um uns seine Aufmerksamkeit zu schenken. „Und was will die angebliche Königin von uns?"

Ich halte mich gerade und spreche mit ruhiger Stimme. „Ihr habt offensichtlich von Prinzessin Petra und der Botschaft gehört, die sie gestern verkündet hat. Jedes Wort davon entspricht der Wahrheit. Berater Lothar hat eine Verschwörung gegen den König ins Leben gerufen, ihn und Königin Ishild ermordet und versucht, den Königskindern das Gleiche anzutun. Außerdem hat er Blutzauberei unter seinen Anhängern ermutigt."

Hellar zuckt unbekümmert mit den Schultern. „Was hat das mit der Schwarzen Kralle zu tun?"

Sonias Blick hat sich verfinstert. „Es ist nicht so, als hätten wir es unter König Konrams Herrschaft so gut gehabt. Sollen sich die Blutzauberer ruhig gegenseitig zerreißen. Uns wird es so oder so gut gehen."

Ich konzentriere mich auf sie. „Bist du dir sicher? Hast du von der Art Verhalten gehört, die Lothar und sein Orden der Wildheit ermutigen? Sie wollen, dass alle auf ihre niederen

Instinkte zugreifen … sie wollen Gewalt und Chaos. Was für einen Vorteil werdet ihr haben, wenn *alle* gewillt sind, die Gesetze zu ignorieren und sich so zu verhalten, wie sie wollen?"

Hellar schnaubt. „Wir werden noch immer die Experten sein."

„Aber ihr werdet es mit Leuten zu tun bekommen, die auf mehr Magie zugreifen können, als es irgendjemand tun sollte. Die nur ihre eigenen selbstsüchtigen Interessen im Sinn haben. Sowie sie etwas wollen, was ihr ebenfalls wollt …" Ich wedle mit der Hand durch die Luft. „Ist es fort."

Garom lehnt sich auf seinem Sessel zurück und scheint mich und seine Kollegen gleichermaßen interessiert zu beobachten. „Und wie wären die Dinge unter einer anderen Melchiorek besser? Wir haben in den Jahren von Konrams Herrschaft und der seines Vaters vor ihm gute Leute und gute Deals verloren. Diese neue Königin könnte noch schlimmer sein."

Ich schnaube. „Glaubst du, *ich* würde hinter ihr stehen, wenn sie es auf jeden abgesehen hätte, der im Entferntesten kriminelle Absichten hegt? Sie weiß von meiner Vergangenheit. Sie weiß …" Ich fange mich, bevor ich meine illegale Magie erwähne, von der dieses Trio nicht erfahren muss. „Sie weiß es und hat mich deswegen nicht verurteilt. Sie erkennt, dass sich die Dinge ändern müssen, damit alle Bürger Silanas ihr Leben so bestreiten können, wie sie es für angebracht halten."

„Das behauptet sie jetzt", bemerkt Hellar trocken. „Du wirst schon sehen, wie schnell sie ihre Meinung ändert, sobald sie von uns erhalten hat, was sie will."

Sonia beugt sich vor. „Was genau *will* sie von uns? Warum bist du hier?"

„Sie hat mich gebeten, die Leute in der Stadt zu kontaktieren, die ihr dabei helfen können, gegen den Orden der Wildheit vorzugehen", erkläre ich. „Das ist kein leichtes Unterfangen bei der Macht, die der Orden wirken kann, und nachdem sie den Namen ihrer Familie durch den Dreck gezogen haben. Sie töten jeden, der sich ihnen widersetzt … jeden, der ein Verbündeter der zukünftigen Königin werden könnte. Sie braucht Leute, die diese Stadt und ihre Einwohner kennen, die mit diesen sprechen und ihnen erzählen können, womit wir es wirklich zu tun haben. Die die Leute überzeugen können, dass Lothar und der Orden ausgeschaltet werden müssen."

Hellar rümpft die Nase. „Und die ihr schließlich die Krone auf den Kopf setzen."

„Sie wurde dazu ausgebildet. Sie hat sich ihr ganzes Leben darauf vorbereitet. Und die meisten Adligen vertrauen dem Melchiorek-Namen. Ohne deren Zustimmung wird jeder Schwierigkeiten haben, wieder Ordnung im Land zu schaffen."

Ein Kribbeln fließt neben mir durch die Luft und verrät mir, dass Casimir seine Gabe eingesetzt hat. Er hustet leise, um die Aufmerksamkeit der Gangbosse zu erregen. „Prinzessin Petra bittet um nichts anderes als ein Gespräch mit euch. Dies ist eure Gelegenheit, direkten Einfluss auf die Leitung des ganzen Landes zu nehmen. Ich habe ebenfalls mit ihr gesprochen … Ich kann mich dafür verbürgen, dass sie mit euch verhandeln will."

„Und was könnte sie uns geben, was wir noch nicht haben?", fragt Sonia.

„Sie kann die Kronenwache zurückrufen. Sicherstellen, dass ihr ein Monopol in gewissen Branchen bewahrt. Ihr könntet geringere Strafen aushandeln." Sein Mundwinkel biegt sich nach oben. „Ich sage nicht, dass sie Angelegenheiten wie einen Mord ignorieren wird, aber ihr könntet viel mehr Spielraum aushandeln."

Garom hebt die Stimme mit leichtem Widerwillen. „Er spricht die Wahrheit. Er glaubt das alles wirklich. Natürlich könnte die Prinzessin selbst eine fabelhafte Lügnerin sein."

Ich stürze mich auf die Öffnung. „Du könntest das ziemlich einfach herausfinden. Wir werden ein Treffen auf neutralem Boden organisieren. Es ist nicht so, als hättet ihr etwas vor ihr zu befürchten. Die einzigen Verbrechen, die sie momentan sühnen will, sind der Mord an ihren Eltern und die illegale Zauberei, die in dieser Stadt und im restlichen Land praktiziert wird."

Er sieht aus, als würde er dazu tendieren, das Angebot anzunehmen. Doch dann verändert sich etwas in seinen Augen und er betrachtet mich mit einer Intensität, die mir einen Schauder über den Rücken jagt.

Seine Lippen verziehen sich vor etwas, was ich für Abscheu halte. „Damals, als du so überstürzt aus Florian verschwinden musstest, wurde die Nachricht über eine zerrissene Zauberin auf freiem Fuß verbreitet. Die Beschreibung erinnerte mich an dich … helle Haare, helle Haut, klein und schlank."

Mein Magen schlingert, doch ich setze die ausdruckloseste Miene auf, zu der ich fähig bin. Mein Ton passt zu dieser. „Das ist ein guter Witz. Wirke ich auf dich verrückt?"

Sein Blick gleitet über mich und die Kälte sickert tiefer in meinen Körper. Ich habe die Frage nicht richtig beantwortet, zumindest nicht auf eine Weise, deren Ehrlichkeit er beurteilen kann.

Werden wir unsere Chance auf ein Bündnis wegen meiner Magie verlieren, ohne dass ich sie eingesetzt habe?

Die verfluchte Macht nutzt diesen Moment, um an mir zu zerren und zu verlangen, dass ich sie freilasse, damit sie ihren Kehlen die Zustimmung entreißen kann. Als würde uns das irgendetwas anderes als Feindseligkeit und Entsetzen einbringen.

Anscheinend habe ich mein Pokergesicht gut genug gewahrt. Obwohl die Frage nicht vollkommen aus Garoms Augen verblasst, schüttelt er mit einem trockenen Lachen den Kopf. „Dein Verstand ist definitiv zu scharf."

Casimir mischt sich mit seiner üblichen Gewandtheit ein und wechselt das Thema wieder zu der wichtigsten Angelegenheit. „Es steht euch natürlich zu, eure eigene Entscheidung zu treffen. Das ist es, was euch die neue Königin vor allen Dingen anbieten kann … eine Gelegenheit, euch Gehör zu verschaffen. Lothar interessiert sich bloß für seine eigenen Interessen."

Ich unterdrücke den Drang, die Hand auszustrecken und seine zum Dank zu drücken. Es war richtig, ihn mitzunehmen.

Wir arbeiten gut zusammen – und das nicht nur als Liebhaber.

„Ich muss sagen, dass ist auch der Eindruck, den ich von

dem armlosen Arschloch erhalten habe", schimpft Sonia und meine Laune hebt sich ein wenig.

Hellar schnippt abweisend mit den Fingern, protestiert allerdings nicht, was ich als Sieg auffasse. „Wenn wir uns auf einen vernünftigen Treffpunkt einigen können, werde ich in Erwägung ziehen, die Prinzessin anzuhören. Unsere Freundschaft wird jedoch nicht billig sein."

Ich verziehe die Lippen zu einem Lächeln. „Das habe ich auch nicht erwartet."

Wir haben die erste Runde gewonnen. Ich war mir nicht sicher, ob wir es überhaupt so weit schaffen würden.

Jetzt müssen wir herausfinden, ob Petra den mächtigsten Kriminellen der Stadt die Stirn bieten und sie dabei für sich gewinnen kann.

# Dreizehn

*Casimir*


Jolmi wischt mit einem Lappen über das lackierte Holz der Bartheke und betrachtet die zusammengewürfelte Gruppe, die um zwei große zusammengeschobene Kneipentische versammelt ist. „Das ist also die letzte Hoffnung der Stadt, hmm?"

Den Göttern sei Dank, in seiner Stimme liegt ein neckender Unterton. Ich gebe der Hand meines ehemaligen Klassenkameraden einen spielerischen Klaps, seine Worte kribbeln jedoch in meinem aufgewühlten Magen.

Die ungefähr dreißig Gestalten, die an diesen Tischen in ein Gespräch vertieft sind, *sind* im Grunde genommen die einzigen Silaner, die wir bisher versammelt haben, die gewillt sind, sich den Blutzauberern zu stellen. Und es bleibt noch abzuwarten, ob sie es schaffen werden, gemeinsam zu kämpfen, anstatt sich in Streitereien zu verlieren.

Die drei Gangbosse mit den vernarbten Schädeln, die Ivy und ich überzeugt haben, an diesem Treffen teilzunehmen, sehen auf ihren Plätzen an einem Ende der Tische misstrauisch und skeptisch aus. Die Untergebenen, die hinter ihnen Wache stehen, unterstreichen ihre bedrohliche Ausstrahlung.

Die Handvoll Adlige und Soldaten, die wir an Bord geholt haben, machen genauso misstrauische Mienen, während sie die eingestandenen Kriminellen mustern. Als würde es nichts Wichtigeres geben, als sich darüber Gedanken zu machen, welche Gesetze sie in der Vergangenheit gebrochen haben, nachdem der Mann nun ermordet wurde, der diese Gesetze veranlasst hat.

Im Lauf der letzten zwei Tage haben wir noch einige andere Verbündete gefunden: ein Priester, der dem Massaker im Tempel der Krone entkommen ist und neben den Gläubigen sitzt; das Ehepaar, das der Händlergilde vorsteht; zwei weitere Wachen, die den Melchioreks treu geblieben sind. Die Haltung aller Soldaten ist so steif wie eh und je, obwohl sie jetzt schlichte Kleider tragen. Sie haben sich hinter Petra und ihren Geschwistern am anderen Ende des gegenüberliegenden Tisches positioniert.

Die ganze Sitzverteilung macht eher den Eindruck einer Geisel-Verhandlung als einer gemeinsamen Ideenschmiede. Spannung hängt so dick in der Luft, dass sich die Härchen in meinem Nacken aufrichten.

Wie werden wir die mächtigsten Feinde überwältigen, die unser Königreich jemals gesehen hat, wenn wir uns nicht einmal darauf einigen können, *gemeinsam* gegen sie zu kämpfen?

Dieses Szenario sollte mein Ding sein. Ich konnte Petra berichten, was sich die Gangbosse am meisten von mir wünschten – die Garantie, dass die neue Königin sie anhört und ihnen viel mehr Freiheiten anbietet als ihr Vater. Ich habe jeden Neuankömmling auf Anzeichen von Schuldgefühlen oder List überprüft.

Ich habe sogar dieses Treffen auf neutralem Boden organisiert. Ich wusste, dass Jolmi von all den Geweihten Ardones, mit denen ich auf der Hofakademie und bereits zuvor ausgebildet wurde, am meisten hassen würde, was die Blutzauberer dieser Stadt antun … und ihm gehört ein Laden, den wir leicht nutzen konnten.

Er hat ein vernünftiges Gespür für Vorsichtsmaßnahmen

gezeigt und das Treffen zu einer Uhrzeit einberufen, zu der nicht einmal sein Ehemann davon erfahren wird. Allerdings kann ich nicht sagen, ob er aus Loyalität der Krone gegenüber zugestimmt hat, oder weil er es aufregend findet, zu beobachten, wie die versteckte Erbin ihren Widerstand zusammentrommelt.

Es ist zweifellos ein Moment für die Geschichtsbücher.

Ich betrachte ihn noch eine Weile, sehe jedoch nichts als das eifrige Leuchten in seinen Augen und den aufrichtigen Wunsch, alle zufriedenzustellen, als er die Getränke eingießt, nach denen einer der Gangbosse verlangt. Daraufhin widme ich meine Aufmerksamkeit wieder den Tischen.

Leider kann ich sie nicht einfach alle nacheinander durchgehen und ihre Begehren mit meiner Gabe herausfinden. Meine magische Gabe auf zwei der Gangbosse anzuwenden, hat mich gestern bereits erschöpft.

Es erschien mir bei ihrer Ankunft heute Abend am wichtigsten, einen Blick in die Wünsche des Kriminellen zu werfen, den ich gestern ausgelassen habe und dem Ivy am meisten vertraut. Das war eine ziemliche Verschwendung, da sich herausgestellt hat, dass seine Wünsche denen seiner Kollegen entsprechen. Allerdings war es vermutlich besser, das zu bestätigen, als später zu bereuen, es nur angenommen zu haben.

Ich könnte heute Abend vermutlich noch ein vages Gespür für die tiefsten Sehnsüchte einer Person erhalten, ohne das Bewusstsein zu verlieren, doch damit würde ich stark an meine Grenzen gehen. Daher habe ich meine Gabe zurückgehalten und mich stattdessen auf meine nicht-magischen Fähigkeiten verlassen, um die Gruppe einzuschätzen.

Unsere zukünftige Königin stützt ihre Ellenbogen auf den Tisch, als sie sich vorbeugt. Ich muss Petra Anerkennung zollen für die innere Stärke, die sie angesichts der jüngsten Tragödien gezeigt hat.

Ihre Eltern haben sie gut auf diese Rolle vorbereitet, auch wenn das in den letzten sieben Jahren nur aus der Ferne geschehen ist. Sie schafft es, entspannt genug zu bleiben, um ein Gefühl von Offenheit zu vermitteln, während sie königlich genug auftritt, um autoritär zu wirken.

„Im Austausch für eure Loyalität gegenüber der Krone bin ich gewillt, noch weiter zu gehen", verkündet sie und heftet ihren wachsamen Blick auf die Gangbosse. „Wenn wir jeden eurer typischen Geschäftszweige betrachten, kann ich bestimmt einige finden, bei denen ich die widersprechenden Gesetze vollkommen abschaffen kann. Wie würde es euch gefallen, eurer eigenen Gilde vorzusitzen, der es nicht nur erlaubt ist, diesen Geschäften ungehindert nachzugehen, sondern die auch die komplette Kontrolle darüber hat, *wem* es erlaubt ist, diesen nachzugehen?"

Die Gangbosse geben ihr Bestes, gelassen zu wirken, doch ich bemerke, dass Garoms Mundwinkel leicht zuckt und sich Hellar begierig vorbeugt. Ich bezweifle, dass sie erwartet haben, dass ihnen irgendein Melchiorek so ein großzügiges Angebot machen würde.

Natürlich sind sie nicht die Art von Leuten, die sich auf eine Gelegenheit stürzen, ohne sie aus jeder Perspektive zu betrachten. Sonia spricht in unzufriedenem Ton: „Und welche Garantie hätten wir, dass du deine Versprechen hältst, wenn wir dir den Weg zum Thron geebnet haben?"

Die Wachen bewegen sich ruhelos wegen des Spotts in ihrer Stimme. Tinom, der sich neben Prinzessin Klaudia gesetzt hat, kann sich eine finstere Miene nicht verkneifen.

Ich wünschte, ich wüsste, welche Worte diese ungleichen Gruppen zusammenbringen könnte. Ich habe jahrelang gelernt, wie man dafür sorgt, dass sich eine Person wohlfühlt.

Doch wenn mit jedem Wort, das am Tisch gesprochen wird, so viel auf dem Spiel steht … Ich bin dazu bestimmt, Politiker zu verwöhnen und zu unterhalten, nicht ihre Politik zu lenken. Und wer kann sagen, was vernünftig ist und was nicht, wenn sadistische Zauberer das Land übernommen haben?

Petra scheint wenigstens nicht beleidigt zu sein von der Vorsicht der Kriminellen. „Ich kann eine Bekanntmachung dieser Versprechen mit meinem persönlichen Siegel und dem der Melchiorek-Familie unterschreiben. Wir können die Etablierung der Gilde während der ersten Tage unserer Rückeroberung zu einer Priorität machen, damit ihr seht, dass sie umgesetzt wird, während ich noch von eurer Unterstützung abhängig bin. Falls es andere Methoden gibt, die euch eine größere Sicherheit verschaffen würden, höre ich mir diese gerne an."

Die drei Bosse neigen die Köpfe dichter zusammen und unterhalten sich leise untereinander. Garom und Sonia schieben ihre Stühle zurück und stehen auf. „Du hast uns viel Stoff zum Nachdenken gegeben. Wir werden die Einzelheiten untereinander besprechen und dir mitteilen, was wir für einen vernünftigen Deal halten. Dann liegt es an dir, ob du auf ihn eingehst oder nicht."

Tinoms Mund spannt sich an. „Wir können es uns nicht leisten, lange zu warten. Mit jedem Tag verstärkt der Orden der Wildheit seinen Einfluss ..."

Petra hält ihre Hand hoch. „Berater, ich bin mir sicher, wir sind uns alle der Dringlichkeit der aktuellen Situation bewusst."

Ivy, die Tinom gegenübersitzt, fängt Garoms Blick auf. „Ich werde morgen vorbeikommen, um mir eure Entscheidung anzuhören und sie zu überbringen."

Er nimmt ihren Vorschlag mit einem Nicken zur Kenntnis. „Dann wollen wir sehen, ob wir alle am Ende mehr haben können, als wir zu Beginn hatten."

Er schenkt Petra ein scharfes Lächeln und marschiert flankiert von seinen Kollegen aus der Kneipe.

Sobald sich die Tür hinter dem Trio geschlossen hat, sieht sich Petra am Tisch um. „Wir müssen auch an die Gebiete außerhalb der Stadt denken. Der Orden der Wildheit hat seinen Einfluss überall ausgebreitet. Vielleicht können wir aus dem gesamten Land weitere Verbündete zu uns holen ... oder an mehreren Orten gleichzeitig Widerstand leisten."

Stavros klopft mit seiner Prothese auf den Tisch. „Es gab eine ziemlich effektive Widerstandsgruppe in Pima in Nikodi, vorausgesetzt sie konnten weiterhin Strafen entgehen."

Ivys Gesicht hellt sich auf. „Ja, Voleska und Emor haben eine gute Gruppe versammelt und die Autorität des Ordens untergraben. Du kannst dich auf sie verlassen."

Tinom summt nachdenklich. „Es gibt einen geschätzten Tempel von Elox oben im Norden, einige Stunden entfernt von Nikodi – der Tempel der stillen Himmel. Der Priester, der ihn leitet, war stets ein Unterstützer der Melchiorek-Herrschaft."

Einer der Gläubigen setzt sich etwas aufrechter hin. „Oh ja, dieser Tempel hat eine lange Vergangenheit. Ich habe gehört, dass sie dort Revolutionären bereits Schutz boten, als Silana sich gegen das darische Kaiserreich erhob."

Ich habe einen noch geringeren Nutzen, wenn es darum geht, Leute auf der anderen Seite des Landes zu beurteilen. Als die Diskussion fortgesetzt wird, verschränke ich die Hände im Schoß, um gegen den unbekannten Drang anzukämpfen, herumzuzappeln.

Ich habe geholfen, das heutige Treffen zu organisieren. Ich werde die Laune heben, wenn es nötig ist.

Es würde ohnehin niemand erwarten, dass ein Kurtisan eine große Rolle bei der Bewältigung eines Aufstandes spielt.

Alek beschreibt gerade einen anderen Tempel, den er besucht hat und von dem er denkt, man sollte ihn kontaktieren, als eine von Tinoms Wachen durch den Hintereingang der Kneipe hereinkommt.

Die Frau räuspert sich, um die Aufmerksamkeit der Gruppe zu erregen, konzentriert sich allerdings auf ihre zukünftige Herrscherin. „Ich habe einen Mann, mit dem Sie vielleicht sprechen sollten. Allerdings weiß ich nicht, ob es sicher ist, wenn Sie das direkt tun. Er wurde von einigen Ordensmitgliedern verfolgt … Sie haben etwas darüber gebrüllt, dass er Lothar den Rücken gekehrt hat. Wir haben es geschafft, ihn zu einem vorübergehenden Versteck zu bringen. Es klingt so, als sei er den Blutzauberern abtrünnig geworden."

Stavros' Augen blitzen auf. „Er hat möglicherweise nützliche Informationen bezüglich ihrer Pläne. Wenn man ihm vertrauen kann."

Der ehemalige General sieht aus, als wolle er aufspringen, doch ich komme ihm zuvor. Meine Laune hat sich gehoben und ich habe die vorübergehende Schwermut abgeschüttelt.

„Ich werde mit ihm sprechen", verkünde ich, bevor sich ein anderer freiwillig melden kann. „Ich habe ohnehin kaum etwas zu diesem Gespräch beizutragen und kann mir einen Eindruck davon verschaffen, worauf er es wirklich abgesehen hat."

Allein, dass Ivy mich so anstrahlt, wie sie es gerade tut, hätte meine Entschlossenheit gestärkt. Zum Glück habe ich auch die Unterstützung der zukünftigen Königin.

Petra schenkt mir ebenfalls ein Lächeln. „Geh und schau, was du aus ihm rauskriegen kannst … sowohl hinsichtlich seiner Worte als auch seiner Taten."

Die Wache bedeutet mir, ihr zu folgen, und wir eilen aus dem Hintereingang, durch den sie reingekommen ist.

Wir hasten durch die Straßen des Mittelbezirks. Die Gebäude stehen hier dichter als in den Innenbezirken, weisen allerdings noch immer eine imposante Pracht auf, die man außerhalb der alten Stadtmauern nicht findet.

Die Gewaltigkeit der vor uns liegenden Aufgabe beginnt erneut, sich an mich anzupirschen. Wir müssen nicht nur die Thronräuber und ihre mörderische Magie vertreiben, sondern auch die verschiedenen Schichten der Stadt einen.

Ich schäme mich, dass ich zuvor kaum an das Leben der Bürger in Florians Außenbezirken gedacht habe. Oder an die Bauern in den Städten und Dörfern außerhalb der Hauptstadt. Ich hatte eine vage Vorstellung von ihrer Existenz und dass sie es genauso wie Adlige und Könige verdienen, glücklich zu sein, doch wann habe ich jemals irgendwelche Anstrengungen unternommen, dieses Prinzip in die Praxis umzusetzen?

Meine Mutter hat mich dazu ausgebildet, meine Leistungen in einer Welt anzubieten, die nicht mehr als eine vergoldete Blase war. Das echte Verbrechen besteht nicht darin, dass ich so weit von ihren Wünschen abgewichen bin, sondern darin, dass mir nicht schon früher bewusst geworden ist, dass ich das tun muss.

Die Wache schlängelt sich durch Straßen, in denen die Pflastersteine abgenutzter sind und die Gebäude heruntergekommener wirken. Sie sind noch lange nicht in einem derart schlechten Zustand wie die unbefestigten Straßen und baufälligen Holzhäuser im Viertel des Krähennests, aber trotzdem ein himmelschreiender Unterschied zu dem Elitezentrum der Stadt.

Als wir uns einem Stall nähern, verlangsamt sie vorsichtshalber ihre Schritte. Sie führt mich um die Rückseite des Gebäudes zu einem Schuppen, der an dieses angebaut wurde.

Aufgrund des Ledergeruchs, der in dem Raum hängt, den wir betreten, und der Werkzeuge, die an den Wänden hängen, vermute ich, dass dies eine Werkstatt zum Reparieren von Satteln und Zaumzeugen ist. Momentan ist niemand außer einem dünnen Mann hier, der aussieht, als wäre er Mitte zwanzig. Er hat sich in eine Ecke des Schuppens gekauert.

Seine hellbraunen Haare sind zerzaust. Schmutz und rötliche Kratzmale zieren sein Gesicht. Er betrachtet uns beide mit nervösen Augen und sieht aus, als wäre er bereit, an uns vorbeizurennen, sollte er das Bedürfnis dazu verspüren.

Er fühlt sich definitiv bedroht. Von uns, von den Leuten, vor denen er auf der Flucht ist, oder beidem?

Ein paar Schritte entfernt von ihm gehe ich in die Hocke, sodass wir auf Augenhöhe sind. In dem verblassenden Licht, das durch das kleine, schmutzige Fenster fällt, suche ich sein Gesicht und seine Körpersprache nach einem Hinweis auf seinen emotionalen Zustand ab.

Ich senke meine Stimme und spreche beruhigend: „Ich habe gehört, du hattest eine harte Zeit.“

Der Mann zuckt mit den Achseln und zieht seine Arme fester um seine angezogenen Knie. Auf dem Unterarm hat er ebenfalls einen oberflächlichen Schnitt. Eine dünne Linie Blut sickert zu beiden Seiten des durchtrennten Stoffs in seinen Ärmel.

Was immer zwischen ihm und seinen ehemaligen Kollegen vorgefallen ist, hat gewaltsam geendet.

„Wir würden dir gerne helfen, wenn wir können“, fahre ich in demselben ruhigen Ton fort. „Uns wäre es lieber, wenn du ab jetzt nicht mehr herumgeschubst oder verprügelt werden würdest.“

Der Mann befeuchtet seine Lippen. „Wie denkst du, werdet ihr das bewerkstelligen? Du weißt nicht …“

Er verstummt und sieht plötzlich nervöser aus als zuvor. Seine Furcht wirkt vollkommen aufrichtig.

„Was der Orden der Wildheit tun kann?“, beende ich seinen Satz. „Tatsächlich wissen wir genau, wozu er in der Lage ist. Wir sind uns der Magie bewusst, die sie benutzt haben, und wir wissen, wie weit sie gegangen sind, um diese und ihre militärische Stärke zu verbessern.“

Der Mann schnaubt. „Was glaubst du dann, was du dagegen unternehmen kannst?“

„Wir haben unsere eigenen Stärken. Wir brauchen bloß genug Leute, die gewillt sind, den ersten Schritt zu machen und sich gegen den Orden zur Wehr zu setzen. Dann können wir die Situation in Silana wieder in Ordnung bringen. Doch fürs Erste könntest du damit beginnen, mir deinen Namen zu verraten.“

Er zögert erneut. Als er den Mund öffnet, lockern sich seine Arme und seine Haltung entspannt sich geringfügig. „Filip.“

Ich nicke. „Und warum wurdest du vom Orden verfolgt, Filip? Warum haben sie dich angegriffen?“

Er atmet scharf ein. „Ich sollte … Ich wollte nicht alles tun, was sie mir befahlen. Zuerst klang es fantastisch, doch nachdem ich sah …“

Er verstummt und sein Körper sackt in sich zusammen. Sieht er noch immer nervös aus oder auch traurig?

Es ist nicht überraschend, dass er unglaubliche Angst davor hat, dass ihn seine ehemaligen Kameraden in die Finger kriegen – und dass sich diejenigen von uns, die gegen den Orden vorgehen, bei ihm für den Schaden rächen werden, den er verursacht hat. Allerdings müssen wir selbst vorsichtig sein.

Wenn sie ihn zuvor mit Versprechen von Ruhm für sich gewonnen haben, könnte er wieder derartig beeinflusst werden.

Zum Glück bin ich die bestmögliche Person, um seine Prioritäten einzuschätzen.

„Zu realisieren, dass du einen Fehler gemacht hast, und dich zu weigern, diesen zu wiederholen, ist mutig“, erkläre ich und sende meine Gabe zu ihm.

Ein Kribbeln schießt durch mein Zahnfleisch, wo ich meine Backenzähne für diese Magie geopfert habe. Schmerzen beben durch meinen Schädel, mit ihnen kommt jedoch eine Woge aus Eindrücken von dem Mann vor mir.

Was kann ich in diesem Moment tun, um ihn glücklich zu machen?

Ich fange Bruchstücke von Treffen auf; Lothar, der groß

über seinen Anhängern aufragt; ein Kind, das vor einem Priester steht; eine Welle kribbelnder Freude; ein Schwall Furcht. Dann eine knochentiefe Verzweiflung, die immer größer wird.

Verstehen begleitet diese letzte Empfindung mit der üblichen Gewissheit meiner Gabe. Es würde ihn am glücklichsten machen, wenn ich ihm glaube und ihm eine Chance gebe, an meiner Seite zu arbeiten. Er will aktiv werden und sich beweisen.

Die Kopfschmerzen vom wiederholten Einsatz meiner Magie dringen tiefer in meinen Verstand, dennoch steigt eine triumphierende Erleichterung in mir auf.

Ich kann diesen Mann zur rechtmäßigen Königin bringen. Ich kann ihm zeigen, wie wir die Schurken stürzen werden, mit denen er einst zusammengearbeitet hat.

Ich strecke meine Hand aus. „Wie würde es dir gefallen, wenn du deine Fehler nicht nur vermeiden, sondern auch etwas Gutes aus ihnen machen könntest?"

# VIERZEHN

*Ivy*

Während er die Skizzen mustert, die uns einer von Garoms Leuten gebracht hat, reibt Alek seine Hände aneinander, als würde er gleich über seine Lieblingsmahlzeit herfallen. Trotz unserer bevorstehenden gefährlichen Mission kann ich nicht anders, als über den Enthusiasmus des Gelehrten zu lächeln.

Er erinnert mich an meine Anfangszeit an der königlichen Akademie, als er und ich zusammenarbeiteten, damit ich in den Buchhaltungsraum der Bibliothek schleichen und Ster. Torstems finanzielle Unterlagen stehlen konnte. Bei unserem allerersten Treffen wäre ich nie auf den Gedanken gekommen, dass Alek der Erste sein würde, der mir bei einem kriminellen Plan hilft.

Doch er liebt es, ein Problem zu lösen, ganz gleich, wie fragwürdig es in rechtlicher Hinsicht ist.

Jetzt tippt er auf einen Punkt auf der Karte, die auf dem Esszimmertisch ausgebreitet ist. „Hier ist der Zugangspunkt, der diesem Gebäude am nächsten ist. Ihr geht dort rein und folgt diesem Pfad …“ Er fährt mit dem Finger über die markierten Passagen, die wie eine Skizze über die Stadtstraßen gelegt wurden. „Geradeaus bis zum dritten Tunnel, wo ihr links abbiegt. Dann die zweite Abzweigung auf der rechten Seite, dann die erste links. Es gibt noch einen Zugangspunkt am Ende dieses Tunnels. Er endet nur einen Block entfernt von der Wachstube.“

Stavros mustert die Karte und zuckt mit dem Kopf, um seine Sicht zu klären. „Bist du dir sicher, dass wir diese Zugangspunkte ohne große Schwierigkeiten öffnen können?“

Alek nickt. „Ein Blitz von Rheaves Magie sollte das Schloss schmelzen. Die Öffnungen sind mit einem einfachen Gitter bedeckt, das schwer, jedoch nicht besonders stark gesichert ist.“ Der Gelehrte sieht uns an und verzieht entschuldigend das Gesicht. „Die meisten Leute sind nicht erpicht darauf, in die Kanalisation hinabzusteigen.“

Ich muss schnauben. „Ich glaube nicht, dass ‚erpicht‘ das richtige Wort für unsere Situation ist. Wenigstens können wir uns so durch die Stadt bewegen, ohne Blutzauberern zu begegnen, solange wir nicht in die Außenbezirke müssen.“

Das Untergrundsystem aus Abflüssen und Kanälen wurde vor Jahrhunderten gebaut, bevor die Stadt sich so weit ausgebreitet hatte. Die Tunnel erstrecken sich nur unter dem Innenbezirk und teilweise unter dem Mittelbezirk.

Allerdings brauchen wir den zusätzlichen Schutz, wo wir ihn kriegen können. Der neue Verbündete, den Casimir gestern dazu geholt hat, ein Abtrünniger des Ordens der Wildheit, erzählte uns, dass Lothar mehrere seiner Anhänger dazu abgestellt hat, die Straßen der Stadt zu patrouillieren und nach Petras Verbündeten zu suchen. Einige unter ihnen können mit ihrem Talent Magie aufspüren, andere sind gut darin, bestimmte Personen ausfindig zu machen.

Wenn wir zu nah an einem dieser Leute vorbeigehen, werden uns nicht einmal Tinoms Tarnamulette verbergen.

Stavros richtet sich auf. „Wenn die Kanalisation unsere beste Option ist, dann gehen wir in die Kanalisation. Es ist spät genug. Machen wir uns an die Arbeit.“

In Rheaves Augen blitzt ein Licht auf, das tatsächlich als erpicht bezeichnet werden könnte. „Ich bin bereit!"

Ich gebe ihm einen spielerischen Stoß, als wir zur Tür gehen. „Du wirst nicht mehr so begeistert sein, wenn wir erst einmal unten in dem Gestank sind. Ich muss nur meinen Umhang holen."

Ich erwarte, nur schnell ins Bad zu gehen und den dunklen Stoff zu holen, doch Stavros folgt mir. Als ich den Umhang über meine Schultern ziehe, tritt er vor und schließt ihn für mich.

Ich brauche die Hilfe eigentlich nicht, überlasse den Verschluss jedoch seinen geschickten Fingern. Seine Prothese hält eine Seite der Schnalle fest, während seine Finger die andere bewegen. Seine gewaltige Gestalt ragt über mir auf, seine einst einschüchternde Präsenz ist jetzt jedoch ausnahmslos beruhigend für mich.

Allerdings weiß ich nicht, warum er hier ist.

Zweifel piksen den Ansatz meiner Kehle, dennoch spreche ich mit lässiger Stimme: „Schaust du mich genauer an, um sicherzugehen, dass ich der Aufgabe gewachsen bin?"

Stavros lacht schallend. „Ich hege keinerlei Zweifel daran, dass du das bist, edle Diebin. Ich … ich brauchte nur einen Moment abseits der anderen. Wenn du nichts gegen die Störung hast."

Sein Ton ist ebenfalls lässig, allerdings nicht lässig genug, um die leichte Schärfe zu überspielen, die sich hineingeschlichen hat. Als er seine Hände senkt, packe ich alle beide, die aus Fleisch und die aus Metall. „Geht es dir gut?"

Er zuckt kurz mit dem Kopf, um etwas länger in meine Augen zu schauen, bevor sich sein Blick in die Ferne richtet. Ein Seufzen entfährt ihm. „Ich werde klarkommen. Es ist lächerlich. Ich habe mich wie ein Wolf in einem Käfig gefühlt, weil ich hier eingesperrt war und es nicht riskieren konnte, an den Missionen teilzunehmen, die wir bisher durchgeführt haben … und jetzt, da ich die Gelegenheit habe …"

Ich streichle mit dem Daumen über die Seite seiner Fingerknöchel. „Was?"

Sein Mund verzieht sich. „Viele der Männer und Frauen,

die in dieser Wachstube getötet oder gefangen genommen wurden, waren vermutlich Leute, mit denen ich trainiert habe. Leute, denen ich einst Befehle gab. Leute, die mir auf die ein oder andere Art begegnet sind. Ich kann nicht begreifen, wie viele Leben der Orden der Wildheit innerhalb weniger Wochen zerstört hat, und wir rauben ihnen nur Stück für Stück die Kraft. Das scheint mir nicht genug zu sein."

Ich schenke ihm ein angespanntes Lächeln und meine Brust zieht sich um mein Herz herum zusammen. „Mir scheint es auch nicht genug zu sein. Aber wir müssen auf die größeren Dinge hinarbeiten, stimmt's? Je stärker die Blutzauberer ins Straucheln geraten, desto mehr Unterstützer kann Petra versammeln."

Stavros' antwortendes Lächeln wirkt ein wenig selbstironisch. „Das weiß ich. Es ist nur schwieriger, zu akzeptieren, wenn jeder Teil von mir brüllt, dass ich sie jetzt alle ausschalten soll."

Ich greife nach oben und tätschle seine Wange. „Ich bin mir sicher, du wirst in Zukunft genügend Gelegenheiten erhalten, eine Menge von ihnen zu töten."

Ein weiteres ersticktes Lachen entfährt ihm, bevor er mich an sich zieht und mich so leidenschaftlich küsst, dass ich mir wünsche, der Kuss müsste nicht enden.

Als er nur zwei Zentimeter zurückweicht, streifen seine leise Stimme und sein Atem mein Gesicht. „Ich habe es nur so weit geschafft, weil ich dich bei mir hatte. Lass nicht zu, dass dir jemals einer dieser Idioten, die Tinom versammelt hat, das Gefühl gibt, du hättest ihre Loyalität nicht verdient. Du weißt, dass du meine hast."

Ich gehe auf die Zehenspitzen und umarme ihn, obwohl seine Worte das Unbehagen nicht ganz durchdringen können, das in meinem Magen rumort. „Und du hast meine. Lass uns etwas mehr von dem zurückgewinnen, was uns die Blutzauberer gestohlen haben."

Wir schließen uns Rheave im Flur wieder an und huschen die Treppe hinab, wobei wir unsere Tarnamulette umlegen. Rheave legt seine Hand leicht in meinen Rücken und ich schlinge meine Finger um Stavros' Ellenbogen, damit wir einander noch sehen können.

Wir treten in die Nacht hinaus. Die Fenster ringsum sind dunkel und die Schwärze wird nur von dem Schein der Laternen durchbrochen, die in unregelmäßigen Abständen entlang der Straße stehen.

Irgendwo um die Ecke erklingt ein betrunkenes Lachen, momentan schlendert jedoch niemand diese Straße entlang.

Wir eilen über die Pflastersteine, biegen ab und erreichen das Gitter, das Alek uns auf der Karte gezeigt hat. Es ist so breit, dass sogar Stavros hindurchpassen sollte, ohne sich anstrengen zu müssen. Außerdem ist es nur mit einem einzigen, gewöhnlichen Vorhängeschloss gesichert.

Als entschlossene Schritte erklingen, halten wir inne. Ein Mann im mittleren Alter in einem dicken Umhang geht mitten auf der Straße – vielleicht ein Ordensmitglied auf Patrouille oder ein gewöhnlicher Bürger mit einer dringenden mitternächtlichen Angelegenheit.

Mein Herz hämmert schneller und Magie saust durch mich, allerdings schaut er nicht zu uns. Ich nehme keine Magie bei ihm wahr.

Sobald er außer Sichtweite ist, kniet sich Rheave neben das Gitter. Mit einem leisen Knistern fällt das Vorhängeschloss weg.

Stavros wuchtet das Gitter hoch und bedeutet uns, in das Loch zu steigen.

Ich finde die Sprossen einer Leiter direkt unter der Öffnung. Ich packe sie und klettere so schnell wie möglich nach unten, wobei ich die Nase rümpfe wegen des feuchten Drecks, der an meinen Fingern kleben bleibt.

Zu meiner Erleichterung ist der Kanal darunter nicht *ganz* so schrecklich, wie ich es mir ausgemalt habe. Dennoch dreht sich mir der Magen um bei dem Gestank von Urin und Fäkalien.

Die Männer klettern hinter mir nach unten und Stavros schließt das Gitter, damit nicht offensichtlich ist, dass jemand es benutzt hat. Einige Schritte entfernt von dem schwachen Licht, das durch das Gitter fällt, ist die Dunkelheit so undurchdringlich, dass es keinen Grund mehr für unsere Amulette gibt.

„Haltet euch dicht an die Wände", raune ich und laufe in die Richtung los, die Alek uns gezeigt hat.

Das Abwasser fließt träge durch den breiten Kanal zu unserer Rechten. Ich setze meine Füße vorsichtig auf, um sicherzustellen, dass ich nicht aus Versehen in diesen widerlichen Fluss rutsche.

Nach einigen Minuten stößt Rheave ein Würgegeräusch aus. „Physikalische Körper produzieren einige unangenehme Substanzen."

Ich vermute, Geistwesen kacken nicht. Ich schaue nach hinten in die Richtung seiner Stimme und ziehe eine Augenbraue hoch. „Das ist der Preis, den wir dafür bezahlen, dass wir essen dürfen."

Der Daimon-Mann nimmt meine Aussage mit einem Grunzen auf. „Ich schätze, das ist ein gerechter Handel."

Wenn ich eine Liste der Orte hätte, die ich ungern mit meinen Liebhabern aufsuchen möchte, würde diese Kanalisation sehr weit oben stehen. Doch während wir durch die stinkende Schwärze stapfen, hebt sich meine Laune so sehr, dass ich den Gestank vergesse.

Hier bin ich und setze einen Plan in die Tat um, den meine vier Männer mit mir ins Rollen gebracht haben. Ein Plan, bei dem meine unberechenbare Magie nicht erforderlich ist.

Wie in den alten Zeiten … allerdings bin ich jetzt nicht mehr allein.

In diesem Moment spielt es keine Rolle, welche Magie in meiner Brust zuckt und was Leute wie Tinom oder die Bosse der Schwarzen Kralle davon halten. Ich kann einen Unterschied machen, ohne als Monster betrachtet zu werden.

Wir zählen die Abzweigungen mit unseren Händen an der Steinwand und merken uns jeden Gang, bis es Zeit ist, abzubiegen. Zum Glück erlauben uns die wackeligen Wartungsbrücken bei den Kreuzungen, das Abwasser zu überqueren, ohne das Risiko eines Sprungs eingehen zu müssen.

Stavros hat die Führung übernommen und das Donnern seiner Stiefel leitet mich. Rheave bleibt dicht genug hinter mir, um meinen Rücken durch meinen Umhang hindurch zu streicheln, als müsste er sich regelmäßig meiner Anwesenheit versichern.

Als wir unser Ziel erreichen, klettert Stavros zu dem Gitter empor und mustert die Straße dahinter, so gut er das von seinem niedrigen Aussichtspunkt tun kann. Er schwingt zur Seite und bedeutet Rheave, sich ihm anzuschließen. „Ich sehe oder höre niemanden in der Nähe. Verpasse dem Schloss einen kurzen Energiestoß.“

In unter einer Minute krabbeln wir in die frische, wenn auch kalte Luft. Stavros senkt das Gitter wieder an Ort und Stelle und wir eilen durch die stille Straße zur Wachstube.

Sie ist eine der größten in Florian und befindet sich direkt außerhalb der alten Stadtmauern auf der Grenze zwischen den Innen- und Mittelbezirken. Stavros hat die Kronenwache hier mehr als einmal in seiner Funktion als General besucht – und auch danach, während er Ermittlungen zu der Verschwörung auf der Akademie anstellte.

Er führt uns um das klotzige Steingebäude herum und durch eine Gasse. Dort deutet er zu einem hohen Fenster im ersten Stock.

„Das dient als zusätzlicher Ausgang, wenn die Kronenwache schnell ausrücken muss“, raunt er. „Sie können es aufstoßen und in die Gasse springen, während andere die Eingangs- und Hintertüren nehmen. Da es dort oben ist, machen sie sich nicht die Mühe, es zu bewachen.“

Also sollte niemand bemerken, wenn es sich kurz öffnet und schließt, damit unsere unsichtbaren Gestalten in das Gebäude eindringen können.

Ich schüttle mich in Vorbereitung auf die nächste Aufgabe. „In Ordnung. Ich sollte das Schloss knacken können.“

Stavros bückt sich und hebt mich auf seine Schultern. Nachdem er sich aufgerichtet hat, kann ich den Fenstersims mühelos erreichen.

Ich ziehe das schmale Metallwerkzeug heraus, das ich zu diesem Zweck mitgebracht habe, und schiebe es in die schmale Lücke zwischen Rahmen und Sims.

Mit ein wenig Geduld schaffe ich es, den Riegel zu

verschieben. Daraufhin öffne ich das Fenster zwei Zentimeter, lausche und drücke es weiter hoch, damit ich mich hindurch winden kann.

Meine Magie bebt aus dem Drang heraus, noch mehr Schutz um mich zu wickeln, doch es regt sich niemand am Ende des Flurs in den ich klettere. Nachdem ich meine Füße auf den Boden gesetzt habe, ziehe ich die Scheibe noch höher.

Rheave kraxelt mithilfe von Stavros hinter mir herein. Dann wuchtet sich der ehemalige General nach oben, wobei wir seine Arme packen.

Wir kauern uns dicht nebeneinander, damit wir uns trotz der Amulette deutlich sehen können. Stavros deutet in beide Richtungen des Gangs und seine Stimme ist ein hauchzartes Flüstern. „Die Schlafquartiere sind alle dort oben … fast jedes Zimmer ist ein Schlafraum. Sie werden nicht verriegelt sein. Ich gehe zu den Kerkern im Keller."

Ich drücke seine Hand kurz. „Bringen wir diese Mission so schnell wie möglich hinter uns und dann treffen wir uns wie geplant beim Gitter."

Schmerzen formen sich um mein Herz, weil ich ihn loslassen muss, doch wenn jemand in einer möglichen Kampfsituation auf sich aufpassen kann, ist es Stavros.

Als er sich zur Treppe umdreht, öffne ich vorsichtig die erste Tür zu den Schlafgemächern der Polizeitruppe.

Einige Mitglieder der Kronenwache kehren zu ihren Familienhäusern zurück, wenn sie ihre Schicht beendet haben, viele entscheiden sich jedoch dazu, in der Wachstube zu wohnen, vor allem die jüngeren Männer und Frauen, die nicht verheiratet sind und aus ihrem Elternhaus rauswollen, oder die von außerhalb der Stadt hergekommen sind, um zu dienen. Ich schätze, hier zu leben, geht auch mit einem Gefühl von Familie einher, wie ich es bei meinen Männern gefunden habe.

Jetzt sind die schmalen Betten, die entlang der Zimmerwände stehen, mit Ordensmitgliedern gefüllt. Lothar übernahm alle Gebäude der Kronenwache, als seine Leute die Stadt stürmten, und nutzt sie nun als Ausgangsbasen.

Das bedeutet, dass eine bedeutsame Anzahl der Gestalten,

die in diesen Betten schlafen, keine Menschen, sondern Daimon in belebten Tonkörpern sind.

Mit einer Hand auf meiner Schulter, damit ich ihn sehen kann, deutet Rheave auf drei Betten. Diese drei sind Daimon wie er.

Ich lege meine Finger auf seine, drücke sie kurz beruhigend und gehe zu der ersten Gestalt, auf die er gedeutet hat.

Casimir hat einen Topf schwarzer Schminke ausgewählt, den ich nun aus meiner Tasche hole. Es ist eine Schminke, die die Haut tönt und nicht nur vorübergehend abdeckt.

Ganz sachte tupfe ich mit einem weichen Pinsel einige dunkle Streifen seitlich auf den Hals des Mannes oberhalb seiner Bettdecke.

Bis zum Morgen wird die Tönung in seine Haut gesickert sein. Ein Mal wird zurückbleiben und mindestens eine Woche des Waschens überstehen. Allerdings sieht es bloß wie ein üblicher Schmutzfleck oder Ruß aus und nicht wie etwas, was absichtlich aufgetragen wurde.

Nur die Leute der Schwarzen Kralle, die durch die Straßen ziehen, werden wissen, was diese Male bedeuten. Sie werden die Körper der gefangenen Daimon an öffentlichen Orten töten, damit immer mehr Zeugen den Beweis für die unnatürliche Magie des Ordens sehen – und damit diese Daimon frei sind und nicht mehr ihren Sklavenmeistern dienen müssen.

Als ich die dritte schlafende Gestalt erreiche, muss ich ihre Decke ein Stück nach unten ziehen und ihre Haare vom Hals streichen. Sie seufzt schläfrig.

Ich erstarre und mein Herz macht einen Satz. Erst nachdem sie mehrere Sekunden lang reglos geblieben ist, senke ich meinen Pinsel.

Theoretisch hätte Rheave diese Male in ihre Hälse brennen können. Der Schmerzensstich hätte die Zielpersonen jedoch vermutlich aufgeweckt. Auf diese Weise können wir sie markieren, ohne jemanden zu alarmieren.

Wir gehen von einem Zimmer zum nächsten und markieren einen Hals nach dem anderen. Als ich auf die im Schlaf entspannten Gesichter hinabblicke, verknotet sich mein Magen bei dem Gedanken an ihren bevorstehenden Tod.

Sie sind keine richtigen Menschen. Die Daimon sind in diesen Körpern gefangen und nicht aus freien Stücken dort.

Doch falls einer von ihnen seinen Körper wie Rheave hätte beanspruchen und alles hätte erleben wollen, was ein sterbliches Leben zu bieten hat, wird er nie die Gelegenheit dazu erhalten.

Das ist die Schuld der Blutzauberer, nicht unsere. Sie haben die Daimon auf diesen zerstörerischen Pfad geführt.

Dennoch kann ich nicht anders, als mich ein wenig schuldig zu fühlen.

Keiner von uns spricht, während wir uns durch die Zimmer arbeiten. Als wir schließlich das Ende des Gangs erreichen, habe ich beinahe zwei Dutzend schlafende Daimon markiert.

Ich bin mir nicht sicher, ob ich entsetzter darüber sein soll, wie viele Geister Lothars Leute noch immer gefangen halten, oder wie groß die Truppe ist, die sie in Florian untergebracht haben. Das hier sind nur die Lakaien des Ordens, die keine Nachtschicht übernommen haben, und es ist nur eine von mehreren Wachstuben in der Stadt.

Der Anführer der Blutzauberer wusste, wie angestrengt er würde kämpfen müssen, um die Kontrolle über Silanas Hauptstadt zu behalten. Unsere aktuelle Truppe ist möglicherweise nicht einmal groß genug, um auch nur eine Wachstube anzugreifen, geschweige denn alle Blutzauberer in der Stadt.

Ich erreiche das letzte Bett, auf das Rheave gedeutet hat, und ziehe die Decke zurück, um den schlafenden Mann zu enthüllen. Mein Pinsel schmiert die tintenschwarze Schminke auf die Seite seines Halses …

Und seine Haut zuckt. Er wacht mit einem Grunzen auf.

Meine Macht springt mir in die Kehle, doch Rheave schiebt sich augenblicklich an mir vorbei. Während ich den panischen Ruf meiner Magie zügle, unsere Zielperson um jeden Preis unschädlich zu machen, drückt mein Partner seine Hände auf den Mund und die Brust des Mannes.

„Wir wollen dir helfen", krächzt er mit leiser Stimme. „Ich war früher wie du, bin es aber nicht mehr. Kannst du die Kontrolle übernehmen? Dieser Körper könnte …"

Der Mann beginnt, unter seiner Decke zu zappeln. Ob aus

seinen eigenen Gründen oder wegen der Magie, die ihn noch im Griff hat, er hat kein Interesse an einer friedlichen Lösung.

Rheave stößt einen gequälten Laut aus – und ein Zischen seiner Daimon-Magie.

Er trifft die zappelnde Gestalt mit genug Macht, um die Tonstatue, die hätte erscheinen sollen, in schwarzen Staub zu verwandeln. Ein rauchiger, erdiger Geruch weht durch die Luft.

Ich packe seine Schulter und verziehe mitfühlend das Gesicht. „Du musstest es tun." Die Wache hätte möglicherweise innerhalb weniger Sekunden den Rest des Raums aufgeweckt.

Wir starren beide auf das in Schatten liegende Bett und den Haufen verkohlten Tonstaubs. Es ist ein bizarrer Tatort. Ich nehme all meine Entschlossenheit zusammen. „Komm, wir sollten den Körper besser entfernen, damit niemand realisiert, was passiert ist."

Rheave nickt stumm. Wir fegen die Überreste des Tonkörpers in ein Bündel aus der Decke und den Laken. Rheave trägt es mit sich, als wir durch das Fenster hinausklettern, durch das wir reingekommen sind.

Er springt als Erster nach unten und dreht sich um, damit ich ihn als eine Art Trittbrett benutzen kann. Mehrere Gebäude entfernt stopfen wir das Stoffbündel in einen Mülleimer, wo es vermutlich niemand bemerken wird. Anschließend eilen wir zu dem Abflussgitter.

Stavros wartet dort direkt auf dem Gitter, damit ihn mein Blick mühelos finden kann, obwohl er das Amulett trägt, das meine Aufmerksamkeit abzulenken versucht. Seine Aufgabe war weniger zeitaufwendig als unsere.

Ich berühre seinen Arm, damit ich ihn sehen kann. Nach einem Blick in sein grimmiges Gesicht weiß ich, dass er nicht gefunden hat, worauf er gehofft hat.

„Einer der Hauptleute, auf den ich mich verlassen hätte, wurde getötet", informiert er uns, als wir von dem Gitter wegtreten, damit er es öffnen kann. „Ich glaube, eine Offizierin ist möglicherweise noch am Leben, wird jedoch in einer der Festungen außerhalb der Stadt festgehalten ... Vielleicht hat Lothar gehofft, dass sie Informationen hat, die nützlich wären, wenn sich der Orden in Florian einrichtet."

Was bedeutet, dass der Berater die Frau wegen ihrer Loyalität foltern wird. Ich schenke Stavros ein angespanntes Lächeln. „Vielleicht können wir sie bald befreien."

Er gluckst rau und beugt sich zum Gitter. Ich drehe mich gerade zu Rheave um, als ein plötzlicher Magiestoß gegen meine Schläfe kracht.

Rheaves panischer Schrei ist das Letzte, was ich höre, als ich auf die Knie falle.

# FÜNFZEHN

*Stavros*

Die Veränderung in der Luft veranlasst mich dazu, herumzuwirbeln, bevor ich weiß, was nicht stimmt.

In der einen Sekunde kann ich nichts als die dunkle Straße sehen. In der nächsten erscheinen fünf Gestalten nur wenige Schritte entfernt.

Einer der Männer packt Ivy, ihr Tarnamulett wurde von ihrem Hals gerissen und ihr Kopf hängt nach unten. Sie haben sie anscheinend bewusstlos gemacht.

Doch als sich meine Muskeln anspannen, um ihr zu Hilfe zu eilen, landet mein Blick auf dem hochgewachsenen Mann mit den hellen Augen und der unförmigen Gestalt, der diese Konfrontation offensichtlich angeführt hat.

Lothar gibt dem Mann ein Zeichen, der Ivy festhält und daraufhin ein Messer an ihren Hals drückt. Ich versteife mich, da ich weiß, dass ich selbst in meinem aktuell unsichtbaren Zustand nicht schnell genug dorthin springen kann, um zu verhindern, dass die Klinge ihre Kehle durchtrennt.

„Ich weiß, dass sie nicht allein ist", sagt Lothar mit seiner kräftigen, hochmütigen Stimme, während seine Augen die

Straße absuchen. „Wenn mir oder meinen Leuten ein Leid zugefügt wird, opferst du auch sie."

Wenigstens scheint Tinoms Amulett so gut zu funktionieren, dass Lothar Rheave oder mich nicht erkennen kann, wenn er nicht weiß, nach wem er sucht oder wo genau er uns entdecken könnte. Irgendwie hat er jedoch Ivy gefunden.

Ich verlagere meine Position und balle meine Hand zur Faust. Wut brennt durch meinen Magen.

Woher wusste er, dass wir in diesem Moment hier sein würden? Es kann kein Zufall sein. Sie lagen getarnt von ihrer eigenen Magie auf der Lauer.

Jemand hat dem Orden die Einzelheiten unseres Plans verraten.

Wie viel weiß unser größter Feind noch? Was hat er bereits *getan*, während wir die Wachstube infiltriert haben?

Panik schießt zusammen mit meiner Wut durch meine Adern. Die Königskinder – sie sind möglicherweise bereits verloren.

Lothar schnalzt mit der Zunge und seine Lippen verziehen sich spöttisch. „Warum zeigst du dich nicht, damit wir wie anständige menschliche Wesen verhandeln können, hmm?"

Er lässt seinen kühlen Blick zu Ivy wandern. Der Mann mit dem Messer bohrt die Klinge gerade so tief in ihre Haut, dass sich entlang der Kante eine dünne Linie aus Blut bildet.

Meine Wut und Furcht erstarren in meinem rumorenden Magen. Der ehemalige magische Berater würde Ivy *gerne* töten. Falls die einzige Zauberin tot ist, die sie kontrollieren konnte, will er die Bedrohung eliminieren, die sie darstellt.

Er hat sie nur so lange am Leben gehalten, um den Rest von uns zu kontrollieren. Wenn er denkt, dass dieser Plan nicht funktioniert, wird er sie mit Freuden ermorden und das als Sieg verbuchen.

Ich kann Rheave in der Dunkelheit nicht sehen. Er hat sein Amulett bisher angelassen, obwohl ich mir nur ausmalen kann, wie aufgebracht der Daimon ist, da er beobachten muss, wie die Frau, der er sich verpflichtet hat, im Griff dieser Schurken zusammensackt.

Lothar scheint nicht genau zu wissen, wie viele Leute bei Ivy sind. Ich werde es dem Daimon überlassen, zu verstehen, dass er getarnt bleiben soll. Ich kann eine Ablenkung sein.

Solange Rheave genug Verstand besitzt, um unseren Vorteil zu erkennen.

Mit einem kurzen Ruck lege ich mein Amulett ab. Alle fünf feindseligen Gesichter zucken in meine Richtung und schenken mir ihre Aufmerksamkeit.

Ich schiebe das Amulett in meine Tasche, hebe abwehrend meine Prothese und lege meine Hand auf meinen Schwertgriff. Das ist noch keine übermäßig bedrohliche Geste, doch so kann ich das Schwert ziehen, sobald ich eine Öffnung sehe.

Als Lothars Blick mich mustert, durchschneidet ein schärferer Zorn meinen inneren Aufruhr.

Dieser Mistkerl hat den Mann getötet, dem zu dienen ich geschworen habe, den Mann, für den ich mein Leben gegeben hätte. Er hat unseren König und unsere Königin ermordet, ohne sich für ihre Leben und das ihrer Kinder zu interessieren, oder dafür, was das mit unserem Land anstellen würde. Er hat nur an seine eigenen brutalen, egoistischen Ziele gedacht.

Wenn ich König Konram irgendetwas schulde, dann, dass der Verräter hier auf den Pflastersteinen verblutet. Er hat bereits so viel zerstört und so viele Leben ruiniert.

Ich muss den Köter töten.

Ich weiß nur nicht wie.

Selbst wenn ich das Undenkbare tun und Ivy opfern würde, um mich jetzt auf Lothar zu stürzen, habe ich keine Ahnung, welche Talente er oder seine Lakaien besitzen. Sie sind möglicherweise in der Lage, mich abzuwehren, bevor ich ihnen auch nur einen Kratzer zugefügt habe.

Es steht zu viel auf dem Spiel, um dieses Risiko einzugehen.

„Ich bin hier, Lothar", verkünde ich mit harter Stimme und einem Zucken meiner Augen, um den Nebel zu klären, der sich vor sie schiebt. „Was für eine Verhandlung erhoffst du dir?"

Der einschultrige Mann legt seine einzige Hand auf seinen Bauch, wodurch er betont, was an seinem ungleichen Körper fehlt. Er neigt den Kopf leicht zur Seite.

Sein Gesichtsausdruck wirkt wachsam, aber nicht

verängstigt. Er glaubt, dass er die Kontrolle über unsere Pattsituation hat.

Als sich sein Blick in meinen bohrt und sein Gesicht nach den ersten Momenten verschwimmt, kribbelt ein Gefühl von Hass über meine Haut. Als würde er Wut ausstrahlen.

Weshalb zum Henker ist dieses Arschloch wütend auf *mich*?

„Es gibt nur eine Information, um die ich zu verhandeln bereit bin", verkündet er. „Wo verstecken sich die falsche Königin und die jungen Melchioreks?"

Ich kann mir ein Schnauben nicht verkneifen. Hält er wirklich so wenig von meiner Treue?

Es würde mir das Herz zerreißen, wenn er Ivy mehr Schaden zufügt, als er es bereits getan hat, doch ich weiß, dass sie mir nie verzeihen würde, wenn ich ihr Leben gegen das unserer zukünftigen Königin eintauschen würde.

Außerdem bin ich nicht naiv genug, zu glauben, dass Lothar Ivy tatsächlich im Austausch für Informationen verschonen würde. Er würde seinem Mann zweifellos befehlen, ihr Blut zu vergießen, sobald ich einen Standort preisgegeben habe.

Lothars Augen werden bei meiner Skepsis schmal. „Ihr seid nicht das einzige Ungeziefer, das wir gefangen haben, auch wenn ihr das schlimmste seid." Er bedenkt Ivy mit einem angewiderten Blick, bevor er wieder mir seine Aufmerksamkeit schenkt. „Falls jemand zuerst den Standort der Königskinder verrät, hast du kein Druckmittel mehr."

Mein Herz setzt einen Schlag aus. Wen hat der Orden noch in die Finger gekriegt?

Oder blufft er nur, um seinen Willen zu bekommen?

Götter steht mir bei, wenn ich diesen Mann jetzt mit meinem Schwert durchbohren könnte, würde das diesem ganzen Schlamassel ein Ende setzen.

Doch ich weiß das nicht einmal mit Sicherheit. Wie tief reicht die Leidenschaft seiner Anhänger jetzt, da er sie geschürt hat?

Meine Finger spannen sich um den Griff meines Schwerts an, ziehen es allerdings nicht, da ich von Unsicherheit gepackt werde. *Könnte* ich ihm etwas anbieten, einen kleinen Tipp, der

Petra und ihre Geschwister nicht verraten, uns jedoch mehr Zeit verschaffen würde?

Zum Glück liegt es nicht nur bei mir, uns aus diesem verfluchten Szenario zu befreien. Während ich mit meinen Gedanken ringe, zischt ein Energieblitz durch die Luft.

Der Blitz kracht in alle fünf Schurken vor mir.

Mein Herz macht einen Satz, doch die Funken erlöschen an einer Art magischem Schild, das um Lothars Körper und die zwei Anhänger gewickelt ist, die ihm am nächsten sind. Sie zucken bei dem Aufprall kaum zusammen.

Die anderen zwei Gestalten sind jedoch nicht so geschützt. Eine Frau zu Lothars Linken und der Mann, der Ivy festhält, zucken und brechen unter dem Ansturm Daimonmagie zusammen.

Das Messer entgleitet den Fingern des Mannes, woraufhin Rheave plötzlich sichtbar zur Stelle ist und Ivy auf die Füße zerrt.

Ihr Körper zittert und ihre Augenlider öffnen sich flatternd.

Der Magiestoß muss sie ebenfalls erschüttert und wieder teilweise ins Bewusstsein zurückgeholt haben.

Mein Blick schnellt zu Lothar – und meine Gabe kitzelt hinten in meinen Augen mit einem plötzlichen Bild, das mir den nächsten Zug dieses verfluchten Kerls zeigt.

„Zieht euch zurück", brülle ich und ziehe mein Schwert. Rheave ist bereits einige Schritte mit Ivy nach hinten gestolpert, bevor Lothar eine Gelegenheit hat, zu knurren und sich auf die beiden zu stürzen.

Die Magie, mit der Sabrelle mich gesegnet hat, funktioniert zwar nicht mehr so beeindruckend wie früher, aber ich war noch nie dankbarer, sie zu haben.

In dem winzigen Zeitfenster, das ich ihm verschafft habe, wirbelt der Daimon zur Seite und streckt seinen Arm aus. Er schleudert noch einen Blitz knisternder Energie auf unsere Angreifer.

Dieser durchdringt ihre Schutzmagie zwar nicht, um ihre Körper zu verkohlen, wie ich es gerne sehen würde, schleudert sie jedoch mehrere Schritte zurück. Lothar stolpert gegen seine Kameraden und wirft sie alle um.

Ich hebe mein Schwert, weiß allerdings nicht, ob die Klinge Lothars Schild besser durchdringen könnte als Rheaves Magie. Und jede Sekunde, die wir hier verharren, ist eine weitere Gelegenheit für ihn, seine eigene Zauberei zum Tragen zu bringen.

„Renn!", rufe ich Rheave zu und haste zu ihm, um ihm mit Ivy zu helfen.

Unsere edle Diebin hat ihre Beine wieder einigermaßen unter Kontrolle. Sie braucht nur ein wenig Hilfe mit ihrem Gleichgewicht, während wir um die nächste Ecke sprinten und uns in die erste Gasse ducken, die ich entdecke.

Es ist keine Zeit, ein anderes Kanalgitter zu finden, und ich bin mir nicht sicher, ob wir in dem beengten Raum besser dran wären, nun, da Lothar uns auf der Spur ist.

Rheave stößt zwischen abgehackten Atemzügen eine Frage aus: „Wohin gehen wir jetzt?"

Bevor ich antworten kann, hebt Ivy den Kopf höher. Ihre Stimme kommt leicht undeutlich, jedoch entschlossen heraus. „Können nicht zurück zu Petra. Können es nicht riskieren, sie dorthin zu führen."

Auch wenn es mir nicht gefällt, muss ich ihr zustimmen. „Sie hat recht."

Wir eilen auf einem gewundenen Pfad durch die Straßen. Ich betrachte die umliegenden Gebäude und meine Gedanken wirbeln wild durcheinander. Eine unbehagliche Gewissheit füllt meine Brust.

Ich will diesen Schritt nicht machen, kann die Gefahr allerdings nicht rechtfertigen, in die wir unseren ganzen Widerstand bringen würden, wenn ich es nicht tue.

Ich mahle mit dem Kiefer, um meine Befürchtungen zu vertreiben. „Wir müssen die Stadt verlassen. Wir befinden uns in zu großer Gefahr … wir können die Sicherheit der Königsfamilie hier nicht garantieren. Ich werde Alek und Casimir ein Signal schicken, so wie wir es vereinbart haben."

Wir wussten immer, dass es dazu kommen könnte – dass unsere Situation in Florian so gefährlich werden könnte, dass wir einen überstürzten Abgang hinlegen müssen. Ich hatte nur nicht erwartet, dass der Konflikt diesen Punkt so schnell erreichen würde.

Ivy nickt und ich hole mein Medaillon aus meiner Hose. Im Rennen drücke ich auf die Innenfläche des Anhängers, halte inne, presse erneut darauf und wiederhole die Sequenz noch einmal.

Die Abfolge aus drei kurzen Impulsen wird unseren Freunden verraten, dass etwas schiefgegangen ist – so schief, dass sie die zukünftige Königin, ihre Geschwister und alle anderen Verbündeten evakuieren müssen, die sich uns anschließen werden.

Wie Ivy sagte, können wir es nicht riskieren, zu Tinoms Mietsgebäude zurückzukehren. Wir müssen uns darauf verlassen, dass unsere Kameraden die Habseligkeiten mitnehmen, die wir zurückgelassen haben.

Es ist nicht so, als besäßen wir nach all dieser Zeit auf der Flucht viel.

Als Sicherheitsmaßnahme haben wir unsere Reittiere auf mehrere Ställe in unterschiedlicher Entfernung von der Wohnung untergebracht. Ich betrachte unsere Umgebung und biege an der nächsten Kreuzung so ab, dass wir dorthin gelangen, wo wir Krümel und einige der anderen Pferde untergebracht haben, die wir unser Eigen nennen.

Rheave schaut zu mir und sein glattes Gesicht ist ungewöhnlich angespannt. Seine Stimme ist starr vor Sorge. „Was, wenn sie von unserem Fluchtplan wissen?"

Galle sammelt sich vor Grauen in meinem Mund. Ich kann bloß den Kopf schütteln. „Wir fahren so fort, als würden sie ihn nicht kennen, halten jedoch die Augen offen. Falls wir irgendeinen Hinweis sehen, dass unser Fluchtweg kompromittiert wurde, treten wir den Rückzug an und überdenken unseren Plan."

Ivy streicht sich die Haare aus dem Gesicht, das noch blass ist. Ihre Augen werden allerdings sekündlich heller. „Es gibt mehr als einen Weg. Wir werden es rausschaffen."

Ich will nicht darüber nachdenken, wie viel Anstrengung sie das kosten könnte.

Tinom hat uns versichert, dass sein Geheimgang durch die

Stadtmauern ein wohlgehütetes Geheimnis ist, von dem nur die Königsfamilie und er wissen. Immerhin war er derjenige, der ihn getarnt hat. Doch wer weiß, ob König Konram seinen anderen magischen Beratern genug vertraut hat, um ihnen davon zu erzählen?

Als wir in den Stall stürmen und Sattel- sowie Zaumzeug für den Ritt holen, verknotet eine Emotion meinen Magen, die mehr Reue als Sorge ist. Den Sattelgurt festzuzurren und schnell das Zaumzeug anzulegen, sind Taten, die mir viel zu vertraut sind.

Wie viele Male sind wir mittlerweile vor unseren Feinden geflohen und bei Nacht und Nebel weggerannt oder geritten?

Wie viele Male müssen wir das noch tun, bis ich bleiben und gegen den Mann kämpfen kann, der so viele Schrecken auf unser Land losgelassen hat?

Jeder Militärexperte weiß, dass es Zeiten gibt, in denen man seine Verluste verringern und seine Wunden lecken muss, damit man stärker zurückkehren kann. Doch bei den Göttern, jedes Versagen durchbohrt meine Mitte.

Ich *werde* Lothar wegen allem töten, was er in meiner Welt vernichtet hat. Ich werde die restlichen Mitglieder der Königsfamilie beschützen, die Frau, die ich liebe, und die eigenartige Familie, die wir gegründet haben.

Ich weiß nur nicht wann.

Die Unsicherheit zieht meinen Magen zu einem Knoten zusammen. Diesen ignorierend führe ich mein Pferd aus dem Stall, dicht gefolgt von Ivy und Rheave. Ich lasse meinen Blick durch die Straße schweifen, gebe ein Zeichen mit der Hand und schwinge mich in den Sattel.

„Reiten wir los."

# Sechzehn

*Ivy*

Filip dreht den Kopf, während er die Landschaft zu beiden Seiten der kleinen Landstraße betrachtet. Dann blinzelt er in den Himmel. „Wir sind ein wenig vom Kurs nach Kevarsi abgekommen, oder?"

Ein paar Pferdelängen vor uns hört Tinom die Frage und schaut nach hinten. Der magische Berater spricht mit sorgsam ruhiger Stimme. „Wir haben eine kleine Planänderung vorgenommen. Ich habe einige Leute vorausgeschickt, um unsere Optionen auszukundschaften. Es gibt einen besseren Ort, an dem wir unseren Widerstand weiter ausbauen können."

Filip sieht aus, als würde er sich einen Protest verkneifen. Von Krümels Rücken aus mustere ich seine Miene so gut ich es kann, ohne dass es offensichtlich ist.

Ist sein Gesicht ein wenig erbleicht?

Nachdem wir uns außerhalb von Florian wiedergetroffen hatten, kamen wir bei Gesprächen mit Petras innerstem Kreis alle zu dem Schluss, dass der angebliche Abtrünnige des Ordens der Wildheit der wahrscheinlichste Verräter unter uns ist. Casimir berichtete, dass er den Anschein erweckte, wirklich unsere Hilfe zu wollen, räumte jedoch ein, dass er möglicherweise nicht von Lothar loskommen wollte, sondern unbedingt den Plan durchführen wollte, der ihm aufgetragen wurde.

Also haben wir uns einen Test überlegt. Einer von Tinoms Leuten hat ihm gegenüber beiläufig erwähnt, dass wir nach Kevarsi gehen, um unsere Truppen weiter weg von Lothars aktuellem Machtzentrum zu versammeln. Seitdem haben wir ihn beobachtet, um zu sehen, ob er eine Methode hat, Informationen an seine ehemaligen Kollegen weiterzugeben.

In den letzten drei Tagen, in denen wir auf weniger stark besuchten Straßen reisten, die am sichersten wirkten, haben wir uns auf unserem tatsächlichen Kurs langsam nach Norden gewandt. Dies ist das erste Mal, dass er bemerkt hat, dass wir nicht auf dem Weg zu der Stadt sein können.

Er sagt jedoch nichts mehr, sondern reitet einfach auf seiner Stute weiter. Nach einigen Momenten huscht sein Blick kurz zu mir und er spannt seine Schultern leicht an.

Das ist nichts Neues. Ich habe viele ähnliche Blicke von ihm aufgefangen, seit er sich uns angeschlossen hat. Mich in seiner Nähe zu haben, macht ihn offensichtlich nervös.

Er weiß vermutlich von meiner Magie, da Lothar unter seinen Anhängern bestimmt die Nachricht verbreitet hat, dass man vor mir auf der Hut sein muss. Als er mich zum ersten Mal sah, machte er sofort die Geste der Gottheiten wie der adlige Erbe in dem Sommeranwesen, in dem mich Lothar gefangen hielt.

Ich kann ihm das nicht vorwerfen, da Tinom beinahe genauso misstrauisch ist. Ich glaube, es hat sich mittlerweile auch unter den Soldaten herumgesprochen, denn ich habe bemerkt, dass sie sich um Petra scharen, wenn ich in deren Gegenwart mir ihr spreche.

Heute Morgen zog einer von ihnen teilweise sein Messer, als ich vorbeilief.

Die Erinnerung hinterlässt ein Loch in meinem Magen. Ich verstehe die Reaktionen; ich weiß, was alle von den Zerrissenen halten. Die fortwährende Paranoia setzt mir jedoch allmählich zu.

Bei den Göttern, werde ich jemals ein aufrichtiges Leben führen können, wenn mich die meisten Leute als Bösewicht sehen, obwohl ich ihnen helfe?

Ich lasse mir nicht anmerken, dass ich Filips verängstigten Blick bemerkt habe, sondern beobachte ihn bloß verstohlen einige Minuten lang. Dann verlangsame ich Krümels Schritte und lasse mich ans Ende unserer Prozession zurückfallen, das meine Männer bilden.

Stavros begegnet meinem Blick und zieht seine Augenbrauen fragend hoch. Ich zucke nichtssagend mit den Achseln.

Als ich nah genug bin, um sicher zu sein, dass unsere Stimmen nicht von dem Mann gehört werden können, lenke ich Krümel in die Mitte ihrer Gruppe und spreche leise: „Ich kann noch immer nicht sagen, ob er gegen uns arbeitet. Er hat keine Magie benutzt, zumindest habe ich nichts bemerkt."

Filip hat zugegeben, dass er eine kleine Gabe hat, für die er einige Zehen eingetauscht hat, allerdings kann er damit nur Pflanzenwachstum ermutigen. Er ist anscheinend ein Bauernsohn. Natürlich können wir nicht wissen, ob er die Wahrheit über die Größe seiner Gabe oder deren Zweck erzählt.

„Er hat uns vor den Patrouillen gewarnt", murmelt Rheave. „Wenn er gewollt hätte, dass wir gefangen werden, hätte er das nicht für sich behalten?"

Stavros verzieht das Gesicht. „Es hätte eine List sein können, um unser Vertrauen zu gewinnen, weil er wusste, dass er andere Möglichkeiten finden würde, um uns in Lothars Arme zu treiben. Doch falls er ihnen Informationen über unsere Pläne zugespielt hat, hat er ihnen nicht alles erzählt. Lothar wusste nicht, dass wir zu dritt sein würden, und er kam nicht früh genug, um uns zu konfrontieren, *bevor* wir in die Wachstube eingebrochen sind."

Meine Lippen verziehen sich zu einem schiefen Lächeln. „Es wäre jedenfalls viel einfacher gewesen, uns zu überwältigen, während wir von Dutzenden seiner Leute umgeben waren."

Casimir schaut zu dem jüngeren Mann und wieder zu uns. „Ich denke nach wie vor, dass er nicht gegen unsere Sache vorgehen will, selbst wenn er in gewissem Maß als Informant gedient hat. Wir wissen nicht, welchen Druck Lothar möglicherweise auf ihn ausübt und welche Strafen ihn erwartet hätten, wenn er sich nicht gefügt hätte."

„Wir werden bald wissen, ob er ihnen weiterhin Informationen hat zukommen lassen", wirft Alek ein. „Die Männer, die Tinom nach Kevarsi geschickt hat, werden uns in ein oder zwei Tagen beim Tempel einholen. Falls sie gesehen haben, dass der Orden der Wildheit seine Patrouillen verstärkt hat und nach uns Ausschau hält, wissen wir Bescheid."

Ich verändere meinen Griff um die Zügel und kann das Engegefühl in meinem Magen nicht abschütteln. „Falls sie das nicht sehen, sind wir nicht aus dem Schneider. Es könnte sein, dass er einfach nicht die Mittel hatte, die Information weiterzugeben, nachdem wir Florian verlassen hatten."

Stavros grunzt leise. „Nun, er wird im Tempel auch keine Gelegenheiten haben, falls die Gläubigen dort so loyal sind, wie Tinom glaubt. Wir werden auf jedes Anzeichen von Sabotage achten … von jeder Quelle."

„Es könnte auch sein, dass es kein absichtlicher Verrat war", erinnert Casimir uns auf seine optimistische Art. „Falls jemand, der Bescheid wusste, eine Bemerkung in Hörweite der falschen Person gemacht hat, könnte es sein, dass Lothar die restlichen Stücke selbst zusammengesetzt hat."

Ich lasse meinen Blick über die zwei Dutzend Gestalten schweifen, die mit uns reisen: drei Königswachen in ihren schlichten Kleidern an der Spitze, Petra und ihre Geschwister hinter ihnen flankiert von Tinom und einem der Priester, und der Rest unserer kunterbunten Truppe aus Soldaten, Gläubigen und anderen Verbündeten bis zu uns fünfen am Ende des Zugs.

Ich kann nicht anders, als mich darüber zu freuen, dass wir Baronin Sibille und einige andere berühmtere Bürger in Florian zurückgelassen haben, damit sie den Widerstand dort zusammen mit der Schwarzen Kralle fortsetzen. Die Einstellung der Adligen hat mich stets verstimmt.

Doch jeder der Unterstützer, der noch bei uns ist, kann viel gewinnen, indem er eine wichtige Rolle dabei spielt, Petra auf den Thron zu verhelfen … oder indem er sie daran hindert und Lothars Gunst gewinnt.

Ich schlucke schwer. „Wir müssen einfach vorsichtig sein."

Rheave reckt den Hals zur Seite, um an den Reitern vor uns vorbeizuschauen. „Was ist das da vorne?"

Ein dicker Holzpfahl ragt aus der Erde am Straßenrand. Als wir uns diesem nähern, kriecht Unbehagen über meine Haut.

Zerfetzte Stücke, die rötlicher Stoff oder getrocknetes Fleisch sein könnten, hängen an den zersplitterten Seiten. Und ein Symbol wurde in der Nähe der Pfahlspitze ins Holz geschnitzt – die Sigille des Allesgebers, jedoch umgekehrt, so wie sie die Blutzauberer gerne zeichnen.

Ich verkneife mir ein Erschaudern und reiße den Blick los.

Filip wendet ebenfalls den Blick ab. Ist das ein gutes Zeichen oder ein Versuch, seine wahre Loyalität zu verbergen?

Unsere Prozession passiert den Pfahl mit dem steten Trappeln von Pferdehufen. Ich betrachte die umliegenden Felder, die sich bis zu einem Waldstück in der Ferne erstrecken.

Einige Gestalten bewegen sich in der Nähe der Bauernhöfe, die ein Stück abseits der Straße liegen, doch keiner schaut zu uns. Da wir nicht genug Amulette hatten, um uns alle einzeln zu tarnen, hat Tinom eine Illusion um uns gezogen, die anscheinend noch wirkt.

Als ich ihn fragte, wie sie funktioniert, klang es so, als würde er eine ähnliche Technik benutzen wie die, die ich zuvor auf der Straße bei meinen Männern angewandt habe. Er hat einen vagen Eindruck heraufbeschworen, dass es dort, wo wir sind, nichts Interessantes gibt und die verlockenderen Anblicke anderswo liegen.

Meine Magie zuckt in meiner Brust und erinnert mich, dass ich ein dickeres Schild der Unsichtbarkeit um uns ziehen könnte. Das habe ich schließlich bereits bei einer kleinen Gruppe getan.

Während meine Magie gegen meine Rippen stößt, veranlasst mich eine Bewegung am Rand meines Sichtfelds dazu, den Kopf zu drehen.

Dort ist nichts. Ich habe meine Magie seit Tagen nicht benutzt, meine Nerven sind allerdings noch immer angespannt.

Als ich meine Aufmerksamkeit wieder auf unsere Gruppe richte, beobachtet Casimir mich mit Sorge in seinen dunkelblauen Augen. Er achtet stets am genauesten auf meinen mentalen Zustand.

Ich schenke ihm ein kurzes Lächeln, das ihn hoffentlich beruhigen wird. Was mit mir passiert, kann nicht geändert werden. Es gibt nichts, womit er den Schaden heilen kann, den meine Macht meinem Verstand zugefügt hat.

Ich strecke mich im Sattel und frage mich gerade, ob bald Zeit für eine kurze Pause ist, als eine der Wachen an der Spitze des Zugs einen drängenden Laut ausstößt.

Eine kleine Gruppe aus vier Reitern trabt von rechts auf die Kreuzung zu, von der wir nur noch Minuten entfernt sind. Sie tragen die Uniformen der königlichen Soldaten, doch einer von ihnen trägt ein Banner mit der nach unten gekehrten Allesgeber-Sigille.

Anhänger des Ordens der Wildheit. Der Feind.

Tinom bedeutet uns allen, von der Straße zu reiten. „Schart euch so dicht wie möglich umeinander. Ich werde die Illusion verstärken, so gut ich es kann."

Rheave bewegt sich rastlos und mustert die sich nähernden Soldaten. „Wir könnten sie überwältigen."

„Falls sie versuchen, gegen uns zu kämpfen", antworte ich. „Es ist wahrscheinlicher, dass sie sehen würden, dass sie zahlenmäßig unterlegen sind, und davonreiten, um Verstärkung zu holen."

Alek nickt. „Unser größter Vorteil auf dieser Reise besteht darin, dass niemand weiß, wohin wir gegangen sind."

Wir lassen die Pferde über das Feld reiten und drängen uns alle so dicht aneinander, wie sie es tolerieren. Ich behalte Filip im Auge und geselle mich unter den finsteren Blicken ihrer Wachen zu Petra und ihren Geschwistern. Stavros folgt meinem Beispiel und hilft den Wachen, einen inneren Kreis um unsere wertvollsten Kameraden zu ziehen.

Wir dürfen unseren Feinden außerhalb oder innerhalb unserer Gruppe keine Gelegenheit geben, die letzten Mitglieder der Königsfamilie anzugreifen.

Zu meiner Bestürzung biegt die Ordensgruppe an der Kreuzung links ab, sodass sie direkt an uns vorbeireiten werden. Wir verharren alle reglos und halten den Mund.

Als sie sich nähern, flammt meine Magie schärfer auf und kribbelt meine Kehle hinauf. Sie windet sich durch meine Brust und zerrt an meinem Herzen.

Warum sitze ich nur da? Ich könnte sie in Stücke sprengen oder uns so tarnen, dass sie uns auf keinen Fall bemerken.

Was, wenn Tinoms Fähigkeiten nicht ausreichen?

Schweiß bricht unter meinem Umhang auf meiner Haut aus. Meine Finger verkrampfen sich um die Zügel und ich beschwöre das Bild herauf, das mir in der Vergangenheit geholfen hat, meine Macht zurückzuhalten: eine dicke Ranke, die sich um meinen Körper windet.

Die vier Reiter setzen ihre Reise fort und werfen bloß einen abgelenkten Blick in unsere Richtung. Der Druck in meiner Brust lässt allmählich nach, allerdings nicht ohne einige letzte Stiche gegen mein Inneres.

Dann brennt ein kurzer, scharfer Vergeltungsschlag zwischen meinen Rippen.

Es ist nicht viel mehr als ein Nadelstich, der nur ganz kurz andauert und leicht zu ignorieren ist. Es ist kein Vergleich mit den fiesen Anfällen, die mich in der Vergangenheit überkamen, nachdem ich meine Magie jahrelang unterdrückt hatte.

Dennoch sammelt sich Kälte in meinem Bauch. Will meine Macht bereits so dringend benutzt werden?

Ich kann nicht zulassen, dass ich von derlei Sorgen abgelenkt werde.

Einen Schauder unterdrückend mustere ich die Gesichter ringsum und suche nach besorgniserregenden Anzeichen – und stelle fest, dass Petra mich mit nachdenklicher Miene mustert.

Ihre Lippen krümmen sich zu einem kurzen, stummen Lächeln, ihre Aufmerksamkeit fühlt sich allerdings nicht ausschließlich freundlich an. Denkt sie, dass ich meine gewaltige, wenn auch chaotische Magie hätte einsetzen sollen, um sie zu schützen? Zweifelt sie an meiner Treue, weil ich sie nicht angeboten habe?

Ein tieferes Unbehagen sickert durch mich bis in meinen Magen. All die Dinge, die sie bestimmt über die Zerrissenen gehört hat, all die Versuche, die wir unternommen haben, ihre

Familie zu überzeugen, dass ich keine Bedrohung bin … Was hält sie von meinem Zögern, mir selbst zu trauen?

Die Reiter des Ordens werden immer kleiner und verschwinden schließlich die Straße hinab. Ohne ein Wort winkt uns Tinom zurück auf unseren Weg.

Ich treibe Krümel an, damit er mit Petras Reittier mithält: eine schwarze Stute, die nicht so elegant ist wie ein typisches königliches Pferd. Wir müssen auch die königlichen Ställe für unsere zukünftige Königin zurückerobern.

Als wir alle wieder reiten, senke ich meine Stimme, damit ich keinen anderen in dieses Gespräch verwickle. „Ich hoffe, du weißt, wenn du in unmittelbarer Gefahr wärst und ich dich nur mit meiner Magie beschützen könnte, würde ich es tun. Es ist nur … ich will die Konsequenzen nicht riskieren, außer es ist notwendig. Da es für deine Sicherheit auch nicht besonders gut wäre, wenn ich verrückt werde.“

Petra blinzelt, als wäre sie überrascht, dass ich das Thema angesprochen habe. Vielleicht habe ich ihren Gesichtsausdruck vorhin falsch interpretiert.

„Natürlich solltest du deine Kräfte zügeln“, erwidert sie genauso leise wie ich. „Deinen Erzählungen zufolge ist es die beste Vorgehensweise für dein Wohlbefinden und unsere Sicherheit im Allgemeinen. Ich weiß, dass mein Vater zu hart mit dir ins Gericht gegangen ist, aber ich vertraue darauf, dass du deine Grenzen kennst.“

Der Gedanke an König Konram und daran, dass ich Lothar dabei geholfen habe, in eine Position zu gelangen, in der er ihn ermorden konnte – dass ich ihn beinahe selbst ermordet hätte – jagt frische Schuldgefühle durch meinen Körper. „Danke. Du solltest nie daran zweifeln, dass ich alles in meiner Macht Stehende tun werde, um dein Leben zu retten.“

Petra mustert mich erneut mit einer ähnlichen Nachdenklichkeit in ihren dunklen Augen. „Aber nicht, um dein eigenes Leben zu retten?“

Meine Kehle schnürt sich zu. Ich brauche einen Moment, um die richtigen Worte zu finden. „Was würde es mir nutzen, mich zu retten, wenn ich dabei meinen Verstand verliere? Wenn ich dich beschütze, werde ich wenigstens etwas Lohnenswertes beitragen. Das würde den Schaden ein wenig ausgleichen, den ich angerichtet habe."

Falten bilden sich auf Petras Stirn. „Du weißt, dass ich dir ehrlich keine Schuld an dem gebe, was in Regica passiert ist, oder? Das war allein Lothars Werk. Ich habe dir gesagt, dass ich es verstehe."

Ich kann ihr nicht in die Augen schauen. Mein Blick senkt sich und ich starre auf Krümels Mähne. „Es war trotzdem ich, die dort war. Meine Macht öffnete ihm die Türen. Meine Magie ermordete treue Wachen. Aber ich werde nicht zulassen, dass so etwas noch einmal passiert. Und was immer du von mir brauchst, bekommst du."

Petra schweigt so lange, dass ich schon denke, das Gespräch sei vorbei. Dann spricht sie noch leiser als zuvor. „Es ist ein schwieriges Gleichgewicht, oder? Zu wissen, wie man sich verhalten soll und wie weit man in eine Richtung gehen kann … Ich kann dir gar nicht sagen, wie viele Male ich an jene Nacht gedacht habe, als mein erster Instinkt darin bestand, Klaudia und Jacos von der Gewalt wegzuziehen. Hätte ich es versucht, hätte ich die Blutung vielleicht stoppen können …"

Ihr versagt die Stimme.

Ich schaffe es kaum, sie nicht mit offenem Mund anzustarren. „Lothar und seine Zauberer hätten euch *alle* getötet."

„Das sage ich mir auch. Das muss der Grund dafür sein, dass ich in dem Moment so gehandelt habe. Doch keiner von uns kann mit Sicherheit wissen, welche alternativen Folgen es hätte geben können, oder?"

Ein schwaches Beben schwingt in ihren Worten mit. Zum ersten Mal erhasche ich einen kurzen Blick auf das verängstigte Mädchen hinter der königlichen Fassade. Auf die Neunzehnjährige, die nicht halb so viel von den Gefahren dieser Welt gesehen hat wie ich, die nie erwartet hat, so früh zu herrschen, geschweige denn angesichts einer gewaltigen Rebellion.

Wie viel Selbstbewusstsein empfindet sie tatsächlich und wie viel ist eine Fassade, um die Autorität zu wahren, die ihr so schnell entgleiten könnte?

Wie viele meiner vergangenen Bemerkungen über die Herrschaftsmethoden ihres Vaters haben ihr Selbstvertrauen erschüttert?

Ich musste ihr sagen, warum die Leute nicht begeistert sind, einen anderen Melchiorek zu unterstützen – dass sie ihr Vertrauen zurückgewinnen muss. Es hätte ihr nicht geholfen, Unwissen vorzutäuschen.

Doch in diesem Moment fühlt sich die Zukunft, auf die wir hinarbeiten, furchterregend zerbrechlich an. Petras Leben ist nicht der einzige Aspekt ihrer Existenz, den wir schützen müssen.

Während ich nach der richtigen Antwort suche, erklingt von vorne ein erleichterter Ruf. „Ich kann den Tempel sehen! Wir sind fast da."

Ich spähe an den Köpfen vor mir vorbei und entdecke einen weißen Turm vor dem blaugrauen Himmel.

Nur ein kleiner Anflug von Erleichterung durchfährt mich.

Es ist an der Zeit, herauszufinden, was für einen Empfang wir an diesem Ort erhalten werden, den wir zu unserer Zuflucht machen wollen.

# SIEBZEHN

*Ivy*

Priester Delfis entspricht nicht dem Bild, das ich von einem Gläubigen des Elox' hatte.

Der Gottlen der Heilung und des Friedens hat auf jedem Gemälde und geschnitzten Abbild, das ich gesehen habe, eine beruhigende Präsenz. In Geschichten zeigte er sich stets auf die subtilsten und sanftesten Arten.

Delfis bewegt sich mit heiterer Energie durch sein Büro im Tempel der stillen Himmel und steht nie richtig still. Sogar, als er stehen bleibt, um die Karte zu betrachten, die wir zu Rate gezogen haben, legt der große Mann den Kopf auf eine Seite und dann die andere, während er seine Hände aneinanderreibt.

Eigenartigerweise hat all diese Energie trotzdem etwas Beruhigendes an sich. Sie erinnert mich an das schnelle, jedoch rhythmische Knarzen der Druckerpresse in meinen Kindheitstagen, als mir die Werkstatt meiner Eltern noch Geborgenheit bot.

Delfis gleitet mit seiner adrigen Hand über das entfaltete Papier. Seine Stimme ist forsch, aber auch ruhig. „Aufgrund eurer Erzählungen denke ich, dass die Opferkomplizen, welche die Blutzauberer manipuliert haben, der Schlüssel zur Untergrabung ihrer gestohlenen Autorität sein könnten. Außerdem sind sie die Leute, die unsere Hilfe am dringendsten benötigen. Ihr aktuelles Leben muss eine Qual sein."

Meine Lippen verziehen sich, als ich an die wenigen verstümmelten Komplizen denke, denen ich begegnet bin. „Die Blutzauberer isolieren sie und geben ihnen nur das Notwendigste zum Leben. Sie können sich kaum aus eigenem Antrieb bewegen. Es ist schrecklich."

Delfis nickt und seine wirren Haare, die so weiß wie seine Priesterrobe sind, schwingen mit der Bewegung. „Wir müssen sie so gut wie möglich heilen. Und wenn sie bereit sind, können sie sich gegen den Orden der Wildheit aussprechen. Ihre bloße Existenz ist der Beweis für die Verbrechen des Ordens."

Casimir lächelt ihn an. „Ja, Lothar hätte Probleme, zu rechtfertigen, was seine Anhänger all diesen Leuten angetan haben."

Der Blick des Kurtisans gleitet mit einem zufriedenen Leuchten zu mir. Er, Stavros und ich gingen gestern Abend allein zum Tempel, um zu beurteilen, wie sicher er für unsere zukünftige Königin ist. Es bedurfte nur eines Blicks auf den Priester und eine Woge von Casimirs Gabe, damit er seine Billigung kundtat.

Er erzählte mir später an jenem Abend, dass es Delfis am glücklichsten gemacht hätte, wenn Casimir ihm erzählt hätte, dass er dabei helfen kann, den Orden der Wildheit zu stürzen und einen rechtmäßigen Herrscher auf den Thron zu setzen. Wir hätten keine bessere Einstellung verlangen können.

Petra, die gegenüber von Delfis steht, mustert die Karte. „Wir müssen einige der Opferkomplizen *finden*, wenn wir sie retten wollen. Hat Lothar sie nicht gut versteckt?"

„Wir haben Grund zu der Annahme, dass die Fabrik, in der die Blutzauberer Daimon einsperren und ihre Tonkörper beleben, im Norden ist", erkläre ich. „Sie brauchen viel Macht, um das zu bewerkstelligen. Also müssen sie in dieser Gegend einige Komplizen haben."

Delfis summt und tippt auf eine Stelle in der Nähe des Kartenrands. „Ich habe eine Idee, wo wir mit unserer Suche beginnen können. Meine Gläubigen verbringen den Großteil ihrer Zeit damit, durch die Provinz zu reisen und ihre Dienste allen Bedürftigen anzubieten, die sie finden. Kurz nachdem der Orden der Wildheit seinen Aufstand über Eppuns Grenzen hinausgetragen hat, berichtete ein Gläubiger, dass er eigenartige Aktivitäten bei einer Ansammlung von Bauernhöfen in der Nähe unserer Grenze zu Eppun gesehen hat. Mehrere Wagen kamen und gingen, verhüllte Gestalten wurden hineingeführt. Als er versuchte, sich ihnen vorzustellen, wurde er ziemlich aggressiv weggeschickt."

Stavros runzelt die Stirn. „Die Komplizen, denen wir in der Vergangenheit begegnet sind, waren verhüllt ... und wir haben keinen anderen mit dem Orden zusammenarbeiten sehen, der so verhüllt war. Wie weit entfernt sind diese Bauernhöfe?"

„Nur ein Ritt von einigen Stunden. Ihr könntet innerhalb eines Tages hin und wieder zurück reiten ... oder innerhalb einer Nacht."

Meine Laune hebt sich und frische Energie durchströmt mich, die ausnahmsweise nichts mit meiner Magie zu tun hat. „Dann sollten wir sofort aufbrechen. Es wird Zeit, dass wir dem Orden echten Schaden zufügen."

Delfis tritt entschlossen zurück. „Alle Taten erfordern vernünftiges Vorausdenken, vor allem bei derart nervenaufreibenden Angelegenheiten. Ich muss meine Gläubigen und Berichte zu Rate ziehen, um die Einzelheiten zu bestätigen, bevor wir mit dem Plan fortfahren."

Er schenkt mir ein Lächeln, das beinahe entschuldigend wirkt, als könnte er spüren, dass ich unbedingt Fortschritte machen will. „Ich verspreche, dass es nicht lange dauern wird. Deine Hingabe für unsere Königsfamilie ist beeindruckend."

Als er aus dem Raum fegt, lacht Petra leise. „Wenigstens wissen wir, dass er in Bezug auf eine Sache recht hat."

Meine Wangen werden vor Scham warm.

Casimir stößt liebevoll mit seiner Schulter gegen meine. „Dein Enthusiasmus macht dir alle Ehre, Gütige. Wir haben jetzt einen Plan."

Ich betrachte die Karte mit gerümpfter Nase. „Gibt es etwas anderes als Warten, was wir *sofort* tun können?"

Jede Minute, die Lothar an der Macht bleibt, nagt an mir wegen der Unsicherheit, welche Schrecken er möglicherweise als Nächstes heraufbeschwören wird. Welchen Schaden er eventuell den Leuten in meinem Umfeld zufügen wird.

Stavros drückt meine Schulter kurz. „Warum siehst du nicht nach unserem Gelehrten und vergewisserst dich, dass die Bibliothek ihn nicht verschluckt hat? Vielleicht hat er noch etwas Nützliches gefunden."

Bei Petras aufmunterndem Lächeln löse ich mich vom Tisch. Es fühlt sich an, als sei bereits zu viel Zeit vergangen, seit wir echte Schritte gegen die Blutzauberer unternommen haben, aber ich will es auch nicht riskieren, mich waghalsig in die Sache zu stürzen.

Die Bibliothek des Tempels befindet sich auf der untersten Etage und besteht aus einigen Zimmern, die es schaffen, nicht die gleiche düstere Kelleratmosphäre zu verströmen wie die Archive, in denen meine Männer und ich uns auf der königlichen Akademie trafen. Schmale Fenster entlang der Außenwände lassen von ihren Positionen in der Nähe der Decke Sonnenlicht herein, das von den magisch verstärkten Kristallleuchtern vervielfacht wird, die im ganzen Raum baumeln. Die weißen Wände und weichen, honiggelben Teppiche tragen ebenfalls zu der hellen Atmosphäre bei.

Bücher und Schriftrollen füllen die hellen Holzbücherregale, die an die Wände gebaut wurden. Anscheinend sammelt dieser Tempel schon seit einiger Zeit wissenschaftliche Texte, da er einen derart großen Bestand angehäuft hat.

Gemütliche Sessel mit Tischen sind in dem großen Vorraum verteilt, die sich perfekt dazu eignen, es sich mit einer aufregenden Geschichte gemütlich zu machen. Ich zügele meinen Drang, die Regale nach Volksmärchen oder Abenteuergeschichten abzusuchen, und gehe tiefer in eines der Nebenzimmer.

In der Tür bleibe ich stehen und nehme mir einen Moment, um die Aussicht zu genießen, bevor ich Alek unterbreche.

Er sitzt auf der Chaiselongue des kleineren Zimmers, die die einzige Sitzgelegenheit inmitten der vielen hoch aufragenden Bücherregale ist. Er ist über ein Buch mit enger Schrift und vergilbten Seiten gebeugt, die schon viele Jahrzehnte, wenn nicht sogar Jahrhunderte alt sein müssen. Andere Bücher und einige Schriftrollen liegen auf dem niedrigen Tisch neben ihm.

Seine dunklen Wogen sind in seine Stirn gefallen, können das leidenschaftliche Glühen in seinen hellbraunen Augen jedoch nicht verbergen. Seine Lippen haben sich leicht geteilt, als wäre er in Ehrfurcht erstarrt. Seine bronzefarbene Haut leuchtet freudig, was durch die Flecken seiner Narben scheint.

Er ist in eine schlichte Tunika und Hose gekleidet, mit denen uns Delfis ausgestattet hat, damit wir unsere vom Reisen abgenutzten Kleider ablegen konnten. Diese Kleidung passt nicht zu seinem Stand als Gelehrter der königlichen Akademie und als Sohn eines reichen Händlers. Allerdings sah er noch nie besser aus als hier, wo er vollkommen in seinem Element ist.

Ich hasse es, ihn zu stören, doch er schaut auf und bemerkt mich, noch bevor ich etwas sage. Ein strahlendes Lächeln biegt seine Lippen nach oben. „Dieser Ort ist fantastisch! Ich kann nicht fassen, dass keiner meiner Lehrer jemals eine Forschungsreise hierher empfohlen hat.“

Ich schlendere zum Arm der Chaiselongue und betrachte die Bücherauswahl, die er sich angesehen hat. „Hier gibt es Texte, die selbst du noch nicht kennst … also mehr als nur Tempelberichte?“

„Oh, es sind hauptsächlich Berichte“, erwidert Alek, dessen normalerweise ruhige Stimme so ehrfürchtig ist wie seine Miene. „Deswegen hat ihnen vermutlich niemand Beachtung geschenkt. Es gibt alle möglichen Berichte von vergangenen Priestern und Gläubigen über Leute, die sie in der Provinz kennengelernt haben … hauptsächlich, um medizinische Hilfe anzubieten, aber aus den eingearbeiteten Details kann man so viel darüber lernen, wie die Leute gelebt haben. Ich habe bereits mehrere Berichte gefunden, die vor der darischen Invasion erstellt wurden.“

Bevor er in die Ermittlung der Blutzauberer-Verschwörung gezogen wurde, befasste er sich hauptsächlich mit Silanas Vergangenheit zur Zeit vor der Herrschaft des darischen Kaiserreichs.

Ich hocke mich auf den gepolsterten Sesselarm, um mir das

Buch näher anzusehen, das er aktuell liest. „Gibt es in den Berichten irgendetwas, was uns helfen wird, die Blutzauberer fertigzumachen?"

Alek gluckst und schüttelt reumütig den Kopf. „Bisher nicht. Allerdings habe ich erst angefangen. Lothar und seine Anhänger sprechen gern darüber, dass sie zu den ‚alten Weisen' zurückkehren und so leben wollen, wie es der Allesgeber wollte. Je mehr wir darüber wissen, wie das Leben in der Zeit vor dem darischen Kaiserreich wirklich aussah, desto besser sind wir dazu in der Lage, den Orden der Wildheit herauszufordern. Ich schätze, das hatte auch König Konram mit dem Buch im Sinn, das er gelesen hat."

Er hat recht. Allerdings bin ich mir nicht sicher, ob ich gegen seine Argumente protestieren wollen würde, selbst wenn ich sie nicht verstehen würde.

Der Eifer auf seinem Gesicht und in seiner Stimme lassen Zuneigung in meiner Brust aufwallen – und ein plötzliches Kribbeln in meinen Augen.

Ich habe beinahe Momente wie diesen verloren. Ich habe ihn und alle anderen, die mir wichtig sind, beinahe verloren. Wenn meine Entführung durch Lothar so geendet hätte, wie es der ehemalige Berater wollte … wenn er seinem Mann befohlen hätte, mir neulich nachts bei der Wachstube die Kehle durchzuschneiden …

Ich könnte noch immer alles verlieren, und zwar früher als mir lieb ist. Denn die Schlacht ist noch lange nicht vorbei und was ich zu Petra gesagt habe, stimmt. Ich werde meine Magie und meine geistige Gesundheit an ihre Grenzen bringen, bevor ich zulasse, dass Lothar sie und ihre Geschwister verletzt.

Bei den Erinnerungen steigt ein Kloß in meiner Kehle auf. Wäre Lothars erster schrecklicher Plan erfolgreich gewesen, wären meine letzten Worte an Alek sarkastischer Spott gewesen.

Ich berühre die Wange des Gelehrten und streichle mit dem Daumen über die unebene Haut, die genauso sehr Teil dieses außergewöhnlichen Mannes ist wie seine hübschen Augen und sein warmes Lächeln. „Mir fällt niemand ein, der besser darin wäre, diese Herausforderung anzunehmen. Ich liebe es, dich so zu sehen. Hast du irgendeine Ahnung, wie umwerfend du gerade bist? Du solltest dich die ganze Zeit in alten Büchern vertiefen, anstatt durch die Landschaft zu rennen."

Röte überzieht Aleks Wangen. Er senkt ein wenig schüchtern den Kopf, sein Ton bleibt jedoch lässig. „Damit ich ein anziehenderer Anblick bin?"

Ich lache und beuge mich vor, damit ich seine Schläfe küssen kann. „Damit all diese Brillanz in dir auf jede mögliche Weise durchscheinen kann. Ich habe mich nicht wegen deines Aussehens in dich verliebt, auch wenn ich das ebenfalls zu schätzen weiß."

Ein rauer Laut entwischt Aleks Kehle, bevor er mich vom Arm der Chaiselongue auf seinen Schoß zieht.

Als mein Herz begeistert einen Schlag aussetzt, nimmt er mein Gesicht zwischen seine Hände. Er hält meinen Blick und ein begehrliches Licht flammt in seinen Augen auf. „Die Bücher sind nicht das Einzige, in dem ich mich ‚vertiefen' will."

Ich kann nicht anders, als meine Augenbrauen zu heben. „Ach nein?"

Er gleitet mit einer Hand über meinen Hals, während die andere zum Saum meiner Tunika sinkt. Seine Finger spreizen sich auf der nackten Haut meiner Taille und ich lehne mich instinktiv in seine Berührung.

„Ich will alles lernen, was es über dich zu wissen gibt", raunt er mit rauer Stimme. „Jeder Gedanke, der dir durch den Kopf geht. Ich will jedes bisschen deiner Vergangenheit lesen, die deinen Körper gezeichnet hat."

Sein Daumen streichelt beim Ausschnitt meines Oberteils über mein Schlüsselbein. „Ich will wissen, wie du diese Narbe erhalten hast." Seine andere Hand findet ein Mal oberhalb meiner Rippen, das er anscheinend schon zuvor bemerkt hat. „Wann du dich verbrannt hast. All deine Geschichten, sogar die schmerzhaften."

Urplötzlich fühle ich mich nackt, obwohl er mir kein einziges Kleidungsstück ausgezogen hat.

Wie viel hat er bereits erfahren, was ich ihm nicht erzählt habe, nur indem er die Überbleibsel meiner vergangenen Kratzer und Wunden betrachtet hat? Es kann nicht alles gut gewesen sein.

Wegen meines Unbehagens spanne ich mich an, was Alek anscheinend spürt. Er zieht mich tiefer in eine richtige Umarmung und neigt sein Gesicht zu meinem. „Doch vor allen Dingen will ich alles darüber herausfinden, wie ich dich glücklich machen kann."

Er richtet sich auf und küsst mich. Der Druck seiner Lippen ist süß genug, um jegliche vorübergehenden Unsicherheiten auszulöschen, die seine Bemerkungen in mir geweckt haben.

„Ich liebe dich", flüstert er zwischen zwei Küssen. „Ganz egal, was geschieht, ich werde dich immer lieben."

Mein Herz setzt erneut einen bittersüßen Schlag aus. Er kennt mich bereits so gut, dass er meine Unsicherheit erraten hat – und er reagiert mit mehr Hingabe darauf, als ich jemals zu verlangen gewagt hätte.

Ich rutsche auf seinem Schoß hin und her, um mich rittlings auf ihn zu setzen, und erwidere den Kuss stürmisch. Als unsere Münder miteinander verschmelzen und unsere Zungen miteinander tanzen, wird die Zuneigung, die meine Brust zuvor füllte, zu einem schärferen Verlangen.

Die gleiche Emotion packt anscheinend auch Alek, denn er greift nach meiner Hüfte, um mich über seinen Schritt zu ziehen, und schaukelt mit den Hüften, um mir auf die wundervollste Art entgegenzukommen. Als ich an seinem Mund keuche, massiert er eine meiner Brüste mit seiner anderen Hand und nutzt den Zugang, den ihm meine schlichten Tempelkleider bieten.

Die Reibung zwischen uns sorgt dafür, dass es in meinem ganzen Körper kribbelt. All meine Wünsche bis auf einen verflüchtigen sich aus meinem Kopf.

Ich knabbere an seinem Kiefer und rolle mit den Hüften gegen seine. „Ich brauche dich in mir."

Mit einem Stöhnen zerrt Alek an meiner Hose. Als ich sie von meinen Beinen strample, öffnet er seine eigene.

Ich tauche meine Hand unter den Stoff, um seinen Schwanz zu streicheln. Er stößt in meine Finger und sein Blick brennt sich mit einer berauschenden Mischung aus Liebe und Lust in meinen.

Als seine Fingerspitzen meine Mitte streifen, entfährt mir

der Atem als begieriges Beben. Mein Blick hebt sich wie von selbst zur Tür zum Hauptraum der Bibliothek.

Alek errät meinen Gedanken, bevor ich ihn aussprechen muss. Er bringt mich über sich in Position und taucht seinen Finger in die zunehmende Feuchtigkeit meiner Mitte. „Mir ist egal, ob uns jemand entdeckt. Dich zu lieben, ist genauso wenig beschämend, wie mein Studium zu lieben."

Ich lache und dann erobert er mich erneut. Sein Mund nimmt meinen gefangen und sein Schwanz dringt in mich. Das Selbstvertrauen, das er in den letzten Monaten gewonnen hat, ist so aufregend, dass Wonne durch meine Nerven schießt und ich erbebe.

Ich sinke auf ihn, um ihn noch tiefer aufzunehmen, und er küsst mich mit so viel Leidenschaft, dass mir schwindlig wird. Als wir uns miteinander wiegen, baut sich Glückseligkeit mit einem unerwarteten Dringlichkeitsgefühl in mir auf.

Jeder Moment, den wir gemeinsam haben, könnte zerschlagen werden. Alles, was wir tun, hängt in einem heiklen Gleichgewicht.

Doch wir können aneinander festhalten, ganz gleich, was geschieht. Ich wusste nie, wie wichtig mir diese Tatsache sein würde, bis sie wahr wurde.

Alek wirbelt mit einem Daumen über meinen Nippel, während er mit dem anderen meinen Kitzler streichelt. Bei meinem Keuchen verstärkt er den Druck und rammt sich zugleich schneller in mich.

Mein Kopf kippt neben seinen und unsere Wangen pressen sich aneinander. Sein Atem weht heiß über meinen Hals.

„Bleib bei mir", krächzt er, als würde ich jemals absichtlich woanders hingehen.

Meine Antwort kommt gemurmelt heraus: „Immer."

Ich weiß nicht, ob ich dieses Versprechen halten kann, doch als ich in das Feuer meines Orgasmus stürze und spüre, wie auch Alek die Brust stockt, fühlt es sich beinahe möglich an.

# Achtzehn

*Ivy*

Ich weiß, dass die Anführerin zu unserem Treffen gekommen ist, als die in einen Umhang gehüllte Gestalt in der Dämmerung eine daumenlose Hand hebt.

„Ivy", sagt Voleska mit leiser Stimme. „Ich war mir nicht sicher, ob ich dich jemals wieder sehen würde. Ich bin froh, dass sich meine Zweifel als falsch herausgestellt haben."

Sie tritt in die Schatten, die das Schaufenster des geschlossenen Ladens verhüllen, wo Casimir, einer der loyalen Soldaten und ich stehen. Diese Kleinstadt auf halbem Weg zwischen dem Tempel der stillen Himmel und Voleskas Heimatstadt Pima ist so ruhig, dass sie vom Orden der Wildheit anscheinend größtenteils ignoriert wurde. Einige Gäste kommen und gehen immer noch aus der Kneipe am Ende der Straße und gelegentlich sind muntere Stimmen zu hören.

Mein Mundwinkel biegt sich zu einem schiefen Lächeln. „Ich bin auch froh. Und es ist schön, zu sehen, dass du die letzten Wochen ebenfalls überlebt hast."

Voleska sieht Casimir an und verneigt zum Gruß den Kopf.

„Ich hoffe, der Rest deiner Truppe hat sie auch gut überstanden?"

Ich denke mit einer Mischung aus Zuneigung und Sorge an die Männer, die ich auf der anderen Seite der eppunischen Grenze zurückgelassen habe. „Im Augenblick ja. Wir geben unser Bestes, damit es so bleibt. Geht es Emor gut?"

Zuneigung schleicht sich in ihre Stimme. Ich war mir nie sicher, was für eine Beziehung sie zu ihrem Partner hat, doch es ist eine innige. „Oh ja, und er ist verdammt wütend, dass ich dieses Abenteuer ohne ihn unternehme."

Mein Lächeln wird breiter. „Du kannst dich in meinem Namen bei ihm dafür entschuldigen. Danke, dass du so weit gereist bist, um mit uns zu sprechen. Wir hielten es nicht für klug, direkt nach Nikodi zu gehen."

Die Anführerin der größten Widerstandsgruppe in Julitas ehemaliger Grafschaft schnaubt leise. „Ein begründeter Verdacht. Seit König Konrams Tod sind die Ordensmitglieder noch dreister geworden. Wir haben sie so gut wie möglich erschüttert, aber es ist schwierig, mehr Leute gegen sie zusammenzutrommeln, wenn es keine eindeutige Alternative gibt."

Anscheinend hat Petras Rede in Florian die abgeschiedenen Teile des Landes noch nicht erreicht.

Ich zögere und blicke zu Casimir. Sein Nicken beruhigt mich, dass er keinen Hinweis darauf gesehen hat, dass sich Voleskas Ziele verändert haben.

Sie war immer genauso engagiert wie wir, wenn es darum ging, die Blutzauberer aus ihrem Land zu vertreiben.

Ich verschränke die Arme locker vor meiner Brust. „Was, wenn ich dir sagen würde, dass wir eine Alternative haben? Dass wir nur den Weg freiräumen müssen, damit derjenige den Thron sicher zurückerobern kann?"

Voleskas helle Augenbrauen schnellen empor. „Was hast du jetzt in der Hinterhand?"

„Die Erben des Königs sind nicht gestorben. Wir haben eine Königin, die bereit ist, zu regieren, wenn wir sie auf den Thron setzen können, ohne dass die Blutzauberer sie ebenfalls ermorden."

Ich verrate ihr nicht, wer diese Königin ist, da die Erklärung über die Verwandlung des ehemaligen Prinzen Dunstam und die Zeit, in der sie sich versteckt hat, ein wenig kompliziert werden würde. Wir können Voleska und ihren Verbündeten die Einzelheiten erzählen, wenn sie relevant sind.

Voleskas Augen sind groß geworden. Sie reibt mit dem Stumpf ihres Daumens ihren Kiefer entlang, unterhalb der Narbe auf ihrer Wange, die von vergangenen Schwierigkeiten zeugt, die sie überlebt hat.

Ich glaube nicht, dass ihr Leben vor dem Aufstand viel angenehmer war als meines auf der Straße. Und ich kann mir nicht vorstellen, wie es war, ein ganzes Stück ihrer Hand aufzugeben und im Gegenzug keine Gabe zu erhalten – ein Kind von zwölf Jahren zu sein, das realisiert, dass die Götter ihre Absichten für zu egoistisch halten.

Sogar ohne Magie hat sie sich als beeindruckende Verbündete erwiesen. Ganz gleich, mit welchen Strapazen sie sich zuvor auseinandersetzen musste, sie hat sich der Herausforderung gestellt, ihr Zuhause zu beschützen.

„Das ist sehr gut", erwidert sie mit ehrfürchtiger Stimme. „Ich hätte mir denken können, dass du mit all den sturen Heldentaten, die du so magst, am Königshof landen würdest. Wie können unsere Leute deiner Meinung nach helfen?"

Dass sie sofort ihre Hilfe anbietet, ist einer der Gründe, aus denen ich sie kontaktieren wollte. Als wir vor Wochen den Widerständlern in Pima über den Weg liefen, näherten *sie* sich uns und nicht wir uns ihnen, da sie erpicht darauf waren, ihre Bemühungen gegen den Orden der Wildheit zu verstärken.

Voleskas Gruppe ist absolut engagiert.

Meine Männer und ich fanden auf unseren Reisen durch das Land gute Verbündete, sogar während wir Flüchtlinge waren. Und jetzt kann ich dieses Glück zu Petras Vorteil nutzen.

Wir müssen einen so großen Widerstand wie möglich versammeln, der sich über das ganze Land erstreckt, wenn wir Lothars selbst ernannte Autorität effektiv anzweifeln wollen.

Ich richte mich ein wenig auf. „Wir hoffen, die Macht der Blutzauberer zu untergraben und zugleich die Verbrechen aufzudecken, die sie begangen haben. Es gibt einen Bauernhof ein paar Stunden von hier entfernt, wo der Orden scheinbar mehrere seiner Opferkomplizen versteckt. Wir wollen sie entführen und das wird leichter sein, wenn wir Hilfe haben."

Casimir spricht in seinem üblichen, warmen Ton. „Und ich bin mir sicher, wir werden in Zukunft genügend Missionen haben, bei denen wir es zu schätzen wüssten, wenn sich uns deine Leute anschließen würden, falls sie dazu bereit sind."

Voleska reibt sich die Hände. „Alles, um es dem Orden zu zeigen und ihn endlich zu Fall zu bringen. Wann fangen wir an?"

Ich spähe in die dunkler werdende Dämmerung hinter ihr. Wir hatten gehofft, bereits heute Abend zu beginnen. Soweit ich das erkennen kann, ist sie jedoch allein gekommen, obwohl die Botschaft, die wir geschickt haben, erwähnte, dass wir weitere ihrer Kollegen willkommen heißen würden, die mit uns ‚zusammenarbeiten' wollen.

„Ich schätze, das hängt davon ab, wie lange du brauchst, um eine vernünftige Truppe hierherzubringen …"

Die Anführerin der Widerstandsgruppe kichert. „Oh, darum musst du dir keine Sorgen machen. Ein Dutzend Freunde warten hier in der Stadt auf meine Nachricht. Ich wollte nicht, dass sie alle ihre Köpfe riskieren, bis ich wusste, was Sache ist."

Erleichterung fegt begleitet von einem aufgeregten Kribbeln durch mich. „Verständlich. Wir können den Bauernhof heute Nacht angreifen, wenn ihr dem gewachsen seid. Der Rest unserer Leute wartet auf der anderen Seite der Grenze, näher bei unserem Ziel … wir haben uns bereits einen Plan überlegt." Einen Plan mit mehreren Optionen abhängig davon, ob wir allein zurückkehren oder in Begleitung.

Voleska nickt und deutet zum Ende der Straße. „Wir treffen uns in zehn Minuten mit euch auf der südlichen Straße am Stadtrand."

Ich halte meine Hand hoch, um sie aufzuhalten. „Weißt du, mir ist bewusst, dass du und Emor eine Menge in Pima zu tun habt. Ich habe nicht erwartet, dass du hier persönlich hilfst."

„Oh, das lasse ich mir nicht entgehen. Und ich wollte mit eigenen Augen sehen, mit wem ich meine Leute zusammenarbeiten lasse." Voleska schenkt uns ein Grinsen und huscht die Straße hinab.

Als ich Casimir ansehe, lächelt er. „Ich glaube nicht, dass jemand engagierter sein könnte als sie." Er deutet zu dem Soldaten, der während unseres Gesprächs reglos und stumm geblieben ist. Er war nur da, um im Falle einer Bedrohung einzuschreiten. „Kommt, holen wir die Pferde."

Als eine ferne Glocke die zweite Stunde nach Mitternacht einläutet, haben sich zwanzig von uns in einem Waldstück am Ende der Straße versammelt, an der sich der Bauernhof befindet, zu dem Delfis uns geschickt hat.

Einer der Gläubigen des Tempels, der die Gabe hat, Nerven zu beruhigen, hat uns begleitet, um die Opferkomplizen zu beruhigen, während wir sie strenggenommen entführen. Vier der Soldaten stehen bei uns zusammen mit Stavros und Rheave – und Voleskas Dutzend Widerstandskämpfern. Der Plan wäre ohne sie viel schwieriger durchzuführen gewesen.

Petra hat beinahe darauf bestanden, sich uns anzuschließen, doch Stavros, Tinom und mir ist es gelungen, sie zu überzeugen, dass es wichtiger ist, dass sie *am Leben* bleibt, als dass sie die gleichen Risiken eingeht wie wir. Sie hat mehrere Wachen bei sich im Tempel.

Tinoms Magie wird sie tarnen, falls es bedeutende Probleme gibt – und hoffentlich auch Alek beschützen. Allerdings kann er sich vermutlich problemlos zwischen den Büchern der Tempelbibliothek verlieren. Ich wäre nicht überrascht, wenn er jetzt noch dort unten wäre und bei Laternenschein lesen würde.

Da Stavros von uns derjenige mit der meisten Erfahrung im Leiten von militärischen Operationen ist, hat er die Führung übernommen. Er hat bereits mit Voleskas Leuten gesprochen, um sich eine Vorstellung von ihren Stärken zu verschaffen, und teilt unsere Gruppe jetzt in vier Untergruppen auf.

Er deutet auf zwei der Einheiten, von denen er eine Filip zugeteilt hat. Vermutlich um den Abtrünnigen des Ordens und möglichen Verräter von den wichtigsten Teilen des Plans fernzuhalten. „Ihr und ihr werdet zur linken und rechten Seite des Bauernhauses gehen und mehrere Schritte von den Mauern entfernt bleiben. Legt die Feuer und versteckt euch, bis unser Feind angerannt kommt, um nachzuschauen, was los ist. Entwaffnet sie und macht sie kampfunfähig, wie ihr es für angemessen haltet.“

Der ehemalige General dreht sich zu Casimir, einem der Soldaten und ein paar von Voleskas schlankeren Anhängern um. „Ihr vier werdet den Wagen zum Gebäude fahren und dabei helfen, die Opferkomplizen, dorthin zu führen.“

Daraufhin wendet er sich an den Rest von uns, einschließlich mir, Rheave und dem Gläubigen mit der beruhigenden Gabe. „Ich werde die letzte Gruppe direkt in das Gebäude führen. Wir werden uns jedes anderen Zauberers auf dem Gelände annehmen und die Opferkomplizen holen. Sie werden von den Feuern abgelenkt sein, das bedeutet allerdings nicht, dass wir nachlässig sein können. Je schneller, wir sie ausschalten, bevor sie realisieren, dass wir da sind, desto besser.“

Ich nicke mit hämmerndem Herzen. Meine Magie windet sich zwischen meine Rippen und zerrt an meinem Magen, doch ich dränge sie zurück.

Ich habe schon genügend Pläne wie diesen durchgeführt, ohne mich auf sie zu verlassen. Wenn ich meinen Verstand riskiere, dann nicht, um meine Schleichfähigkeiten zu verbessern.

Stavros macht eine ausladende Bewegung mit seiner Handprothese. „Ausrücken.“

Zusammen mit einigen der besten Kämpfer Voleskas und dem Rest unserer Soldaten folge ich Stavros durch die Bäume und gehe am Waldrand entlang, bis wir direkt gegenüber von dem Bauernhaus sind. Von dort ist es immer noch ein ungefähr einminütiger Sprint über offenes Gelände bis zur niedrigen Steinmauer.

Das Mondlicht taucht das Gelände in ein schwaches Leuchten. Einige dunkle Gestalten patrouillieren um die Grenzen des Gebäudes.

Stavros senkt seine Stimme zu einem Raunen. „Sobald die

Feuer aufflammen, rennen wir auf mein Signal immer zu zweit zur Mauer. Haltet euch geduckt und seid so leise wie möglich."

Ich befeuchte meine Lippen und gespannte Erwartung pocht durch meine Adern.

Urplötzlich flackern links vom Haus Flammen in der Dunkelheit auf. Einen Augenblick später lodert auf der gegenüberliegenden Seite ein Feuer empor.

Schreie erklingen, als die Wachen des Hauses losrennen, um dem Feuer auf den Grund zu gehen. Einige weitere Gestalten eilen aus dem Gebäude und schließen sich ihnen an.

Stavros tippt Rheave und mich an. Ich renne aus dem Wald.

Wir hasten über die Wiese und die Straße, die sich zwischen dem Wald und dem Bauernhof befinden. Weitere Schreie schallen zusammen mit dem Scheppern und Krachen eines Kampfes durch die Nacht, aber ich erlaube mir nicht, nach links oder rechts zu schauen.

Momentan zählt nur der Pfad vor uns.

Wir erreichen den Boden zu beiden Seiten des Tors und ducken uns unter die Mauer. Während weitere Gestalten zu uns rennen, ziehe ich das Messer aus der Scheide an meiner Taille.

Stavros kommt als Letzter an und bedeutet uns, ihm zu folgen, als er das Tor aufzieht. Wir huschen den Pfad entlang durch den nun leeren Hof zur Eingangstür.

Die Angeln quietschen, als Stavros sie aufdrückt. Innerlich zucke ich zusammen.

„Was ist dort draußen los?", ruft jemand die Treppe hinab. Sie nehmen anscheinend an, dass ihre Kameraden zurückkehren.

Mehr Magie lodert so plötzlich in meiner Brust auf wie die Flammen draußen und ich verliere ein paar Sekunden, als ich meinen Griff um sie festige. Meine Hand ballt sich zur Faust und presst sich auf meine Brust.

Ein kurzer Schmerzensstich schießt durch meine Lunge und ich muss scharf einatmen, damit ich nicht keuche.

Die meisten meiner Kameraden sind bereits losgestürmt. Rheave schießt einen knisternden Pfeil die Treppe hinauf und ein Körper bricht an der Brüstung zusammen.

Stavros geht durch den unteren Flur. Als er in einen Raum

springt, beeilen sich zwei von Voleskas Leuten, ihm zu folgen, während der andere mit Rheave die Treppe hinaufschleicht.

Nach dem gedämpften Grunzen und Stöhnen zu urteilen, die daraufhin erklingen, schalten sie die übrig gebliebenen Blutzauberer mit zügiger Effizienz aus. Da ich mich von dem kurzen Rückschlag meiner Magie erholt habe, winke ich den Gläubigen zu einer schmalen Treppe, die ich durch eine dunkle Türöffnung sehen kann und die nach unten führt.

„Hier entlang", flüstere ich. „Die Komplizen könnten im Keller sein."

Genauso wie weitere Blutzauberer. Ich halte mein Messer fest, während wir die Treppe hinabschleichen, und spitze meine Ohren, damit mir keine Geräusche im Raum unter uns entgehen.

Am Fuß der Treppe befindet sich eine Tür, hinter der etwas oder jemand eingesperrt ist. Gänsehaut breitet sich auf meiner Haut aus.

Wir haben die Tür fast erreicht, als mich das Schlurfen von Schritten über mir dazu veranlasst, herumzuwirbeln. Eine Frau, die nicht zu unserer Gruppe gehört, steckt den Kopf durch die Tür.

Sie zischt bei unserem Anblick und zuckt mit den Händen, als wolle sie Magie auf uns abfeuern. Meine Hand bewegt sich jedoch schneller.

Mein Messer saust durch die Luft und dringt in ihre Kehle.

Als unsere Angreiferin auf der obersten Treppenstufe zusammenbricht, erbleicht der Gläubige. Offensichtlich sollte ich mich auf dem Rückweg um die Leiche kümmern.

Ich teste den Türknauf und stelle fest, dass er sich drehen lässt. Ich drücke die Tür auf und enthülle einen breiten, dunklen Raum, wo Pritschen und die Gestalten, die auf ihnen liegen, nur undeutliche Umrisse in der Dunkelheit bilden.

Ich habe bereits mein anderes Messer aus meinem Stiefel gezogen, doch niemand stürzt sich auf uns. Ein paar der Gestalten regen sich unter ihren Decken.

Vorsichtig entzündet der Gläubige die kleine Laterne, die auf dem Boden neben der Tür steht. Das flackernde Licht beleuchtet acht schlafende Gestalten, die überhaupt nicht auf das Licht reagieren.

Natürlich nicht. Sie haben alle ihre Augen zusammen mit so vielen anderen Körperteilen geopfert.

„Fang an, sie aufzuwecken und die Treppe hochzuführen", raune ich dem Gläubigen zu. „Du musst ihnen vermutlich erzählen, dass sie gerufen werden, um ihrem großen Zweck zu dienen oder so etwas. Ich werde den Weg freiräumen und zurückkommen, um dir zu helfen."

Auf sein Nicken hin erklimme ich die Treppe. Da die Opferkomplizen blind sind, muss ich die Leiche nicht außer Sichtweite, sondern bloß aus dem Weg schaffen, damit niemand über sie fällt.

Als ich mein zurückgeholtes Messer an der Tunika der Frau abwische, platzt Stavros wieder in die Diele. Er betrachtet die Szene und neigt anerkennend den Kopf.

„Der Rest des Hauses ist sauber", verkündet er.

Ich deute auf die Kellertreppe. „Wir haben die Opferkomplizen gefunden … Ich werde helfen, sie hochzubringen."

„Ich werde mich vergewissern, dass der Weg zum Wagen frei ist."

Ich haste in den Keller hinab und stelle fest, dass der Gläubige bereits alle Opferkomplizen geweckt hat. Sie haben in ihren Schleiern geschlafen, die Art und Weise, wie der Stoff fällt, offenbart jedoch die unförmigen Körper darunter. Sie setzen sich auf, einige stehen bereits und murmeln verwirrt.

Ein Beben in der Luft verrät mir, dass der Gläubige seine beruhigende Magie wirkt. Ich versuche ebenfalls, so beruhigend wie möglich zu sprechen. „Kommt, alle miteinander. Gehen wir die Treppe hoch und dann werdet ihr alles vollbringen, was ihr euch hättet wünschen können."

Ich muss ein paar der armlosen Gestalten beim Aufstehen helfen. Sie taumeln zur Treppe, da allen etwas von ihren unteren Extremitäten fehlt, seien es bloß einige Zehen oder die gesamte untere Hälfte eines Beins.

Mit einer Hand im Rücken eines Verstümmelten helfe ich dem Komplizen mit seinem Gleichgewicht auf dem Weg nach oben, bevor ich wieder nach unten eile, um einem anderen zu helfen.

Ein erstickter Laut dringt von oben an meine Ohren. Als ich zurückkehre, entdecke ich eine Frau aus Voleskas Gruppe, die ihre Finger an die Lippen presst und die schlingernde Prozession anstarrt.

Ich schenke ihr ein angespanntes Lächeln. „Deswegen sind wir hier. Deswegen kämpfen wir. Um sicherzustellen, dass das hier nicht mehr passiert."

Sie richtet sich auf und wischt die Tränen in ihren Augen weg, bevor sie einen Komplizen abfängt, der gerade zur Seite geschlingert ist. „Lass mich dir aus der Tür helfen. Ein behaglicher Wagen wartet auf uns."

„Alles, um zu dienen", murmelt der Komplize. Bei der Hingabe in seiner wenig benutzten Stimme schnürt sich mir die Kehle zu.

„Du hast das bereits so gut gemacht", informiere ich ihn, da ich nicht weiß, was ich sonst sagen soll.

Hinter dem Tor des Bauernhofs begrüßt Casimir die Komplizen mit viel mehr Anmut als ich. „Danke, dass ihr euch uns anschließt. Wir bitten euch, hier in den Wagen zu klettern … genau so. Ich entschuldige mich für den Überraschungsbesuch, aber was ihr tun werdet, ist wichtig für Silana."

Ich trete zurück und überlasse ihm und dem Gläubigen die Führung. Sanfte Beruhigungen waren noch nie meine Stärke.

Der Rest unserer Gruppe versammelt sich um den Wagen, nachdem sie von ihren anfänglichen Posten zurückgekehrt sind. Einer von Voleskas Männern wickelt einen Verband um einen flachen Schnitt auf seinem Arm und ein paar der Soldaten haben Blutergüsse an den Kiefern. Es sieht jedoch so aus, als hätten wir den Angriff ohne größere Verletzungen überstanden.

Dieser Gedanke ist mir gerade durch den Kopf gegangen, als ein Lichtbogen durch die Luft auf den Rand unserer Gruppe zurast.

Ich habe keine Zeit, um mehr zu tun, als die bösartige Magie in dieser Energie zu spüren und zu reagieren. Keine Klinge kann diesen tödlichen Blitz aufhalten.

Ich lasse meinen Arm vorschnellen und sende meine Magie aus.

Mein Training und meine Übungen machen sich bemerkbar – noch während ich den magischen Angriff abwehre, greift mein Verstand nach dem Wald, den wir verlassen haben, und stellt sich einen Ast vor, der zu mir gezogen wird, so wie ich den Angriff wegschubse.

Holz bricht und der Lichtbogen zerbirst in einem Funkenregen.

Er löst sich nur Zentimeter von den Gesichtern der Männer in Luft auf, die er beinahe getroffen hätte. Der Soldat tritt einen Schritt zurück und verzieht das Gesicht. Seine Augen huschen mit einem beinahe anschuldigenden Blick zu mir, als hätte ich irgendwie die Schuld an dem Angriff.

Filip starrt die Stelle mit offenem Mund an, wo der Angriff verpufft ist, bevor sein Blick ebenfalls zu mir gleitet.

„Das hätte mich getötet“, stellt er fest. „Ich sah es nicht einmal kommen.“

Ich atme langsam ein und mein Körper spannt sich an, während ich nach Hinweisen suche, dass dieser eine Magiestoß meinen Verstand verwirrt hat. „Ich will, dass wir diesen Ort alle so unversehrt wie möglich verlassen.“

War es die Konsequenzen wert? Ich weiß es nicht. Doch wenn man mich vor die Frage stellt, kann ich mir nicht vorstellen, einfach dazustehen und zwei Männer sterben zu lassen, nur um ein wenig meiner geistigen Gesundheit zu bewahren.

Auch wenn mich der Soldat noch immer mustert, als könnte ich jede Sekunde explodieren.

Unbehagen durchfährt mich. Wie lange wird es dauern, bis Petras Anhänger aus Florian Voleskas Leuten erzählen, was sie über mich gehört haben?

Es spielt keine Rolle, sage ich mir. Es ist nur wichtig, dass ich hier bin und tue, was für das Land richtig ist, ganz gleich, was sie am Ende von mir denken.

Rheave ist bereits in die Richtung gerannt, aus der der Angriff kam. Es erklingt ein knisterndes Geräusch, bevor er ein entschlossenes Grunzen ausstößt. „Dieser Zauberer wird *definitiv* niemanden mehr verletzen.“

Casimir, der soeben den letzten Opferkomplizen in den Wagen führt, wirft mir einen besorgten Blick zu und ich lächle ihn an, um ihm zu sagen, dass ich okay bin. Dann sperre ich die Macht in mir weg, die sich noch in mir windet.

Nur ein kleiner Stoß. Das ist keine so große Sache und ich habe die Konsequenzen kontrolliert. Ich habe ein paar Leben gerettet.

Allerdings will ich mir nie wieder angewöhnen, sie für etwas zu benutzen, bei dem es nicht absolut notwendig ist.

Voleska stemmt die Hände in die Hüften und beobachtet, wie der Gläubige die Vorhänge hinten am Wagen zuzieht. „Nun, hoffentlich wird das den Einfluss des Ordens ein wenig schmälern. Ich frage mich, ob es Lothars Festivalpläne beeinflussen wird?“

Mein Kopf fährt herum. „Festivalpläne?“

Sie legt den Kopf schief und ihr sandblonder Pferdeschwanz schwingt durch die Luft. „Habt ihr das nicht gehört? Der Orden der Wildheit hat es in den letzten zwei Tagen überall angekündigt. Beim nächsten Vollmond in einigen Nächten hält Lothar eine landesweite Feier ab, um König Konrams Tod zu feiern.“

# Neunzehn

*Alek*

Das leise Schaben von Schritten bringt mich dazu, den Kopf von dem Buch zu heben, über dem ich gebrütet habe. Schmerzen schießen durch meinen Hals wegen der verkrampften Haltung, in der ich mich befand.

In meiner Recherche-Raserei habe ich die guten wissenschaftlichen Angewohnheiten, die ich auf der Akademie und von meinem ehemaligen Mentor gelernt habe, schleifen lassen. Ich kann beinahe hören, wie mich einer der Professoren der Hofakademie rügt. *Eine gesunde Sitzposition ist essentiell, damit der Körper auch in Zukunft stundenlang problemlos lesen kann.*

Wenn sich meine aktuelle Forschungsarbeit nicht so drängend anfühlen würde, fiele es mir vielleicht leichter, mich an diesen Leitsatz zu erinnern.

Die Schritte kommen in der Tür zum inneren Bibliothekszimmer zum Stehen. Ivy späht in den Raum und Casimir blickt über ihre Schulter. Ivy sieht ein wenig nachdenklich aus, doch der Kurtisan schenkt mir ein so strahlendes Lächeln, dass es vermutlich keinen Grund zur Sorge gibt.

Zumindest nicht mehr als ohnehin schon.

„Kannst du die Bücher eine Weile beiseitelegen?", erkundigt sich Ivy und ein sanftes Lächeln berührt ihre Lippen. „Wir dachten, es ist Zeit, dass du etwas zu Mittag isst."

„Und dass du bei diesem Mittagessen vielleicht gerne ein wenig Gesellschaft hättest, nachdem du hier unten so viel Zeit allein verbracht hast", fügt Casimir hinzu.

Bevor ich mit Worten antworten kann, knurrt mein Magen, was vermutlich Antwort genug ist. Mit einem verlegenen Lachen stehe ich auf. „Danke. Mein Körper erinnert mich, dass ich ihn nicht vernachlässigen soll, während ich meinen Kopf fülle."

Aus Rücksichtnahme auf die vielen empfindlichen Dokumente in der Bibliothek haben meine Kameraden ihr Picknick auf einem niedrigen Klapptisch im Vorzimmer am Fuß der Kellertreppe aufgebaut. Dort werden keine Bücher aufbewahrt und es gibt bloß einen kleinen Kamin sowie einige Sessel entlang der Wände für Gelegenheitsleser.

Stavros und Rheave warten auf uns. Stavros gießt gerade einen rötlichen Saft in die Gläser. Er schenkt mir ein schiefes Grinsen. „Ich hätte Wein mitgebracht, vermutete jedoch, dass du einen so scharfen Verstand wie möglich bewahren willst."

Wärme bildet sich in meiner Brust, weil er meine Prioritäten anerkannt und respektiert hat. „Das möchte ich. Danke schön."

Als ich mich mit Ivy und Casimir an den Tisch setze, um die Gruppe zu vervollständigen, wird die Wärme in mir zu einem Gefühl vollkommener Zufriedenheit. Es ist eigenartig, diese Emotion zu verspüren, wenn wir es mit einer landesweiten Verschwörung sadistischer Zauberer zu tun haben, doch ich kann es nicht ertragen, sie zu verscheuchen.

Ich hatte noch nie so etwas – diese Art von Verbindung, bei der man weiß, dass man sich aufeinander verlassen kann, ganz gleich, womit man es zu tun bekommt. Bei der man weiß, dass man wegen der Person geschätzt wird, die man ist, und nicht wegen einer Aufgabe oder eines Gefallens, den jemand von einem verlangen wird.

Meine Liebhaberin und Freunde wollten mit mir zu Mittag essen und sicherstellen, dass ich weiß, dass ich ihnen wichtig bin. Ich weiß nicht, welcher Dank ausdrücken kann, wie viel mir das bedeutet.

Wie üblich im Tempel ist die Mahlzeit einfach, jedoch frisch: ein Salat aus hiesigem Grünzeug, Brot, das noch warm vom Ofen ist, Butter und Käse von den Tempelschafen – eines von Elox' symbolischen Tieren. Jeder Bissen ist köstlich herb oder cremig.

Während Rheave seine Portion freudig verschlingt, mustert er mich von der anderen Tischseite. Er hält zwischen zwei Bissen inne. „Hast du in all diesen Büchern etwas Interessantes gefunden?"

Ich blicke mit reumütiger Miene zu dem Bücherstapel, den ich zurückgelassen habe. „Bisher habe ich nichts Detailliertes erfahren, allerdings muss ich noch viel Material sichten. Außerdem wissen wir nicht mit Sicherheit, ob Lothar bei seinem neuen Festival tatsächlich historische Riten anwenden wird."

Stavros summt. „Es würde Sinn ergeben, wenn er es zumindest ein wenig täte, um seiner ‚Feier' den Eindruck von Legitimität zu verleihen. Er ist zwar ein verräterischer Mistkerl, aber ein kluger."

Ivy verzieht angewidert das Gesicht. „Ja, warum sollte er sich selbst überlegen, wie er einen Mord ehren kann, wenn er sich einfach der Traditionen bedienen kann, die vor Jahrhunderten praktiziert wurden?"

„Nicht nur das." Casimirs Stimme ist sanft, jedoch ruhig. „Es ist gut möglich, dass er an seine Ideale glaubt, die ‚alten Weisen' wiederherzustellen und den Allesgeber zurückzuholen, auch wenn seine Methoden schrecklich sind. In diesem Fall würde es Sinn ergeben, dass er so viele der alten Weisen in die Feier einarbeitet, wie er kann."

Und das ist der Grund, aus dem ich die letzten zwei Tage jede Aufzeichnung aus der Zeit vor der darischen Invasion gelesen habe, die ich finden konnte. Je mehr wir erahnen können, was Lothar bei seinem bevorstehenden Festival tun wird, desto mehr Ideen werden wir haben, wie wir es stören oder zu unseren Zwecken nutzen können.

„Ich habe einige Hinweise gefunden, die mich möglicherweise in die richtige Richtung weisen werden", berichte ich. „Sobald ich etwas finde, von dem ich denke, dass wir es berücksichtigen sollten, gebe ich euch Bescheid."

Ivy legt ihre Hand auf meinen Arm. „Wir haben noch Zeit. Und wenn wir nichts finden können, was uns dabei hilft, uns vorzubereiten, müssen wir einfach hingehen und uns alles mit eigenen Augen anschauen. Uns sind zuvor schon spontan ziemlich gute Pläne eingefallen."

Das stimmt, doch mir wäre es lieber, wenn wir vorbereitet wären.

Nachdem die Mahlzeit beendet ist und die Überreste eingepackt wurden, zieht Ivy mich für einen kurzen Kuss eng an sich, bevor sie den anderen Männern nach oben folgt. Ich kehre mit vollem Herzen und Magen an meine Arbeit zurück.

Den meisten Erfolg bei meiner Recherche hatte ich bisher mit den ältesten Behandlungsberichten, die ich ausgraben konnte. Ich bin auf einen Bericht über einen Patienten gestoßen, der wegen chemischer Verbrennungen von den Tempelgläubigen behandelt wurde, die vermutlich etwas mit einer örtlichen Feier zu tun hatten. Ein anderer Bericht erzählte von einem gebrochenen Knöchel, den sich jemand bei einem großen Spektakel zugezogen hat.

Falls einer dieser Gläubigen aus der Vergangenheit bei seinen Berichten wortreicher war, kann ich vielleicht einige Einzelheiten darüber erfahren, worum es bei diesen Festlichkeiten und Spielen ging.

Ich blättere das Buch zu Ende durch, das ich mir bereits bis zur Hälfte angesehen hatte, und nehme ein anderes Tagebuch in die Hand, dessen Handschrift so verblasst ist, dass ich die Augen zusammenkneifen muss, obwohl die Laterne in der Nähe meiner Schulter steht. Dieser Band enthält einen Bericht einer ähnlichen Verbrennung, die dem Schreiber zufolge von einem Farbstoff kommt, der aus nicht genannten Gründen herumgespritzt wurde.

Beim Lesen mache ich einige Notizen, die sich allmählich zu einem einigermaßen schlüssigen Bild zusammenfügen.

Das nächste Buch erweist sich als unglaublich kurz hinsichtlich seiner Notizen und wurde zur Hälfte in einer privaten Schreibweise verfasst, die ich nicht interpretieren kann. Mit dem Wälzer, nach dem ich anschließend greife, gehe ich besonders vorsichtig um, da der Ledereinband bereits abblättert. Dieser erregte meine Aufmerksamkeit, als ich das Buch hinten in einem Regal entdeckte.

Es ist so alt, dass nicht einmal die regelmäßig in der Bibliothek ausgesandte Erhaltungsmagie es vollkommen vom Lauf der Zeit schützen konnte.

Ich habe mehrere Seiten gelesen, als mein Blick an dem Wort *Zerrissen* hängen bleibt.

Der Tempel der stillen Himmel hatte mit einem zerrissenen Zauberer zu tun? Das hat vermutlich keinen Bezug zu Lothars bevorstehendem Festival, doch ich kann nicht anders, als im Überfliegen der Seiten langsamer zu werden, um diesem Abschnitt mehr Aufmerksamkeit zu schenken.

Weniger als eine Minute später hämmert mein Herz so wild, als sei ich gerade zehn Treppenabschnitte emporgerannt. Eine ekelerregende Hitze breitet sich mit jedem Satz, den ich lese, auf meiner Haut aus.

*Patient zeigte eine magische Gabe, die kein Teil seines Weihopfers war … Eine überirdische Stimme sprach in seinem Kopf … Gefangen in der Zerstörung, die sich ausbreitete, um diejenigen zu überwältigen, welche die illegalste Zauberei praktizierten …*

Die Einzelheiten prallen gegen meine Erinnerung des uralten Tagebuchs, das ich in der Zuflucht gefunden hatte und das vor langer Zeit von einem zerrissenen Zauberer geschrieben worden war. Das Buch, in dem der Schriftsteller behauptete, die Götter hätten seine Seele nicht zur Strafe zerrissen, sondern um ihn als Werkzeug zu benutzen.

Ich lese den Bericht vor mir gründlich, ehe ich eilig in dem Buch weiterblättere. Es werden drei weitere Fälle erwähnt, bei denen es um Zerrissene geht, die zum Tempel kamen, um geheilt zu werden.

Bei jedem wächst mein Entsetzen.

Als ich das Ende des Tagebuchs erreicht habe, überprüfe ich die Daten erneut und kehre zu den Regalen zurück, aus denen ich Bände reiße, um sie zu überprüfen, ehe ich die meisten wieder zurückstelle. Schließlich fallen mir ein paar andere Bücher mit Aufzeichnungen über die ersten zerrissenen Zauberer in die Hände, auch wenn diese nur jeweils einen Bericht enthalten, der nicht so detailliert ist wie der erste.

Ich lege sie auf meinen Lesestapel und presse das ursprüngliche Tagebuch an meine Brust. Das ist der beste Beweis, den ich habe – und eigentlich der einzige, den ich brauchen sollte.

Als ich durch die Bibliothek und die Treppe hinauf marschiere, rast mein Herz. Meine Kehle schnürt sich zu.

Es war vor so langer Zeit – die Wahrheit über die Situation muss in Vergessenheit geraten und mit denen verloren gegangen sein, die vor all diesen Jahrhunderten lebten. Ich kann es dem aktuellen Personal des Tempels nicht vorwerfen, dass es nicht davon wusste. Doch jetzt, da ich den Beweis gefunden habe …

Ihn weitflächig zu verbreiten, wird warten müssen, bis wir uns mit den Blutzauberern auseinandergesetzt haben, doch sobald diese Bedrohung vorbei ist, müssen ganz Silana und alle regierungslosen Reiche wissen, wie sehr sie sich geirrt haben.

Ich gehe geradewegs zu Delfis' Büro, halte auf dem Weg jedoch nach Ivy und meinen Freunden Ausschau. Sie sind bestimmt irgendwo und schmieden Pläne, bei denen meine Fähigkeiten als Gelehrter nicht gebraucht werden.

Das ist in Ordnung. Delfis Autorität wird bei der ersten Ankündigung einen Unterschied machen. Ivy wird mir glauben und die anderen Männer, die so viel mit ihr durchgestanden haben, werden mir ebenfalls glauben, doch der Rest unserer kunterbunten Widerstandstruppe?

Ich habe das besorgte Flüstern gehört und die misstrauischen Blicke gesehen. Sie müssen erkennen, dass Ivys Magie kein Verbrechen ist.

Es waren Priester und Gläubige von Elox, die den ersten zerrissenen Zauberern halfen. Ich kann mir nicht vorstellen, dass Delfis diese Berichte lesen und Ivy als Monster sehen wird.

Leider finde ich Delfis' Büro leer vor. Er muss sich schließlich um seine eigene Arbeit kümmern.

Meine Entdeckung brennt mir unter den Fingernägeln, während ich durch die Flure des Tempels tigere – und Tinom entdecke, der an einem Tisch in einem der Gemeinschaftsräume sitzt und einen Brief schreibt.

Meine Laune hebt sich. Dass sich der magische Berater für diese Entdeckung verbürgt, könnte noch besser sein als der Priester eines Tempels. Und er hat Ivy bereits als Petras Verbündete und Freundin akzeptiert.

Als ich in den Raum eile, hebt Tinom den Kopf. Sorge blitzt auf seinem Gesicht auf.

Er erhebt sich, um mich zu begrüßen. „Was ist los?"

Ich halte meine freie Hand hoch. „Es hat nichts mit den aktuellen Blutzauberern zu tun. Aber es ist trotzdem unglaublich wichtig. Ich kann nicht fassen … das Wissen war all diese Zeit im Bibliotheks-Chaos verloren …"

Tinom tätschelt meinen Oberarm und betrachtet mich mit seinen tiefliegenden Augen. Er ist kleiner als ich und noch schlanker, hat jedoch eine so ernste Präsenz, dass er größer wirkt. „Beruhige dich und erzähle mir, was dich belastet."

„Es belastet mich nicht …" Ich zücke das medizinische Tagebuch. „Ich habe ein Buch mit Aufzeichnungen von Patienten gefunden, die hier im Tempel behandelt wurden. Es reicht zurück zur Zeit der Großen Vergeltung. Der Gläubige, der es schrieb, sah einige Ereignisse mit eigenen Augen und sprach mit anderen Zeugen. Es beweist, dass wir uns hinsichtlich der Zerrissenen völlig geirrt haben."

Tinoms Augenbrauen schnellen empor. „Inwiefern?"

Ich muss mich anstrengen, dass ich vor Eile, nicht zusammenhanglos plappere. „Sie sind keine Strafe, die der Allesgeber auf die Menschheit losgelassen hat, weil sie sich in Blutzauberei versucht hat. Sie waren Gefäße, die von den Göttern persönlich gewählt wurden, um göttliche Macht zu kanalisieren! Niemand hat jemals erklärt, wie es den Göttern gelungen ist, all diesen Hagel und Feuer herabregnen zu lassen. Schließlich besagt die allgemeingültige Theologie, dass die Gottlen die Menschen und andere Wesen nur ermutigen können, ihrem Willen zu folgen, und die sterbliche Welt nicht direkt beeinflussen können. Ich nahm immer an, dass die Macht des Allesgebers es unter verzweifelten Umständen erlaubt hat."

Der Gesichtsausdruck des magischen Beraters hat sich nicht verändert, seine Haltung hat sich allerdings versteift. „Gefäße", wiederholt er. „Was genau meinst du damit?"

Ich wedle mit dem Tagebuch. „Die ersten Zerrissenen spürten, wie ihre Seelen aufgerissen wurden und hörten göttliche Stimmen, die ihnen mitteilten, dass ihre Dienste benötigt wurden, um diejenigen zu bestrafen, welche die Götter bedrohten. Dann rauschte Magie durch sie ... rief den Hagel vom Himmel, entzündete die Feuer, zerschlug die Gebäude ... Und nachdem die Große Vergeltung beendet war, blieben ihre Seelen so geöffnet ... wie eine Leitung. Die Gläubigen hier versuchten, sie zu heilen, hatten allerdings keine Ahnung, was sie tun sollten."

„Vielleicht war es auch eine Strafe, dass die Götter die Wirkung nicht zurücknahmen."

Ich runzle die Stirn. „Das würde keinen Sinn ergeben, außer wir glauben, dass der Allesgeber und die Gottlen absichtlich grausam sind. Warum sollten sie die Leute bestrafen, die ihnen am meisten geholfen haben? Soweit wir wissen, haben sie nie zuvor einer Person ihren Willen so stark aufgezwungen ... Es könnte sein, dass es einfach keine Möglichkeit gab, die Tat rückgängig zu machen."

Tinom streckt seine Hand aus und ich biete ihm das Tagebuch automatisch an. Er blättert einige Seiten durch. „Das sind alles nur Spekulationen."

„Ich glaube nicht, dass du es so sehen würdest, wenn du die Berichte lesen würdest. Die Art, wie die Patienten beschreiben, was ihnen widerfahren ist; die Zeugen, die bestätigen, dass sie zuvor nie derartige Gaben gezeigt haben ... keiner von ihnen war von einem bedeutsamen Wahnsinn gepackt worden, obwohl sie Erwachsene waren."

Noch eine Erinnerung kommt mir in den Sinn. „Ivy hat uns sogar erzählt ... als Kosmel zuletzt mit ihr sprach, sagte er etwas darüber, den Schaden wiedergutzumachen, den die Götter angerichtet haben. Wir verstanden nicht, worauf er sich bezog.

Er muss damit gemeint haben, dass sie überhaupt eine Zerrissene ist!"

Tinom grunzt. Er geht durch den Raum, wobei er nach wie vor das Tagebuch mustert, und bleibt neben dem Kamin stehen.

Ich habe nur eine Sekunde, in der Panik einsetzt, bevor er das uralte Buch in die Flammen wirft.

Ein Schrei bricht aus meinem Mund hervor. Ich springe vor und greife bereits zum Feuer, bereit, meine Hände so schlimm zu verbrennen wie mein Gesicht, wenn ich dadurch die kostbaren Seiten zurückholen kann.

Tinom tritt vor mich und schubst mich zurück. Ich stolpere über meine Füße und kann mich nur an einem Beistelltisch festklammern, damit ich nicht auf dem Hintern lande.

Als ich mich erneut auf ihn stürze, tritt er beiseite. Doch wir blicken beide ins Feuer und sehen, dass das Buch bereits zu Asche zerfallen ist.

„Was in den Reichen sollte das?", will ich wissen und meine Stimme verlässt meine Kehle nur krächzend. „Wir brauchten dieses Buch, um zu beweisen …"

Tinom spricht ruhig: „Es gibt nichts zu beweisen. Wir hatten bloß voreingenommene Berichte und Spekulationen."

„Voreingenommene Berichte? Das waren Augenzeugen der Katastrophe … sie bestätigen, dass die ersten Zerrissenen nicht so geboren wurden. Sie wurden zu einem Zweck von den Göttern verändert. Wir hätten die Priester bitten können, die Götter um weitere Unterstützung zu bitten …"

„Wozu?", fragt Tinom leise.

Ich starre ihn kurz an, bevor ich trotz meiner Wut meine Sprache wiederfinde. „Wie kannst du das überhaupt fragen? Damit wir der Welt erzählen können, dass Leute wie Ivy es nicht verdienen, ausgestoßen zu werden. Es ist keine Schande, wie sie zustande kamen. Man sollte ihnen helfen, anstatt sie hinzurichten."

Der magische Berater schnaubt leise. „Für mich klingt es so, als würdest du mit deinen Kronjuwelen an Stelle deines Gehirns denken, junger Mann. Wenn du nicht mit einer der Zerrissenen zusammen wärst, würde es dich dann überhaupt interessieren?"

Die Anschuldigung tut weh, weil sie mit Schuldgefühlen

einhergeht. Ich kann nicht behaupten, dass mir das Thema so wichtig gewesen wäre, wenn Ivy nicht Teil meines Lebens wäre. Dennoch …

„Vielleicht wäre es mir nicht ganz so wichtig, aber ich würde trotzdem wollen, dass die Wahrheit bekannt gegeben wird. Sie sind keine Verbrecher. Sie verdienen das nicht, was man ihnen angetan hat. Wenn wir bereit wären, ihnen dabei zu helfen, sich an ihre zerrissenen Seelen zu gewöhnen, anstatt sie sofort hinzurichten, würden sie diese Welt vielleicht *besser* anstatt schlechter machen."

Tinom zuckt mit den Achseln. „Es gibt mittlerweile viel weniger von ihnen als je zuvor. Die Furcht reicht tief. Leuten etwas zu erzählen, kann ihre tiefsitzenden Emotionen nicht auslöschen. Wir haben es mit genug Problemen zu tun, ohne Silanas Volk hinsichtlich seiner Überzeugungen zu verwirren und ihnen Schuldgefühle für eine Vergangenheit einzureden, die sie nicht ändern können."

Ich kann meine knirschenden Zähne nur mit Mühe voneinander lösen. „Was ist mit den Leuten, die weiterhin verletzt werden? Du würdest Ivy diesem Schicksal überlassen nach allem, was sie für das Königreich getan hat?"

Tinom heftet einen so unbeirrten Blick auf mich, dass es mir kalt über den Rücken läuft. „Ich akzeptiere deine Geliebte, weil sie *für den Moment* bewiesen hat, dass sie ihre Magie unter Kontrolle hat, und weil sie eine wichtige Rolle dabei spielen könnte, dass die Melchioreks den Thron zurückerhalten und Lothar verliert. Das bedeutet nicht, dass ich ihr länger als die nächsten Tage vertraue."

Während ich nach einer guten Antwort suche, macht er auf dem Absatz kehrt. „Wenn dir der Frieden in Silana wichtig ist, wirst du niemandem verraten, was du mir gerade erzählt hast. Nicht einmal deiner Liebhaberin."

Er marschiert aus dem Raum und seine letzte Aussage klingelt wie eine Drohung in meinen Ohren.

# ZWANZIG

*Ivy*

Als ich neben Priester Delfis trete, der an einer der Türen zu den Behandlungszimmern steht, senkt er den Kopf zu einem kurzen Nicken und widmet sich wieder der Beobachtung der Patienten im Raum. Traurigkeit hat von dem normalerweise heiteren Mann Besitz ergriffen.

Nachdem ich einen Blick in das Zimmer geworfen habe, ist nicht schwer, zu erraten, was seiner Laune einen Dämpfer versetzt hat.

Die acht Opferkomplizen sitzen oder liegen auf den schlichten, jedoch komfortablen Betten, die man ihnen gegeben hat. Ein paar Gläubige bewegen sich zwischen ihnen und sprechen mit beruhigender Stimme mit ihnen. Eine bringt einige Gläser mit Wasser und hilft jeder Person beim Trinken. Ein anderer reibt eine Salbe auf die Narbe am Knie eines Mannes.

Die Verstümmelungen der Komplizen sind für alle zu sehen, da ihnen die Schleier abgenommen wurden, damit sich die Leute des Tempels effektiv um diese armen Seelen kümmern können. Ich muss mich anstrengen, damit ich nicht vor Abscheu das Gesicht verziehe.

Es ist nicht gerecht, vor den vernarbten Gesichtern mit ihren leeren Augenhöhlen und abgeschnittenen Ohren und Nasen zurückzuschrecken; beim Anblick ihrer krummen Körper zusammenzucken zu wollen, denen beide Arme bis zu den Schultern, Stücke der Beine und noch mehr im Inneren ihrer schiefen Oberkörper fehlen.

Während ich zuschaue, erhebt sich eine der Gestalten schwankend. „Das ist nicht der Ort, an dem wir sein sollen", krächzt sie. „Wir müssen helfen … wir müssen unsere Macht geben …"

Einer der Gläubigen eilt an ihre Seite und hilft ihr wieder aufs Bett. Seine Stimme zittert leicht, als er über den Stumpf ihrer Schulter streichelt. „Immer mit der Ruhe. Dies ist der beste Ort, an dem du sein kannst. Wenn es dir vollkommen gut geht, wirst du dabei helfen können, Silana wieder auf den richtigen Kurs zu setzen, so wie du es tun wolltest."

Allerdings nicht auf die Art, die den Blutzauberern zufolge nötig ist.

Ich schlucke den Kloß, der in meiner Kehle aufgestiegen ist, sehe Delfis an und spreche mit leiser Stimme: „Wie viel hat man ihnen erzählt?"

Der Priester entfernt sich vom Türrahmen und fährt mit einer Hand durch seine zotteligen Haare, die noch unordentlicher sind als üblich. „Ich werde nicht zulassen, dass meine Gläubigen sie anlügen. Elox glaubt, dass Ehrlichkeit heilen kann. Allerdings haben wir es bisher vermieden, ihnen zu viele Einzelheiten zu erzählen. Sie sind immer noch sehr gestresst wegen ihrer Situation. Es scheint sie aufzuregen, dass man sich voller Freundlichkeit um sie kümmert. Wie sie behandelt worden sein müssen, bevor …"

Meine Kehle wird noch enger. „Ich weiß. Es ist schrecklich. In Florian wurden potenzielle Komplizen aus Waisenhäusern rekrutiert … Kinder, die keine Familie hatten, wurden dazu herangezogen, willige Opfer für das zu sein, was angeblich ein großer und wichtiger Zweck war."

Delfis zuckt entsetzt zusammen. Obwohl ich mir nicht

sicher bin, ob sich der Priester des Elox' dadurch besser fühlen wird, ertappe ich mich dabei, wie ich hinzufüge: „Der Mann, der diese Opfer organisiert hat, ist tot. Dafür habe ich gesorgt."

Er nickt und fragt nicht wie. Ich vermute, er will es lieber nicht wissen.

Wird es eine Zeit geben, in der ich diesem netten Mann die Wahrheit über meine eigene Magie verraten kann? Würde er meine zerrissene Seele so leicht akzeptieren, wie er diese gebrochenen Körper aufgenommen hat, oder würde er wie so viele andere vor mir zurückschrecken?

Ich bin mir nicht sicher, ob *ich* die Antwort auf diese Frage wissen will.

Delfis seufzt. „Sie haben noch einen langen Weg vor sich. Aber das hier *ist* der bestmögliche Ort für sie, um die Heilung zu finden, die sie brauchen. Ich werde darüber meditieren müssen, wie ich den Rest ihrer Existenz so angenehm und erfüllend wie möglich gestalten kann."

Es ist schwer vorstellbar, wie sie in ihrem aktuellen Zustand ein Leben haben können. Doch wenn ihnen jemand helfen kann, ist es Delfis.

Ich trete von einem Fuß auf den anderen und vermute bereits, welche Antwort ich auf die Frage erhalten werde, wegen der ich hergekommen bin. „Das ‚Festival der Freiheit' ist in weniger als zwei Tagen. Glaubst du, einer von ihnen wäre stabil genug, um sich dann für uns auszusprechen?"

Der Mund des Priesters verzieht sich entschuldigend. „Ich wünschte, ich könnte dir Hoffnung geben, muss jedoch sagen, dass es höchst unwahrscheinlich ist. Eine weitere Störung, wenn sie bereits große Schwierigkeiten haben, sich hier einzuleben, könnte ihre Genesung zurücksetzen. Ihr würdet ohnehin nicht riskieren wollen, dass sie sich für die Blutzauberer aussprechen oder Dinge gegen die Unterstützer der Königin sagen."

„Das würden wir nicht wollen", stimme ich zu und verkneife mir ein Seufzen. „Es gab einige andere Opferkomplizen, die wir vor Wochen aus einem Bordell in Pima retteten. Voleska erkundigt sich, ob einer von ihnen stabil genug ist, um sich für unsere Sache auszusprechen. Falls nicht … werden wir andere Wege finden."

Delfis schenkt mir ein Lächeln, bei dem ich mich doppelt so schuldig fühle wegen der Geheimnisse, die ich vor ihm habe. „Vergiss nicht, dich ebenfalls auszuruhen. Diejenigen, die am härtesten arbeiten, brauchen die meiste Zeit, um sich zu erholen."

„Natürlich." Ich bringe ein angespanntes Lächeln zustande.

Anschließend gehe ich geradewegs zu dem Zimmer, in dem wir unsere Strategiesitzungen abgehalten haben. Dabei komme ich an den Gäste-Schlafsälen vorbei, in denen wir schlafen.

Nach der Hälfte des Weges tritt Alek aus einer Tür. Bei meinem Anblick bleibt er wie angewurzelt stehen und streckt seine Hand aus, um mich zu sich zu winken.

Das Gesicht des Gelehrten sieht so gequält aus, dass mein Magen schlingert. Ich eile an seine Seite. „Was ist los?"

Er nimmt meinen Arm und führt mich in den Schlafsaal. Dort ist momentan niemand, obgleich die zerknitterten Decken von heute Morgen vom Tempelpersonal gerade gerückt wurden.

Alek blickt kurz in meine Augen, bevor sein Kopf sinkt. Er scheint sich zu sammeln, da sein Kiefer mahlt. Dann hebt er wieder das Kinn. „Ich habe etwas herausgefunden. Ich könnte in Schwierigkeiten geraten, wenn ich es dir erzähle. Aber ich denke, du musst es wissen."

Furcht legt sich um meinen Magen. „Was? Wer würde dir Schwierigkeiten bereiten?" Es ist schwer, sich etwas vorzustellen, was uns in größere persönliche Gefahr bringen könnte, als es die Blutzauberer bereits getan haben.

Alek atmet geräuschvoll aus und nimmt erneut meinen Arm. Beim Sprechen streichelt er mit dem Daumen über meine Haut. „In der Zuflucht habe ich ein Tagebuch gefunden, das von einem der ersten Zerrissenen geschrieben wurde. Es standen einige unglaubliche Dinge darin. Ich wusste nicht, ob ich der Geschichte glauben sollte, oder ob es nur Wahnsinn war, doch vor einigen Stunden fand ich Aufzeichnungen in der Tempelbibliothek, die den Bericht bestätigen."

Mein Mund wird trocken. Es geht hier um meine Magie?

Um etwas *Schlechtes*?

Ich zwinge mich, zu antworten. „Was stand in den Berichten?"

„Im Wesentlichen sagen sie … zerrissen zu sein, ist keine Strafe, welche die Götter nach der Großen Vergeltung ersonnen haben. Die ersten zerrissenen Seelen wurden nicht nach der Vergeltung geboren. Die Gottlen selbst, und vielleicht auch der Allesgeber, brachen die Seelen von Leuten, die bereits lebten, damit sie ihre Macht durch diese Leute leiten und Gerechtigkeit auf die ursprünglichen Blutzauberer herabregnen lassen konnten.“

Ich starre Alek einige Herzschläge lang an, bevor seine Worte zu mir durchdringen. „Die Götter *brauchten* es, dass wir zerrissen waren? Sie machten Leute so, damit sie *für sie* handelten?“

Alek neigt den Kopf, wobei sein Gesicht noch immer angespannt ist. „Ich weiß, es klingt verrückt … Es ergibt allerdings auch so viel Sinn, wenn man darüber nachdenkt, wie die Götter normalerweise mit der sterblichen Welt interagieren, wie wenig sie sich einmischen können. Und da sind auch die Dinge, die Kosmel zu dir gesagt hat, dass er deine Situation nicht schlimmer machen will, als es die Götter bereits getan haben … Es passt alles zusammen.“

Ich presse eine Hand auf meine Stirn, als könnte ich meine Gedanken auf diese Weise beruhigen. „Aber … warum haben die Gottlen die Wahrheit nicht deutlich gemacht? Warum haben sie den Priestern keine Botschaft gesandt? Warum haben sie die Leute nicht daran gehindert, uns zu jagen?“

„Ich weiß es nicht“, antwortet Alek leise. „Als sie realisierten, dass sie die Seelen nicht heilen konnten, die sie gebrochen hatten, dachten sie vielleicht, dass die Zerrissenen und ihre Nachkommen der restlichen Menschheit eine nützliche Warnung sein *würden*. Das bedeutet allerdings nicht, dass einer von euch es verdient, als Monster gesehen zu werden. Ich glaube, es ist wichtig, dass die Zerrissenen als Beschützer des Kontinents anfingen und ihn nicht zerstörten. Die Götter haben euch nicht als Test oder Warnung erschaffen, sondern als … als Komplizen.“

Ein bitteres Lachen entfährt mir. „Obwohl wir seitdem schrecklich viel zerstört haben?“

„Das ist nicht deine Schuld.“ Alek hebt seine Hand, um

meine Wange zu umfassen. „Leute wie du haben den Göttern die Mittel gegeben, die schlimmste Form brutaler Magie aufzuhalten, bevor sie zu weit ging. Sie benutzten diese Leute und konnten nicht reparieren, was sie gebrochen hatten. Also ließen sie euch noch mehr im Stich als der Allesgeber den Rest von uns. Wir sollten mit allen Zerrissenen zusammenarbeiten, um diese Fehler wiedergutzumachen, nicht euch zur Verzweiflung treiben und anschließend deswegen hinrichten.“

Er spricht so energisch, dass ich nicht daran zweifeln kann, wie ernst er die Worte meint. Tränen treten mir in die Augen.

Wie würde die Welt aussehen, wenn nicht alle in Furcht vor den Zerrissenen leben und glauben würden, dass diese gefangen und so bald wie möglich getötet werden müssen? Wenn stattdessen aus Fürsorge bei Kindern auf Anzeichen der Macht geachtet werden würde? Wenn die Zerrissenen die Ausbildung erhalten würden, die Sulla mir angeboten hat, und wenn ihre Fortschritte überwacht werden würden, damit sie nie verrückt werden?

Wie viel könnten sie zu den Reichen beitragen, wenn man ihnen diese Gelegenheit geben würde?

Wenn *wir* sie erhalten würden?

Ich bin immer noch zu schockiert, um mir Hoffnungen zu machen. Ich mustere Aleks Gesicht. „Du hast gesagt, du glaubst, du würdest in Schwierigkeiten geraten, wenn du mir das erzählst.“

Seine Kehle hüpft, als er schwer schluckt. „Ich habe es Tinom als Erstem erzählt, als ich dich nicht sofort fand. Und er … er hat den größten Beweis, den ich hatte, in den Kamin geworfen und mir gesagt, dass die Leute zu verwirrt wären, wenn wir die Wahrheit bekannt machen würden. Dass es die Konsequenzen nicht wert wäre.“

Kälte rieselt durch mein Inneres. Ich habe immer gewusst, dass der magische Berater meiner Kontrolle über meine Magie nur widerwillig traut, mir war jedoch nicht bewusst, dass er aktiv gegen mich arbeiten würde.

Anscheinend gilt die Gunst, die er mir gewährt hat, nur weil ich notwendig bin, um die Königsfamilie weiterhin zu schützen.

„Dann können wir ohnehin nichts tun", erwidere ich. „Wir haben keinen Beweis. Er würde es offensichtlich leugnen."

Alek schüttelt den Kopf. „Ich kann vielleicht noch andere Berichte finden. Es gab einige kürzere Erwähnungen, die wenigstens die Berichte bestätigen, die ich in der Zuflucht gefunden habe ... Das ist momentan nicht unsere drängendste Sorge, doch wenn wieder Ordnung in Silana herrscht, sollten die Leute die wahre Geschichte erfahren."

Eine sanfte, melodische Stimme erklingt an der Tür. „Das stimmt."

Alek und ich fahren beide herum.

Petra betritt das Zimmer. Ihre dunklen Augen sind ernst, als unsere zukünftige Königin den Gelehrten und schließlich mich mustert.

Mein Herz setzt einen Schlag aus, bevor es wie wild hämmert. „Wie viel hast du gehört?"

„Alles Wichtige, glaube ich. Es tut mir leid. Ich habe nach dir gesucht, um die aktuellsten Neuigkeiten von unseren Verbündeten in Nikodi zu erfahren, und als ich ein wenig von dem mitbekam, worüber ihr gesprochen habt ..." Eine leichte Röte überzieht ihre glatten Wangen. „Ich hätte reinkommen und richtig an dem Gespräch teilnehmen sollen. Ich habe mich zu sehr daran gewöhnt, mich im Hintergrund zu halten und einfach nur zuzuhören."

Bevor ich entscheiden kann, was ich sagen soll, macht sie noch einen Schritt und ergreift meine Hände. „Ivy, du weißt, dass ich dir vertraue. Ich habe gesehen, wie engagiert du bist und wie vorsichtig du warst. Ich will, dass dieses Land in Zukunft besser zu allen zerrissenen Zauberern ist. Also bitte sei gewiss, dass ich keinen Anteil an dem hatte, was ich dir gleich erzählen werde. Hätte ich es rechtzeitig herausgefunden, hätte ich versucht, es ihm auszureden."

Die Kälte in mir erstarrt vor Grauen. „Was?"

Petras Mund spannt sich an. „Mein Vater ... die Begnadigung ... Sogar am Ende weigerte er sich, zu glauben, dass du etwas anderes als eine Gefahr für das Land sein könntest. Er log in seinem Brief. Ich glaube, er wollte Stavros und den anderen vergeben, doch er traf Vorkehrungen, um dich bei deiner Ankunft zu überwältigen und in Gewahrsam zu nehmen.“

Die Enthüllung trifft mich wie ein unerwarteter Schlag. Die Luft rauscht mit einem Schmerz aus mir, der meine Lunge füllt. „Oh. Natürlich.“

Wie konnte ich mir jemals einbilden, dass mich der König als Verbündete willkommen heißen würde, der es zu einer seiner größten Missionen gemacht hat, Zerrissene zu jagen?

Aleks Augen blitzen auf. „Das ist schrecklich. Er versprach ihr eine Begnadigung und …“

„Er ist tot“, unterbreche ich ihn. „Teilweise wegen mir. Es ist nicht so, als hätte er sich vollkommen …“

„Nein.“ Petra drückt meine Hände. „Er *hat* sich geirrt. Vollkommen und absolut geirrt. Hätte er das früher realisiert, hätte Lothar nie die Gelegenheit gehabt, dich so zu benutzen. Ich erwähne das jetzt nur, weil Tinom von dem Plan wusste. Mein Vater vertraute den Zerrissenen nie und Tinom hält aus Loyalität an derselben Meinung fest. Ich habe ihm heftig widersprochen, wenn er Bedenken angebracht hat. Ich werde erneut mit ihm sprechen, dieses Mal energischer. Und wenn ich Königin bin, wird mein Wort Gesetz sein. Er wird sich daran gewöhnen müssen.“

Ich weiß, dass sie vorhat, mich zu trösten, der Schmerz weicht allerdings nicht. Wenn überhaupt ist mir nur übler.

Sie setzt sich nicht nur entgegen der öffentlichen Meinung, sondern auch der ihres übrigen Hofs für mich ein. Sie handelt sogar dem Andenken ihres Vaters zuwider.

Götter steht mir bei, wie kann ich das vergelten?

Wie kann ich sicherstellen, dass ich sie bei ihrem Versuch, *mich* zu retten, nicht mit nach unten ziehe?

Nach allem, was ich heute gehört habe, fällt es mir schwer, zu glauben, dass sich die Sichtweise der Welt auf die zerrissenen Zauberer jemals ändern kann. Ich darf nicht zulassen, dass eine vermutlich hoffnungslose Suche nach Gerechtigkeit Petras wahrem Zweck in die Quere kommt.

Ein Beben der Entschlossenheit steigt in meinen aufgewühlten Emotionen auf.

Ich muss ihren Glauben an mich nicht nur vor ihr, sondern

auch vor Tinom und allen anderen rechtfertigen, die ihren Anspruch auf den Thron unterstützen. Die meisten von ihnen werden zerrissene Magie vielleicht immer nur als eine Abscheulichkeit sehen und möglicherweise nie ihre Arme für die anderen dort draußen öffnen, doch ich kann weiterhin zeigen, dass *ich* so viel mehr bin.

Ich muss sicherstellen, dass wir das bevorstehende Fest nutzen, um Petra dem Thron näher zu bringen, was nütze ich ihr sonst?

Ich ergreife ihre Hände und nehme all meine Willenskraft zusammen, um mit ruhiger Stimme zu sprechen. „Dann lass uns dafür sorgen, dass du so bald wie menschenmöglich zur Königin ernannt wirst."

# Einundzwanzig

*Ivy*

Als wir das Stadttor inmitten eines Stroms aus plaudernden Feiernden passieren, kribbelt mein Nacken vor Sorge. Zwei Wachen in einer neuen Uniform aus blutroten Oberteilen und graubraunen Hosen stehen zu beiden Seiten des gebogenen Durchgangs. Ihre Hände ruhen auf den Griffen ihrer Schwerter, die noch in ihren Scheiden stecken.

Die Version der Kronenwache des Ordens der Wildheit scheint die Neuankömmlinge allerdings nicht besonders aufmerksam zu überwachen. Ihre Blicke gleiten genauso desinteressiert über unseren bescheidenen Karren wie über die anderen Leute.

Natürlich wird Lothars neues Festival der Freiheit in jeder Stadt im ganzen Land abgehalten. Seine Leute haben keinen Grund zu der Annahme, dass die kleine Widerstandsgruppe, die er vernichten will, hier in Tupno ist.

Soweit wir wissen, hat Filip nicht einmal weitergegeben, dass wir auf dem Weg in den Norden waren. Die Männer, die wir ausgesandt hatten, um die Treue des Abtrünnigen des Ordens zu überprüfen, kehrten vor ein paar Tagen zurück und berichteten, dass sie keine Hinweise darauf gesehen hätten, dass Lothar an dem Standort nach uns suchte, den wir als falsche Spur ausgelegt hatten.

Seit wir Florian verlassen haben, ist nichts mehr schiefgegangen. Ich glaube allmählich, dass wir doch nicht verraten wurden, sondern nur besonders großes Pech hatten.

Dennoch haben wir Filip auf diese spezielle Mission nicht eingeladen.

Ich tippe einem der Pferde an die Flanken, um es nach rechts zu führen, wo sich die Straße teilt. Der Karte zufolge, die wir gestern studiert haben, sollte uns diese zu dem größten Platz der Stadt führen.

Er ist nur wenige Blöcke von dem Palast entfernt, den ich bereits sehen kann. Silberne Türme erheben sich über die Dächer in der Nähe. Tupno ist eine der größten Städte Silanas und auch die Stadt mit einer königlichen Residenz, die dem Tempel der stillen Himmel am nächsten ist.

Wegen dieser königlichen Präsenz ist die Stadt ein großer Knotenpunkt für Reisen, Handelsgeschäfte und jegliche Kommunikation, die mit diesen Unterfangen einhergeht. Wir verlassen uns darauf, dass heute eine Menge Leute unsere Demonstration sehen – und die Nachricht verbreiten.

Sogar diese Straße, die zum Platz führt, summt vor Aktivität. Unser kleiner Strom Besucher mischt sich unter den Fluss der Einheimischen, der zu den größten Festivalbereichen treibt. Eifrige Stimmen sind ringsum in einem Strudel aus Worten zu hören.

Blutrote Banner, die mit der umgekehrten Allesgeber-Sigille bemalt sind, baumeln von Laternenpfählen und sind über die Vorderseite von Gebäuden drapiert worden. Wimpel in derselben Farbe wehen in der Brise.

Wie Streifen frischen Blutes. Nach dem Gemetzel, das ich die Blutzauberer habe anrichten sehen, dreht sich mir bei der kräftigen Farbe der Magen um.

Ich widerstehe dem Drang, zu dem Wagen zu blicken, in

dem unsere fünf Begleiter im Schatten eines Baldachins sitzen. Ich weiß nicht, welche Ordensmitglieder die Menge möglicherweise beobachten und ob sie meine Nervosität bemerken würden.

Neben mir betrachtet Casimir unser Umfeld nachdenklich. Als er spricht, tut er das mit so leiser Stimme, dass sie von dem Lärm ringsum übertönt wird. „Unser Publikum sollte eine gute Größe haben.“

Ich verkneife mir eine Grimasse. „All diese Leute gehen fröhlich zu einem Fest, um einen Mord zu feiern. Wie können sie damit einverstanden sein?“

Der Kurtisan zuckt mit den Achseln und seine Schulter streift meine. „Sie sind nicht zwangsläufig damit einverstanden. Es herrschten wochenlang Verwirrung und Ungewissheit, vor allem für Leute, die so dicht bei Eppun leben, wo der Aufstand begann. Lothar war klug – er realisierte, dass sie sich nach einer Gelegenheit sehnen würden, ihre Ängste hinter sich zu lassen und so zu tun, als gäbe es nichts, um das sie sich Sorgen machen müssen. Die Sorgen werden allerdings nach wie vor unter der Oberfläche lauern.“

Und ich vermute, dass eine große Anzahl von Silanas Bürgern die Aussagen des Ordens der Wildheit geschluckt hat. Sie machen sich gar keine Sorgen.

Wir müssen sie davon überzeugen, dass sie sich Sorgen machen sollten.

Mein Rücken kribbelt, weil ich mir der Gestalt bewusst bin, die unter einer Decke auf dem Boden des Wagens liegt, als würde sie einen Mittagsschlaf machen. In Wahrheit wollten wir den verstümmelten Körper des Mannes verbergen, damit die Zuschauer nichts Merkwürdiges bemerken, bevor wir in Position gehen.

Der Opferkomplize, der einwilligte, uns zu begleiten, klang nervös, als wir den Plan mit ihm durchsprachen, obwohl seine Genesung im Tempel in der Nähe von Pima dafür gesorgt hat, dass seine Loyalität den Blutzauberern gegenüber verblasst ist. Er bedankte sich bei Casimir für die wichtige Rolle, die der Kurtisan bei seiner Rettung aus dem Bordell gespielt hatte, in dem er und einige seiner Kameraden festgehalten worden waren. Allerdings spannte er sich auch an, als wir darüber redeten, dass er zu der Menschenmenge sprechen soll.

Am Ende stimmte er jedoch zu. Laut Voleska war er der Stabilste der Vier – weshalb sie ihn für diese Mission von ihren Leuten zu uns schmuggeln ließ. Das bedeutet allerdings nicht, dass die Aufgabe leicht für ihn werden wird.

„Bist du dir sicher, dass es richtig war, Poltus diese Rolle aufzudrängen?", muss ich einfach fragen. „Einem Haufen Fremder erzählen zu müssen, was er durchgemacht hat … Er riskiert es, erneut vom Orden gefangen genommen zu werden, und nur die Götter wissen, was sie ihm antun würden …"

Casimir schenkt mir ein sanftes Lächeln. „Ich würde nicht sagen, dass wir ihn gedrängt haben. Wir haben ihm erzählt, worauf wir hoffen, und er hat sich auf die Herausforderung eingelassen. Wie viele Male hast du deinen Hals riskiert, um dieses Land trotz der Schrecken zu beschützen, denen du dich bereits stellen musstest? Wir müssen den Opfern der Blutzauberer die gleiche Gelegenheit geben."

Er hat in dieser Hinsicht vermutlich ebenfalls recht, doch es fällt mir schwer, Poltus' Situation mit meiner zu vergleichen. Er wurde von seiner Kindheit an manipuliert und ist nur noch eine verstümmelte Version seiner selbst. Wenigstens hatte ich immer größtenteils die Kontrolle über mein Schicksal.

Möglicherweise sollte ich mir mehr Sorgen um den anderen Passagier machen, den wir tarnen. Als sich die Straßen vor uns öffnen, um ein Gewimmel aus Festivalbesuchern zu enthüllen, rutscht Petra näher zu der Stelle direkt hinter unseren Fahrersitzen.

Die Melchiorek-Erbin hat ihre glatten schwarzen Haare für die Fahrt unter eine mausbraune Perücke gesteckt. Ein ausgeleiertes Wollkleid bedeckt das edlere Gewand, das auf ihren echten Stand hinweist.

Mir wäre es noch immer lieber, wenn unsere zukünftige Königin sicher im Tempel wäre, während wir diese Mission durchführen, doch sie merkte zurecht an, wie aufgebracht die Leute waren, weil sie sich nicht zeigte, als sie in Florian mit ihnen sprach. Sie will, dass ihre Bürger sehen, dass sie gewillt ist, *ihren* Hals zu riskieren, um sie für sich zu gewinnen.

„Der Fluss ist zur Rechten, oder?", fragt sie. „Was denkt ihr, welches Gebäude eignet sich am besten für unsere … Präsentation jetzt, da wir die Optionen tatsächlich sehen können?"

Wir halten den Wagen an der Seite des ausladenden Marktplatzes und ich mustere ihn.

Weitere umgekehrte Allesgeber-Banner hängen überall entlang des Platzes. Unweit von uns wurden mehrere lange Holztische mit Gläsern voller Ale und Platten mit gefüllten Brötchen, Klößen und aufgeschnittenem Obst aufgestellt. Eine Mischung aus herzhaften und scharfen Gerüchen weht durch die Luft.

Soweit ich das erkennen kann, verlangen die Leute in den blutroten Oberteilen hinter den Tischen nichts für die Erfrischungen. Sie lächeln und nicken den Leuten zu, die vorbeikommen. Viele starren das Angebot mit großen Augen an, bevor sie sich einige Bissen nehmen.

Unzählige der Feiernden sehen eigenartig schmuddelig in ihren eleganten Kleidern aus. Die meisten Männer tragen bestickte Tuniken oder Westen und die Frauen bunte Seide, die jedoch etwas zu locker oder zu eng sitzt. Ihre Haare sind zerzaust und offen – manche sehen aus, als hätten sie seit mindestens einer Woche nicht gebadet.

Als mein Blick an einem anderen Tisch auf der gegenüberliegenden Seite des Platzes hängen bleibt, verstehe ich warum. Auf diesem häuft sich Stoff, den die Neuankömmlinge an sich reißen.

Casimir hat ihn ebenfalls entdeckt. Er zieht die Augenbrauen hoch. „Es sieht so aus, als würde der Orden der Wildheit auch Kostüme zur Verfügung stellen."

Und woher haben sie all diese edlen Kleider? Das ist nicht schwer, zu erraten.

„Gestohlen aus den Anwesen der Adligen, die sie übernommen haben", brumme ich. „Und vermutlich auch aus den königlichen Wohnsitzen."

Oder sie haben sie mit all dem Gold gekauft, das die

Blutzauberer ebenfalls geplündert haben. Opfert Lothar auch etwas von seinen Habseligkeiten oder gibt er nur her, was er gestohlen hat?

„Kommt, spielt die Spiele von einst!", ruft ein Ansager in der Nähe der Platzmitte. „Lasst uns das Herz unseres Erbes zurückerobern!"

Einige ältere Kinder drängen sich bereits zwischen Kreidelinien, die auf die Pflastersteine gemalt wurden. Es sieht wie eines der Spiele aus, von denen Alek Erwähnungen in Büchern gefunden hat.

Ein Spiel, das häufig mit gebrochenen Knochen endete, wenn die Feiernden von einst besonders eifrig bei der Sache waren. Momentan kichern die Kinder bloß, doch wir werden es im Auge behalten müssen für den Fall, dass das Spiel intensiver wird.

Eine Frau in einem dunkelroten Kleid ist in der Nähe des Spielbereichs auf ein Podest gestiegen. Sie streckt ihre Hände aus und ihre Stimme wird magisch verstärkt über die Menge projiziert. „Der König kann uns nicht mehr zurückhalten! Es steht uns frei, zu unseren Wurzeln zurückzukehren, zu dem, was uns mit dieser Welt und den Göttern verband, die uns geschaffen haben."

Lebhafte Musik erklingt von einer Gruppe Musiker hinter dem Podest und die Frau dreht sich in einem ruckartigen Tanz.

Wir waren auch auf das Tanzen vorbereitet. Ich hatte gehofft, die Bürger würde das chaotische Umherspringen abschrecken, das Alek beschrieben hatte, und dass wir es als Beweis für die bösen Absichten des Ordens nutzen können. Doch ich kann bereits sehen, dass die Bewegungen der Frau in der Menge rings um sie herum nachgeahmt werden.

Oh, tja. Wir können den Torden der Wildheit noch immer wegen seiner Berufungen auf die Vergangenheit anklagen. Wir müssen etwas tun, um diese Leute aus ihrer Benommenheit zu reißen.

Ich richte meinen Blick wieder auf die Gebäude entlang des Platzes. Wir wollen eine Position, von wo wir einen sicheren Abstand zur Menge haben, jedoch leicht von den Leuten am

Boden gesehen werden können – und in der Nähe des Flusses, der als Fluchtweg dienen wird.

Ich deute auf ein zweistöckiges Steingebäude mit einem Flachdach und einer schmalen Gasse zwischen ihm und seinem Nachbarn. „Dieses Gebäude sieht vielversprechend aus. Gehen wir zur Rückseite und vergewissern uns, dass es alles hat, was wir brauchen."

Rheave krabbelt aus dem Wagen gefolgt von dem Soldaten und Gläubigen, die uns begleitet haben. Sie helfen Poltus von der Ladefläche. Zum Glück ist der Winter so kalt, dass die tiefsitzende Kapuze und der Schal, die den Großteil seines Kopfs verdecken, nicht ungewöhnlich aussehen. Wir haben seine Kleider unter dem Umhang ausgepolstert, damit weniger offensichtlich ist, wie viel von seinem Körper fehlt.

Wir gehen am Rand der Menge entlang und schlängeln uns durch die Leute zu der Gasse. Ich lasse meinen Blick über die Feiernden in unserem Umfeld schweifen – und laufe beinahe in einen kleinen Jungen, der vor mich tritt und nichts als die Szenen vor seinen Augen zu sehen scheint.

Als ich zurückzucke, konzentriert sich das Kind – das nicht älter als sechs oder sieben Jahre sein kann – weiterhin auf die Masse aus Festivalbesuchern auf dem breiten Platz. Sein Blick ist begierig, doch etwas an seinem Gesichtsausdruck bringt mich auf den Gedanken, dass er auch beunruhigt ist.

Dann dreht er den Kopf zu mir und ich erstarre.

Seine Augen sind nichts als Weiß und pures Schwarz, als hätten die Pupillen seine Iriden geschluckt. Der unergründliche Blick erinnert mich an den seltsamen Mann, dem wir auf der Straße nach Nikodi begegneten – der uns vor bevorstehendem Verderben warnte und verschwand.

Dieser Mann hatte jedoch das runzelige Gesicht und die gebückte Haltung eines Körpers, der viele Jahrzehnte durchgemacht hatte, und dieses Kind vor mir hat garantiert noch kein einziges durchlebt.

Der Junge betrachtet mich kurz, bevor sich seine Lippen zu einem kleinen Lächeln biegen, als würden wir ein Geheimnis teilen. Er mustert die Feiernden erneut und das Lächeln verblasst. „Es ist alles eine Illusion. Sie wissen nicht, was darunter liegt.“

„Was …“, beginne ich, doch er ist bereits weitergehuscht und in die Menge getaucht. Innerhalb von Sekunden habe ich seine hellen Haare aus den Augen verloren.

Petra berührt meinen Arm von hinten. „Ist er jemand, wegen dem wir uns Sorgen machen sollten?“

Ich schüttle die plötzliche Nervosität mit einem Kopfschütteln ab. Es ist nicht so, als könnten nicht zwei Leute im Land die gleiche eigenartige dunkle Augenfarbe haben. Er ist nur ein seltsames kleines Kind.

„Ich glaube nicht“, antworte ich. „Gehen wir weiter.“

Auf der Rückseite des Gebäudes, das ich vorgeschlagen habe, stellen wir fest, dass es nur einen schmalen Pfad zwischen der Hintertür und dem mit einer Mauer versehenen Ufer von Tupnos breitem Fluss gibt. Eine klapprige Feuertreppe wird uns fast bis ganz hinauf zum Dach bringen.

Petra nickt zustimmend. Sie gibt dem Soldaten ein Zeichen. „Bringen wir alle auf das Dach und dann kannst du den Fluss nach einem Gefährt absuchen, das wir … ausleihen können.“

Poltus braucht die Hilfe des Soldaten und des Gläubigen, um die Treppe zu erklimmen. Als ich mich wappne, um ihnen zu folgen, berührt Casimir meine Schulter.

„Wir werden sie dazu bringen, die Wahrheit zu sehen“, sagt er. „Ganz gleich, was Lothar tut, er kann uns nicht daran hindern, uns zu wehren.“

Dann küsst er mich kurz, jedoch zärtlich genug, um ein Kribbeln bis in meine Zehen zu senden.

Als mich der Kurtisan loslässt, drängt sich Rheave mit intensiver Miene zu mir durch. „Ich werde auch bei dir sein“, verkündet der Daimon-Mann und nimmt sich ebenfalls einen sengenden Kuss.

Als ich schließlich die Treppe erklimme, sind meine Wangen heiß und ein Teil der Anspannung in mir hat sich gelockert.

Wir werden heute nicht jeden überzeugen, aber wir können dem Bild schaden, das der Orden der Wildheit von sich verbreitet hat. Wir sind mit Beweisen gekommen.

Ich werde Petra genauso wenig im Stich lassen, wie mich meine Männer enttäuschen werden.

Wir klettern auf das Dach und halten uns im hinteren Bereich auf, um uns vorzubereiten, während der Soldat wieder nach unten eilt. Die Musik, das Lachen und die aufgeregten Schreie der Menge auf dem Platz sorgen dafür, dass sich mein Magen verknotet.

Was Julita von dieser Feier gehalten hätte, von diesen Festlichkeiten, die sich um Schurken drehen, die sie als Peiniger kannte, kann ich mir nicht vorstellen. Ich bin froh, dass sie nie sehen musste, dass die Blutzauberer so viel Boden gutgemacht haben.

Wie können die Bürger dort unten so fröhlich sein, wenn dieses Festival dazu gedacht ist, den *Mord* an ihrem ehemaligen Herrscher zu feiern? König Konram hat möglicherweise einige seiner Leute vernachlässigt und ist hart gegen die Zerrissenen vorgegangen, doch er hat sich nie wie ein Tyrann aufgeführt.

Ich habe in den letzten Monaten mehr Brutalität von den Blutzauberern gesehen als in all den Jahren, in denen Konram und sein Vater vor ihm regierten.

Andererseits hat der Orden der Wildheit viele der Schrecken seiner Gründung vor dem restlichen Land geheim gehalten. Deswegen sind wir hier – deswegen ist Poltus hier.

Nachdem sie ihre Perücke und das schlichte Kleid abgelegt hat, tritt Petra an die Dachkante. Delfis war in der Lage, ein Verstärkeramulett für sie zu besorgen, das an einer Silberkette am Ansatz ihrer Kehle hängt. Der Gläubige, der uns begleitet hat, stellt sich an ihre Seite.

Als Petra das Kinn königlich reckt, nehmen Rheave und ich die beiden in unsere Mitte, bereit, sie notfalls zu beschützen. Rheave verlagert den Bogen an seiner Schulter.

Meine Magie kribbelt durch meine Brust, da sie von all den Energien unter uns aufgewühlt wird, die mich beunruhigt haben.

„Gute Leute von Tupno." Petras verstärkte Stimme hallt über den Platz und Dutzende Gesichter in der Menge drehen sich bereits bei den ersten wenigen Worten zu ihr um. „Ich komme als

Erbin der Melchiorek-Linie und rechtmäßige Königin Silanas zu euch, um den wahren Feind in eurer Mitte zu entlarven. Meine Familie hat dieses Land beinahe ein Jahrhundert lang geleitet, ohne den Zorn der Götter zu erregen, und ich beabsichtige, mich ab jetzt so gut ich kann um euch alle zu kümmern. Meine Eltern wurden von den Verrätern getötet, die uns unser Zuhause entrissen haben, nicht von einer göttlichen Einmischung."

Der Gläubige zieht seine Robe gerade. Seine Stimme ist in der verblüfften Stille zu hören, die sich über die Menge gelegt hat. „Ich habe geschworen, Elox zu dienen, und kann mich dafür verbürgen, dass man euch Lügen erzählt hat. Die Gottlen haben diesem Verrat nicht ihren Segen gegeben. Sie haben den Tod des Königs nicht verlangt. Dahinter steckte bloß menschliche Gier, die von der gleichen brutalen Magie angetrieben wurde, die einst den Zorn der Götter auf uns gelenkt hat. Es will sicherlich keiner von uns zu einer Vergangenheit zurückkehren, in der unsere Städte zerfielen und verbrannten? Doch dorthin wird uns der Orden der Wildheit führen. Die Frau neben mir ist die rechtmäßige Königin und entschlossen, Silana auf den richtigen Pfad zu Harmonie und Glück zu führen."

Ein Raunen geht durch die Menge der Zivilisten unter uns. Ich spanne mich instinktiv an, da ich mich an die Reaktion der Leute in Florian erinnere.

„Wenn die Götter das Mädchen auf dem Thron wollten, wäre sie dort!", brüllt jemand so laut, dass wir es hören können, gefolgt von einer Woge zustimmenden Murmelns.

„Die Götter können sich nicht schnell oder direkt einmischen", entgegnet Petra. „Die Melchioreks haben ihnen und euch allerdings immer gut gedient, ganz gleich, was Lothar behauptet. Wir haben dem Land wieder auf die Beine geholfen, nachdem das darische Kaiserreich vertrieben worden war. Meine Urgroßmutter begann ein Programm, bei dem Mediziner ausgebildet wurden, die anschließend das ganze Land bereisten. Mein Großvater sorgte dafür, dass neue Straßen zu den isoliertesten Teilen des Landes gebaut …"

Ein Sturm aus Stimmen unterbricht ihre Rede.

„Ich erinnere mich an nichts davon! Was hat König Konram in letzter Zeit für uns getan?"

„Warum hat der Rest von ihnen nicht wie der erste König für den Thron kämpfen müssen?"

„Richtig. König Konram wurde die Krone einfach überreicht. Wir waren ihm alle egal!"

Petra hält ihre Hand hoch. Sie hat anscheinend entschieden, dass es an der Zeit ist, nicht mehr Lothars Lügen anzusprechen, sondern ihren eigenen Wert als Herrscherin zu beweisen. „Ich verspreche euch, dass ihr mir nicht egal seid. Deswegen bin ich hergekommen, um persönlich mit euch zu sprechen. Mir ist bewusst, dass meine Vorfahren nicht perfekt waren, und ich beabsichtige, es besser zu machen. Ich will mir all eure Beschwerden anhören und …"

Die Menge gibt ihr keine Gelegenheit, die Verkündung ihrer Hingabe zu beenden. Weitere Stimmen unterbrechen sie und schreien uns an.

„Dich interessiert es jetzt bloß, weil du deinen schicken Palast verloren hast!"

„Ich habe heute mehr zu essen bekommen als in den letzten Jahren. Der Orden der Wildheit hat uns das gegeben, nicht du."

„Sie verbessern die Lage und reden nicht nur."

„Die Königsfamilie hat sich nie damit befasst, was jemand anderes als die Adligen brauchte."

„Sie haben eine gute Sache getan und dachten, sie sollten deswegen für immer über uns herrschen. Wir müssen alle für das arbeiten, was wir wollen."

Der Gläubige breitet flehend seine Arme aus. „Meine Mitbürger, wenn ihr nur zuhören würdet. Wir können euch zeigen …"

„Wir haben genug gesehen", blafft jemand. „Wir wissen, wer unsere Interessen im Sinn hat."

„Der Orden der Wildheit hat uns befreit!"

Petra und der Gläubige schauen beide zu mir und blicken zu Poltus, der mit Casimir unbeholfen auf den Dachziegeln sitzt. Das ist mein Zeichen, dem Kurtisan dabei zu helfen, den Opferkomplizen zu ihnen zu bringen.

Sie hoffen wahrscheinlich, dass sein Anblick die Menge so schockieren wird, dass sie ihre Proteste vergessen.

Ich will mich bewegen, doch urplötzlich fühlen sich meine Beine bleischwer an. Meine Aufmerksamkeit springt zurück zur Menge – die erhobenen Fäuste, die vor Frust lauten Stimmen. All die geschrienen Worte scheppern durch mein Gehirn.

Wir haben uns geirrt – sowohl diejenigen, welche die Königin unterstützen, als auch der Orden der Wildheit.

Dem gemeinen Volk von Silana ist egal, wie die Leute vor hunderten von Jahren gelebt haben. Sie versuchen nicht, zu ihren Wurzeln zurückzukehren oder irgendeine der Metaphern wahrzumachen, mit denen der Orden um sich wirft.

Sie wollen einfach nur *jetzt* überleben. Sie wollen, dass ihre Bedürfnisse befriedigt werden, und sie wollen wissen, dass sie jemanden haben, den sie um Hilfe bitten können.

Der sie anhört.

Lothars Herangehensweise geht jedoch so viel besser auf sie ein als unsere, ob nun absichtlich oder unabsichtlich.

Wie könnte es auch anders sein? Er hat so viele Leute, dass er ein Bankett organisieren, haufenweise edle Kleider verschenken und eine landesweite Feier austragen kann, bei der alles zur Verfügung gestellt wird. Er hat in jeder Stadt Anhänger, die den Einheimischen versichern, dass sie alles auf die grundlegendste Art in Ordnung bringen werden.

Gibt es zu diesem Zeitpunkt irgendetwas, was wir ihnen zeigen können, was ihre Meinung ändern wird? So viele Leute waren unter der Herrschaft der Melchioreks wütend und hatten es satt, zu sehen, dass diejenigen mit einem Titel oder die Reichen bevorzugt wurden.

Sind sie wirklich gewillt, abzuwarten und zu schauen, ob Petra besser sein wird, ganz egal, was wir ihnen über den Orden erzählen? Werden sie uns glauben, wenn wir ihnen den Beweis vorführen?

Poltus schwankt dort, wo er sitzt, und murmelt abgehackt. Ein Schauder durchläuft seinen Körper.

Er kann alles hören, was die Menge sagt und dass die Leute gelobt werden, die ihn verstümmelt haben. Und jetzt werden wir ihn ihrem Urteil aussetzen, obwohl sie ihm möglicherweise dieselben harschen Worte an den Kopf werfen werden – obwohl es möglicherweise keinen Unterschied machen wird?

Wurde er nicht genug traumatisiert? Inwiefern sind wir besser als die Blutzauberer, wenn wir ihre Opfer zu unseren eigenen Zwecken nutzen, ohne uns darum zu kümmern, wie es ihnen schaden könnte?

In diesem Moment gibt es nichts, was ich lieber tun würde, als meine Kameraden zu versammeln und weit weg zu rennen. Weit, weit weg zu irgendeinem anderen Land, wo wir dem Orden der Wildheit entkommen und wenigstens in einer Art Frieden leben können.

Vielleicht ist das sogar das Beste, was ich für Petra und ihre Geschwister tun kann, bevor ihre Mission, den Thron zurückzuerobern, zu weiteren Tragödien führt.

Vielleicht verdienen es all diese Leute dort unten, herauszufinden, wen sie unterstützen, wenn die Blutzauberer aufhören, zu geben, und anfangen, zu nehmen. Was hat das Volk von Silana jemals für *mich* getan abgesehen davon, darüber zu sprechen, dass meine Art zum Galgen geschickt werden soll?

Ich mache einen Schritt auf Poltus zu und bin kurz davor, eine Flucht vorzuschlagen, als noch ein Schrei von unten heraufschallt.

„Der Orden passt auf uns *alle* auf. Er will, dass wir ein gutes Leben haben!"

Poltus zuckt zusammen, wird steif und sein Kiefer spannt sich an. Ich kann die Ablehnung dieser Worte auf seinem gesamten vernarbten Gesicht sehen.

Er weiß genauso gut wie ich, dass sie eine Lüge sind. Es ist so, wie das fremde Kind zu mir gesagt hat – Lothar hat eine Illusion geschaffen.

Götter straft mich, ich kann es den Leuten nicht verdenken, dass sie auf die Blutzauberer hören, wenn wir ihnen keine Gelegenheit geben, die Wahrheit zu sehen.

Ich gehe neben Poltus in die Hocke. Es sollte seine Entscheidung sein.

„Bist du bereit, deine Geschichte zu erzählen?", frage ich. „Ich weiß nicht, wie sie reagieren werden."

Er richtet seine armlose Gestalt entschlossen auf. „Es spielt keine Rolle. Sie sollten wissen, was Lothars Leute getan haben."

Meine Brust zieht sich um mein Herz herum zusammen, doch als ich Casimir ansehe, nickt er.

Wir stecken alle gemeinsam in dieser Sache – sogar die Leute dort unten, die Petra ihre eigenen Worte vorgeworfen haben.

Die Blutzauberer sind hier die einzigen echten Bösewichte.

Und vielleicht könnte Poltus es genauso wenig mit seinem Gewissen vereinbaren wie ich, wenn wir die Blutzauberer nicht auf jede mögliche Art entblößen. Das hier ist nicht nur mein Kampf.

Ich helfe ihm auf die Beine und stütze ihn auf einer Seite, während Casimir ihn von der anderen führt. Wir öffnen den Umhang, der seine schlimmsten Verstümmelungen verborgen hat, und lassen ihn fallen. Poltus hat den Schal bereits abgelegt.

Als sie uns kommen sehen, treten Petra und der Gläubige beiseite. „Seht, was der Orden der Wildheit euren Kindern angetan hat", ruft der Gläubige. „So treiben sie ihre Magie an … nicht durch ihre eigne Arbeit, sondern durch die gewaltigen Opfer anderer."

„Was hast du jemals …", beginnt jemand, zu rufen, doch sogar diese Stimme bricht mit einem entsetzten Keuchen ab.

Schreie und erschrockenes Murmeln gehen durch die Menge, die zu Poltus aufsieht. Ich bemühe mich, nicht zusammenzuzucken.

Selbst wenn sie seine Geschichte glauben, kann es nicht leicht für ihn sein, ihre Reaktionen zu hören.

Petra legt ihr Verstärkeramulett um den Hals des Komplizen. Er hebt seine Stimme trotz der Geräusche der Abscheu, die von unten aufsteigen.

„Alles, was Königin Petra gesagt hat, stimmt", verkündet er mit belegter, jedoch ruhiger Stimme. „Der Orden der Wildheit wird von Leuten geführt, die ihre Magie erhalten, indem sie diese von anderen Leuten leihen. Als ich klein war und gerade meine Mutter verloren hatte, überzeugte mich eine Frau, die für den Orden arbeitete, dass ich den Rest meiner Familie und das

Land am besten beschützen könnte, indem ich das größte Opfer erbringe, das ich geben konnte."

Er legt den Kopf zur Seite, damit die Leute seine fehlenden Gesichtsmerkmale besser sehen können. „Ich gab meine Augen auf, meine Ohren, meine Nase, meine Arme. Aus meinem Inneren nahmen sie sogar noch mehr. Ich dachte, ich würde dabei helfen, eine bessere Welt zu erschaffen. Doch wenn sie eine Welt wollen, die besser für alle ist, warum sperren sie mich und all die anderen Leute wie Gefangene weg, die wie ich Opfer erbracht haben? Warum haben sie uns versteckt, damit ihr nicht davon erfahrt?"

Eine Stimme durchbricht den unsicheren Aufruhr unter uns. „Sie haben das auch anderen Leuten angetan?"

„Einer Menge anderer Leute", verkündet Poltus, dessen Stimme noch kraftvoller wird.

Ich drücke seine Seite ermutigend und er spricht weiter. „Es wurden drei andere im gleichen Raum untergebracht wie ich. Seitdem habe ich acht kennengelernt, die anderswo gehalten wurden. Ich habe von Dutzenden weiteren gehört. Wie denkt ihr, haben sie es geschafft, die gesamte königliche Armee zu überwältigen? Woher könnte all diese Magie kommen? Sie wurde von Leuten gestohlen, die sie belogen haben, und sie werden auch euch belügen, bis es zu spät ist. Außer wir beenden diesen Wahnsinn!"

Ein uneinheitliches Brüllen der Zustimmung bebt durch die Menge. Erleichterung durchfährt mich.

Wenigstens einige von ihnen glauben ihm. Wenigstens einige stellen infrage, was man ihnen erzählt hat.

Mehrere Leute haben sich zu dem Ordensmitglied umgedreht, das die Tänze angeleitet hat. Ich sehe, wie eine Frau ein Mädchen von dem Tanzbereich wegzieht, während andere ihre Finger ausstrecken, als würden sie anschuldigende Fragen stellen.

„Wo ist der Orden?", brüllt jemand.

„Was verbergen sie noch?"

„Wir brauchen Antworten!"

Ein Aufblitzen von Scharlachrot am Rand der Menge veranlasst mich dazu, den Kopf zu drehen. Eine Gruppe bewaffneter Gestalten in der neuen Uniform des Ordens drängt sich am Rand des Platzes entlang und kommt auf unser Gebäude zu.

Mein Herz macht einen Satz. Ich greife nach Petra. „Eure Hoheit, es ist Zeit, zu gehen. Wir müssen zum Fluss.“

Der Gläubige ist bereits zum hinteren Teil des Dachs gerannt. Sein Gesicht erbleicht. „Sie kommen aus beiden Richtungen. Ich glaube nicht, dass wir es rechtzeitig nach unten schaffen.“

Darauf sind wir vorbereitet. Ich schlinge meinen Arm um Poltus’ Rücken und wappne mich. „Dann müssen wir springen.“

# ZWEIUNDZWANZIG

*Rheave*

Wenn nicht wütende Leute da wären, die Dolche und Schwerter in unsere Richtung schwenken, würde ich den Sprung vom Dach vermutlich genießen. Durch die Luft zu segeln, fühlt sich an, als würde ich einen Augenblick lang fliegen. Dann lande ich mit einem kalten Platsch im Wasser.

Die Strömung der Flüssigkeit verzehrt mich, rauscht gegen meine Haut und in meine Kleider und Haare. Die Kälte kribbelt auf belebende Art durch meine Nerven.

Dann drücken meine Glieder gegen das Wasser und mein Kopf durchbricht die Oberfläche. Ein morastiger Geruch füllt meine Nase mit einer leicht widerlichen Note, die darauf hindeutet, dass der Fluss nicht so sauber ist wie die Bäche, aus denen wir auf unseren vielen Reisen durchs Land getrunken haben.

Drängende Schreie bombardieren meine Ohren. Ich presse meinen Bogen an meine Seite und blinzle die Feuchtigkeit aus meinen Augen, um besser zu sehen.

Mehrere Gestalten in roten Oberteilen sind ans Flussufer gestürmt, das aus einer Steinmauer besteht, die sich einige Meter über unseren Köpfen befindet. In dem Wasser ringsum wippen meine Kameraden.

Mein Blick heftet sich als Erstes auf Ivys rötlich blonde Haare, die von der Feuchtigkeit dunkler sind als üblich. Sie schwimmt mit dem Wasserstrom. Ihre schlanken, blassen Glieder heben sich und fallen einige Armlängen vor mir.

Direkt hinter ihr treiben Casimir und der Mann in der Tempelrobe in der Strömung. Sie halten das arme Opfer der Blutzauberer zwischen sich fest. Natürlich – ein Mann ohne Arme kann nicht schwimmen.

In ihrer Nähe zeichnet sich Petras dunkler Kopf vor der aufgewühlten grauen Oberfläche ab. Sie hat sich auf ihre Seite gedreht, während sie das Wasser tritt, und ihr Kopf ist so geneigt, dass sie sich auf das Boot konzentrieren kann, das nur wenige Schritte flussabwärts ist.

Unser Soldat steht an der Seite der gebogenen Holzstruktur und ist nach unten gebeugt, damit er bereit ist, Petras Hand zu packen und sie in das Gefährt zu zerren, sobald sie ihn erreicht. Er soll das für uns alle tun, doch nach einem Blick schätze ich, dass ich hoch genug springen kann, um selbst die Bootkante zu greifen.

Ich zerre meine Glieder durch das fließende Wasser – und ein Pfeil, der vor magischer Energie summt, saust vom Ufer aus an mir vorbei zum Boot.

Das Geschoss kracht in den Rumpf des Boots. Ich weiß von meinem eigenen Training, dass ein gewöhnlicher Pfeil seine Spitze einfach ins Holz bohren und dort stecken bleiben würde, ohne einen anderen Schaden als einen Kratzer an der Oberfläche zu verursachen.

Das ist jedoch eindeutig kein normaler Pfeil.

Mit der Magie, mit der die Blutzauberer ihn belegt haben, durchbricht er die Bretter. Ein Riss öffnet sich an der Einschlagstelle und schießt bis hinab zur Wasseroberfläche.

Und der Fluss strömt hinein.

Der Soldat schreit alarmiert und wendet sich dem Loch zu.

Sogar mit meinem begrenzten Wissen von Booten kann ich sehen, dass es sich nicht flicken lässt.

Dann saust noch ein Pfeil durch die Luft und landet in der Brust des Soldaten.

Dieses Mal schreit Petra. Der Soldat taumelt und fällt rückwärts in das bereits sinkende Boot.

Dringlichkeit schießt durch meine Adern. Unser Fluchtplan wurde zerstört – und die Blutzauberer werden weiterhin auf uns schießen.

Ich werfe Ivy einen besorgten Blick zu, bevor ich nach meinem Bogen greife. Vielleicht kann ich mich im Wasser hoch genug stemmen, um selbst einen Pfeil abzufeuern. Wenn ich nur in die richtige Position gelangen kann …

Während ich in der Strömung mit der Waffe kämpfe, drehe ich mich zu unseren Angreifern um. Sie verschwinden kurz außer Sicht, als ich an dem kenternden Boot vorbeitreibe. Ich greife hinter meine Schulter zu meinem Köcher …

Und mein anderer Arm kracht gegen die Steinmauer am Flussufer. Mein Ellenbogen erschaudert und meine Finger öffnen sich zuckend.

Der Bogen treibt von mir davon, gefangen im strömenden Wasser. Ich wirble um die Biegung, deren Herannahen ich nicht bemerkt habe.

Die Strömung verändert sich und reißt mich schneller mit sich. Ich sause so schnell an Ivy vorbei, dass ich keine Zeit habe, nach ihr zu greifen.

Ich wuchte mich zur Seite, sodass ich nicht mit Casimirs Trio zusammenstoße. Meine Hände schieben nutzlos Wasser beiseite.

Petra hebt den Kopf über die Oberfläche, um einen Befehl zu keuchen. „Wir müssen immer noch zum Gitter! Wir können auf dem gleichen Weg fliehen. Schwimmt einfach!"

Einfach schwimmen. Einfach schwimmen.

Doch wir können uns nicht so effektiv durchs Wasser bewegen, wie es ein Boot getan hätte. Wir haben nicht den Schutz seines Holzes, auch wenn sich das angesichts der Waffen der Blutzauberer als erbärmlicher Schild erwiesen hat.

Eine frische Salve aus Schreien erklingt zu beiden Seiten von uns. Weitere rotgekleidete Gestalten erscheinen an beiden Ufern, da sie vorausgerannt sind oder von ihren Kollegen gerufen wurden.

Eine Frau am gegenüberliegenden Ufer zieht ihre Bogensehne zurück. Zielt sie auf Ivy?

Vor Panik setzt mein Herz einen Schlag aus. Vor meinem inneren Auge blitzt das Bild auf, wie der Pfeil so in Ivys Schädel einschlägt wie der andere in die Brust der Wache.

*Nein.*

Ich schlage wild nach dem wogenden Wasser, kann mich jedoch nicht näher zu ihr befördern. Meine durchtränkten Kleider zerren an meinen Gliedern.

Sie ist zu weit von mir entfernt.

Ich darf nicht zulassen, dass sie ihr wehtun. Meine Ivy. Meine kleine Liane.

Der Pfeil zischt durch die Luft – und schlägt unweit von Ivys Schulter im Wasser ein. Anstatt Erleichterung durchströmt meinen Körper mehr Panik.

Er war so nah. So viel näher, als ich es bin.

Sie könnten meine kostbare Frau vor meinen Augen ermorden.

Ich hebe meinen Arm in dem Versuch, meine knisternde Magie auf unsere Angreifer zu schleudern, obwohl ich nicht weiß, wie viel Schaden ich aus dieser Entfernung anrichten kann. Die wechselnde Strömung beeinträchtigt jedoch meine Zielgenauigkeit.

Das knisternde Licht, das ich aussende, klatscht stattdessen gegen das Flussufer und zieht schwarze Streifen über die Steine.

Ein weiterer Pfeil fliegt auf uns zu und noch einer. Wir schwimmen um eine zweite Biegung im Fluss.

Kurz werde ich herumgewirbelt und kann Ivy nicht sehen.

Als ich mich durch das Wasser kämpfe, um mich ihr wieder zuzudrehen, wickelt sich eine bitterere Angst um meine Brust und drückt meine Lunge zusammen.

Falls wir es hier nicht rausschaffen – falls ich sie verliere – wird mich erneut all der Schmerz packen, der in mir brannte, nachdem Lothar sie entführt hatte. Das ist schlimmer, als von einhundert Pfeilen durchbohrt zu werden.

Ich weiß nicht ... Ich kann den Gedanken nicht einmal begreifen ... Was soll ich tun?

Wie kann ich uns retten?

Zu beobachten, wie der Mann neulich nachts ein Messer an ihre Kehle hielt, war schlimm genug. Damals konnte ich wenigstens sofort sehen, wie ich ihn von ihr wegschießen konnte.

Jetzt bin ich so in der Situation gefangen wie sie. Nichts, was ich tun kann, macht einen Unterschied.

Ivys Mund taucht unter die Wasseroberfläche. Sie spuckt und winkt mir. Was immer sie sagt, geht in der aufwallenden Verzweiflung verloren, die meinen Körper verschlungen hat.

Ich versteife mich und sinke. Meine Beine zucken automatisch und schicken mich wieder an die Oberfläche, wo ich ebenfalls Wasser spucke.

Petra schreit etwas zu meiner Linken. Casimir schaut zu mir zurück und seine Stirn legt sich in Falten.

Einer der Männer am Ufer schleudert ein Messer auf Ivys Kopf. Sie zuckt zur Seite, doch ein abstehendes Stück des Griffs knallt gegen ihre Schläfe.

Mein Mund öffnet sich zu einem Protestschrei, der sich in meiner Kehle aufbaut, und ihr Blick bohrt sich in meinen. Er ist verblüffend blau im Vergleich zu dem trüben Wasser. Endlich durchdringt ihre Stimme den Nebel in meinem Kopf.

„Das Gitter!", ruft sie. „Es ist Zeit!"

Plötzlich verstehe ich.

Ich muss meinen Teil des Plans erledigen – selbst wenn wir im Boot gewesen wären, hätte ich diese Aufgabe durchführen sollen.

Meine Ängste haben meine Pflicht aus meinen Gedanken gelöscht.

Mit zittrigem Atem und einem Anflug von Scham reiße ich mich zielstrebig herum. Nur wenige Bootslängen entfernt ragen die dicken Stadtmauern auf – und die Brücke, die sich über den Fluss biegt und unter der sich ein Stahlgitter befindet, um heimliche Reisen auf diesem Weg zu verhindern.

Die Öffnung erhebt sich nur einen Meter über dem Wasser – im Boot hätten wir uns tief ducken müssen, um den

Raum unter dem Steinbogen zu passieren. Das wird jetzt keine Rolle spielen, da wir im Wasser sind, allerdings muss das Gitter offen sein.

Wenn wir die Stäbe erreichen, während sie noch geschlossen sind, werden wir leichte Ziele für unsere Verfolger darstellen.

Ich widme der Metallstruktur meine ganze Aufmerksamkeit – und dem Schloss, dass das Gitter sichert – und lasse meine Hände vorschnellen.

Der erste Aufprall meiner Magie verbiegt das Metall, bricht es jedoch nicht.

Als ich noch näher sause, sende ich einen zweiten, schärferen Energiestrahl aus.

Das Schloss schmilzt zusammen mit einem bedeutsamen Stück des Riegels, der es an Ort und Stelle gehalten hat. Ich neige mich nach hinten und krache mit den Füßen voran in die Gitterstäbe, wobei ich einen letzten Magiestoß auf die Angeln auf der anderen Seite richte.

Die Metallstreifen knistern und das Gitter wird weggerissen. Es fließt unter der Brücke vor mir davon und wird von der Flussströmung weggetragen.

Ich richte mich gerade rechtzeitig auf, um zu sehen, wie meine Kameraden hinter mir durch die Öffnung gleiten. Frustrierte Schreie erreichen uns von der anderen Seite, aber die Blutzauberer werden uns nicht ins Wasser folgen – und sie können nicht über die Mauer springen.

Sie müssen zum nächsten Tor an Land rennen. Wir können weit weg von der Stadt sein, bis sie den Fluss erreichen.

Während wir im Wasser dahintreiben, fließt es an einigen Bauernhöfen vorbei und in einen Wald, den wir uns im Voraus angesehen haben. Der Baumstamm, den der nun tote Soldat und ich ein ganzes Stück in die Strömung gewuchtet haben, ragt immer noch vom Ufer ins Wasser, wo wir ihn zurückgelassen haben.

Ich packe einen Ast und wirble herum, um Petra in Sicherheit zu ziehen. Casimir und der Gläubige hangeln sich an dem nassen Holz zum Ufer und ziehen den Opferkomplizen mit sich.

Ich bleibe im Wasser, bis Ivy mich erreicht. Sie streckt ihre

Arme aus, um sich am Baumstamm festzuhalten, doch ich schlinge meinen Arm um sie, bevor sie das Holz zu fassen bekommt.

Die Frage kommt zittrig über meine Lippen. „Bist du okay, kleine Liane?"

Sie betrachtet mich. Sie ist unversehrt mit Ausnahme eines Blutergusses, der sich dort formt, wo der Messergriff ihre Schläfe getroffen hat. „Ich bin nur froh, dass ich dort rausgekommen bin. Bist *du* okay?"

Ich zwinge meinen Mund zu einem Lächeln. „Das bin ich, wenn du es bist."

Obwohl diese Aussage wahr ist, hämmert mein Herz schwer gegen meine Rippen, während wir zum Ufer platschen und durch den Wald zu den wartenden Pferden stapfen, die wir versteckt haben. Krümel schnaubt zum Gruß, als sei er so erleichtert wie ich, Ivy zurückkehren zu sehen.

Sie ist okay. Allerdings nicht dank mir.

Ich habe sie beinahe in größere Gefahr gebracht, indem ich im Fluss erstarrte.

Was stimmt nur nicht mit mir? War diese lähmende Mischung aus Angst und Schmerz eine Wirkung meines menschlichen Körpers, vor der mich niemand gewarnt hat?

Wir reiten so schnell zum Tempel, wie die Pferde rennen können, wobei der Gläubige seinen armlosen Kameraden fest an seine Brust drückt, um sein Gleichgewicht zu wahren. Ein Schmerz aus Verlangen und Scham durchströmt mich von der Kehle bis zum Magen. Ich wünschte, ich könnte Ivy so halten, und frage mich zugleich, ob ich das verdiene, nachdem ich sie beinahe so schlimm im Stich gelassen habe. Ich hasse es, dass ich nicht sagen kann, dass ich es verdiene.

Die Reise vergeht in einem Wirrwarr aus Emotionen. Als wir den Tempelstall erreichen, rutsche ich vom Rücken meines Reittiers. Ich habe vor, Ivy an mich zu drücken und festzuhalten, bis sich alles in mir wieder beruhigt hat.

Doch Casimir packt meinen Arm zuerst.

„Rheave", sagt der Kurtisan mit leiser Stimme, „wir sollten den Damen eine Gelegenheit geben, den Dreck vom Fluss und der Straße abzuwaschen. Warum waschen wir uns nicht ebenfalls?"

Etwas an seinem Ton bringt mich auf den Gedanken, dass diese Ablenkung wichtig für ihn ist. Er weiß womöglich etwas, was ich nicht weiß.

Als ich wieder zu Ivy schaue, schießt einer dieser beunruhigenden Stiche durch meinen Bauch, die sowohl aus Hingabe als auch Entsetzen bestehen. Ich weiß ohnehin nicht, was ich im Moment will.

Also folge ich Casimir durch die Gebäude zu einem der Badezimmer des Tempels, wobei wir auf dem Weg frische Kleider einsammeln. Meine vom Fluss durchtränkte Tunika und Hose sind an meiner Haut steif geworden.

Soweit ich das verstehe, befasst sich Elox nicht mit sinnlicher Befriedigung wie Ardone, Casimirs Gottlen. Behaglichkeit ist dem Gottlen des Friedens und der Heilung allerdings wichtig. Das Badezimmer ist zwar klein und schlicht, jedoch mit Wärme und vielen Handtüchern gefüllt, die auf einem Regal gestapelt sind. Der Geruch von Lavendelöl hängt in der Luft.

Anstatt sofort zu einer der Duschkabinen zu gehen, setzt sich Casimir auf die glatte weiße Bank. Er bedeutet mir, mich ihm anzuschließen.

„Etwas bedrückt dich nun schon seit einer Weile", stellt er fest, als ich auf das andere Ende sinke. „Du bist nicht mehr dein altes Selbst, seit Ivy entführt wurde. Ich vermute, dass deine Orientierungslosigkeit im Fluss mit demselben Problem zusammenhängt."

Eine beschämte Hitze kribbelt über mein Gesicht. Ich schätze, wenn einer meiner Kameraden meine Gefühle erraten kann, ist das der Mann, der wie kein anderer auf Emotionen und Beziehungen eingestellt ist. Wenigstens liegt kein Urteil in Casimirs Ton.

Vielleicht kann er mir helfen, den Wirrwarr zu entwirren, in den ich geraten bin.

Ich blicke auf meine leeren Hände hinab. „Es ergibt keinen Sinn für mich. Die Gefühle passen nicht zusammen."

„Warum erzählst du mir nicht davon und ich werde schauen, was ich aus ihnen machen kann?"

Ich atme tief ein. „Ivy ist mir so wichtig. Ich weiß nicht … Ich weiß nicht, ob ich diesen Körper noch behalten und ein menschenähnliches Leben führen wollen würde, wenn sie nicht wäre. Allein in ihrer Nähe zu sein, macht mich glücklich. Ich glaube, das ist es, was du Liebe nennen würdest, oder? Ich liebe sie."

Die Worte entzünden eine Flamme in meiner Brust, die warm und scharf ist. Ich weiß, dass sie stimmen, noch bevor Casimir antwortet.

„Du kannst deine Emotionen am besten beurteilen", erwidert er. „Doch nach dieser Beschreibung zu urteilen, würde ich dir zustimmen."

Ich verziehe das Gesicht. „Aber sollte Liebe nicht *gut* sein? Sie soll Freude bringen und das Leben heller machen und … Sie *sollte* diese Dinge sein. Warum tut sie mir auch weh?"

Casimir legt sanft eine Hand auf meinen Rücken. „Wie tut sie weh?"

Ich kämpfe mit meinen verworrenen Gefühlen, bis ich ihnen eine zusammenhängende Antwort abringen kann. „Als Lothar Ivy entführte … Als wir herausfanden, wozu er sie gezwungen hatte, dass sie sich selbst verletzen musste, und wir nicht wussten, ob wir sie würden retten können … Ich habe noch nie solche Schmerzen verspürt, nicht einmal, als ich in diesem Körper verletzt wurde. Und ich konnte ihnen nicht entkommen. Es gab nichts, zu heilen oder zu verbinden. Die Schmerzen haben sich von innen heraus um mich gewickelt, als … als wäre ich in dem Schmerz gefangen."

Meine Stimme sinkt. „Es erinnerte mich daran, als die Blutzauberer mich in diesen Körper stopften, er noch aus Ton war und ich ihn nicht bewegen konnte. Als ich wirklich gefangen war."

„Ah." Casimirs Stimme bleibt sanft. „Das muss sehr furchterregend gewesen sein."

„Ja." Ich schlucke schwer. „Das sollte jetzt allerdings keine Rolle mehr spielen. Sie ist hier. Sie ist in Sicherheit. Ich … habe mir nur Sorgen um sie gemacht und dann erinnerte ich mich daran, wie es sich anfühlen würde, wenn ich sie verlieren würde, und all das zusammen war kurz zu viel."

„Das ist verständlich", sagt Casimir. „Vor allem, wenn du noch nicht vollkommen an menschliche Emotionen gewöhnt bist. Der Rest von uns hatte unser ganzes Leben, um Frieden mit dem Zwischenspiel aus Freude und Schmerz zu schließen."

Ich betrachte ihn von der Seite. „Was meinst du?"

„Gegenteile gehören immer zusammen." Er nimmt seine Hand zurück, um seine Finger ineinander zu verschränken und es vorzuführen. „Du kannst keine Freude ohne Traurigkeit haben, Friede ohne Gewalt, Liebe ohne Kummer. Sie sind gleichwertige Seiten derselben Münze. Eines schwindet vielleicht, um dem anderen mehr Raum zu geben, doch die Umstände können das jederzeit umkehren. Und so sollte es sein. Die freudigen Teile würden sich nicht so mächtig anfühlen, wenn sie selbstverständlich wären."

So war meine alte Existenz. Nichts bedeutete mehr als etwas anderes, alles war nur ein kleiner Fleck in meinem Bewusstsein. Es fühlt sich dumpf an, wenn ich jetzt auf meine vergangenen Erfahrungen zurückblicke.

Ich reibe mir übers Gesicht. „Ich will nichts Schlechtes in Bezug auf meine Liebe für Ivy fühlen. Ich will keine Angst davor haben, sie zu lieben. Ich will mich nicht zurückhalten müssen, sie mehr zu lieben … aber je wichtiger sie mir ist, desto mehr könnte es wehtun. Wie schließt man damit Frieden?"

Casimir hebt seine Schultern zu einem kaum merklichen Zucken. „Zu einem gewissen Maß tun wir das nicht. Deswegen kämpfen wir so erbittert dafür, die Dinge zu beschützen, die uns wichtig sind … was meiner Meinung nach eine Tugend und kein Makel ist. Allerdings hängt es auch davon ab, wie du es siehst. Ja, in mancherlei Hinsicht ist Liebe ein Käfig, der uns an die Person fesselt, in die wir uns verliebt haben. Aber öffnet sie nicht auch viele Möglichkeiten, die uns einst verschlossen waren? Wie viele Dinge hast du entdeckt oder erlebt, die du nicht erlebt hättest, wenn dir Ivy nicht wichtig wäre?"

Die Frage sendet eine Flut aus Bildern durch meinen Verstand. Ivys Wange an meinen Fingern zu spüren, das Strahlen ihres Lächelns. Die Freude, an ihrer Seite zu reiten, der

Stolz, wenn sie Trost bei mir sucht. Die berauschende Wonne unserer Körper, die sich vereinen.

In dieser Liebe steckt eine ganze Welt. *Deswegen* will ich sie nicht verlieren.

Doch werde ich das wirklich tun, ganz gleich, was geschieht? Wir waren trotzdem zusammen; ich werde ihr trotzdem so viel bedeutet haben und sie mir.

Niemand kann auslöschen, was wir bereits geteilt haben.

Der anhaltende Schmerz schmilzt bei dieser Erkenntnis. Ich lächle Casimir an. „Danke schön. Ich hatte es nicht auf diese Weise gesehen."

Der Kurtisan gluckst. „Sehr wenige von uns, sogar diejenigen, die geübt im Umgang mit Emotionen sind, reagieren perfekt, wenn jemand bedroht wird, den wir lieben. Ich habe selbst eine Menge widersprüchlicher Impulse erlebt. Das gehört alles zu dieser bizarren, jedoch wundervollen Existenz, in der du dich wiedergefunden hast. Natürlich wird Ivy noch lange Zeit jede Gefahr überstehen, in die sie gerät, wenn der Rest von uns etwas zu sagen hat."

Ich stehe auf, optimistisch gestimmt von meiner neuen Perspektive und einem Rausch der Entschlossenheit. „Ja, das wird sie. Und ich will alles andere fühlen, was ich mit ihr erleben kann, selbst wenn es Teile geben wird, die wehtun."

# DREIUNDZWANZIG

*Ivy*

„Du gibst mir nicht einmal eine Chance!"

Die klare Teenagerstimme dringt aus einer der Tempeltüren vor mir. Ich erwartete, Petra hier unten zu finden, das klingt jedoch nach ihrer jüngeren Schwester.

Als ich zögere, folgt Petras Stimme nicht ganz so laut, allerdings kraftvoll. „Es geht nicht darum, dir eine Chance zu geben. Das ist nicht deine Aufgabe. Vater und Mutter sind auch nicht in die Schlacht geritten. Dafür gibt es die Armee."

Prinzessin Klaudia schnaubt. „Vater und Mutter *hatten* eine Armee. Wir haben kaum ein Geschwader. Es wird schwierig genug werden, all den Schaden zu bewältigen, den Lothar angerichtet hat, wenn wir alle etwas beitragen. Ich will nicht hier im Tempel herumsitzen, während der Rest von euch die gefährlichen Dinge in Angriff nimmt. Ich *hasse* das."

Gesprochen wie eine wahre Sechzehnjährige. Doch obwohl meine Lippen vor Belustigung über die Teenager-Rebellion zucken, formt sich ein Schmerz in meinem Magen.

Klaudia will den Tod ihrer Eltern rächen und ihrer

Schwester auf den Thron verhelfen. Unser Kampf ist für sie viel persönlicher, als er es für mich jemals sein könnte.

Dennoch kann ich Petras Weigerung verstehen.

Es erklingt ein raues Ausatmen, bevor die zukünftige Königin sagt: „Du kannst etwas beitragen, ohne dem Feind direkt gegenüberzutreten. Du könntest mir helfen, die hier zu putzen …"

„Du weißt, dass ich nicht davon spreche", blafft Klaudia. Sie platzt mit raschelnden Röcken aus dem Raum.

Als die Prinzessin mich sieht, stocken ihre Schritte kurz und die wütende Röte in ihren Wangen verdunkelt sich vor Scham. Wenigstens zuckt sie nicht zurück. Dann marschiert sie ohne ein Wort an mir vorbei.

Sie besitzt definitiv den Melchiorek-Stolz.

Ich wage mich zur Tür und strecke den Kopf hindurch. Bei der Bewegung schnellt Petras Blick empor. Sie steht neben einem der Tische und wischt ein Schwert mit einem Tuch ab.

Enttäuschung huscht über ihr Gesicht, bevor sie ihre Miene zu ihrer üblichen Ruhe zwingt, auch wenn ihre Mundwinkel ein wenig angespannt wirken. Sie hat vermutlich gehofft, dass ihre Schwester es sich anders überlegt hat und zurückgekommen ist.

„Wie viel hast du von diesem Streit gehört?", fragt sie in resigniertem Ton.

Ich schlüpfe in den Raum und betrachte seinen Inhalt. Es ist eines der kleineren Zimmer des Tempels, in dem zwei schmale Tische die einzigen Möbelstücke sind. Doch an jeder Wand gibt es Regale mit einer Auswahl an Schwertern, Dolchen, Speeren, Bögen, Schilden und Helmen.

Ich richte meinen Blick wieder auf Petra. „Genug, um zu wissen, dass sie kämpfen will, und du es ihr nicht erlaubst. Was ich dir übrigens nicht verdenken kann."

Petra seufzt. „Es kam eine Nachricht von einem der Leute aus Pima, die für uns die Gegend ausgekundschaftet haben. Er glaubt, er hat die Anlage gefunden, in der die Blutzauberer ihre Tonfiguren erschaffen, um die Daimon einzusperren. Ich habe den Fehler gemacht, das Klaudia gegenüber zu erwähnen, bevor wir einen Plan ins Rollen gebracht haben."

Sie senkt den Kopf und ihre Hand erstarrt auf dem Schwert.

„Mir gefällt es nicht, *irgendjemanden* für mich in den Kampf zu schicken. Die Anlage verfügt bestimmt über alle möglichen Schutzvorkehrungen, Wachen … das ist teilweise der Grund, aus dem der Späher die Anlage identifiziert hat. Klaudia hat abgesehen von ihren Selbstverteidigungskursen noch nie einen Kampf erlebt."

„Sie sollte nicht dort sein", stimme ich zu. „Doch es macht ihr Ehre, dass sie helfen will. Vielleicht können wir eine andere Aufgabe für sie finden, die nicht ganz so gefährlich, aber etwas aufregender ist, als …", ich sehe mich erneut im Raum um, „… Waffen zu polieren. Ich muss sagen, obwohl Delfis mir gesagt hat, dass du in die Waffenkammer gegangen bist, hatte ich sie mir nicht so vorgestellt. Ist Elox nicht der Gottlen des Friedens?"

Petra bringt ein kurzes Lachen zustande. „Ich habe etwas Ähnliches gesagt, als er mir den Raum gezeigt hat. Er sagte, dass in verzweifelten Zeiten ein wenig Krieg nötig sein kann, um den Frieden wiederherzustellen."

Sie neigt den Kopf zu den Waffen ringsum. „Es ist eindeutig eine Weile her, seit dieser Tempel diese Philosophie in die Tat umsetzen musste. Ich glaube, diese Waffen wurden seit Jahrzehnten nicht aus den Regalen genommen."

Ich nehme mir ein Tuch aus dem Eimer in der Ecke und wähle ein Schwert aus, das Stavros vermutlich gerne schwingen würde. Die Klinge ist mit einer Staubschicht überzogen.

Als ich das Schwert gegenüber von Petra auf den Tisch lege, mustere ich ihre Haltung. Anspannung ist in ihren Schultern und ihrer Hand zu erkennen, die sich um den Stofffetzen verkrampft hat. Doch so wie ihr gesenkter Kopf wirkt auch etwas an ihrer Haltung niedergeschlagen.

Mein Magen verknotet sich. „Hast du noch andere Nachrichten erhalten? Liegen noch mehr Herausforderungen vor uns?"

Petra schüttelt den Kopf und macht sich wieder ans Putzen. „Was wir haben, sind gute Nachrichten, oder? Wenn wir die Blutzauberer daran hindern können, weitere Daimon gefangen zu nehmen und sie in Soldaten zu verwandeln, werden wir weniger Gegner haben, um die wir uns Sorgen machen müssen.

Dies sind die ‚loyalsten‘ Untertanen, die Lothar hat. Und es muss mindestens einige Opferkomplizen geben, die dem Prozess Macht zur Verfügung stellen … sie werden wir ebenfalls befreien."

„Das sind definitiv gute Nachrichten." Also warum wirkt sie deswegen so beunruhigt?

Wir arbeiten einige Minuten schweigend, bevor ich wieder das Wort ergreife. „Du weißt, dass der Rest von uns gern dort rausgeht und die Blutzauberer angreift, oder? Ich will diese Anlage zerstören. Ich werde so viele Male wie nötig gegen Lothar und seine Arschloch-Anhänger vorgehen."

Petras Mund verzieht sich. Ihre Stimme kommt so leise heraus, dass ich ihre Worte fast nicht höre. „Aber solltest du das tun müssen?"

Ich halte inne. „Ich muss es nicht tun. Ich entscheide mich, es zu tun."

„Weil du willst, dass Silana wiederhergestellt wird. Doch was, wenn … was, wenn *ich* das doch nicht tun kann?"

Ich starre die Frau, die ich als meine zukünftige Königin betrachtet habe, einige Herzschläge lang an, bevor ich eine Antwort zustande bringe. „Warum denkst du das?"

Petra lässt ihr Tuch fallen und fährt mit dem Handrücken über ihr Gesicht. Sie betrachtet den Tisch anstatt mich. „Es ist nicht nur Florian … Die Leute in Tupno waren ebenfalls enttäuscht von meiner Familie. Ich habe nie irgendetwas regiert. In den letzten Jahren meines Lebens habe ich nicht mal als Melchiorek gehandelt. Ich konnte meine eigenen *Eltern* nicht retten, als die Bedrohung offensichtlich und direkt vor uns war. Wie kann ich mir sicher sein, dass ich des Vertrauens würdig bin, dass wir von ihnen verlangen?"

Mein Magen sinkt. Wir werden gar keine Feinde besiegen, wenn die Frau ihr Selbstvertrauen verliert, die uns anführen soll.

Sie wirkte bei den bisherigen Problemen so unerschütterlich. Ich habe nie mehr als ein kurzes Aufblitzen von Verletzlichkeit bemerkt.

Vielleicht hätte ich erraten sollen, dass unter der Oberfläche mehr vor sich ging.

Sie hat beobachtet, wie ihre Eltern vor ihren Augen

ermordet wurden. Das Gewicht der Hoffnungen und Sicherheit des ganzen Landes lastet auf ihren Schultern.

Wer würde unter diesem Druck nicht zusammenbrechen?

Doch wer könnte ihren Platz einnehmen, wenn sie vollkommen einknickt?

Ich schlucke schwer und suche nach den richtigen Worten. Meine eigenen Zweifel schwellen in meiner Brust an.

Blutzauberer haben diesen Kontinent zuvor verwüstet. Sie auszuschalten, wurde zu einer noch größeren Katastrophe. So viele Leute starben.

Die Gottheiten ließen Leute wie mich im Stich, von denen einer ein entfernter Verwandter von mir sein muss – sie warfen uns beiseite, sodass wir vom Rest der Gesellschaft gefürchtet und gehasst wurden.

Wer ist Petra, dass sie die aktuelle Katastrophe in Ordnung bringen kann? Wer bin *ich*, zu entscheiden, dass sie es tun sollte?

Kurz erstickt mich mein Wissen der Vergangenheit, die hinter uns lauert, und der ungewissen Zukunft, die vor uns ausgebreitet ist. Meine Lunge schnürt sich zu.

Ich blicke auf das Schwert und das Funkeln der frisch polierten Klinge hinab. Mein Spiegelbild schwankt auf der Metalloberfläche.

Wer sind wir, dass wir diese Entscheidungen treffen? Wir sind alle bloß Leute ... doch wir müssen *etwas* tun. Wenn niemand einschreitet, wird die ganze Welt zerbrechen.

Oder in die Hände von Psychopathen wie Lothar fallen.

„Manche Leute haben vielleicht ihre Zweifel an der vergangenen Herrschaft deiner Familie", sage ich vorsichtig. „Aber ich glaube nicht, dass sie den echten Lothar für eine bessere Option halten würden. Sie waren entsetzt, als sie herausfanden, wie die Blutzauberer Poltus benutzt hatten."

Petra hebt den Blick und schenkt mir ein angespanntes Lächeln. „Ich weiß. Und ich weiß, dass ich wenigstens besser sein kann als Lothar. Ich will bloß mehr für das Land sein als die einzige nicht-schreckliche Alternative, die sie haben."

Sie sieht noch immer unsicher aus, aber meine Zweifel lösen sich auf. Diese Aussage ist der Grund, aus dem ich diese Frau als unsere Königin möchte.

Mein Verstand wandert zurück zu den Schreien der Menge in Tupno gestern. Sie sprachen bloß von würdigen Herrschern … Der Orden der Wildheit hatte ebenfalls viel zu diesem Thema zu sagen, oder?

Ich klopfe nachdenklich auf den Tisch. „Weißt du … Lothar und seine Anhänger haben ständig von den alten Monarchen-Prüfungen gesprochen. Sie reden davon, dass Herrscher ihren Wert beweisen müssen … und offensichtlich fangen die gewöhnlichen Leute jetzt an, dieses Gerede zu glauben. Was, wenn wir diese Idee für uns nutzen?"

Petra zieht die Brauen zusammen, doch Interesse funkelt nun in ihren Augen. „Was meinst du?"

„Ich glaube, dass die wenigsten Leute wirklich zurück in eine ferne Vergangenheit wollen, allerdings gefällt ihnen die Vorstellung, dass sich ihre Herrscher einer Herausforderung stellen müssen. Vielleicht gibt es eine Möglichkeit, ihnen zu geben, was sie zu wollen meinen, jedoch auf eine Weise, die zu unserer jetzigen Welt passt. Wir erschaffen ein neues Vermächtnis. Eine Version der Prüfungen, die unsere eigene ist – nicht so grausam oder tödlich, aber bei der du immer noch deine Stärke zeigen kannst. Gib ihnen eine Demonstration deiner Fähigkeiten als Herrscherin. Zeig, dass du gewillt bist, Risiken einzugehen, um ihre Gunst zu verdienen, und dass du mehr als der Name bist, mit dem du geboren wurdest."

Für das Volk und sie selbst.

Petra legt den Kopf schief, während sie darüber nachdenkt. „Das könnte tatsächlich …"

Sie wird von dem Krach zerbrechenden Tons im Flur vor dem Zimmer unterbrochen. Mit wild pochendem Herzen springe ich zur Tür.

Filip steht nur wenige Schritte entfernt, hält die Hände hoch und starrt auf die Bruchstücke einer Vase hinab, die auf dem Boden zerbrochen ist.

Der Abtrünnige des Ordens blickt mit bleichem Gesicht zu mir auf. „Ich wollte nicht … ich bin dagegen gestoßen und habe versucht, sie aufzufangen, aber die Lasierung war so glitschig …"

Er ist zufällig gegen eine der Tempeldekorationen gestoßen,

während er direkt vor einem Raum stand, in dem die zukünftige Königin eine Strategie besprochen hat? Mein vergangenes Misstrauen strömt wieder an die Oberfläche.

Wie groß ist die Wahrscheinlichkeit, dass er bloß einen Spaziergang gemacht und nicht absichtlich gelauscht hat?

Petra ist an meiner Seite erschienen. Sie betrachtet die Szene und reagiert mit viel mehr Anmut, als ich aufgebracht hätte. „Das ist eine Schande. Es war ein reizendes Stück."

Filip wringt seine Hände. „Götter, wie alt war sie? Die Gläubigen werden vermutlich stinksauer auf mich sein." Sein panischer Blick huscht zu mir. „Außer ... du könntest sie reparieren, oder nicht? Mit deiner Magie? Du könntest sie so gut wie neu machen?"

Er sieht so aufrichtig verzweifelt aus, dass ein Teil meiner Feindseligkeit verfliegt. Meine Magie bebt in meiner Brust, doch ich dränge sie entschlossen zurück.

„Ich glaube nicht, dass das Reparieren einer Vase das Einbüßen geistiger Gesundheit wert ist", erwidere ich ruhig. „Allerdings sollte es kein großes Problem sein. Wir werden es Delfis erzählen, damit er weiß, was passiert ist. Petra und ich können bestätigen, dass es ein Unfall war. Ich glaube nicht, dass er wütend sein wird."

Petra nickt. „Bestimmt nicht. Unfälle passieren. Es ist nur eine Vase."

„Aber es war ihre. Wir sind hier Gäste ..." Filip fährt so verzweifelt mit der Hand durch seine hellbraunen Haare, dass ich mich frage, wer ihn in der Vergangenheit bestraft hat, wenn er Fehler gemacht hat.

Angesichts der Gesellschaft, in der er sich aufhielt, kann ich einige vernünftige Vermutungen anstellen.

Petra tritt in den Gang. „Lass uns die größten Stücke aufheben, um das Ganze ein wenig aufzuräumen. Anschließend gehen wir sofort zu Delfis und erklären alles."

Kurz starrt er uns bloß an. „*Ihr* würdet euch wirklich für mich einsetzen? Ihr habt nicht ... ihr wart nicht einmal im Flur, um mit Sicherheit zu wissen, wie es passiert ist."

Ich kann mir ein Lachen nicht verkneifen. „Wir haben keinen Grund zu der Annahme, dass du absichtlich Vasen umwirfst, oder? Es ist nicht so schwer, im Zweifelsfall zu deinen Gunsten zu entscheiden."

Jedenfalls bei diesem speziellen Thema.

Filip gluckst zittrig und verneigt den Kopf vor uns beiden. „Das weiß ich zu schätzen."

Er geht hastig in die Hocke, um gemeinsam mit Petra die Scherben aufzusammeln. Als ich neben ihn sinke, wirbeln weitere Gedanken durch meinen Kopf.

Ich brauche nicht Casimirs Feinfühligkeit, um die Angst dieses Mannes zu bemerken, abgewiesen oder bestraft zu werden. Selbst wenn er uns noch nicht vollkommen treu ergeben ist ... könnten wir nicht hier und jetzt den Prozess beginnen, uns diese Treue zu verdienen?

Wenn wir einen ehemaligen Blutzauberer für uns gewinnen können, sollte der Rest des Landes kein Problem sein.

Wenn Casimir hier *wäre*, würde er fragen, was dieser Mann wirklich will. Würde er wie ein geschätzter Kollege behandelt werden wollen? Würde er wollen, dass man ihm vertraut?

Nun, uns bietet sich jetzt die perfekte Gelegenheit.

Ich hebe einige der größeren Scherben auf und blicke zu ihm. „Filip, was würdest du davon halten, dich uns auf einer Mission anzuschließen, bei der wir noch viel mehr Tongefäße zerstören werden?"

# VIERUNDZWANZIG

*Ivy*

Von unserem Aussichtspunkt knapp unterhalb der Kuppe des niedrigen Hügels sieht das kleine Steingebäude inmitten der weitläufigen Felder winzig aus. Es ist schwer, zu glauben, dass dort drin hunderte lebender Tongefängnisse für Daimon aufbewahrt werden, doch Rheave liefert uns schnell die Erklärung.

Seine übersinnlichen Augen weiten sich, während er die Landschaft mustert. „Sie sind unter der Erde. Es müssen … ich kann sie nicht alle zählen, doch ich kann sie spüren. Dutzende."

Unter der Erde. Ich befeuchte meine Lippen, während ich die Felder mustere, und Furcht kriecht unter meinen Narben meinen Rücken empor.

Ich habe genügend Zeit damit verbracht, in dunklen, tiefen Gängen herumzuschleichen, wobei ich manche erst vor kurzem durchquert habe. Der schwierige Teil besteht darin, ohne Schutz von oben in dieses Untergrundgebäude einzudringen.

Die Blutzauberer hätten keine bessere Position wählen können, um nach ankommenden Gefahren Ausschau zu halten.

Sie haben die Außengebäude so platziert, dass sie von offenem Land umgeben sind, wodurch jeder, der von dort Wache hält, in jede Richtung mindestens anderthalb Kilometer weit sehen kann.

Stavros denkt anscheinend über das gleiche Problem nach. Er macht einen missmutigen Laut in seiner Kehle. „Sie haben bestimmt auch über der Erde Leute, die Wache halten."

Emor, der neben Stavros liegt, verlagert seine Ellenbogen und späht über die Hügelkuppe. Der andere Anführer der Widerstandsgruppe aus Pima beschloss, sich uns bei dieser Mission anzuschließen, weil er die zukünftige Königin kennenlernen und sehen wollte, wie wir die Leute einsetzen, die er und Voleska uns zur Hilfe geschickt haben.

Er reibt über sein knotiges Kinn. „Wir haben den magischen Berater, oder nicht? Ich dachte, er hätte Methoden, um Leute zu tarnen."

Tinom wartet am Fuß des Hügels mit Alek, Filip und den siebzehn anderen, die wir für diese Mission zusammentrommeln konnten. Die Anwesenheit des Beraters sorgt dafür, dass meine Haut juckt, da ich mich daran erinnere, was Alek und Petra mir über seine Einstellung den Zerrissenen gegenüber erzählt haben.

„Wir haben einige Amulette, die eine Person beinahe vollständig unsichtbar machen können", erkläre ich. „Es würde seine Kräfte übersteigen, unsere ganze Gruppe über einen längeren Zeitraum vor Leuten zu verbergen, die speziell nach Eindringlingen Ausschau halten. Und ich bin mir nicht einmal sicher, ob die Amulette viel nutzen werden … Der Mann, der den Blutzauberern abtrünnig geworden ist, warnte uns, dass der Orden auch Magie benutzt, um sich vor uns zu schützen."

Emor sieht mich an und sein Mund verzieht sich leicht. Ich verstehe warum, als er spricht. „Könntest *du* all das tun?"

Mein Magen verknotet sich. Mir war bewusst, dass ich meine Magie nicht vor der Widerstandsgruppe würde geheim halten können, sobald Emors und Voleskas Leute anfingen, mit unseren zusammenzuarbeiten. Jemand, der Bescheid wusste, würde es ausplaudern. Doch ich hoffte, dass die subtilen Anzeichen von Unbehagen, die ich bei Emors Ankunft bemerkte – sein Blick zuckte ein wenig hin und her, als er mich ansah, er positionierte sich nie direkt neben mir – nur meiner Einbildungskraft geschuldet waren oder einen anderen Grund hatten.

Ich strenge mich an, mit ruhiger Stimme zu antworten. „Theoretisch könnte ich es tun. Allerdings würde es eine bedeutsame Wirkung auf meinen mentalen Zustand haben, so viel Magie einzusetzen. Ich bin mir nicht sicher, wie gut ich sie in dem Moment kontrollieren könnte. Wir müssen diese Anlage nicht so dringend zerstören, dass es das wert wäre, dass ich dabei unserer Sache schade."

Stavros' Ton ist barscher, als ich mir zu sprechen erlaubt habe. „Ivy hat genügend andere Talente, die uns helfen können, ohne dass sie dieses Risiko eingehen muss."

Er stößt meine Schulter mit seiner an. „Warum nimmst du nicht eines der Unsichtbarkeitsamulette und spähst die Gegend näher bei der Anlage aus? Du wirst spüren, ob sie magische Schutzzauber angebracht haben. Wenn wir weitere Informationen haben, wird es leichter sein, eine Strategie zu entwickeln."

Das ist immerhin ein Anfang.

Bevor ich zustimmen kann, mischt sich Rheave ein. „Ich sollte mit Ivy gehen. Wenn ich näher dran bin, werde ich mir eine bessere Vorstellung davon verschaffen können, wo genau sich die unterirdischen Räume befinden. Zumindest die, in denen die Daimon sind."

Als Stavros zustimmend nickt, schlittert Rheave den Hügel hinab, um die Amulette von Tinom zu holen. Ich kann nicht behaupten, dass ich enttäuscht bin, dass er es mir erspart hat, selbst mit dem magischen Berater sprechen zu müssen.

Sowie ich die Kette um meinen Hals gelegt habe, greift der Daimon-Mann nach mir und packt meine Hand, damit wir einander sehen können. „Sollen wir anfangen, indem wir geradewegs zu dem Gebäude gehen, das wir sehen können?"

Ich straffe die Schultern. „Das klingt nach einem guten Plan."

Wir gehen mit gleichmäßigen, jedoch vorsichtigen Schritten über den Hügel und den Abhang auf der anderen Seite hinab.

Ich achte auf jedes Kribbeln von Magie, das nicht von der leicht kitzelnden Empfindung der Amulette stammt.

In den ersten Minuten bemerke ich nichts anderes als das Rascheln unserer Füße im gelblichen Gras. Doch als wir ungefähr die Hälfte der Entfernung zwischen unserem Hügel und dem Steingebäude hinter uns gebracht haben, vibriert ein ganz leichtes magisches Summen über meine Haut.

Ich bleibe stehen und bewege mich noch langsamer weiter. Nach wenigen Schritten wird das Summen so stark, dass ich es nicht wage, näher zu gehen.

Meine Magie bebt, erpicht darauf, den Zauber vor uns zu brechen. Sie ist in ihrer Eile immer gewillt, ein wenig meiner geistigen Gesundheit einzutauschen.

Ich zügle den Impuls und weiche ein Stück zurück, damit wir nicht Gefahr laufen, die Schutzzauber auszulösen. „Ich glaube, ihr magischer Schutz beginnt kurz hinter dieser Stelle."

Rheave summt und mustert den Boden zu seinen Füßen. „Wir sind noch nicht über Daimon gelaufen. Die unterirdischen Räume erstrecken sich nicht so weit, zumindest nicht in dieser Richtung."

Ich ziehe sachte an seiner Hand. „Lass uns nachschauen, ob wir die gesamte Grenze ablaufen können. Warum verbrennst du das Gras hier nicht als Markierung … nur ein wenig, sodass es niemand sehen kann, der vom Gebäude aus Ausschau hält?"

Rheaves Stimmung hellt sich auf, weil er eine Gelegenheit erhält, nützlich zu sein. Er geht in die Hocke und zieht seine Hand über den Boden. Seine Daimon-Energie knistert über das Gras und hinterlässt eine dünne, schwarze Linie vor ihm.

Wir gehen weiter und umrunden das Gebäude, wobei wir im Zickzack gehen, damit ich abschätzen kann, wo die Wirkung der Magie endet. Ungefähr alle zehn Schritte hinterlässt Rheave eine Markierung.

Er ist verstummt. Heute hat sein Schweigen nichts Unheilvolles an sich, doch ich kann nicht anders, als an die Male in letzter Zeit zu denken, als er in meiner Gegenwart vorübergehend unbeholfen wirkte.

Meine Kehle schnürt sich zu, doch ich zwinge mich, zu sprechen. „Weißt du, du musst mich nicht immer bei allem begleiten, was ich tue. Ich würde es verstehen, wenn du Zeit für dich willst, oder wenn du auf andere Arten helfen willst."

Rheaves Kopf fährt herum und seine Miene wirkt so erschrocken, dass ich von Schuldgefühlen gepackt werde. „Warum sagst du das?"

Ich öffne den Mund und schließe ihn wieder, bevor ich meine Worte hervorbringe. „Es machte auf mich den Eindruck, als hättest du gerne etwas mehr Freiraum, hattest jedoch nicht das Gefühl, als könntest du das sagen. Als würdest du dich in meiner Gegenwart nicht immer richtig wohlfühlen."

Ein erstickter Laut kommt über Rheaves Lippen. Er bleibt stehen und dreht mich zu sich, sodass er seine andere Hand an die Seite meines Gesichts legen kann.

Während er auf mich herabblickt, schimmern Emotionen in seinen strahlenden meeresgrünen Augen. „Es tut mir leid, kleine Liane. Es ist meine Schuld. Ich bin nicht besonders gut mit allem zurechtgekommen, was mit dem Menschsein einhergeht. Aber ich habe mit Casimir gesprochen und er hat mir geholfen, das alles zu klären. Mir geht es jetzt gut."

Ich runzle die Stirn. „Womit hattest du Probleme? Du weißt, dass du immer mit mir reden kannst, wenn dich etwas belastet."

„Ich glaube, in diesem Fall hätte das nicht funktioniert." Er blickt zu Boden, bevor er wieder in meine Augen schaut. „Ich liebe dich, Ivy. Es ist die mächtigste Emotion, die ich jemals gefühlt habe … und es hat mir ein wenig Angst gemacht. Wie sehr es wehgetan hat, als du in Gefahr warst und ich dich nicht retten konnte. Ich verstand nicht, wie sich etwas so Gutes auch so schlecht anfühlen kann. Doch ich will es trotzdem. Ich will so viel von den guten Teilen, wie wir kriegen können, und so viel Zeit, wie ich mit dir verbringen kann. Es tut mir leid, dass ich dir Sorgen bereitet habe."

Jetzt ist meine Kehle noch enger, die Empfindung ist jedoch eher süß als bitter. „Du musst dich nicht entschuldigen. Du musstest dich an eine Menge neuer Dinge gewöhnen. Und … ich liebe dich auch."

Mir war nicht bewusst, wie intensiv sich die Wahrheit dieses Geständnisses in meiner Brust aufgebaut hatte, bis ich die

Worte aussprach. Sie purzeln aus mir wie ein Wesen, das ich befreit habe. Freude erblüht an ihrer Stelle.

Rheave strahlt mich an und beugt sich vor, um einen Kuss einzufordern. Als sein Mund mit meinem verschmilzt, ziehe ich ihn in eine engere Umarmung.

Wie könnte ich ihm erklären, dass es für mich das komplette Gegenteil war, Liebe zu akzeptieren? Alles, was ich vor den letzten Monaten geliebt habe, hat mir viel mehr Schmerz als Freude gebracht.

Es ist dieser freudige Teil, der neu für mich ist – dem ich kaum trauen wollte, als ich anfing, mich in die Männer zu verlieben, die mein Herz gewonnen haben.

Ich schätze, man könnte sagen, dass Rheave und ich uns auf halbem Weg entgegengekommen sind.

Es ist keine Zeit, um diese Tatsache groß zu feiern. Wir müssen eine Militärmission durchführen. Doch als wir weiter um die Anlage der Blutzauberer laufen, verschränkt Rheave seine Finger mit meinen und schwingt meinen Arm leicht vor und zurück, als würden wir tanzen.

„Ging es dir in letzter Zeit gut?", fragt er. „Was Alek über die Ursprünge der zerrissenen Zauberer herausgefunden hat, ist gut, oder nicht? Allerdings wirkst du manchmal … trauriger oder vielleicht müder."

Ich hatte gehofft, dass ich meine Emotionen besser verbergen würde. Ein Seufzen entfährt mir. „Es ist nichts Neues. Ich werde einfach immer wieder daran erinnert, dass die meisten Leute Angst vor mir haben werden, ganz gleich, was die Wahrheit ist. Vielleicht denken sie sogar, dass ich nicht existieren sollte. Selbst wenn Petra auf dem Thron sitzt, werde ich wahrscheinlich verbergen müssen, was ich bin."

Rheave knurrt trotzig. „Nicht bei mir. Nicht bei Stavros oder Alek oder Casimir."

Das Glühen der Zuneigung, das er vorhin entzündet hat, erhellt meine melancholischen Gedanken. „Ich weiß. Du hast keine Ahnung, wie dankbar ich bin, wenigstens euch vier zu haben."

Das wird reichen. Ich kann mich wohl kaum beschweren, wenn ich bereits so großes Glück hatte.

Nachdem wir den gesamten Kreis vollendet haben, ist eindeutig, dass die Blutzauberer in einem Umkreis von einem halben Kilometer Schutzzauber um das Außengebäude angebracht haben.

Ich bleibe stehen, um zu dem Gebäude zu starren. Ungefähr hundert Schritte entfernt ist ein kleines Metallgitter im Gras zu sehen.

Das versorgt die unterirdischen Kammern bestimmt mit Frischluft. Vermutlich brauchen sie mehrere von ihnen. Allerdings können wir diese Zugangspunkte nicht erreichen, obwohl sie klein sind, solange die Schutzzauber aktiv sind.

Der Anblick des vergitterten Metallkreises erinnert mich an eine andere Luke vor vielen Wochen – den Eingang zu einem der unterirdischen Lagerräume der königlichen Armee. Er wurde von einer anderen Art Magie geschützt.

Das bedeutet allerdings nicht, dass die gleiche Lösung nicht funktionieren wird.

Ich schaue zu Rheave. „Erinnerst du dich daran, wie du deine Macht genutzt hast, um in der Vergangenheit andere Magie zu zerschlagen? Meinst du, du könntest das Gleiche bei diesen Schutzzaubern tun? Sie einfach … ausschalten und die Magie auflösen, damit die Blutzauberer keine Warnung erhalten?"

Rheave mustert die Landschaft eindringlich. Er hebt seine Hand und einige Funken schießen von seiner Handfläche. Sie verblassen in der Luft vor uns.

„Ich kann die Magie dort spüren", verkündet er. „Sie kommt von unterschiedlichen Stellen … Ich werde versuchen, einen Teil davon aufzulösen."

Seine Haltung spannt sich an, als er sich konzentriert. Er krümmt die Finger zu seiner Handfläche und spreizt sie plötzlich wieder.

Ich sehe die Magie nicht einmal, die er dieses Mal aussendet, höre jedoch das leise Knistern. Urplötzlich erlischt das Kribbeln der Magie in der Nähe komplett.

„Das hat funktioniert!", berichte ich. „Zumindest hier in der Nähe. Lass uns schauen, ob es jemand bemerkt …"

Wir bleiben eine Minute lang vollkommen reglos stehen.

Die kühle Brise zerrt an meinen Haaren, doch niemand kommt aus dem Gebäude.

Ein Lächeln breitet sich auf meinem Gesicht aus. „In Ordnung. Lass uns die restlichen Zauber ausschalten."

Während Rheave einen zweiten Kreis um die Anlage dreht, renne ich zu unseren Kameraden zurück, um sie über die Fortschritte zu informieren, die wir gemacht haben. Sobald ich das Gitter erwähne, merkt Alek auf. „Ich sollte mir das ansehen."

Der Gelehrte hat sich uns bei dieser Mission hauptsächlich angeschlossen, um seine Ideen mit uns zu teilen, wie die Anlage so schnell wie möglich zerstört werden kann. Er hat bei seinen Recherchen über Silanas Geschichte auch viel Architektur studiert. Dass diese Architektur größtenteils unter der Erde liegt, ist anscheinend kein großer Rückschlag.

Mit dem Dritten von Tinoms Tarnamuletten folgt er mir zurück zum Feld. Mein Atem geht leichter, als wir an den Markierungen vorbeigehen, die Rheave gemacht hat, ohne dass ein Hauch von Magie meine Sinne berührt.

Alek kniet sich neben das Gitter, steckt seine Finger zwischen die Stäbe und hält seine Hand flach über sie, um den Luftstrom zu testen. „Ich würde definitiv erwarten, dass es mehr als eines gibt, wenn sich das unterirdische Gebäude vom Mittelpunkt ausgehend bis hierher erstreckt", erklärt er.

Bei einer kurzen Suche entdecken wir drei weitere auf der dem Hügel zugewandten Seite der Anlage. Eine Idee leuchtet in Aleks Augen, die mich nervös machen würde, wenn er nicht auf meiner Seite wäre.

Rheave hat mittlerweile alle Schutzzauber außer Kraft gesetzt. Wir eilen gemeinsam zum Hügel, um uns mit der ganzen Gruppe zu beraten.

„Wie viele Tarnamulette hast du?", fragt Alek Tinom zuerst. „Und was denkst du, von wie vielen anderen Leuten du mehrere Minuten lang effektiv die Aufmerksamkeit ablenken könntest?"

Der magische Berater wühlt in seinem Beutel. „Ich habe es geschafft, zwei weitere zu segnen, wodurch wir fünf Amulette haben. Um sicherzustellen, dass euch keine Wachen entdecken, würde ich es nicht riskieren wollen, meine Gabe auf mehr als drei weitere Leute auszudehnen. Acht sind keine besonders große Angriffsgruppe."

„Die Leute werden nicht den Großteil der Arbeit übernehmen. Es geht darum, was sie tragen können." Alek dreht sich zu Stavros um, der der agierende General bei dieser Mission ist. „Wir haben die Sprengstoffe mitgebracht. Wir können sie noch immer nutzen, auch wenn wir das Gebäude nicht sehen können ... Wir können sie durch die Gitter werfen."

Stavros wird von seinem Enthusiasmus angesteckt. „Ja. Wir müssen sie gleichzeitig zünden, um die beste Wirkung zu erzielen, denn sobald einer explodiert, werden die Blutzauberer in die Defensive gehen. Das sollte allerdings nicht so schwer zu bewerkstelligen sein. Ich werde ein Signal geben."

Der gewaltige Mann dreht sich zu unserer kunterbunten Gruppe aus königlichen Soldaten und einheimischen Widerstandskräften um. „Wir brauchen Freiwillige, welche die Sprengstoffe aktivieren. Der Rest von uns wird warten, bis sie explodiert sind, dann stürmen wir das Gebäude. Jeder, der von unten heraufkommt und angreift, wird so schnell wie möglich ausgeschaltet, bevor er seine Magie einsetzen kann. In dem Chaos sollten wir in der Lage sein, die Oberhand zu gewinnen und unter die Erde zu gelangen, um die Aufgabe zu beenden."

Ich hebe meine Hand, bevor es ein anderer tun muss. „Ich werde offensichtlich mit der ersten Gruppe gehen." Falls sich jemand einmischen muss, um ein unerwartetes Desaster zu verhindern, werde ich die besten Chancen haben, dieses abzuwenden, auch wenn es mich viel kosten könnte.

Wenig überraschend meldet sich auch Rheave freiwillig. Alek reckt trotzig das Kinn. „Es ist teilweise mein Plan. Ich sollte einen Teil des Risikos tragen."

Ich will protestieren, dass mein kluger, jedoch nicht besonders militärischer Gelehrter hier zurückbleiben sollte, wo es sicher ist, kann allerdings sehen, wie viel es ihm bedeutet, auf jede mögliche Art etwas beizutragen. Zuneigung schwillt in meinem Herzen an.

Tinom zögert, bietet jedoch an, sich uns anzuschließen, da es einfacher für ihn sein wird, sich selbst zu tarnen – und einfacher, seine Gabe für Illusionen auf andere anzuwenden, wenn sie in der Nähe sind. Emor ruft ein paar seiner Leute, damit sie sich ihm an der Front anschließen, und einer der königlichen Soldaten meldet sich als Achter freiwillig.

Eine gespannte Erwartung ergreift von uns Besitz, als wir die Sprengstoffe und Zündsteine zwischen uns aufteilen, mit denen wir sie entzünden werden. Unsere anderen Kameraden versammeln Waffen und Schilde. Filip ist mit grimmiger Miene unter ihnen.

Stavros demonstriert einen Pfiff, der wie der Schrei eines Habichts klingt und unser Signal ist. „Ich werde meine Gabe so gut wie möglich einsetzen, um das Gelände abzusuchen, bevor ich euch das Signal gebe. Ich will keine unerwarteten Überraschungen, wenn wir sie vermeiden können."

Als wir nicken, streckt er seine Hand aus und drückt meine Schulter kurz, als würde er mir einflößen wollen, dass ich sicher zurückkehre. Ich schenke ihm mein zuversichtlichstes Lächeln, bevor wir aufbrechen, um unsere Pflicht zu erfüllen.

Das Bündel explosiver Substanzen in meinen Händen sorgt dafür, dass mein Herz wie wild hämmert. Ich halte die gewachsten Röhren vorsichtig, während ich übers Gras renne und zur am weitesten entfernten Seite der Anlage gehe.

Bisher ist im oberen Gebäude keine Spur der Blutzauberer zu erkennen. Unsere anfänglichen Anstrengungen wurden also noch nicht bemerkt.

Als ich mein Gitter erreiche, positioniere ich mich darüber und schlinge das Ende der öligen Schnur um eine Stange, um sicherzustellen, dass es meinem Griff nicht entgleitet. Dann setze ich mich auf meine Fersen und warte.

Mein Puls hämmert eine gefühlte Ewigkeit in meinen Ohren, bevor Stavros' gepfiffenes Signal über die Felder schallt.

Ich lasse den Sprengstoff zwischen die Stäbe fallen und entzünde meinen Zündstein. Als der Sprengstoff in den Tunnel unter dem Gitter fällt, saust ihm eine zischende Flamme die Schnur entlang hinterher.

Ich ziehe eines meiner Messer aus meinem Stiefel und stolpere rückwärts, um der schlimmsten Wirkung der Explosion zu entgehen.

Ein kurz aufeinander folgendes Krachen zerbricht die Stille des Nachmittags. Ein Sprengstoff und noch einer und noch einer explodieren in schneller Folge. Der Boden erbebt und eine dunkle Rauchwolke steigt von meinem Gitter auf.

Und vier Gestalten platzen aus dem inneren Gebäude.

Magieblitze senden ein Kribbeln über meinen Körper, doch die Blutzauberer wissen nicht, wohin sie zielen müssen. Ich weiche den sengenden Energieblitzen aus, renne auf einen der Männer zu und ramme ihm mein Messer in der gleichen Bewegung in den Hals.

Die Frau neben mir taumelt und bricht als geschwärzte Leiche zusammen, was mir verrät, dass Rheave es an meine Seite geschafft hat. Schreie erklingen von der anderen Seite des Gebäudes zusammen mit dem Donnern von mehr als einem Dutzend rennender Füße.

Ich haste gerade rechtzeitig um das Gebäude, um zu sehen, wie Emor seinen Dolch aus einem Körper zerrt, der zu Ton geworden ist. Zwei weitere Gestalten stürmen heraus, um uns anzugreifen, doch Stavros ist dort und zerteilt eine mit seinem Schwert. Einer der Soldaten erschlägt den anderen Angreifer.

Noch ein Beben geht durch die Erde gefolgt von einem unheimlichen Knarren. Ich wirble herum und sehe, wie der Boden um eines der Gitter herum zusammenbricht und einen Krater öffnet, der so groß ist wie das Gebäude, neben dem wir stehen.

Mir klappt die Kinnlade herunter und jemand schreit hinter mir. Ich wirble wieder herum.

Filip rammt gerade seinen Speer in die Seite eines Mannes, der mit einem Schwert nach mir geschlagen hat. Er zuckt zurück, als sich mein vermeintlicher Mörder in eine Tonstatue verwandelt.

Ich starre den Abtrünnigen des Ordens kurz an und die Härchen in meinem Nacken richten sich auf. Ich hätte mich nicht so ablenken lassen sollen.

Ich hätte nie gedacht, dass mich der Mann, der einst mit den Blutzauberern verkehrte, vor einem ihrer Wesen retten würde.

„Danke schön", würge ich hervor.

Filip blinzelt den Speer an, den er festhält, als wäre er von seiner eigenen Tat erschrocken, bevor er mich plötzlich angrinst. „Ich war dir etwas schuldig, oder? Wir werden sie gemeinsam erledigen!"

Ich kann nicht anders, als sein Lächeln zu erwidern. „Ja, das werden wir."

Unsere Gruppe stürmt in das Gebäude und fängt noch eine Woge flüchtender Zauberer und gefangener Daimon ab, die gerade von einer tiefen Treppe erscheinen. Sie haben nicht einmal die Gelegenheit, ihre Magie einzusetzen, bevor Emors Anhänger vorspringen und sie töten.

Alles wird still mit Ausnahme einigen Keuchens und Stöhnens von unten. Zaghaft gehen wir die Treppe hinab.

Ein kurzer Gang führt zu einem riesigen Raum. Am gegenüberliegenden Ende sind Stücke der Decke vor die Türen gestürzt, die zu anderen Teilen der Anlage führen. Die Vorstellung, dass Steine auf die Köpfe der Blutzauberer herabgefallen sind, verschafft mir eine grimmige Befriedigung.

Der Rest des Raums ist voller Liegen. Auf über der Hälfte der Liegen befindet sich ein Körper, von denen manche noch aus Ton sind, andere sehen aus wie Fleisch und ihre Oberkörper heben sich und fallen mit flachen Atemzügen.

Ein Schauder rast mir übers Rückgrat.

Rheave eilt zu den nächsten Betten, auf denen Körper aus Fleisch liegen. Er packt eine der Gestalten an den Schultern. „Kannst du aufstehen? Kannst du mit mir sprechen?"

Die Gestalt regt sich nicht. Ich zucke verstehend zusammen. „Sie sind noch nicht vollständig belebt."

Dem Daimon-Mann entgleiten die Gesichtszüge. „Wir können diese schreckliche Magie nicht selbst ausüben."

Alek meldet sich leise zu Wort. „Wir müssen die Körper brechen, damit die Daimon befreit werden. Wenigstens wird es keinen Kampf geben."

Rheave nickt, sieht jedoch nach wie vor beunruhigt aus.

Stavros winkt uns. „Kommt, tun wir, was wir für sie können, und sprengen den Rest dieses Ortes in Stücke, bevor der Orden realisiert, dass wir hier sind."

Tinom ruft uns von einer anderen Tür. „Ich habe mindestens einige der Opferkomplizen gefunden!"

Als ich zu ihm eile, um ihm mit den verstümmelten Gestalten zu helfen, brennen sich mir die Bilder des großen Raums mit den vielen Reihen an Körpern ins Gedächtnis. Meine Haut wird klamm und das nicht nur wegen der feuchtkalten Atmosphäre der unterirdischen Anlage.

Ich bin umgeben von den Wesen, welche die Blutzauberer zu ihren Zwecken benutzt haben – um ihre Macht und Reichweite auszudehnen.

Es unterscheidet sich nicht so stark davon, wie die Götter die ersten Zerrissenen benutzt haben, oder?

Und die Blutzauberer haben ihre gefangenen Daimon immer wieder gerufen. Sie haben es sogar geschafft, Rheaves Verhalten in der Vergangenheit einige Male zu beeinflussen, nachdem er den Großteil ihres Einflusses abgeschüttelt hatte.

Wie kann ich mir sicher sein, dass kein Gottlen jemals wieder Einfluss auf mich nehmen wird, um mich für seine eigenen Zwecke zu benutzen?

# FÜNFUNDZWANZIG

*Ivy*

Meine Unsicherheiten nagen an mir, bis sich eine unbehagliche Entschlossenheit in meinem Magen formt. Auf dem Rückweg zum Tempel der stillen Himmel gleitet mein Blick den Horizont entlang auf der Suche nach einem Orientierungspunkt, den ich auf unserem Ritt zur Tonfabrik entdeckt habe.

Wir müssen uns in einem langsamen Tempo fortbewegen, da der Großteil von uns – zu denen nun die sieben Opferkomplizen zählen, die wir retten konnten – in zwei Wägen hockt anstatt auf einem Pferd. Die Sonne ist hinter den Horizont gesunken, als ich endlich den schiefen Turm in der Ferne entdecke.

Ich treibe mein Pferd an, damit es neben Stavros reitet, denn ich weiß, dass Rheave mit mir mithalten wird. „Das ist ein Tempel von Kosmel. Alek hat es erwähnt, als wir ihn das erste Mal passiert haben."

Stavros betrachtet das Gebäude in der Ferne mit seiner ungleichmäßigen Architektur. Vermutlich wurde es so gebaut, um an den Gottlen des Glücks und der Trickserei zu erinnern, der denjenigen helfen möchte, die nicht den geradlinigsten Weg im Leben verfolgen.

Sein Blick gleitet zurück zu mir. „Was hast du im Sinn, edle Diebin?"

Ich verändere meinen Griff um Krümels Zügel und bin plötzlich nervös, obwohl ich keinen echten Grund dazu habe. „Ich würde gerne einen Abstecher dorthin machen. Allein", füge ich rasch hinzu, als Rheave zum Sprechen Luft holt. „Es gibt eine Angelegenheit, die ich gerne mit dem Gottlen besprechen würde, der Kontakt mit mir aufgenommen hat."

Beide Männer verfallen in nachdenkliches Schweigen und halten inne. Wir haben Aleks Entdeckung bezüglich der Zerrissenen nicht all unseren Verbündeten mitgeteilt aus Angst, wie Tinom reagieren würde. Der Gelehrte hat jedoch den Rest meiner Männer darüber informiert, kurz nachdem er mir von seinem Fund erzählt hatte.

Rheave stößt einen verdrossenen Laut aus. „Ich könnte mit dir kommen und mich fernhalten, wenn wir den Tempel erreichen. Es könnte nicht sicher sein, wenn du allein losziehst."

Ich schüttle den Kopf. „Ich werde weniger auffällig sein als eure Gruppe. Niemand wird nach einem einzelnen Reiter Ausschau halten. Ihr solltet zusammenbleiben für den Fall, dass die Blutzauberer nach uns suchen, um Rache zu nehmen. Wir sehen uns im Tempel der stillen Himmel wieder ... Vielleicht bin ich sogar vor euch dort."

Stavros seufzt, streckt jedoch den Arm aus, um mit dem Ellenbogen Rheaves Arm anzustoßen. „Du wirst lernen müssen, dass die unabhängige Ader unserer Frau nicht unterdrückt werden kann. Und sie hat recht. Du bist abgesehen von ihrer Magie der mächtigste Schutz, den wir haben."

Der ehemalige General neigt den Kopf mit einem liebevollen Lächeln und Mitgefühl im Blick in meine Richtung. „Geh und hör dir an, was dir der Trickster erzählen kann. Ich würde das ebenfalls gerne hören."

Ich begegne seinem Blick und eine Woge der Zuneigung schwappt durch mich. „Danke."

Indem ich Krümel in die Seiten stupse, jage ich ihn in einem Galopp über die offenen Felder zum Tempel. Er ist so weit entfernt, dass ich Krümels Tempo nach einer Weile zu einem schnellen Trab drosseln muss, um ihn nicht zu erschöpfen.

Als ich schließlich die Ansammlung baufälliger Häuser erreiche, die den Tempel umgeben und in denen sich vermutlich die Gläubigen ausruhen, ist der Abend hereingebrochen. Laternen leuchten in der Dunkelheit in den nicht zueinanderpassenden Fenstern des Andachtsorts.

Ich binde Krümel an einen Pfosten vor dem Tempel. Kosmel ist der Schirmherr der Diebe, doch ich mache mir keine Sorgen darum, mein Reittier zu verlieren.

Jeder, der versucht, mit diesem zänkischen Biest gegen seinen Willen davonzureiten, wird es bereuen.

Mehrere Krähen hocken auf den schiefen Spitzen des Dachs. Bei meiner Ankunft krächzen sie einige Male heiser.

Ich trete durch den Türrahmen aus dunkelgrauem Stein in eine Kammer mit hoher Decke. Die Bodenfliesen sind gerissen und poliert.

An der Seite des Raums nickt mir ein Gläubiger in einer grauen Robe zum Gruß zu, bevor er seine aktuelle Aufgabe wieder aufnimmt – er wirft Brot- und Käsestücke auf den Boden. Mindestens ein Dutzend kleine, haarige Körper winden sich zu seinen Füßen und reißen die Brocken mit dem Scharren winziger Krallen an sich.

Die Ratte ist Kosmels anderes heiliges Tier. Anscheinend beherbergt dieser Tempel eine ganze Kolonie.

Ich verkneife es mir, das Gesicht zu verziehen, und gehe zu der Silberstatue des Gottlen, die auf der anderen Seite des Gebetsraums emporragt.

Das Abbild von Kosmel ist doppelt so groß wie ich und weniger beeindruckend als die gewaltige Statue in dem einzigen anderen Tempel zu seinen Ehren, den ich in Florian besucht habe. Unter seiner Kapuze sind seine Lippen zu einem typischen, verschlagenen Feixen verzogen.

Eine Hand ist ausgestreckt, um mich näher zu winken – die andere ist hinter seinem Rücken verborgen, als würde er seinen nächsten Zug geheim halten. Eine silberne Krähe hockt auf seiner linken Schulter und zwei Ratten sitzen zu seinen Füßen.

Eine von ihnen ist eine lebende Ratte und kein Teil der Statue. Das bemerke ich erst, als ich näher komme und sie mit einem Quieken davonhuscht. Ich ziehe meine Augenbrauen hoch wegen des Bildes, das der Gottlen abgibt, kann mich allerdings nicht über die Gesellschaft beschweren, in der er sich aufhält, da sie mich mit einschließt.

Kosmel hat sich für mich eingesetzt, als mich alle anderen in meinem Leben wegen meiner Magie gehängt hätten. Er half mir, meine Macht so zu lenken, dass sie keinen Schaden anrichtete.

Auch wenn er frustrierend sein kann, muss ich ihm dafür Anerkennung zollen.

Wie üblich liegen einige Würfel auf dem Podest in der Nähe der Stiefel der Statue. Ich nehme einen in die Hand. Es wirbeln jedoch so viele Fragen durch meinen Kopf, dass es schwer ist, zu wissen, wo ich anfangen soll.

Am besten komme ich direkt auf den Punkt. Ich drücke den harten Würfel fest in meinen Fingern und schließe die Augen, wobei ich mir den Gottlen vorstelle und so laut wie möglich denke.

*Haben die Götter ihre Macht durch menschliche Wesen kanalisiert, um die Große Vergeltung herbeizuführen?*

Ich öffne die Augen, um den Würfel zu werfen. Er klappert über das Podest und landet auf einer Drei.

Ein moderates Ja. Mein Magen verkrampft sich.

Ich nehme den Würfel wieder in die Hand. *Hat das Kanalisieren der Macht diese Leute zu den ersten zerrissenen Zauberern gemacht?*

Noch ein Wurf, noch eine Drei. Ich starre sie einen Augenblick lang an und verarbeite die Antwort.

Da ist meine Bestätigung. Kosmel versucht nicht, es zu leugnen. Andererseits hat er in der Vergangenheit auf den Schaden hingewiesen, den die Götter Leuten wie mir zugefügt haben.

Vielleicht will er, dass ich es weiß.

Es gibt eine Menge anderer Fragen, die ausgesprochen werden wollen, doch eine steigt so schnell auf, dass sie alle anderen überwältigt. Ich presse den Würfel in meine Handfläche.

*Habt ihr uns absichtlich als Strafe so zerbrochen zurückgelassen?*

Der Würfel hüpft schwungvoller als beabsichtigt über das Podest. Er scheint eine Ewigkeit zu brauchen, bis er liegenbleibt.

Als er es tut, leuchten mir sechs Augen entgegen.

Das nachdrücklichste Nein.

Ich schaue zu der Statue auf, die über mir aufragt. Ein Schatten fällt kurz auf das Gesicht des Gottlen, der aussieht wie eine Träne, die über seine Wange rinnt.

Ich blinzle und der Schatten ist fort, doch ein Kloß füllt meine Kehle. Nun brennen Tränen in *meinen* Augen.

All diese Zeit, die Anschuldigungen, der Schmerz, die Hinrichtungen – es war alles ein schrecklicher Fehler?

Ich nehme den Würfel wieder an mich und rolle ihn mit einem Gedanken, der durch meinen Kopf rast. *Kannst du uns reparieren?*

Ich starre erneut auf eine Sechs. Mist.

Ein kurzer Druck streift meine Schulter, als würde mich eine unsichtbare Präsenz tröstend – oder vielleicht entschuldigend – streicheln.

Die Götter haben so viel Macht, doch es gibt Dinge, die sich ihrer Reichweite entziehen. Risse, die nicht versiegelt werden können.

Ich glaube nicht, dass ich jemals richtig gehofft habe, dass es eine Möglichkeit gibt, stelle jedoch fest, dass ich mir trotzdem über die Augen wische.

So bin ich. So werde ich bleiben.

Als ich den Stall neben dem Tempel der stillen Himmel erreiche, erkenne ich, dass ich vor dem Rest unseres provisorischen Geschwaders angekommen bin. Mein Herz setzt einen Schlag aus bei dem Gedanken, dass man ihnen vielleicht doch aufgelauert hat, aber eine der Gläubigen kommt aus dem Tempelgebäude, als ich gerade absitze.

„Du hast dich von dem Rest der Gruppe getrennt", stellt sie ohne ersichtliche Sorge fest.

Ich nicke. „Ich hatte noch etwas anderes zu erledigen. Ich glaube nicht, dass sie allzu weit hinter mir sein sollten …"

Sie grinst. „Überhaupt nicht. Zevim hat von einem der Türme Ausschau gehalten … Er sagt, er kann ihre Laternen ungefähr einen halbstündigen Marsch entfernt sehen."

Ich atme erleichtert aus. „Gut."

Nachdem ich Krümel versorgt und im Stall zurückgelassen habe, entdecke ich Casimir, der gerade den Hof überquert. Er eilt das letzte Stück zu mir. Sein Lächeln ist liebevoll, sein Ton jedoch drängend. „Wie ist die Mission gelaufen? Geht es allen gut?"

Ich neige mich zu ihm und packe die Vorderseite seines Oberteils, woraufhin er automatisch seine Arme um mich legt. Als ich den Kopf an seine Schulter lege, verfliegt ein großer Teil meiner Anspannung, allerdings kann nichts den festen Knoten lösen, der sich seit meinem Gespräch mit Kosmel gebildet hat.

Ich zwinge meine Stimme hervor. „Keine bedeutsamen Verletzungen, sieben Komplizen wurden gerettet, und niemand wird diese Anlage so schnell benutzen, um weitere Tonkörper herzustellen."

Casimir drückt mich etwas enger an sich. „Perfekt. Wie war deine zusätzliche Erledigung?"

Die Gläubige hat ihm anscheinend berichtet, was ich ihr erzählt habe.

Ich schlucke schwer. „Ich bin zum Tempel von Kosmel gegangen, um ein Gespräch mit ihm zu führen."

Der Kurtisan summt. „Und war es erhellend?"

„Gewissermaßen."

Ich atme ein, sauge seinen süßen Sandelholzduft in mich auf und meine Brust füllt sich mit so vielem, was ich sagen will. Casimir schien von all meinen Männern immer die engste Beziehung zu seiner gewählten Gottlen zu haben.

Doch was ich jetzt besprechen will, möchte ich nicht in Hörweite der Gläubigen erwähnen, die ihrem Gottlen so eifrig dienen.

„Ich bin müde", sage ich „Und ich könnte ein Bad

gebrauchen. Wie wäre es, wenn du einige deiner Verwöhn-Künste an mir übst?"

Casimir gluckst. „Das würde ich sehr gern tun."

Er führt mich in den Tempel zu einem der kleineren Badezimmer und lässt das Wasser einlaufen.

Während er die begrenzte Auswahl an Ölen und Seifen mustert, verdrehe ich die Hände vor mir, anstatt mich auszuziehen. „Casimir … bist du jemals frustriert von Ardone? Gab es Zeiten, in denen du das Gefühl hattest, es gäbe mehr, was sie für dich tun könnte, weil du es verdienst, und aus irgendeinem Grund hat sie es nicht getan?"

Der Kurtisan dreht sich um und betrachtet mich. „Ich glaube, dass es für ein menschliches Wesen völlig normal ist, Momente des Frusts zu erleben. Allerdings halte ich mich nicht lange mit ihnen auf. Ich weiß, dass jeder Gottlen eine Menge Gläubige hat, über die er wachen muss … und sie wollen vor allen Dingen, dass wir mithilfe unserer eigenen Fähigkeiten gedeihen und uns nicht auf sie verlassen."

Er hält inne. „Was hat Kosmel dir über die Zerrissenen erzählt?"

Der Kloß kehrt in meine Kehle zurück. Ich muss mich sammeln, bevor ich weitersprechen kann. „Wenn die Antworten des Würfels tatsächlich von ihm kamen, hat er bestätigt, was Alek entdeckt hat. Wir wurden erschaffen, um die ersten Blutzauberer zu vernichten. Und sie … sie haben uns nicht absichtlich in diesem Zustand zurückgelassen. Die Götter können uns nicht heilen."

„Oh, Gütige." Casimir läuft geradewegs zu mir und zieht mich in eine weitere Umarmung. „Wenigstens weißt du, dass dich keiner von *ihnen* als Monster sieht. Allerdings ist es nicht gerecht, dass du und andere wie du fortwährend unter den Konsequenzen ihres Fehlers leiden müsst."

„Ich verstehe es nicht", murmle ich an seinem Hemd. „Es gab doch sicherlich *irgendeine* Art, auf welche die Gottlen den Leuten Bescheid hätten geben können, dass es nicht unsere Schuld war und wir Hilfe gebrauchen könnten."

„Vielleicht haben sie das getan, so gut sie konnten. Du hast gesehen, wie stur die Leute sein können, selbst wenn man ihnen die Tatsachen präsentiert. Nachdem sich die Vorstellung erst einmal festgesetzt hatte … Menschen wählen gerne Sündenböcke aus, damit sie etwas Konkretes haben, auf das sie ihre Ängste und Wut richten können."

Das tun sie. Und vielleicht tue ich das Gleiche mit der Wut, die in mir brodelt – ich richte sie auf die Götter, wenn es in Wahrheit ein riesiges Durcheinander aus Schuldzuweisungen ist, das vermutlich niemand entwirren könnte.

Ich bringe ein raues Lachen zustande. „Also glaubst du nicht, dass mich irgendwelche göttlichen Wesen strafen werden, weil ich einige nicht besonders nette Gedanken an sie gerichtet habe?"

Casimir streichelt mit der Hand über meinen Rücken. „Ich glaube, sie würden diese Wut als dein Recht sehen. Uns allen muss ein wenig Gnade gewährt werden."

Er sagt das mit so viel ruhiger Gewissheit, dass ich die Worte glaube. Als ich meinen Kopf unter sein Kinn stecke, komme ich nicht umhin, zu denken, dass dieser Mann diese Gnade mindestens genauso sehr verdient wie ich.

Wie viel hat er im Lauf der Jahre ertragen in dem Versuch, die Erwartungen seiner Mutter zu erfüllen, um Ardone zu ehren? Wie viele Opfer hat er erbracht, die nicht sichtbar sind wie seine Edelsteinzähne?

Er war jedes Mal für mich da, wenn ich an mir gezweifelt habe oder gestolpert bin … Versteht er überhaupt, wie viel er mir bedeutet?

Liebe strahlt durch meine Brust und dämpft den letzten Rest meines Frusts. Ich weiche gerade so weit zurück, dass ich nach den Schnüren im Nacken von Casimirs Tunika greifen kann.

Sein Mundwinkel biegt sich nach oben. „Möchtest du Gesellschaft bei deinem Bad haben?"

„Es ist immer besser, wenn du dich mir anschließt." Ich ziehe die Bänder auf. „Aber ich habe meine Meinung geändert. Dieses Mal werde ich *dich* verwöhnen."

# SECHSUNDZWANZIG

*Casimir*

Als Ivy die Tunika über meinen Kopf zieht, besteht mein erster Instinkt darin, zu protestieren. Andere zu verwöhnen, ist meine Aufgabe – es ist manchmal der einzige bedeutsame Beitrag, den ich leisten kann.

Ich bin derjenige, der heute im Tempel zurückgeblieben ist, während sie ihr Leben riskiert hat.

Doch als ich das strahlende Lächeln sehe, das über ihre Lippen huscht, während sie mich betrachtet, schmilzt mein Widerstand.

Die Vorstellung, mir ihre Liebe auf diese Weise anzubieten, macht sie glücklich. Wie kann ich ihr diese Freude verwehren?

Das bedeutet allerdings nicht, dass ich bei dieser Begegnung vollkommen passiv bleiben werde.

Ich greife im Gegenzug nach ihrem Oberteil, der engen Tunika, die sie wegen der Mission anstelle ihrer üblichen Kleider trug, bei der eine Menge körperlicher Einsatz gefragt war. „Ich will dich trotzdem bei mir in der Wanne haben."

Ivys Lachen ist so fröhlich wie ihr Lächeln. „Darauf werde ich nicht verzichten, nur weil ich mich um dich kümmere."

Mit einem Rascheln von Kleidern, flüchtigen Liebkosungen und einigen gestohlenen Küssen legen wir all unsere Kleider ab. Mein Schwanz regt sich beim Anblick von Ivys schlankem, jedoch sehnigem Körper, dieser hübschen Mischung aus Zartheit und Stärke.

Bevor ich mehr tun kann, als mit den Fingern über die Seite einer ihrer kecken Brüste zu streicheln, zieht sie mich zur Badewanne. „Ich will mich vorher waschen. Und ich werde dich ebenfalls waschen."

Ich zwinge mich, zu bleiben, wo sie mich an der Seite der großen Wanne positioniert, anstatt mit ihr ins Wasser zu rutschen. Ivy schäumt ein Seifenstück zwischen ihren Händen auf und reibt mit den Fingern über meine Schultern, dann meine Arme hinab und über meine Brust und massiert sie sanft.

Ich werde sekündlich härter, ihre Berührung erzeugt jedoch mehr als lüsterne Hitze. Eine beruhigende Wärme breitet sich ebenfalls von ihren Händen ausgehend aus und lockert Verspannungen, von denen ich nicht einmal wusste, dass ich sie hatte.

Ihre Miene ist konzentriert, in ihren Augen schimmert allerdings nach wie vor Zuneigung, wann immer sich unsere Blicke begegnen. Darin liegt ebenfalls Wärme – in der Hingabe, die sie mir mit jeder Drehung ihrer Finger anbietet.

In den Händen dieser Frau könnte ich wie Ton geformt werden.

Es ist kein Gefühl, das ich zuvor richtig erleben durfte. Bei unserer Ausbildung in der Gesellschaftsfakultät übten wir unsere Künste manchmal an unseren Kameraden, doch ich gab mich diesen Erlebnissen nie komplett hin. Ich dachte immer wie ein Kurtisan und merkte mir die angewendeten Techniken und die Reaktionen, die sie in mir erzeugten, um sie bei zukünftigen Kunden einzusetzen.

Außerdem waren mir diese Partner nicht wichtig und ich ihnen nicht. Sie waren bloß Bekanntschaften oder ungezwungene Freunde. Die Verwöhnkur, die Ivy mir nun anbietet, ist wirklich ein Akt der Liebe.

Sie hat keine Angst, etwas mehr Lust hinzuzufügen. Als ihre

Hände zu meinen Hüften hinabwandern, gleiten ihre Finger um meinen steifen Schwanz und drücken ihn einige Male.

Der Rausch intensiverer Wonne entlockt mir ein Stöhnen.

Ich werde mit einem verschlagenen Lächeln belohnt, mit dem Ivy noch umwerfender aussieht. Sie arbeitet sich mit der gleichen Sorgfalt, die sie meinem Oberkörper geschenkt hat, meine Beine hinab und bedeutet mir, den Kopf unter Wasser zu tauchen. „Lass uns auch deine wundervollen Haare waschen."

Ich kippe den Kopf gehorsam ins Wasser, ehe ich mich vorbeuge, damit Ivy die klatschnassen Wogen leichter erreichen kann. Sie tröpfelt etwas flüssige Seife auf meine Haare und arbeitet sie mit neckenden Kreisen ihrer Fingerspitzen ein.

Ein genüssliches Summen vibriert in meiner Brust. „Du bist sehr gut darin. Vielleicht sollten wir Kurtisane auf deine Liste an Titeln setzen."

Ivy lacht erneut und vertieft ihre Massage meiner Kopfhaut. „Nur, wenn ich angemessen inspiriert bin, und ich begrenze mich sehr gerne auf die vier Liebhaber, die diese Inspiration auslösen."

Sie lässt mich nach unten sinken, damit sie die Seife aus meinen Haaren spülen kann. Vollkommen erfrischt greife ich nach ihr. „Ich glaube, ich bin dran."

Ivys verschlagenes Lächeln wird breiter. Sie betrachtet mich kokett durch ihre Wimpern hindurch, was ich nicht von ihr gewohnt bin. „Ich glaube, es könnte mehr Spaß machen, wenn du dich einfach entspannst und zuschaust."

Bevor ich fragen muss, was sie meint, geht sie auf die Knie, sodass ihre Brüste wunderbar zu sehen sind. Sie gleitet mit ihren seifigen Händen über ihren Körper, wobei sie so sinnlich vorgeht wie bei meinem.

Ich kann nicht anders, als mir vorzustellen, wie meine Hände dem gleichen Pfad folgen. Mein Schwanz pocht jetzt, doch es ist eine köstliche Tortur.

Zur gleichen Zeit schwillt mein Herz vor Liebe für sie an.

Ivy hat so viel Selbstvertrauen gewonnen seit dem ersten Bad, das ich für sie organisiert habe, als sie nervös war, auch nur ihr Kleid auszuziehen. Die Herausforderungen, denen wir uns stellen mussten, haben sie verwundet und erschüttert, aber sie auch stärker als zuvor gemacht.

Nachdem sie ihren Oberkörper gewaschen hat, steht sie auf, damit ich eine klare Sicht auf ihre Mitte und ihren Hintern habe, während sie sich diesen widmet. Verlangen pocht durch meine Adern.

Ich schaffe es, mich zurückzuhalten, bis sie sich wieder ins Wasser senkt, um sich abzuspülen, und dann schnelle ich vor.

Ich ziehe sie zu mir und vergrabe mein Gesicht an den feuchten Haaren neben ihrem Ohr. Meine Stimme kommt als abgehacktes Raunen heraus. „Ich glaube nicht, dass ich eine weitere Sekunde ertragen kann, ohne in dir zu sein."

Ivy erschaudert begierig an mir und verändert ihre Position so, dass sie rittlings auf meinen Schenkeln sitzt. „Ich habe dieses Intermezzo jedenfalls nicht begonnen, um dich hängen zu lassen."

Als sie mich in ihrer feuchten Hitze aufnimmt, treffen unsere Münder aufeinander. Eine wohlige Wärme breitet sich in meinem gesamten Körper aus.

Ich umfasse ihre Wange mit einer Hand, packe ihre Hüfte mit der anderen und stoße in dem Winkel in sie, der genauso viel Lust in ihr entzünden wird.

Obwohl sie keucht, gibt sich Ivy mir nicht komplett hin. Sie vergräbt ihre Finger in meinen Haaren, zieht wundervoll an ihnen und streichelt mit der anderen Hand über meine Brust, wo sie innehält, um einen meiner Nippel zu zwicken.

Sie ist immer noch entschlossen, mir genauso viel Aufmerksamkeit zu schenken wie ich ihr.

Dieser Austausch birgt eine tiefere Form der Freude in sich, oder? Liebe zu erhalten und sie zu geben?

Das ist nichts, was wir auf der Hofakademie gelernt haben, da wir als Kurtisanen keine Partner aufsuchen sollten, die mehr als eine zeitlich befristete Affäre wollten. Ich denke, dass Ardone diese ausgeglichene Liebe bestimmt genauso wertschätzt wie die, die vollkommen selbstlos angeboten wird.

Es fühlt sich wie Magie an.

Es ist mir eine Ehre, Teil dieses Ganzen zu sein.

Unsere Münder krachen immer wieder aufeinander. Das Wasser schwappt genauso wild um uns herum.

Mein Höhepunkt baut sich am Ansatz meines Schwanzes auf, doch Ivy muss mit mir kommen. Ich ramme mich in einem schnelleren Rhythmus in sie, schiebe meine Hand zwischen uns und streichle die empfindliche Stelle direkt über ihrer Öffnung.

Ivy stöhnt und bewegt sich schneller mit mir. Ihre Fingernägel bohren sich mit einem Brennen in meinen Rücken, das ich eher als berauschend als schmerzhaft empfinde.

Ich dränge meinen Höhepunkt zurück, im gleichen Moment geht jedoch ein Beben durch Ivys Körper. Sie verkrampft sich mit einem gestotterten Seufzen um mich herum und ich gebe mich dem Feuer der Wonne hin, jetzt, da ich weiß, dass sie ebenfalls befriedigt ist.

Ivy entspannt sich in meinen Armen, kuschelt sich eine Minute lang an mich und macht keine Anstalten, sich von mir zu lösen. Ich lehne meinen Kopf an ihren und erlaube mir, jedes bisschen des Erlebnisses zu genießen, das sie mir geschenkt hat.

Es dauert jedoch nicht lange, bis ihre praktische Seite durchkommt. Sie späht über den Wannenrand und verzieht das Gesicht, als sie die Pfützen entdeckt, die wir bei unserem Spaß verursacht haben. „Wir brauchen mehr Handtücher."

Ich gluckse und gebe ihr noch einen Kuss, bevor ich mit ihr aus der Wanne steige. Wir trocknen uns ab und wischen das Wasser am Boden auf, bis es keine anderen Beweise für unser intimes Abenteuer gibt als die klatschnassen Handtücher.

Ich helfe Ivy in ihre Kleider und ziehe meine eigenen an. „Was hältst du davon, dir die Sterne anzuschauen?"

Sie strahlt mich an. „Das klingt wundervoll. Der Rest unserer Expedition sollte mittlerweile zurück sein, doch es wird nicht viel zu planen geben, bis die Wachen berichten, wie Lothar auf unseren Angriff reagiert hat. Ich glaube, wir haben uns alle eine freie Nacht verdient."

Wir kommen gerade um die Biegung im Hauptflur des Tempels, als Filip aus einem der anderen Gänge platzt. Der Abtrünnige des Ordens bleibt bei unserem Anblick wie angewurzelt stehen und seine Miene verzieht sich mit einer Mischung aus Emotionen, die mich nervös macht.

Ich trete auf ihn zu und spreche in sanftem Ton, damit er keine Abwehrhaltung einnimmt. „Geht es dir gut, Filip?"

Er starrt mich kurz an, bevor er zu Ivy blickt. Ihre Stirn hat sich vor Sorge in Falten gelegt. Er scheint zu zögern, ehe er scharf einatmet und näher eilt.

„Ivy", sagt er und neigt respektvoll den Kopf. „Wenn sie jemand aufhalten kann, bist das du. Es tut mir so leid. Ich hätte schon früher etwas sagen sollen. Ich hätte nie mitmachen sollen."

Mein Herz macht einen Satz und Ivy versteift sich. „Wo mitmachen? Wen aufhalten?"

Der Abtrünnige des Ordens der Wildheit fährt mit der Hand durch seine hellbraunen Haare. „Als ich mich euch angeschlossen habe … Es sollte ein Trick sein. Ich *wollte* niemanden anlügen. Ich finde schon seit Monaten nicht mehr richtig, was im Namen des Ordens der Wildheit gemacht wird. Aber ich hatte Angst davor, was sie mir antun würden, wenn ich bei dem Plan nicht mitmache …"

Mit jedem Wort, das aus seinem Mund kommt, wird offensichtlich, wie viel Kummer ihm seine Entscheidung bereitet hat. Wut flammt in meiner Brust auf bei dem Gedanken an die Gefahr, in die er uns gebracht hat, mein Zorn wird jedoch von einem Anflug von Mitgefühl gedämpft.

Ich weiß nicht, was dieser Mann durchgemacht hat – was ihm die Blutzauberer angetan haben, bevor er diesen Punkt erreicht hat.

Er gesteht uns seine Taten jetzt. Das zählt etwas.

Ivys Hände haben sich an ihren Seiten zu Fäusten geballt. Ich spreche, bevor sie es tun kann. „Es ist verständlich, dass du Angst hattest, und es macht dir Ehre, dass du jetzt zu deinen Fehltritten stehst. Wir können uns später mit der Vergangenheit befassen, in unserer eigenen Zeit. Worum machst du dir jetzt Sorgen?"

Sein Gesichtsausdruck wird noch erbärmlicher. „Das Letzte, was ich für sie tat … Vor einigen Tagen gelang es mir, eine Nachricht weiterzugeben, nicht lange, nachdem wir den Tempel erreicht hatten. Ich teilte ihnen mit, wo Prinzessin Petra hingegangen ist. Sie haben mir gerade ein Signal durch das

Amulett geschickt, das sie mir gegeben haben … Sie sind auf dem Weg. Ich soll euch ablenken, damit ihr nicht realisiert, dass sie kommen, doch das will ich nicht tun. Ich will, dass ihr von hier verschwindet, bevor sie tun können, was immer sie vorhaben. Ich … ich will *mit* euch kommen."

Er sinkt flehend auf die Knie, faltet die Hände vor sich und heftet den Blick auf Ivy. „Du weißt, wie es ist, Leute zu verletzen und es zu bereuen. Zu wollen, dass sie einen als etwas Besseres sehen. Ich weiß, dass ich so viel besser sein kann. Bitte gib mir die Chance."

Während sie ihn anstarrt, greife ich mit einem Kribbeln in meinen Zähnen nach meiner Gabe und konzentriere mich auf den Mann vor mir. Mit dem Rausch an Empfindungen, die durch meinen Verstand fließen, breitet sich Gewissheit in mir aus.

Es ist ein viel spezifischerer Eindruck als der, den ich beim ersten Mal von ihm erhielt, als es wichtig für ihn war, dass wir ihn aufnehmen, damit er seinen Trick durchführen kann. Diesen Mann würde es am glücklichsten machen, wenn ich ihm dabei helfe, den Schrecken zu entkommen, die seine ehemaligen Kollegen bereits vor seinen Augen angerichtet haben.

„Er meint es ernst", verkünde ich.

Ivys Blick wird stürmisch. Sie bedeutet Filip, wieder aufzustehen. „Wie weit sind sie entfernt?"

Er spreizt hilflos die Hände, während er sich aufrappelt. „Ich weiß es nicht. Ich nehme an, dass sie mich rechtzeitig warnen würden, allerdings könnte es weniger als eine Stunde sein."

Ivys Haltung ist noch immer steif, meine ruhige Herangehensweise scheint ihre Wut jedoch gezügelt zu haben. Sie wendet sich an mich. „Komm. Wir müssen alle aus dem Tempel schaffen."

Ihr Kopf zuckt zurück zu dem Abtrünnigen. „Und du hältst dich besser an uns. Du wirst beweisen müssen, dass wir dir jetzt vertrauen *können*, wenn wir es zuvor nicht hätten tun sollen."

Er lässt den Kopf hängen. „Ich weiß. Ich dachte … Ich dachte, ich wäre bereits in so viele verkorkste Dinge gezogen worden, dass es keine Hoffnung mehr für mich gäbe. Ich habe mich seit Jahren nicht wie ich selbst gefühlt … bis zur letzten Woche mit euch allen. Hier will ich sein und ich werde tun, was nötig ist, um das zu beweisen."

Ivy nickt scharf und joggt durch den Flur. Sie hebt die Stimme, sodass sie durch das Gebäude hallt. „Delfis? Tinom? Petra? Wir haben ein Problem!"

Innerhalb von Minuten summt der Tempel vor Aktivität. Delfis leitet die meisten seiner Gläubigen an, uns beim hektischen Packen von Vorräten zu helfen, während andere die geretteten Opferkomplizen zu einem versteckten Eingang bringen, der zu einer geheimen Kellerkammer führt.

„Eine Sicherheitsmaßnahme, von der ich wünschte, wir könnten sie euch allen anbieten", sagt er. „Aber wenn uns der Orden im Verdacht hat, werden sie den Tempel wochenlang aufmerksam beobachten. Ich glaube nicht, dass ihr gehen könntet, um den Rest eurer Mission durchzuführen, wenn ihr es jetzt nicht tut."

Petra nickt und lässt ihre Finger über ihre Brust wandern, womit sie ihn und den Gottlen würdigt, dem er dient. „Ich verstehe. Wir sind dankbar für die Gastfreundschaft, die ihr uns bereits geschenkt habt."

Ich eile zum Stall, um all die Pferde zu versammeln, die wir mitgebracht haben, sowie einige zusätzliche Reittiere, die der Priester erübrigen kann. Als ich die letzten beiden herausführe, um sie mit der erscheinenden Menge bekannt zu machen, ist Petra tief in eine Debatte mit unseren Verbündeten aus Pima vertieft.

„Ich weiß nicht, wie weit wir fliehen müssen, um sicher zu sein", sagt sie zu Emor. „Und Nikodi lag im Herzen des Aufstands. Wir können nicht dorthin gehen. Allerdings kann ich deine Leute auch nicht bitten, sich so weit von ihrem Zuhause zu entfernen."

Er winkt ihre Bedenken ab. „Ich werde zurückkehren, um allen mitzuteilen, was hier vorgefallen ist. Uns war jedoch schon immer am wichtigsten, dass die Blutzauberer zu Fall gebracht werden."

Er betrachtet seine Anhänger. „Gibt es jemanden, der lieber mit mir nach Pima zurückkehren möchte, als weiterhin unserer zukünftigen Königin dabei zu helfen, ihren Thron zu sichern?"

Als ein Chor der Ablehnung in Antwort darauf erklingt, sieht Petra ehrfürchtig und nervös aus. Ihr Mund presst sich zu einer entschlossenen Linie zusammen. „Ich werde mein Bestes geben, euch alle zu beschützen."

Ivy befestigt einen Beutel an Krümels Sattel und schwingt sich auf seinen Rücken. Sie lässt den Blick über den Hof schweifen, als könnte sie hinter die Tempelmauern blicken. „Ich kann bisher noch keine Magie spüren, die in diese Richtung ausgesandt wird … das bedeutet allerdings nicht, dass sie nicht in der Nähe sind."

Petra hebt ihren jüngeren Bruder vor sich auf ihr Pferd und sieht nach ihrer Schwester, die sich ein Pferd mit Rheave teilt. Als wir alle im Sattel sitzen, streckt Tinom seinen Arm aus und durchschneidet die Luft mit seiner Hand.

„Ich werde mein Bestes geben, ihre Aufmerksamkeit in der Dunkelheit von uns abzulenken. Lasst uns schnell und leise gehen. Falls jemand von uns getrennt wird, reitet nach Tupno und wir formieren uns außerhalb der Stadt neu. Ich glaube, wir sind am besten damit beraten, wenn wir nach Süden gehen. Dort gibt es einige adlige Familie hinter Florian, von denen ich erwarten würde, dass sie die Melchiorek-Seite ergreifen. Es wird Zeit, dass wir sie kontaktieren."

Wir brechen in einem flotten Trab auf.

Die Nacht hüllt uns in Dunkelheit und die Laternen des Tempels werden schnell hinter uns kleiner. All meine Begleiter werden im schwachen Sternenlicht zu undeutlichen Grauschattierungen reduziert.

Stavros, Ivy und die Soldaten bilden einen Kreis um die Königskinder. Ich lasse mich etwas weiter zurückfallen, um meine Kameraden und unsere Umgebung zu beobachten.

Filip bleibt in meiner Nähe, die Schultern gekrümmt und das Gesicht gequält verzogen.

Ich sehe keine Hinweise darauf, dass das Urteil meiner Gabe falsch war. Er hat zuvor keinen Ausweg gesehen – jetzt glaubt er, dass es einen gibt. Und das hat den Unterschied gemacht.

Vor mir fährt Ivys Kopf herum. Sie treibt Krümel an,

schneller zu traben und an die Spitze der Gruppe zu reiten, als würde sie etwas verfolgen. „Ich habe einen Stich gespürt … eine Magie, die nicht unsere ist, glaube ich …"

Das letzte Wort hat kaum ihre Lippen verlassen, als ein Blitz sengender Energie durch die Nacht auf Petra zuschießt. Ivy reißt ihren Hengst herum und einer der Soldaten schubst das Pferd der zukünftigen Königin beiseite.

Und Prinz Jacos schreit vor Schmerz auf.

„Reitet!", brüllt Petra. „Reitet so schnell ihr könnt, bevor sie uns weiter angreifen können."

Sie drückt ihren Bruder an sich. Ich erhasche einen Blick auf einen Schnitt, der seinen Umhang aufgerissen hat. Blut rinnt über seinen Arm, bevor Petra den Stoff ballt, um die Blutung zu stoppen, und ihr Pferd zu einem Galopp antreibt.

„Sie sind nicht in der Nähe", ruft Ivy mit leiser Stimme, als sie Petras Beispiel folgt. „Sie wissen möglicherweise nicht einmal, dass der Schlag getroffen hat. Wir können ihnen noch immer entkommen."

Als unsere Prozession davongaloppiert, richtet Tinom einen finsteren Blick auf sie, bei dem sich mir die Nackenhaare sträuben.

Er sieht Ivy an, als würde er denken, es wäre ihre Schuld, dass der Prinz verletzt wurde. Als hätte sie uns besser warnen sollen, wo es doch seine Tarnmagie ist, die uns am meisten im Stich gelassen hat.

Wird er sie immer als Schurke sehen?

Zähneknirschend drücke ich meinem Pferd die Fersen in die Seiten und rase den anderen hinterher.

# SIEBENUNDZWANZIG

*Ivy*

Ich marschiere in das Esszimmer, das zum Hauptquartier des Widerstands auserkoren wurde, und wedle mit einem Flugblatt, das frisch aus der Druckerpresse kommt. „Wir haben einen neuen Schwung Flugblätter!"

Die vielen Gestalten, die sich um den Tisch drängen, schauen auf. Petra lächelt an ihrem Platz am Kopfende, doch ich bemerke auch eine Menge skeptischer oder ängstlicher Mienen.

Ich bin mir nicht sicher, was ich davon halten soll, wie unsere Widerstandsgruppe gewachsen ist. Seit wir vor einigen Tagen beim Sommeranwesen eines Barons des Hofs angekommen sind, haben sich unsere Zahlen mehr als verdoppelt.

Tinom hat gut gewählt, das kann ich zugeben. Baron Cyris und seine Frau zeigten nichts als pure Erleichterung, als die übriggebliebenen Melchioreks ankamen, und begannen sofort, darüber zu schimpfen, wie schrecklich Lothar und sein Orden der Wildheit sind. Dieser spezielle Baron hat eine Gabe für Illusionen, die der Tinoms ähnelt, was bedeutet, dass er dem magischen Berater helfen kann, um die Spuren unseres Kommens und Gehens auf dem Anwesen zu tarnen.

Allerdings ist er ein Adliger und die anderen, die sich uns angeschlossen haben, sind ebenfalls Adlige oder die besten Freunde von Adligen. Jedes Mal, wenn ich sehe, wie jemand Alek angewidert ansieht, wird meine gut trainierte Selbstbeherrschung auf die Probe gestellt, da ich dem Drang widerstehen muss, demjenigen ins Gesicht zu schlagen. Ich bin mir sicher, unsere Verbündeten, die mit uns den ganzen Weg von Pima hierherkamen, haben die nach oben gewandten Nasen und das besorgte Murmeln genauso bemerkt wie ich.

Götter bewahre, dass jemand in ihrer Gegenwart Bauernkleider trägt anstelle von bestickter Seide.

Petra winkt mich zu sich und ich gehe um die verschiedenen Adligen und das Personal herum, um sie zu erreichen. Die meisten pressen sich näher an den Tisch, obwohl am Rand des Raums genügend Platz für mich ist.

Es ist offensichtlich, dass sich in der wachsenden Gruppe unserer Verbündeten ebenfalls herumgesprochen hat, welche Kräfte ich besitze. Niemand hat es gewagt, sich gegen mich auszusprechen, da sie bestimmt gehört haben, dass ihre zukünftige Königin meine Anwesenheit verteidigt hat. Die angespannten Haltungen und gesenkten Stimmen, wann immer ich an ihnen vorbeigehe, lassen sich allerdings nicht leugnen.

Ich kann mich nicht beschweren. Wir brauchen alle Hilfe, die wir kriegen können. Die Adligen haben das Sagen über ihre Ländereien und viel Personal, das sie befehligen.

Sie haben Zugang zu Ressourcen, die wir möglicherweise brauchen ... einschließlich der Druckerpresse, von der ich die Baronin erzählen hörte. Anscheinend spielt sie als ‚Hobby‘ gerne damit herum, was mich auf eine Idee für eine neue Strategie gebracht hat.

Ein Gefühl der Befriedigung nimmt meiner Nervosität die Schärfe, als ich das Flugblatt in Petras wartende Hand lege.

Mein Vater hat immer darüber gesprochen, dass die Druckerpresse das beste Werkzeug sei, die Köpfe von Leuten zu erreichen. *Man kann eine Botschaft auf Blätter drucken und innerhalb von Tagen in allen Reichen verbreiten.*

Wir müssen niemanden außerhalb unseres Königreichs für uns gewinnen, müssen jedoch so viel Unterstützung wie möglich innerhalb des Reichs aufbauen. Ich habe den Großteil der letzten zwei Tage mit Alek und Casimir daran gearbeitet, einfache Botschaften und Bilder zusammenzustellen, um auf die Gefahr aufmerksam zu machen, welche die Blutzauberer darstellen, und das Gute zu zeigen, das Petra dem Land stattdessen anbieten kann.

Die Bilder werden denjenigen, die nicht lesen gelernt haben, das Wesentliche vermitteln. Diejenigen, die lesen können, werden den Rest bei dem nervösen Geplauder erklären, das wir im ganzen Land zu ermutigen hoffen.

Die Flugblätter des heutigen Nachmittags warnen Silanas Bürger, dass eine Gruppe, die den König ermordet, auch nicht zögern wird, andere zu töten. Damit wollen wir anregen, dass sie über die Akte der Gewalt nachdenken, die sie den Orden haben durchführen sehen. Die dicken Buchstaben am unteren Rand fragen: *Was, wenn eure Söhne und Töchter als Nächstes an der Reihe sind?*

Es ist sehr gezielte Propaganda, aber die Blutzauberer verdienen sie.

Während Petra das Blatt überfliegt, das ich ihr gegeben habe, bewegen sich mehrere der luxuriös gekleideten Gestalten in der Nähe ruhelos.

Die hiesige Gräfin, die sich auf unsere Seite gestellt hat, räuspert sich. „Sind wir wirklich sicher, dass das Herumwerfen von diesen Papieren der beste Nutzen unserer begrenzten Kräfte ist?"

Eine von Voleskas und Emors Leuten antwortet, bevor ich es tun muss. „Es ist nicht so, als hätten wir viele andere Aufgaben, um die wir uns kümmern müssen. Und Sie hätten sie heute Morgen auf dem Marktplatz sehen sollen, als wir die letzte Ladung verteilt haben!"

Der Kollege neben ihr hebt eifrig den Kopf. „Ja, sie haben sie an sich gerissen und sich darüber unterhalten. Die Nachricht spricht sich schnell herum. Das Blatt wendet sich zu Königin Petras Gunsten."

Wir mussten uns kreative Methoden überlegen, um die

Flugblätter unters Volk zu bringen, da die Ordensmitglieder, die sich im Land verteilt haben, nicht einfach zuschauen werden, während jemand auf den Marktplätzen über ihre Missetaten spricht. Mit einer Mischung aus Heimlichkeit und einigen nützlichen magischen Gaben, die unsere Verbündeten einsetzen können, haben wir sie von den höchstmöglichen Standpunkten auf die Menschenmengen regnen lassen.

Wenn alles gut gegangen ist, werden manche der Reiter, die gestern aufgebrochen sind, die Blätter mittlerweile mithilfe der Schwarzen Kralle in Florian sowie anderen königlichen Städten wie Zulina und Mipone verteilt haben.

Es wird nicht lange dauern, bis die Blutzauberer erraten können, dass wir ans südliche Ende des Landes umgesiedelt sind. Daher wollen wir unsere Aktivitäten weit streuen, damit man nicht so leicht erraten kann, in welcher Provinz, geschweige denn in welcher Grafschaft wir uns aufhalten.

Falls sie uns erneut finden, weiß ich nicht, wo wir als Nächstes Schutz suchen können.

Ein Kaufmannsfreund der Barone klopft ungeduldig auf den Tisch. „Wir müssen ‚das Blatt‘ mit mehr als nur Worten wenden.“

Petra hebt den Blick, um ihre Unterstützer zu mustern. Sie spricht in sanftem Ton. „Ich denke, Worte sind ein sehr guter Anfang, während wir uns für eine intensivere Anstrengung sammeln. Das hier ist perfekt, Ivy. Stehen Leute bereit, um die Blätter zu verteilen?“

Ich nicke. „Ich habe sie gerade benachrichtigt.“

Als ich aus dem Raum husche, höre ich eine nicht besonders gedämpfte Stimme brummen: „Woher kam die?“

Stavros’ Stimme folgt einen Augenblick später mit dem harten Ton einer Warnung. „Ivy hat Silana von Anfang an vor den Blutzauberern beschützt.“

Ich eile zu dem Außengebäude, in dem sich die Presse befindet, wobei meine Haut vor Unbehagen juckt. Es gefällt mir nicht, es meinen Männern oder der zukünftigen Königin, die mich akzeptiert hat, zu überlassen, meine Rolle beim Widerstand zu verteidigen. Allerdings weiß ich nicht, wie ich für mich eintreten kann, ohne unsere neuen Verbündeten noch nervöser zu machen.

Ich finde meine selbsternannten Assistenten, die gerade die letzten Flugblätter in Satteltaschen stopfen.

„Königin Petra hat das Flugblatt abgesegnet", informiere ich sie und sie grinsen mich an, bevor sie zu den wartenden Pferden eilen.

Ich hebe meine Stimme, um ihnen hinterherzurufen: „Sichere Reise!"

Ein Teil von mir wünscht sich, ich würde davonreiten, um weitere Streiche durchzuführen, anstatt hier mit den hochnäsigen Idioten zu diskutieren.

Natürlich wäre der aktuelle Streich nicht möglich ohne diese hochnäsigen Idioten und all ihre Besitztümer. Also beiße ich mir auf die Zunge und marschiere zurück zum Versammlungsraum.

Bei meiner Rückkehr stelle ich fest, dass der Bedarf nach Waffen am Tisch diskutiert wird. Prinzessin Klaudia betrachtet ihre Begleiter mit besorgter Miene. „Ich dachte, wir würden die Leute so friedlich wie möglich für uns gewinnen. Wir sind nicht wie die Blutzauberer. Wir können nicht einfach Bürger *töten*, die getäuscht wurden."

Tinom bedenkt sie mit einem herablassenden Blick. „Wir können nicht unvorbereitet sein. Es ist unwahrscheinlich, dass Lothar ohne einen Kampf klein beigeben wird."

Stavros neigt den Kopf. „Es tut mir leid, zu sagen, dass ich zustimme. Mir wäre es lieber, wenn wir nicht mehr Blut vergießen müssten, es ist jedoch besser, wenn wir Klingen haben, die wir nicht benutzen müssen, als sie zu brauchen und mit leeren Händen dazustehen. Die Blutzauberer und die eifrigsten Mitglieder des Ordens der Wildheit wissen mittlerweile, worauf sie sich eingelassen haben."

Petra seufzt und ihr Blick gleitet zu Prinz Jacos. Ihr Bruder sitzt neben Klaudia. Sein Ärmel ist um den Verband ausgebeult, den er noch immer wegen der Verletzung trägt, die er sich bei dem magischen Angriff während unserer Flucht aus dem Tempel der stillen Himmel zugezogen hat.

„Wir müssen bereit sein, uns zu verteidigen“, sagt sie. „Und unsere tatsächlichen Feinde anzugreifen, wenn wir die Gelegenheit haben. Der Orden hat zu viele Leute verletzt, um unsere Gnade zu verdienen. Wir werden unser Bestes geben, Kollateralschäden zu vermeiden.“

Alek, der sich bisher im Hintergrund gehalten hat, tritt an den Tisch. Sein Kiefer sieht angespannt aus und er wirkt ein wenig verlegen unter den vielen Blicken, doch sie stören ihn nicht so sehr, dass er wieder angefangen hätte, eine Maske über seinen Narben zu tragen.

Seine Stimme kommt vollkommen ruhig heraus. „Ich kann möglicherweise eine große Lieferung neuer Waffen arrangieren. Ich kann meine Familie kontaktieren. Sie produzieren und erwerben seit Jahrzehnten Qualitätswaffen und ich habe meine Eltern stets ausnahmslos positiv über die Melchiorek-Herrschaft sprechen hören.“

Mein Magen verknotet sich bei seinem Vorschlag. Seine Familie mag der Krone treu ergeben sein, hat *ihn* allerdings nie unterstützt. Ich glaube nicht, dass er sie besucht hat, seit er sich an der Tempelschule angemeldet hat, wo er die Narben erhalten hat.

Petra schenkt ihm ein Lächeln. „Wenn du darauf vertraust, dass es sicher ist, sie zu kontaktieren, weiß ich, dass du das Gespräch gut führen wirst. Je eher wir unsere Optionen ausloten, desto besser.“

Der Gelehrte richtet sich auf. „Ich werde mich augenblicklich auf die Reise vorbereiten.“

Ich beobachte, wie er zur Tür geht, und mein Bauchgefühl verlangt, dass ich ihm folge.

Bevor ich die Entscheidung getroffen habe, zu gehen, klopft Petra mit den Händen auf den Tisch. „Nun sollten wir die Möglichkeit der Monarchen-Prüfungen besprechen, denke ich.“

Mein Blick zuckt im gleichen Moment zurück zu ihr, als einiges Grunzen und andere verärgerte Geräusche am Tisch erklingen.

„Prüfungen?“, fragt Baron Cyris. „Ist das nicht eine der bizarren Ideen, von denen Lothars Leute sprechen?“

Petra neigt bestätigend den Kopf. „Das sind sie. Aber ich glaube, wir können das Konzept so anpassen, dass es unseren Zwecken dient."

Einer der anderen Adligen lacht. „Wie könnte das ein Vorteil für uns sein?"

Petras Augen suchen meine am anderen Ende des Tischs. Ich bin diejenige, die ihr diese Idee vorgeschlagen hat – allerdings hebt sie mich nicht hervor oder verlangt, dass ich die Strategie rechtfertige.

Irgendwie sorgt das dafür, dass ich mich noch mehr gezwungen sehe, mich einzumischen.

Ich hebe meine Stimme, sodass sie über das unruhige Gemurmel zu hören ist. „Eine Menge Bürger Silanas haben gezeigt, dass sie den Melchioreks nicht zutrauen, ihre Interessen zu vertreten. Wir hörten in Florian und Tupno Forderungen, dass sich der nächste Herrscher als würdig erweisen soll. Außerdem kennen sie Petra nicht. Selbst wenn sie anfangen, am Orden der Wildheit zu zweifeln, bedeutet das nicht, dass sie genug an *sie* glauben, um ihre Lebensgrundlagen und ihr Leben für sie aufs Spiel zu setzen."

Die meisten Köpfe am Tisch drehen sich zu mir um. Die Lippen der Baronin verziehen sich spöttisch. „Also denkst du, unsere Königin sollte ihr Leben in Gefahr bringen, um sie zu überzeugen?"

„Nicht ihr Leben", erwidere ich rasch. „Deswegen würden wir die Idee anpassen. Nichts Brutales oder so Gefährliches, wie es sich Lothar bestimmt ausmalt ... und auch nichts, was zu Gunsten des Ordens beeinflusst wurde. Wir werden uns einige Aufgaben überlegen, die Petra erledigen kann, die Zuversicht in den Leuten wecken und ihre Stärke beweisen, ohne dass sie ein zu großes Risiko eingeht."

„Genau." Petra verschränkt die Arme vor der Brust. „Und es gibt noch einen sehr guten Grund, eine derartige Demonstration auf die Beine zu stellen. Wir können Lothar kontaktieren, damit er seine eigenen Kandidaten antreten lässt. Es wird keine Prüfung sein, wenn ich keine Konkurrenz habe. Wenn *er* sich als fairer Spieler beweisen will, muss er auftauchen. Wir werden unsere erste echte Gelegenheit haben, seinen Verrat und den seiner ranghöchsten Anhänger direkt zu offenbaren … und damit so umzugehen, wie wir es für angemessen halten."

Vorzugsweise mit einem Schwert durch Lothars Schädel. Doch obwohl sich meine Laune bei dem Gedanken hebt, den Schurken auf Augenhöhe zu konfrontieren, macht mein Magen einen Salto.

Petra hat dieses Element nie zuvor erwähnt. Es war kein Teil meiner ursprünglichen Idee. Und es klingt so, als …

Klaudia fasst meine Bedenken in Worte, bevor ich es tun kann. „Du sprichst davon, dich selbst zum Köder zu machen."

Entsetzen färbt ihre Stimme, doch Petra antwortet ruhig. „Ich bin der einzige Köder, der funktionieren würde. Ich vertraue darauf, dass ihr alle sicherstellen werdet, dass ich nie in größerer Gefahr bin, als es wert ist, um unsere Ziele zu erfüllen."

Niemand scheint zu wissen, wie er gegen diese Aussage protestieren soll. Unsere zukünftige Königin sieht sich am Tisch um. „Dann lasst uns weitermachen. Wir müssen Ideen sammeln, wie unsere Prüfungen aussehen können, wie wir die Nachricht verbreiten und wo wir sie abhalten sollen."

Ihr Aufruf zum Handeln veranlasst die Unsicheren zum Sprechen.

Tinom runzelt die Stirn. „Ich bin mir nicht sicher, ob das eine kluge Taktik ist, Eure Hoheit. Ungeachtet der Vorsichtsmaßnahmen, die wir vorzunehmen versuchen, die Risiken, die Sie eingehen müssten …"

„Es ist vollkommen unangemessen", unterbricht Gräfin Mirina ihn. „Unsere Königin, die sich mit denen duelliert, die ihr der Pöbel entgegensetzt?"

Petra hustet, was möglicherweise ein Lachen überspielen soll. „Ich glaube nicht, dass wir ein echtes Duell zum Teil der Prüfungen machen sollten, Mirina."

Baron Cyris wedelt abweisend mit der Hand. „Eine Königin sollte sich nicht auf dieses Niveau herablassen. Sie müssen daran denken, wie es auf Ihre ergebensten Unterstützer wirken würde, Eure Hoheit."

Meine Nackenhaare richten sich auf. Er meint Unterstützer wie sich.

Die Worte platzen aus mir heraus, bevor ich sie zurückhalten kann. „Wenn Sie den Thron nicht ganz allein für sie zurückgewinnen – und halten – können, *brauchen* wir auch die Unterstützung des gewöhnlichen Volks."

Er wendet sich mir mit einem Schnauben zu. „Was weißt du schon darüber, wie es bei Hofe zugeht? Ich habe dich bis vor drei Tagen noch nie gesehen." Er verlagert seine Aufmerksamkeit wieder auf Petra. „Sie müssen unseren Rat beherzigen, Eure Hoheit. Nichts Gutes ging jemals daraus hervor, wenn man der breiten Masse zu viel gegeben hat."

Ein Sturm aus anderen Stimmen folgt seiner. Die meisten bekräftigen seinen Protest.

Meine Magie erbebt und drängt mich, sie alle zum Schweigen zu bringen, vorzugsweise, indem ich sie auf ihre aufgeblasenen Hintern werfe. Ich dränge sie zurück und sammle mich, um mich wieder in die Diskussion einzumischen.

Dann fällt mein Blick auf Petras Gesicht.

Ihr Mund hat sich angespannt und ihre Miene wirkt vorübergehend unbehaglich.

Sie hat sich diesem Kurs nicht vollkommen verschrieben. Sie haben ihre Entschlossenheit erschüttert.

Wenn sie sich nicht sicher ist, dass es der richtige Plan ist, wer *bin* ich dann, dass ich darauf bestehe, er sei es? Der Baron liegt nicht ganz falsch.

Urplötzlich habe ich wieder das Gefühl, als würde ich auf dem Ast der Eiche in Schlachtquell sitzen und aus der Ferne zuschauen, wie das Leben unter mir abläuft. Ich habe viel gesehen, das stimmt, aber wie viel habe ich vor den letzten Monaten tatsächlich gelebt?

Weiß ich wirklich, was ich von Petra verlange?

Die Zweifel steigen so schnell in mir auf, dass es mir den Atem raubt. Ich trete von dem Stimmengewirr zurück und marschiere aus dem Raum.

Bei einer so gewaltigen Angelegenheit, bei der es um sie persönlich geht, sollte Petra ihre eigene Entscheidung treffen.

Sie hat dort drin genügend andere Leute aus verschiedenen Gesellschaftsschichten, die sie beraten können und alle vermutlich eine bessere Vorstellung davon haben als ich, was wirklich auf dem Spiel steht.

Ich laufe beinahe blindlings durch die Gänge, bis ich feststelle, dass ich durch die Eingangstür trete. Die kühle Luft wäscht über mich, beruhigt meine Gedanken und klärt meinen Kopf.

Ich mache noch ein paar Schritte in den Hof, atme tief ein und reiße mich zusammen.

Ich bin es nicht gewohnt, eine aktive Teilnehmerin an der Politik Silanas zu sein. Ich werde mich mit der Zeit wohler dabei fühlen. Nur ein paar Minuten, um mich zu sammeln, und dann kann ich wieder dort reingehen und meine Meinung sagen, wenn ich das Bedürfnis dazu verspüre.

Die Tür hinter mir quietscht. Ich habe kaum Zeit, mich umzudrehen, bevor sich Stavros' muskulöser Arm um mich legt.

Ich drehe mich instinktiv in seiner Umarmung um und sauge seine Wärme und seinen rauchigen, pfeffrigen Duft in mich auf, obwohl die Frage meine Kehle hinaufkriecht, die ich stellen muss. „Solltest du nicht dort drin beim Rest von ihnen sein und unsere beste Herangehensweise planen? Du bist der einzige General, den wir haben."

„Ehemalige General", brummt Stavros und streichelt sachte mit seiner Prothese über meinen Rücken. „Ich brauchte auch eine Pause von ihnen. Entweder das oder es hätte mehrere gebrochene Nasen und eine nicht besonders glückliche zukünftige Königin gegeben."

Meine Mundwinkel zucken zum Anfang eines Lächelns. „Ich glaube, sie hätte das vielleicht verstanden."

Stavros summt leise und weicht gerade so weit zurück, dass er auf mich herabblicken kann. „Du erlaubst ihnen nicht, dein Selbstvertrauen zu erschüttern, oder, edle Diebin? Die Hand Kosmels weiß mehr über Pläne und Heimtücke, als diese Adligen jemals verstehen könnten."

Meine vorübergehende gute Laune verfliegt. „Sie wissen eine Menge über andere Dinge, die ich nie erlebt habe."

„Weshalb wir alle gemeinsam an dem Tisch sitzen und unsere Meinung beitragen." Er zieht eine Augenbraue hoch. „Du hast dich auf der Akademie nicht von der Horde Adliger einschüchtern lassen."

Ich öffne den Mund und zögere, während ich mir eine Antwort überlege. „Ich hatte Julita, die ihr Wissen mit mir geteilt hat. Und ... ich war nicht als ich selbst dort. Ich spielte eine Rolle. Das war einfacher."

Einfacher, sich nicht dafür zu interessieren, was sie von mir dachten. Einfacher, mich in das Selbstbewusstsein der Adligen zu hüllen wie in ein weiteres schickes Kleid.

Natürlich bin ich heutzutage noch immer nicht wirklich ich selbst, auch wenn ich nicht mehr so tue, als sei ich eine andere. Ich verharmlose einen der wichtigsten Teile von mir so gut wie möglich und will alle in meinem Umfeld dazu bringen, zu vergessen, dass ich eine der Zerrissenen bin.

Irgendwie ist das unangenehmer, als einfach mein ganzes Selbst zu verbergen, wie ich es einst tat. Allerdings werde ich mich daran gewöhnen müssen.

Stavros neigt seinen Kopf näher zu mir und senkt seine Stimme. „Ich will nur nicht sehen, dass du klein beigibst. Die Frau, die ich liebe, hat nie vor einer Situation zurückgeschreckt, nur weil es hart wurde."

Hitze breitet sich wegen seiner Nähe in meinem Körper aus und ich stürze mich auf die Gelegenheit, mich auf diese Hitze anstatt auf meine Sorgen zu konzentrieren.

Ich fahre mit den Fingern über seine muskulöse Brust und bewundere jede Erhebung der durchtrainierten Muskeln, die ich durch seine Tunika nachfahren kann. „Ich schätze, das stimmt. Gewisse Dinge weiß ich besonders zu schätzen, wenn sie hart sind."

Der anzügliche Unterton in meiner Stimme entgeht dem ehemaligen General eindeutig nicht. Er gluckst und verschließt meinen Mund mit seinem.

Während Stavros mir mit seinem Kuss huldigt, pressen sich unsere Körper enger aneinander. Verlangen sammelt sich tief in meinem Bauch, als ich mir vorstelle, wie er mich an die

Hauswand presst und sich ohne Rücksicht auf adliges Zartgefühl in mich rammt.

Ich bin mir nicht sicher, ob einer von uns tatsächlich so weit gehen würde. Doch bevor ich die Gelegenheit erhalte, das herauszufinden, kitzelt eine magische Strömung von der anderen Seite des Hofs über meine Haut.

Mein Rücken wird steif und Stavros schreckt zurück. „Was ist los?"

Ich weiche von ihm zurück und lasse meinen Blick über die Landschaft ringsum das Anwesen schweifen. „Ich spüre … Jemand sendet Magie in diese Richtung …"

Als ich vortrete, lockert sich sein Griff um mich. Wir stapfen gemeinsam zum Tor.

Die Magie weht unablässig um mich herum. Ich spüre nichts Aggressives an ihr, was allerdings nicht bedeutet, dass derjenige gute Absichten hat, der sie aussendet.

Stavros legt den Kopf zur Seite, als würde er seine Ohren spitzen. „Jemand kommt."

Einen Augenblick später höre ich fernes Hufgetrappel. Nur ein paar Hufe dem Geräusch nach zu urteilen. Keine Armee.

Dennoch wappnen wir uns und warten, während sich die Person dem Anwesen nähert. Falls es kein Verbündeter ist, wollen wir nicht, dass er mich oder Stavros unter Baron Cyris' Dach sieht.

Meine eigene Magie entfaltet sich in meiner Brust und erinnert mich daran, wie mühelos ich notfalls zu unserer Verteidigung eilen könnte.

Das Hufgetrappel wird langsamer. Die Wache, die auf der anderen Seite des Tors positioniert ist, ruft: „Wer bist du und was willst du hier?"

Eine trockene Frauenstimme antwortet: „Ich suche nach einer Frau namens Ivy."

Der Ton ist mir so vertraut und dennoch so unerwartet, dass ich in der ersten Sekunde wie angewurzelt stehen bleibe. Dann strecke ich die Hand aus und öffne das Tor.

Es schwingt auf und enthüllt die letzte Person, die ich jemals außerhalb ihres Zuhauses zu sehen erwartet hätte. Die Frau, die mir beigebracht hat, was ich über das Kontrollieren meiner zerrissenen Macht weiß – und die darauf bestand, dass es für Leute wie uns nie sicher wäre, in die Gesellschaft zurückzukehren.

Sulla begegnet meinem Blick mit einem zaghaften Lächeln und spannt die Hände um die Zügel ihres Pferdes an. „Da bist du. Ich dachte ... es wäre an der Zeit, dass ich von meinem Berg runterkomme."

# ACHTUNDZWANZIG

*Alek*

Der Geruch der Schmiede verpestet die Luft sogar aus einem Kilometer Entfernung. Erinnerungen prasseln auf mich ein: die Nächte, in denen ich mich auf dem Dachboden versteckte, damit meine Eltern nicht bemerkten, wie lange ich zum Lesen aufblieb; der Schmerz in meinen Muskeln an den Tagen, an denen Dad darauf bestand, dass ich mit Hammer und Amboss arbeitete, als würde das eine Liebe für Waffen in mir wecken.

Die missbilligenden Blicke, wenn nicht einmal der Hauch eines Interesses in mir aufkam.

Als ich zum ausladenden Geschäft unserer Familie am Rand der kleinen Stadt reite, weht die Brise über mein Gesicht. Die Luft wird allmählich wärmer, da der Frühling bevorsteht, doch ich bin mir der Windböen stark bewusst, die über die Erhebungen meiner Gesichtsnarben streichen.

Seit ich vor einigen Monaten begonnen habe, meine Maske abzulegen, habe ich immer weniger über meine Narben nachgedacht. Sogar die Blicke der Adligen, mit denen wir verbündet sind, spielen keine Rolle mehr, wenn ich einfach Ivy anschauen kann und sie mich bewundernd anstrahlt.

Meine Familie hat jedoch ein Bild von mir im Kopf, dem ich nicht mehr entspreche. Ich war nicht mehr zu Hause, seit ich aus der Tempelschule geworfen wurde.

Sie haben möglicherweise einige Einzelheiten über meine Schande als Teenager gehört, das ist allerdings anders, als sie mit eigenen Augen zu sehen.

Ich kann mir bereits vorstellen, wie meine Mutter entsetzt zurückzuckt und sich die Lippen meines Vaters vor Abscheu verziehen. Sie werden meiner eigenartigen Vorliebe für Bücher und Wissenschaften vermutlich die Schuld an meinem ruinierten Gesicht geben, als hätten meine Studien meine Moralvorstellungen verzerrt.

Ich blicke auf den kleinen Beutel hinab, der an meinem Sattel befestigt ist. Ich habe meine Maske mitgebracht für den Fall, dass ich beschließe, es sei am besten, die Konsequenzen meiner einstigen Verbrechen zu verdecken.

Es juckt mich in den Fingern danach zu greifen und mein Gesicht vor ihrem Urteil zu schützen, so wie ich es lange getan habe.

Doch was für einen Unterschied wird das machen? Sie werden sich nichtsdestotrotz vorstellen, dass etwas Schreckliches hinter der Maske verborgen ist.

Es ist nicht so, als wäre meine Familie nicht vertraut damit, wie sehr ein menschlicher Körper verwüstet werden kann. Ich erinnere mich an eine Menge vernarbter Gestalten, die über die Türschwelle des Ladens kamen.

Der Unterschied besteht darin, dass sich diese Gestalten ihre Narben wie Ehrenabzeichen im Kampf verdient haben.

Ich schätze, ich habe meine bei einer anderen Art von Kampf erhalten – einem mit meinen persönlichen Schwächen. Obgleich mich die Scham meiner Taten markiert hat, habe ich letztendlich gewonnen.

Ich habe es weit gebracht von dem Jungen, der ich einst war.

Als ich den Anbindebalken am Ende der Straße des Ladens erreiche, lasse ich die Maske daher in meiner Satteltasche. Ich gehe durch den stärker werdenden Geruch glühender Kohlen und heißen Metalls und mit so viel Zuversicht, wie ich aufbringen kann, zum Laden.

Das Klirren eines Hammers, der auf Stahl trifft, hallt durch die Tür. Noch bevor ich die Türschwelle erreiche, weiß ich, wo ich nach meinem Vater suchen muss.

Er hat noch immer seinen persönlichen Schmiedeofen und Amboss in der gleichen Ecke der Werkstatt. Er hebt den Hammer und senkt ihn auf die Klinge, an der er arbeitet. Vermutlich ist es ein privater Auftrag für einen besonders betuchten Kunden.

Der Rest des Empfangszimmers wird dazu verwendet, die Ergebnisse seines Handwerks und andere Waffen und Rüstungen auszustellen, die zu seinem Inventar gehören. Die meisten Waffen, mit denen er und meine Mutter handeln, macht er nicht selbst. Er überwacht mehrere Lehrlinge in einem der Hinterzimmer und kauft Waffen von anderen Schmieden, die nicht den gleichen Geschäftssinn haben wie er.

Er hat mir den Rücken zugekehrt und seine breiten Schultern spielen, als er den Hammer senkt, um das Schwert zu betrachten. Das scheint ein guter Zeitpunkt zu sein, ihn auf meine Anwesenheit aufmerksam zu machen.

Ich räuspere mich. „Dad."

Meine Stimme erklingt lauter, als ich es über das Prasseln des Schmiedefeuers erwartet hätte. Dad zuckt zusammen und wirbelt herum, meinen Namen bereits auf den Lippen. „Aleks…"

Die letzte Silbe erstirbt, als sein Blick zu meinem Gesicht huscht. Er schrickt nicht zusammen, sein Kiefer zuckt jedoch, als hätte er es sich gerade noch verkniffen.

Und da ist diese verzogene Lippe.

Ich trete tiefer in den Laden und spreche, bevor er noch etwas sagen kann. „Ich werde nicht lange bleiben. Es gibt etwas Wichtiges, worüber ich mit dir sprechen muss."

Moms überraschte Stimme dringt aus dem großen Lagerraum hinten im Laden. „Ist das Aleksi?"

Sie kommt mit großen Augen und einem zaghaften Lächeln

herbeigeeilt. Als ihr Blick mich findet, werden ihre Augen noch größer – und das Lächeln verschwindet.

„Hallo, Mom", begrüße ich sie mit zugeschnürter Kehle. Mir ihre Reaktionen auszumalen, war nicht mal ein Zehntel so schmerzhaft, wie sie selbst zu erleben.

Sie macht sich nicht einmal die Mühe, meinen Gruß zu erwidern. „Was ist dir zugestoßen?"

Ich werde nicht lügen. „Ich habe einige schlechte Entscheidungen getroffen … aber ich habe aus ihnen gelernt. Das war vor Jahren. Ich habe es hinter mir gelassen."

Mein Vater schafft es endlich, eine Antwort zu stottern. „Wir sehen es doch direkt vor uns. *Das* hast du dir auf dieser nutzlosen Schule antun lassen? Das ist das Gesicht, das du jetzt der Welt zeigst?"

Diese Worte machen mich sofort wütend. Wie in den guten alten Zeiten.

„Es ist das Gesicht, das ich habe", bringe ich zähneknirschend hervor. „Und die Schule war nicht nutzlos."

Mom bewegt sich zaghaft auf mich zu und verschränkt die Arme vor sich. Sie schüttelt den Kopf. „Ich wusste, dass nichts Gutes dabei herauskommen würde, wenn du dich mit Leuten umgibst, die lieber über Worte nachdenken als darüber, was real ist. Aber du warst so stur."

„Es war dennoch die richtige Entscheidung. Alles, was ich studiert habe, war real. Wie ich aussehe, spielt keine Rolle …"

Dad unterbricht mich mit einem ablehnenden Schnauben. „Erzähl das jemandem, mit dem du verhandeln musst, während du ihm diese Fratze zeigst. Was machst du hier? Hast du endlich die Nase voll von diesen eingebildeten Gelehrten?"

Noch eine scharfe Antwort kribbelt meine Kehle empor. Im gleichen Moment ballt sich meine Hand an meiner Hüfte zur Faust – und meine Finger streifen den Brief in meiner Tasche, der meine wichtigste Fracht ist.

Dieses Objekt ist der Grund, aus dem ich hier bin. Es hat nichts mit meiner Berufswahl oder der Meinung meiner Eltern von dieser zu tun.

Die Mission, auf der ich bin, ist so viel größer als die bittere Vergangenheit, in die ich beinahe wieder gestolpert wäre.

Ich bin *nicht* der Junge, den sie einst kannten. Ich habe das Gehör der zukünftigen Königin. Die Liebe einer zerrissenen Zauberin.

Ich bin niemand, über den sich ein paar Waffenhändler lustig machen sollten – ich verdiene ihren Respekt.

Bei den Göttern, wäre ich jemals so tief gesunken, wenn ich mich damals nicht so verzweifelt nach Respekt gesehnt hätte? Wenn ich auch nur ein wenig Unterstützung von den Leuten erhalten hätte, die mich aufgezogen haben?

Meine Narben sind Male meiner Schande, ich hatte jedoch eine Kindheit aus Ablehnung und Verachtung, die mich an diesen Punkt gebracht hat. Alles, was ich mir seitdem verdient habe, all die Dinge, die ich erreicht habe, verdanke ich allein meiner Stärke, weil ich über das Fundament hinausgewachsen bin, das diese zwei Leute für mich gebaut haben.

Ich richte mich auf und schlucke meine Wut.

Ich werde nicht wie ihr enttäuschender Sohn mit ihnen sprechen. Ich bin als Königin Petras Repräsentant hier.

Mein Ton wird ruhiger, härter und selbstsicherer als zuvor. „Ich bin nicht gekommen, um meine Ausbildung zu diskutieren oder was mit meinem Gesicht passiert ist. Es gibt drängendere Angelegenheiten zu besprechen. Habt ihr Geschäfte mit dem Orden der Wildheit gemacht?"

Dads vorübergehender Schock über meinen veränderten Ton wird bei meinen letzten Worten zu einer missmutigen Miene. „Verrückte Aufrührer, die das ganze Land ins Chaos stürzen", murrt er und legt seinen Hammer auf die Schmiede. „Welche Geschäfte kann man schon mit ihnen machen? Sie glauben nicht, dass sie für irgendetwas bezahlen sollten. Sind hier einmarschiert nicht lange, nachdem König Konrams Tod bekannt gegeben wurde, und haben die Hälfte unseres Inventars mitgenommen."

Als er König Konrams Namen sagt, macht er die Geste der Gottheiten vor seiner Brust, um unseren ehemaligen Herrscher zu ehren. Die Hoffnung, die mich hierhergebracht hat, dehnt sich in meiner Brust aus.

Mom schnaubt und senkt die Stimme, als hätte sie Angst, sie könnte überhört werden. „Sie sind Wichtigtuer, das sind sie.

Wollen *alles* übernehmen. Sie schicken gefühlt jeden zweiten Tag jemanden hierher, der wissen will, welche Bestellungen wir reinbekommen haben und von wem.“

„Sie versuchen, sich als Retter darzustellen, wenn sie in Wahrheit nichts als mordende Verräter sind.“ Dad verzieht das Gesicht. Dann wirft er mir einen plötzlich misstrauischen Blick zu. „Du hast dich nicht mit *dieser* Gruppe zusammengetan, oder?“

Ich muss ein leicht hysterisches Lachen schlucken. Ich bin mir nicht sicher, was beleidigender ist – dass sie so wenig von mir halten, dass ihnen nicht in den Sinn gekommen ist, dass ich eine Gefahr sein könnte, als ich die Frage stellte, oder dass ihnen nicht bewusst ist, dass ich alles, wofür der Orden steht, noch vehementer ablehne als sie.

Dass er innegehalten hat, um zu fragen – und deswegen nervös aussieht – bestätigt seine Loyalität. Er hat nicht mit Beleidigungen um sich geworfen, weil er dachte, ich würde sie hören wollen, sondern weil er seine wahre Meinung nicht zurückgehalten hat.

„Absolut nicht“, antworte ich. „Sie sind eine Gefahr für dieses Land. Und deswegen bin ich hier. Was würdet ihr sagen, wenn ich euch die Gelegenheit bieten würde, diese Verräter zu vertreiben … und die Hochachtung der Königsfamilie zu gewinnen?“

Dad zieht seine Brauen zusammen. „Ich würde sagen, dass all diese Bücher dein Gehirn so verworren haben, dass es keine Rettung mehr gibt.“

Da erlaube ich mir, zu glucksen, und trete noch einen Schritt auf meine Eltern zu. „Überhaupt nicht. Wie sich herausstellt, war all mein Buchwissen nützlich für unsere zukünftige Königin. Ihr habt bestimmt gehört, dass die Melchiorek-Erben dem Mordkomplott entkommen sind und sich so oft wie möglich gegen den Orden der Wildheit ausgesprochen haben. Ich bin im Namen der rechtmäßigen Königin Petra gekommen, um euch ein Angebot zu machen.“

Die Skepsis ist nicht aus den Gesichtern meiner Eltern gewichen, Moms Augen leuchten jedoch trotzdem etwas stärker. „Was für ein Angebot?“

„Wenn ihr die Widerstandsgruppe, die gegen den Orden der Wildheit vorgeht, mit Waffen und Rüstungen versorgt – so viele, wie ihr besorgen könnt – werdet ihr die offiziellen Waffenlieferanten der Königsfamilie werden."

Dad wird steif und seine Lippen teilen sich mit einem Eifer, den er nicht unterdrücken kann, obwohl er noch mit seinen Zweifeln ringt. Er stellt sich vermutlich das neue Schild vor, das er am Schaufenster anbringen kann, wenn er sich diese Ehre verdient hat.

„Du", sagt er unsicher. „Die Königin … Wie …"

„Es spielt keine Rolle", unterbreche ich ihn. „Unsere Wege haben sich gekreuzt und ich habe mir ihr Vertrauen verdient. So viel, dass sie mir glaubte, als ich erzählte, dass es wahrscheinlich wäre, dass ihr sie unterstützen würdet. Sie hat ihre Bedingungen in diesem Brief dargelegt."

Ich ziehe das gefaltete Papier aus meiner Tasche und halte es ihnen so entgegen, dass das Melchiorek-Familiensiegel in dem Wachs zu sehen ist, welches das Schreiben versiegelt.

Dad nimmt den Brief sachte entgegen, als hätte er Angst, er könnte ihn beschädigen. Als er das Siegel löst, eilt Mutter zu ihm, damit sie die Worte ebenfalls lesen kann.

Es ist kein langer Brief. Ihre Augen überfliegen die Worte mehrere Male innerhalb einer Minute.

Dann schaut Dad wieder zu mir auf. „Sie schreibt, ob wir zum königlichen Waffenlieferanten ernannt werden, hängt ab von …"

Kann er sich nicht überwinden, es zu sagen?

Ich erlaube mir ein schmales Lächeln. „Von meinem Urteil, dass ihr ihr gut gedient habt. Ich weiß, wozu unsere Familie fähig ist. Sie weiß, dass ich bestätigen kann, dass ihr alles beigetragen habt, was ihr könnt."

„Oh." Mom senkt ihre Hände, um sie vor sich zu verschränken, bevor sie mit einer durch ihre Haare fährt, als hätte sie Angst, ich würde sie anhand ihres *Aussehens* beurteilen. „Oh, das ist … Du hast wirklich einen Platz für dich gefunden, oder?"

Ich habe die schmeichelnde Note in ihrer Stimme schon einmal gehört – wenn sie mit einem potenziellen Kunden von hohem Ansehen sprach. Irgendwie ist das nicht im Entferntesten befriedigend.

Denn es hat nichts damit zu tun, wer ich bin, und nur damit, was ich ihrer Meinung nach für sie tun kann.

Dad klopft mir auf die Schulter und ein Lächeln breitet sich auf seinen Lippen aus, während ein leicht panisches Leuchten in seine Augen tritt. „Natürlich werden wir tun, was wir können, um der rechtmäßigen Königin auf den Thron zu verhelfen, wo sie hingehört. Du weißt, was ich zuvor gesagt habe … Es stärkt den Charakter, wenn man seine Leidenschaften verteidigen muss … Du besaßt schon immer eine beeindruckende Hingabe.“

Was sie vor Augenblicken noch als Sturheit bezeichnet haben.

Er schiebt mich zur Tür ins angeschlossene Haus. „Wir hätten das von Anfang an ins Haus verlegen sollen. Ich mache dir einen Drink und dann können wir die Einzelheiten von Mann zu Mann besprechen.“

„Danke, Dad“, erwidere ich bloß mit einer Spur Ironie in der Stimme. Meine restliche Nervosität verfliegt.

Ich habe mich so lange nach der Anerkennung dieser Leute gesehnt … aber sie ist vollkommen hohl, oder nicht? Sie sind nur auf ihre eigenen begrenzten und oberflächlichen Prioritäten konzentriert.

Ich brauche weder ihren Stolz noch ihren Segen. Ich brauche nur ihre Kooperation, damit *ich* Petra auf die Art dienen kann, die sie verdient, und die habe ich. Ich habe mir meinen eigenen Stolz verdient.

Jetzt ist es an der Zeit, einen Aufstand niederzuschlagen.

# Neunundzwanzig

*Ivy*

An der Spitze unserer Prozession lässt Sulla ihr Pferd zwischen den Bäumen anhalten. Sie dreht den Kopf und das gesprenkelte Sonnenlicht reflektiert von ihrem faltigen Gesicht. „Du kannst das spüren, oder?"

Ich hatte es nicht bemerkt, bis sie uns anhalten ließ. Jetzt, da ich mich auf die Empfindungen in meinem Umfeld konzentriere, streift ein schwaches magisches Kribbeln meine Haut.

Ich spanne mich an und drehe den Kopf in dem Versuch, die Quelle aufzuspüren.

Ich nehme keine bestimmte Richtung oder einen Zweck wahr. Es ist eher so, als würde die Energie einfach in der Luft schweben.

Direkt hinter uns rutschen meine Männer auf ihren Sätteln hin und her. Keiner von ihnen kann übernatürliche Wirbel so wahrnehmen wie ich.

„Irgendwo in der Nähe wird Magie gewirkt", stelle ich für sie fest und auch, um Sullas Frage zu beantworten. „Bist du dir sicher, dass sie von den Blutzauberern kommt?"

Die ältere Zauberin schürzt die Lippen. „Das kann ich nicht mit Sicherheit sagen. Allerdings fühlt es sich wie eine große Zisterne an, über deren Ränder Wasser tropft, da sie überläuft. So viel Macht an einem Ort … Das würde ich bei einem Tempel erwarten, doch es ist keiner in der Nähe."

Alek spricht leise. „Eine Gruppe Opferkomplizen könnte diese Art von Macht besitzen."

„Genau."

Er und der Rest unserer Prozession – königliche Soldaten, Personal der Adligen, pimanische Rebellen, sogar mein ehemaliger General – schauen Bestätigung heischend zu mir. Was immer manche unserer Verbündeten von meiner Magie halten, sie betrachten mich in dieser Hinsicht als Expertin. Sie kennen Sulla kaum.

Ich befeuchte meine Lippen und drehe den Kopf erneut. Noch eine Wolke der Energie bebt über mich.

Woran arbeiten sie hier draußen, dass Spuren ihrer magischen Übung durch den Wald wabern? Welche neue Bedrohung beschwören sie herauf?

Wir sind nur einen zweistündigen Ritt von unserem aktuellen Stützpunkt entfernt. Falls Blutzauberer in der Nähe sind und ihre dunkelste Magie durchführen, ist es besser, wenn wir sie aufspüren und herausfinden, welche neuen Pläne sie ins Rollen bringen, bevor sie eine Gelegenheit haben, unsere Anwesenheit zu bemerken.

Wenn wir weitere Opferkomplizen befreien und Lothars Macht auf diese Weise schwächen können, ist es noch besser. Je mehr wir die Gefahr einer Rache vom Orden der Wildheit verringern, desto leichter wird es für unsere Verbündeten sein, Stellung zu beziehen, ganz gleich, wie Petra das am Ende tun will.

Andererseits will ich nicht zwei Dutzend Leute in eine Schlacht auf völlig unbekanntem Boden führen. Meine Kameraden sind auf einen Kampf vorbereitet, erwarten jedoch, dass ich sie führe.

Ich denke kurz nach und Unbehagen rumort in meinem Bauch. „Lasst uns näher rangehen, damit wir eine bessere Vorstellung davon erhalten, womit wir es zu tun haben. Wir sollten zu Fuß weitergehen ... für den Anfang nur einige von uns."

Stavros nickt und gibt dem Rest unserer Gruppe Zeichen, die diejenigen mit einer militärischen Ausbildung anscheinend verstehen. Als ich von Krümels Rücken rutsche, folgen er, Sulla, Rheave und einer der Soldaten meinem Beispiel.

Wir marschieren durch den Wald, wobei Sulla und ich die Führung übernehmen. Ich setze meine Füße vorsichtig, damit ich meine Route den fortwährenden Veränderungen der Magie anpassen kann, welche die Luft durchzieht.

Einige Momente lang scheint sie im Osten stärker zu werden. Dann schwindet der Eindruck und ich stelle fest, dass ich auf einer eher nördlichen Route zurücklaufe. Ich kann nachvollziehen, was Sulla damit meint, dass sich die Magie wie ein stetes Tropfen anfühlt und nicht wie eine konzentrierte Wirkung.

Doch nach ungefähr einer halben Stunde, in der wir durch den Wald gewandert sind, streift eine greifbarere Empfindung mein Gesicht. Ich schleiche noch zaghafter als zuvor weiter und bleibe wie angewurzelt stehen, als sich die Magie schnell verdichtet.

Ich deute zu dem Gebiet vor uns. „Dieser Teil des Waldes ist mit Zaubern geschützt. Wenn wir viel weiter gehen, wird derjenige, der diese Schutzzauber angebracht hat, vermutlich Alarm schlagen."

Noch ein Beweis, dass das, woran die Zauberer arbeiten, wichtig ist. Oder vielleicht sind sie einfach zunehmend vorsichtig geworden nach den Überfällen, die wir im Norden durchgeführt haben.

Rheave tritt, ohne zu zögern, neben mich. „Lass mich schauen, ob ich die Magie brechen kann, damit wir uns näher anschleichen können."

Er sieht mich an und schaut auch kurz zu Sulla. „Die Wahrscheinlichkeit ist sehr gering, dass jemand anderes als die Blutzauberer sich so schützt, oder?"

Sulla nickt, bevor ich antworten kann. „Der Zauber, den sie gewirkt haben, ist stärker als jeder andere, den ich von einem Gläubigen gespürt habe. Kein gewöhnlicher Siedler hätte die

Mittel, eine derartige Magie zu wirken." Sie erschaudert. „Unsere Feinde sind eindrucksvoll."

Als Rheave seine Hände zu den Schutzzaubern ausstreckt, mustere ich meine ehemalige Mentorin. Sulla hat mir erzählt, dass sie deswegen gekommen ist – weil sie sogar auf ihrem Berg die Tragödien und Gewalt mitbekommen hat, die sich im Land ausbreiten. Die Zuflucht fühlte sich nicht mehr sicher an.

Sie erinnerte sich daran, was ich zu ihr darüber gesagt hatte, dass wir gemeinsam die Blutzauberei zerstören sollten, und beschloss, mich aufzusuchen. Ihre Magie führte sie zu mir.

Ich bin froh um ihre Hilfe, erinnere mich jedoch daran, dass sie unsere Ausrüstung gestohlen und versucht hat, uns am Verlassen der Zuflucht zu hindern. Dass sie darauf bestand, dass es zu gefährlich sei – nicht für mich, sondern für alle anderen, denen ich in der Außenwelt begegnen würde.

Sie hat Petra und ihren Geschwistern ihre Treue geschworen. Sie warnte uns vor der Magie, die sie auf ihrer Reise gespürt hatte, damit wir sie untersuchen konnten. Allerdings habe ich Probleme, ihr bereits vollkommen zu vertrauen.

Rheaves Gesicht verzerrt sich zu einer Maske der Konzentration. Seine Finger zucken und Funken springen zwischen ihnen.

Die Aura von Magie in diesem Teil des Waldes erbebt und verblasst.

Stavros betrachtet unsere Umgebung. Es ist noch immer nichts anderes als Bäume und Unterholz zu sehen.

„Von hier an sollten wir vorsichtig, jedoch schnell weitergehen", verkündet er. „Wir wissen nicht, wie lange es dauern wird, bis die Zauberer bemerken, dass ihre Schutzzauber außer Kraft gesetzt wurden."

Er gibt dem Soldaten ein Zeichen. „Hovi, kehre zu den anderen zurück und bring sie zu uns. Je schneller sie uns einholen können, desto besser."

Die Wache nickt und rennt in die Richtung davon, aus der wir gekommen sind. Wir gehen in einem schnelleren Tempo weiter, doch all meine Sinne bleiben wachsam und achten auf weitere magische Schutzzauber.

Nur der vage, treibende Eindruck von Magie bleibt. Er verstärkt sich, als wir weitergehen, bis sich die Bäume vor uns lichten und ich ein paar niedrige Holzgebäude ungefähr fünfzig Schritte entfernt auf einer Lichtung erkennen kann.

Wir erstarren alle und spähen zwischen den Baumstämmen hindurch. Wir haben ein wenig Illusionsmagie um uns gelegt, um Aufmerksamkeit abzulenken, das wird uns allerdings nicht vor einer magischen Überwachung oder besonders aufmerksamen Wachen verbergen. Wir haben nicht genug mächtige Amulette, um eine Kampftruppe zu tarnen.

Und derjenige, der zum ersten Schlag ausholt, wird automatisch zur Zielperson werden.

Während wir die Gebäude mustern, holt uns der Rest unserer Gruppe ein. Der Großteil der Leute bleibt mehrere Schritte hinter uns, doch Casimir und Alek kommen vorsichtig zu der Stelle, wo wir vier stehen.

Ein paar Männer erscheinen aus einem der Gebäude und schlendern um dieses herum, wobei sie den Bäumen nur kurze Blicke zuwerfen. Sie sehen aus, als wären sie ziemlich zuversichtlich, dass ihr magischer Schutz das Einzige ist, was sie brauchen, um Eindringlinge abzuwehren.

Rheave atmet scharf ein und spricht leise: „Einer von ihnen ist ein gefangener Daimon. Das ist definitiv ein Ort der Blutzauberer.“

„Dann müssen wir herausfinden, was sie hier aushecken“, murmle ich. „Aber wir wissen nicht, wie viele momentan hier sind oder welche Art von Magie sie wirken können.“

Einige tiefe Furchen durchziehen den Boden ein Stück weit von den Gebäuden entfernt. Ihre Ränder schimmern in einem Glanz, der nicht nach Erde oder Gras aussieht. Als ich die Augen zusammenkneife, kann ich Flecken aus rötlichen Rissen an einigen Baumstämmen entlang der Lichtung entdecken.

Die Magie, mit der sie hier experimentieren, sieht nicht wie die friedliche Sorte aus.

Sulla schenkt mir ein kleines Lächeln. „Es sollte nicht schwer sein, eine Ablenkung mit unserer Magie zu erschaffen.“

Ich verkneife mir ein Lachen. „Ich glaube nicht, dass wir

wollen, dass Rheave den Wald in Brand setzt. Das wäre auch für uns schlecht."

Eine Falte formt sich auf ihrer Stirn. „Ich dachte, dass wir beide eine Wirkung erzeugen können, die groß genug ist."

Oh. Mein Herz setzt einen Schlag aus und mein Körper versteift sich noch mehr, als er es bereits war.

Seit ihrer Ankunft habe ich es gemieden, mit Sulla über die Ergebnisse meines Magieeinsatzes zu sprechen, kann es jetzt jedoch schlecht verheimlichen.

Ich zwinge meine Hände, sich zu entspannen, und meine Stimme, ruhig zu bleiben. „Ich lasse meine Macht nur frei, wenn es absolut notwendig ist. Ich … ich habe den Wahnsinn bereits gespürt. Ich will mich nicht weiter in dessen Richtung bewegen, solange es eine andere Option gibt."

Die ältere Frau starrt mich einige schwere Herzschläge lang an und die Farbe weicht aus ihrer wettergegerbten Haut. „Du hast die Zuflucht erst vor wenigen Wochen verlassen. Du hast dich bereits so weit gehen lassen … Du hast alles missachtet, was ich dir beigebracht habe …"

Ich zucke zusammen. „Ich habe es nicht missachtet. Ich habe deine Lehren so gut wie möglich befolgt. Allerdings gab es so viel, was wir tun mussten, und ich wusste nicht, dass es sich so schnell auf mich auswirken würde."

„Ich habe dich gewarnt!" Sullas geflüsterte Stimme verschärft sich zu einem Zischen. „Nach all dem Beharren, dass du weißt, was du tust …"

Stavros unterbricht sie mit einem scharfen Laut. Seine Stimme ist leise, jedoch leidenschaftlich. „Ivy hat ihr Leben und ihren Verstand riskiert, um dieses Land vor den Blutzauberern zu beschützen. Wäre sie nicht gewesen, wäre jetzt die gesamte Melchiorek-Familie tot."

Als Sulla herumfährt, um ihn anzustarren, neigt Casimir, der neben meiner Schulter steht, den Kopf. „Und sobald sie erkannte, dass sie in Schwierigkeiten steckte, schränkte sie ihren Magiegebrauch ein, um sicherzustellen, dass sie die Kontrolle nicht verlor. So wie sie es dir gerade gezeigt hat. Du solltest zufrieden sein, dass sie ihre Grenzen kennt."

In die normalerweise sanfte Stimme des Kurtisans schleicht

sich bei dem letzten Satz ein Tadel. Alek legt seine Hand zur Beruhigung in meinen Rücken und Rheave hat sich aufgebaut, als würde er denken, er müsste mit mehr als Worten zu meiner Verteidigung eilen.

Bei ihrer automatischen Unterstützung flutet Wärme durch meine Brust, doch Schuldgefühle steigen zusammen mit ihr auf.

Was sie gesagt haben, stimmt ... es ist allerdings auch wahr, dass ich über die Grenzen dessen hinausgegangen bin, wozu ich bereit war. Wozu jeder zerrissene Zauberer jemals bereit wäre.

Sulla betrachtet ihre Mienen und meine, woraufhin sich ihre Haltung allmählich entspannt. Das Lächeln, das sie mir als Nächstes zuwirft, sieht angespannt, jedoch traurig aus.

„In Ordnung. Vielleicht sollte ich nicht urteilen. Ich war nicht da, weil ich mich auf meinem Berggipfel versteckt habe. Ich denke immer noch ...“ Sie schüttelt mit einem Seufzen den Kopf. „Überlass das hier mir. Wenn du dich zukünftig verausgabst ... Es ist wichtig, nicht zu vergessen, dass sogar sehr kleine Taten eine große Wirkung haben können.“

Sie betrachtet die Bäume entlang der Lichtung und deutet auf eine breite Eiche mit einer fleckigen grünlichen Rinde. „Dieser Baum ist krank ... die Äste werden schwach sein. Mit einem kleinen Schubs ...“

Ihre Augen verengen sich konzentriert zu Schlitzen. Ihre Finger zucken an ihren Seiten – und einer der dicksten Äste des Baumes bricht am Stamm ab.

Er fällt mit einem donnernden Krachen zu Boden. Mit einem weiteren magischen Schubs wirft Sulla einen zweiten Ast hinterher.

Schreie hallen durch die Gebäudemauern. Mehrere Gestalten schlüpfen aus den Türen, während die zwei Wachen, die wir bereits entdeckt haben, zu dem Baum joggen, um ihn zu untersuchen.

Einige ihrer Kollegen schließen sich ihnen an, während sich die restliche Gruppe in der Nähe der Gebäude aufhält. Doch jetzt können wir sie sehen – und sie haben uns noch nicht bemerkt.

Stavros hebt die Hand. „Die mit den Tarnamuletten zuerst.

Der Rest folgt ihnen. Überwältigt sie so schnell wie möglich …
*Jetzt.*"

Rheave, Hovi, eine der Frauen aus Pima und ich haben bereits die Amulette an ihren dünnen Ketten über unsere Köpfe gerissen. Als meine Kameraden um mich herum verschwinden, eile ich los und reiße meine Messer aus ihren Scheiden.

Wir platzen, unsichtbar für die verwirrten Wachen, zwischen den Bäumen hervor, während Pfeile von unerkenntlichen Quellen auf sie zufliegen. Mehr als die Hälfte von ihnen knistern mit Rheaves Daimonenergie und wurden von dem Bogen abgefeuert, den Alek für ihn mitgebracht hat.

Die Pfeile durchpflügen die Luft und fällen einen Feind nach dem anderen. Einige der Gestalten fallen als Tonstatuen um. Andere brechen schlaff wie die sterblichen Männer und Frauen zusammen, die sie sind.

Blut bespritzt das Gras, bevor sich die Übrigen richtig umgedreht haben.

Ich renne geradewegs auf sie zu, schwinge ein Messer in einem tödlichen Bogen und stoße das andere in die nächstbeste Brust. Rufe hinter mir verraten mir, dass der Rest meiner Kameraden die Lichtung geflutet hat.

Ein Magiestoß kracht aus der Richtung eines der Gebäude in mich – und das Amulett an meiner Brust zerbricht. Plötzlich starrt mich der Blutzauberer zu meiner Linken an.

Ich bin wieder sichtbar.

Meine Magie tobt so kraftvoll durch meinen Körper, dass ich mir auf die Zunge beiße, während ich ihren Ruf dämpfe. Die Schlacht um mich herum verschwimmt, während ich meinen Kampf um Kontrolle führe.

Ein anderer Körper kracht von der Seite in mich. Rheave schubst mich aus dem Weg eines schärferen Magieblitzes und schützt mich mit seinem muskulösen Körper.

Er wirbelt herum und schafft es, seinen letzten Pfeil durch ein geöffnetes Fenster des nächsten Gebäudes zu schießen. Ein dumpfer Knall auf der anderen Seite bestätigt, dass er sein Ziel getroffen hat.

Meine Macht peitscht erneut gegen mich, dieses Mal vor Frust. Ein stechender Schmerz durchbohrt meinen Magen.

Als der vorübergehende Schmerz mit meinem erstickten Keuchen verfliegt, bleibt der Daimon-Mann neben mir. Andere Magie flammt in einem wirren Lichthagel ringsum auf.

„Ich habe mehr meiner Art befreit", berichtet Rheave. „Und viele deiner getötet."

Sein Blick gleitet mit einem Hauch von Sorge und Sehnsucht zu mir. Als bräuchte er meine Anerkennung sogar nach allem, was wir bereits durchgemacht haben.

Ich drücke seinen Arm kurz. „Du warst fantastisch. Wir müssen nur die letzten ausschalten und ..."

Ein weiterer übernatürlicher Angriff regnet mit brüllenden Flammen auf uns herab. Dieses Mal schubse ich Rheave zur Seite.

Als wir beide über das Gras von den nun schwelenden Stellen wegrollen, durchbricht ein Schrei die Luft. Einer von Voleskas Männern kniet neben einer Frau, die auf dem Boden zusammengebrochen ist. Ihr Körper ist vom Kopf bis zur Taille verkohlt.

Mein Magen dreht sich um. Seine Freundin wird nicht mehr aufstehen.

Ein Mann, der sich uns aus Baron Cyris' Personal angeschlossen hat, zeigt mit der Hand zu einem Dachfenster im ersten Stock. „Dort oben. Jemand ..."

Ein funkelnder Blitz durchschneidet die Luft, bevor er seine Warnung beenden kann. Er durchtrennt seinen Hals. Der Mann fällt rückwärts zu Boden.

Ich atme zischend durch meine Zähne ein und renne los. Der Fensterrahmen des Erdgeschosses bietet mir einen guten Halt. Ich zerre mich an der Gebäudewand empor und springe mit den Füßen voran durch das obere Fenster.

Meine Fersen knallen gegen einen Körper, der nicht schnell genug ausgewichen ist. Das erneute Lärmen meiner Magie ignorierend stoße ich mit dem Ellenbogen zu, treffe einen Wangenknochen und lasse das Messer vorschnellen, das ich wieder gezückt habe.

Die Zauberin bricht in einem Teich aus Blut unter mir zusammen, das aus ihrer aufgeschlitzten Kehle rinnt.

Ich hocke dort, keuche leise und lausche nach anderen

Anzeichen eines Angriffs. Der Ruf meiner Magie vibriert durch mich, ist jedoch mehr ein Köcheln als ein Sprudeln, wenn es keine direkte Gefahr gibt.

Sämtliches Geschepper unter mir verhallt und Stavros' Stimme brüllt: „Alles sauber!"

Vorsichtig gehe ich zurück zum Fenster. Meine Kameraden suchen noch immer misstrauisch die Lichtung ab, doch uns treffen keine weiteren Angriffe.

Blut überzieht mehrere Ärmel und Hosenbeine. Zu meiner Erleichterung scheint keiner eine tödliche Wunde erlitten zu haben mit Ausnahme der Frau aus Pima und dem Mann des Barons.

Meine Kehle schnürt sich zu. Das ist immer noch ein größerer Verlust, als mir lieb ist.

Wie werden wir jemals Lothars komplette Truppe konfrontieren? Irgendwann müssen wir ihm direkt entgegentreten … und wir haben gerade gesehen, wie viel Schaden nur wenige Blutzauberer anrichten können.

Sulla schaut auf und fängt meinen Blick auf. „Ich sehe, du hast genug geschafft, ohne deine Magie einzusetzen."

Ihr Ton ist trocken, doch ich kann nicht genug Belustigung aufbringen, um ein Lächeln zu formen.

Ich hebe die Stimme, damit mich unsere Kameraden hören können, die im Wald geblieben sind. Sie kommt heiser heraus. „Kommt. Wir sollten diesen Ort gründlich durchsuchen."

Ich beschließe, die Treppe nach unten zu nehmen, anstatt mich aus dem Fenster zu schwingen. Auf dem Weg spähe ich in die anderen Zimmer entlang des Flurs.

Die Tür rechts neben der Treppe ist verschlossen. Ich breche den Riegel und spähe hinein, wo ich drei verstümmelte Gestalten in grauen Schleiern vor mir sehe.

„Herrin?", murmelt einer von ihnen.

Mein Herz sinkt. Wir hatten gehofft, mehr Opferkomplizen zu finden, doch es entsetzt mich trotzdem, die Ergebnisse der Gier der Blutzauberer zu sehen.

„Wir werden euch an einen anderen Ort bringen", erkläre ich. „An einen sichereren Ort." Dann eile ich die Treppe hinab und suche nach Casimir, der die Opfer des Ordens viel besser beruhigen kann als ich.

„Cas…", rufe ich, als ich den Fuß der Treppe erreiche, und bleibe wie angewurzelt stehen beim Anblick von Stavros, Alek und ein paar der königlichen Soldaten, die auf der anderen Seite neben einer Tür über einen Tisch gebeugt sind.

Aleks Gesicht sieht grimmiger aus, als ich es jemals gesehen habe. Stavros' Kiefer ist fest zusammengepresst.

Ich marschiere zu ihnen. „Was habt ihr gefunden?"

Alek tippt auf die Papiere, die auf dem Tisch verstreut sind. „Ich glaube, dass sind einige der Pläne des Ordens der Wildheit für ihre Monarchen-Prüfungen. Sie haben verschiedene Strategien getestet … Falls sie etwas Derartiges durchziehen, wird Petra keine Chance haben. Sie bauen alles als Falle auf."

Kälte durchfährt mich. „Dann wird sie sich weigern, teilzunehmen."

„Und Lothar wird behaupten, dass es beweist, dass sie nicht würdig ist." Stavros hebt den Kopf. „Er hat wahrscheinlich vor, die Prüfungen bald abzuhalten, wenn sie in ihrer Planung schon so weit sind. Wir brauchen viel mehr Verbündete, als wir bereits versammelt haben … und zwar schnell. Wenn wir unsere Version der Prüfungen nicht bald präsentieren, werden uns die Blutzauberer die Gelegenheit stehlen."

# DREISSIG

*Stavros*

Jeder Hufschlag des Pferdes neben meinem sendet eine neue Woge der Anspannung durch mein Inneres. Ich blicke zu meiner tonangebenden Begleiterin auf dieser Reise. „Sie hätten sich mir auf dieser Expedition nicht anschließen müssen, Eure Hoheit."

Petra reckt das Kinn mit der stoischen Entschlossenheit, an die ich mich bei unserer zukünftigen Königin allmählich gewöhnt habe. „Ich weiß, dass du und Ivy mich von Gefahren fernhalten wollt, aber ich kann mich nicht so sehr zurückhalten, dass ich meine Pflichten vernachlässige. Wir werden viel von Provinca Yessaine und ihrem Haushalt verlangen. Sie sollte wissen, dass ich ebenfalls Risiken eingehe. Die Bitte wird mehr bedeuten, wenn sie direkt von mir kommt."

Ich bin mir sicher, dass das stimmt, doch jeder Instinkt meiner militärischen Ausbildung sagt mir, dass das Treffen, das wir zu initiieren hoffen, mühelos zu einem Hinterhalt werden könnte. Ich vertraue Provinca Yessaines Loyalität genug, um mit einer kleinen Gruppe Verbündeter zu einem ihrer Häuser zu reiten, allerdings nicht genug, um die Sicherheit der Königsfamilie aufs Spiel zu setzen.

Als hätte sie meine Gedanken gelesen, wirft mir Petra einen bedeutungsvollen Blick zu. Ihr Ton ist trocken vor Belustigung. „Falls mir etwas zustößt, hast du immer noch zwei andere Melchioreks, die sich aktuell sicher unter Baron Cyris' Dach befinden und den Thron übernehmen können."

Ich verziehe das Gesicht. Es ist offensichtlich, warum sie und Ivy sich so gut verstehen. Sie sind beide verdammt stur und viel zu gut darin, für ihre Entscheidungen einzutreten, wenn ich sie ablehnen will.

„Ich werde mich bemühen, sicherzustellen, dass es nicht dazu kommt", erwidere ich und vertreibe den Frust aus meiner Stimme. „Aber bitte entfernen Sie sich nicht von Ihren Wachen."

Wenn ich allein gekommen wäre, hätte ich nur ein oder zwei Kameraden mitgenommen, die der Provinca und ihrem Personal hätten helfen sollen, falls sie zustimmt, unseren Plan in die Tat umzusetzen. Da wir eine Melchiorek unter uns haben, bestand ich auf vier weitere Soldaten und selbst diese Anzahl fühlt sich ungenügend an.

Petras Mund verzieht sich, als würde sie diesen Vorschlag ebenfalls ablehnen. „Ich schätze, ich sollte für die Freiheiten dankbar sein, die ich in den Jahren hatte, als jeder dachte, ich sei nur eine entfernte Verwandte der Königin."

Ich mustere sie, während ich meine Antwort formuliere. Wie kann ich wissen, was im Kopf einer Frau vor sich geht, die ihre Eltern verloren und so plötzlich und brutal die höchste Führungsposition erhalten hat?

Vor allem wenn sie mit einem Mann spricht, der da sein hätte sollen, um ihren Vater zu beschützen, es jedoch nicht war.

Allerdings kannte ich ihren Vater. Ich war zwar nicht mit jeder Entscheidung einverstanden, die König Konram getroffen hat, kann mir jedoch die Lektionen vorstellen, die er an all seine Kinder weitergegeben hat, solange er es konnte.

Ich verlagere meinen Griff um die Zügel. „Es gibt andere Freiheiten, welche die ersetzen werden, die Sie verloren haben, wenn Sie erst einmal wieder dort sind, wo Sie hingehören. Sie können Ihr Volk nicht beschützen, wie Sie es tun sollen, wenn wir *Sie* im Gegenzug nicht beschützen. Doch Sie haben mehr Macht, als sich die meisten Ihrer Untertanen vorstellen können."

Ein schwaches Lächeln huscht über ihr Gesicht. „Natürlich hast du recht. Ich entschuldige mich. Ich wollte mich nicht beschweren, wenn mir so viel durch meine Geburt geschenkt wurde."

„Sowohl Vorteile als auch Verantwortung. Letztere kann eine schwere Bürde sein. Wir haben alle unsere eigenen Bürden zu tragen, wenn wir bemüht sind, gut zu dienen … und ich weiß, dass Sie das tun wollen."

„Ja." Das Wort kommt wie ein Seufzen aus ihr. „Ich hoffe, Provinca Yessaine kann das ebenfalls erkennen. Und falls wir diese Prüfungen rechtzeitig vorbereiten können, hoffe ich, dass ich meinem gesamten Volk beweisen kann, dass ich das Vertrauen verdiene, um das ich bitte."

„Es ist ohnehin nicht nur ein Geburtsrecht, wissen Sie", bemerke ich. „Es ist Erfahrung und Training. Sie haben besser als jeder andere mit Ausnahme Ihrer Geschwister gesehen, wie ein Königreich funktioniert. Sie verstehen, was nötig ist, um zu herrschen. Ich kann nicht behaupten, dass ich mich bereit fühlen würde, eine derart gewaltige Rolle zu übernehmen."

Ein neckender Unterton kehrt in ihre Stimme zurück. „Nicht einmal der große General Stavros? Ich kann mir nicht vorstellen, dass du so ein schlechter Monarch wärst."

Ich wende den Blick ab und mustere die Landschaft und die Gebäude der Stadt, zu der wir reiten, in dem flüchtigen Moment, bevor sie vor mir verschwimmen. „Ich war nicht gesund genug, um weiterhin als General zu arbeiten. König zu sein, ist etwas völlig anderes. Ich habe darin versagt, den König zu beschützen, den ich vor den schlimmsten Gefahren zu schützen schwor. Ich werde glücklich sein, wenn ich sicherstellen kann, dass Sie auf den Thron kommen."

Petra verfällt kurz in Schweigen. Sie betrachtet mich mit ernster Miene von der Seite. „Du hast meinen Vater nicht im Stich gelassen, Stavros. Das denkst du doch nicht ernsthaft."

Ich hebe die Schultern zu einem leichten Zucken und zügele

die anschwellenden Schuldgefühle in mir. „Ich habe alles in meiner Macht Stehende getan, um ihn zu retten, doch es hat nicht gereicht.“

„Weil er dich nicht gelassen hat. Er hat dich weggeschickt. Wenn es irgendein Versagen in dieser Rechnung gab, dann hat *er dich* im Stich gelassen. Sogar dieses Gespräch beweist, warum er deinem Urteil mehr hätte vertrauen sollen.“ Sie schüttelt den Kopf. „Ich denke, du siehst prima auf die Arten, die am wichtigsten sind. Ich weiß deine Führung zu schätzen, auch wenn ich nicht alle Warnungen beherzige.“

Ich weiß nicht, ob ich ihr zustimmen kann, doch die Worte, die sie mit ihrer ruhigen Stimme spricht, nehmen meiner Reue die Schärfe.

Wir biegen auf den Weg, der zu dem ausladenden Anwesen hinter den Stadtmauern führt, von wo Provinca Yessaine ihre Autorität über die Provinz Aberni ausübt.

Ich bin mir der Loyalität der Provinca ziemlich sicher, weil ich mehr als einmal mit ihrem örtlichen Militär zusammengearbeitet habe, wann immer sie Truppen des darischen Reichs auf die andere Seite des Hochmeerkanals zurückdrängen mussten. Unsere Zusammenarbeit bedeutet auch, dass ich von dem versteckten Hintereingang in der Mauer des Anwesens weiß, wo ihre Familie Besucher in Empfang nimmt, die keine Aufmerksamkeit auf sich lenken wollen.

Nach einem kurzen Trab biegen wir von der Straße, machen einen großen Bogen um den Haupteingang und gehen zur Rückseite des Gebäudes. Als wir uns dem Bereich verputzter Steine nähern, auf den ich abgezielt habe, bedeute ich dem Rest unserer Gruppe, anzuhalten, abzusitzen und die letzten Schritte zu Fuß zu gehen.

Ich drücke meine Hand auf den Schlüsselstein und klopfe anschließend in der Abfolge an, die vermutlich nur wenige aktuelle Generäle kennen. Provinca Yessaine wird wahrscheinlich erraten können, wer sie besucht.

Wenn es das Glück so will, hat sie genug über den Orden der Wildheit gehört, um zu realisieren, dass ich wie immer für unser Land kämpfe und nicht gegen es, wie Lothar behaupten würde.

Ich habe keine Möglichkeit, festzustellen, wie viel Zeit vergeht, während wir warten. Die Stadtglocke läutet den Spätnachmittag ein. Endlich knirschen Schritte durch das Gestrüpp auf der anderen Seite der Mauer, wo der Jagdwald des Anwesens liegt.

Mehrere Paar Füße. Falls die Provinca vorhat, sich persönlich mit uns zu treffen, ist sie nicht allein gekommen.

Andererseits hätte ich das auch nicht von ihr erwartet.

Mit meinen Ohren ist alles in Ordnung. Ich lausche angestrengt, bevor ich meine Hand für meine Begleiter hebe und meine Finger zweimal spreize. Damit verrate ich ihnen, dass wir bei dieser Konfrontation mit zehn Personen zu rechnen haben.

Gerade als ich meinen Arm senke, öffnet sich die versteckte Tür.

Provinca Yessaine späht hindurch. Ihr Gesicht wird von den erhobenen Schwertern der Wachen gerahmt, die einen halben Schritt links und rechts vor ihr stehen. Sie verschränkt die Arme vor ihrer schlanken Brust und hebt ohne ein Wort eine dünne Augenbraue.

Ich neige respektvoll den Kopf und bemerke ein vertrautes Gesicht hinter ihr, das ich hier nicht zu sehen erwartet habe. Anscheinend hat die Provinca ihre Tochter von der Hofakademie zurückgerufen.

Noch ein Hinweis darauf, dass sie über den aktuellen Zustand Silanas beunruhigt ist.

„Provinca Yessaine", sage ich zum Gruß. „Und Romild … es ist schön, zu sehen, dass es Ihnen gut geht."

Meine ehemalige Studentin bedenkt mich mit einem so stählernen Blick wie ihre Mutter. Nimmt sie es mir noch immer übel, dass ich Ivy als meine angebliche Assistentin wählte, anstatt anderen zu erlauben, sich für die Stelle zu bewerben? Ich weiß, dass sie diese Stelle wollte – und vor der Frau, die ich liebe, keinen Hehl daraus gemacht hat.

Ich hoffe, wir können jegliche bitteren Gefühle der Vergangenheit hinter uns lassen. Deswegen hat sich Ivy uns bei dieser Expedition nicht angeschlossen hat – nur für den Fall.

Romild stupst ihre Mutter an und raunt kurz etwas,

woraufhin der Blick der Provinca an mir vorbei zu den Reitern im Schatten der Bäume gleitet. Ihre normalerweise unerschütterliche Miene zuckt.

Romild hat sie anscheinend auf das Gesicht aufmerksam gemacht, das sie aus ihrer Zeit als Klassenkameraden kennt.

Provinca Yessaine sinkt in eine tiefere Verbeugung als bei mir. „Eure Hoheit. Mir war nicht bewusst … wenn ich gewusst hätte …"

Petra schenkt ihr ein kleines Lächeln. „Es ist alles in Ordnung."

Erleichterung rinnt durch meinen verknoteten Magen, allerdings nicht so viel, als dass ich in meiner Wachsamkeit nachlassen würde. „Die rechtmäßige Königin wünscht, mit Ihnen zu sprechen. Ich bin mir nicht sicher, ob es klug wäre, wenn viele sehen würden, wie sie Ihr Zuhause betritt. Sind Sie gewillt, das Gespräch in einem weniger konventionellen Rahmen zu führen?"

Yessaine kichert leise. „Das klingt fair. Wir werden rauskommen … doch ich hoffe, dass Sie es nicht als Beleidigung auffassen, wenn mich meine Wachen begleiten."

„Absolut nicht", erwidert Petra. „Wir haben in dem aktuellen Klima alle Grund, vorsichtig zu sein."

Ich weiche zurück, um mich neben Petra zu stellen, während die Provinca, Romild und ihre acht Beschützer durch die Tür kommen. Als wir einander in den länger werdenden Schatten gegenüberstehen, steigen Petra und unser kleines Geschwader aus Wachen von ihren Pferden.

Ich würde meine zukünftige Königin gerne abschirmen, weiß jedoch, dass sie es nicht akzeptieren wird, hinter mir versteckt zu werden. Also nehme ich sie stattdessen mit einem der königlichen Soldaten in die Mitte, der seit Florian bei uns ist. Der Rest unserer Gruppe bildet einen Halbkreis um uns.

Der leicht süße Duft der ersten Frühlingsblumen durchzieht die Luft. Petra richtet sich gebieterisch auf und hält Yessaines Blick.

„Sie haben bestimmt von den Schrecken gehört, die Lothar und seine Anhänger ausüben. Ich brauche Hilfe, um diesen

Aufstand ein für alle Mal zu beenden und dem Morden ein Ende zu setzen, das damit einhergegangen ist."

Der Mund der Provinca spannt sich an. „Ich mag weder die Geschichten, die mir erzählt wurden, noch die Szenen, die ich selbst gesehen habe. Dieser Orden der Wildheit hat sich jedoch in jeder kleinen und großen Stadt im Land ausgebreitet, wie es scheint. Zwei meiner Gräfe versuchten, sich dem Orden zu widersetzen, als dieser das erste Mal durch die Provinz fegte, und ihre gesamte Familie wurde getötet." Sie berührt Romilds Schulter. „Ich werfe unser Leben nicht aus Prinzip weg."

Ich räuspere mich. „Deswegen sind wir diskret zu Ihnen gekommen, Provinca. Wir haben kein Interesse daran, Sie in Gefahr zu bringen."

„Ich nehme an, Sie wollen, dass ich meine Militärtruppen anbiete, um gegen die Blutzauberer zu kämpfen. Ich befürchte, viele der Soldaten, die hier stationiert waren, sind desertiert."

Petra spricht erneut klar und ruhig. „Ihre Stärke würde sehr geschätzt werden, wenn es zu einem Kampf kommt, doch ich bin heute hergekommen, um eine subtilere Art der Unterstützung zu erbitten. Ich glaube, dass wir das Chaos nur besiegen können, das Lothar verursacht hat, indem wir die Leute überzeugen, dass ich wirklich die bessere Wahl bin, wenn es darum geht, für Frieden und Sicherheit zu sorgen."

Und die Augenbraue hebt sich erneut. „Und wie wollen Sie das tun?"

„Der Orden der Wildheit hat von den alten Monarchen-Prüfungen gesprochen", erwidert Petra ruhig. „Wir werden unsere eigenen Prüfungen abhalten, um zu zeigen, dass ich gewillt bin, mich zu beweisen. Allerdings müssen wir uns beeilen, damit wir sicherstellen können, dass es gerecht zugeht und die verdrehten Mittel der Blutzauberer nicht zum Einsatz kommen. Aberni ist nicht nur bekannt dafür, unser Land vor Invasionen zu verteidigen, sondern auch für die Geschwindigkeit, mit der Sie den Rest des Landes über bevorstehende Gefahren alarmieren."

Einer unserer anderen Begleiter tritt mit einem dicken Papierbündel vor. „Wir haben Flugblätter gedruckt, die in jeder kleinen und großen Stadt verteilt werden sollen, die Ihre besten Boten und Ihre Verbindungen erreichen können."

Ich nicke. „Ihre Leute kennen die schnellsten und heimlichsten Wege und wissen auch, wer die Nachricht weitergeben wird. Sie werden sich nirgends so lange aufhalten, dass der Orden sie konfrontieren kann."

Yessaine tritt von einem Fuß auf den anderen und sieht noch unsicher aus. „Wenn auch nur einer von ihnen gefangen wird und Lothar ihn zu meiner Familie zurückverfolgt …"

„Ich werde Sie auf jede mir mögliche Weise schützen", verspricht Petra. „Allerdings erwarte ich, dass er bis dahin zu beschäftigt damit sein wird, sich mit den bevorstehenden Prüfungen auseinanderzusetzen, um Leute auf den Versuch zu verschwenden, eine Provinz mit einem so eindrucksvollen Ruf zu zerstören."

„Sind Sie sicher, dass diese Prüfungen das Risiko für *Sie* wert sind?", fragt die Provinca. „Wegen der Gerüchte, die im Umlauf sind, hat sich die öffentliche Meinung gegen den Orden gewandt. Die Unruhe wird möglicherweise mit der Zeit den Punkt einer Gegenrebellion erreichen."

Petra verzieht das Gesicht. „Wir haben keine Zeit. Lothar bereitet schon seinen nächsten Zug gegen mich vor und wenn wir ihm nicht zuvorkommen, könnte er jegliches Vertrauen zerschlagen, das ich gewonnen habe. Ich muss den Leuten zeigen, wie weit ich zu gehen gewillt bin, um ihre Loyalität zu verdienen."

Yessaine senkt den Blick. Wie der Baron und seine Freunde findet sie die Vorstellung vermutlich geschmacklos, dass eine Melchiorek an einer Art Prüfung teilnimmt, was unserer Bitte wahrscheinlich nicht hilft.

Mit einem Zucken meiner Augen konzentriere ich mich auf sie und stupse meine Gabe an. Ein Kribbeln bebt durch meine Nerven. Wenn ich einen Blick darauf werfen kann, wie sie reagieren wird, wenn ich beweisen kann, dass *ich* noch immer wie früher die Bedürfnisse des Landes vorausahnen kann …

Die Vision, die vor meinen Augen aufblitzt, ist nicht die Antwort der Provinca. Ich nehme aus dem Augenwinkel eine Bewegung wahr – der Mann, der zwei Personen links von ihr steht, springt mit einer plötzlich gezogenen Klinge vor und rammt sie Petra ins Herz.

Mein Körper versteift sich. Mit einem weiteren Zucken meines Blicks heftet sich meine Sicht wieder auf die tatsächliche Szene vor mir.

Unsere Gruppen sind einander nach wie vor zugewandt und in das Gespräch vertieft. Niemand hat eine feindselige Bewegung gemacht.

Diese Wache hat es jedoch vor. Sein Kiefer ist angespannt, seine Hand ruht auf dem Griff seines Dolchs, der noch in der Scheide steckt.

Mein erster Instinkt besteht darin, vorzuspringen und ihn zu Boden zu werfen, bevor er noch eine Sekunde darüber nachdenken kann, die zukünftige Königin zu verletzen. Nur meine zwei Dutzend Jahre lange Ausbildung, die bis zu der Zeit zurückreicht, als ich zum ersten Mal ein Schwert in der Hand hielt, hält mich an Ort und Stelle.

Ich bin nicht durch brutale Gewalt zum gerühmten General Stavros geworden. Ich war vor allen Dingen für meine Strategien bekannt.

Die gewöhnlichen Leute sind nicht die Einzigen, die von sichtbaren Beweisen umgestimmt werden können. Wenn Provinca Yessaine glauben soll, dass die aktuelle Gefahr drängend genug ist, um den Gefallen zu rechtfertigen, den wir von ihr erbitten, muss sie den Ernst der Bedrohung mit eigenen Augen sehen und nicht nur eine Behauptung von mir hören.

Ich muss Petra nicht nur vor der bevorstehenden Gefahr schützen, sondern auch vor allem, was schiefgehen könnte, wenn dieses Treffen außer Kontrolle gerät.

Meine Finger zucken zu meinem Schwert. Wenn ich es ziehe, könnte das den Verräter so verängstigen, dass er sich seinen Plan anders überlegt – fürs Erste. Er könnte einfach auf später warten, wenn ich nicht nah genug bin, um zu handeln.

Meine Einblicke in die Zukunft gehen dem Ereignis nie mehr als ein oder zwei Minuten voraus. Ich muss mich bloß wappnen und bereithalten …

Mir sind ein paar Wortwechsel zwischen Petra und der Provinca entgangen, doch meine Aufmerksamkeit lässt mich nicht im Stich. Meine Augen bemerken den Moment, in der die Wache ihre Haltung verändert, um vorzuschnellen.

Er springt mit einem heiseren Schrei und einem Zischen seiner Klinge zu Petra – und ich rase im selben Moment zwischen sie.

Der Dolch prallt von meiner Metallprothese ab. Ich ramme mein Knie in den Bauch des Mannes und zerre sein Handgelenk hinter seinen Rücken, während ich ihn zu Boden schubse.

Schweiß kühlt in meinem Nacken. Mein Herz hämmert wie wild, während der Eisengeschmack von Panik meinen Mund füllt.

Es besteht kein Grund, sich zu fürchten. Ich bin rechtzeitig eingeschritten.

Meine Monarchin hat mir vertraut und ich habe sie nicht im Stich gelassen. Ich habe dieses Spiel der Schwerter so gut wie eh und je gespielt.

Doch obwohl die Erleichterung dieses Wissens durch mich fegt, muss ich auch in der Politik mitspielen.

Yessaine hat in dem Moment aufgeschrien. Als ich den Kopf hebe, um ihr in die Augen zu schauen, starrt sie ihre Wache mit vor Entsetzen weißem Gesicht an.

„Baldric“, murmelt sie. „Er ist seit beinahe einem Jahrzehnt in unserem Dienst. Er hat nie etwas gesagt … nie etwas getan …“

Ich spreche mit meiner autoritärsten Stimme. Der Stimme, die Armeen aus tausenden Soldaten gegen unsere größten Feinde befehligt hat. „Blutzauberei ist wie eine Krankheit. Sie hat mehr Leute mit ihren toxischen Behauptungen und Idealen infiziert, als wir erahnen können. Lothar und seine Anhänger müssen *jetzt* ausgerottet werden, bevor sie ihr Gift noch weiterverbreiten.“

Petra spricht nach meinen letzten Worten. „Und wir werden sie so besiegen wie Stavros diesen Verräter in Ihrer Mitte … Falls diejenigen, welche die Mittel dazu haben, sich auf unsere Seite zu stellen, das auch tun.“

Yessaine schüttelt sich. „Ich …“

Romild berührt ihren Arm. Einen kurzen Moment mache

ich mir Sorgen, dass sie wieder Zweifel in ihrer Mutter wecken wird.

Allerdings gibt es einen Grund, aus dem ich die zukünftige Provinca ernsthaft als potenzielle Assistentin in Erwägung gezogen hätte, wenn Ivy diese Stelle nicht notwendigerweise beansprucht hätte.

Meine ehemalige Schülerin strafft die Schultern. „Mutter, wir *müssen* es tun. Sie verlangen kaum etwas. Wir sollten mehr tun. Du hast mich nicht dazu erzogen, den Kopf einzuziehen, wenn etwas getan werden muss."

Die Provinca atmet scharf aus und passt sich der Haltung ihrer Tochter an. „In der Tat, das habe ich nicht getan. Königin Petra, Sie werden Ihre Boten bekommen ... und alle Soldaten, die ich anbieten kann, wenn Sie diese brauchen. Erobern wir unser Land zurück."

# Einunddreißig

*Ivy*

Ich lege meine Hände auf die Tischplatte, als könnte ich weitere Informationen aus dem polierten Holz drücken. „Was ist mit den anderen Blutzauberern, die du in Florian kennengelernt hast? Welche Gaben können sie wirken?"

Filip reibt mit der Hand über seinen Mund und legt beim Nachdenken die Stirn in Falten. Seine Schultern sind während unseres Gesprächs herabgesackt, nachdem er zugegeben hat, wie wenig ihm die höherrangigen Ordensmitglieder von ihren größeren Plänen mitteilten.

„Ich weiß von einer Frau, die eine Gabe im Umgang mit Hitze hatte", berichtet er. „Sie konnte sie nutzen, um Leute zu verbrennen und gefügig zu machen, oder um Dinge zu zerstören, die andere nicht sehen sollten. Einige hatten Gaben, um Emotionen aufzuwühlen … Vertrauen oder Angst … Es gab einen Mann, der zur gleichen Zeit wie ich rekrutiert wurde und auf kurze Entfernungen doppelt so schnell rennen konnte, als es jemand können sollte."

Am anderen Ende des Tischs nickt Alek. Seine Feder kratzt über das Notizbuch, in dem er alles aufzeichnet, was uns der

Abtrünnige über die Pläne und Fähigkeiten des Ordens erzählen kann.

Er schreibt das letzte Wort und schaut auf. „Ich schätze, so gut wie jede Gabe könnte auf die ein oder andere Art nützlich für die Ziele des Ordens sein."

Filip verzieht unglücklich das Gesicht. „Sie wollten so viele Leute wie möglich dazu holen. Leute mit Gaben, die sie mit der Blutzauberei ausweiten konnten. Leute, die keine Gaben hatten, um die Nachricht zu verbreiten und jeden zum Schweigen zu bringen, der protestierte ..."

Er blickt auf seine Hände hinab. „Ich war so dumm, auf ihr Gerede hereinzufallen. Ich war nicht mutig genug, mehr als einige Zehen für die kleine Gabe zu opfern, die ich erhielt, und irgendwie dachte ich, dass ich es verdiente, mehr daraus zu machen?"

Ich weiß nicht, wie ich auf seine Selbstvorwürfe reagieren soll, da es mich über alle Maßen frustriert, dass so viele Leute in Lothars verräterische Verschwörung gezogen wurden. Ein kurzes Achselzucken ist das Beste, was ich anbieten kann. „Vielleicht wird diese kleine Gabe jetzt einen Unterschied im Kampf gegen sie machen."

Es scheint unwahrscheinlich zu sein. Pflanzen etwas schneller wachsen zu lassen, wird diejenigen, die bereits auf die Propaganda des Ordens hereingefallen sind, nicht für uns gewinnen.

Sogar seine ehemaligen Kollegen konnten nicht viel Nutzen für ihn finden, wenn sie ihn auf diese potenzielle Selbstmord-Spion-Mission geschickt haben.

Es wird jedoch eine prima Gabe sein, wenn Frieden herrscht.

Ich lehne mich auf meinem Stuhl zurück und gehe die Fragen durch, die ich stellen wollte. „Ihre Schutzmaßnahmen außerhalb der Stadtmauern ... wie stark überwachen sie das Gebiet ringsum Florian? Wie weit reicht es?"

Filip leckt sich über die Lippen. „Das Gebiet könnte jetzt größer sein, da ihr ihren Einfluss gestört habt. Doch als ich dort war, konzentrierte der Orden den Großteil seiner Anstrengungen darauf, die Leute *in* der Stadt zu kontrollieren und die Mauern zu sichern. Das Ackerland in der Nähe interessierte sie kaum."

Alek gluckst rau. „Sehr effizient von ihnen. Sie verwenden ihre meiste Kraft auf die Gegend, wo die Bevölkerungsdichte am größten ist."

Ich atme seufzend aus. „Nun, wenn sie diese Herangehensweise beibehalten haben, wird es wenigstens leichter sein …"

Eine Stimme unterbricht meine Aussage und brüllt durch die Gänge des Landsitzes. „Baron Cyris! General Stavros!"

Die Dringlichkeit in dem Schrei veranlasst mich dazu, den Stuhl mit einem Kratzen zurückzuschieben und aufzuspringen. Alek und ich wechseln einen flüchtigen Blick, bevor wir beide zum Eingangsbereich eilen, um herauszufinden, was der Lärm soll.

Auf der Türschwelle zur Eingangshalle bleibe ich wie angewurzelt stehen. Drei Wachen des Barons stehen in einem angespannten Kreis um einen zusammengebrochenen Mann herum, der mit einem Seil gefesselt wurde und aus dessen Stirn Blut tropft. Die Schlaffheit seiner Haltung deutet darauf hin, dass er bewusstlos, wenn nicht sogar tot ist, möglicherweise von dem Schlag auf den Kopf.

Alek und ich sind nicht die Einzigen, die von dem Lärm angelockt wurden. Casimir und Rheave erscheinen beide kurz nach uns zusammen mit einigen der Rebellen aus Pima, ein paar Bediensteten des Anwesens und allen drei königlichen Erben.

Beim Anblick der zukünftigen Königin hält die Wache, die das Sagen zu haben scheint, eine Hand hoch, um Petra zurückzuhalten. „Kommen Sie nicht näher, Eure Hoheit! Wir wissen nicht, wozu er in der Lage ist."

Petra streckt die Hände aus, um Prinzessin Klaudia und Prinz Jacos bei sich zu halten, doch obwohl sich ihr Kiefer anspannt, zieht sie eine Augenbraue hoch. „Er sieht nicht aus, als sei er in der Lage, momentan viel Schaden anzurichten. Wer ist er?"

Bevor sie antworten können, marschiert Stavros in den Raum. Der Titel mag nicht mehr vollständig zutreffend sein, der gewaltige Mann sieht allerdings nach wie vor wie ein General aus.

Baron Cyris eilt kurz hinter ihm herbei. „Was soll dieser Aufruhr?"

Der Anführer der Wachen verneigt den Kopf vor seinem Arbeitgeber. „Sir, wir haben diesen Mann gefunden, als er um das Anwesen schlich. Er hat versucht, wegzurennen, als er erkannte, dass er entdeckt worden war, doch wir konnten ihn überwältigen. Ich glaube, er ist ein Spion des Ordens der Wildheit. Ich vermute, Sie wollen ..."

Rheave unterbricht ihn mit einem plötzlichen Schritt nach vorne. „Er ist ein Daimon."

Alle im Raum erstarren und verstummen, während sie diese Ankündigung verarbeiten. Dann macht mein Daimon-Mann noch einen Schritt auf den gefesselten Gefangenen zu und zwei Wachen heben ihre Schwerter.

Rheave blinzelt sie offenkundig verwirrt an. „*Ich* würde euch nicht schaden."

Der Anführer scheint es vorzuziehen, ihn zu ignorieren, als er nicht näher kommt, und schaut stattdessen zum Baron. „Der Spion ist also nicht einmal menschlich. Einer ihrer belebten Sklaven. Er wird uns nichts verraten. Wir sollten ihn jetzt töten, bevor er zu Bewusstsein kommt und die Gelegenheit hat, uns mit seiner Magie anzugreifen."

Ich bin mir nicht sicher, welcher Teil der Szene meiner Kehle die voreiligen Worte entreißt. Vielleicht ist es der Kummer, der über Rheaves süßes Gesicht huscht, oder der hilflos ausgestreckte gefangene Daimon oder vielleicht der Hauch von Spott in den respektlosen Worten der Wache.

Was immer der Fall ist, ich stelle fest, dass ich mich vordränge und neben meinen übernatürlichen Liebhaber stelle. „Nein! Nicht so."

Das Gesicht der Wache nimmt ungläubige Züge an – und Furcht flackert in seiner Miene auf, die er schnell beherrscht. „Du gibst mir keine Befehle."

„Ihr Urteil ist es dennoch wert, angehört zu werden", verkündet Stavros bestimmt. Er verschränkt die Arme vor der Brust. „Was hast du im Sinn, Ivy?"

Ich blicke zu Rheave und dem Rest der Zuschauer. Mein Blick bleibt an den Gesichtern der Königskinder hängen: Klaudias blass, jedoch entschlossen; Jacos' mit vor offenkundiger Angst großen Augen.

Sie haben den einen Daimon unter uns als Verbündeten akzeptiert, weil es schwer ist, mit Rheave zu sprechen und ihn nicht als Person zu sehen. All die anderen Daimon, welche die Blutzauberer gefangen haben, sind jedoch zu einer namenlosen Masse verschwommen, die einfach das Etikett ‚der Feind‘ bekommen hat.

Keines der Geistwesen wollte uns jemals schaden. Schulden wir nicht jedem von ihnen eine Gelegenheit, etwas anderes zu sein, wenn wir sie ihnen bieten können?

Ist das nicht die Art von Mitgefühl, von der ich möchte, dass sie unsere zukünftigen Herrscher ausüben?

Ich weiß nicht, ob ich mit dieser Erklärung beim Baron an Boden gewinnen werde, weshalb ich an die praktische Seite denke. „Selbst wenn uns dieser Daimon aus freien Stücken nichts erzählen kann, weil er unter Einfluss von Zauberei steht, können wir ihn vielleicht trotzdem dazu bringen, etwas unfreiwillig preiszugeben. Es wäre unglaublich nützlich, zu wissen, warum er in dieser Gegend herumschleicht ... wie viel der Orden bereits vermutet. Ob hier noch andere herumwandern.“

Der Mund des Barons presst sich zu einem harten Strich zusammen. „Ist es den Schaden wert, den er anrichten könnte, wenn er aufwacht? Ich würde nicht wollen, dass du dich überanstrengst, um uns zu verteidigen.“

Die Schärfe in seiner Stimme macht mich wütend. Bevor ich antworten kann, mischt sich Rheave ein.

„Ich kann ihn aufhalten“, sagt er leise. „Unsere Kräfte werden einander auflösen. Und solange er so gefesselt ist, wird es leicht sein, ihn zu kontrollieren.“

Petra reckt gebieterisch das Kinn. „Dann tut das bitte. Wir sollten schauen, ob uns der Daimon etwas verrät. Er ist genauso sehr ein Opfer der Blutzauberer wie diejenigen, die sie verstümmelt und getötet haben.“

Sie bewegt ihre Finger in der Geste der Gottheiten über ihre

Brust, als würde sie die Gottlen bitten, das bevorstehende Gespräch zu segnen. Meine Augen begegnen ihren und sie neigt leicht den Kopf.

Sie versteht meine Bedenken, ohne dass ich den Rest aussprechen muss.

Götter steht uns bei, wir brauchen eine Herrscherin wie sie auf dem Thron. Jemand, der zuhört, bevor er handelt.

Jemand, dem alle Bewohner des Landes wichtig sind, ganz gleich, wie ungewöhnlich sie sind.

Der Baron wird nicht mit seiner zukünftigen Königin diskutieren. Er räuspert sich. „Bringt ihn zu einer der Zellen und gebt uns Bescheid, wenn ..."

Bevor er seinen Befehl beenden kann, zuckt der gefangene Daimon. Ein leises Stöhnen kommt über die Lippen des Mannes.

Rheave eilt näher und kniet sich ein paar Schritte entfernt von dem Gefangenen auf den Boden, bereit für den Fall, dass der Ton-Mann versucht, seine Magie einzusetzen. Die Wachen machen alle einen misstrauischen Schritt rückwärts, deuten jedoch weiterhin mit den Schwertern auf die gefesselte Gestalt.

Die Augenlider des Gefangenen flattern. Er dreht sich auf die Seite und starrt mit trüben Augen auf die versammelte Menge.

Petra schiebt ihre Geschwister etwas weiter hinter sich, doch zu meiner Erleichterung besteht sie nicht darauf, dass sie gehen. Sie weiß anscheinend, dass sie sie nicht vor jeder Gefahr des Herrschens schützen kann – sie will, dass sie die schweren Entscheidungen sehen, die möglicherweise getroffen werden müssen.

Rheave spricht zuerst mit leiser, jedoch ruhiger Stimme. „Freund, es tut mir leid, wie du behandelt wurdest. Wir wissen, dass du von Magie beeinflusst wirst. Leider haben deine Meister andere Daimon zuvor genutzt, um uns zu verletzen. Wirst du mit uns sprechen?"

Der gefangene Daimon bringt bloß ein Grunzen zustande.

Rheave beugt sich näher. „Ich war einst ebenfalls von den Zauberern gefangen. Ich habe ihren Einfluss abgeschüttelt. Wenn du es versuchst, kannst du das vielleicht auch tun."

Das Gesicht des Mannes neigt sich zum Boden. Kurz ist nur sein schwerer Atem zu hören. Dann murmelt er: „So lang … so viel Macht."

Der Anführer schnaubt. „Wie der Rest von ihnen. Sie haben den hier ebenfalls komplett unter ihrer Kontrolle."

Er hebt sein Schwert, doch die Worte des Daimons haben etwas in mir berührt und an meinem Magen gezerrt.

Ich schüttle den Kopf. „Ich weiß nicht … Die anderen, mit denen wir gesprochen haben, haben gar nichts gesagt … vielleicht weil sie es nicht konnten. Er versucht es."

Petras Ton wird sanft. „Ivy, den Daimon aus diesem Körper zu befreien, könnte die größte Güte sein, die wir anbieten können."

Ich weiß, dass sie recht hat, aber etwas am Verhalten dieses Daimons fühlt sich nicht wie das der gefangenen Geister an, denen wir in der Vergangenheit begegnet sind.

Ich trete näher heran, sodass mich der zusammengebrochene Mann hinter Rheave sehen kann. „Die Blutzauberer, die deinen Körper gemacht haben, besitzen sehr viel Macht … aber wir schwächen sie. Sie haben weniger Macht als zuvor. Es ist es wert, wieder gegen ihre Kontrolle anzukämpfen, falls dir das in der Vergangenheit nicht gelungen ist."

„Ja", bestätigt Rheave. „Wie werden dir helfen. Wir *wollen* deine Freunde sein, wenn du dich von den Zauberern lösen kannst."

Er klingt so hoffnungsvoll, dass sich Schmerzen um mein Herz bilden. Hätte ich mich so sehr für diesen Augenblick einsetzen sollen, wenn er wahrscheinlich bloß in weiterer Enttäuschung für ihn enden wird? Ich weiß, wie sehr es Rheave belastet hat, dass keiner seiner Daimon-Kollegen sein neues körperliches Leben zu seinem eigenen machen konnte.

Der Kiefer des Gefangenen sieht aus, als wäre er fest zusammengepresst. Der Daimon erschaudert in seinen Fesseln … testet er sie oder zeigt er bloß sein Unbehagen?

Rheave versucht es erneut, die übliche Fröhlichkeit in seiner Stimme schwindet jedoch. „Falls es irgendetwas gibt, was du uns darüber erzählen kannst, warum du hergekommen bist, was deine Meister wissen und herausfinden wollen …"

„Ich kann nicht", murmelt der Mann. „Ich kann nicht. Ich …"

Urplötzlich verdreht er den Oberkörper und wirft sich gegen die Seile. Die Wachen schreien eine Warnung. Doch als der Kopf des Mannes nach hinten zuckt, flammt ein überirdisches Leuchten in seinen Augen auf, das eher verzweifelt als wütend aussieht.

Seine Stimme ergießt sich aus ihm. „Sie haben mir aufgetragen, durch diese Grafschaft zu wandern und nach Spuren anderer Daimon zu suchen. Herauszufinden, wo diese sind und wer sie sind. Sie wissen, dass einer bei der Königin ist, den sie nicht kontrollieren können."

Sein Blick heftet sich auf Rheave und plötzlich biegt ein Lächeln seine Lippen nach oben. „Ich habe dich gefunden. Ich habe dich gefunden, sie werden es allerdings nicht tun, weil ich es ihnen nicht erzählen werde. Wir werden ihnen nicht erlauben, mich zurückzuholen. Stimmt's?"

Rheave lächelt ihn so strahlend an, dass es mir den Atem raubt. „Das werden wir nicht. Wir können uns gemeinsam gegen die Bösen wehren, wir alle."

Hoffnung brandet in meiner Brust auf.

Ich wirble zu Petra herum. „Das ist der erste Daimon, der sich ihrer Kontrolle entrissen hat. Es sind Wochen vergangen, seit ich die Zauberin tötete, die einen Teil der Kontrolle ausübte … seitdem haben wir auch mehr als ein Dutzend ihrer Opferkomplizen gerettet. Der Zwang, mit dem der Orden die Daimon belegt hat, wird anscheinend *schwächer*."

Petra mustert mich mit mehr Zurückhaltung. „Worauf willst du damit hinaus, Ivy?"

Ich deute mit der Hand unbestimmt auf die Welt hinter den Mauern des Anwesens. „Wenn wir den Rest der gefangenen Daimon auf unsere Seite holen können, werden wir den Orden seines größten Vorteils berauben. Wir müssen bloß zu ihnen gelangen."

# ZWEIUNDDREISSIG

*Rheave*

Während der Wagen über die Furchen in der Straße holpert, lehne ich mit der Schulter an Ivy. Wegen der Amulette, die wir tragen, kann uns niemand sehen, nicht einmal wir selbst, solange wir uns nicht berühren. Ich ziehe es jedoch vor, sie deutlich zu sehen, weshalb ich sie anfasse.

Vielleicht ergeht es ihr genauso. Sie schließt ihre Hand um meine und neigt den Kopf näher, während wir mit den Bewegungen des Wagens hin und her schwanken. Aufgrund der verschwommenen Gestalt, die ich auf ihrer anderen Seite erkennen kann, glaube ich, dass sie auch Casimir festhält.

Es ist gut, dass sie uns beide hat. Wir werden nicht zulassen, dass ihr auf dieser gefährlichen Mission ein Leid geschieht.

Bei der Erinnerung daran, wie wir hier gelandet sind, wallt eine tiefere Zuneigung in meiner Brust auf. Ich verflechte meine Finger fester mit ihren.

Wäre es nach den Leuten des Barons gegangen, wäre mein Daimon-Kollege von dem Körper getrennt worden, in den ihn die Zauberer gezwungen hatten. Er wird sich vielleicht immer noch entscheiden, diesen zu verlassen – doch jetzt wird es seine Entscheidung sein und nicht die eines anderen.

Ich habe den Großteil dieses Morgens damit verbracht, ihn über die vielen Freuden zu informieren, die uns unsere körperliche Gestalt erlaubt. Ihm gefielen vor allem die Töne, die er mit der Laute im Musikzimmer des Barons erzeugen konnte.

Wenn unsere Mission erfolgreich ist, werden nun Dutzende weitere gefangene Daimon ihre Freiheit finden, ohne dass sie all diese neuen Gelegenheiten aufgeben müssen. Sie können die Körper, die als unsere Gefängnisse begannen, zu ihren eigenen machen, so wie ich das getan habe.

Sie können uns helfen, uns den Blutzauberern zu widersetzen und diese Prüfungen rechtzeitig zu organisieren, um Lothars Pläne aufzuhalten.

Solange wir nicht erwischt werden, bevor wir anfangen können.

Der Wagen wird langsamer, vermutlich weil wir uns dem Stadttor nähern. Räder rattern und Hufe stampfen vor und hinter uns. Wir halten vollkommen still in dem beengten abgedeckten Raum, in den wir uns zwischen Getreidesäcke und Kisten mit Nüssen gequetscht haben, die angeblich auf den Märkten verkauft werden sollen.

Die Frau, die den Wagen fährt, ist eine Stallfrau, die normalerweise für einen der adligen Verbündeten arbeitet, die wir gewonnen haben. Die Blutzauberer haben keinen Grund, sie als Bedrohung zu sehen. Doch wir werden trotzdem in Schwierigkeiten stecken, wenn sie realisieren, was die Frau verbirgt.

Irgendwo auf der anderen Seite der Stadt werden einige andere Verbündete eine magische Störung auslösen. Wenn alles gut geht, sollte das die Aufmerksamkeit der Zauberer, welche die übernatürlichen Aktivitäten in der Stadt überwachen, so sehr ablenken, dass sie die Neuankömmlinge nicht gründlich überprüfen.

Der Wagen rollt weiter und hält an, rollt und hält an. Wir haben eine Tageszeit gewählt, zu der Ivy zufolge selten viel los ist, aber es muss dennoch eine Warteschlange geben.

Endlich poltern Schritte um die Seite des Wagens. Ein paar muskulöse Männer heben die Tuchplanen hinten an und spähen in den düsteren Raum.

Sie können uns dank unserer Amulette nicht sehen und die Säcke und Kisten sind so klein, dass sie nicht auf die Idee kommen können, dass sich Menschen darin verstecken. Ihre Augen gleiten mehrere lange Sekunden über das Innere, in denen sich Ivys Griff um meine Hand anspannt.

Dann treten sie mit einem zufriedenen Nicken zurück. „Weiterfahren."

Der Wagen ruckt vor und rattert viele Minuten weiter, wobei er jedes Mal in eine leichte Schieflage gerät, wenn wir um eine Biegung fahren. Ivy drückt meine Hand noch einmal und lässt los.

Ihre Gestalt flimmert, doch ich weiß, was sie tut, denn einen Augenblick später, hebt sich der Deckel einer der Kisten, zu denen sie gegangen ist. Sie holt die Fracht heraus, die wir versteckt haben.

Vorsichtig zieht sie einen Würfel aus feinmaschigem Netz heraus. Einige Dutzend kleine Schmetterlinge klammern sich mit einem schwachen Flattern ihrer Flügel an dessen Seiten.

Ich lächle sie an, obwohl mich die Insekten nicht sehen können. Ich habe sie in dieses vorübergehende Zuhause gerufen, indem ich Inganne um Hilfe gebeten habe. Der stete Strom geflügelter Insekten, der durch die Luft zu uns flog, ließ mein Herz höherschlagen – fast so sehr wie die verblüffte Freude, die er in Ivys Augen entzündete.

Die Wagenräder halten knirschend an. Wir haben anscheinend unseren gewählten Haltepunkt erreicht.

Casimir berührt meine Schulter leicht, damit ich ihn kurz richtig sehen kann. „Sichere Reise", murmelt er, bevor er sich bückt, um einen der unteren Säcke aus dem Haufen zu ziehen.

Dieser ist voll gedruckter Flugblätter, die er zur Schwarzen Kralle bringen wird. Wir hoffen, dass sich die Gangmitglieder an ihr Versprechen halten werden, bei der Verteilung von Informationen über die bevorstehenden Monarchen-Prüfungen zu helfen. Außerdem hoffen wir, dass sie jegliche Daimon aufnehmen werden, die wir dem Einfluss der Blutzauberer entreißen können.

Die Tuchklappe schwingt, als er geht. Der Netzkäfig mit den Schmetterlingen ist im Kreis von Ivys Armen verschwunden, kommt jedoch zusammen mit ihrer Gestalt in Sicht, als sie meine Schulter mit ihrer anstößt. „Wir sollten besser losgehen."

Ich folge Casimirs Beispiel, schiebe das Tuch beiseite und vergewissere mich, dass niemand in Sichtweite der kleinen Lücke neben der Wand ist, gegen die unsere Fahrerin den Wagen rückwärts gefahren hat. Dann schlüpfe ich so schnell wie möglich nach draußen. Ich weiß von unseren Planungsgesprächen, dass wir uns in den Mittelbezirken befinden, nicht zu nah am Stadtzentrum, doch nah genug, dass wahrscheinlich einige Ordensmitglieder unterwegs sind und die Bewohner beobachten.

Nachdem ich den Wagen verlassen habe, dringen die vielen Stimmen deutlicher an meine Ohren, die über den Marktplatz wehen. Ich entdecke Verkäufer, die Essen, Kleider und andere Waren anbieten, und Passanten, die sich über ihre Einkäufe und ihren Tag unterhalten.

Inmitten dieses Trubels kribbelt mein Verstand in dem unbestimmten Bewusstsein anderer Wesen, die meine einzigartige Energie teilen. Ich erhalte den Eindruck, dass einige in der Nähe und mehrere weiter weg, jedoch immer noch in Reichweite sind.

Die Blutzauberer benutzen ihre gefangenen Daimon gerne, um ihre Herrschaft in der Stadt durchzusetzen. Entbehrliche Leben. Sie können sie zwingen, sich um jegliche Gewaltausbrüche zu kümmern, anstatt sich selbst oder ihre weniger leicht zu kontrollierenden menschlichen Verbündeten in Gefahr zu bringen.

Das Wissen nagt an mir, während ich den Platz mustere. Eine Mischung aus faszinierenden und beunruhigenden Gerüchen weht in meine Lunge. Musik erklingt von einem Lokal ein Stück entfernt von uns. Es ist eine fröhliche Melodie, die mich normalerweise dazu animieren würde, mich im Takt zu bewegen, wenn wir nicht so eine ernste Aufgabe vor uns hätten.

Ivy krümmt ihre Finger hinten in meine Tunika, damit sie mir folgen kann. Ich entferne mich von dem Wagen und verschmelze mit der Menge, wobei ich mich so gut wie möglich an die kleinen freien Stellen zwischen anderen Passanten halte.

Niemand kann mich sehen, aber sie können gegen mich stoßen.

Es braucht nur wenige Schritte, bis sich meine Empfindung eines gleichartigen Geistes in der Nähe verstärkt. Ich drehe den Kopf und entdecke die Gestalt ungefähr zehn Schritte entfernt.

Eine breitschultrige Frau in der nun üblichen roten Uniform des Ordens beobachtet die Menge, während sie durch diese schlendert.

Ich bleibe stehen und greife zu dem Netzkäfig. Ivy lockert den Deckel für mich.

Als ich meine Hand hineintauche, gleichzeitig die Geste der Gottheiten mache und ein hastiges Gebet an Inganne spreche, lässt sich eines der zerbrechlichen Insekten auf meinem Zeigefinger nieder.

Ich ziehe den Schmetterling heraus und deute mit ihm auf den Daimon, den ich entdeckt habe. Den Kopf senkend murmle ich: „Geh zu der anderen mit einem Geist wie deinem. Erinnere sie daran, dass es mehr in dieser Welt gibt als das, was die Zauberer sagen.“

Versteht der Schmetterling irgendetwas davon? Ich habe keine Ahnung. Doch wir glauben, dass die Gottlen des Spiels und der Kreativität eine besondere Vorliebe für schelmische Geister wie meinen hat, und Schmetterlinge sind eines ihrer symbolischen Tiere. Ein verletzter Schmetterling, der sich zu mir hingezogen fühlte, half dabei, Ivy in mein Leben zu bringen.

Es ist unser Test, um zu beurteilen, ob meine Kollegen bereit sind, ihre magischen Fesseln ebenfalls abzuschütteln.

Als das Insekt durch die Luft segelt, folgen Ivy und ich ihm. Wir müssen nah genug sein, um die Reaktion unserer Zielperson einzuschätzen.

Der Schmetterling flitzt hin und her, bevor er nach unten

flattert und auf der Schulter der Frau landet. Sie zuckt zusammen und betrachtet ihn. Ihre Miene verändert sich von erschrocken zu verwirrt.

Ich halte inne und wappne mich für meinen Hinweis, mich zu bewegen. Wie wird sie reagieren?

Nach einigen Sekunden, die von dem Hämmern meines Herzens gekennzeichnet werden, greift sie mit der anderen Hand nach dem Schmetterling und bietet ihm ihre Finger an, damit er auf diese hüpfen kann. Als sie das zarte Wippen seiner Flügel mustert, weiten sich ihre Augen staunend.

Ich wechsle einen Blick mit Ivy und sie nickt mit einem hoffnungsvollen Lächeln.

Ich ducke mich unter die Augenhöhe der Menge und entferne hastig mein Amulett. Anschließend richte ich mich plötzlich sichtbar auf und schlendere zu meiner Zielperson.

Der Blick der Frau zuckt von dem Insekt zu mir. Es ist eindeutig, dass sie mich genauso gut als einen unserer Art erkennt wie ich sie. Eine Falte formt sich auf ihrer Stirn.

Bevor sie etwas sagt, schenke ich ihr mein freundlichstes Lächeln und nicke zu dem Schmetterling. „Sie sind wundervoll, nicht wahr? Inganne teilt einen Segen der Freude mit uns.“

Die Frau scheint Probleme mit dem Atmen zu haben. „Ich … ich habe eine Aufgabe zu erledigen …“

Ich berühre ihren Arm leicht, jedoch bestimmt. „Eine Aufgabe, zu der sie dich gezwungen haben. Doch ihre Kontrolle wird schwächer. Du kannst sie abschütteln. Mach dieses Leben zu deinem eigenen. Ich habe es getan. Es gibt so viele andere wundervolle Teile der Welt, die du jetzt genießen kannst.“

Ich wünschte, ich könnte die Magie, die sie im Griff hat, so zerschlagen, wie ich es mit den Schutzzaubern der Blutzauberer getan habe. Dieser Zauber ist jedoch viel komplizierter und mit den Geistern selbst verwoben, sodass ich nicht weiß, wie ich ihn auflösen kann.

Der Körper der Frau wird steif und sie atmet zittrig aus. Ein Beben durchläuft ihre kräftige Gestalt.

Ihre Mundwinkel zucken zu einem Lächeln. „Ja. *Ja,* das kann ich.“

„Halte an dieser Freiheit fest“, dränge ich sie. „Wir haben

mehr Freunde, die helfen können. Warte bei Sonnenuntergang bei der Kneipe *Kelch des Molchs* in Wirrwarrdingen. Dann werden dich diejenigen, die diesen Körper gemacht haben, nie wieder wie eine Marionette benutzen."

Sie erzittert erneut, ihr Lächeln wird jedoch breiter.

„Danke schön", murmelt sie eifrig und tritt zum Rand des Marktplatzes. Ihre Schritte wirken nun viel federnder und fröhlicher.

Begeisterung kitzelt durch meine Brust, als ich mich umdrehe und den Platz nach einem anderen meiner Art absuche.

Ivy hält sich dicht an meine Seite, ohne ihr Amulett abzulegen, sodass sie und unsere Insektenfracht verborgen sind. Wir lassen die Schmetterlinge zu vier weiteren Daimon in Menschengestalt flattern, die ähnliche Reaktionen wie der erste zeigen – Verwirrung, Interesse und ein kurzer Kampf, um den magischen Einfluss zu testen, der unbemerkt schwächer geworden war.

Ich habe seit Ivys Entführung nicht mehr gespürt, dass mich die Blutzauberer gerufen haben. Es scheint sehr wahrscheinlich zu sein, dass die Zauberin, die Ivy getötet hat, um sich zu retten, diejenige war, die mehr als einmal versucht hat, mich zurückzuholen.

Mit jedem Daimon, den wir zu dem vereinbarten Treffen mit unseren Verbündeten der Schwarzen Kralle schicken, dehnt sich mein Gefühl von Freiheit aus. Der Boden könnte genauso gut unter meinen Füßen weich geworden sein, sodass ich jetzt mehr schwebe als laufe.

Es erstaunt mich immer noch, wie viele körperliche Empfindungen rein gar nichts mit der greifbaren Welt zu tun haben. Wie Emotionen diese Körper aus Materie zu etwas formen, was mehr als Fleisch ist.

Ein Mann marschiert aus einer Seitenstraße auf den Platz. Er trägt keine offizielle Uniform, meine Sinne versetzen mir jedoch einen weiteren Stich.

Ich halte Ivy meine Hand hin und sie gibt mir einen Schmetterling.

Nach meinen gemurmelten Anweisungen flattert er durch

die Luft zu dem Mann. Er umkreist den Kopf des Mannes einmal und senkt sich hinab, um sich an seinen Ärmelaufschlag zu klammern.

Der Mann starrt mit einer angespannteren Miene auf ihn hinab als die anderen Daimon, denen wir uns genähert haben. Bevor mein Herz mehr tun kann, als einen Schlag auszusetzen, stößt er einen scharfen Alarmschrei aus. Sein Kopf fährt herum und er sucht die Menge nach einem Eindringling ab.

Mein Herz springt mir förmlich aus der Brust – und dann drückt mir Ivy den Netzkäfig in die Hände, während sie ihr Amulett abnimmt.

Sie packt meinen Unterarm. „Ich werde ihn wie geplant ablenken. Geh zum Wagen zurück und zum nächsten Marktplatz.“

Damit rennt sie davon und drängt sich viel ungeschickter durch die Menge, als sie es eigentlich kann.

Weil sie will, dass die Wache sie bemerkt. Sie will, dass er sie bemerkt, *bevor* er mich bemerkt.

In diesem ersten Augenblick, als ich sehe, wie er sich zu der Störung umdreht, rauscht Panik durch mich. Ein Schrei schießt zu meiner Kehle.

Wir haben diese Strategie besprochen. Ivy ist besser darin, vor Leuten wegzurennen – ich bin derjenige, dem die willigen Daimon am wahrscheinlichsten vertrauen werden. Es ergibt Sinn.

Doch wenn diese Wache oder die anderen Ordensmitglieder sie fangen … wenn Lothar sie wieder in die Finger kriegt …

Ich könnte schreien. Ich könnte die Aufmerksamkeit der Wache auf mich lenken, dann müsste Ivy sich nicht in diese Gefahr bringen.

Ich müsste es nicht riskieren, sie zu verlieren. Nur mich selbst.

Mein Herz hämmert hektisch, doch irgendwie erdet mich dieser hastige Rhythmus. Er erinnert mich daran, wie mein Herz das erste Mal einen Schlag aussetzte, als Ivy mich küsste und als unsere Körper zum ersten Mal miteinander verschmolzen. Das erste Mal, als sie mir vor nicht allzu langer Zeit sagte, dass sie mich liebt.

Ich liebe sie auch. Ich liebe sie. Ich liebe sie.

Das ist das Einzige, was mir der hektische Herzschlag sagt. Nicht, dass ich etwas falsch mache oder dass sie dieser Gefahr nicht entkommen wird.

Ich will, dass sie zurückkommt. Ich will, dass es ihr gut geht.

Es wird so sehr wehtun, wenn sie das nicht tut.

Doch sie wird verletzt werden, wenn ich vom Plan abweiche. Wenn ich so tue, als könnte sie nicht auf sich aufpassen, und aus meiner Angst vor Schmerzen alles ruiniere, wofür wir gekämpft haben.

Und wie gut wird es sich anfühlen, wenn sie zu mir zurückkommt, über ihren Erfolg grinst und von meinem hören will?

Ein Mädchen in meiner Nähe starrt den Netzwürfel mit offenem Mund an, den ich umklammere. Ich schüttle meine Benommenheit ab und eile zum Wagen zurück.

Im Gehen hole ich das Amulett aus meiner Tasche. Ich ducke mich hinter das Fahrzeug, ziehe die Kette wieder über meinen Hals, um zu verschwinden, und tauche in den Wagen.

„Es ist Zeit, zum Finnakel Platz zu gehen", informiere ich die Fahrerin. „Ivy trifft sich dort mit uns."

Das wird sie. Ich weiß, dass sie es tun wird. Sie kommt immer zurück.

Diese Tatsache hindert mich allerdings nicht daran, herumzuzappeln, während der Wagen zum zweiten Platz schaukelt, den wir ausgewählt haben. Er liegt ungefähr einen Kilometer entfernt vom ersten in einem anderen Teil der weitläufigen Stadt. Als die Räder anhalten, zögere ich und zwinge mich, tief einzuatmen und meine Nerven zu beruhigen.

Ich habe hier meine eigene Arbeit zu erledigen. Ein guter Partner würde sich darauf konzentrieren, anstatt sich Sorgen über etwas zu machen, was nicht Teil seiner Aufgabe ist.

Als ich aus dem Wagen schlüpfe, entdecke ich den ersten Daimon sofort. Ein schlanker, sehniger Mann in einer Ordensuniform patrouilliert am Rand des Platzes entlang.

Da ich allein bin, muss ich den Schmetterlingskäfig im

Wagen zurücklassen. Ich nehme nur einen seiner Bewohner mit und schicke das Insekt zu meinem Kollegen.

Es landet in der Nähe des Ellenbogens des Mannes. Ich wappne mich dafür, dass er wie der letzte Daimon zusammenzuckt, doch er betrachtet den Schmetterling bloß. Der faszinierte Funke, den ich zuvor gesehen habe, entzündet sich in seinen Augen.

Mit einem Lächeln auf den Lippen überquere ich den Platz, um ihn auch mit meinen Worten zu erreichen.

Ich habe gerade einer dritten Kollegin auf dem Platz von dem Treffpunkt erzählt und beobachtet, wie sie mit einem atemlosen Kichern davongehüpft ist, als ein sanfter Druck meinen Arm streift. Ich drehe mich in dessen Richtung und Ivys Geruch weht scharf, jedoch süß über mich.

„Du hast viel geschafft", stellt sie mit leiser Stimme fest und ihre Gestalt kommt vor mir in Sicht. „Wir tun das hier wirklich."

Dann geht sie auf die Zehenspitzen, um mich so schnell, aber zärtlich zu küssen, dass Hitze meine Wangen wärmt.

Wir haben Erfolg. Wir haben zusammengearbeitet und getan, worin wir beide am besten sind, und Ivy hat sichergestellt, dass wir weitermachen können.

Wir bringen meine Leute nach Hause.

Ich schließe meine Hand um ihre unsichtbare, während ich zum Wagen zurückgehe, um noch einen Schmetterling zu holen. In den Schatten hinter dem Fahrzeug ziehe ich kurz mein Amulett an, damit wir uns in unserer Blase der Unsichtbarkeit umarmen können – damit ich es trotz meiner Panik genießen kann, sie wieder bei mir zu haben.

Ivy lehnt ihren Kopf an meinen Hals. „Bist du allein gut zurechtgekommen?"

Ihre Hand ruht über meinem Herzen auf meiner Brust und ich spüre die Wahrheit meiner Worte, bevor ich sie ausspreche. „Ich war nicht wirklich allein. Du warst immer bei mir, hier drin."

Ich lege meine Hand über ihre und sie strahlt mich an, bevor sie auf die Zehenspitzen geht und sich noch einen Kuss nimmt.

Wir beenden unsere Runde auf dem zweiten Platz und gehen zu einem dritten und vierten. Als die Schatten länger werden, habe ich mehr als dreißig Daimon geholfen, den letzten Einfluss der Blutzauberer abzuschütteln.

Einige andere haben sich gesträubt – sie haben nach den Schmetterlingen geschlagen oder sind weitergegangen, um mit offensichtlicher Feindseligkeit nach der Quelle zu suchen – doch keiner war so aggressiv wie bei unserem ersten Versagen. Wenn es passiert ist, sind wir einfach verschwunden und zu einem anderen Teil der Stadt gegangen.

Ich entwickle allmählich ein Gespür dafür, wer sich in einem schwächeren Griff befindet und wer in einem stärkeren. So kann ich sie anhand der Vibrationen ihrer Energie, die ich wahrnehme, einschätzen, noch bevor wir sie testen. Ich studiere gerade einen weiteren Daimon und ringe mit mir, ob sie das Risiko eines Schmetterlings wert ist, als eine verstärkte Stimme über den Marktplatz schallt.

„Der Regent Lothar ruft alle Bürger Florians zum Tempel der Krone! Er hat Neuigkeiten, die für euch alle über Leben oder Tod entscheiden könnten.“

# DREIUNDDREISSIG

*Ivy*

Rheave legt im Wagen seinen Arm um meine Taille und zieht mich noch näher an sich als zu Beginn dieser Reise. „Glaubst du, Lothar weiß, was wir getan haben?"

Ich kann nicht anders, als mit gespitzten Ohren auf die Geräusche der Stadt außerhalb des Wagens zu achten, als könnte ich etwas hören, um eine Antwort zu formulieren. Ich nehme nichts wahr außer dem Rattern von Rädern und Stimmengewirr.

Ich schlucke schwer. „Ich weiß es nicht. Wir sind jetzt schon seit Stunden damit beschäftigt. Seine Leute könnten bereits bemerkt haben, dass ein Haufen ihrer gefangenen Daimon gegangen ist, anstatt Befehle zu befolgen. Doch da die Zauberei bei ihnen schwächer wird, wäre das auch ohne unsere Einmischung irgendwann passiert."

Der Daimon-Mann gibt einen rauen Laut von sich. Überall, wo sich unsere Körper berühren, sind seine Muskeln angespannt. „Sollten wir verschwinden? Während so viele Leute von der Ankündigung abgelenkt sind?"

Ich habe bereits mehr als einmal über diese Frage nachgedacht, seit wir überhastet die Entscheidung getroffen haben, dass unsere Fahrerin den Wagen zu den Innenbezirken lenken soll. Die Antwort kommt mir jetzt automatisch über die Lippen. „Nein. Wenn es um Leben oder Tod geht ... müssen wir wissen, was los ist. *Vor allem*, wenn es mit Petra und unseren Bemühungen zu tun hat, sie auf den Thron zu setzen.“

Rheave nickt und akzeptiert meine Aussage ohne Proteste. Kurz wünsche ich mir, er würde protestieren und darauf bestehen, dass wir von hier verschwinden, obwohl ich an meiner Einstellung festhalten müsste.

Ich bin mir nicht sicher, ob ich es wirklich tun *will*. Etwas an dem Ruf des Boten auf dem Marktplatz hat dafür gesorgt, dass meine Haut klamm geworden ist.

Was ich gesagt habe, stimmt jedoch. Falls Lothar gleich irgendeinen neuen Schrecken entfesseln wird, müssen wir das so schnell wie möglich wissen, damit wir uns schützen können. Selbst wenn die Schwarze Kralle Späher hat, die zuhören, wissen wir nicht, wie lange es dauern würde, bis wir die Botschaft erhalten.

Der Anführer des Ordens könnte sich allerdings darauf verlassen, dass wir so denken. Er *könnte* vermuten, dass Mitglieder des Widerstands die Stadt infiltriert haben, und möglicherweise will er, dass sie herausfinden, wie schlimm es als Nächstes für sie werden könnte.

Mit dieser Möglichkeit im Kopf lasse ich die Fahrerin ein paar Straßen entfernt von den alten Stadtmauern anhalten, die an die Innenbezirke grenzen. Rheave und ich entfernen unsere Amulette und bewahren sie in unseren Taschen auf, wo sie inaktiv bleiben werden.

Wir wollen nicht, dass eine Chance besteht, dass die Blutzauberer deren Magie wahrnehmen.

Ich verschmiere etwas Dreck von der Seite des Wagens auf meinem Gesicht, als hätte ich den ganzen Tag hart in den Außenbezirken gearbeitet, ohne ein Bad nehmen zu können. Rheave folgt meinem Beispiel. Anschließend ziehen wir unsere Umhänge an und zerren die Kapuzen tief in unsere Gesichter.

Der Frühling steht kurz bevor, die Luft ist jedoch noch so

kalt, dass viele andere Bürger ebenfalls Umhänge tragen. Nachdem wir aus dem Wagen gestiegen sind und uns unter den aktuellen Strom Passanten gemischt haben, der durch die Straßen zum Tempel der Krone fließt, fallen wir überhaupt nicht auf.

Ich habe zwanzig Jahre meines Lebens in dieser Stadt verbracht und sieben davon auf der Straße gelebt. Doch irgendwie fühlt sich das Gebiet, durch das ich mehr als einhundert Mal gewandert bin, heute wie ein fremdes Land an. Ich kenne die Biegungen der Straßen, den steilen Hang, der uns das letzte Stück zu dem riesigen Platz vor dem prächtigen Tempel führt, und dennoch sieht nichts so vertraut aus, wie es das tun sollte.

Vielleicht ist es das Raunen, das durch die wachsende Menge geht – es ist nicht voller Vorfreude, wie es bei vergangenen Ereignissen im Stadtzentrum gewesen wäre, sondern gedämpft und unsicher. Meine Mitbürger wissen genauso wenig wie ich, was ihr selbsternannter Herrscher für sie auf Lager hat.

Wir haben im ganzen Land Zweifel und Furcht gesät, so gut wir konnten. Ich bin mir sicher, viele Bürger Florians haben die Behauptungen gegen den Orden gehört. Manche, die sie anfangs unterstützten, werden sie nun gemeinsam mit ihrer schrecklichen Zauberei hinfort wünschen.

Doch wie viele haben die Mittel, um sich den Blutzauberern zu widersetzen? Wie viele wären bereit, ihr Leben zu riskieren, um offen zu protestieren, wenn sogar die Königin sich nur heimlich zu Wort gemeldet hat?

Sie warten auf uns – warten auf jemanden mit echter Macht, auf dessen Seite sie sich stellen können.

Meine Lunge schnürt sich bei dem Gedanken zu.

*Wir arbeiten daran*, will ich ihnen versichern. *Wir kommen, um euch vor diesen Schurken zu retten. Wir müssen nur sicherstellen, dass wir es richtig machen, andernfalls sind wir ebenfalls verloren.*

Der Strom Fußgänger, in dem wir gefangen sind, verteilt sich auf dem weitläufigen Platz. Dort drängen sich bereits viele Körper und pressen sich dicht aneinander, um Platz für weitere zu machen. Andere Gestalten spähen aus den Fenstern und von den Balkonen der prächtigen Häuser entlang des Platzes.

Ich vermute, wenn Lothar endlich mit seiner Ankündigung beginnt, werden sogar die Nebenstraßen voller Zuschauer sein. Alle sind bereit, ihren Nachbarn die Botschaft auszurichten, die es nicht rechtzeitig hergeschafft haben.

Ich packe Rheaves Hand und führe ihn durch die drängelnden Körper zu einer Stelle, die mir noch immer vertraut ist. Nichts hat sich an meiner Lieblingsnische geändert, von der ich vor Monaten die Hinrichtung des letzten gefangenen zerrissenen Zauberers beobachtete.

Die Größe des Daimon-Mannes bedeutet, dass er keinen erhöhten Standpunkt braucht, um über die versammelte Menge zu blicken. Ich klettere auf meinen üblichen Aussichtspunkt, damit ich über seinen Kopf spähen kann.

Die Sonne ist beinahe komplett untergegangen. Die Daimon, die wir von den Fesseln der Zauberer befreit haben, sollten sich nun in der Nähe des Krähennests versammeln, damit die Schwarze Kralle sie abholen kann. Casimir hat durch mein Medaillon ein Signal geschickt, was bedeuten sollte, dass seine Seite des Plans gut verlaufen ist.

Er wird warten, bis ihn unser Wagen abholt. Ich hoffe, er hat von dieser Ankündigung gehört und realisiert, dass wir später kommen, um die Neuigkeiten in Erfahrung zu bringen.

Zu meiner Erleichterung baumeln keine Leichen von den Tempelmauern wie beim letzten Mal, als wir diesen Ort besuchten. Dunkle Flecken verunreinigen noch immer den blassen Marmor, wo die ermordeten Priester und Gläubigen einst hingen. Es ist eine eindrückliche Erinnerung an die Strafe, die man erhält, wenn man den Zorn des Ordens erregt.

Als Lichter auf den Balkonen zu glühen beginnen, von wo König Konram einst zu seinem Volk sprach, zappelt meine Magie in meiner Brust. Falls Lothar direkt erscheint – falls ich ihn sehen kann und genau weiß, wo er ist – habe ich die Gelegenheit, das hier und jetzt zu beenden, bevor er irgendetwas sagt.

Doch als die hoch aufragende, schiefe Gestalt des Anführers der Blutzauberer bei der Steinbrüstung erscheint, bin ich nicht überrascht, ein schwaches Flackern an den Rändern seines Körpers zu bemerken. Der ehemalige Berater geht kein Risiko ein. Er projiziert sich wieder als Illusion.

Noch bevor er spricht, verfällt die Menge in ein unheilvolles Schweigen. Kleider rascheln, als die Zuschauer unbehaglich von einem Fuß auf den anderen treten.

„Volk von Florian", beginnt Lothar, dessen Stimme über den Hof hallt, als würde sie von allen Seiten gleichzeitig kommen. „Ich habe euch heute Abend versammelt, um zwei wichtige Ankündigungen zu machen. Die erste ist eine, über die wir uns freuen können. Ihr habt vielleicht Gerüchte gehört, dass bald Monarchen-Prüfungen abgehalten werden. Das stimmt – Prüfungen, die der Orden der Wildheit durchführen wird. Wir werden den besten Herrscher Silanas bestimmen und herausfinden, ob die angebliche Prinzessin an einem gerechten Wettbewerb teilnehmen oder die Krone aufgeben wird."

Ich kann Julita beinahe schnauben hören. *Gerecht? Manipuliert, würde ich vermuten.*

Zweifellos. Doch jegliche dunkle Belustigung, die ich aus diesem Gedanken ziehen kann, verschwindet mit den nächsten Worten des ehemaligen Beraters.

„Ihr könnt euch darauf freuen, das Spektakel königlicher Würdigkeit in nur vier Tagen im Rahmen der Creadenala-Festlichkeiten zu sehen!"

Mein ganzer Körper wird kalt. Er erwartet, seine Prüfungen in nur vier Tagen auf die Beine zu stellen? Ich hatte vergessen, an die üblichen Festivals zu denken, geschweige denn, dass das Fest für Creaden bald bevorsteht.

Werden wir unser eigenes Spektakel in der kurzen Zeit organisieren können? Wenn wir es nicht können …

Lothars Stimme durchbricht meine Gedanken erneut und nimmt einen düsteren Ton an. „Zu meinem Entsetzen muss ich euch auch vor einer großen Gefahr warnen, auf die ich aufmerksam gemacht wurde. Viele andere Geschichten zirkulieren aufgrund von Gerüchten und Hörensagen, doch sie wurden von einer Quelle gestreut, die viel schrecklicher ist als das, was die angeblichen Schurken tun."

Ich runzle die Stirn und mustere ihn so eindringlich wie ich kann. Wovon spricht er jetzt? Wird er behaupten, dass Petra ein brutaler Unmensch ist?

Ich finde es schwer, zu glauben, dass es mehr als Getöse darüber sein wird, wie sehr die Königsfamilie ihre Untertanen ausgebeutet hat. Er muss etwas Spezifisches zu sagen haben, von dem er denkt, dass es die öffentliche Meinung zu seinen Gunsten beeinflussen wird.

Was könnte das sein? Petra hat nicht in ihrer Rolle als Mitglied der Königsfamilie gehandelt, bis ihr Vater ermordet wurde. Ich weiß, dass sie seitdem nichts annähernd Kriminelles getan hat.

Lothar fährt mit einem Knall fort, als hätte er mit dem Fuß aufgestampft, um seine Worte zu unterstreichen. „Ihr wurdet getäuscht, doch das ist verständlich angesichts einer bösartigen Macht wie dieser. Wir alle im Orden der Wildheit haben unser Leben aufs Spiel gesetzt, um euch die Wahrheit zu liefern.“

Ein tieferes unbehagliches Kribbeln bohrt sich in meine Brust. Etwas daran, wie er seine Bemerkungen formuliert …

Er wedelt mit der Hand und eine andere Gestalt tritt vor, deren Gesicht im Schatten ihrer Umhangkapuze liegt. Ich glaube, sie steht tatsächlich auf dem Podium und ist keine Illusion.

Lothars Mund verzieht sich zu einem angespannten Lächeln, das vermutlich ein Feixen zurückhält. „Ihr könnt euch anhören, wie lange dieses Gift unsere Stadt verschmutzt hat. Und zwar von der Frau, die es ins Leben gebracht hat. Die jetzt zu uns gekommen ist, um uns zu warnen.“

Die Frau zieht ihre Kapuze zurück und mein Herz setzt aus.

Es ist meine Mutter. Sogar über diese Entfernung und trotz der Schatten des magischen Lichts, das ihre Gesichtszüge schärfer wirken lässt, erkenne ich sie sofort.

Meine Beine wackeln. Ich muss meine Hände fest gegen die Wände pressen, zwischen denen ich stehe, damit ich nicht falle.

Mir ist schwindlig. Was … Wie …?

Die Frau, die ich einst ‚Ma‘ nannte, tritt vor, um ihre Hände auf die Steinbrüstung zu legen. Ihr Gesicht sieht blass und angespannt aus, während sie auf die versammelte Menge blickt – es ist der Gesichtsausdruck, an den ich mich erinnern kann, wann immer sie mich vor all den Jahren auspeitschte.

Die Narben auf meinem Rücken jucken.

„Ich musste mich melden", verkündet sie und ihre vertraute, wenn auch raue Stimme flutet den Hof auf die gleiche magisch verstärkte Weise wie zuvor Lothars. „Je mehr ich über die Bürgerwehr hörte, die den Orden der Wildheit angreift und mit der die angebliche Königin zusammenarbeitet, desto stärker wurde mir bewusst, was wirklich los ist. Wenn ich es doch nur früher gesehen hätte …"

Ihre Stimme versagt mit einem Krächzen. Ich kann kaum atmen. Dann strafft sie die Schultern und fährt fort.

„Vor dreizehn Jahren starb meine geliebte jüngere Tochter plötzlich auf unerklärliche Weise. Mein Ehemann und ich hatten nie einen Beweis, doch ich konnte das Gefühl nicht abschütteln, dass an unserer älteren Tochter etwas seltsam war. Dass sie möglicherweise böse Absichten der Art verbirgt, die sich keine Mutter jemals vorstellen will."

Meine Finger bohren sich in die Wände, um mich aufrecht zu halten, während sich mein Magen vor Kummer verknotet.

Sie wollte es sich nicht vorstellen? Aber das hat sie getan, immer wieder, ganz gleich, wie sehr ich sie angefleht habe.

Sie schlug mich, mied mich und ließ mich hungrig und ohne Liebe allein, und das nur wegen etwas, was sie vermutete, jedoch nie offen aussprechen konnte.

Ma hebt ihre Stimme noch mehr. „Als sie zwölf Jahre alt wurde, kurz vor ihrer Weihe, rannte sie davon, anstatt die Götter zu akzeptieren. Ich hatte keine Ahnung, was aus ihr geworden war … bis ich die Geschichten hörte. Eine junge Frau mit hellorangefarbenen Haaren und blauen Augen, die geübt in kriminellen Taten zu sein schien. Die unsägliche Magie aller Art allein mit ihrem Willen hervorrufen konnte. Das ist sie und es lässt sich nicht leugnen. Meine Tochter ist eine der Zerrissenen, wahnsinnig vor Macht und sie hat es darauf abgesehen, den Rest von uns zu zerstören!"

Keuchen und besorgtes Raunen beben durch die Menge. Mein Magen verkrampft sich noch fester.

Rheave blickt mit genauso viel Kummer in seinem umwerfenden Gesicht zu mir auf, wie ich empfinde. Sein Körper ist angespannt, als könnte er zu meiner Verteidigung eilen.

„Wenn ich einen Pfeil hätte, könnte ich sie zum Verstummen bringen", sagt er mit leiser Stimme. „Sie wie ein Blitz niederschlagen …"

Ich könnte das Gleiche mit der Magie tun, die sie verurteilt. Die Macht windet sich bereits zwischen meinen Rippen. Ein saurer Geschmack überzieht meine Zunge.

Meine Magie brennt von meinem Kiefer zu meinem Magen und will rausgelassen werden. Sie will meine Mutter erschlagen wegen des schrecklichen Bildes, das sie zeichnet, und der Schuld, vor der sie sich drückt.

Es ist jedoch nicht einmal eine Frage.

Ich schüttle den Kopf. Die Worte kratzen meine Kehle hinauf. „Nichts, was sie gesagt hat, ist eine Lüge. Und wir würden ihr nur recht geben."

Wie sehr glaubt sie wirklich, dass ich das brutale Monster bin, wie sie behauptet, und wie sehr hat Lothar ihr beigebracht, was sie sagen soll?

Ich bin mir nicht sicher, ob es einen Unterschied macht.

Meine Mutter spricht noch mit einem Beben in der Stimme, bei dem ich mit den Zähnen knirsche. „Ich weiß nicht, wie sich jemand, der angeblich das Beste für uns will, mit einer zerrissenen Zauberin verbünden kann. Vielleicht hat sie das, was von der Melchiorek-Familie noch übrig ist, unter ihrer Kontrolle. Vielleicht ist sie diejenige, die König Konram ermordet hat! Wir dürfen nicht zulassen, dass sie oder die Leute, die sie auf ihre Seite gezogen hat, all das Gute zerstören, was der Orden für uns getan hat."

Das Raunen der Menge wird drängender. Manche fuchteln offenkundig wütend mit den Fäusten durch die Luft.

Meine Macht brüllt lauter und ich drücke meine Augen fest zu, während ich die imaginäre Pflanzenranke fest um mich wickle. Da ich mich weiterhin weigere, sie einzusetzen, schneidet die Magie durch meine Lunge.

Ich zucke zusammen und presse den Mund fest zu, um ein

Schluchzen zu unterdrücken. Der Schmerz strahlt einige Herzschläge lang durch mich, bevor er endlich verschwindet.

Und Lothar ist noch nicht einmal fertig.

Er übernimmt die Rede mit kühler, kraftvoller Stimme. „Ihr habt es aus dem Mund der Frau gehört, die die Tragödie ertragen hat, dieses Monster auf die Welt zu bringen. Unser ganzes Land bewegt sich am Rand eines Desasters, solange diese gnadenlose zerrissene Zauberin auf freiem Fuß ist. Wir müssen sie finden und hinrichten, bevor sie noch mehr Schaden anrichten kann!"

Bei den scharfen Jubelschreien, die erklingen, zucke ich zusammen. Noch ein Beben durchläuft meinen Körper.

Rheave berührt mein Bein, als wolle er mich stützen, doch ich spüre die Wärme seiner Haut kaum.

Dann flammt noch mehr Licht neben dem Tempelpodium auf und das Bild einer Gestalt erscheint, die mir ähnlicher sieht, als ich zugeben will. Eine Illusion, die anhand Lothars Erinnerungen und denen seiner Anhänger erstellt wurde, die mich gesehen haben?

Mein Herz setzt einen Schlag aus und ich lasse mich von meinem Aussichtspunkt fallen.

Lothars Stimme dröhnt erneut über den Platz. „Das ist die Frau, vor der ihr euch in Acht nehmen müsst. Das ist die Zerrissene, die uns alle zerstören will. Der Orden wird dieses Bild im ganzen Land zeigen, damit ihr euch schützen könnt … und damit ihr uns informieren könnt, falls ihr sie entdeckt. Geht nicht selbst zu ihr. Wir werden unsere eigene Magie einsetzen und dafür sorgen, dass Silanas Bevölkerung sicher ist. Doch für jede Information gibt es eine große Belohnung."

Götter straft mich. Ich taste nach dem Unsichtbarkeitsamulett und reiße es mir über den Kopf. Rheave tut es mir gleich und packt meine Hand.

Ohne ein weiteres Wort rennen wir am Rand der Menge entlang vom Platz und entfliehen der Masse meiner Mitbürger, die nun nach meinem Blut verlangen.

# VIERUNDDREISSIG

*Ivy*

Der Wagen hält an, als wir noch einen Kilometer von Baron Cyris' Sommerresidenz entfernt sind. Die Fahrerin ruft uns mit argwöhnischer Stimme zu: „Jemand kommt uns entgegen. Derjenige signalisiert, dass wir anhalten sollen. Ich warte besser und schaue, was die Person will."

Ich reibe mir über die Augen, die trüb sind nach dem bruchstückhaften Schlaf, zu dem ich mich auf dem Rückweg gezwungen habe, und spähe durch eine Lücke in der Tuchabdeckung. Eine Gestalt auf einem Pferd reitet in einem Galopp durch das schwindende Licht auf uns zu. Die geflochtenen Haare flattern hinter ihr.

Es ist schwer, ihren Gesichtsausdruck auf diese Entfernung zu erkennen, unter anderem auch, weil sie sich so schnell fortbewegt. Ihre steife Haltung sorgt jedoch dafür, dass ich mich ebenfalls anspanne.

Rheave verändert seine Position neben mir und legt eine Hand auf meine Schulter. Ich bin mir bewusst, dass Casimir uns gegenüber sitzt, obgleich ich nur einen verschwommenen

Schemen von ihm sehen kann, wenn ich die Augen zusammenkneife.

Obwohl wir fast unser aktuelles ‚Zuhause' erreicht haben, fühlt es sich noch nicht sicher an, die Amulette abzulegen, die uns tarnen.

Die Reiterin kommt mit donnernden Hufschlägen und einem missmutig klingenden Schnauben ihres Pferdes an. Sie reckt den Hals, um den Wagen zu mustern, bevor sie sich auf die Fahrerin konzentriert. „Du hast die drei aus Florian zurückgebracht?"

„Natürlich. Gibt es ein Problem?"

„Die Nachricht hat sich herumgesprochen." Ihre Stimme senkt sich zu einem Flüstern, als würde sie hoffen, dass ich sie nicht höre. „Über *sie*. Der Baron will sie nicht mehr auf seinem Anwesen haben. Ich werde den anderen Bescheid geben, dass ihr zurückgekehrt seid. Wartet hier."

Sie wendet ihr Pferd und reitet zum Anwesen zurück, ohne auf eine Antwort zu warten. Mein Magen ist irgendwo in die Nähe des Bodens gerutscht.

Die Nachricht hat sich herumgesprochen … über meine zerrissene Magie. Über die Schwester, die ich damit getötet habe.

Darüber, dass mich meine eigene Mutter verurteilt und verlangt, dass ich getötet werde.

Manche unserer Verbündeten wussten es bereits, doch meine Männer und ich haben es nie hervorgehoben. Ich habe fast nie Magie vor einem von ihnen benutzt.

Ich habe es ihnen so leicht wie möglich gemacht, die Art meiner Magie zu verwerfen oder zu ignorieren. Jetzt hat Lothar es ihnen vor Augen gehalten.

Meine Kehle schnürt sich zu und eine Hand legt sich um meine. Casimir ist vorgerutscht und hat mich in der Dunkelheit des Wagens gefunden.

„Petra wird das klären, wenn es kein anderer tut", versichert er mir. „*Sie* weiß, dass du keine Gefahr bist … Sie weiß, wie viel du für sie und ihre Familie getan hast."

Das tut sie. Zu den Dingen, die ich getan habe, gehört allerdings auch, dass ich Lothar Zugang zu dem Raum verschafft habe, in dem er ihre Eltern abgeschlachtet hat – auch wenn sie mir ständig versichert, dass sie mir nicht die Schuld daran gibt.

Übelkeit breitet sich in meinem Magen aus, während wir darauf warten, dass die Reiterin zusätzliche Befehle überbringt. Wir haben selbst drängende Nachrichten weiterzugeben, doch die Botin gab uns nicht einmal die Gelegenheit, etwas zu sagen. Jede Minute könnte einen Unterschied machen.

Ist das dem Baron egal?

Schließlich spähe ich nach draußen und entdecke eine kleine Prozession, die auf dem Weg zu uns ist.

Wer immer die Frau war, sie ist nicht bei ihnen. Es sind nur Stavros, Alek und Sulla auf ihren üblichen Pferden, die drei weitere Reittiere einschließlich Krümel mitbringen. Direkt hinter ihnen reiten Petra und ein paar ihrer Wachen. Unsere Pferde sind mit prall gefüllten Satteltaschen beladen.

Meine Übelkeit blubbert bis zum Ansatz meiner Kehle. Es sieht nicht so aus, als kämen sie, um zu sagen, dass alles gut ist und wir doch zum Anwesen von Baron Cyris zurückkehren sollen.

Das Tarnamulett erscheint mir jetzt sinnlos. Ich muss mich nicht vor meinen Liebhabern und der einen beständigen Freundin verbergen, die ich in diesem Schlamassel gewonnen habe.

Als ich meines abnehme, folgen Casimir und Rheave meinem Beispiel. Wir klettern hinten aus dem Wagen und gehen um ihn herum, um unserem unheilbringenden Begrüßungskomitee entgegenzutreten.

Stavros' Gesicht ist grimmiger, als ich es jemals gesehen habe, und in seinen dunklen Augen lodert gezügelter Zorn. Er springt von seinem Pferd, sobald er nah genug ist, und marschiert zu mir.

Seine Stimme klingt angespannt. „Es tut mir leid, Ivy. Ich habe versucht, Cyris zur Vernunft zu bringen ... er *muss* verstehen ... Ich weiß nicht, wie er denken konnte, dass es das wert ist, alles aufs Spiel zu setzen, wofür wir gearbeitet haben ..."

Ich hebe meine Hand, um ihn zu unterbrechen, und zwinge

mich zu einem schwachen Lächeln. „Leider haben wir schlechte Nachrichten, die noch drängender sind. Ich schätze, niemand hat euch von Lothars Prüfungen erzählt."

Aleks Augen werden groß. „Was? Nein." Sein Ton wird bitter. „Sie waren zu beschäftigt, deinen Namen in den Dreck zu ziehen."

Ich darf mich dadurch nicht von meiner wichtigsten Aufgabe ablenken lassen. „Lothar hat auch angekündigt, dass der Orden der Wildheit seine Monarchen-Prüfungen in vier Tagen während der Creadenala-Feierlichkeiten abhalten wird. Er hat Petra herausgefordert, sich zu zeigen oder die Krone aufzugeben."

Trotz all seiner Wut um meinetwillen erstarrt sogar Stavros. „In vier Tage?"

Petra atmet zischend ein und ihre gebräunte Haut wird grau.

„Also müssen wir das, was immer wir tun, noch schneller erledigen", erkläre ich und unterdrücke den Schmerz in meinem Magen. „Egal wie. Was genau hat der Baron in Bezug auf mich entschieden? Ich schätze, er hat nicht meine Verhaftung verlangt."

Stavros fletscht die Zähne und knurrt leise. „Ich würde ihn in eine seiner Zellen stecken, bevor ich zulassen würde, dass seine Wachen dir auch nur ein Haar krümmen."

Alek spricht erneut, seine Stimme ist jetzt leiser, aber immer noch angespannt. „Jagdgruppen sind bereits von den Städten in der Nähe aufgebrochen … Leute, die hoffen, sie können dich entdecken und eine Belohnung dafür erhalten, dass sie dich dem Orden melden und zulassen, dass ‚Gerechtigkeit' vollbracht wird. Baron Cyris fühlt sich bei der aktuellen Atmosphäre nicht sicher, wenn du auf dem Anwesen bist. Und wir wollten offensichtlich nicht bleiben, wenn du es nicht kannst."

Sulla neigt den Kopf. „Niemand jagt mich, doch *ich* hätte mich nicht mehr sicher gefühlt, unter solch launischen Verbündeten zu leben."

Petra lenkt ihr Pferd um die anderen herum und wirft den Wachen, die darauf bestehen, sie zu flankieren, einen kurzen Blick unterdrückter Wut zu. „Ich will immer noch deine

Hilfe ... jetzt mehr denn je, wenn wir nur drei Tage haben, um unsere Pläne fertigzustellen. Unsere Späher haben einen einigermaßen sicheren Ort in der Nähe gefunden, wo du untertauchen kannst. Es gibt eine verlassene Hütte, die einen halbstündigen Ritt entfernt von hier in einem Wald steht. Ich werde weiterhin dem Baron in den Ohren liegen, dass er dich in die Behaglichkeit zurückkehren lässt."

Es ist nicht meine Behaglichkeit, um die ich mir Sorgen mache. Trotz meiner besten Anstrengungen und obwohl ich Haltung bewahre, ist mein Magen nicht nur gesunken, sondern von einem Schlag durchbohrt worden.

Meine Stimme kommt mit einem Krächzen heraus. „Müh dich damit nicht ab. Du musst all deine Energie und Konzentration darauf verwenden, unsere letzten Vorbereitungen zu leiten."

Mein Daimon-Liebhaber ist eindeutig nicht mit meinen Prioritäten einverstanden. „Wie kann der Baron Ivy einfach wegschicken?", will er wissen. „Sie hat so vielen Leuten geholfen ... Sie hat niemanden verletzt."

Ich drücke Rheaves Arm kurz. „Du weißt, dass das nicht vollkommen richtig ist. Ich habe Glück, dass meine Anwesenheit so lange toleriert wurde. Lass uns diese Hütte suchen. Dann kann Petra wieder an ihre Arbeit zurückkehren."

Ich zwinge mich, aufrecht zu bleiben, gehe zu Krümel und schwinge mich auf seinen Rücken. Rheave und Casimir holen ihre eigenen Pferde. Rheaves Miene ist wütend und Casimirs auf eine Weise niedergeschlagen, wie ich es selten bei dem Kurtisan gesehen habe.

Niemand will es aussprechen, doch dies ist das Ende. Zumindest für uns.

Ich glaube, ich habe es gewusst, seit ich meine Mutter auf dem Podium neben Lothars Illusion stehen sah, wollte es mir jedoch nicht eingestehen.

Die reißende Empfindung in mir lenkt meinen Blick zu Stavros. „Du solltest bei Petra und den anderen im Anwesen bleiben. Du bist bei weitem der beste Stratege, den sie ..."

Stavros unterbricht meinen Vorschlag mit einem scharfen Kopfschütteln. „Unsere zukünftige Königin weiß, dass sie unsere Unterstützung hat, doch ich werde nicht so tun, als würde ich gutheißen, wie dich der Baron behandelt. Ich werde nur eine halbe Stunde entfernt sein und kann außerhalb dieser Mauern genauso gut nachdenken."

Petra reckt das Kinn. "Und für den tatsächlichen Aufbau werden wir vermutlich ohnehin näher bei euch sein als beim Anwesen."

Sie wendet sich an einen der Soldaten. "Reite zurück zum Anwesen und teile den anderen unseren neuen Zeitrahmen mit. Falls es Priester gibt, von denen wir noch nicht gehört haben, ob sie die Prüfungen beaufsichtigen wollen, müssen wir jetzt unsere zweite Wahl kontaktieren. Alle Entwürfe müssen finalisiert werden, damit wir heute mit dem Bau beginnen können. Ich werde zurückkommen, sobald meine *Verbündeten* in ihrer Unterkunft untergebracht wurden."

Der Mann nickt und galoppiert davon.

Petra tippt die Flanken ihres Pferdes mit den Fersen an und führt uns um das Anwesen herum. Als ich ihr folge, rede ich mir ein, dass es in Ordnung ist.

Ich habe bereits viel beigetragen. Ich habe eine Schlüsselrolle dabei gespielt, unseren Widerstand von unserer ersten winzigen Gruppe zu einem Netzwerk aus hunderten Verbündeten im ganzen Land auszudehnen.

Ich sollte zufrieden darüber sein, dass ich so viel geschafft habe. Wer weiß, ob ich wirklich viel mehr hätte tun können?

Ich kann die Empfindung von Steinen, die sich in meinem Bauch anhäufen, noch immer nicht abschütteln.

Sulla treibt ihre Stute dazu an, neben Krümel zu gehen. Wir reiten einige Minuten lang schweigend, bevor sie sich räuspert.

"Es ist zu viel passiert in der Vergangenheit. Es herrscht zu viel Angst. Diejenigen, die keine derartige Magie besitzen, wissen nicht, wie sie uns als Menschen sehen können."

Das ist einer der Gründe, aus denen sie nicht wollte, dass ich mich in die Angelegenheiten des Landes einmische. Ich zucke innerlich zusammen. "Ich weiß, es ist schwer. Aber einige von ihnen haben mich so akzeptiert, wie ich bin. Wenn Lothar nicht das ganze Land angestachelt hätte, mich zu jagen ..."

Sie seufzt. „Sie richten sich nur nach dem, was sie für richtig halten. Von dem sie denken, dass es die Götter wollen würden."

Das ist es jedoch nicht. Die Götter wollten, dass wir diese Magie wirken, zumindest solange es für sie nützlich war. Wenn überhaupt sind wir gesegneter als alle anderen.

Selbst diese Erkenntnis liegt nun schwer auf meiner Brust. Ganz gleich, was wir zu den meisten Bürgern Silanas sagen, wie sollen sie jemals die Vorstellung akzeptieren, dass Zerrissene mehr als Monster sind?

Gestern Abend auf dem Tempelplatz sah es jedenfalls nicht aus, als wäre es eine Möglichkeit.

Sogar die Männer und Frauen, die an meiner Seite gearbeitet haben, sind in all den Wochen misstrauisch geblieben. Es gibt immer noch mehr von unseren Verbündeten, die mir lieber aus dem Weg gehen, als mich anlächeln.

Casimir scheint meinen Gedankengang bemerkt zu haben. Er spricht in dem ruhigen, tröstenden Ton, der ihm so leichtfällt. „Wenn wir Lothar erst einmal als den Schurken entblößt haben, der er ist, wird es leichter sein, den Rest des Landes davon zu überzeugen, dass die Dinge, die er gesagt hat, auch falsch waren."

Es ist jedoch nicht nur Lothar, der behauptet, dass die zerrissenen Zauberer nichts anderes als eine Hinrichtung verdienen. Götter straft mich, *ich* hatte Schwierigkeiten, den Großteil meines Lebens etwas anderes zu glauben.

Diese unbehaglichen Gedanken brodeln den restlichen Ritt in mir. Wir reiten durch ein Waldstück über schmale Pfade, die von Tieren ausgetreten wurden. Petra mustert unsere Umgebung und passt unseren Kurs einige Male an. Sie stößt einen wortlosen Laut der Erleichterung aus, als ein niedriges Holzgebäude vor uns in Sicht kommt.

Nachdem wir von unseren Pferden abgestiegen sind und die Hütte genauer unter die Lupe genommen haben, kann ich nicht viel Dankbarkeit aufbringen. Das Gebäude besteht nur aus einem einzigen Zimmer, das mit Schmutz und Ästen übersät ist, die durch die kaputten Fenster hereingeweht wurden. Es riecht feucht und die Tür lässt sich nicht komplett schließen.

Es müssen Jahre, wenn nicht sogar Jahrzehnte vergangen sein, seit jemand hier übernachtet hat.

Tja. Wenn wir in drei Tagen noch immer hier sind, haben wir gegen die Blutzauberer verloren und es wird viel besser sein als ein Kerker.

Alek tätschelt die Wand mit erzwungener Heiterkeit. „Wenigstens sieht das Dach solide aus. Wir werden einen Unterschlupf haben, wenn es regnet."

Stavros grunzt. „Es ist besser als ein Zelt aus Ästen. Wir kamen schon mit Schlimmerem zurecht."

Petra tritt zu mir und meinen Männern. „Du kannst das Tarnamulett behalten, Ivy. Wenn dich jemand zufällig findet, willst du bestimmt in der Lage sein, zu verschwinden."

Sie blickt entschuldigend zu Rheave und Casimir. „Die anderen muss ich zurückbringen. Wir wissen nicht, wie schnell wir sie möglicherweise brauchen."

Rheave öffnet den Mund mit einem Gesichtsausdruck, als wolle er protestieren, doch ich spreche zuerst. „Natürlich. Die oberste Priorität besteht darin, dich, deinen Bruder und deine Schwester zu schützen. Es gibt nicht so viele Amulette."

Der Daimon-Mann runzelt die Stirn, will allerdings nicht mit mir streiten. Und er würde vermutlich ohnehin lieber jeden mit seiner Magie niederstrecken, der auf der Jagd nach mir vorbeikommt, als sich zu verstecken.

„Danke für euer Verständnis", sagt Petra leise, als die zwei Männer die Amulette an ihren Ketten übergeben. „Ich habe euch noch nicht gefragt … Habt ihr alles erreicht, was ihr in Florian zu tun hofftet?"

Casimir berichtet als Erster. Er hat Rheave und mir bereits von seinem Erfolg erzählt, als wir uns im Wagen getroffen haben. „Die Schwarze Kralle hat sich bewundernswert engagiert. Ihre Leute sollten bereits die Flugblätter verteilen, sodass die meisten Bürger Florians für unsere Prüfungen bereit sein werden, wenn wir das Signal geben. Wir haben beschlossen, dass es am besten ist, wenn die meisten der befreiten Daimon in der Stadt bleiben, damit sie bei unserer Ankunft in der Nähe sind. Allerdings werden sie vielleicht einige zu Baron Cyris' Anwesen schicken."

„Wie viele *habt* ihr befreit?" Ihr Blick gleitet zu mir und Rheave.

„Etwas mehr als dreißig", antworte ich. Die Erinnerung an die befreiten Daimon und die Freude, die über ihre Gesichter huschte, als ihnen bewusst wurde, dass sie ihre eigenen Entscheidungen treffen können, dämpft den Aufruhr in mir ein wenig.

Rheave seufzt. „Es gab einige, die noch zu stark unter dem Einfluss der Blutzauberer standen, um davon befreit zu werden. Doch ihr Einfluss ist viel schwächer geworden."

Petra lächelt ihn an. „Das ist wundervoll. Ich schätze, wir können hoffen, dass manche von ihnen in den kommenden Tagen und Wochen von allein anfangen, sich dem Einfluss des Ordens zu entziehen."

Sie hält inne und scheint sich zu wappnen. „Nicht, dass wir auf diese Möglichkeit warten können."

Sie wird sich vor vielen der gleichen Leute präsentieren, die erst gestern Abend noch bei dem Gedanken an meinen Tod gejubelt haben. Ein Schauder läuft mir über den Rücken.

Unsere Mitbürger *müssen* sehen, dass sie zum Herrschen bestimmt ist. Es liegt ihr im Blut, sie wurde dazu ausgebildet – und es zeigt sich in jedem ehrenhaften, entschlossenen Wort, das sie spricht.

Falls wir unsere Prüfungen sofort organisieren können.

Ich versuche mich an einem beruhigenden Lächeln. „Wir haben die Basis dafür geschaffen."

„Ja." Sie streicht mit den Händen über den Rock ihres Reitkleides und blickt zu ihren Wachen zurück. „Wir haben noch nicht die beste Herangehensweise für die Geltungsbereiche einiger Gottlen herausgefunden, oder? Ich würde es zu schätzen wissen, wenn ihr so gründlich wie möglich über die Angelegenheit nachdenkt … was eurer Meinung nach meine Stärken als Herrscherin beweisen würde. Wir müssen auch unsere Strategien bestimmen, mit denen wir den Orden daran hindern wollen, während der Prüfungen Schaden anzurichten. Ich werde heute Nachmittag mit Tinom zurückkehren, damit ihr jedem von uns von den Teilen erzählen könnt, die wir hören sollten."

Mein Magen schlingert. Sie will immer noch, dass *ich* irgendwie zu den Prüfungen beitrage ... sogar am Tag der Prüfungen bei diesen helfe?

Die Worte purzeln aus mir, bevor ich es mir anders überlegen kann. „Bist du dir sicher, dass das eine gute Idee ist?"

Petra wirft mir einen verwirrten Blick zu. „Was meinst du?"

Ich wedle hilflos mit meinen Händen. Das Gewicht meines Versagens drückt auf meine Lunge. „Sollte ich zu diesem Zeitpunkt auf direkte Weise an den Prüfungen beteiligt sein ... oder an irgendetwas, was du tust? Allein die Tatsache, dass die Leute wissen, dass du eine zerrissene Zauberin an deiner Seite hattest und ich dich unterstützt habe, schadet deiner Sache."

Meine Stimme versagt, doch ich zwinge mich, den unvermeidlichen Schluss zu ziehen. „Du solltest dich vermutlich komplett von einem Bündnis mit mir distanzieren. Entsage dich jeglicher vergangenen Verbindungen."

Meine Brust verkrampft sich bei diesen Aussagen noch fester, obwohl sie wahr sind. Wenn Petra sich von der Zerrissenen distanziert ... wenn sie behauptet, dass ihr nicht bewusst war, was ich bin, und dass sie sich jetzt von *mir* distanziert hat ... vielleicht wird es keine allzu große Auswirkung auf die öffentliche Meinung von ihr haben.

Doch wenn sie es tut, wird es noch schwieriger für sie sein, eine Kehrtwende zu machen und sich später zu Gunsten der zerrissenen Zauberer auszusprechen. Ich weiß nicht, wie lange es dauern würde, bis sie das Thema unseres Ursprungs ansprechen könnte.

Möglicherweise nie.

Die zukünftige Königin betrachtet mich so lange, dass meine Haut vor Unsicherheit juckt. „Ich habe dich nie für jemanden gehalten, der so leicht das Handtuch wirft und eine Sache aufgibt."

Die Anschuldigung tut weh. Ich kann meine instinktive Antwort nicht zurückhalten. „Ich gebe nicht auf ... ich lasse dich nicht im Stich. Ich versuche, dir zu *helfen*."

„Indem du dich weigerst, mir weiterhin zu helfen."

„Indem ... ich mich weigere, dir weiter zu schaden."

Meine Arme heben sich und schlingen sich um mich.

Casimir legt sachte eine Hand auf meine Schulter und Rheave regt sich mit einem besorgten Laut hinter mir, aber ich muss das sagen. Die Gedanken gehen mir durch den Kopf, seit sich meine Mutter an die Menge in Florian gewandt hat.

„Ich habe dein Vermächtnis beschmutzt. Ich habe möglicherweise mehr Schaden angerichtet, als Gutes getan." Ein raues Glucksen entfährt mir. „So scheint es immer zu laufen."

Zu versuchen, jemanden zu retten, nur um eine schlimmere Katastrophe zu verursachen, ist nichts Neues für mich.

Aleks Lippen teilen sich dort, wo er hinter Petra neben der Tür steht, doch sie spricht, bevor er es tun kann. „Ich sollte das beurteilen. Ich will immer noch, dass du an meiner Seite stehst. Der Großteil dessen, was Lothar verbreitet, sind Lügen."

„Lügen, welche die Leute glauben. Du hast sie gestern Abend nicht gesehen, während meine Mutter ihnen erzählte, was für ein Monster ich bin."

„Ich würde dich nicht bitten, dich öffentlich zu zeigen."

„Ich muss nicht vor ihnen erscheinen, um ein Problem zu sein." Ich spreize die Hände. „Ich habe gerade deine Verbündeten gespalten, nur indem ich existiere. Ich habe Zwietracht erschaffen in einer Zeit, in der wir so geeint wie möglich sein müssen."

Petra verzieht das Gesicht. „Du hast das nicht verursacht … sondern Lothar."

„Und er konnte es nur wegen dem tun, was ich bin."

„Ivy …"

Bevor sie fortfahren kann, tritt Sulla vor und lenkt die Aufmerksamkeit mit einer Geste auf sich.

Petra verstummt. Wir starren beide die ältere Frau an. Ich balle meine Hände an meinen Seiten zu Fäusten.

Sie wird Petra erzählen, dass sie einer Meinung mit mir ist. Vielleicht wird sie vorschlagen, mich zurück zur Zuflucht zu bringen, wo ich vollkommen aus dem Weg sein …

Stattdessen wendet sich meine ehemalige Mentorin an mich. Ihre Stimme kommt unerwartet sanft heraus. „Ich bin erst vor einigen Tagen angekommen. Ich habe den Großteil dessen, was du erreicht hast, nicht mit eigenen Augen gesehen. Doch ich habe genug gesehen und gehört, um mir sicher zu sein, wenn ich sage, dass ich mich geirrt habe, Ivy. Du hast viel mehr Dinge in Ordnung gebracht, als neue Schwierigkeiten erschaffen. Ich … es tut mir leid, wenn einer der Zweifel, die ich zuvor ausgedrückt habe, dich jetzt dazu bringt, an dir zu zweifeln."

Ich starre sie eine Sekunde lang mit offenem Mund an, bevor ich es schaffe, den Mund zu schließen.

Petra nutzt mein Schweigen aus. „Sie sollte es wissen, oder nicht? Du musst auf uns hören."

Ich trete zurück und sacke gegen die Wand. Ein Gefühl der Niedergeschlagenheit fegt über mich hinweg, das ich nicht erklären kann. „Ich will nicht noch einen Fehler machen. Nicht, wenn die Konsequenzen das ganze Land ruinieren könnten."

„Das würdest du nicht tun", beharrt Rheave, allerdings würde er das natürlich sagen.

Petra zögert. Dann tritt sie direkt vor mich und wartet, bis ich den Blick zu ihr hebe.

„Ivy, ich werde dich nicht zwingen, weiterhin zu helfen. Ich werde dir keine königlichen Befehle geben oder deinen Gehorsam gegen deine bessere Einsicht verlangen. So will ich nicht regieren. Du musst jedoch wissen, wie viel mir all das bedeutet, was du für dieses Land und meine Familie getan hast. Und es ist mehr als das. Was für eine Regentschaft werde ich haben, wenn sie auf alten, ungerechten Vorurteilen basiert? Ich werde jetzt Stellung beziehen … auf jede Weise, die ich muss."

Plötzlich schnürt es mir die Kehle zu. Es dauert einen Moment, bis ich meine Sprache wiederfinde. „Das bedeutet mir auch sehr viel. Ich will von einer Königin regiert werden, die diesen Prinzipien folgt. Ich … weiß es nicht."

Die widersprüchlichen Wünsche in mir jagen einen Schmerzensstich von meiner Kehle zu meinem Bauch. Meine Arme bewegen sich und meine Hand legt sich auf die Stelle an meinem Brustbein, wo die meisten Leute ein Gottlenmal haben.

Wo mich der Gottlen, der sich solche Mühe gab, mich zu beanspruchen, einst vorübergehend markierte, um mein Leben zu retten.

Ich weiß nicht, was ich von der Rolle der Götter bei der Erschaffung der zerrissenen Magie halte. Ich erwarte nicht, dass

Kosmel aus den Wolken tritt und mir den Weg weist. Er hat mir seinen Rat nie so unverblümt erteilt.

Allerdings hat er mir Führung angeboten, wenn ich sie brauchte. Ich kann nicht behaupten, dass er mich jemals in die Irre geführt hat.

Wenn ich gewillt bin, mich einer sterblichen Königin zu beugen, sollte ich die Götter vielleicht komplett in meinem Leben willkommen heißen in der Rolle, die sie erfüllen sollten.

Ich stoße mich von der Wand ab und gehe zur Hüttentür. Niemand macht Anstalten, mich aufzuhalten, vermutlich warten sie ab, was ich vorhabe.

Von der Türschwelle aus betrachte ich den Wald und wähle eine dichte Baumgruppe mehrere Schritte vom Gebäude entfernt, wo die Schatten am dunkelsten sind.

Kosmel ist der Meister der Schatten, genauso wie ich einst dachte, ich sei es. Wenn ich ihn irgendwo finden kann, dann dort.

Ich gehe zu den Bäumen und knie mich zu deren Wurzeln, die aus der Erde ragen und sich in meine Schienbeine bohren.

Ich neige den Kopf zu dem dunklen Fleck, den die überlappenden Blätter über mir erschaffen.

*Kosmel*, denke ich und sende meine mentale Stimme in die Welt, *du hast mir geholfen, so weit zu kommen. Ich weiß nicht, was ich jetzt tun soll. Habe ich alles erreicht, worauf du gehofft hast? Wie soll ich weitermachen, wenn ich sehen will, dass diese Frau ihren Thron zurückerhält?*

Ich bin nicht überrascht, dass mein Kopf stumm bleibt. Die Blätter über mir rascheln und ein leises Krah erreicht meine Ohren, als sei eine Krähe in der Nähe vorbeigeflogen.

Dann kommt plötzlich Wind auf und weht durch die hohen Äste.

Meine Haare peitschen in der Windböe um mein Gesicht, doch ich bemerke die Lichtexplosion trotzdem. Die Blätter schwanken von einer Seite zur anderen und Sonnenlicht scheint dorthin, wo einst nur Schatten waren.

Verstehen bebt durch meinen Körper. Ich starre die Äste weiterhin an, als sie sich wieder an Ort und Stelle bewegen.

*Danke schön*, bedanke ich mich stumm.

Das Zeichen, das er geschickt hat, hat auch in meiner Brust ein frisches Licht hinterlassen. Als ich aufstehe, kitzelt eine beinahe freudige Empfindung durch meine Glieder.

Ich wollte mich nie zurückziehen. Ich habe so lange gekämpft, um mein Land zu beschützen.

Ich will diese Mission beenden.

Ich wähle meine Worte vorsichtig, während mein Puls immer heftiger pocht. „Ich glaube ... ich soll die Wahrheit zeigen. Ich soll dir helfen, aus den Schatten zu treten, damit die Leute dich so sehen können, wie du wirklich bist. Was bedeutet, dass diese Prüfungen schnell umgesetzt werden müssen. Also sollte ich besser anfangen, Ideen zu sammeln."

# FÜNFUNDDREISSIG

*Casimir*

Das Kratzen von Sägen und das Zischen von Schmirgelpapier schallt über die breite Waldlichtung. Dank einer Kombination unterschiedlicher Magie, die von verschiedenen Gaben gemeinsam gewirkt wurde, konnte ich die Geräusche menschlicher Arbeit kaum hören, als ich mich dieser Stelle näherte. Jetzt treiben sie jedoch wie ein beinahe tröstlicher Rhythmus um mich herum.

Beinahe, denn trotz der Sorgfalt, mit der die Arbeiter offensichtlich ans Werk gehen, liegt ein Gefühl von Dringlichkeit in der Luft. Alles muss innerhalb des nächsten Tages fertiggestellt werden, wenn wir irgendeine Hoffnung haben wollen, Lothars Prüfungen zuvorzukommen.

Dies ist unsere letzte Chance. Ganz gleich, welche Zweifel wir hinsichtlich des Ordens der Wildheit gesät haben, ganz egal, welche Versprechen Petra gemacht hat, wenn die Blutzauberer es schaffen, sie bei einem öffentlichen Spektakel wie eine Versagerin darzustellen, kann ich mir nicht vorstellen, dass sie das Land jemals für sich gewinnen wird.

Wenn sie den Tag überhaupt überleben würde.

Mein Herz hämmert in einem schnelleren Rhythmus als die Arbeiter ringsum. Ich kann es nicht beruhigen, obwohl ich all meine Beruhigungstechniken anwende.

Ich halte hier und da inne, um die Baupläne zu betrachten, die auf dem Waldboden liegen, sowie die entsprechenden Holzstücke, welche die Arbeiter schneiden, die Baron Cyris zusammengetrommelt hat. Bauarbeiten gehören nicht zu meinem Fachgebiet. Ich bin hauptsächlich hier, um die emotionale Wirkung der fertigen Gerätschaften einzuschätzen.

Die Stücke, die bereits geformt und abgeschliffen wurden, liegen in sorgfältigen Reihen auf dem Boden auf der anderen Seite der Lichtung. Das helle Holz glänzt im Licht der Spätnachmittagssonne.

Wir hätten Probleme, zu erklären, was wir hier tun, sollten irgendwelche Ordensmitglieder zufällig diese Arbeitsstätte finden. Die großen, ungleichmäßigen Stücke mit ihren Knäufen und Vertiefungen, mit denen sie zusammengefügt werden können, sehen nicht wie ein Möbelstück aus, das ein Adliger in Auftrag geben würde.

Deswegen hat der Baron die Handwerker zum Arbeiten in den Wald hinter seinem Anwesen geschickt, anstatt sie vor aller Augen auf seinem Gelände werkeln zu lassen. Dass dadurch die Entfernung verkürzt wurde, die ich reisen musste, um hierherzukommen und meine Einschätzung vorzunehmen, ist ein kleiner, jedoch willkommener Nebeneffekt.

Die Gestalten auf dieser Seite der Lichtung bearbeiten das Holz auf eine ganz andere Art. Der Großteil von ihnen hat sich Creaden verpflichtet und Gaben erhalten, die in Bezug zum Bautalent des Gottlen stehen. Es haben jedoch auch andere ihre Talente zur Verfügung gestellt, die entsprechend unseren Bedürfnissen geformt werden können.

Als der Vorarbeiter einen Befehl blafft, machen sich mehrere der Arbeiter ans Werk. Ihre Gesichter verzerren sich zu Masken der Konzentration, als sich ihre Hände heben, um ihre Magie zu leiten.

Holzstücke heben sich vom Boden und wirbeln aufeinander zu. Ineinandergreifende Verbindungen finden zueinander und

Kanten knallen aneinander. Die Holzstücke türmen sich Stück für Stück über unseren Köpfen auf …

Einige der Bretter krachen im falschen Winkel gegeneinander. Eines wackelt und schlägt gegen ein anderes. Ein Arbeiter grunzt, ein anderer erschaudert, als er versucht, die Kontrolle zu wahren, doch es reicht nicht.

Die Holzstücke knarzen und wölben sich und der Vorarbeiter ruft ihnen zu, das Holz zu senken. „Wir werden gar nichts erreichen, wenn ihr sie brecht!"

Die Arbeiter führen den teilweise konstruierten Turm zu Boden und lassen ihn mit einem schweren Prasseln auf dem unebenen Boden auseinanderfallen.

Der Vorarbeiter seufzt. „Wo ist es dieses Mal schiefgegangen? Wir müssen in der Lage sein, schnell zu handeln, aber wir müssen das Ding auch anständig bauen."

Ich halte meine Hand hoch, als ich mich ihnen nähere. „Können wir eine Pause vom Einsatz der Gaben machen und den Turm von Hand zusammensetzen? Ich weiß, dass es langsamer ist, aber ich würde mir gerne ansehen, wie das ganze Konstrukt aussieht. Und ich vermute, alle könnten eine Gelegenheit gebrauchen, um ihren Verstand auszuruhen."

Der Mund des Vorarbeiters spannt sich an, doch er nickt. Ich bemerke Spuren von Erleichterung in dem Ausatmen und den sich entspannenden Körpern seiner Handlanger.

Es dauert länger, die Stücke von Hand zusammenzufügen, und nach einiger Zeit müssen sie auf die Basis des Turms klettern, um mit der Arbeit fortfahren zu können. Die Holzarbeiter haben allerdings bereits ziemlich viel geschafft. Es fehlen zwar noch einige Stücke, der Turm ist jedoch bereits doppelt so groß wie ich.

Ich mustere ihn, bemerke die Eindrücke, die er in mir auslöst, und sehe mich auf der Lichtung um. „Dies ist ein Teil des Hindernisparcours, stimmt's? Wie läuft es mit den beweglichen Teilen? Sind irgendwelche der anderen Herausforderungen fertig?"

Eine der Gläubigen von Creaden macht eine Geste mit der Hand. „Einige sind dort drüben. Und die Stücke der Rätselkisten sind auch fast fertig."

Gemeinsam mit einigen ihrer Kollegen führt sie mir vor, wie die Hindernisse funktionieren werden. Andere setzen zusammen, was sie bisher von den so genannten Rätselkisten haben. Ich bitte einen von ihnen, in den riesigen Würfel zu treten, damit ich mir ein Bild davon machen kann, wie er in Aktion aussehen wird.

Der Vorarbeiter tritt neben mich. „Was denkst du?", fragt er barsch.

Er hat sich für Kritik gewappnet, sehnt sich jedoch nach Zustimmung.

Ich nicke langsam. „Ich glaube, wir sind auf dem richtigen Weg. Wir sollten so viel Farbe hinzufügen, wie wir in der uns zur Verfügung stehenden Zeit können, um mehr Gefühle auszulösen. Außerdem würde ich empfehlen, dem Rad Metallstücke anzufügen, anstatt die Zähne aus Holz zu fertigen ... wenn das Metall das Sonnenlicht reflektiert, wird das eine noch größere Wirkung haben."

Der Vorarbeiter runzelt die Stirn. „Wir wollen nicht, dass die Königin *verletzt* wird."

Ich schaue ihn an und kann nicht verhindern, dass sich mein Lächeln anspannt. Ist ihm nicht bewusst, wie viel Schaden wir alle riskieren, indem wir diesen gewaltigen Schritt durchziehen?

„Die Leute müssen sehen, dass sie echte Risiken eingeht", erinnere ich ihn. „Sie will sich in jeder Eigenschaft beweisen, die ihrer Meinung nach ein guter Herrscher besitzen sollte. Dazu gehören Mut und der Wille, sich im Namen ihres Landes Gefahren zu stellen."

Er schnaubt leise, protestiert allerdings nicht. Stattdessen ruft er einen der Arbeiter, damit er die Materialien aus dem Lager holt, und einen anderen, der ein paar von Ingannes Gläubigen vom Anwesen holen soll, die gut im Umgang mit Farben sind.

Ich neige meinen Kopf zum Dank. „Gib mir Bescheid, wenn die Künstler hier sind. Ich werde mit ihnen besprechen, welches Farbschema für die Teile jeweils am wirkungsvollsten wäre."

Die Prüfungen, die wir ausarbeiten, müssen nicht nur Petras

körperliches und mentales Können zeigen. Sie müssen die Hoffnungen und Gier des Publikums wecken. Sie müssen eine Geschichte darüber spinnen, wie sehr diese Frau bereit ist, für ihr Glück zu kämpfen.

Wird das reichen?

Nachdem ich gesehen habe, wie mühelos Lothar das Volk von Silana zu seinen Gunsten beeinflussen konnte, weiß ich es nicht.

Er scheint jedenfalls zu glauben, dass es nicht möglich ist. Er weiß mittlerweile bestimmt von den Flugblättern, die wir in Florian verteilt haben, in denen versprochen wird, dass Prinzessin Petra in den nächsten Tagen ihre Prüfungen abhalten wird. Die Ankündigungen in den nahegelegenen Städten sagen immer noch, dass Lothars Prüfungen am Tag von Creadenala stattfinden werden.

Er hat sein Spektakel nicht vorgezogen, ob das nun daran liegt, dass er es nicht rechtzeitig vorbereiten kann, oder daran, dass er nicht unsicher erscheinen will, wissen wir nicht. Vermutlich glaubt er, dass *wir* ihn nicht wahrhaftig herausfordern können.

Und er könnte recht haben. Ich weiß nicht, wie wir sicherstellen werden, dass Petra die Prüfungen durchläuft, ohne dass die Blutzauberer eine Möglichkeit finden, sie zu töten.

Diese Unsicherheiten rumoren noch in mir, als sich eine der anderen Angestellten des Barons nähert. Ich habe sie während unseres Aufenthalts in seinem Sommerhaus nur kurz gesehen, erkenne jedoch ihre flachsblonden Haare und zierlichen Gesichtszüge von meinen regelmäßigen Besuchen am königlichen Hof.

Sie hat eine hohe Stellung in Baron Cyris' Entourage – eine Art Personalchefin, eine Vermittlerin, die sicherstellt, dass die Angestellten in seinen verschiedenen Anwesen gute Arbeit leisten. Sie heißt Nasha, wenn ich mich richtig erinnere.

Ich glaube nicht, dass wir uns schon einmal unterhalten haben, und ich habe mir nie einen Eindruck von ihr verschaffen können. Doch etwas an ihrem Gesicht macht mich wachsam, als sie mich von oben bis unten mustert.

Sie schnalzt mit der Zunge. „Du bist Casimir, oder?"

Ich verberge meine Sorgen, die ich nicht verstehe, hinter einem freundlichen Lächeln. „Ja. Die Königin hat mich gebeten …"

„Ich weiß, warum du hier bist." Nasha sieht sich auf der Lichtung um. „Hast du dir die Vorbereitungen schon angesehen?"

„Ja. Ich warte darauf, Ratschläge zu einigen Ergänzungen zu geben, welche die Handwerker vornehmen werden, sobald weitere Arbeiter angekommen sind."

„Dann kannst du ein wenig Zeit erübrigen."

Ich gebe mein Bestes, sie verstohlen zu mustern. „Ich stehe zu deiner Verfügung. Was brauchst du?"

Sie deutet mit der Hand zu den Bäumen. „Das besprechen wir besser unter vier Augen."

Ich lasse sie den Weg anführen, wobei Anspannung durch meine Glieder kriecht. Trotz der Autorität, die sie ausstrahlt, ist sie ein dünnes Ding, sogar noch schlanker als Ivy war, als sie auf der Akademie ankam, und einen guten Kopf kleiner als ich. Ich habe keine Angst, dass sie mir körperlichen Schaden zufügen kann, solange ich wachsam bleibe und nach Waffen Ausschau halte.

Allerdings weiß ich nicht, welche Gaben sie besitzt. Ich weiß nicht, was sie will.

Ich sollte erst gar nicht so denken.

Ich würde nicht so denken, wenn sich ihr Arbeitgeber nicht als Feind der Frau präsentiert hätte, die ich liebe.

Wir trampeln zwischen den Bäumen in die Richtung, die uns weiter vom Anwesen des Barons wegführt. Die Baugeräusche werden schnell leiser und werden von dem magischen Schutz geschluckt, der um die Lichtung angebracht wurde.

Nasha läuft weiter und dreht den Kopf, während sie den Wald mustert. Ich bin mir nicht sicher, wonach sie sucht, doch nach einigen Minuten scheint sie es zu finden. Sie bleibt auf einer kleinen Lichtung stehen, wo die Sonne durch die Blätter auf einen Flecken hellen Grases fällt.

Sie dreht sich zu mir um. Ihr Blick gleitet über mich, bevor ich sprechen kann, als würde er die Wolltunika und Hose durchschneiden, die ich trage.

Entweder hat meine Konzentration auf die Pläne der Königin mein übliches Bewusstsein getrübt, oder Nasha war zuvor subtiler, denn jetzt erkenne ich die Absicht des Funkelns in ihren Augen. Es ist eines, das ich Dutzende Male zuvor gesehen habe.

Es ist keine Feindseligkeit zu sehen, nur ein Schimmern von Lust.

„Ich habe am Hof so viele Geschichten über dein Können gehört", verkündet sie. „Ich hätte nie gedacht, dass ich mir dich leisten könnte."

Mein Magen schlingert. „Ich verkaufe meine Dienste aktuell nicht." Und ich erwarte auch nicht, das in absehbarer Zukunft zu tun.

Sie schlendert näher und zwingt mich, einen Schritt zurückzuweichen, bevor sie mit der Hand über meine Brust streicheln kann. Sie hält inne, den Arm zwischen uns erhoben. „Du kannst das nicht ernst meinen. Du wurdest als der geschickteste Kurtisan unter König Konrams Herrschaft gefeiert, noch bevor du deine Ausbildung beendet hattest, und jetzt gibst du deine Karriere auf?"

Ich spreche mit sorgsam ruhiger Stimme. „Ich sehe es eher als Anpassung meines Fokus. Ardone feiert mehr als nur sinnliche Freuden."

Nasha summt leise. „Du zeigst noch immer deine Edelzähne. Du warst auf dem Weg, einer der berühmtesten Kurtisanen der Geschichte zu werden. Du hast deinen Kunden immer jedes Vergnügen bereitet, um das sie gebeten haben."

Die Ablehnung dieser Aussage steigt so schnell in mir auf, dass ich mir auf die Zunge beißen muss, damit ich nicht einfach *Nein!* rufe. Als ich meine Reaktion im Griff habe, folgt ihr ein Rausch der Gewissheit wie eine Böe Frischluft.

„Nein", antworte ich ruhiger. „Das war das Vermächtnis meiner Mutter. Ich beschreite meinen eigenen Weg, der besser zu mir passt."

Nasha macht noch einen Schritt auf mich zu und hält meinen Blick. „Dann bitte ich dich, eine Ausnahme zu machen.

Denn ich *kann* dich jetzt bezahlen, in einer Währung, die dir momentan bestimmt mehr wert ist als Gold oder Silber. Gib mir eine halbe Stunde mit Kasimir dem Kurtisan – hier und jetzt – und ich werde dafür sorgen, dass du und deine Freunde, einschließlich der zerrissenen Zauberin, wieder in die Sicherheit der Residenz des Barons zurückkehren dürft."

Ein raues Lachen entfährt mir.

Sie hat mich nicht vollkommen falsch eingeschätzt. Dieses Angebot wäre mir wichtiger als Geld. Es klingt jedoch irrsinnig, zu behaupten, die Residenz des Barons sei *sicher*, wenn eine Erpresserin von dort vor mir steht. Und …

„Die Königin selbst konnte ihn nicht überreden", merke ich an. „Ich glaube, du bietest möglicherweise eine Bezahlung an, die du eigentlich nicht leisten kannst."

„Er kennt mich schon seit Jahren. Sie hat er erst kennengelernt. Er vertraut mir in beinahe allen Aspekten seines Geschäfts. Wenn ihn jemand überreden kann, dann ich."

Sie kommt mit einem Selbstbewusstsein näher, das andeutet, dass sie sich ihres Erfolgs sicher ist. Als ich erneut zurückweiche, ziehen sich ihre Brauen zusammen.

Ich spreche mit so sanfter Stimme wie möglich. „Wir sind glücklich und sicher genug, wo wir sind. Und *ich* bin mit dem aktuellen Zustand meiner Karriere zufrieden. Ich werde keine neuen Kunden annehmen."

Nashas Augen sprühen Funken. Sie späht plötzlich bösartig zu mir auf. „Was, wenn ich es dann so ausdrücke: Ich bezahle dich, indem ich *nicht* dafür sorge, dass der Orden herausfindet, wo genau sich das Monster einer Frau versteckt."

Mir läuft es kalt über den Rücken. Wahrheit durchzieht jedes harsche Wort.

Sie meint ihre Drohung ernst.

Ich studiere sie misstrauisch. „Das könnte auch für deinen Arbeitgeber desaströse Folgen haben."

„Ich kann sicherstellen, dass die Information so überbracht wird, dass sie keine Verbindung zu ihm hat." Sie legt den Kopf mit einer Schüchternheit zur Seite, die sich mit ihrem Erpressungsversuch beißt. „Wäre es wirklich so schrecklich, wenn du nur dieses eine Mal deine Talente bei mir anwenden würdest?"

Sie ist keine unattraktive Frau. Vor Monaten, bevor ich Ivy kenngelernt habe, hätte ich nicht gezögert.

Doch jetzt lautet die Antwort Ja, die durch jede Faser meines Körpers lärmt. Ja, es wäre schrecklich.

Nicht nur, weil ich die Treue verraten würde, die ich Ivy geschenkt habe. Meine Liebhaberin hat schließlich nie verlangt, dass ich mein Handwerk aufgebe.

Nein, ich würde *mich* selbst verraten.

Ich bin jetzt zufrieden damit, wer ich bin und wie ich mich benehme. Mit den Arten, auf die ich meine Talente und meine Hingabe für meine Gottlen eingesetzt habe, bei denen ich meinen Körper mit keiner anderen als der Frau teile, die mein Herz erobert hat.

Doch was kann ich sonst tun?

In einem Anflug von Verzweiflung presse ich die Zähne zusammen und greife nach meiner Gabe. Es fühlt sich wie ein hoffnungsloses Unterfangen an – Nasha hat mir bereits sehr deutlich erzählt, was sie glücklich machen würde, und es ist theoretisch gesehen etwas, was ich tun kann – dennoch presse ich die Seite meiner Faust auf mein Gottlenmal und schicke ein stummes Gebet an Ardone.

*Zeig mir einen Weg durch diesen Schlamassel.*

Ein Strom aus Bildern schwappt über mich hinweg und es ist nicht die wollüstige Szene, die ich erwartet habe.

Oh, mich streifen einige Bilder meines Körpers, der mit ihrem verschlungen ist – sie begehrt das stark. Zwischen diesen Bildern schimmern allerdings auch andere: von Petra, die gekrönt wird und auf Nasha hinabstrahlt, während ich an der Seite der Königin stehe; von Nasha, die auf ein Melchiorek-Wappen an ihrer Weste hinabblickt.

Ihre zukünftige Königin zufriedenzustellen, ist ihr noch wichtiger als die Lust, die ich ihr schenken könnte. Sie will Petras Gunst gewinnen und sich vielleicht sogar ihrem ausgewählten Personal anschließen.

Sie hat nur nicht daran gedacht, dass ich das für sie erreichen könnte.

Das bedeutet allerdings nicht, dass ich das tun würde, zumindest nicht in dem Ausmaß, das sie sich erträumt. Ich werde nichts zu ihren Gunsten zu Petra sagen, ohne die Drohungen und die Erpressung zu erwähnen.

Es verschafft mir lediglich ein Druckmittel, das mir auch nicht in den Sinn gekommen war.

Ich richte mich etwas gerader auf und spreche in einem autoritären Ton. „Willst du wirklich alles für eine kurze Liebelei im Wald riskieren? Du bist eindeutig ehrgeizig und klug. Die Königin vertraut *meinem* Urteil, weißt du. Ich könnte dafür sorgen, dass du dich in einer Stellung wiederfindest, um die dich deine ehemaligen Kollegen den Rest deines Lebens beneiden würden.“

Das gierige Funkeln, das in Nashas Blick zurückkehrt, ist nicht zu übersehen. Sie befeuchtet ihre Lippen und die Aggression weicht aus ihrer Haltung. „Würdest du lieber das anbieten?“

Ich lasse ein Lächeln über mein Gesicht huschen. „Ich vermute, dass es auch das ist, was dir lieber wäre. Warum sollten wir nicht beide zufriedener aus dieser Begegnung gehen?“

„Du würdest ihr erzählen … Ich gebe bei jeder Aufgabe mein Bestes, die mir erteilt wird. Ich habe Baron Cyris nie enttäuscht. Sie könnte sich auf mich verlassen … bei allem.“

Die Worte rauschen in einem atemlosen Schwall aus ihr und dann färben sich ihre Wangen leicht rot. Sie schämt sich jetzt mehr für ihren Enthusiasmus als dafür, dass sie versucht hat, sich mir vor wenigen Augenblicken aufzuzwingen.

„Ich werde mit ihr sprechen“, erwidere ich und wähle meine Worte vorsichtig, „und sie wird innerhalb eines Tages mit dir über die Möglichkeiten reden.“

Petra würde zustimmen. Und Petra würde diese angesprochenen Möglichkeiten widerrufen, sobald Ivy vor Lothars Rache sicher ist.

Meine zukünftige Königin vertraut mir und ich vertraue ihr.

Nasha klatscht in die Hände und sieht in ihrer offenkundigen Freude plötzlich, bizarr mädchenhaft aus. Ihre Stimme verdüstert sich nur kurz. „Ich erwarte, dass du dich an dein Wort hältst. Oh, wenn ich wirklich mit ihr sprechen kann … ihr helfen kann, ihre Herrschaft vorzubereiten …"

Sie schlendert ohne ein weiteres Wort an mich zurück zur Lichtung, verloren in ihren Visionen von Pracht.

Als ich beobachte, wie sie geht, beruhigt mein Puls allmählich seinen panischen Rhythmus und ich habe eine Idee.

Ivy sagte, wir müssten Petra der Welt präsentieren. Wir müssten sie in den Mittelpunkt rücken und dem Volk zeigen, wer sie wirklich ist.

Wie viele von Silanas Bürgern haben sich danach gesehnt, dass die Königsfamilie ihre Probleme und Beiträge anerkennt? Wie viele von ihnen haben sich an den Orden der Wildheit gewandt, weil die Blutzauberer so taten, als würden sie sich im Gegensatz zu König Konram für das Volk interessieren?

Wie glücklich wären sie, wenn sie erkennen würden, dass ihre Königin sie braucht … und keine Angst hat, ihnen das zu sagen. Wenn sie ihnen ihr Vertrauen schenken würde.

Nur wenige Dinge können Treue besser erzeugen, als wenn sie freizügig angeboten wird. Vielleicht können wir das Volk auf derart einfache Art wieder auf unsere Seite ziehen.

Mit einem aufrichtigen Lächeln auf den Lippen eile ich ebenfalls zur Lichtung. Ich habe noch immer einiges an Arbeit zu erledigen und muss Petra kontaktieren, um mehr als eine Vorkehrung zu treffen.

Ardone hat ihr Licht auf mich geworfen und die Wahrheit erhellt. Es gibt so viele andere Arten als die, die meiner Mutter vorschwebten, auf die ich Freude und Liebe in dieser Welt verbreiten kann.

# SECHSUNDDREIßIG

*Ivy*

Der Wagen holpert über die unebene Landstraße und schüttelt mich durch, während ich an einer der Wände lehne. Der rechteckige Raum fühlt sich eigenartig leer an, da sich nichts anderes als wir vier Passagiere darin befindet, während Casimir die Pferde lenkt.

Die Nachmittagsbrise weht jedoch mit frischen, herben Gerüchen neuen Wachstums über mich, das den bevorstehenden Frühling ankündigt. Sie beruhigt meine Nerven, allerdings nur ein wenig.

Ich bin mir der Glasphiolen viel zu bewusst, die in dem Beutel an meinem Gürtel stecken. Die Phiolen, um die ich Petra gebeten habe und die sie mir kurz vor unserer Abreise übergeben hat.

Ich muss mit meinen Männern über sie und alles andere sprechen, auf das sie sich vorbereiten müssen. Ich konnte mich nur noch nicht dazu durchringen.

Wir haben noch viel Zeit. Der Tag hat noch viele Stunden.

Doch mit jeder verstreichenden Minute verkrampft sich mein Magen etwas fester.

Stavros sitzt ganz hinten im Wagen und reckt den Hals in die eine oder andere Richtung, um unser Umfeld nach möglichen Bedrohungen abzusuchen. Ich vermute, der ehemalige General wäre auf einem Pferderücken glücklicher, wo er seine Bewegungen selbst kontrollieren kann, hat sich jedoch nicht beschwert.

Wir wollen so harmlos wie möglich aussehen. Nur eine Gruppe Reisende, die eine Fracht transportiert. Die Magie, mit der Tinom den Wagen vor unserer Abreise belegt hat, sollte die Aufmerksamkeit von jedem ablenken, der nicht speziell nach uns sucht.

Natürlich sind ziemlich viele Leute dort draußen, die speziell nach uns suchen. Oder besser gesagt nach mir.

Allein in den letzten zwei Tagen, in denen sich Petras wachsende Anzahl an Verbündeten beeilte, alles Notwendige für die Monarchen-Prüfungen vorzubereiten, kamen zwei kleine Delegationen benachbarter Grafen zum Anwesen des Barons, um angeblich zu schauen, wie es dem Baron und seinen Leuten geht. Soweit ich gehört habe, schnüffelten sie so gründlich herum, wie sie konnten, und hielten nach verdächtigen Aktivitäten Ausschau.

Es ist ärgerlich, dass der Baron möglicherweise richtig gehandelt hat, indem er mich vom Gelände entfernt hat. Allerdings bin ich hauptsächlich froh, dass niemand Petras Anwesenheit dort bemerkt hat.

Auf den Ländereien rings um unser Waldstück ist ebenfalls mehr los und ganze Gruppen aus Reitern traben in unregelmäßigen Abständen vorbei. Wir haben uns nicht aus dem Wald gewagt, um sie zu begrüßen, weshalb ich keine Ahnung habe, was sie über ihre Gründe sagen würden, doch wann immer meine Männer die Passanten erwähnten, bekam ich Gänsehaut.

Mehr oder weniger ganz Silana hasst die Zerrissenen – viel mehr als sie die Blutzauberer hassen, von denen sie nur eine vage Vorstellung haben. Eine Menge Bürger haben die Anschuldigungen verunsichert, die wir gegen Lothar erhoben haben, doch sie sind unsicher, was sie glauben und diesbezüglich tun sollen. Jetzt hat er ihnen ein Ziel für ihre Furcht gegeben, das nichts mit seinem Orden zu tun hat.

Und eine Gelegenheit, zu handeln, bei der sie zugleich die Gunst des Tyrannen erlangen.

Wenn alles gut geht, können wir das Chaos morgen beenden, das er erschaffen hat.

Ich schließe die Augen einige Minuten lang, um einfach nur die Frühlingsdüfte und das rhythmische Knarzen der Räder in mich aufzusaugen. Meine Nerven sind zu angespannt, als dass ich mich entspannen könnte.

„Bist du dir sicher, dass deine Eltern die Botschaft erhalten haben … und dass sie auf diese reagiert haben?", frage ich Alek, der seine Beine gegenüber von mir ausgestreckt hat.

Das Gesicht des Gelehrten nimmt nachdenkliche Züge an, doch er nickt. „Sie haben jede andere Bitte Petras erfüllt. Wir haben angedeutet, dass dies ihre letzte Bitte sein würde und sie zufrieden mit ihren Diensten war. Ich kann mir nicht vorstellen, dass sie sich die Gelegenheit entgehen lassen, der königliche Waffenlieferant zu werden, wenn sie beinahe in Reichweite ist."

„Selbst wenn das bedeutet, mit jemandem zusammenzuarbeiten, der mit zerrissenen Zauberern verbündet ist?"

Daraufhin blickt er mir fest in die Augen. „Sie werden die Nachricht nur über Hörensagen erhalten haben … und sie haben sich Petra bereits verpflichtet. Zu diesem Zeitpunkt wäre ich unglaublich überrascht, wenn sie etwas anderes tun würden, als das Ganze als negative Propaganda abzulehnen und sich auf das zu konzentrieren, was in ihre Kasse reinkommt."

Er klingt so sicher, dass sich ein Teil der Anspannung in mir löst. Alek versteht sich zwar nicht mit seinen Eltern, kennt sie jedoch. Er hätte uns nicht auf diesen Weg geführt, wenn er der Meinung wäre, es bestünde eine Chance, dass ich in Gefahr gerate.

Nun, in mehr Gefahr, als ich bereits schwebe, was sogar bei üblichen Standards etwas viel zu sein scheint.

Stavros stößt rau Luft aus. „Ich bin noch immer nicht überzeugt, dass es die klügste Idee ist. Wir müssen es unseren Gegnern, nicht *einfacher* machen, uns in Stücke zu schneiden."

„Wir stellen sicher, dass sie keine Gegner sein werden“, meldet sich Casimir von der Vorderseite des Wagens zu Wort. Ich kann sein Gesicht nicht sehen, aber das Lächeln in seiner Stimme hören. „Und dann können sie jeden zerstückeln, der beschließt, diese Rolle zu übernehmen.“

Stavros gibt einen nichtssagenden Laut von sich. Er hat am stärksten am Plan des Kurtisans gezweifelt, seit Casimir ihn vorgeschlagen hat.

Ich strecke meinen Fuß aus, um sein Knie neckend anzustoßen. „Es ist nicht so, als würden wir keine Waffen für unsere Verbündeten wollen, um die Prüfungen zu verteidigen. Wir müssen keine endgültige Entscheidung treffen, bis die Leute anfangen, sich zu versammeln, und wir ihre Stimmung einschätzen können.“

Der gewaltige Mann senkt zustimmend den Kopf. „Manchmal erkennt man die beste Strategie erst, wenn man mitten in der Schlacht steckt.“

Ich bin mir nicht sicher, ob ich eine bessere Vorlage erhalten werde.

Ich zögere kurz, teilweise weil ich hoffe, dass einer der anderen noch etwas hinzufügen wird. Es auszusprechen, wird jedoch nicht einfacher werden.

„Es gibt noch etwas, worüber wir reden sollten“, platze ich heraus und halte inne, um mich zu sammeln, damit meine nächsten Worte ruhiger herauskommen. „Lothar und seine Anhänger werden morgen alles in ihrer Macht Stehende tun, um Petra fertigzumachen. Euch allen ist bestimmt bewusst, dass die Wahrscheinlichkeit groß ist, dass ich viel Magie einsetzen muss, um die Durchführung der Prüfungen zu garantieren. Ich weiß nicht, wie sich das auf mich auswirken wird.“

Casimir lässt die Pferde langsamer werden und dreht sich auf seinem Sitz zum Rest von uns um. Ein Schatten ist über sein Gesicht gehuscht. „Was willst du damit sagen, Ivy?“

Ich glaube, er weiß es bereits.

Stavros’ Miene ist vor Entschlossenheit hart geworden. „Wir werden all unsere Unterstützer dort haben von jeder Quelle, auf die wir zugreifen können. Es wird nicht nur auf dich ankommen.“

Ich zwinge mich, seinem Blick zu begegnen, auch wenn dieses Gespräch für uns beide schmerzhaft ist. „Nicht zwangsläufig. Es könnte jedoch geschehen. Ich bin die letzte Abwehrlinie und es gibt keinen Grund zu der Annahme, dass Lothar nicht so weit gehen wird. Wenn es dazu kommt und ich anfange, die Kontrolle zu verlieren, müsst ihr *sofort* handeln … wer immer mir am nächsten ist, wer immer tun kann, was getan werden muss.“

„Ivy“, beginnt Alek mit rauer Stimme.

Ich schüttle den Kopf, bevor er richtig protestieren kann, und ziehe die Phiolen heraus, um sie ihnen zu zeigen. Die milchige Flüssigkeit schimmert in der Sonne. „Petra konnte die hier für mich besorgen. Es ist ein starkes Sedativum. Versetzt mich in einen Schlaf, wenn ihr das auf sichere Art tun könnt, um zu schauen, was später für mich getan werden kann. Doch wenn ihr mir das Mittel nicht verabreichen könnt … Ich würde lieber sterben, als etwas zu zerstören, wofür wir gearbeitet haben. Bitte.“

Mein Blick gleitet über die Gesichter der Männer, die ich liebe. Stavros hat sich so stark verspannt, dass er eine Statue sein könnte. Rheaves hübsches Gesicht ist bleich geworden und seine Lippen sind zusammengepresst, als würde er gegen einen Brechreiz ankämpfen. Alek starrt mich bloß an und Casimir mahlt stumm mit dem Kiefer.

„Bitte“, sage ich erneut. „Wenn mein Verstand so verworren ist, dass ich mich nicht mehr kontrollieren kann, wäre es das Netteste, was ihr für mich tun könnt, mein Leben zu beenden. Ich vertraue darauf, dass ihr nicht zulasst, dass ich zu der Art zerrissener Zauberin werde, über die Horrorgeschichten erzählt werden.“

Stavros' Adamsapfel hüpft, als er schwer schluckt, doch er nickt und legt eine Hand auf sein Schwert, als wolle er sein Versprechen untermauern. Seine Stimme kommt heiser heraus. „Das könntest du nicht sein, Ivy. Du beweist, dass du das nicht bist, indem du um diesen Gefallen bittest.“

Er beugt sich vor und nimmt eine der Phiolen entgegen.

Rheave beobachtet, wie sie unsere Hände wechselt, und ein Schauder bebt durch seinen Körper.

Ich fange den Blick des Daimon-Mannes auf. „Ich weiß, dass du mich nicht verlieren willst, aber wenn meine Magie meinen Verstand komplett bricht, bin ich bereits verloren."

Er mustert mich und seine übersinnlichen Augen werden ernst. „Falls es irgendeinen anderen Weg gibt, werde ich ihn wählen. Doch ich werde nicht zulassen, dass du zu etwas Schrecklichem wirst."

Alek öffnet den Mund und schließt ihn wieder. Er drückt eine Hand an seine Stirn. „Ich … ich will nicht darüber nachdenken. Ich verstehe jedoch, dass wir es tun müssen. Ich werde dich nicht im Stich lassen, Ivy."

Casimir drängt sich zu mir und streckt seine Hand aus. „Ich habe vermutlich die beste Chance, dir das Sedativum zu verabreichen, indem ich deine Stimmung einschätze."

Ich reiche ihm die zweite Phiole und spreche mit fester Stimme: „Wenn du es nicht kannst, wenn ich es dir nicht erlaube …"

Er senkt den Kopf. „Ich weiß. Ich kann dir diesen Gefallen tun, wenn es keine andere Wahl gibt."

Stavros öffnet den Mund, um erneut zu sprechen, doch im selben Moment schnellt Rheave in der Ecke empor, in der er saß. „Ich höre etwas. Andere Pferde … Sie kommen in diese Richtung."

Casimir dreht sich um und greift nach den Zügeln. Wir nähern uns einem niedrigen Hügel – es ist unmöglich, zu sehen, was auf der anderen Seite ist.

Sobald wir alle verstummen, dringt ein schwaches Hufgeklapper an meine Ohren und wird in den Sekunden lauter, in denen mein Herz gegen meine Rippen hämmert.

Dann erklingt eine Stimme, die ebenfalls fern, jedoch hörbar ist. „Dieser Baum dort drüben sieht irgendwie seltsam aus, oder? Glaubt ihr, ein Zerrissener könnte das getan haben?"

Ich werde stocksteif.

Casimirs Kopf wirbelt herum und er lässt den Blick über unser Umfeld schweifen. Er treibt die Pferde von der Straße.

Auf unserer Seite des Hügels gibt es zwar hauptsächlich offene Felder, zu unserer rechten ist jedoch eine kleine Baumgruppe. Die Bäume stehen so eng, dass wir den Wagen nicht zwischen sie ziehen können, doch Casimir lenkt uns in diese Richtung.

Das grasige Terrain dämpft die Hufschläge unserer Tiere teilweise. Tinoms Zauber sollte die Aufmerksamkeit auch von dem Geräusch ablenken, zumindest ein wenig.

Ich ducke mich in der Hoffnung, dass die Zerrissenen-Jäger so in ihr Gespräch vertieft sind, dass sie die Laute nicht bemerken, die der Zauber nicht dämpfen kann.

Mit eindringlicher Miene nimmt Rheave den Bogen in die Hand, den er neben sich an die Wagenwand gelehnt hatte, und legt einen Pfeil ein. Ich zucke innerlich zusammen wegen seiner offensichtlichen Absicht.

Wie viel mehr wird mich die Welt hassen, wenn ich eine Spur aus Leichen hinter mir herziehe? Diese Leute, die nach mir suchen, haben möglicherweise nichts Schlimmeres getan, als zu glauben, was der Orden gesagt hat – was keine komplette Lüge war – und wollen ihr Land schützen.

Die Magie, die mich zu einer gesuchten Person gemacht hat, windet sich in meiner Brust und schießt durch meine Glieder. Sie könnte uns vollkommen vor den Augen der Jäger verbergen, wie sie es so viele Male getan hat, als wir vor Wochen die Armee des Ordens verfolgten. Sie könnte die Jäger in die entgegengesetzte Richtung schicken und sie von ihrem neuen Ziel überzeugen.

Sie könnte sie auslöschen, sodass ihre Körper nie gefunden werden. Wie die Wachen des Palasts in Regica. So wie Lothar wollte, dass ich es mit dem König und der Königin, mit Petra und ihren Geschwistern tue.

Bei der Erinnerung ballen sich meine Hände an den Brettern unter mir zu Fäusten.

Ich muss uns jetzt beschützen, um Petra zu dienen. Doch wenn ich mich für diese Sache an meine zerrissene Macht wende, was dann? Weitere eingebildete Stimmen in meinem Kopf, weitere Wahnvorstellungen, dass es sogar meine Verbündeten darauf abgesehen haben, mich zu verletzen?

Die mentale Wirkung all der Magie, die ich zu Beginn unserer Reisen verbraucht habe, ist verklungen, da ich mich geweigert habe, mehr einzusetzen. Allerdings erinnere ich mich mit furchterregender Klarheit an die Bösartigkeit der schlimmsten Panik. Ich muss all den gesunden Verstand, den ich noch habe, für unsere größte Herausforderung morgen aufbewahren.

Ich wickle meine ausgedachte Ranke fester um mich und halte die Magie zurück.

Casimir treibt die Pferde um die Baumgruppe herum. Bald werden uns die Baumstämme vor Blicken von der Straße verbergen. Solange die Jäger nicht die Wagenspuren entdecken und herkommen, um diese zu untersuchen, ist alles gut.

Ich atme flach, als der Kurtisan den Wagen anhalten lässt. Rheave bleibt mit seinem Bogen in Position, obwohl wir die Straße von hier kaum erkennen können, geschweige denn er vernünftig zielen kann.

Stavros zieht sein Schwert. Er wirft mir einen Blick zu, als wolle er mir versichern, dass sie bereit sind, mich auf jede nötige Weise zu verteidigen.

Als würde ich mich besser fühlen bei dem Gedanken, dass meine Liebhaber meinetwegen verletzt werden.

Die Jäger haben aufgehört, sich zu unterhalten, doch die Hufe ihrer Pferde trommeln noch lauter über den Boden. Es scheint kaum Zeit zu vergehen, bis ich einen Blick auf die drei erhasche, welche die Hügelkuppe erreichen.

Es ist schwer, sich auf sie zu konzentrieren, da ich sie bloß durch die winzigen Lücken zwischen den Bäumen sehen kann. Ich erkenne einen Schopf dunkler Haare und einen anderen, der mit einer hellblauen Kappe bedeckt ist. Umhänge in unterschiedlichen Brauntönen sind um sie gewickelt, sie haben ein geflecktes graues Pferd, ein dunkelbraunes und das dritte ist kastanienbraun.

Soweit ich das erkennen kann, sind ihre Kleider und Reittiere von guter Qualität und in guter Verfassung. Nichts Extravagantes, doch ich vermute, dass sie zur Mittelklasse gehören. Vielleicht sind sie Händler oder Handwerker, die eine Pause von ihrer regulären Arbeit machen, um die mögliche Belohnung zu jagen.

Während wir geduckt und schweigend warten, reiten sie

weiter. Dann verlangsamt derjenige auf dem dunkelbraunen Pferd, dieses zu einem langsameren Schritt.

Mein Herz setzt einen Schlag aus und meine Magie wirft sich gegen die Barrieren, hinter die ich sie gesperrt habe.

Sie werden uns finden ... Ich muss *jetzt* handeln ... Ich kann mir vorstellen, wie sie zu unserem Versteck reiten ...

Ich presse meinen Kiefer zusammen, spanne meine Hände an und widerstehe den Forderungen meiner Magie mit aller Kraft.

Was immer den Mann so interessiert hat, dass er langsamer wurde, es hält seine Aufmerksamkeit nicht lange. Er treibt sein Pferd wieder zu einem Trab an, woraufhin er und seine Begleiter die Straße entlang weiterreiten.

Mir bleiben nur wenige Sekunden der Erleichterung, bevor ein Schmerzensstich meine Mitte durchbohrt.

Ich schaffe es, ein Keuchen mit zusammengepressten Lippen zurückzuhalten, doch ein leises Wimmern steigt aus meiner Kehle auf. Ich schlinge einen Arm um meinen Bauch, als könne der äußere Druck die Qualen im Inneren ausgleichen.

Meine Magie brennt von meiner Brust zu meinem Magen durch mich und sendet vertraute Stiche in meine Lunge und meinen Bauch. Sie ist wütend auf mich – sie wird ungeduldig, weil ich sie nicht rauslasse, wie ich es in letzter Zeit so bereitwillig getan habe.

In der Vergangenheit dauerte es viel länger, bis sie mir so schlimm wehtat ... das war jedoch, bevor sie eine echte Kostprobe von Freiheit erhalten hat. Das war, bevor ich sie bereits an den Rand ihrer Geduld gebracht hatte.

Ich sacke zur Seite. Alek schnellt durch den Wagen, um mich aufzufangen, bevor ich auf den Boden knalle.

Mein abgehackter Atem bleibt mir in der Kehle stecken. Ich dämpfe ein Husten so gut ich kann – und starre auf die roten Flecken, die meine Handfläche sprenkeln.

Oh. Also sind wir wieder an diesem Punkt angelangt, was?

Meine Macht zerreißt buchstäblich mein Fleisch.

Aleks Arm drückt mich. Als der Schmerz endlich verebbt, wird mir bewusst, dass Rheave uns mit vor Sorge angespanntem

Gesicht anstarrt. Seine Knöchel, mit denen er den Bogen umklammert, treten weiß hervor.

Seine Stimme kommt als ersticktes Flüstern heraus. „Haben sie ihr etwas angetan?"

Alek schüttelt den Kopf und hilft mir, mich wieder aufzusetzen. „Das sah wie die Anfälle aus, die sie auf der Akademie hatte …" Er blickt mir in die Augen. „Hat dich deine Magie wieder angegriffen?"

Ich nicke und nehme mir einen Moment, bis ich mir sicher bin, dass ich ruhig sprechen kann. Ich kann jetzt kaum noch die Hufschläge hören, spreche jedoch mit leiser Stimme, um sicher zu sein. „Sie wollte uns *wirklich* vor diesen Jägern beschützen. Sie hat mich in letzter Zeit einige Male angegriffen, allerdings nicht so schlimm. Ich hatte gehofft, dass ich mehr Zeit hätte, bis es so weit kommt."

Ein Schatten ist über Stavros' Gesicht gehuscht. „Du wirst während der Prüfungen noch mehr Grund zur Sorge um unsere – und Petras – Sicherheit haben. Sie könnte dich schlimmer verletzen, wenn sie sich aufregt und du dich nicht einmischen musst."

Ein Anflug von Rebellion entzündet sich trotz allem in meiner Brust. „Falls du mir zu sagen versuchst, dass ich mich fernhalten soll und nicht einmal …"

Er hält kapitulierend die Hände hoch und ein Echo unseres vorherigen Gesprächs schwingt noch in seinem ernsten Ton mit. „Ich weiß, dass du das nicht akzeptieren würdest. Aber du könntest noch verletzlicher sein, wenn dich deine Magie mitten in einer gefährlichen Situation angreift."

Casimir hat sich auf seinem Sitz umgedreht, um sich dem Gespräch anzuschließen. „Ging es bei deinem Training mit Sulla nicht teilweise darum? Um Möglichkeiten, dem Rückschlag zu entgehen, weil du die Magie zurückhältst?"

Der Gedanke an diese frühen Tage, bevor ich die anderen Arten von Schaden erlebt hatte, die mir meine Magie zufügen kann, jagt einen Stich wie Heimweh durch meine Brust. „Ja. Aber die Idee war, dass wir gelegentlich nur ein wenig Magie einsetzen, um sie zu besänftigen, nicht so viel, dass der Wahnsinn einsetzt. Ich habe diesen Punkt überschritten."

Alek streichelt mit der Hand über meine Haare. „Du hast sie seitdem ein paarmal bei etwas Kleinem eingesetzt, was sich nicht so schlimm auf dich ausgewirkt zu haben scheint. Wenn du dem typischen Regime folgst, könnte es immer noch funktionieren, um den aktuellen Zustand zu wahren. Dann würde der Wahnsinn nicht schlimmer werden und deine Magie dich nicht mehr angreifen.“

Ich befeuchte meine Lippen. „Ich schätze, ich sollte es vermutlich ausprobieren. Wenigstens, um der Magie vor den Prüfungen die Schärfe zu nehmen.“

Petra braucht mich morgen. Wenn ich meine Magie jemals wieder in großem Maß einsetzen werde, dann um ihr bei unserem letzten Widerstand gegen die Blutzauberer zu helfen. Ich kann es nicht riskieren, arbeitsunfähig zu sein, wenn Zeit zum Handeln ist.

Es ist die einzige Möglichkeit, wie *ich* allen Verbündeten, die mich mit Beklommenheit und Furcht beobachtet haben, beweisen kann, auf wessen Seite ich wirklich bin. Die einzige Möglichkeit, wie ich den Schaden wiedergutmachen kann, den ich ihrem Ruf zugefügt habe.

Die beste Möglichkeit, wie ich ihr dienen kann, ganz gleich, was es mir antut.

Doch als ich an mir hinabblicke und mich im Wagen umsehe, sträubt sich jeder Teil meines Körpers. Ich habe so viel Zeit damit verbracht, meine Magie zu zügeln, und habe jetzt mehr Grund denn je, sie zu fürchten.

Mir fällt keine Möglichkeit ein, die sich richtig anfühlt. Das Einzige, was bleibt, ist ein Knoten in meinem Magen.

„Ich weiß nicht, was ich tun soll“, gestehe ich leise. „Ich weiß nicht, was zu viel wäre.“

Stavros' Gesichtsausdruck nimmt sanftere Züge an. Er wirft noch einen Blick über seine Schulter zu den längst verschwundenen Jägern und steckt sein Schwert in die Scheide, bevor er näher zu mir rutscht.

Als ich fragend eine Augenbraue hochziehe, reibt er mit seiner hakenförmigen Prothese über die Bartstoppeln auf seiner Wange. „Ich habe seit unserem Unterkunftswechsel meine Rasur vernachlässigt. Einige Haare zu entfernen, erscheint mir eine schrecklich kleine Tat zu sein. Du könntest mir eine Rasur verpassen."

Ich starre ihn kurz an und meine Gedanken wirbeln wild durcheinander.

Er hat mich so akzeptiert wie ich bin. Er hat meine Magie genug akzeptiert, um mir zu erlauben, ihn von der Schwelle des Todes zurückzuholen, doch irgendwie öffnet dieses kleine Angebot etwas in mir.

„Bist … bist du dir sicher?", kann ich mir nicht verkneifen, zu fragen.

Der ehemalige General schenkt mir sein übliches arrogantes Grinsen. „Ich vertraue darauf, dass du mein Gesicht genug magst, um es nicht zu zerstören."

Ich kann ein Schnauben nicht unterdrücken, obwohl sich mein Magen fester zusammenzieht. Doch irgendwie erleichtert es mir die Entscheidung, dass ich seine Erlaubnis habe und er sogar darum bittet.

Ich rutsche näher und lege meine Hand an die Seite seines Gesichts. Die Stoppeln eines einige Tage alten Bartes kitzeln an meiner Handfläche.

Stavros beobachtet mich ohne eine Spur Zögern oder Reue wegen seines Angebots.

Mein Blick gleitet hinter den Wagen zu den Bäumen in der Nähe und der Wiese auf der anderen Seite.

Das sollte reichen. Ich werde ein Stück der Haare von seinem Gesicht nehmen und zugleich ein Grasstück wachsen lassen. Ein einfacher Tausch.

Tief einatmend konzentriere ich mich auf beide Seiten der Gleichung. Ich stelle mir vor, wie die winzigen Haare allmählich auf seinem ganzen Gesicht in seine Haut schrumpfen, während die Halme etwas höher aus der Erde ragen.

Als ich meine Hand senke, glänzt Stavros' Kiefer wie glattrasiert. Er berührt es mit seinen Fingern und sein Grinsen kehrt zurück.

„Ich weiß nicht, warum ich mich jemals mit einer Klinge abgemüht habe", neckt er mich.

Seine lässige Freundlichkeit entspannt mich noch mehr. Ich

lächle ebenfalls und lausche auf das Summen der Magie in mir. „Ich glaube, das sollte reichen."

Casimir klettert in den Wagen und setzt sich neben mich. „Wir sollten kein Risiko eingehen, damit du morgen vollkommen sicher bist." Er legt seine Hände sanft auf meinen Schoß und dreht die Handflächen nach oben. „Die Zügel haben ein wenig Dreck auf meinen Händen hinterlassen und ich habe nichts, mit dem ich sie waschen kann."

Ein Lachen entfährt mir. Es ist die winzigste Anstrengung, um die er bittet. Wenn er ebenfalls bei meinem Schutz helfen will, sehe ich nicht, wie es schaden kann, seine Bitte zu erfüllen.

Mit einem Augenblick der Konzentration wehe ich den Dreck, der sich in seine Handflächen gegraben hat, mit einer Brise fort, die von einem gegensätzlichen Pusten hoch in den Ästen ausgeglichen wird.

Alek summt und rutscht wieder näher zu mir. „Ich habe mir gestern einen Papierschnitt am Daumen zugezogen. Es ist nur ein oberflächlicher Schnitt, brennt allerdings noch ein wenig. Wenn du so freundlich wärst, ihn für mich zu schließen …"

Hitze kitzelt über meine Haut wegen der zunehmenden Aufmerksamkeit und der Nähe meiner Liebhaber. Ich nehme Aleks Hand in meine und finde den winzigen rosa Schnitt neben seinem Daumennagel. „Noch eine kleine Sache. Nur um sicherzugehen, dass meine Magie zufrieden ist."

Ich konzentriere mich auf seinen Daumen und eines der Bretter, welche die Wand des Wagens bilden. Als sich die Haut glättet, formt sich ein kleiner Riss entlang der Holzmaserung.

Das ist es. Es ist erledigt.

Ich halte still und warte auf verwirrende Gedanken oder eingebildete Laute, doch mein Verstand bleibt ruhig.

Rheave beobachtet mich und knurrt leise, aber ich kann nur Kummer darin hören. „Es ist traurig, dass du deine Magie nicht die ganze Zeit benutzen kannst wie ich. Wenn du es tust, wenn du jemandem damit helfen kannst, bringt es dich zum Strahlen."

Sein Ton ist trotz seines Frusts so zärtlich, dass mein Herz einen Schlag aussetzt. Ich schenke ihm ein Lächeln und anschließend den anderen drei Männern, die so viel geopfert haben, um an meiner Seite zu bleiben. „*Ihr* bringt mich zum Strahlen. Ihr alle, einfach nur, indem ihr bei mir seid. Ich liebe euch. Ganz egal, was morgen mit mir geschieht, ich will, dass ihr das immer wisst."

Wenn es morgen zum Schlimmsten kommt, was sehr wahrscheinlich scheint, werde ich vermutlich verrückt werden. Einer von ihnen muss möglicherweise mein Leben beenden, bevor ich mehr zerstören kann, als es Lothar getan hat.

Es ist allerdings noch nicht morgen. Wir haben mindestens noch diesen einen letzten Tag zusammen.

Rheave beantwortet meine Aussage als Erster, indem er seinen Bogen fallen lässt und durch den Wagen zu mir kommt. Er umfängt meine Wange und zieht mich in einen leidenschaftlichen Kuss.

Als sich unsere Lippen trennen, reibt er mit der Nase über meine. Seine Stimme sinkt noch tiefer und nimmt einen begierigen Unterton an, der mich zum Zittern bringt. „Ich will sehen, ob dich *meine* Magie glücklich machen kann."

Ein Kribbeln schießt geradewegs zu meinem Schritt. „Was meinst du?"

Rheave lässt seine Finger über meinen Arm gleiten und ein konkreteres Kribbeln rast durch mein Fleisch. Mir stockt der Atem.

Er hat gerade ein ganz sanftes Pulsieren seines heraufbeschworenen Blitzes in mich gesandt.

Ein begehrliches Glucksen entwischt Stavros. „Ich glaube, unserer edlen Diebin gefällt die Idee."

Rheave strahlt und senkt den Kopf, um sich noch einen Kuss zu nehmen. Während er das tut, reist seine Hand weiter abwärts zu meiner Hüfte.

Ein knisternder Schauder huscht von der Wärme seiner Hand zu der flüssigen Hitze, die sich zwischen meinen Schenkeln sammelt.

Als ich seinen Kuss stürmisch erwidere, kann ich mir ein Wimmern nicht verkneifen. Es ist unbestreitbar begeisternd, ein Gefäß für seine Daimonenergie zu sein, vor allem, wenn er sie so meisterhaft einsetzt.

Außerdem ist es im Allgemeinen wundervoll, Magie

aufzunehmen, die ich nicht fürchten muss und die mir nichts als Lust bereiten wird.

Als Rheave meinen Mund freigibt, um einen sengenden Pfad über meinen Hals zu zeichnen, wartet Casimir bereits darauf, meine Lippen zu verschließen. Alek beugt sich vor, um meinen Umhang beiseitezuziehen und einen Kuss auf meine Schulter zu drücken.

Stavros vergräbt seine Finger in meinen Haaren und knabbert an meinem Nacken. „Wir haben Zeit für ein wenig Freude vor der restlichen harten Arbeit."

Der Daimon-Mann stößt ein ermutigendes Grollen aus. „Um unserer kleinen Liane zu zeigen, wie sehr wir sie ebenfalls lieben."

Casimir weicht zurück und streicht mit dem Daumen in einer Geste über meine Lippen, die beinahe so provokativ ist wie sein Kuss. „Weil wir dich lieben, ganz gleich, was geschieht und wo wir letztendlich landen."

Alek legt seinen Arm um meine Taille und umarmt mich fest. „Mit dir zusammen zu sein, wird es immer wert gewesen sein."

Unsere eigenartige zusammengewürfelte Familie hat so viel überlebt. Ich kann auch nicht behaupten, dass ich irgendetwas bereue. Nicht, wenn ich mir nicht sicher sein kann, dass wir alle hier wären, wenn ich andere Entscheidungen getroffen hätte.

Außerdem fällt es mir schrecklich schwer, an irgendetwas anderes zu denken, als ihre Gesellschaft zu genießen, während ihre Münder und Hände über meinen Körper wandern.

Casimir schiebt meinen Rock hoch und Rheave seine Hand zwischen meine Beine, um noch einen Funken direkt an meiner Mitte zu entzünden. Ich keuche und beiße fast in Aleks Lippe, doch er stöhnt bloß und küsst mich heftiger.

Stavros senkt seine Hand unter den Stoff des schlichten Mieders, um meine Brust ungehindert zu massieren. Anschließend reißt er an der Schnürung, damit er den Stoff nach unten ziehen und den Nippel freilegen kann, um ihn mit seinem Mund zu suchen.

Seine Zunge löst ein weiteres Pulsieren der Lust aus. Ich bebe mittlerweile von allen möglichen Funken, sowohl von magischen als auch der Art, die jede leidenschaftliche Geste provozieren kann.

Ich kümmere mich um meine Männer und sie kümmern sich um mich – auf jede mögliche Weise.

Während Casimir meinen anderen Busen neckt, reißt Rheave an meinem Unterrock und meiner Unterhose. Er streift meine Mitte mit einem verführerischen Kribbeln und ein gutturaler Laut erklingt tief in seiner Kehle. „Ich will in dir sein, Ivy."

Alek weicht zurück, damit ich meinen neuesten Liebhaber für einen antwortenden Kuss zu mir ziehen kann. Rheaves Zunge schnellt in einem berauschenden Tanz über meine, bevor er an seiner Hose zerrt.

Stavros stößt ein Grollen aus, das von seiner Brust in meine vibriert. „Ich glaube, sie verdient einen gemeinsamen Einsatz. Du hast noch nie gesehen, wie sie doppelt gefüllt wurde."

Freudige Erregung schießt durch meine Adern, bevor er mich auf seinen Schoß fegt. Als ich ihm helfe, seine Hose nach unten zu zerren, gleitet Casimirs Hand über meinen Hintern und zwischen meine Schenkel.

Der Kurtisan taucht seine Finger zwischen meine Falten und löst noch eine berauschende Empfindung aus. Als ich eifrig keuche, verteilt er die Feuchtigkeit, die er gefunden hat, um meine hintere Öffnung.

„Du solltest sicherstellen, dass sie für dich bereit ist", erklärt er Rheave in süßem Ton und taucht einen Finger in mich, was sich wundervoll anfühlt. „Unsere Körper sind in der Lage, so viel mehr Vergnügen zur Verfügung zu stellen als das, was am offensichtlichsten ist."

Rheaves Stimme ist voller Verlangen. „Ich habe nie realisiert ... Willst du mich auch so, Ivy?"

„Ja", murmle ich. Mein Verlangen brennt durch meine Glieder, als Stavros mit seinem steifen Schwanz gegen meinen Kitzler schaukelt. „Ich will euch alle, überall, immer."

Mit einem erstickten Glucksen presst sich der Daimon-Mann näher an mich. Ich sinke auf Stavros' Schwanz und Rheave tritt von hinten an mich.

Ich halte vollkommen still, als er in mich gleitet. Meine Nerven singen von der Flut vermischter Freuden.

Stavros führt mich auf seinem dicken Schaft auf und ab. „Du fühlst dich immer so verdammt gut an, Ivy. Du kannst alles haben, wann immer du es willst. Nimm es einfach."

Das tue ich und schaukle zwischen ihnen. Mit ihm vor mir und Rheave hinter mir habe ich mich noch nie so voll gefühlt. So umgeben.

Dann taucht Alek seine Hand zwischen mich und Stavros. Als sich die anderen zwei Männer in dem wundervollen Rhythmus bewegen, den wir finden, wirbelt der Gelehrte mit seinem Daumen über meinen Kitzler.

Ich wimmere und die anschwellende Lust verdrängt jeden Drang abgesehen von dem Verlangen, meinen Höhepunkt zu erreichen und mich an meine Männer zu klammern. Nur zwei penetrieren mich, doch meine vier Liebhaber sind alle Teil dieses Akts und bewegen sich gemeinsam.

Rheave und Stavros dringen gleichzeitig in mich und Casimir schluckt meinen Schrei mit einem fordernden Kuss. Ich schaukle und reibe mich zwischen meinen Männern, bin gefangen in einer Woge der Glückseligkeit nach der anderen.

„So ist es gut", raunt Stavros mir ins Ohr, das er mit seinen Lippen streift. „Nimm alles auf, edle Diebin. Wir sind hier, um dich aufzufangen, wenn du über die Klippe segelst."

In ihrer gemeinsamen Umarmung fühlt es sich tatsächlich so an, als würde ich fliegen.

Rheave taucht tiefer und Stavros dringt im perfekten Winkel in mich.

Aleks Daumen bewegt sich schneller. Casimir bearbeitet meinen Nippel mit den Zähnen.

Der Schock von so viel Lust knistert durch mich. Ich werde von innen heraus zum Leuchten gebracht.

Dann sendet der Daimon-Mann einen weiteren Strom seiner schwindelerregenden Macht durch meine Nerven und ich zersplittere.

Mir stockt der Atem und mein Körper erbebt. Ich packe die Arme, die mich halten, und schlinge meine Beine um Stavros' Hüften.

Der ehemalige General rammt sich in mich und erschaudert in den Fängen seines Höhepunktes. Es dauert nur wenige Sekunden, bis Rheave harsch keucht, innehält und sich gegen meinen Rücken beugt.

Er drückt die zärtlichsten Küsse auf meine Narben. „Niemand wird dich jemals wieder so verletzen. Nicht, solange wir hier sind, und wir werden immer da sein.“

Wir sacken langsam zu einem unordentlichen und recht verschwitzten Haufen. Ein warmes Glühen der Zuneigung breitet sich in jeder Faser meines befriedigten Körpers aus.

Ich liebe so sehr und ich werde im Gegenzug geliebt. Als die Person, die ich jetzt bin, wegen dem, was ich jetzt tue.

Ich habe meine vergangenen Fehler hinter mir gelassen. Ich kann etwas Besseres, etwas *Gutes* tun.

Das ist all die Freude, um die ich jemals hätte bitten können, selbst wenn sie morgen endet.

# SIEBENUNDDREIßIG

*Alek*

Hölzernes Krachen und metallisches Klirren hallen durch die Nacht. Die Gebilde, die unsere Verbündeten eilig entworfen und für die sie Stücke angefertigt haben, werden nun auf der anderen Seite der Wiese außerhalb Florians Mauern aufgebaut.

Die Bauarbeiter arbeiten bei schwachem Laternenlicht in dem Versuch, nicht zu viel Aufmerksamkeit zu erregen. Das gedämpfte Leuchten verleiht der Szene eine geisterhafte Atmosphäre.

Ich trete von der gewaltigen Plattform zurück, die unserem zukünftigen Publikum erlauben wird, sich die Prüfungen anzuschauen und zu beobachten, wie sie Stück für Stück auf der Wiese zusammengesetzt werden. Der Wind weht unter meinen Umhang und ein Schauder rast über meinen Rücken, allerdings nicht nur wegen der anhaltenden Winterkälte.

Ich habe den Großteil meines Lebens damit verbracht, mich in historischen Berichten zu vertiefen und die Einzelheiten darüber auszugraben, wie die Welt einst war und die Leute vor

Jahrhunderten gelebt haben. Jetzt wird mir zum ersten Mal bewusst, dass ich in diesem Fall Teil echter, lebender Geschichte bin.

Das Wissen ist furchterregend und auch unglaublich.

Bei dem Geräusch von Schritten, die durchs Gras schlurfen, drehe ich mich um. Die wenigen Lichter, die zu dieser dunklen Stunde noch hinter den Stadtmauern in der Ferne leuchten, sind ungefähr anderthalb Kilometer entfernt.

Bisher haben keine aggressiven Schreie die Baugeräusche unterbrochen, doch ich weiß, dass die Leute kommen werden.

Ivy bleibt neben mir stehen und mustert das Gelände zwischen uns und der Stadt mit nachdenklicher Miene. „Wenn wir nicht alles schnell genug vorbereiten können …"

Ich packe ihre Hand. „Denk das nicht einmal. Wir werden das hier hinkriegen, egal, was wir tun müssen."

Entweder das oder wir erlauben Lothar, Petra bei *seiner* kurz bevorstehenden Version der Monarchen-Prüfungen zu vernichten. Vielleicht haben wir Glück und er ist momentan weit weg von hier und überwacht seine eigenen Vorbereitungen.

Allerdings hege ich nicht die geringste Hoffnung, dass dies der Fall ist. Und in mancherlei Hinsicht erfordern es unsere Pläne, dass er hier ist und seine Rolle bei der Inszenierung spielt, die wir erschaffen.

Ivy wischt sich eine Strähne ihrer windzerzausten Haare aus dem Gesicht und blinzelt über die flache Ebene. „Leute kommen. Ich kann noch nicht erkennen, ob es die richtigen sind."

Ich spanne mich an, doch einen Augenblick später, reitet ein Bote heran, welcher der Menge aus schattenhaften Gestalten vorausgeht.

„Die Schwarze Kralle erfüllt ihre Pflicht", verkündet er und salutiert. „Wir bringen die Daimon, die zugestimmt haben, zu helfen. Und es sind bereits einige Zuschauer auf dem Weg."

Ivys Schultern entspannen sich ein wenig. „Wie ist es am Tor gelaufen?"

Das Grinsen des Mannes nimmt schärfere Züge an. „Die Wachen sind vorübergehend bewusstlos dank einer Freundin und ihrer sehr nützlichen Gabe. Das wird nicht länger als einige

Stunden anhalten, euch jedoch einen vernünftigen Vorsprung verschaffen. Als wir die Nachricht auf euer Signal hin verbreiteten, erwähnten wir auch, dass die Leute die Stadt auf diesem Weg verlassen sollen."

Ich hole tief Luft. „Wir können nicht hoffen, dass niemand von der Botschaft hört, der dem Orden der Wildheit treu ergeben ist. Möglicherweise bleibt uns nicht mehr viel Zeit, bis sie versuchen, sich einzumischen."

Der Bote schnaubt ablehnend. „Wir werden bereit sein, sie von euch fernzuhalten. Es wird Zeit, dass diese Mistkerle von ihrem hohen Ross geworfen werden. Mir wären sogar König Konram und die alte Kronenwache lieber als diese Wildheit-Verehrer."

Er schüttelt konsterniert den Kopf und wendet sein Pferd. „Wo kann ich Prinzessin Petra finden? Mein Boss wollte, dass ich mit ihr persönlich spreche."

Ivy deutet zu der Masse aus Karren und Wagen hinter der wachsenden Plattform – die Fahrzeuge, die wir benutzten, um uns und all die nötige Ausrüstung hierher zu bringen. „Sie wird für den Moment stark bewacht, doch jemand wird ihr Bescheid geben, dass du hier bist, damit sie sich mit dir treffen kann."

Die Menge aus der Stadt kommt bereits näher. Ich ertappe mich dabei, wie ich meine Hand auf das Messer lege, das in der Scheide an meiner Hüfte steckt, obwohl ich nicht besser darin bin, es zu benutzen, als ich es nach Stavros' ersten Lektionen vor Wochen war.

Wir wissen, dass die Gang auf unserer Seite ist und die Daimon vermutlich ebenfalls. Doch was können wir von den ersten gewöhnlichen Bürgern erwarten, die gekommen sind, um sich den Anfang der Prüfungen anzusehen?

Sind sie hier, um Petras Versuch zu unterstützen, ihren Thron zurückzuerobern, oder um ihn zu verdammen?

Ivy zieht die Kapuze über ihren Kopf und so tief in ihr Gesicht, dass dieses in den Schatten liegt. Wir wissen nicht, wie die gewöhnlichen Leute reagieren werden, wenn sie sie von Lothars anschuldigender Ankündigung erkennen.

Ein hölzernes Knarren veranlasst mich dazu, den Kopf zu drehen, es ist jedoch bloß Casimir, der den Wagen lenkt, in dem wir angekommen sind. Er winkt uns fröhlich und reißt das Segeltuch von dem Haufen Dolche, Schwerter, Armbrüste und Schilder, mit denen uns der Assistent meiner Eltern versorgt hat.

„Die erste Welle unserer wichtigsten Verbündeten ist auf dem Weg", verkündet er vollkommen selbstsicher. „Es ist an der Zeit, dass wir ihnen zeigen, wie wichtig sie sind."

Ich bin erleichtert, dass Ivy die Waffensammlung mit einem ähnlichen Misstrauen beäugt, wie ich es empfinde.

„Glaubst du wirklich, wir sollten sofort die Klingen rausholen?", fragt sie.

Casimir schenkt ihr ein schiefes Lächeln. „Jeder, der kommt, um uns zu verletzen, wird seine eigenen Waffen mitbringen. Wir werden nur diejenigen bewaffnen, die gewillt sind, Petras Seite zu ergreifen, jedoch nicht die Mittel dazu hatten."

Ich verkneife mir eine Grimasse. „Lasst uns wenigstens zuerst hören, was die Schwarze Kralle über ihr Verhalten zu erzählen hat, die mit ihnen gelaufen ist."

Der Kurtisan neigt den Kopf und akzeptiert meinen Vorschlag ohne Weiteres. Ich weiß nicht, wie er so ruhig in Bezug auf die gewaltige und gefährliche Vorgehensweise sein kann, die wir am kommenden Tag durchzuführen versuchen.

Es dauert nicht lange, bis uns die Neuankömmlinge erreichen. Mehrere Gestalten, die kriminelles Selbstbewusstsein ausstrahlen, drängen sich an die Spitze der Menge und bringen einige Dutzend Männer und Frauen mit, die ziemlich benommen aussehen.

Rheave springt vor, um seine Daimon-Kollegen zu begrüßen. Seine drängenden Anweisungen erreichen meine Ohren. „Wir müssen rings um diese Plattform Wache halten. Wir können unsere Magie einsetzen, falls nötig. Niemandem darf erlaubt werden, die Leute zu verletzen, welche die Prüfungen leiten oder an diesen teilnehmen, vor allem nicht Prinzessin Petra."

Als einige der gefangenen Geister wild durcheinander sprechen, schreitet Ivy zu einem älteren Mann, in dessen rasierten Kopf Muster geschnitten wurden. „Schön, dich zu sehen, Garom. Wie hat sich unser Publikum bisher verhalten?"

Sie nickt zu der Gruppe aus fünfzig Zuschauern, die ein Stück entfernt von der Baustelle angehalten haben. Sie tragen hauptsächlich schlichte oder sogar fadenscheinige Kleider, ihre Haare sind nicht kunstvoll geschnitten und sie wirken nervös.

Ich schätze, das ergibt Sinn. Die Außenbezirkler waren den Toren am nächsten, als die Nachricht verbreitet wurde.

Der Boss der Schwarzen Kralle grunzt. „Es gab eine Menge Fragen, hauptsächlich darüber, ob die Königin wirklich hier sein wird und was der Orden deswegen unternehmen wird. Allerdings scheinen sie vor allen Dingen verblüfft zu sein, dass sie die Prüfungen tatsächlich sehen werden."

„Perfekt." Casimir schnappt sich eine der gedimmten Laternen.

Als er auf den Rand der Plattform klettert, lasse ich erneut den Blick über das Gebiet zwischen uns und der Stadt wandern. Weitere Gestalten verlassen zu Fuß das Tor, das in diese Richtung zeigt, und kommen auf uns zu. Keiner von ihnen wirkt bedrohlich, allerdings bin ich kein Experte darin, potenzielle Kämpfer zu identifizieren.

Ivy rempelt meinen Ellenbogen mit ihrem an. „Stavros und unsere Truppe behalten die Zuschauer im Auge. Sie werden niemanden ignorieren, der wie eine echte Bedrohung aussieht."

Auf seinem Platz, wo ihn die Laterne zu seinen Füßen beleuchtet, klatscht Casimir in die Hände, um Aufmerksamkeit zu erregen. Er hebt die Stimme, sodass sie über die versammelten Gangmitglieder und Daimon weht.

„Volk von Florian, danke, dass ihr euch für die Prüfungen zu uns gesellt, die beweisen werden, wer es verdient, unser Land zu regieren. Unsere rechtmäßige Königin, Prinzessin Petra, braucht eure Unterstützung jetzt mehr denn je. Es ist nur eine Frage der Zeit, bis der Orden der Wildheit versucht, sie zu ermorden, wie er es mit ihren Eltern und so vielen anderen getan hat."

Zu meiner Überraschung nähert sich die Prinzessin von der anderen Seite der Plattform. Sie wird von zwei Soldaten flankiert und ich nehme ein schwaches magisches Schimmern um sie herum wahr, das darauf hindeutet, dass sie von einer Art Barriere gegen eventuelle Angriffe geschützt wird.

Sie bleibt einige Schritte hinter Casimir stehen und hält ihre eigene Laterne hoch. Eine neue, schlichte Krone, die einer unserer Verbündeten für sie gemacht hat, glänzt golden auf ihren dunklen Haaren. „Ich beabsichtige, mich heute testen zu lassen, um in jeder möglichen Hinsicht zu zeigen, dass ich dieses Königreich gerecht und gut führen werde. Werdet ihr dabei helfen, mir diese Chance zu geben? Werdet ihr euch mit mir gegen diejenigen stellen, die versuchen, die Götter zum Handeln zu zwingen?"

Casimir bedeutet ein paar Arbeitern, die gekommen sind, den Wagen an den Mitgliedern der Schwarzen Kralle und den Daimon vorbeizuziehen. „Wir haben Waffen mitgebracht für diejenigen, die gewillt sind, sich mit uns gegen die Verräter zu stellen, die Silana zerreißen wollen. Wir wissen, dass ihr sie nur benutzen werdet, um unser Land zu schützen."

Petra schenkt den Leuten ein sanftes Lächeln. „Ich habe *kein* Land ohne euch alle, die das Leben führen, das ihr genießen sollt. Gemeinsam können wir dem Schrecken der Blutzauberei ein Ende setzen, der durch unser Land gefegt ist."

Ich war mir hinsichtlich Casimirs Idee zwar unsicher, doch die Bürger scheinen gut zu reagieren. Einige und dann mehrere nähern sich dem Wagen, um sich eine Waffe auszusuchen und in einigen Fällen einen Schild.

Ich komme nicht umhin zu bemerken, dass sie sich mit einer neugefundenen Zielstrebigkeit aufrichten, sobald sie eine Klinge oder eine Armbrust in den Händen halten.

Nun, der Kurtisan versteht menschliche Emotionen auf eine Weise, wie ich es vermutlich nie tun werde.

Als weitere Zuschauer ankommen, wiederholen Casimir und Petra ihre Botschaft – und ich fange Stimmen aus der Menge auf, die begeistert von der speziellen Aufgabe sind, welche die Prinzessin ihnen gegeben hat. Der Schatten eines Lächelns berührt meine Lippen trotz meiner fortwährenden Sorgen.

Eine Menge Dinge wurden während der kurzen Herrschaft der Blutzauberer ruiniert, doch sie haben das Volk Silanas nicht davon abgehalten, eine wahrhaft gerechte Sache zu erkennen.

Die meisten Zuschauer realisieren, dass die Prüfungen noch

lange nicht bereit sind, weshalb sie sich stattdessen mit gezückten Waffen der Stadt zuwenden. Sie begrüßen ihre Mitbürger, die neu dazu stoßen.

Doch eine Stimme brüllt über die Köpfe der Daimon zur Plattform: „Wann werden wir den Beweis sehen?"

Tinom erscheint neben Petra und verleiht der Antwort in seiner priesterähnlichen Robe eine göttliche Autorität. „Alle Werkzeuge für unsere Prüfungen werden vor euren Augen zusammengesetzt. Und natürlich werden wir auf die Ankunft von Teilnehmern warten, die ebenfalls Ansprüche anmelden möchten. Wir glauben an eine gerechte Gelegenheit für alle. Wir erwarten, kurz nach Sonnenaufgang zu beginnen."

Ein barscher Warnlaut hallt von der abgelegenen Seite der Plattform, wo Stavros in der Dunkelheit gestanden hat. Auf sein Signal hin eilt ein bedeutsamer Teil unserer kampferprobten Verbündeten nach vorne, um sich den versammelten Gangmitgliedern anzuschließen.

Ivy zieht mich tiefer hinter unsere Verteidigungslinie und blickt zu der Stelle, wo Sulla auf der anderen Seite der Plattform steht. Die ältere Frau schüttelt den Kopf, als wolle sie sagen, dass sie keine Schwierigkeiten gespürt habe.

Kurz darauf offenbaren das Donnern schneller Hufschläge und das Aufblitzen roter Tuniken im Mondlicht den Grund für Stavros' Sorge. Die ersten Repräsentanten des Ordens reiten herbei, um uns zu konfrontieren.

Die Bosse der Schwarzen Kralle besitzen, den Göttern sei Dank, genug Verstand, um die gewöhnlichen Bürger nicht zur ersten Verteidigungslinie zu machen. Mit einigen knappen Gesten schicken sie die Hälfte ihrer Truppe vor die wachsende Zuschauermenge. Die anderen und die Daimon bleiben zwischen den Zuschauern und dem Rest von uns.

Petra hält ihre Stellung mitten auf der Plattform, hat sich jedoch leicht angespannt. Stavros verändert seine Position, um näher bei ihr zu stehen, und Rheave bewegt sich so, dass er sich am Boden direkt vor ihr befindet, bereit, einen magischen Angriff so gut wie möglich abzufangen.

Ivys Hände haben sich an ihren Seiten zu Fäusten geballt.

Sie ist bereit, ihre eigene Magie einzusetzen, sollte sie keine andere Wahl haben.

Das Bild ihrer wild entschlossenen Miene gestern im Wagen hat sich mir zusammen mit der Bestimmtheit ihrer Stimme ins Gedächtnis gebrannt.

*Es besteht eine große Wahrscheinlichkeit, dass ich eine Menge Magie einsetzen muss, um sicherzustellen, dass diese Prüfungen durchgeführt werden können. Ich weiß nicht, wie sich das auf mich auswirken wird ... Falls ich anfange, die Kontrolle zu verlieren, müsst ihr sofort handeln ... wer immer mir am nächsten ist, wer immer tun kann, was getan werden muss.*

Mein Magen beginnt, zu rumoren. Es ist sehr unwahrscheinlich, dass die letzte Tat auf mich ankommen wird. Und selbst wenn sie das täte ... zuzulassen, dass Ivy zu dem Monster wird, das sie so sehr gefürchtet hat, wäre ein schlimmerer Verrat, als sie zu töten.

Doch Großer Gott stehe mir bei, ich hoffe, wir können dieses Schicksal vermeiden.

„Ich sollte besser verschwinden", raunt sie mir jetzt zu und zieht das Amulett hervor, das die einzige Gefälligkeit ist, die Tinom ihr gelassen hat.

„Pass auf dich auf", erwidere ich mit heiserer Stimme, ehe sie vor meinen Augen verschwindet.

Die Reiter in Rot zügeln ihre Reittiere einige Schritte entfernt von der ersten Linie bewaffneter Männer. Einer macht ein finsteres Gesicht und brüllt auf uns alle herab. „Denkt ihr wirklich, dass ihr mit diesem Verrat davonkommen werdet?"

Tinom antwortet in einem vor Spott triefenden Ton. „Verrat? Die rechtmäßige Königin beginnt lediglich die Monarchen-Prüfungen, die euer Anführer verlangt hat. Sie war nicht gewillt, auf seine abartige Version zu warten. Wer wäre qualifizierter, die Prüfungen zu leiten als diejenigen von uns, die der einzigen Königsfamilie treu gedient haben, die Silana kennt, seit das darische Kaiserreich gestürzt wurde?"

„Die falschen Könige, die uns in die Irre geführt haben. Schau dich nur an, du täuschst diese Leute erneut." Er bedenkt die Menge mit einem finsteren Blick. „Werdet ihr wirklich gegen diejenigen von uns kämpfen, die so viel gegeben haben, um eure Freiheit zu gewinnen? Sie versuchen, euch wieder in Ketten zu legen."

„Was nennst du Freiheit?", entgegnet Stavros und tritt ins Licht. „Die Freiheit, ermordet zu werden, weil man es wagt, euch zu kritisieren? Ich kann mich nicht erinnern, dass König Konram sein Volk so brutal behandelt hat."

Die Reiter ignorieren ihn und der scheinbare Anführer konzentriert all seine Aufmerksamkeit auf unser Publikum. „Sie hypnotisieren euch mit zerrissener Magie. Sie machen euch zu Verbrechern. Das hier ist eure Gelegenheit, sie aufzuhalten und die Gerechtigkeit walten zu lassen, die sie verdienen!"

Die Menge regt sich unbehaglich. Nutzt eines der Ordensmitglieder eine Gabe, um ihre Überzeugung zu erschüttern? Oder sie zu Lothars Gunsten zu beeinflussen?

Petra hebt ihre Stimme klar und deutlich. „Diese Prüfungen werden Gerechtigkeit bieten und zeigen, wer des Vertrauens der Leute würdig ist."

Eine besorgte Stimme erhebt sich inmitten der Zuschauer. „Wo *ist* die zerrissene Zauberin, von der Sie sich haben helfen lassen? Werden Sie sie verhaften?"

Ein anderer Bürger spricht im gleichen nervösen Ton wie der Erste: „Wie können wir auf irgendetwas vertrauen, wenn Sie eines dieser Monster frei herumlaufen und seine Magie auf uns ausüben lassen?"

Ich zucke innerlich zusammen, da ich weiß, dass Ivy diese Fragen hört. Sie sollte sich das nicht anhören müssen.

Sie hat so hart für diese Leute gekämpft und sie wollen immer noch so viel Schuld bei ihr abladen.

Petra hält die Hände in einer besänftigenden Geste hoch. „Lothar Riosemek hat euch belogen und eure Ängste ermutigt, um euch daran zu hindern, ihn wegen seiner eigenen Verbrechen zur Rede zu stellen. Er und seine Anhänger sind diejenigen, die gefährliche Magie auf euch ausgeübt haben."

„Er ist kein Zerrissener", ruft eine andere Stimme. „Er hat den Göttern seinen ganzen Arm geopfert. Das ist eine ehrliche Gabe."

„Ehrliche Gaben können verdorben werden von ..."

Eine Frau unterbricht sie. „Sie versuchen, uns zu verwirren.

Wir wissen, dass die Zerrissenen Feinde sind. Warum wollen Sie irgendetwas mit dieser Art von Magie zu tun haben? Die Götter würden das niemals unterstützen!"

Der Anführer aus dem Orden nickt. „Wie wahr. Diese Frau hat kein Recht, an den Monarchen-Prüfungen teilzunehmen, geschweige denn zu bestimmen, wie sie abgehalten werden. Was weiß sie schon über Würdigkeit?"

Was wissen die Blutzauberer schon? Hätten sie sich richtig mit der Vergangenheit auseinandergesetzt, hätten sie nie diesen dunklen Pfad beschritten und andere Menschen zu ihren Zwecken verstümmelt.

Der Reiter deutet zur Plattform. „Lothar wird *echte* Prüfungen abhalten, so wie sie durchgeführt werden sollen. All das hier sollte zerstört werden."

Er fordert das Publikum nicht offen dazu auf, es für ihn zu erledigen, dennoch schnellen mehrere Gestalten vor. Als die Schwarze Kralle einschreitet, prallen Klingen aufeinander.

Weitere Zuschauer mischen sich ein, als wären sie von der offenkundigen Aggression wachgerüttelt worden, obwohl ihre Begleiter diese provoziert haben.

Mein Magen sinkt. Unsere Soldaten und Wachen treten von einem Fuß auf den anderen. Sie sind bereit, jedoch unsicher.

Casimir hatte in Bezug auf eine Sache recht: Petra braucht die Unterstützung des gewöhnlichen Volks. Wir können ihre Würdigkeit für den Thron nicht vor Gras beweisen, das mit dem Blut der Bürger Florians gesprenkelt wurde.

*Niemand weiß, wie die Monarchen-Prüfungen sein sollen,* will ich schreien. *Es gibt kaum Aufzeichnungen von ihnen. Und die einzige Sache, die feststeht, ist, dass die Götter sie beurteilten und kein Mann oder eine Frau.*

Doch was würde es nutzen, das zu sagen? Warum sollte *mir* einer dieser Leute glauben?

Sie kennen mich nicht. Es ist nicht so, als könnten wir die Götten bitten, herabzukommen und ihre Meinung kundzutun …

Als mein Blick über die zunehmend aufgewühlte Menge gleitet, bleibt er an der Reihe Daimon hängen, die in der Nähe der Plattform stehen. Ihre Gesichter sind starr vor Verwirrung –

sie wissen, dass sie Blutzauberer abwehren sollen, sind allerdings nicht auf diese Art von ‚Angriff‘ von gewöhnlichen Bürgern vorbereitet.

Ein unnatürliches Leuchten schimmert in ihren Augen von der übermenschlichen Magie, die sie aussenden können.

Wir haben keine Gottlen unter uns, doch wir haben die Wesen, die ihnen am nächsten stehen.

Die Stücke eines Plans fügen sich so schnell in meinem Kopf zusammen, dass mir die Luft aus der Lunge gepresst wird.

Ich habe keine Zeit, über jede Einzelheit nachzudenken und ihn auf Makel zu überprüfen. Jemand muss *jetzt* handeln, bevor die Waffen unser Verderben werden, die meine Eltern für uns geschmiedet haben.

Ich sprinte zu Rheave und packe seinen Arm. „Ich brauche deine Hilfe mit den anderen Daimon. Wenn ich darum bitte, möchte ich, dass ihr alle die überirdische Energie zeigt, die ihr besitzt. Wenn ihr noch mehr Daimon hierherlocken könnt, die nicht eingesperrt wurden, wäre das noch besser. Sie sollen alle ihre Unterstützung zeigen.“

Er gibt einen kurzen zustimmenden Laut von sich, woraufhin ich mich auf die Plattform hieve. Dort an der Kante neben Casimir richte ich mich auf.

Der Kurtisan tritt von seiner Laterne zurück, als wolle er mir die Bühne überlassen. Die Menge wird kurz leise und betrachtet mich, wozu sie an den Gestalten in ihrem Weg vorbeischauen. Sie warten ab, was gleich geschehen wird.

Die vernarbte Haut meines Gesichts kribbelt, weil ich weiß, dass sie meine Narben als Erstes bemerken werden. Ich verdränge diesen Gedanken und straffe die Schultern, als wäre es mir egal.

„Ich habe die Geschichte Silanas bis zu der Zeit studiert, bevor das darische Reich eingefallen ist“, verkünde ich mit einer so kraftvollen Stimme, wie ich sie heraufbeschwören kann. „Es gibt nur wenige Aufzeichnungen über die Monarchen-Prüfungen, es ist jedoch eindeutig, dass sie den Gottlen vorgeführt wurden, die beurteilten, wer würdig war. Das Urteil oblag nicht den Sterblichen. Es ist Zeit, göttliche Meinungen hinzuzuziehen. Und wir haben die Repräsentanten der Götter hier bei uns, die Wesen, die den Gottlen viel näherstehen als einer von uns Menschen."

Als ich mit dem Arm auf die versammelten Daimon deute, versteht Rheave den Hinweis. Er sagt etwas zu seinen gefangenen Kollegen.

Augenblicklich flimmert ein Leuchten über ihre Haut. Es bebt über ihre Köpfe und ihre Arme hinab wie Blitze im Zeitlupentempo.

Sie haben anscheinend auch einige andere wandernde Geistwesen gerufen. Einige Funken flitzen durch die Luft und werden über den Daimon in Menschengestalt zu helleren Punkten. Weitere Streifen sausen über die Felder und schwärmen herbei, um sich ihnen anzuschließen.

Das übernatürliche Leuchten breitet sich vor der Plattform aus und scheint auf uns alle. Ich kann spüren, wie seine Wärme von den Erhebungen auf meinem Gesicht abprallt, und plötzlich ist es mir egal.

Die Narben zeigen, dass ich nicht nur ein verwöhnter Akademiestudent bin. Ich habe Fehler gemacht. Ich habe mich angestrengt, diese wiedergutzumachen, und verdiene das Leben, das ich mir aufgebaut habe.

Ich habe selbst Prüfungen durchgemacht und überstanden. Ich weiß, dass meine gewählte Gottlen auf mich herablächelt.

Ich hebe meine Stimme erneut mit frischem Selbstvertrauen. „Lothar und seine Blutzauberer können nicht leugnen, was ihr mit euren eigenen Augen seht. Die Prüfungen, die wir aufbauen, haben die Unterstützung der Geistwelt. Die göttlichen Energien, die wir Sterblichen kaum verstehen können, werden entscheiden, wer den Allesgeber am wahrscheinlichsten in diese Reiche zurückbringen wird."

Das nächste Raunen, das durch unser Publikum geht, klingt ehrfürchtig, nicht feindselig. Einige starren die Daimon weiterhin benommen an, doch die meisten drehen sich zu den Reitern des Ordens um.

Der Anführer presst den Mund fest zusammen, scheint allerdings nicht zu wissen, wie er auf diese sehr lebhafte Demonstration reagieren soll.

Petra spricht in sein Schweigen: „Der Orden kann ebenfalls

einen Platz bei diesen Prüfungen haben. Ihr habt bereits eure eigenen vorbereitet und wir haben seit Tagen die Nachricht verbreitet, dass unsere bald stattfinden werden. Ich bin mir sicher, ihr habt eure Kandidaten ausgewählt. Schickt sie zur Dämmerung her und wir werden sehen, wen die Götter mit ihrer Gunst segnen."

# ACHTUNDDREISSIG

*Ivy*

Die feine Kette des Tarnamuletts juckt an meinem Hals. Ich versuche, ihn verstohlen zu kratzen, obgleich mich ohnehin niemand sehen kann.

Sie reibt schon die ganze Nacht an meiner Haut.

Jetzt kriecht die Dämmerung über unsere hastig errichtete Bühne. Das Sonnenlicht bringt die dunklen Lila- und Blautöne, das strahlende Gelb und Orange zum Leuchten, die Casimir empfohlen hat. Sie verleihen dem Holz eine überirdische Anmutung wie das Leuchten erhellender Energie, die in der Dunkelheit schimmert. Als ich zu der Plattform und den verschiedenen bemalten Gebilden blicke, die von dort emporragen, könnte ich fast glauben, dass sie von göttlicher Energie und nicht Menschenhand gemacht wurden.

Hoffentlich wird unser Publikum den gleichen Eindruck erhalten. Wir brauchen es, dass sie dieses Spektakel als definitiven Beweis für die Zustimmung der Götter betrachten.

Hinter dem Kreis aus Daimon, Mitgliedern der Schwarzen Kralle und Wachen, die hinter mir um die Plattform stehen, ist die Menge der Zuschauer größer geworden. Ich kann sie nicht alle zählen, vermute jedoch, dass tausende ihre Hälse recken oder sich auf dem Gras ausstrecken, während sie auf den Beginn der Prüfungen warten. Und weitere kommen in Scharen herbei, da sich die Nachricht immer mehr herumspricht.

Es wird jetzt nicht mehr lange dauern. Alle neun unabhängigen Priester, die wir eingeladen haben, um die verschiedenen Prüfungen zu leiten, sind erschienen. Kurz nach dem letzten Glockenschlag brachte der Orden der Wildheit einen großen Wagen, in dem angeblich drei Herausforderer sind, die gegen Petra antreten werden.

Sie haben ihre Gesichter noch nicht gezeigt, doch einige andere Ordensmitglieder sind in den Wagen geschlüpft, vermutlich um eine Strategie zu besprechen.

Bisher ist keine Spur von Lothar zu sehen, seine Repräsentanten versicherten uns allerdings, dass der ehemalige magische Berater beabsichtigt, hier zu sein, um sicherzustellen, dass jeder Schritt der Prüfungen ‚gerecht‘ durchgeführt wird. Damit meint er wahrscheinlich ‚auf eine Weise, die unseren Sieg verhindert‘.

Falls er etwas zu Offensichtliches versucht, sind tausende Zeugen anwesend, die seine Bösartigkeit beobachten werden. Doch wir müssen wachsam bleiben und nach subtileren Tricks Ausschau halten.

Ich erwarte nicht, dass er einfach klein beigibt.

Tinom hat sich zum Zeremonienmeister ernannt, was für mich in Ordnung ist. Ich kann mein Gesicht nicht einmal zeigen, geschweige denn das wichtigste Ereignis leiten, das seit Jahrzehnten in Silana abgehalten wurde. Er verlässt die Bühne, als ihn jemand ruft, und spricht mit ein paar Repräsentanten des Ordens, wobei ihn eine wachsame Gruppe schützender Gangmitglieder begleitet.

Eine Gruppe von ungefähr ein Dutzend Reitern fällt mir im Norden auf, da sie im Galopp auf uns zureiten. Ich hätte mir nichts bei den Neuankömmlingen gedacht, es ist jedoch ungewöhnlich, so viele gleichzeitig auf Pferderücken zu sehen.

Ich schleiche um die Bühne herum, um mir das genauer anzuschauen, und ein Lächeln breitet sich auf meinen Lippen aus. Das warme Licht reflektiert von Voleskas sandblonden

Haaren, die mit den Schritten ihres Reittiers in ihrem üblichen Pferdeschwanz hin und her schwingen.

Wir haben eine Botschaft nach Pima geschickt, um ihr und Emor Bescheid zu geben, dass die Prüfungen bevorstehen, wussten jedoch nicht, ob einer von ihnen rechtzeitig herkommen würde.

Die Reiter nähern sich der Rückseite der Plattform, wo die Karren und Wagen stehen. Einige der Leute, die aus Pima mit uns gekommen sind, lösen sich von ihren Posten, um Voleska und ihre Kollegen zu begrüßen. Stavros und Casimir gehen ebenfalls zu ihnen.

Ich schlüpfe zwischen die Wagen, um ihnen zu folgen, da ich dort genug Schutz habe, um das Amulett abzunehmen.

Als ich vortrete, um Voleska zu begrüßen, und ihr Blick meinen findet, kann ich nicht anders, als zu zögern. Etwas huscht bei ihrem ersten Innehalten über ihr Gesicht und mir kommt der Gedanke, dass wir nie die Quelle meiner Magie besprochen haben. Allerdings nehme ich an, dass sie mittlerweile Wind von der wahren Quelle und dem Ausmaß meiner Macht bekommen hat.

Lothar hat seine Geschichten über mein mörderisches Verhalten überall verbreitet. Vielleicht ist sie nicht mehr so begeistert davon, mich zu ihren Verbündeten zu zählen.

Die Pause dauert jedoch nur einen Herzschlag lang. Dann marschiert Voleska mit einem Grinsen vor und zieht mich in eine kurze, jedoch freudige Umarmung, bei der sie mir auch noch auf den Rücken klopft. „Schau dir diese Inszenierung an, die ihr auf die Beine gestellt habt. Wir haben es weit gebracht vom Herumwedeln gestohlener Schilder, hm?"

Ein Lachen entfährt mir, das einen Teil meiner angestauten Anspannung rauslässt. „Ich schätze, das haben wir. Ich kann mir den Verdienst dafür allerdings nicht anrechnen lassen. Ich stelle nur sicher, dass alles problemlos über die Bühne geht."

Voleska nickt. „Dann werde ich dich wieder an die Arbeit gehen lassen. Außerdem habe ich einige Freunde mitgebracht, um dabei zu helfen."

Stavros tippt mir auf den Arm und späht zur Stadt. „Lothar ist auf dem Weg. Wir sollten besser in Position gehen."

Er berührt meine Wange mit einer kurzen zärtlichen Geste. Wir gehen gemeinsam zur Bühne, wobei ich verschwinde, indem ich erneut die Kette über meinen Kopf reiße.

Die meisten der Strukturen auf der Plattform werden während der Prüfungen einen Zweck erfüllen, doch es gibt einen Halbkreis aus Brettern auf einer Seite, der nur ein wenig höher ist als Stavros. Schlitze, die zwischen die Bretter geschnitten wurden, bieten jedem, der in diesem Alkoven steht, eine Sicht auf den Rest der Plattform und das Publikum.

Sulla, Casimir und Rheave warten dort bereits angespannt auf uns. Stavros wird seine Gabe bei den scheinbar wichtigsten Momenten einsetzen in der Hoffnung, Angriffe zu verhindern, bevor sie geschehen. Casimir wird den emotionalen Zustand der Menge einschätzen.

Wir anderen drei halten uns bereit, um unsere Magie einzusetzen und Probleme zu lösen, die sich ergeben.

Als ich mich auf meinen Posten begebe, teilt sich die Menge vor der Bühne. Lothar schreitet zwischen den Zuschauern hindurch, wobei seine Haltung so hochmütig wie immer ist. Sein Samtumhang hängt schief von seiner einarmigen Gestalt.

Tinom macht eine Geste und unsere Verteidigungskräfte machen Platz, um seinen ehemaligen Kollegen durchzulassen. Ich werde nervös.

„Wir lassen ihn einfach hier hochkommen?", raune ich.

Casimir lächelt angespannt. „Das wurde verhandelt. Tinom und Lothar werden die Kandidaten gemeinsam untersuchen, um zu bestätigen, dass keine Spuren verborgener magischer Vorteile vorhanden sind."

Kälte rauscht durch mich. „Er wird Petra so nahe kommen?"

„Mir gefällt es auch nicht, aber es soll unser Vertrauen zeigen. Die anderen Priester werden zusammen mit ihren Wachen dabei sein."

Es fühlt sich nicht an, als wäre das genug. Ohne ein weiteres Wort löse ich mich von der Wand und schleiche über die hell gestrichenen Bretter zwischen die hoch aufragende Ausrüstung.

Petra steht in der offenen Mitte, wo sich ihr nun die anderen drei Kandidaten anschließen: ein schlanker Mann mit einem Spitzbart, den ich als einen Grafen erkenne; ein muskulöser Kerl mit hartherzigen Augen, bei dem ich nicht überrascht wäre, wenn er einst beim Militär gedient hätte, und eine sehnige Frau mit elegant geflochtenen Haaren, die vermutlich eine Adlige niedrigen Ranges ist.

Sie tragen alle die vereinbarten Kleider aus einer schlichten kurzen Tunika und einer Hose. Die einzelne Stoffschicht bietet kaum Gelegenheit, kleine Klingen oder magische Amulette zu verstecken, und ihre engen Schuhe bieten auch keinen Platz, um eine Waffe zu verbergen.

Als Lothar die Treppe rechts von der Bühne hinabkommt, um sich neben Tinom zu stellen, husche ich hinter ihn. Der hochaufragende, schiefe Mann verströmt den Geruch eines rauchigen Rasierwassers, bei dem ich die Nase rümpfe. Es erinnert mich zu sehr an die mitternächtlichen Rituale, die seine Blutzauberer-Kollegen abhielten.

Ich nehme jedoch keine Magie wahr. Sogar als ich mich so nah zu ihm beuge, wie ich es wage, bemerke ich auf oder um seinen Körper herum nicht einmal schwache magische Vibrationen.

Er könnte seine Gabe zurückhalten, bis er direkt vor Petra ist. Oder vielleicht würde ihm seine Gabe nicht dabei helfen, sie zu sabotieren, weshalb er sich auf die Hilfe anderer verlässt.

Wenigstens weiß ich, dass er kein verzaubertes Objekt bei sich trägt, das ihr schaden kann.

Meine Magie vibriert durch meinen Oberkörper. Meine Finger krümmen sich in meine Handflächen und halten den Drang zurück, *ihn* dauerhaft zu verletzen, jetzt, da er endlich direkt vor mir ist.

Er weiß jedoch, dass sich das Publikum in gewisser Weise genauso zu seinen Gunsten auswirkt wie zu unseren. Wenn Petras Verbündete den Anführer des Ordens scheinbar grundlos töten, wird es den Anschein machen, als wären all seine Behauptungen wahr.

Selbst wenn es wie ein Unfall aussieht, werden seine Leute es auf Verrat schieben.

Wir müssen ihn wie einen Ebenbürtigen anstatt wie einen Kriminellen behandeln, bis er sein wahres Gesicht zeigt.

Ich sperre meine Macht trotz ihres wilden Brennens tief in

mir ein und lauere in der Nähe, als er die Reihe der Kandidaten abschreitet. Er untersucht jeden seiner Teilnehmer bloß flüchtig, da er sie bereits kennt. Jegliche heimlichen Vorteile, die sie verbergen, hat er abgesegnet.

Als er vor Petra stehen bleibt, spanne ich mich noch stärker an und konzentriere all meine Sinne auf jede noch so winzige Bewegung seines Körpers. Petra steht steif da und ihre Augen sprühen Funken, als sie den Blick des Mannes erwidert, der vor ihren Augen ihre Eltern ermordet hat. Ihre Wachen treten vor, um sie besser zu schützen.

Lothar fährt mit den Händen durch die Luft rings um ihren Körper, als würde er sie testen, doch ich nehme noch immer keine Magie bei ihm wahr. Nach seiner grimmig zufriedenen Miene zu urteilen, glaube ich, dass er bloß hofft, sie einzuschüchtern.

Nun, es würde schrecklich verdächtig wirken, sollte sie irgendetwas Schlimmes erleiden, während er direkt vor ihr steht. Mit jeglicher Sabotage, die er plant, wird er leichter davonkommen, wenn die Prüfungen erst einmal begonnen haben.

Ich atme erst aus, als er sich von ihr entfernt. Tinom beendet seine Untersuchung des letzten Kandidaten des Ordens und tritt vor die Bühne.

Magisch verstärkt schallt seine Stimme über die Menge. „Jetzt wird jeder der Kandidaten vor dem Allesgeber und allen Gottlen schwören, dass er weder seine eigene Gabe noch die anderer benutzen wird, um Hilfe bei diesen Prüfungen zu erhalten. Sie kommen ohne Vorwissen der richtigen Antworten oder Herangehensweise zu diesen Prüfungen. Sie akzeptieren ihr Urteil, das aufgrund ihrer eigenen sterblichen Fähigkeiten gefällt wird.“

Als die Kandidaten einer nach dem anderen ihren Schwur ablegen, husche ich zurück in den Spionage-Alkoven. Ich bin gerade erst zurückgekehrt, als Filip zu unserem Teil der Plattform eilt.

Der Abtrünnige des Ordens wendet sich mit unsicherer Miene an uns. „Die drei Opferkomplizen, die mitgekommen sind für den Fall, dass sie für uns sprechen müssen … sie wollen in der Nähe von Ivy und Sulla bleiben."

Sulla wendet sich ihm zu und stellt die offensichtliche Frage für mich. „Warum?"

Er scheint nach Worten zu suchen. „Ich bin mir nicht sicher … ich …"

„Wir glauben, dass wir helfen können." Einer dieser Komplizen humpelt, gestützt von einem Mann aus Pima, am Fuß der Plattform entlang, um neben uns zu treten. Poltus' Stimme klingt belegt und der lange Umhang und die lockere Hose, die er anhat, verbergen nur einen Teil der Verstümmelungen, die man ihm zugefügt hat. Allerdings wollten wir sie nicht mehr unter ihren Schleiern verstecken.

Der augenlose, nasenlose Mann dreht sein verstümmeltes Gesicht zu uns. „Die Blutzauberer haben zuvor mit den falschen Absichten auf unsere Macht zugegriffen. Ihr versucht, das wieder in Ordnung zu bringen. Und je mehr ihr eure eigene Macht einsetzt, desto anstrengender ist es für euren Verstand. Das stimmt doch, oder? Wenn wir euch so viel wie möglich von unseren Gaben leihen, könnt ihr einen kleineren Teil eurer zerrissenen Magie wirkungsvoller einsetzen."

Ein scharfer Schmerz durchbohrt mein Herz. Da es keine Rolle spielt, dass ich getarnt bin, weil Poltus ohnehin nicht sehen kann, halte ich mich nicht zurück und sage: „Wir würden niemals verlangen, euch so zu benutzen, wie sie es getan haben."

Der Mann gibt einen abweisenden Laut von sich. „Ihr verlangt es nicht. Wir bieten es an. Es gibt nicht viel, was wir in unserem aktuellen Zustand beitragen können … Bitte, lasst uns tun, was wir können, um den Frieden in Silana wiederherzustellen."

Ich weiß nicht, wie ich gegen diese Bitte protestieren kann.

Sulla neigt respektvoll den Kopf mit einem Rascheln ihres Kleides. „Wir wissen eure Unterstützung mehr zu schätzen, als ihr euch vorstellen könnt. Danke schön."

Poltus sinkt neben der Plattform ins Gras, wo er aus dem Weg ist und es hoffentlich einigermaßen bequem hat. Seine zwei Kameraden humpeln zu ihm.

„Ich wünschte, wir könnten die Prüfungen selbst sehen",

raunt die einzige Frau den anderen zu und der Schmerz in meiner Brust dehnt sich in meinen Rippen aus.

Die Blutzauberer haben den Leuten, denen sie angeblich helfen wollten, so viel Zerstörung und Schmerz zugefügt. Ich muss alles in meiner Macht Stehende tun, um sicherzustellen, dass ihre Herrschaft heute endet.

Tinom ruft die Priester zu sich, die er aus neun Tempeln in der Nähe eingeladen hat. „Ein Priester jedes Gottlens wird eine Aufgabe stellen, die zu der Ausrüstung passt, die wir zur Verfügung gestellt haben. Er wird die Ergebnisse selbst und mit göttlicher Führung beurteilen", verkündet er der Menge. „Der Anführer Silanas sollte in jedem Bereich Stärken haben, die unsere Gottheiten für wichtig halten. Dem Orden der Wildheit wurde die Gelegenheit gewährt, selbst Priester zur Verfügung zu stellen, um die Kandidaten einzuschätzen, sollten sie mit dem Ergebnis nicht einverstanden sein."

Ich verziehe das Gesicht. Wir können zweifelsohne mit einer Menge Unstimmigkeiten rechnen.

Der magische Berater breitet seine Hände aus, als wolle er alle willkommen heißen. „Die Abfolge der Prüfungen wurde zufällig ausgewählt. Wir beginnen mit Prospira, unserer Gottlen des Wohlstands und Wachstums."

Er macht die Geste der Gottheiten vor seiner Brust, die vom gesamten Publikum nachgeahmt wird.

Ein Mann in der gelben Robe Prospiras erklimmt die Plattform und bedeutet einigen Gläubigen in schlichten Kleidern, ihm zu folgen. „Wir haben unsere eigene Prüfung mitgebracht, um sicherzustellen, dass sich keiner der Kandidaten im Voraus vorbereiten konnte. Meine Gläubigen und ich wurden von dem Ruf inspiriert."

Die Gläubigen enthüllen jeweils einen identischen Miniaturbaum, der komplett aus Holz geschnitzt wurde. Früchte in der Größe eines Daumenabdrucks lugen zwischen den dichten Blättern hervor.

Der Priester stellt vor jeden Kandidaten eine der Figuren. „Bitte untersucht euren Baum. Ihr werdet feststellen, dass sich jeder Teil des Gebildes nach Belieben abtrennen lässt. Denkt gründlich nach und zieht die Prinzipien in Erwägung, die

Prospira wichtig sind. Wählt den eurer Meinung nach wichtigsten Teil der Pflanze aus. Wichtig ist, dass ihr den Grund für eure Entscheidung erklären könnt."

Er wendet sich an Tinom. „Kannst du dein Geschick für Illusionen nutzen, um das Bild für das Publikum zu vergrößern, so wie du es bei unseren Stimmen getan hast?"

Tinom reibt die Hände aneinander. „Ein exzellenter Vorschlag."

Als sich die Kandidaten nach unten beugen, um ihre Bäume zu untersuchen, die jeweils bis zu ihrer Taille reichen, schimmert die Luft vor ihnen. Tinom projiziert das Bild eines Baumes in die Luft. Dieser ist doppelt so groß wie ein Mensch und zeigt sich überlappende Bewegungen von geisterhaften Händen, da die Illusion darstellt, wie alle vier Kandidaten ihren Baum untersuchen.

Nun, es macht nicht den Anschein, als könnte Petra bei dieser Prüfung in Gefahr geraten, allerdings weiß ich nicht, wie ihre Antwort im Vergleich zu denen der anderen abschneiden wird. Wie viel Zeit hat sie mit Gedanken an Bäume verbracht?

Ich konzentriere mich auf die Leute abseits der Plattform, sende meine Sinne aus und halte nach den geringsten Hinweisen auf einen Angriff Ausschau. Neben mir lässt Stavros ebenfalls den Blick über die Menge schweifen, wobei ein Beben durch die Luft geht, was mir verrät, dass er sich auf seine Gabe konzentriert.

Urplötzlich trifft mich von oben ein schärferes Kribbeln. Irgendein Zauber rast auf die Plattform zu – wurde er dort hochgeschleudert, um seine Quelle zu tarnen?

Mein Herz macht einen Satz und ich packe Rheaves Arm. „Magie über ihnen!"

Mehr muss ich nicht sagen. Der Daimon-Mann reißt einen Arm empor und ein schwaches Knistern seiner übernatürlichen Energie bebt durch die Luft.

Seine Abwehranstrengung spaltet sich in ein Dutzend winzige Blitze – und einer der kleinen Blitze knistert, als er gegen den Zauber prallt, bevor dieser Petra treffen kann.

Ich wirble herum und betrachte die Menge. Mein Blick huscht nach links und rechts, bevor er auf einer Frau landet, die einige Reihen entfernt von der Plattform steht und gerade mit entschlossener Miene die Hand hebt.

Rheave kann sie von hier nicht treffen. Mein Herz setzt noch einen Schlag aus, doch mir fallen die Worte ein, die Sulla mir gepredigt hat.

*Sogar sehr kleine Taten können eine große Wirkung haben.*

Mein Verstand springt zu einer angemessenen Gegenwirkung. Ich entsende einen Strahl meiner Magie, um einen Erdhügel unter der Plattform platt zu drücken – und stoße einen ebenso großen Hügel unter den Füßen der Blutzauberin nach oben.

Sie stolpert, kracht mit den Schultern gegen den Mann neben sich und der Angriff, den sie als Nächstes ausschicken wollte, verpufft.

Ein anderer Magiestrom fließt an mir vorbei, dieser kommt jedoch von den zusammengedrängten Opferkomplizen und schwebt zu Sulla. Mit ihrer vergrößerten Macht richtet sie ihre Aufmerksamkeit auf die Frau, die ich ins Visier genommen habe.

Der Körper der Blutzauberin wird von einem so starken Leuchten erfasst, das sogar im heller werdenden Sonnenlicht zu sehen ist. Die Leute um sie herum schauen sie an und starren.

Mit gehetzter Miene drängt sie sich durch die Menge. Vielleicht hat sie Angst, dass sie eine schlimmere Bestrafung erwartet.

Während wir magische Angriffe abgewehrt haben, scheinen die Kandidaten eine Entscheidung getroffen zu haben. Sie haben sich alle aufgerichtet und verbergen ihr gewähltes Baumstück in den geschlossenen Händen.

Der Priester Prospiras beginnt auf der Seite, die am weitesten von Petra entfernt ist. Er gibt dem bärtigen Grafen ein Zeichen. „Was hast du gewählt?“

Der Graf hält ein Holzstück hoch, das im Grunde genommen nur ein rechteckiges Stück ist. Tinom vergrößert auch dieses Bild, sodass ein zweiter riesiger Mann wie ein gewaltiges Gespenst über seinem tatsächlichen Selbst aufragt.

„Das Holz des Baumes ist das Wichtigste“, verkündet er. „Es erlaubt den Leuten, ihre Häuser zu bauen und sie mit Feuer zu wärmen. Es ermöglicht ihnen, Wagen herzustellen, mit denen sie ihre Waren zum Markt bringen und Einkäufe nach Hause schaffen können. Außerdem bietet es Tieren ein Zuhause."

Der Priester summt und ein Raunen geht durch die Menge. Das klingt für mich nach einer vernünftigen Antwort.

Ohne ein Urteil abzugeben, schlendert der Priester zu dem bulligen Mann mit der Ausstrahlung eines Soldaten. „Und du?"

Als Tinoms Illusion zu ihm gleitet, hält der Soldat eine der Holzfrüchte hoch. „Die Frucht des Baumes versorgt sowohl Menschen als auch Tiere mit Nahrung. Man kann nichts bauen, wenn man am Verhungern ist."

„Wie wahr", stimmt der Priester zu und geht zu der sehnigen Adligen weiter. „Was denkst du?"

Sie hält ein Stück hoch, das identisch zu dem des Grafen ist. „Ich habe mich aus den gleichen Gründen ebenfalls für Holz entschieden. Außerdem kann es zum Bau von Brücken, Scheunen, Zäunen und Tempeln benutzt werden ... alles, was eine Gesellschaft zum Wachsen braucht."

„Viele exzellente Gedanken." Die Stimme des Priesters bleibt ruhig. Er erreicht Petra und verneigt den Kopf vor ihr. „Hast du etwas Neues zu sagen?"

„Das habe ich tatsächlich."

Petra öffnet ihre Hände. Ich brauche eine Sekunde, bis ich realisiere, dass sie eine der Früchte festhält – allerdings nur eine halbe Frucht, deren Innenseite mehrere Samen zeigt.

Sie fährt die winzigen Ovale nach. „Die Samen sind wichtiger als alles andere, denn sie ermöglichen es, dass weitere Bäume wachsen können. Aus einem Baum kann kein Haus oder Zaun erbaut werden. Außerdem kann er eine Familie höchstens einige Tage ernähren. Je mehr Bäume man anpflanzen kann, desto mehr kann man anbieten."

Ein Lächeln berührt meine Lippen. Ja, genau das ist es.

Ein Herrscher muss nicht nur an den aktuellen Augenblick denken, sondern daran, wie das ganze Land gemeinsam florieren kann.

Ein plötzlich aufbrandender Applaus, der von einigen Jubelrufen durchbrochen wird, fegt durch die Menge. Petra bewahrt die Fassung, ihr Gesicht hellt sich jedoch ein wenig auf.

Der Priester lächelt ebenfalls. „Gesprochen wie jemand, der wahrhaftig Prospiras Hoffnungen für uns alle versteht. Das ist die Antwort, nach der ich gesucht habe."

Ein Mann in der roten Tunika des Ordens stampft in der Nähe der ersten Zuschauerreihe mit dem Fuß auf. „Wartet mal! Woher wissen wir, dass du der falschen Prinzessin die Antwort nicht im Voraus verraten hast?"

Der Priester legt seine Stirn in Falten. „Ich würde meine Gottlen nicht entehren, indem ich sie um eine angemessene Prüfung betrüge. Aber wenn du meiner Antwort nicht vertraust, können wir die Daimon fragen, ob sich Prinzessin Petras Antwort aufrichtig anfühlte."

Die gefangenen Daimon haben den anderen Geistwesen anscheinend einen unsichtbaren Stups gegeben oder vielleicht haben es die Wesen selbst verstanden. Jedenfalls erhebt sich ein Streifen aus Funken und fließt um Petras Körper, als würden sie ihre Zustimmung geben.

„Aber ...", protestiert der Mann.

Lothar hält seine Hand hoch, um ihn zu unterbrechen. „Lass es auf sich beruhen."

Ich mustere ihn durch die Lücken in der Mauer. Warum wehrt er sich nicht mit Händen und Füßen gegen jedes Urteil? Macht er sich Sorgen, welchen Eindruck er macht, und wartet auf eine bessere Gelegenheit?

Oder *weiß* er, dass er die Gelegenheit, die er braucht, später erhalten wird?

Die grün gekleidete Priesterin Esteras tritt als Nächste vor und hält eine Kiste mit mehreren glänzenden Bällen in der Größe der Köpfe der Kandidaten hoch. Sie reicht jedem Kandidaten einen Ball. „Ich werde die Kugeln bei jeder richtigen Antwort aufleuchten lassen. Ein Herrscher, den Estera unterstützen kann, wird die Geschichte verstehen, die uns zu diesem Ort gebracht hat, und kennt unsere Nachbarländer so gut wie unser eigenes. Ihr habt zehn Gelegenheiten, euer Wissen unter Beweis zu stellen."

Sie geht die Fragen in einem steten Tempo durch, bei denen sie die Auswirkungen der darischen Herrschaft, den Sturz des Kaiserreichs und vergangene Beziehungen zu unseren

Nachbarländern anspricht. Abschließend stellt sie drei Fragen auf Veldunisch, Bryfesch und Icarianisch.

Mit jeder richtigen Antwort, die Petra gibt, leuchtet ihre Kugel heller – und die anderen Kandidaten geraten immer mehr ins Straucheln. Was immer ihr Vorwissen war und sie sich bei den überstürzten Lektionen angeeignet haben, zu denen Lothar sie bestimmt gezwungen hat, kann nicht mit der Frau mithalten, die von Geburt an zur Thronerbin erzogen wurde.

Ich vermute, dass Petra als Zehnjährige jede dieser Fragen beinahe genauso gut hätte beantworten können, wie sie es jetzt tut.

Keiner der übrigen Kandidaten spricht alle drei der anderen Sprachen gut genug, um diese Fragen zu beantworten. Am Ende der Fragerunde stehen sie steif da. Der Soldat hat vor Frust ein rotes Gesicht und die Adlige schürzt unglücklich die Lippen.

Ich habe keine weiteren Angriffe entdeckt, doch bevor die Priesterin ihr Urteil verkünden kann, hebt Lothar die Stimme. „Ihr wurdet von den Verbündeten der Prinzessin ausgewählt, Eure Heiligkeit. Ich möchte, dass ein Priester, den der Orden der Wildheit ausgewählt hat, sie mit einigen Fragen prüft, die sie nicht erwartet."

Unsere Priesterin tritt zurück. Als ein Mann in einer grünen Robe die Bühne betritt, spanne ich mich an. Er wahrt jedoch einen achtsamen Abstand zu Petra, als wolle er nicht den Anschein einer Bedrohung erwecken.

Er stellt ihr eine Reihe Fragen in denselben drei Sprachen und danach noch eine auf Wudisch und eine auf Darisch. Wegen meines Wissens in einigen der Sprachen, die ich verstehen kann, weiß ich, dass es lange Fragen sind, die viel komplizierter sind als die, welche die Priesterin gestellt hat. Petra beantwortet jedoch jede ruhig und ohne sich aus dem Gleichgewicht bringen zu lassen.

Der Priester deutet seine Zustimmung an, es schleicht sich jedoch ein spöttischer Unterton in seine Stimme. „Noch eine letzte Frage. Die Schlacht von Raclawnem ... wie haben die Truppen deiner Urgroßmutter den Tag gewonnen?"

Meine Haut kribbelt, da ich das Gefühl habe, dass dies eine Falle ist, aber Petra zögert nicht. „Es gab keine Schlacht von

Raclawnem. Raclawnem ist eine kleine Stadt in einem Tal in der Nähe des Keils. Die bedeutsamen Schlachten, die meines Wissens in dieser Gegend ausgetragen wurden, fanden während der Rebellion gegen das Kaiserreich in der Grafschaft Mevild statt und vor der Stadt Accia während der Herrschaft meines Großvaters."

Mein Blick huscht zu dem Priester. Anscheinend hat er darauf gehofft, sie bei einer Lüge zu erwischen oder als unfähig darzustellen. Stattdessen hat er das Gegenteil erreicht.

Er gluckst kurz und neigt den Kopf. „Meine Befragung ist beendet."

Als er die Plattform hinabsteigt, meine ich, zu sehen, wie er Lothar kurz einen entschuldigenden Blick zuwirft. Eine weitere Runde Applaus schwillt an.

Ein Priester in der grauen Robe meines selbsternannten Gottlen-Beschützers übernimmt die nächste Prüfung, wozu er die Kandidaten in die großen, komplizierten Kisten führt, die von den Handwerkern des Barons erbaut wurden. Casimir hat auch bei diesen Ratschläge gegeben. Sie sind in der Farbe bedrohlicher Donnerwolken gestrichen worden, um das Gefühl einer Gefahr zu vermitteln. Die ineinander verschlungenen Teile haben einen silberfarbenen Schimmer, damit leicht erkannt werden kann, wenn jedes Teil auf dem Weg zur Freiheit geöffnet wird.

Während der Priester den Kandidaten und dem Publikum erklärt, dass dies identische Rätselkisten sind, welche die Klugheit und den Einfallsreichtum testen sollen, bemerke ich einen schlanken Mann, der sich am Rand der Menge entlangbewegt.

Er bückt sich, um mehrere Schritte von der Ecke der Bühne entfernt etwas auf dem Boden abzulegen. Dann geht er zu einer Stelle weiter, an der die Masse der Zuschauer an den Seiten der Plattform weniger dicht ist, und legt ein anderes Objekt ab.

Seine Bewegungen haben nichts besonders Bedrohliches an sich. Die Wachen machen keine Anstalten, ihn aufzuhalten. Doch etwas an seinem akribischen Verhalten bringt bei mir alle Alarmglocken zum Schrillen.

Ich stoße Casimir an und deute zu dem Mann. „Was hältst du von seinen Absichten?"

Casimir mustert ihn kurz, während der Mann an der Seite der Bühne entlanggeht. „Ihm ist das Ergebnis der aktuellen Prüfung egal. Ich vermute, das liegt daran, dass er vorhat, dieses zu ändern. Wenn ich …"

Ein Hauch Magie kitzelt an mir vorbei und der Kurtisan atmet scharf ein. „Es würde ihn am glücklichsten machen, wenn ich in die andere Richtung schaue und so tue, als hätte ich ihn nie bemerkt. Er versucht definitiv irgendeine Form von Sabotage."

Meinem Verstand fallen mehrere Möglichkeiten ein und meine Brust schnürt sich zu bei dem Gedanken daran, meine Magie schon wieder einzusetzen. Doch ich habe die Opferkomplizen unter mir, die darauf warten, die eine Rolle zu erfüllen, die sie spielen können.

Einen Anflug von Übelkeit ignorierend, berühre ich Stavros' Hand. „Gib den Wachen ein Zeichen, dass sie sich bereithalten sollen."

Anschließend richte ich meine Konzentration nicht nur auf mein Ziel und ein paar Holzstücke, die am Fuß der Plattform liegen, sondern auch auf die verstümmelten Komplizen.

Eine Woge der Energie rauscht durch mich und treibt meine Magie schneller aus mir. Obwohl ich nur eine kleine Tat im Sinn habe, muss ich an meiner Macht reißen, um einen Teil von ihr zurückzuhalten.

Die zwei Holzstücke bewegen sich und rasten ineinander ein – und die Knöpfe an der Hose des Mannes zerreißen. Der lose Stoff fällt augenblicklich zu seinen Knöcheln.

Er stolpert und fällt nach vorne. Mehrere der Objekte, die er festgehalten hat, fallen aus seinen Armen.

Augenblicklich eilen die Wachen vor, die Stavros alarmiert hat, um den Kerl in Gewahrsam zu nehmen, seine Last zu konfiszieren und zu untersuchen.

„Das hast du gut gemacht", lobt Sulla leise. „Eine Herausforderung weniger."

Ich bringe nicht mehr als ein angespanntes Grinsen zustande. „Wer weiß, wie viele noch auf uns warten."

# Neununddreissig

*Ivy*

Es macht den Anschein, als sei der Graf, den Lothar ausgewählt hat, ziemlich klug. Er schlägt Petras Geschwindigkeit beim Lösen der Rätselkiste, allerdings nur um wenige Sekunden.

Das erschüttert ihr Selbstvertrauen jedoch nicht im Geringsten. Sie geht die nächsten zwei Prüfungen mit derselben kühlen Entschlossenheit an, mit der sie sich den vorhergehenden gewidmet hat.

Und ohne bedeutsame Einmischung der Blutzauberer. Sulla wirft noch eine Gestalt um, die versucht, einen Zauber auf die Bühne abzufeuern, und dann gibt es keine weiteren Vorfälle.

Meine Schultern beginnen, zu schmerzen, weil sie schon so lange angespannt sind. Mein Blick huscht fortwährend über die Menge und gleitet immer weiter, da mehr und mehr Zuschauer aus Gegenden abseits der Stadt ankommen.

Dann marschiert die rot gewandete Priesterin Sabrelles auf die Bühne und mein Magen verknotet sich. In ihre Prüfung wurde der größte Teil unserer Baubemühungen gesteckt und sie allein birgt bereits viele Gefahren.

Mehrere Arbeiter schieben das Gerät vollständig zusammen, wobei Holz über Holz schabt. Einige Gläubige Sabrelles treten vor und fügen ihre Magie hinzu, wodurch sich das Rad aus Klingen dreht und die bruchstückhafte Brücke hoch über unseren Köpfen erbebt. Die scharlachroten Streifen, die Casimir von den Bauarbeitern aufmalen ließ, verleihen dem Gerät den Eindruck lauernder Brutalität.

Die Priesterin deutet mit der Hand auf das gewaltige Konstrukt. „Jeder der Kandidaten wird diesen Parcours aus körperlichen Herausforderungen durchlaufen. Sabrelle möchte Mut, körperliche Kraft und logistische Strategie in einem Herrscher sehen. Jeder Kandidat, der den Parcours nicht beenden kann, wird disqualifiziert.“

Lothar mischt sich mit einer lauten Forderung ein. „Die Prinzessin sollte den Parcours als Erste machen. Sie hatte den Vorteil, den Aufbau des Parcours beobachten zu können … Die anderen Kandidaten sollten den Vorteil haben, ihr dabei zuzuschauen, wie sie ihn durchläuft.“

Ich mache ein finsteres Gesicht. Die Wahrheit ist, dass Petra das Baugebiet gemieden und darauf bestanden hat, dass man ihr im Voraus keine Einzelheiten über die Prüfungen verrät – sie weiß genauso wenig wie die anderen Kandidaten, wie sie die verschiedenen Hindernisse überwinden soll.

Doch wir haben keine einfache Methode, um das dem Publikum zu beweisen.

Bevor mir ein gutes Argument einfällt, nickt Petra akzeptierend. „Ich werde den Parcours als Erste absolvieren.“

Sie tritt zur Startrampe mit den winzigen, unregelmäßigen Handgriffen. Es ist schwer, sich weiterhin auf die Menge zu konzentrieren, wenn sie sich gleich einer Reihe todesverachtender Gefahren stellen wird.

Ich lasse den Blick über die Gestalten hinter der Plattform schweifen, bis meine Sicht verschwimmt. Die Priesterin verkündet den Beginn der Prüfung. Petras Füße poltern die Holzoberfläche empor.

Und Stavros stößt ein warnendes Grunzen aus. „Etwas wird in weniger als einer Minute passieren, um Petra zu erschrecken und sie ins Stolpern zu bringen. Danach zu urteilen, wie alle reagieren, ist es vermutlich ein lautes Geräusch. Ich konnte nicht sehen, woher es kommen wird."

Er springt zur Seite der Bühne, um den Wachen genaue Anweisungen zu erteilen. Dutzende drängen sich in die Menge, doch ich kann bereits erkennen, dass sie auf keinen Fall alle überprüfen können in den wenigen Sekunden, die uns bleiben.

Ich riskiere es, ebenfalls aus unserer Nische zu schlüpfen, und eile in meinem unsichtbaren Zustand zum vorderen Bühnenrand. Mein Blick gleitet erneut über die Menge und zu den hinteren Bereichen …

Da. Eine Frau, die ungefähr zwanzig Reihen von der Bühne entfernt ist, hebt ein schmales, metallisches Objekt an ihre Lippen – eine Art Instrument?

Ich habe keine Zeit, die Wachen auf sie aufmerksam zu machen. Ich greife auf das magische Kribbeln zu, das zwischen mir und den Opferkomplizen fließt, und lasse es meine Macht anstoßen.

Der Verschluss meines Umhangs dehnt sich aus und der Hals des Horns wird nach innen gedrückt, gerade als die Frau hineinbläst. Ein Quietschen erreicht meine Ohren, das so leise ist, dass ich es wahrscheinlich nicht gehört hätte, wenn ich nicht so angestrengt gelauscht hätte.

Um sicherzugehen, drücke ich das Rohr noch fester zusammen.

Stavros hat sie jetzt entdeckt. Als er die Wachen auf sie aufmerksam macht, damit sie verhaftet werden kann, schlüpfe ich zurück in mein Versteck, ohne dass es jemand mitbekommt.

Inmitten unserer Panik hat Petra die Hälfte des Parcours bewältigt. Als ich mir erlaube, zu ihr aufzuschauen, kann ich sehen, dass sich die militärische Ausbildung bezahlt macht, auf die sie auf der Akademie bestanden hat.

Sie springt so schnell über die nicht miteinander verbundenen Bretter der Brücke, dass deren ruckartige Bewegungen sie nicht ins Straucheln bringen. Sie hält nur kurz inne, um die Geschwindigkeit der wirbelnden Klingen einzuschätzen, bevor sie vorspringt, sich duckt und zwischen ihnen hindurchschlängelt.

Ein schmerzerfülltes Keuchen dringt an meine Ohren,

woraufhin ich zusammenzucke und meinen Blick wieder auf die Menge richte. Doch ich glaube nicht, dass es ein Sabotageakt war, sondern an der Schwierigkeit des Parcours lag.

Als sich Petra schließlich durch die Seilschlingen drückt, um auf der anderen Seite des Parcours zu erscheinen, rinnt aus einem Kratzer an ihrem Oberarm Blut.

„Zwei Minuten, siebenunddreißig Sekunden", verkündet die Priesterin. „Zweiter Kandidat!"

Trotz des Vorteils, dass er einen Durchlauf beobachtet hat, und trotz seiner Muskelkraft scheinen dem Soldaten die Hindernisse Schwierigkeiten zu bereiten, bei denen es auf Geschicklichkeit ankommt. Er kämpft sich mühsam durch die Seile und überquert die Ziellinie mit einer Zeit, die nur minimal schneller ist als Petras.

Die Adlige muss mehrere Male als Vorsichtsmaßnahme anhalten und braucht über vier Minuten.

Der Graf saust voller Arroganz in den Parcours, die sich als Selbstüberschätzung entpuppt. Auf halbem Weg über die Brücke rutscht er aus, stolpert und fällt zwischen den Brettern hindurch.

Er knallt mit einem Knirschen brechender Knochen und einem Schmerzensschrei auf die Bühne. Die Arbeiter und ein Heiler eilen herbei, der sich bereitgehalten hat.

Danach zu urteilen, wie verdreht die Glieder des Grafen sind, glaube ich, dass er sein Bein gebrochen hat.

Die Priesterin Sabrelles verkündet vollkommen gleichgültig: „Der vierte Kandidat ist aus den Prüfungen ausgeschieden."

Das Publikum scheint es auch nicht zu stören. Mit jeder Prüfung, die damit endet, dass Petra ihr Können unter Beweis stellt, werden die Jubelrufe für sie lauter.

Sie hat die meisten Prüfungen gewonnen und bei den anderen beiden einen knappen zweiten Platz belegt. Es ist offenkundig, wer der Vorreiter ist.

Die Siege meiner zukünftigen Königin halten auch bei den nächsten Prüfungen an. Als wir die letzte Prüfung erreichen – die für Creaden, der Gottlen, der als Patron von Führung und Autorität gilt – brandet in der Menge jedes Mal Applaus auf, wann immer Petras Name erwähnt wird.

Es war ein langer Morgen, doch die Gesichter der Zuschauer leuchten erwartungsvoll.

Der Priester in der lilafarbenen Robe schiebt drei glatte Holztürme vor und versammelt ein Trio seiner Gläubigen am Fuß jedes Turms. Er deutet auf den Sitz, der an der Spitze jedes Turms befestigt wurde und über den Wirbeln aus Violett und Mitternachtsblau der Basis in einem goldenen Gelb schimmert. „Ihr werdet jeweils mit euren Untergebenen zusammenarbeiten, um euren Thron zu erreichen. Ihr werdet nicht nur nach der Geschwindigkeit beurteilt."

Bevor er den Befehl zum Anfangen geben kann, strömt ein magisches Kribbeln über meine Haut. Mein Kopf zuckt in die entsprechende Richtung, doch einen Augenblick später berührt mich eine andere Strömung und noch eine – als würden ringsum die Bühne Zauber gewirkt werden.

Neben mir versteift sich Sulla. „Was in den Reichen ist *das*?"

Ich wirble herum und versuche, den Schwarm aus Eindrücken zu sortieren. „Es kommt von überallher Magie", erkläre ich unseren Kameraden. „Nichts davon ist besonders stark … Nichts *passiert* bisher …"

Sullas Augen werden groß. „Es ist eine Ablenkung. Sie wissen, dass wir ihre vorherigen Versuche bemerkt haben, weshalb sie versuchen, uns zu überwältigen, anstatt heimlich vorzugehen."

Casimir meldet sich mit leiser Stimme zu Wort. „Lothar sieht aus, als würde er sich auf etwas vorbereiten. Er läuft zur weiter entfernten Bühnenseite, als wolle er zur Rückseite gehen."

„Wir müssen …" Stavros unterbricht sich mit einem Zischen. „Ich habe einen kurzen Einblick erhalten … jemand wird aus dem Nichts auf der Vorderseite der Bühne erscheinen. Sie verwenden anscheinend Tarnmagie, wie sie in deinem Amulett steckt, Ivy."

„Weißt du, aus welcher Richtung derjenige kommt?", frage ich.

Er schüttelt ruckartig den Kopf.

Wenn es darum geht, sich einem Angreifer körperlich in

den Weg zu stellen, bin ich dazu viel geeigneter als meine ältere Kollegin.

Ich spanne meinen Kiefer an. „Sie werden es auf Petra abgesehen haben. Ich muss ihnen bloß in die Quere kommen."

Ich renne über die Vorderseite der Plattform, weiche dem Priester aus und halte mich von den Türmen fern, die mehrere Schritte vom Bühnenrand entfernt stehen.

Niemand reagiert, niemand kann mich wegen der Magie des Amuletts sehen. Sie starren alle das Spektakel der drei Kandidaten an, die versuchen, ihre menschlichen Helfer zu einer Art Leiter zu arrangieren, um den Turm zu erklimmen.

Anscheinend wird unter den Wachen und Daimon die Nachricht über die bevorstehende Bedrohung verbreitet, denn ihre Reihen vor mir regen sich misstrauisch und einige ziehen ihre Waffen. Rheave ist nach unten gesprungen und hat sich den anderen gefangenen Geistwesen angeschlossen. Sein Blick huscht um uns herum. Sie können den zukünftigen Angreifer allerdings genauso wenig sehen wie ich.

Ich positioniere mich direkt vor Petras Turm und verenge meinen Fokus auf das Vibrieren der Magie, die durch die Luft fließt.

Jemand wird angreifen. Jemand, der wie ich magisch getarnt ist.

Trotz der magischen Wirbel, die in der Nähe vorbeiwehen, sollte ich denjenigen spüren können, wenn er mir nahe kommt.

Mein Nacken kribbelt bei dem Gedanken daran, dass Lothar hinter mir herumschleicht, doch Stavros hat die Wachen bestimmt gewarnt, bei ihm ebenfalls nach bedrohlichem Verhalten Ausschau zu halten – und er sagte, dass der Angreifer, den ihm seine Gabe zeigte, auf der Vorderseite der Bühne erscheinen würde. Ich muss hierbleiben.

Grunzen und harsche Atemzüge dringen von den Türmen hinter mir. Der Priester schlendert vorbei und mustert gelassen die Fortschritte der Kandidaten. Er ist sich der möglichen Katastrophe nicht bewusst.

Dann spüre ich es: eine stärkere magische Strömung, die beinahe geradewegs auf mich zufließt.

Sie geht über die Köpfe der Wachen vor der Bühne –

derjenige benutzt Flug und Unsichtbarkeit, um unbemerkt zu bleiben. Aber mir kann er nicht entgehen.

Ich verlagere meinen Stand, um der Wahrnehmung zu folgen, die ich aufgefangen habe, und ziehe das Messer an meiner Hüfte. Mein Puls hämmert mir in den Ohren.

Meine zerrissene Macht rumort in mir und drängt mich, den Eindringling aus der Luft zu pusten.

Nein. Ich muss meinen gesunden Verstand nicht noch mehr angreifen, als ich es bereits getan habe.

Und je weniger diese Konfrontation von Petras wahrscheinlichem Sieg ablenkt, desto besser.

Die Empfindung näher kommender Magie dröhnt lauter, bevor sie direkt am Bühnenrand aufzuhören scheint. Ohne zu zögern, stürze ich mich auf die Präsenz, die ich vor mir fühlen kann.

Unsere Körper prallen gegeneinander und eine Frau in einem Umhang kommt vor mir in Sicht, als sie zur Seite taumelt, um nicht von der Bühne zu fallen. Ich klammere mich an ihre Tunika und zwinge sie, mich mit sich zu ziehen.

Sie flucht und schlägt mit einer Klinge nach mir. Ich schaffe es, den Kopf aus dem Weg zu ziehen, und reiße meine Hand hoch in dem Versuch, sie zur Aufgabe zu zwingen, indem ich mein Messer an ihre Kehle führe.

In der letzten Sekunde windet sie sich teilweise unter mir hervor. Als ich ihr hinterherspringe, schlägt sie erneut mit dem Messer nach mir. Ihr Stiefel kracht in meinen Magen, als ich ausweiche.

Ich stolpere rückwärts und ein Chor aus Keuchen erhebt sich aus dem Publikum. Als ich mich umsehe, starren die meisten Zuschauer *mich* an anstatt die Prüfung.

Meine Hand huscht zu meinem Hals und findet nichts. Die Angreiferin muss mit einem der Schnitte, denen ich ausgewichen bin, die Kette mit meinem Amulett zerschnitten haben.

Sie ist noch unsichtbar bis auf das Summen der Magie, das sie aussendet. Es ist keine Zeit, sich Sorgen zu machen, weil ich nun sichtbar bin. Ich renne in die Richtung, in die sie stolpert.

Ich stoße so heftig mit ihr zusammen, dass ein Grunzen aus

ihrer Lunge gestoßen wird. Wir fallen wieder vornüber und mein Ellenbogen schabt über den Bühnenboden.

Ein Schrei erklingt hinter mir. Ich reiße den Kopf gerade rechtzeitig herum, um einen Magiestrahl auf mich zuschießen zu sehen – und Sulla sprintet über die Bühne.

Sie wirft sich mit einer Explosion ihrer Magie vor das sengende Projektil. Ich weiß nicht, warum sie nicht versucht hat, es abzulenken – vielleicht hat sie ihrem Fokus nicht vertraut, da sie ihre Magie noch nie im Kampf oder in diesem Ausmaß verwendet hat.

Der Strahl kracht in sie. Ihr Körper bricht zusammen und zuckt, als er auf dem Boden aufschlägt.

Ein Schrei bleibt mir in der Kehle stecken. Doch ich kann nicht zu ihrer Hilfe eilen, denn die Möchtegernattentäterin schlägt wie eine Wildkatze um sich.

Ich bin zu abgelenkt und der Dolch meiner Gegnerin erwischt mich am Kiefer. Eine brennende Linie öffnet sich in meinem Fleisch.

Ich schubse sie nach hinten und treibe sie zwischen zwei der Türme.

Ich muss sie von Petra wegbringen. Weg von den Augen der Zuschauer. Ich muss verhindern, dass dieser Angriff ein ausgewachsenes Desaster wird.

Die Frau ist eindeutig kampferfahren, hat jedoch nicht das Training erhalten, das ich auf den Straßen durchlaufen habe. Ich weiche ihrem nächsten Tritt aus und bücke mich, wodurch ich sie erneut von den Füßen reiße. Ich rolle mich zur Seite und ramme meinen Ellenbogen gegen ihre Nase.

Meine Magie windet sich in meinen Gliedern und wirft sich gegen meine Kontrolle. Ich muss die Attentäterin nur überwältigen … die Wachen wollen sie bestimmt befragen … Wenn sie offenbaren kann, dass sie nicht allein handelt, haben wir den Beweis, um Lothars Verhaftung zu verlangen …

Ein drängender Schrei kommt von der Rückseite der Plattform. In der Sekunde, in der ich aufschaue, nutzt die Frau ihre Gelegenheit. Sie zielt mit ihrer Klinge auf meinen Hals.

Mein Körper reagiert instinktiv. Ich zucke zusammen und meine Hand bewegt sich bereits.

Sie treibt meine Klinge in das Herz der Frau.

Ihr Körper sackt zusammen und ihr Messer streift meinen Hals bloß. Bitterkeit trübt die Erleichterung, die mich durchströmt, aber ich habe keine Zeit, um darüber nachzudenken.

Denn als Nächstes höre ich Stavros' angespannte und wütende Stimme. „Ivy, wir brauchen dich hier."

Als ich von der Leiche wegtrete, verblasst die Frau, die ich gerade getötet habe. Die Magie, mit der sie belegt war, benötigt anscheinend irgendeinen Auslöser, damit man sie entfernen kann.

Der einzige Beweis ihrer Existenz ist momentan das Blut, das langsam die Bodenbretter färbt, während es von ihrer zusammengebrochenen Gestalt davonfließt.

Ich schaue auf und erkenne, dass sich mehrere Wachen und einige Daimon in der Nähe versammelt haben. Alle sind bereit, sich einzumischen.

„Sie hatte einen Dolch ... sie war auf dem Weg zu Petra", berichte ich rasch. „Ich habe sie aufgehalten."

Stavros' Stimme kommt von weiter hinten aus den Schatten des geschwungenen Hindernisparcours. „Gut. Jetzt müssen wir uns mit diesem Verräter befassen."

Als ich mich aufrapple, dringt Casimirs beruhigende Stimme von der Vorderseite der Bühne an meine Ohren. Er spricht mit dem Publikum. „Unsere Wachen kümmern sich um das Sicherheitsproblem. Wir werden sicherstellen, dass jegliche Gefahr für die Kandidaten aus dem Weg geräumt wird."

Ich habe keine Ahnung, wie sich mein plötzliches Erscheinen und der verwirrende Kampf, den die Zuschauer gesehen haben, auf die Prüfung ausgewirkt hat. Das kann jetzt jedoch nicht einmal meine zweite Priorität sein. Als ich zu Stavros eile, sage ich bereits: „Sulla wurde von irgendeiner Magie getroffen. Sie sah schwer verletzt aus. Wir brauchen einen Heiler ..."

Eine der Wachen mischt sich ein. „Ein paar Gläubige von Elox sind bereits zu ihr gegangen, um zu schauen, ob sie etwas für sie tun können."

Sein Ton verrät mir nicht, ob sie zu dem Zeitpunkt

überhaupt noch am Leben war. Ich schlucke schwer und bleibe beim Anblick des Mannes auf der anderen Seite von Stavros' Schwert wie angewurzelt stehen.

Der ehemalige General hat Lothar teilweise gegen die Unterseite des Bogens gedrängt. Drei bewaffnete Männer bilden einen Halbkreis hinter dem Anführer des Ordens, sie sind jedoch auf unserer Seite und halten ihre Waffen bereit, sollte er eine plötzliche Bewegung machen. Einige weitere unserer Soldaten flankieren Stavros.

Alle machen steinerne Mienen, doch kein Gesicht ist so steinern wie Stavros'. „Nimm die Magie von dem Angreifer, von dem wir wissen, dass *du* ihn geschickt hast", knurrt er. „Dann wollen wir mal sehen, was wir vorfinden."

Lothar erwidert seinen Blick finster. „Ich weiß nicht, wovon du sprichst."

„Du bist aus irgendeinem bösartigen Grund hier hinten herumgeschlichen. Es hängt offensichtlich alles zusammen."

Der ehemalige Berater regt sich nicht. Er ist wirklich hervorragend darin, ein ausdrucksloses Gesicht zu machen, das muss ich ihm lassen.

Ich schätze, so etwas musste er gut beherrschen, um König Konram und den König vor ihm über all diese Jahre zu täuschen.

Schritte knarzen über die Bühne. Tinom schließt sich uns mit einem Seufzen an. „Ich sollte in der Lage sein, die Magie aufzulösen. Wo ist dieser Angreifer?"

Ich deute zu der Stelle, wo sich der Blutfleck ausbreitet. Er rümpft die Nase, bückt sich jedoch und spreizt die Hände.

Mein Herz hämmert einige Male heftig, bevor die verhüllte Frau vor unseren Augen Gestalt annimmt.

„Ich habe sie noch nie zuvor in meinem Leben gesehen", verkündet Lothar.

Stavros schnaubt. „Du kannst sie mit der hochgezogenen Kapuze auch jetzt kaum sehen. Jemand soll sie zurückziehen."

Ich habe sie getötet, weshalb ich denke, dass das meine Aufgabe sein sollte. Ich gehe neben ihr in die Hocke und ziehe das Stofftuch beiseite, das den Kopf der Frau verhüllt hat.

Dann kann ich nur noch starren.

Hellblonde Haare fallen um das blasse Gesicht der Frau. Sie wurden mit einer Tönung leicht rötlich gefärbt, die ich manchmal bei den Saftfärbemitteln der Außenbezirkler gesehen habe. Sie ist größer als ich, jedoch beinahe genauso dünn. Sie hat ein schmales Gesicht und ihr Kinn ist so spitz wie meines.

Sie ist nicht mein Zwilling, bei der Ähnlichkeit läuft mir allerdings ein Schauder über den Rücken.

Stavros' Kiefer mahlt. Ich glaube nicht, dass ihm die Einzelheiten entgangen sind.

Es ist Alek, der die Geschehnisse komplett zusammensetzt. Ich hatte das Herannahen des Gelehrten nicht gehört, seine angespannte Stimme erklingt jedoch wenige Schritte entfernt von mir, während er auf die Gestalt hinabblickt.

„Nachdem sie Petra ermordete, hättest du behauptet, Ivy hätte sie angegriffen. Dass sich die zerrissene Zauberin gegen die Prinzessin gestellt hätte, die sich mit ihr verbündet hatte.“

Sobald die Worte seinen Mund verlassen, kann ich die entsetzliche Schönheit des Plans erkennen. Lothar hätte Petra beseitigen und zugleich jegliche Schuld von sich und seinen Blutzauberern weisen können.

Das Publikum hätte natürlich nur allzu bereitwillig geglaubt, dass eine monsterhafte Zerrissene sich so abscheulich verhalten würde. Ich habe gehört, wie sie gesprochen haben, als wir gestern Nacht alles aufbauten.

Meine Magie schlägt um sich, weil sie ihn angreifen will, doch ich halte sie fest unter Verschluss und verschränke die Arme vor der Brust. „Wieso bist du zur gleichen Zeit hier hinten herumgeschlichen?“

Stavros macht ein finsteres Gesicht. „Einer unserer Leute fand ein Messer in seiner Tasche. Vielleicht wollte er sich einmischen und die Attentäterin ausschalten, um die absurde Idee zu untermauern, dass er der Held in diesem Szenario ist.“

Lothar schnaubt. „Ich höre bloß eine Menge Geplapper. Ihr könnt nichts von dieser unglaublichen Geschichte beweisen. Jetzt lasst mich an meinen Posten zurückkehren, damit ich das Ende der Prüfungen beaufsichtigen kann.“

Als würden wir wollen, dass er Petra auch nur ansieht,

nachdem er diesen Plan versucht hat. Wir wissen noch immer nicht, wozu *seine* Magie fähig ist.

Ich trete näher an ihn heran und stupse seine armlose Seite schnell mit einem Finger an. Vielleicht kann ich ihn zu einer Reaktion provozieren. „Das hier scheint ein viel besserer Ort für dich zu sein. Wir können dich auch zu deinen Opferkomplizen schicken, da ihr alle *so* viel aufgegeben habt.“

Ich lege Sarkasmus in meine letzten Worte, doch Lothars Gesicht zuckt, als würde er sich eine Grimasse verkneifen. Ich halte inne.

Warum stört ihn diese spezielle Aussage mehr als die Anschuldigungen, mit denen wir um uns geworfen haben?

Von ihm geht nicht das geringste bisschen Magie aus, selbst wenn ich ihm so nahe bin. Das bedeutet allerdings nichts – ich kann nur Energie wahrnehmen, die ausgesandt wird.

Mir fällt jedoch auf, dass ich in all der Zeit in Lothars Gegenwart *nie* einen Hauch von Magie bei ihm gespürt habe, nicht einmal als ich auf beengten Räumen seiner Kontrolle unterstand. Ich habe nie gesehen, wie er die theoretisch beeindruckende Gabe benutzt hat, die er besitzen sollte.

Ein Verdacht schleicht sich in meine Gedanken, den ich nicht abschütteln kann.

Ich trete noch näher an ihn heran und mustere Lothars Gesicht. „*Hast* du überhaupt eine Gabe oder hast du deinen Arm umsonst geopfert?“

Tinom lacht ungläubig, Lothar spannt sich jedoch an. Das reicht, um meinen Verdacht zu erhärten.

Ich wirble zu Tinom herum, der enger mit dem ehemaligen magischen Berater zusammengearbeitet hat als alle anderen noch Lebenden. „In all den Jahren, in denen ihr Kollegen wart, hast du jemals gesehen, dass er seine Gabe eingesetzt hat? Hat er jemals genau erklärt, woraus sie besteht?“

Tinom hält inne und seine Stirn runzelt sich. „Sie hatte etwas mit Tränken zu tun ...“

Stavros’ Augenbrauen heben sich. „Bei Tränken ist keine Gabe nötig, damit sie jemand richtig brauen kann, nur das Wissen um die Zutaten und Abläufe. War irgendeiner seiner

Tränke etwas, was niemand ohne magische Hilfe hätte herstellen können?"

„Das ist absurd", blafft Lothar.

Tinom ignoriert ihn und sein Blick richtet sich nachdenklich in die Ferne, bevor er ihn auf den anderen Mann heftet. „Wisst ihr, mir fällt kein Trank ein, auf den dieses Kriterium zutrifft. Ich habe es immer für selbstverständlich gehalten … kann allerdings nicht sagen, dass ich mich nicht geirrt habe."

Mein Magen verknotet sich. Wie schrecklich müssen Lothars Absichten als zwölfjähriger Junge gewesen sein, dass sein gewählter Gottlen entschied, ein so großes Opfer zurückzuweisen?

Wie schrecklich hat er sich daraufhin gefühlt? Wie viel stärker hat sich sein Moralgefühl nach einer so gewaltigen und dauerhaften Zurückweisung getrübt?

„Dann beweise es", erwidere ich mit angespannter Stimme, die kaum wie meine eigene klingt. „Erzähl uns, was deine Gabe ist, und benutze sie vor uns. Es muss etwas geben, worauf du sie anwenden kannst."

Lothar hebt den Kopf und schaut von oben auf uns herab. „Ich sollte auf diese lächerliche Forderung nicht antworten müssen."

Tinom schüttelt den Kopf und ein Teil der Farbe weicht aus seinem Gesicht. „All diese Jahre … Du hast den König in Bezug auf *alles* belogen, wer du bist. Dieser Posten hätte dir nie gegeben werden sollen."

„Der Posten hätte nie Hessilds sein sollen", knurrt Lothar und seine Augen blitzen auf, als er die Frau erwähnt, die er ermorden ließ. Die Frau, die einst die führende magische Beraterin war. „Was war so wundervoll an ihrer Macht? Was für fantastische Dinge hat *sie* getan? Sie und ihre ganze Familie aus Schlangen … die Stelle hätte meinem Vater übertragen werden sollen, doch die Melchioreks mochten die Korinyas immer am liebsten … Sie scharwenzelten um sie herum, sie waren *nett*."

Er spuckt das letzte Wort in einem säuerlichen Ton aus und dann presst er die Lippen zusammen. Doch er hat bereits genug gesagt.

Tinom würgt ein Lachen hervor. „Du hast dich von Bitterkeit infizieren lassen und das hat dich die Gabe gekostet, die du hättest bekommen können. Wenigstens besaß Hessild tatsächlich Magie."

„Ich habe härter für alles gearbeitet, was ich gewonnen habe, als ihr euch vorstellen könnt."

„Ja", entgegne ich. „Du hast gelogen und Kinder manipuliert und alle möglichen Leute ermordet einschließlich des Mannes, dem du zu dienen geschworen hast. Und du versuchst, *mich* ein Monster zu nennen."

Er wirbelt zu mir herum und sein Gesicht wird rot. „Warum sollte ein Niemand wie *du* wegen eines Zufalls grenzenlose Macht haben? Du musstest nicht einmal ein Opfer erbringen."

Wut flammt zusammen mit meiner Magie in meiner Brust auf. „Du hast keine Ahnung, was ich verloren habe. Ich habe nie darum gebeten, eine Zerrissene zu sein."

Jetzt ergibt seine Feindseligkeit mir gegenüber noch mehr Sinn. Es war nicht nur der übliche Hass auf die Zerrissenen, sondern eine knochentiefe, giftige Eifersucht.

Tinom schiebt mich nach hinten, um zwischen uns zu treten. Sein Gesicht verhärtet sich zu einer ernsten Maske. „Nichts davon spielt eine Rolle. Ganz egal, wer diese Prüfungen gewinnt, du wirst verhaftet werden. Diese psychotische Scharade ist vorbei."

Alek blickt zur Vorderseite der Bühne. „Und es wird Petra sein, die gewinnt. Der letzte Priester hat ihr gerade seine Zustimmung gegeben. All diese Leute, die du für deine kranke Sache zu gewinnen versucht hast, freuen sich."

Die Jubelschreie und Freudenrufe dringen zwischen dem Durcheinander aus Geräten hindurch an unsere Ohren. Ich zweifle nicht daran, dass Alek recht hat, obwohl ich die Ankündigung nicht sehen konnte.

Petra hat sich immer wieder bewiesen – nicht nur als starke, ruhige Herrscherin, sondern sie hat auch gezeigt, dass es ihr wichtig ist, dass sich jede Person, über die sie regiert, als geschätzter Teil des Königreichs fühlt.

Lothar wird die gleichen Beobachtungen angestellt haben wie ich. Er hat sich darauf verlassen, dass Petra stirbt und keine Option mehr ist. Er wusste, dass sie nicht versagen würde.

Ich wäre nicht überrascht, wenn er *wüsste*, dass sie eine bessere Herrscherin wäre als jeder, den er vorschlagen kann. Ihm ist das bloß egal, solange die Melchioreks fallen.

Ein erstickter Laut entfährt ihm und er rennt schneller los, als ich es bei einem Mann seiner Größe für möglich gehalten hätte. Mit seiner einzigen Hand entreißt er einer der Wachen eine kleine Armbrust und klemmt sie unter seinen Arm, damit er schießen kann.

Damit er den Bolzen auf Petra abfeuern kann, die ahnungslos vorne auf der Bühne steht.

Stavros rennt ihm noch schneller hinterher. Ein gutturales „Nein" bricht zwischen seinen Lippen hervor und er treibt sein Schwert in Lothars Rücken.

Lothar taumelt und die Armbrust entgleitet seinem Griff. „Verdammter aufgeblasener Scheißkerl", spuckt er mit einem Schwall Blut aus.

Stavros bleckt die Zähne. „Das ist nichts Geringeres als die Rache, die mein König verdient hat."

Er macht Anstalten, die Klinge zu entfernen – und den Mann vielleicht noch einige Male aufzuspießen, wogegen ich sicherlich nichts einwenden würde – doch Lothar schafft es, noch ein paar Schritte weiter zu stolpern. Er packt den Rand einer der Rätselkisten und schiebt sie beiseite, während er sich nach vorne schleppt.

In Sichtweite des Publikums und mit einem Schwert, das aus seinem Rücken ragt.

# VIERZIG

*Ivy*

Lothar bricht zusammen und Blut breitet sich unter ihm auf den Brettern aus, doch das Publikum hat einen deutlichen Blick auf sein Gesicht erhalten. Sie wissen, dass man dem Anführer des Ordens der Wildheit buchstäblich in den Rücken gefallen ist.

Und sie haben keine der Enthüllungen oder Taten mitbekommen, die zu diesem Moment geführt haben.

Stavros stürmt vor, um sein Schwert zurückzuholen. Er hält seinen anderen Arm hoch und seine Prothese blitzt im Licht der Mittagssonne. „Lothar Riosemek versuchte, Prinzessin Petra zu ermorden. Ich tat, was ich musste, um sie zu beschützen."

Kurz verstummt das Gemurmel der Menge und ich glaube, dass dies möglicherweise die einzige Erklärung ist, die die Leute brauchen.

Doch obwohl Lothar tot ist, sind seine Untergebenen nicht bereit, aufzugeben.

Sie wissen zweifellos, welches Schicksal sie erwartet, wenn das volle Ausmaß ihrer Verbrechen aufgedeckt wird.

Eines der Ordensmitglieder in einer roten Tunika ruft in

Richtung Bühne: „Lothar wäre niemals so tief gesunken. Ich höre nichts als Lügen. Wir haben alle diese Frau gesehen, die auf der Bühne herumgestolpert und nach hinten gerannt ist. Hast du die zerrissene Zauberin beschützt?"

Ich weiß nicht, ob er mich in dem kurzen Augenblick tatsächlich erkannt hat, in dem ich mit der Attentäterin gerungen habe, oder ob er sich an den ursprünglichen Plan hält und hofft, dass die falsche Version von mir noch ins Spiel kommen kann. Es spielt keine Rolle.

Im Publikum bricht ein wütender Tumult aus.

Anschuldigende Schreie verschmelzen zu einer donnernden Kakophonie. Unter den Rufen nehme ich andere Stimmen wahr, die vermutlich von den Blutzauberern magisch verstärkt werden und die Menge anstacheln.

„Das war von Anfang an eine Falle. Sie haben uns reingelegt und den einen Mann getötet, der sich für Silana eingesetzt hat!"

„Die zerrissene Zauberin hat der falschen Prinzessin die ganze Zeit geholfen!"

„Wir dürfen sie nicht damit davonkommen lassen! Silana verdient etwas Besseres."

Petra nähert sich und hebt die Hände zu einer beruhigenden Geste. „Mein Volk, lasst uns darüber sprechen. Ich sah mit eigenen Augen, wie Lothar meine Eltern ermordet hat. Er hätte mich damals schon getötet, wenn er es hätte tun können. Doch meine Wachen haben mich beschützt."

Ihre klare Stimme schallt über die Menge, allerdings bezweifle ich, dass ihre Worte zu ihnen durchdringen. Die Masse aus Körpern drängt bereits zur Abwehrlinie aus Wachen, Gangmitgliedern und Daimon, die nun viel zu schwach aussieht.

Zuschauer rempeln einander sowie die Gestalten an, die zwischen ihnen und der Plattform stehen. Ein untersetzter Mann schlägt eines der Gangmitglieder, dessen Kollege den Kerl herumwirbelt und einen Arm hinter seinem Rücken fixiert. Unterdessen drängen jedoch weitere wütende Bürger nach vorne.

Und sie greifen Petra nicht nur körperlich an. Ein Magieblitz knistert durch die Luft und versengt die Bretter nur

Zentimeter von der Stelle entfernt, wo Petra steht. Sie zieht sich widerwillig zurück und springt zur Seite, als ein zweiter heraufbeschworener Angriff kreischend auf sie zufliegt.

Meine Hände heben sich wie von selbst. Deswegen bin ich hier – ich bin jetzt auf mich allein gestellt, da Sulla umgehauen wurde.

Mit einem Summen zusätzlicher Macht, die von den Opferkomplizen in mich vibriert, errichte ich eine solide Barriere aus Luft zwischen Petra und der randalierenden Menge.

Ein Flammenstrahl saust auf sie zu und zerbricht an meinem unsichtbaren Schild. Jemand schreit und ein weiterer Chor aus Ordensstimmen vermischt sich mit dem Chaos.

„Das muss die zerrissene Magie sein!"

„Das Monster hindert uns daran, für Gerechtigkeit zu sorgen."

„Warum sollte eine wahre Königin mit einer Frau zusammenarbeiten, die von den Göttern persönlich verstoßen wurde?"

Ich knirsche mit den Zähnen und zwinge mich, die Worte von mir abprallen zu lassen, ohne sie mir zu Herzen zu nehmen. Ich habe schon so viele Male ähnliche Meinungen gehört, dennoch tun sie weh.

Wenn sie nur wüssten, dass ich alles andere als verstoßen wurde … Wo zum Henker ist Kosmel gerade?

Wir standen kurz davor, den Orden der Wildheit und seine Blutzauberei ein für alle Mal auszuschalten, und jetzt haben sie mit einem widerlichen Schlag das Blatt gegen uns gewendet.

Ich wage es nicht, näher zu treten, da mich die Menge dann sehen könnte. Die Körper in der Nähe der Bühne branden gegen die Plattform, während die aggressivsten Mitglieder des Publikums mit unseren Wachen kämpfen.

Voleskas Pferdeschwanz blitzt im Sonnenlicht auf, als sie und ihre Leute sich zwischen die Angreifer und unsere Königin schieben, um noch eine Barriere zu bilden. Ich erhasche einen Blick auf einen Daimon, der eine Frau mit einer Explosion sengender übernatürlicher Energie umwirft, und auf eine Wache, die den Griff ihres Schwerts auf den Kopf eines Mannes niedersausen lässt.

Unsere Verbündeten werden anfangen, sie abzuschlachten – die Leute, mit denen Petra ihrer Aussage nach aufsteigen wollte. Und dann wird die Menge noch wütender werden.

Wie in den Reichen können wir uns hiervon erholen?

Casimir und Stavros rufen der Menge mit zunehmend verzweifelten Stimmen Worte zu. Die Schreie nach Gerechtigkeit und dem Blut der Zerrissenen werden bloß lauter und wütender, wodurch sie den Großteil der Aussagen meiner Männer übertönen.

Es sind mindestens ein Dutzend Mal mehr Zuschauer anwesend, als Petra bestätigte Unterstützer hat. Was sollen wir tun?

Meine Magie wirft sich gegen meine Rippen und gibt mir ihre eigene typische Antwort.

Wirf sie alle auf die Knie. Raub ihnen den Atem, damit sie nicht mehr schreien können; brich ihnen die Arme, um das Kämpfen zu beenden.

Diese Leute wollen mich hinrichten. Warum sollte ich den Gefallen nicht erwidern?

Aber ich will es nicht tun. So *bin* ich nicht.

Mir fällt jedoch keine Möglichkeit ein, die gut wäre. Sulla ist nicht bei mir, sodass ich sie nicht nach ihrer Meinung fragen kann, falls sie überhaupt eine Antwort gehabt hätte.

Wegen einer derartigen Situation wollte sie nie von ihrem Berg runterkommen. Im Moment bin ich mir nicht sicher, ob ich ihr ihren Widerwillen übelnehmen kann.

„Haltet sie auf, aber verletzt sie nicht!", ruft Petra dem Kreis aus Gestalten ringsum die Plattform zu. Allerdings sind die Kräfte ihrer Beschützer auch nicht endlos. Weitere Blitze knistern durch die Luft. Stahl klirrt gegen Stahl.

Noch ein Körper und noch einer fallen – und nicht alle stammen aus dem Publikum.

Die Menge drängt weiter. Ein Krachen hinter mir veranlasst mich dazu, mich zur Rückseite der Bühne umzudrehen.

Die Randalierer sind um die Plattform geschwärmt, um uns in einem Meer aus wütenden Leibern einzusperren. Jetzt zerren sie die Wägen und Kutschen auseinander, zerfetzen Segeltücher und reißen Bretter heraus – auf der Suche nach mir?

Ja.

„Findet die zerrissene Zauberin!", brüllt jemand. „Vernichtet das Monster!"

Die verfluchten Blutzauberer verkünden noch immer ihre toxischen Ideale. „Wir müssen dem Allesgeber beweisen, dass wir alles annehmen, was wir sein sollten – und dass wir dieses Land von allem säubern werden, was wir nicht sind. Wir werden die Verräter fertigmachen, die versucht haben, uns reinzulegen und in die Irre zu führen."

Mit einem erneuten Brüllen brandet das Publikum gegen die Plattform. Grunzen und Stöhnen dringen durch die Luft zusammen mit dem dumpfen Knall zusammenbrechender Körper.

Ich kann sie nicht selbst beruhigen. Ich könnte ihre Wut nur lindern, indem ich bei anderen mehr Wut aufwirble, um einen Ausgleich zu schaffen.

Die Hälfte der Leute zu beruhigen, wird uns nichts nutzen, wenn die andere Hälfte noch wütender wird.

Doch ich muss *etwas* tun.

Ich greife nach dem Magieschub, den mir die Opferkomplizen angeboten haben, kann jedoch nicht mehr spüren, dass sie ihre Gaben aussenden. Mein Magen dreht sich um.

Wurden sie ebenfalls in den Aufruhr gezogen?

Ich mahle mit dem Kiefer, strecke meine Arme aus und entlasse eine Woge der Magie, die nur von mir kommt. Sie peitscht um die Bühne und errichtet einen viel größeren Schild als den, den ich für Petra erschaffen habe. Weitere Wägen brechen zusammen und zerfallen, als ich ihr Holz breche, um dafür die Luft zu verdichten.

Ich habe seit Wochen nicht so viel Macht eingesetzt. Meine Gedanken scheinen in meinem Kopf hin und her zu purzeln, was eine Panik auslöst, die sich in meinen Magen brennt.

All diese Leute wollen mich zerschneiden und in Fetzen reißen. Sogar Tinom hasst mich, sogar Baron Cyris.

Ich kann *keinem* von ihnen vertrauen.

*Nein.* Ich kneife meine Augen kurz zu und dränge den Anflug von Paranoia so kraftvoll zurück, wie ich es schaffe.

*Halte durch, Ivy*, hätte Julita mich angefeuert. *Lass nicht zu, dass sie dich jetzt brechen.*

In diesem Moment sind es jedoch nicht nur unsere Feinde, die mich zu zerreißen drohen. Die schlimmste Gefahr könnte die Macht sein, die in mir aufwallt.

Ein Schrei durchbricht den Tumult. Er klingt wie Rheave. Instinktiv schiebe ich die Barriere weiter nach außen in dem Versuch, all unsere Verbündeten vor dem Angriff zu schützen.

Sie verdienen meine Anstrengungen nicht. Was haben all diese Wachen und Verbrecher jemals für mich getan, abgesehen davon, mich voller Misstrauen zu mustern? Sollen sie doch untergehen.

Halt die Klappe, halt die Klappe, halt die Klappe.

Ein Klirren erklingt direkt hinter mir. Ich zucke zusammen, doch als ich meinen Kopf drehe, ist dort niemand.

Ein Schauder durchläuft meinen Körper, da Glieder gegen meinen Schild aus verdichteter Luft hämmern. Er gerät bereits ins Schwanken.

Ich muss der Barriere noch mehr Magie zuführen. Und noch mehr – für wie lange?

Wie viel wird nötig sein, damit sie aufhören?

„Die Götter wollen Gerechtigkeit", brüllt jemand. „Wir müssen das Ganze in Ordnung bringen!"

Es stimmt nicht einmal. Die Götter wollen …

Die Götter wollten *mich*.

Kosmel wollte, dass ich am Leben bleibe, damit ich mich den Blutzauberern stellen kann. Alle Gottlen wollten, dass die zerrissenen Seelen, in die sie vor Jahrhunderten ihre Magie gossen, die Schrecken beendeten.

Sie verfluchten uns nicht – sie benutzten uns als Gefäße für göttliche Macht.

Dass sie uns dabei zerbrachen, war ein Unfall, keine Verurteilung.

Wenn diese Leute nur sehen könnten … was mir wirklich wichtig ist … was Petra wirklich wichtig ist …

Was die Götter in ihren Herzen haben, falls sie welche haben …

Inmitten meiner verworrenen Gedanken steigt eine Stimme

aus meiner Vergangenheit auf. Dieses Mal stelle ich mir allerdings nicht Julita vor. Es ist meine kleine Schwester, die ausgestreckt neben mir liegt, während wir zu den Sternen hochschauen.

*Sie sind so schön, wie sie funkeln. Glaubst du, dass wir eines Tages dort hochfliegen können, um sie aus der Nähe zu betrachten?*

Ich erinnere mich, dass ich kicherte, bevor ich mit dem unerschütterlichen Selbstvertrauen einer Siebenjährigen antwortete: *Vielleicht werden sie herabsegeln, um uns kennenzulernen. Aber wir müssen aufpassen, dass wir uns nicht verbrennen.*

Eine plötzliche Eingebung durchbohrt meinen konfusen Verstand – oder vielleicht ist es noch mehr Wahnsinn. Allerdings ist es etwas, was ich tun kann.

Etwas, was nur ich tun kann.

Die Götter kamen zu uns herab und nutzten die Zerrissenen, um ihre Magie zu kanalisieren und aufzuhalten, was wir Menschen allein nicht hätten tun können. Die Schurken zu vernichten, hinterließ jedoch noch mehr Zerstörung. Es hinterließ die Wildheit und das Chaos, die der Orden verursachen will.

Wenn die Gottlen ihren Fehler bereuen, warum können sie das Gleichgewicht nicht wiederherstellen? Ich bin hier.

Ja, meine Mächte waren ein Fehler. Sie sind jedoch das Einzige, was diesen Aufstand daran hindert, zu einem ausgewachsenen Abschlachten zu werden.

Ich bin zerrissen, könnte das Blatt allerdings so wenden, dass Frieden Einzug hält, wenn ich mir erlaube, noch etwas mehr zu zerreißen.

Vielleicht ist es an der Zeit, dass *ich* ins Licht trete und mich meinem Schicksal stelle. Dass die Sterne herabfallen und durch mich scheinen.

Selbst wenn ich dabei verbrenne wie Linzis Band in Lothars Hand.

Mein Inneres wird zu Eis bei dem Gedanken daran, was mit meinem Verstand geschehen könnte, wenn ich meine Seele noch weiter öffne. Allerdings braucht es ohnehin nicht viel mehr, bis ich mich in Fetzen gerissen habe.

Ich wusste, dass ich heute möglicherweise mein letztes Opfer erbringen würde. In diesem Fall sollte ich dafür sorgen, dass es ein gutes ist.

Die Augen erneut schließend spreche ich mit meiner inneren Stimme so laut wie möglich zum Himmel, von wo die Gottlen vermutlich zuschauen.

*Kosmel! Du hast mir einmal erzählt, dass du für mich da sein würdest, wenn ich weiß, was ich will. Ich bitte nur noch um eines. Schicke deine Kräfte erneut durch mich, du und die anderen Gottlen, die verhindern möchten, dass das Reich ins Chaos gestürzt wird. Nutze deinen göttlichen Willen, um diesen Leuten zu zeigen, was den Göttern wirklich wichtig ist – und dass es nicht das ist, was die mordenden Blutzauberer behaupten.*

Keine Stimme antwortet, doch eine Spur Unsicherheit windet sich durch meine Gedanken, von der ich glaube, dass sie nicht mir gehört. Meine Überzeugung bleibt bestehen.

Ich presse den Kiefer zusammen, während ich meine Antwort gebe. *Ich weiß, was das für mich bedeuten könnte. Mir ist das egal, solange wir den Wahnsinn dort draußen beruhigen können. Bitte. Du hast mich auf diese Reise geschickt. Ich brauche dich jetzt, nur noch einmal. Glaube mir. Glaube* an *mich.*

Es ist lange her, seit ich die überwältigende Stimme gehört habe, die all meine Sinne einen Augenblick später durchflutet. *Ich höre dich, meine eigensinnige Gaunerin. Das ist nicht das Schicksal, das ich für dich wollte. Aber vielleicht kann ich dir etwas Besseres anbieten.*

Bevor ich fragen kann, was das heißen soll, brüllt eine Woge der Macht durch die Mitte meines Körpers.

Es ist nicht so wie vorhin, als ich den Opferkomplizen Magie entzog. Die zusätzliche Macht, die sie mir anboten, war ein winziger Bach im Vergleich zu diesem tosenden Fluss.

Und er bricht geradewegs durch mich, anstatt in mir aufzuwallen.

Die göttliche Macht explodiert aus mir, allerdings nicht in einem Hagel aus Feuer wie in den Geschichten der Großen Vergeltung. Sogar mit geschlossenen Augen sehe ich das strahlende Leuchten, das über die Bühne strömt, sich höher als die Türme und den Hindernisparcours erhebt und heller als der wolkenlose Himmel lodert.

Ich höre es. Ich schmecke es. Ich fühle es in meinen Knochen vibrieren.

Symbole bilden sich auf der anderen Seite des immer größer werdenden Leuchtens – die Sigillen jedes Gottlen flammen eine nach der anderen auf, bis ich alle neun zähle. Ich bin mir vage bewusst, dass der Lärm der Menge leiser wird und schockiertes sowie staunendes Keuchen zu hören ist.

Wir brauchen mehr davon. Mehr.

*Zeig es ihnen!*

Du *bist so viel mehr als das hier*, erwidert Kosmel in einem Ton, der den Wunsch in mir weckt, zu schluchzen, und dann verändert sich das Leuchten.

Das göttliche Licht breitet sich noch weiter aus, erhebt sich höher und formt das Bild einer Burg. Gestalten gehen durch Türen und die Straßen entlang.

Sie kommen zusammen und umarmen sich. Sie teilen Brotstücke und Schlucke aus einer Weinflasche. Sie lachen und tanzen, Adlige in schicken Kleidern halten die Hände von Gassenkindern in abgenutzten Kleidern.

Frieden. Glück. Mitgefühl. Kooperation.

Eine Woge aus Emotionen fegt über mich und weiter über die Menge. Ein kollektiver Seufzer bebt ringsum die Plattform durch die Luft.

Eine andere Gestalt erscheint mit einem schimmernden Loch, das in ihrer Körpermitte brennt. Als wäre ein Riss in ihrer Seele.

Als wäre sie zerrissen worden.

Die anderen Leute schrecken nicht zurück. Sie versammeln sich um sie und umarmen sie ebenfalls.

Das Licht scheint aus ihr und wirbelt den Palast weg, woraufhin eine Landwirtschaftsszene gezeigt wird. Kinder klettern Bäume empor, um Äpfel zu pflücken, während Erwachsene den Tieren Fressen und Wasser anbieten. Alles ist hell und freudig.

Der Bauernhof wird zu einem Ballsaal, in dem sich Liebende eng umschlingen. Dann erscheint eine Gruppe

Soldaten, die gemeinsam marschiert, die Fäuste aneinanderstößt und sich gegenseitig anfeuert. Eine Bibliothek, in der Studenten gemeinsam an Tischen sitzen und die Erkenntnisse besprechen, die sie aus den Büchern gewonnen haben, die sie aktuell lesen.

So könnte das Leben sein. Freundlichkeit und Rücksichtnahme.

Die Götter haben gesprochen.

Urplötzlich verlässt mich die Energie. Meine Beine geben nach und meine Knie schlagen auf dem Boden auf. Unzusammenhängende Worte purzeln aus meinem Mund.

Und dann bin ich nicht mehr dort.

Ich schwebe in einer Masse aus leuchtendem Licht, in dem nichts von der Außenwelt zu sehen ist. Es ist jedoch warm, auf die gemütlichste Weise so warm, als würde ich unter meiner Lieblingsdecke im Bett liegen.

Neun Streifen eines kräftigeren Lichts materialisieren sich in einem Kreis um mich herum. Irgendwie weiß ich, wo sie alle sind, obwohl einige hinter mir sein müssen.

Obwohl sie nicht mehr als ein verschwommenes Licht sind, weiß ich, dass der direkt vor mir Kosmel ist.

„Hallo, eigensinnige Gaunerin", sagt er in einer Stimme, die irgendwie *hier* und gleichzeitig auch *überall* ist. Jede Faser von mir, das, was von mir noch übrig ist, schwingt im Takt mit ihr. „Du hast mir gut gedient, nicht wahr?"

„Ich habe mein Bestes für das Königreich und die Leute darin getan, die am dringendsten Hilfe brauchen", erwidere ich.

Was ist hier los? Ist das eine Nebenwirkung all der Magie, die ich kanalisiert habe?

Vielleicht ist das hier die letzte Stufe meines Zerrissenen-Wahnsinns und er spricht gar nicht mit mir. Womöglich ist nichts hiervon real.

Als könne er meine Gedanken hören, gluckst der Trickster-Gottlen. „Oh, es ist auf die fundamentalste Art real. Und ich wollte dir innerhalb dieser Realität eine Gelegenheit anbieten als Belohnung für alles, was du getan hast."

Ich betrachte seine leuchtende Gestalt verblüfft. „Eine Belohnung?"

„Unsere Fehler haben dir mehr Schuldgefühle und Schmerz

bereitet, als man in einem Leben haben sollte. Dennoch hast du die Reiche beschützt. Ich glaube, du verdienst genauso viel Frieden wie der Rest von denen, für deren Rettung du so angestrengt gekämpft hast. Was du gerade fühlst, kannst du für immer fühlen. Du kannst so lange du willst hier im Göttlichen verweilen, bis du bereit bist, deine Seele zu entlassen."

Eine Weile suche ich nach den richtigen Worten. „Du sagst, dass ich tot sein werde."

„Du wirst ohnehin irgendwann sterben. Ich kann nicht garantieren, was dich dort unten erwartet, aber es wird definitiv schwieriger und nervenaufreibender sein als alles, was du bei uns erleben wirst."

Meine Lippen teilen sich, es kommt jedoch kein Laut heraus.

Er sagte, dass ich nur hier Frieden finden würde. Dass ich all dem Schmerz meiner vergangenen Existenz entkommen könnte. Es ist jedoch bereits ein winziger Schmerz in meinem Herzen erblüht.

Was ist mit Stavros und Casimir, Alek und Rheave? Werde ich sie wirklich zurücklassen, ohne mich zu verabschieden?

Was ist mit Petra und zu sehen, wie sie endlich ihren Thron beansprucht? Was ist mit dem Versprechen, das ich Julita gegeben habe, dass ich sicherstellen würde, dass ihre alte Grafschaft in gute Hände übergeben wird?

Was ist mit dem Leben, das ich erst richtig zu leben begonnen habe, anstatt mich nur wie ein Schatten an den Rändern aufzuhalten?

Kosmels Stimme wird sanfter. „All diese Sehnsüchte würden an diesem Ort schnell verschwinden. Du wirst möglicherweise keine davon befriedigen, wenn du zurückkehrst. Nicht einmal wir wissen, welche Wirkung deine letzte Tat auf deinen Verstand haben wird."

Er meint, dass ich vielleicht vollkommen verrückt bin, wenn er mich zu meinem Körper zurückbringt. Möglicherweise werde ich noch einige Minuten einer gequälten Existenz haben und dann im Nichts des Todes dahinschwinden.

Will ich diese angenehme Wärme wirklich gegen diese Möglichkeit eintauschen?

Noch während ich mir die Frage stelle, wächst meine Gewissheit bezüglich der Antwort.

Es liegen jetzt so viele andere Möglichkeiten vor mir. Es gibt noch so viel, was ich erreichen will.

Entlang des Weges wird es Schmerzen, Schuldgefühle und Traurigkeit geben. Womöglich ist es das Einzige, was mir noch bleibt.

Vielleicht ist es das aber nicht.

Selbst eine geringe Chance, mehr von der liebevollen Freude zu bekommen, die ich gefunden habe, ist den Rest wert.

Ich habe nicht gesprochen, erhalte jedoch den Eindruck, dass Kosmel nickt. „Ich sehe deinen Entschluss. Ich werde nicht mit dir diskutieren und ich hoffe, deine Entscheidung bringt dir mehr Freude als Kummer."

Ich atme noch einmal die leuchtende Luft ein und Zufriedenheit rauscht durch meine Adern, bevor ich falle.

Ich krache mit einem keuchenden Atemzug in meinen Körper und weiterer Unsinn kommt über meine Lippen.

Ein Arm ist um mich geschlungen und eine Hand umfasst meine Wange. Eine Phiole neigt sich an meine Lippen und eine kühle, bittere Flüssigkeit fließt in meinen Mund.

„Wir haben dich", verspricht Casimir zärtlich und krächzend. „Und hier werden wir bleiben … genau hier, bei dir."

# EINUNDVIERZIG

*Mehrere Monate später*

*Ivy*

Eine Menge aus mehreren Dutzenden hat sich auf dem Friedhof hinter dem Laonek Anwesen versammelt. Als ich neben Casimir stehe, bereit, meine Trauerrede zu halten, komme ich nicht umhin, die Trauernden misstrauisch zu mustern.

„Als wir während der Rebellion mit Hanie sprachen, erzählte sie, dass die Leute des Ordens der Wildheit den Großteil des Familienpersonals ermordet hätten", raune ich dem Kurtisan zu.

Er zuckt mit den Achseln und strahlt die jüngsten Neuankömmlinge an. „Soweit ich mitbekommen habe, sind das hier hauptsächlich Leute, die Julita von ihren Ausflügen in die Stadt kannten. Und natürlich sind einige Freundinnen von der Akademie da, die den ganzen Weg von Florian hergekommen sind." Er deutet mit dem Kopf zu einer Gruppe junger adliger

Frauen, die an der Seite ein Stück entfernt von den schlichter gekleideten Provinzleuten stehen.

Ich betrachte die vier noch skeptischer. Ich erkenne sie nur vage von meiner Zeit auf der Hofakademie – jedenfalls hat keine von ihnen zur Kenntnis genommen, dass ich mich als Julitas Freundin ausgegeben hatte, und suchte mich auf, um zu fragen, was ihr zugestoßen war. „Sie hoffen wahrscheinlich, dass sie gut in den Augen der Königin dastehen, wenn sie hier auftauchen, nun, da Julita zu einer Nationalheldin erklärt wurde.“

Stavros tritt hinter mich und schnalzt neckend mit der Zunge. „Und unsere andere Nationalheldin muss immer noch einige Vorurteile überwinden.“

Ich ramme meinen Ellenbogen leicht nach hinten gegen ihn. „Wohlverdiente Vorurteile, vielen Dank auch.“

Die Abruptheit der kleinen Bewegung sendet einen kurzen Ruck durch meine Nerven. Ich erstarre, atme tiefer ein und konzentriere mich auf eine Weise, die mir mittlerweile in Fleisch und Blut übergegangen ist, auf die eingebildete Ranke, die meinen Körper zusammenhält.

Casimir bemerkt die Veränderung meiner Einstellung sofort. Er berührt meinen Arm. „Geht es dir gut? Wenn das hier zu viel für dich ist … Du standest Julita am Ende näher als jeder andere.“

Ich schüttle vorsichtig den Kopf. Keine merkwürdigen Laute dröhnen in meinen Ohren; keine panischen Gedanken huschen durch meinen Verstand. „Deswegen muss ich wenigstens ein wenig über sie sprechen. Mir geht es gut.“

Gut, ist natürlich relativ. Mir geht es viel besser als in den ersten Tagen nach meinem Zusammenbruch, als ich nur noch Unsinn brabbelte und am ganzen Leib zitterte, nachdem die Gottlen ihre Magie durch mich geleitet hatten.

Meine Männer betäubten mich, bevor ich genug Kraft aufbringen konnte, um bedeutsamen Schaden anzurichten, und ich verbrachte den Großteil der nächsten zwei Monate in einem teilweise betäubten Nebel im Tempel der stillen Himmel. Delfis und seine Gläubigen nutzten all ihre Heilgaben, um meine

Nerven zu beruhigen und meinen zerrissenen Verstand wiederherzustellen.

Einige der ehemaligen Opferkomplizen der Blutzauberer halfen ihnen dabei. Viele von denen, die wir gerettet haben, sind jetzt in Tempeln im ganzen Land stationiert, um die magische Arbeit zu verstärken, welche die Priester überwachen. Einige zählen zum königlichen Personal.

Wie Poltus, der mit anderen Komplizen bei der Königin geblieben ist, mir am Tag der Prüfungen erzählte, ist es die einzige Möglichkeit, auf die sie etwas beitragen können. Trotz all ihrer Opfer kann ich erkennen, dass sie viel glücklicher über ihren neuen Lebenszweck sind.

Ich bin mir nicht sicher, ob Delfis Leute meine Nerven ohne die zusätzliche Magie hätten heilen können, die ihnen diese widerstandsfähigen Seelen zur Verfügung stellten.

Ich habe meinen Verstand und meine Selbstbeherrschung Stück für Stück zurückerlangt. Der Makel des Wahnsinns hat mich nicht vollkommen verlassen, doch ich bin jetzt aufgeweckt genug, um die geringfügigen Halluzinationen und wahnhaften Ideen zu erkennen, wenn sie aufkommen.

Mein Körper reagiert manchmal nach wie vor seltsam, wie beispielsweise mit dem Ruck, den ich gerade erlebt habe. Da ich mich nicht mehr psychotischen Zauberern stellen oder allein durch Heimlichkeit überleben muss, kann ich diese Nebenwirkung so lange tolerieren, wie sie anhält.

Meine Seele ist noch immer zerrissen, vermutlich stärker als zuvor. Meine Magie fließt und rumort in meinem Oberkörper und verlangt ständig mehr Freiheit. Doch ich halte mich mittlerweile an Sullas Regime einer kleinen magischen Tat pro Tag, wodurch meine Magie zumindest so zufrieden ist, dass sie mich nicht angreift.

Und sollte ich jemals wieder die Königin und das Königreich verteidigen müssen, Götter bewahre, steht mir all die Macht zur Verfügung, die ich brauche.

Der Priester des Allesgebers aus dem Haupttempel in Pima intoniert den üblichen Segen der Toten und sagt einige Worte zu Julitas Beiträgen. Zur Befreiung der Grafschaft Nikodi vom Orden der Wildheit. Niemand mit Ausnahme meiner engsten

Kameraden kennt die ganze Geschichte darüber, wie Julita Stellung bezogen hat. Es ist jedoch mittlerweile allgemein bekannt, dass sie die Erste war, die die Gefahr der Blutzauberei erkannte, und dass sie ihr Leben gab, um ihren Bruder auszuschalten, einen der Anführer der Armee des Ordens.

Als der Priester fertig ist, gibt er mir ein Zeichen, seinen Platz vor dem Marmordenkmal einzunehmen. Die Gestalt, die es darstellt, wurde von einem Bildhauer aus Florian anhand von Casimirs, Stavros' und Aleks Erinnerungen der lebenden Frau geformt. Ich nutzte zudem einige Wochen magischer Taten, um ein schlichtes Rankendesign in den Sockel zu ritzen.

Ich schenke der Ranke ein verstohlenes Lächeln und stelle mir vor, wie Julita darauf reagiert hätte, bevor ich mich der Menge aus Trauernden zuwende. Meine Kehle fühlt sich plötzlich trocken an.

Sie kann mich jetzt nicht so hören, wie in den wenigen Monaten, in denen wir meinen Körper teilten und sie jeden Moment meines Lebens verfolgte. Ihr Bewusstsein wird in die Arme ihres Gottlen übergegangen sein.

Ich will ihr dennoch gerecht werden.

Ich schlucke schwer und sammle mich. „Julita und ich haben uns unter eigenartigen Umständen kennengelernt. Zwei Leute, die sich hinsichtlich ihrer Stellung und ihres Temperaments nicht stärker hätten unterscheiden können. Doch trotz all dieser Unterschiede wurde sie die beste Freundin, die ich jemals hatte. Sie konnte meine Laune heben, wenn mich Zweifel plagten, und selbst in den düstersten Situationen fand sie etwas, worüber wir lachen konnten. Ihre leidenschaftliche Hingabe für Nikodi und Silana war ehrfurchtgebietend. Uns alle vor den Schrecken zu beschützen, die sie selbst erlebt hatte, war ihr wichtiger als ihr eigenes Leben.“

Ein bewunderndes Raunen geht durch die Menge.

Meine Stimme stockt kurz, bevor ich weitersprechen kann. „Julitas letzter Wunsch von mir war, dass ich dafür sorge, dass Nikodi einen guten Herrscher erhält, wenn sie als Letzte ihrer Familie gestorben war. Sogar als sie wusste, dass ihr nicht mehr viel Zeit in dieser Welt blieb, dachte sie an die Leute, um die sie sich eines Tages kümmern wollte. Und ihre letzte Tat gegen die

Blutzauberer hielt nicht nur den Angriff auf Regica auf, sondern rettete auch mein Leben."

Ich hole zittrig Luft und neige den Kopf. „Ich werde mich für immer an Julita erinnern und an die vielen Arten, auf die sie mein Leben berührt und meine Bewunderung verdient hat. Ich hoffe, ihre Seele ist schnell in die Arme ihres Gottlen übergegangen und dass die nächsten Generationen dieses Denkmal als ein Symbol für Führung und Mut sehen."

Ich trete unter einem respektvollen Applaus zurück. Rheave schlingt seinen Arm um meinen Rücken und neigt den Kopf dicht an meinen. „Das klang für mich sehr gut."

Ich lehne mich in seine Umarmung. „Ich glaube, du bist ein wenig voreingenommen, aber danke."

Jemand vom Küchenpersonal, der das Massaker des Ordens überlebt hat, tritt vor, um ein wenig von Julitas Kindheit auf dem Anwesen zu erzählen, und Stavros kommentiert ihr Engagement als Studentin und ihre Hingabe für ihre Mitstudenten. Anschließend stehen wir alle schweigend da, während der Priester den letzten Segen spricht.

Als sich die Trauernden am Ende der Begräbniszeremonie von dem Grab entfernen, entdecke ich Voleska am Rand des Friedhofs. Ich gehe zu ihr und sie schenkt mir ein mitfühlendes Lächeln, das an der Narbe auf ihrer Wange zieht.

„Ich dachte, ich sollte der Frau die letzte Ehre erweisen, die eigentlich meine Stelle hätte bekommen sollen", erklärt sie. „Es sind große Fußstapfen, in die ich trete. Ich wünschte, ich hätte die Gelegenheit gehabt, sie tatsächlich kennenzulernen, anstatt nur von ihrer Familie zu wissen."

Ihr ist nicht bewusst, dass sie Julita in gewisser Weise kennengelernt hat, während ich die Seele der anderen Frau beherbergte. Ich würde wetten, dass meine geisterhafte Freundin meine Wahl der Gräfin gutgeheißen hätte. Während des gesamten Aufstands zeigte Voleska, dass sie ihrem Land und dieser Grafschaft genauso treu ergeben ist, wie es Julita war, und dass sie eine Menge Führungsqualitäten besitzt.

Ich drücke ihren Arm kurz. „Soweit ich höre, leisten du und Emor bereits fantastische Arbeit." Ihr ehemaliger

Anführerkollege hat sich ihr als Stabschef angeschlossen ohne Verbitterung darüber, dass sie den Titel erhalten hat.

„Sie kann die schicken Kleider tragen und die öffentlichen Auftritte übernehmen", meinte er mit einem Lachen, als er von ihrer Ernennung erfuhr. „Ich bin ohnehin am glücklichsten, wenn ich im Hintergrund arbeiten kann."

Als wolle sie beweisen, wie richtig meine Entscheidung war, führt Voleska die gesamte Versammlung zurück zum Anwesen, wo wir zu Ehren Julitas Erfrischungen und Musik genießen – genau so, wie es meine adlige Passagierin vermutlich gewollt hätte.

Während der Wein fließt, werden weitere Geschichten über Julitas Eskapaden in der Stadt und auf der Akademie erzählt, wobei vor allem ihr üblicher lebhafter Charme angesprochen wird. Als wir das Treffen schließlich beenden, habe ich das Gefühl, dass ich sie jetzt noch besser kenne als zu der Zeit, in der ich meinen Kopf mit ihr teilte.

*Siehst du*, kann ich sie beinahe sagen hören. *Jetzt ist alles so, wie es sein sollte.*

Es ist eine lange Reise zurück zur Hauptstadt, doch wenigstens ist sie jetzt angenehmer, da wir als respektable Mitglieder von Königin Petras innerem Kreis reisen und nicht mehr als Flüchtlinge. Unsere zwei Kutschen mit ihren weich gepolsterten Bänken holpern mit einer Eskorte aus einem halben Dutzend Wachen über die Straßen.

Manche Leute hegen noch immer feindselige Gefühle gegenüber den Zerrissenen, was nicht überraschend ist, da der Hass so tief saß. Theoretisch gesehen könnte ich jeden Feind schneller umwerfen als die Wachen, wenn ich es müsste, aber Petra hat deutlich gemacht, dass sie mich nie wieder in eine Situation bringen will, in der ich das Gefühl habe, ich müsse mich oder die Leute, die mir wichtig sind, mit Magie verteidigen.

Als wir uns Florian nähern, lehnt sich Rheave aus dem Fenster, um die frische Herbstluft zu schlucken und die Wache anzugrinsen, die neben uns reitet. Sie ist einer der gefangenen Daimon. „Es ist eine interessante Sache, so hoch oben auf einem Tier zu sitzen, oder?"

Die Wache gluckst zur Antwort. „Es lässt sich mit nichts vergleichen, was ich zuvor kannte. Ich bin froh, dass ich auf dich gehört habe und geblieben bin, um mehr über diese Seite der Welt zu erfahren."

Nur ungefähr die Hälfte der Daimon, deren belebte Tonkörper die verschiedenen Schlachten überlebten, entschieden sich dazu, an diesen Körpern festzuhalten, anstatt zu ihrer vorherigen Existenz als reine Geistwesen zurückzukehren. Soweit ich das erkennen kann, altern die magisch belebten Körper genauso wie gewöhnliche, sodass sie wie jedes herkömmliche menschliche Wesen beinahe normale Leben führen können.

Ziemlich viele der Daimon, die geblieben sind, entschieden sich dazu, der neuen Königin zu dienen. Rheave ist eine Art Hauptmann dieser speziellen Wachabteilung geworden.

Er erfreut sich noch immer an jedem Aspekt seiner neuen körperlichen Existenz von der Brise bis hin zu dem Schwanken der Kutsche und dem Schmetterling, der durchs Fenster segelt und auf seinem Ärmel landet. Rheave lacht und hält ihn hoch, um ihn mir zu zeigen, bevor er wieder über die Felder flitzt.

Im Moment ist mein anderer Begleiter in dieser Kutsche Alek. Der Gelehrte hat es geschafft, eine Karte, ein Lehrbuch und einen Notizblock gleichzeitig auf seinem Schoß zu öffnen, während er zugleich ein Sprachbuch zu Rate zieht, das er auf der Bank neben sich ausgebreitet hat.

Die Anspannung auf seinem Gesicht spiegelt die Sorge wider, die in meinem Magen rumort. Ich verziehe das Gesicht, bevor ich die Frage stelle: „Glaubst du, es besteht irgendeine Chance, dass die darische Delegation *gute* Absichten hat?"

Alek schnaubt auf eine nicht besonders Alek-typische Art, was nur unterstreicht, wie absurd die Vorstellung ist. „Falls es sie gibt, ist sie so klein, dass du sie nicht einmal mit einer Lupe erkennen könntest. Ich bin mir sicher, bei dieser Reise geht es hauptsächlich darum, dass sich die Leute des Kaisers ein Bild von Petra machen ... wobei sie darauf achten werden,

Schwächen zu identifizieren, die sie ausnutzen können, um Silana wieder unter ihre Kontrolle zu bringen."

Die Vorstellung, dass *das* jemals passieren könnte, bringt mich zum Lachen. „Dann erwarte ich, dass sie schrecklich enttäuscht werden. Ich wünschte, wir könnten ihnen sagen, dass sie ihre Delegation in den Arsch von Kaiser Tarquin stecken können."

„Das würde ich mir auch wünschen", entgegnet Alek trocken. „Allerdings kann Petra nicht einfach das Angebot auf Friedensverhandlungen ausschlagen, wenn so viele Leute von einem Ende des ständigen Konflikts mit Darium profitieren würden. Ich schätze, es wird ihr auch eine Gelegenheit geben, sich einen Eindruck von den Repräsentanten des Kaisers zu verschaffen."

Rheave summt. „Casimir wird ziemlich schnell spüren können, worauf sie es wirklich abgesehen haben."

Eigentlich wurde der Kurtisan zu Petras Kunst- und Unterhaltungsberater ernannt, doch sie sorgt häufig dafür, dass er bei besonders heiklen Treffen anwesend ist, damit er seine Gabe für sie einsetzen kann.

Ich verschränke die Hände in meinem Schoß. „Sie werden neugierig auf ihren gesamten Beraterrat sein. Denkst du, die Nachricht über meine Magie hat sich bereits herumgesprochen?"

Alek zögert und sein Blick wird weich vor Mitgefühl. „Ich glaube, es ist unwahrscheinlich, dass kein einziger Spion von dem göttlichen Spektakel am Ende der Prüfungen berichtet hat. Die Spione werden allerdings auch berichtet haben, dass Silana die Todesstrafe für die Zerrissenen beendet und ein neues Habilitations- und Trainingsprogramm für diejenigen eingeführt hat, die identifiziert werden. Außerdem wird Petra dich als eine ihrer magischen Berater vorstellen … Es wird offensichtlich sein, dass sie auf deiner Seite ist."

Also werden sie fiese Dinge in ihrem Kopf denken, es jedoch wahrscheinlich unterlassen, sie laut auszusprechen. Ich schätze, das ist ein kleiner Trost.

Ich werde auch all meine Männer an meiner Seite haben. Petra hat Stavros zu ihrem führenden militärischen Berater ernannt und Alek die Aufgabe übertragen, die königlichen Wissenschaften zu überwachen, während er seine Studien beendet. Rheave wird als gewöhnliche Wache getarnt als zusätzlicher Schutz mitkommen.

Ich seufze und lasse mich auf meinem Sitz nach hinten fallen. „Nun, wir haben bis morgen, bevor wir uns *wirklich* Sorgen darum machen müssen."

Ein kleines, verschlagenes Lächeln berührt Aleks Lippen. „Der einzige Teil, auf den ich mich freue, ist zu beobachten, wie die Repräsentanten des Kaisers unserer neuen Signy gegenübertreten. Sie wissen nicht, mit wem sie es zu tun haben."

Ich schnaube, gleichzeitig breitet sich jedoch ein warmes Leuchten in meiner Brust aus.

Vielleicht, nur vielleicht, habe ich mir diesen Vergleich jetzt wahrhaftig verdient.

Kurz vor der Stadt kommt die kürzlich erbaute Steinvilla in der Nähe des Flussufers in Sicht, in der Sulla zerrissene Schüler aufnimmt. Ihr Anblick verschafft mir trotz meiner Sorgen wegen des morgigen Treffens einen Augenblick der Erleichterung.

Meine Mentorin durchlief eine beinahe genauso lange Genesungszeit wie ich nach der Gewalt der Monarchen-Prüfungen, obwohl ihre Verletzungen hauptsächlich körperlicher Natur waren. Sie ist allerdings beinahe wieder so rüstig wie zuvor und braucht bloß eine Krücke, um die Anstrengung für ihre geschwächten Beine zu reduzieren, wenn sie über lange Zeit unterwegs ist.

Ich habe sie mindestens einmal pro Woche besucht, um bei dem Training auf jede mir mögliche Weise zu helfen. Bisher hat sie nur zwei Schüler – ein Mädchen von acht Jahren, dessen Magie sich gerade erst gezeigt hat, und ein Junge von fünfzehn Jahren, der den weiten Weg von Icar hergereist ist, nachdem er von Silanas neuen Regeln gehört hatte.

Ich bin mir nicht sicher, wie viele andere Zerrissene es abgesehen von uns in der Welt gibt, die den Hinrichtungen entkommen sind. Doch falls sich noch Zerrissene in den

Schatten verstecken, wie ich es einst tat, hoffe ich, dass sie das Vertrauen finden, einem echten Leben eine Chance zu geben.

Innerhalb der Stadtmauern wurden alle Spuren der Anwesenheit des Ordens beseitigt. Banner mit dem Familienwappen der Melchioreks hängen von den Fahnenmasten und wir fahren über einen Platz, wo eine neue Statue von Königin Petra gerade errichtet wurde – sie sitzt auf einem Thron auf der Spitze eines Turms zusammen mit den drei Helfern, die sie zu sich ziehen konnte, so wie sie es während ihrer letzten Prüfung für Creaden tat.

Ich bin froh, dass sich die meisten Leute besser an diesen Moment der Kooperation und Kameradschaft erinnern als an das Chaos, das daraufhin folgte.

Die königliche Armee, die Petra wiederhergestellt hat, hat einen bedeutsamen Teil der letzten Monate damit verbracht, die restlichen Blutzauberer und lautstarken Ordensmitglieder zu verhaften. Letztere stellen ohne ihre Komplizen, von denen sie ihre Macht erhielten, keine Bedrohung mehr dar.

Viele der eifrigsten Anhänger ihrer Sache schworen Petra ihre Treue, nachdem sie die Botschaft von Freundschaft und Frieden gesehen hatten, welche die Gottlen durch mich projiziert hatten. Der Einfluss des Ordens hat sich rasch aufgelöst.

Diejenigen, deren zerstörerisches Verhalten nicht so einfach begnadigt werden konnte, wurden verschiedenen Arten Zwangsarbeit zugeteilt, die der wahren Verbesserung des Landes dient. Ich glaube, eine gewisse Personalchefin, die einst für Baron Cyris arbeitete, wurde zu den Minenlagern in der Nähe der icarianischen Grenze geschickt – weit weg von meinem geliebten Kurtisan, den sie nie wieder wird erpressen können.

Außerdem kann ich aus dem Fenster blicken ohne Furcht, zwei andere unglaublich unwillkommene Gesichter zu erblicken. Nachdem ich genesen und zurückgekehrt war, bot Petra an, meinen Eltern eine ähnliche Strafe aufzubürden, weil sie Lothars Kampagne gegen mich unterstützt hatten. Sie teilte mir mit, dass ich sie sogar selbst zusammen mit den verhaftenden Offizieren konfrontieren könnte.

Angesichts der Gelegenheit stellte ich jedoch fest, dass ich die Leute, die mir auf so viele Arten tiefe Wunden zugefügt hatten, vor allen Dingen nie wieder sehen wollte.

Also dachte sich unsere Königin selbst eine geeignete Vergeltungsmaßnahme aus. Meiner Mutter und meinem Vater wurde befohlen, mit einer Eskorte aus königlichen Wachen von Stadt zu Stadt zu reisen und von ihrer Schande zu erzählen, dass sie ihre zerrissene Tochter im Stich gelassen haben. Außerdem sollen sie ganz Silana raten, ihre Fehler zu vermeiden – damit Kindern, die Zeichen der wildesten Magie zeigen, geholfen anstatt geschadet wird.

Der Gedanke zaubert mir ein bittersüßes Lächeln auf die Lippen. Möge ihre Geschichte wenigstens ein Kind vor dem gleichen Elend bewahren, das sie mir angetan haben.

Am Rand der Mittelbezirke passieren wir mehrere Arbeiter, die die Überreste der alten Stadtmauer auseinanderreißen, welche die Elite so eindrücklich vom Rest der Stadt trennte. Petra hat daran gearbeitet, die Durchfahrtstraßen zu verlängern, und sie hat Bürger der Außenbezirke für verschiedene Bau- und Säuberungsprojekte in den äußeren Bezirken angestellt. Die Atmosphäre in der ganzen Stadt ist bereits heller geworden.

Als wir vor dem wiederhergestellten Palast der Hauptstadt aus unseren Kutschen steigen, kommt die Königin persönlich zur Eingangstreppe, um uns zu begrüßen.

„Es ist schön, euch wieder hier zu haben", verkündet sie auf ihre forsche, jedoch freundliche Art. „Jetzt lasst uns unsere Pläne für den Umgang mit der darischen Delegation finalisieren."

Nur mit den Mitgliedern der Delegation im Audienzzimmer zu stehen, fühlt sich wie ein subtiler Tanz an, für den mir niemand alle Schritte beigebracht hat.

Wie viele Wachen kann Petra einsetzen, damit ihre Anzahl den Wachen entspricht, die unsere langjährigen Feinde zu ihrem eigenen Schutz mitgebracht haben, ohne bedrohlich zu wirken? Wie nah sollen wir uns zu ihnen stellen, wie laut sollen wir sprechen?

Welche Themen werden wir ansprechen und um welche

werden wir herumschleichen, als hätte das Kaiserreich nicht versucht, Silana während der vergangenen achtzig Jahre zu zerquetschen und in seine Gewalt zu bringen?

Zum Glück habe ich eine Menge Übung darin, mich an Ort und Stelle anzupassen.

Petra übernimmt ohnehin größtenteils das Sprechen, wobei sich Tinom gelegentlich einmischt, der als ihr allgemeiner Berater fungiert, solange sie sich mit ihrer neuen königlichen Rolle vertraut macht. Die Einstellung des alten magischen Beraters mir gegenüber hat sich stark verändert, seit er beobachtete, wie die von ihm verehrten Gottlen ihre göttliche Macht durch mich lenkten. Zu meinem Erstaunen kehrte ich aus dem Tempel der stillen Himmel zurück und stellte fest, dass er geradezu respektvoll mit mir umging. Er entschuldigte sich so inbrünstig, dass ich keinen Sinn darin sah, wütend zu bleiben.

Er und unsere Königin wählen einen höflichen, jedoch vorsichtigen Umgang mit dem Kopf der Delegation, einem kräftig aussehenden Mann mit der Haltung eines Soldaten, der jedoch in den aufwendigen Kleidern eines Adligen steckt, die maßgeschneidert und nach darischer Mode verziert sind. Da wir uns in Silana treffen, hat Admiral Varus eingewilligt, in der hiesigen Sprache zu sprechen. Doch obwohl er eine Menge hochtrabender Worte darüber verloren hat, dass unsere Länder irgendwann kooperieren könnten, hat er nichts annähernd Konkretes auf den Tisch gebracht.

Ich glaube, er achtet mehr auf Petras Bewegungen und ihre Interaktionen mit dem Rest von uns als darauf, was sie sagt. Bisher hat er allerdings keine Anstalten gemacht, Magie auf sie auszuüben.

Möglicherweise hat sich auch herumgesprochen, dass Petras treuergebene zerrissene Zauberin ein Talent dafür hat, übernatürliche Macht zu spüren. Ich kann sie allein mit meiner Existenz beschützen.

Das ist eine willkommene Abwechslung.

Da sich Petra und Tinom bereits auf ihn konzentrieren, lasse ich meinen Blick über den Rest der Delegation wandern. Abgesehen von seinen vier Wachen hat Admiral Varus einen jungen Mann mitgebracht, den er seinen Assistenten nennt, sowie eine Frau, die eine Gläubige Creadens ist, und einen der Prinzen von Cotea.

Der Anführer der Delegation gab nur eine kurze Erklärung für die Anwesenheit des Letzteren, doch soweit ich verstehe, spielt Prinz Bastien eine Rolle am Hof von Kaiser Tarquin. Er hat die Delegation begleitet, um darüber zu sprechen, wie sich jegliche Vereinbarungen, die getroffen werden, in den Taten unserer nächsten Nachbarn unter den eroberten Ländern des Kaisers widerspiegeln werden.

Der schlanke, beinahe hagere Kerl sieht ein oder zwei Jahre jünger aus als ich. Er steht aufrecht da, lässt seine strubbeligen, kastanienbraunen Haare jedoch nach vorne in seine Augen fallen, und sein Mund ist zu einem schmalen Strich zusammengepresst.

Er versucht, es zu verbergen, aber ich glaube nicht, dass er hier sein will.

Er ist definitiv das faszinierendste Mitglied der Gruppe. Und er wird noch faszinierender, als Petra das ziellose Palaver unterbricht und vorschlägt, einen Spaziergang entlang der oberen Brüstungsmauer zu machen, um ein wenig frische Luft zu schnappen.

Die Mauer befindet sich zwei Stockwerke über dem Audienzzimmer. Am Fuß der ersten Treppe stupsen ein paar der darischen Wachen Prinz Bastien an.

„Dann wollen wir dich ausnahmsweise einmal richtig marschieren sehen, hm?", sagt einer und der andere lacht.

Die Lippen des Prinzen werden noch schmaler, doch er erklimmt die Treppe im gleichen Tempo wie die offensichtlichen Witzbolde. Als er die Hälfte der zweiten Treppe hinter sich gebracht hat, beginnen seine Beine, zu zittern, und er atmet nur noch keuchend.

Die erste Wache schüttelt den Kopf. „Du hättest die Lunge nicht aufgeben sollen, wenn du ohne sie nicht mithalten kannst."

Er nutzt einen neckenden Ton, aber ich bemerke einen spöttischen Unterton. Wie harsch würde er sprechen, wenn er kein Publikum hätte?

Dann dringen seine Worte erst zu mir durch. Ich starre

Prinz Bastien kurz an, bevor ich den Blick von ihm losreiße, da ich nicht möchte, dass mein Interesse zu offensichtlich ist.

Er hat seinem Gottlen eine ganze Lunge geopfert? Was für eine Gabe würde man dafür erhalten?

Oder hat er wie Lothar aus den falschen Gründen nach zu viel gegriffen und gar nichts erhalten?

Ich kann es an dem Spott der Wachen nicht erkennen. Der Prinz hat seit seiner Ankunft keinerlei Anzeichen von Magie gezeigt, andererseits hätte Admiral Varus ihm befehlen können, keine Magie zu benutzen. Zumindest nicht, solange ich anwesend bin.

Während wir die vordere Brüstungsmauer entlang schlendern, welche die Stadt überblickt, schimmern die Dächer im hellen Licht der Nachmittagssonne. Ich ersinne einen Plan, mich neben Prinz Bastien zu positionieren. Dazu muss ich mein Tempo drosseln, da seine Schritte noch immer ein wenig wackelig von dem Aufstieg sind.

Petra, Varus und die anderen gehen vor uns, wobei Stavros mir einen kurzen Blick zuwirft und kaum merklich zustimmend den Kopf neigt. Als sie stehen bleiben, um ihr Gespräch in der Nähe der Gebäudeecke wieder aufzunehmen, halte ich mehrere Schritte entfernt inne.

Ich lege meine Hände auf die Erhebungen der Steine, als wollte ich bloß die Aussicht genießen. Dadurch hindere ich den Prinzen allerdings ebenfalls am Weitergehen.

Er bleibt neben mir stehen, anstatt um mich herum zu gehen. Ich wäre nicht überrascht, wenn er die Pause zu schätzen wüsste.

„Es ist ein langer Weg von Coteas Hauptstadt zu Dariums", bemerke ich. „Siehst du deine Familie oft?"

Bastiens Stimme kommt angespannt heraus. „Nein."

Ich drehe mich, um mich seitlich an die Mauer zu lehnen, und beschließe, ein Risiko einzugehen. „Glaubst du wirklich, dass die Soldaten des Kaisers ihre Waffen niederlegen und gehen werden?"

Ich schaffe es, ihn mit meiner Unverblümtheit zu verblüffen. Er blinzelt mich an, Emotionen huschen über sein Gesicht und verschwinden, bevor ich sie deuten kann. Dann dreht er sich um und lässt seinen finsteren Blick über die Dächer Florians schweifen.

Seine Antwort klingt auswendig gelernt. „Diese Entscheidung liegt nicht bei mir. Ich bin mir sicher, wenn sich die Verhandlungen in diese Richtung entwickeln, wird meine Familie das Abkommen des Kaisers respektieren."

„Ich würde nichts anderes andeuten. Es ist nur so, dass Darium viele Jahrzehnte lang schrecklich stur war, ein Kaiser nach dem anderen."

Ich glaube, mein sarkastischer Ton verdient mir ein Zucken seiner Lippen, das jedoch so kurz ausfällt, dass ich es mir vielleicht nur eingebildet habe. Kurz verdunkeln sich seine Augen. „Alles verändert sich und nichts hält für immer. Es braucht nur den richtigen Moment."

Er könnte von einem Moment des Friedenstiftens und der Verhandlungen sprechen, seine Miene deutet jedoch etwas anderes an. Und in diesem Augenblick bemerke ich ein winziges Beben von Magie, als hätte seine Gabe versucht, sich zu befreien, und er hätte sie zurückgerissen.

Oh, er besitzt Magie. Und bei einem derartigen Opfer ist es sicherlich eine Menge.

Was für eine gewaltige Gabe würde der darische Kaiser unter seinem eigenen Dach dulden?

Bevor ich mir überlegen kann, wie ich Bastien diese Information entlocken kann, räuspert sich Varus und winkt den Prinzen zu sich. „Komm, junger Prinz. Du solltest ebenfalls Teil dieser Diskussion sein."

Der Prinz setzt eine vollkommen ausdruckslose Miene auf und gesellt sich zu seinen Kollegen.

Spät in dieser Nacht schaffe ich es nur, zu warten, bis sich die Türen hinter den Delegierten geschlossen haben, bevor ich den Mund zu einem weiten Gähnen öffne, bei dem mein Kiefer knackt. Ich fahre mit einer Hand über meinen Mund und blicke zu Petra. „Hast du bei diesem aufgeblasenen Rüpel irgendetwas erreicht?"

Die Königin kichert leise. „Er hat auf jeden Fall viel im Kreis geredet. Ich habe ihm gesagt, dass ich gerne ein schriftliches offizielles Angebot sehen würde, und er versprach, mit Kaiser Tarquin zu sprechen und sich auf ihre Bedingungen zu einigen. Allerdings vermute ich, dass wir das nie zu Gesicht bekommen werden."

Stavros trinkt den Rest seines Weins aus dem Kelch, den er mit in die Empfangshalle genommen hat. „Er hat erhalten, was er wollte. Er konnte die neue Herrscherin Silanas begutachten."

Tinom schnaubt. „Und jetzt weiß der Kaiser, dass sie niemand ist, mit dem zu spaßen ist, und dass sie die volle Unterstützung ihres Volks hat."

Casimir schenkt ihr ein schiefes Lächeln. „Es hätte ihn sehr glücklich gemacht, wenn ich ihn über die wenigen geringen Punkte informiert hätte, mit denen man emotionalen Druck auf dich ausüben kann. Er hat definitiv nach einer Schwäche gesucht."

„Darium wird uns nichtsdestotrotz testen", erklärt Stavros und fügt in optimistischerem Ton hinzu, „aber vielleicht werden sie jetzt etwas weniger Zeit darauf verwenden, da wir zerrissene Magie auf unserer Seite haben zusätzlich zu allem anderen."

Er schenkt mir sein vertraut arrogantes Grinsen und mein Herz setzt selbst nach all dieser Zeit einen Schlag aus.

„Der coteanische Prinz", beginne ich, weil ich das Gefühl habe, dass es wichtig ist, es zu erwähnen. „Ich glaube, er könnte eine Schwäche des Kaiserreichs sein. Falls sie ihm jemals erlauben, sich an etwas Wichtigem zu beteiligen."

Petra legt den Kopf auf die Seite. „Ich bin mir nicht sicher, wie das beim Schutz unserer Grenzen ins Spiel kommen könnte, aber es ist am besten, jede Perspektive in Erwägung zu ziehen."

Ich verkneife mir noch ein Gähnen, woraufhin Rheave zu mir tritt und seine Hand um meinen Ellenbogen legt. „Ich glaube, unsere Lieblingszerrissene braucht jetzt ihren Schlaf."

Ich murmle einen Protest, doch Petra lacht und schickt uns weg. „Ich sollte meine Geschwister über die geringen Ergebnisse des heutigen Tages in Kenntnis setzen."

Meine vier Männer versammeln sich um mich, als wir durch

die Gänge zu den Quartieren gehen, die uns im hinteren Teil des Palasts zugewiesen wurden.

Als Berater verschiedener Themengebiete werden wir als Mitglieder des Hofs betrachtet. Sogar Alek hat sein eigenes Privatquartier, obwohl er noch immer viele Nächte in seiner Wohngruppe auf der Akademie verbringt, da er so leichteren Zugang zur Bibliothek hat.

Keiner von uns kann sich über die Unterkünfte beschweren, mein Zimmer ist jedoch mein Lieblingsraum. Als ich durch die Tür trete, zeigt das große Fenster auf der gegenüberliegenden Seite das weitläufige Gelände hinter dem Palast. Die Feldfrüchte dieser Jahreszeit ragen in gleichmäßigen Reihen aus der Erde, wo ein Bereich das Jagdwaldes abgeholzt wurde, um Platz für einen Garten zu machen, den Filip anbaut. Mondlicht fällt auf die Baumwipfel dahinter.

Der dicke Teppich umhüllt meine Füße, als ich meine Schuhe ausziehe. Die eingebauten Regale, die eine der Wände beinahe komplett füllen, enthalten sogar Bücher, um mich in meinen weniger geschäftigen Momenten in den nächsten Jahren zu unterhalten.

Und Petra hat mir ohne einen Kommentar ein absolut gigantisches Bett zur Verfügung gestellt.

Es ist hervorragend, wenn ich mich allein darauf ausstrecke, die besten Nächte sind jedoch die, in denen ich es teile. Jetzt folgen mir alle meine Männer wie durch eine stillschweigende Übereinkunft ins Zimmer.

Ich ziehe mich bis auf meine Unterwäsche aus und erlaube mir, mich mitten auf die Matratze fallen zu lassen. Casimir lacht und zieht die Bettdecke unter mir weg. „Sieht so aus, als müssten wir unsere Gütige ins Bett bringen.“

Ich gebe einen missmutigen Laut von mir, der zu einem glücklichen Seufzen wird, als die Männer um mich herum in das gewaltige Bett klettern. Ich bin zu erschöpft von dem intensiven, stundenlangen Treffen mit der darischen Delegation, um an einer der anderen aufregenden Aktivitäten teilzunehmen, die wir hier regelmäßig genossen haben. Es ist allerdings eine besondere Art der Freude, umgeben von meinen Liebhabern einzuschlafen – während wir alle in Sicherheit und gesund sind.

Alek hat sich in der Nähe meines Kopfs ausgestreckt. Als ich wegdämmere, streichelt er mit den Fingern über meine Haare.

„Ivy", sagt er und klingt selbst ziemlich verträumt, hält jedoch an seiner akademischen Neugier fest, „wünschst du dir jemals, du hättest Kosmels Angebot angenommen? Dass du jahrelang in völliger Zufriedenheit treiben könntest?"

Nachdem ich mich genug von den Prüfungen erholt hatte, um zusammenhängende Sätze zu bilden, erzählte ich den vieren von den Momenten, nachdem ich mich der Magie der Götter geöffnet hatte, und was Kosmel zu mir gesagt hatte. Wir haben jedoch nie besonders ausführlich darüber gesprochen.

Ich schätze, ich dachte, die Fakten seien selbsterklärend. Ich muss jedenfalls nicht einmal eine Sekunde nachdenken, bevor ich vollkommen ehrlich antworte.

„Nein. Ich hätte unmöglich so zufrieden sein können, wie ich es in diesem Leben bin, das ich mit euch aufgebaut habe."

Rheave stößt einen rauen Laut der Zustimmung aus und küsst meine Schulter. Stavros schlingt seinen Arm um meine Taille.

Wir fünf schlafen zusammen ein, bereit, uns gemeinsam dem zu stellen, was uns die Welt noch entgegenschleudern wird.

# ÜBER DEN AUTOR

Eva Chase ist eine Amazon Top 100-Bestsellerautorin für Urban Fantasy und paranormale Liebesromane. Sie ist mit Magie, Chaos und Herzschmerz aufgewachsen und bringt alle drei Elemente in ihre Geschichten ein. Aber keine Angst vor dem gefürchteten Liebesdreieck - Evas Heldinnen müssen sich nie entscheiden. Online findet man sie unter www.evachase.com.

9 781998 582341